Sven Edmund Reiter

Traumzeitspuren

Roman

ADEBOR VERLAG

Für Bärbel, Daniel, Frederic und Etienne

ISBN 978-3-944269-34-4
© Adebor Verlag Banzkow 2015

Titelgestaltung: Stephan Bliemel
Titelfotos: Gurkentanz / photocase.de;
Enceladus-Mond, Cassini Orbiter, NASA 2008 (bearbeitet)
Herstellung: Pressel Digitaler Produktionsdruck, Remshalden

www.adebor-verlag.de

PROLOG – Die Sage von der Regenbogenschlange (Fortsetzung)

Die Regenbogenschlange ist wieder in der Welt
Sie ist alt, älter als das Meer, die Steine und die Sonne
Und ihre Samen sind älter als das Meer, die Steine und die Sonne
Ihr Weg führte über ferne Steine
Sie ist die Beschützerin alles Lebendigen
Die Schlange hat den Himmel zu den Sternen verschlossen
Sie wird den Himmel zur Sonne verschließen
Kräfte werden sich entfalten
Die Steine sind Freunde
Tiere und Pflanzen ebenfalls
Gefahr birgt das böse Wasser
Weite Wege sind zu gehen
Die ferne Zeit beginnt.

Djalu Djungary, mündlich am 17. Juni 2016

Mars, Mars Space Station
Donnerstag, 14. Mai 2020

An: b.langendorf@sf.roroscosmos.ru, 2020-05-14

Ich vermisse deine Augen, dein strahlendes Licht.
Die Zeit wird mir so lang, doch unser Leben ist
so kurz. Und du bist weit weg - ewig weit weg!

Ich warte. Wir warten. Alle warten. Auf die Ankunft. Darauf, dass etwas passiert. Auch du mein
Herz musst warten, mit mir, auf mich, auf den Tag,
an dem ich dich wieder in die Arme nehmen kann!

Alles Liebe
Steven

Steven Winstone drückte den Sendebutton und hauchte einen Kuss über seine offene Handfläche.

Washington State, Olympic National Park
Donnerstag, 14. Mai 2020

Regen, sintflutartiger Regen. Mit über 5.000 Millimetern Niederschlag im Jahr zählten die Olympic Mountains zu den regenreichsten Orten der Erde. Auf dem Trail waren sie bis auf die Knochen nass geworden. Erst nach stundenlanger Suche hatten sie die Messstation in dem größten gemäßigten Regenwald der Nordhalbkugel gefunden. Für Raphael van de Sand sah die Einrichtung völlig unspektakulär aus. Ein Erdhügel und daneben ein Solarpanel. Nachdem sie den Revisionsschacht geöffnet hatten, sahen sie ein Seismometer welches in zwei Meter Tiefe im Boden steckte. Es handelte sich um eine der gerade wieder instand gesetzten Messstationen des sogenannten USArrays an der Westküste der USA, mit dessen Messungen die Geowissenschaftler weit in das Innere der Erde horchen konnten. Professor Vössler stieg in den schmalen Schacht und überprüfte das Messinstrument auf seine Funktionsfähigkeit. Er hatte darauf bestanden, sich persönlich diese Station im Gelände anzusehen, bevor sie das Data Management Center der Incorporated Research Institutions for Seismology, kurz ISIS in der Nähe der University of Washington in Seattle besuchten, um die seismologischen Ergebnisse des über zehn Jahre währenden Großexperiments zu sichten. Umtriebig wie Vössler nun einmal war, hatte er auch gleich diverse Vorträge an der Universität organisiert.

Der Ausflug in den Wald war van de Sand nur recht, konnte er auf diese Weise nochmals den Hoh-Regenwald im Olympic-Nationalpark erkunden. Erst nach wochenlanger Voranmeldung hatten sie zwei der begehrten Zugangsplätze für den Nationalpark erhalten. Van de Sand fand es gut, dass auch für die Wissenschaftler des JPL die strengen und vorbildlichen Konditionen zur Besucherlenkung in den nordamerikanischen Nationalparks galten.

Auf diese Weise konnten die empfindlichen Ökosysteme des Schutzgebietes auf der Olympic-Halbinsel wirkungsvoll geschützt und die überaus skurrile Kulisse erhalten werden. Uralte Baumriesen mit tiefreichenden Ästen, an denen bartflechtenartige braungrüne Vorhänge herunterhingen, die hier von sogenannten Clubmoosen gebildet wurden. Wenn diese Bäume umfielen, schufen sie breite Schneisen in diesem Urwald, wobei die faulenden Stämme als Ammenbäume, sogenannte »nurse trees«, fungierten, auf denen Jungbäume wie auf einer Perlenschnur aufgereiht, Fuß fassen konnten. Ein Wald in dem natürliche Prozesse ablaufen konnten ohne Eingriffe und Steuerung durch die Forstwirtschaft. Das faszinierte auch van de Sand als gestandenen Mineralogen mit seinen bisher verdeckt gehaltenen biologischen Interessen.

Ein Radfahrer, der sich gerade auf einem Trip von Alaska nach Feuerland befand, hatte ihnen diesen Campingplatz am Randes des Nationalparkes empfohlen. Gott sei Dank gab es hier einen Waschraum mit einem leistungsfähigen Föhn, an dem sie zumindest einen Teil ihrer Kleidung wieder trocknen konnten.

Nun saßen sie wieder einigermaßen trocken an ihrem Zelt. Vössler zerkleinerte eine große Ingwerwurzel und warf diese in einen dampfenden Wasserkessel über einem Gaskocher. Ab und zu wischte er sich dabei den Schweiß von seiner Halbglatze, die ein schlohweißer Haarkranz umrahmte, aus dem in den letzten Jahren jedes graue Haar gewichen war. Er holte ein übergroßes Taschentuch aus seinem Parker und schnäuzte kräftig hinein. Dann goss er sich eine große Tasse seines Ingwergebräus ein. Langsam schlürfte er die scharfschmeckende Flüssigkeit und merkte, wie die Nase frei wurde. Eigentlich fehlte nur noch der Honig.

»Na, auch'n Schluck, Raphael?«

»Ich kann das nicht ab, Peter«, antwortete Raphael van de Sand, »außerdem bin ich zumindest bisher nicht erkältet, auch wenn du dich hier zu einer Virenschleuder ersten Ranges entwickelst.«

»Warte mal, nachdem ich diesen Topf leergetrunken habe, sind sämtliche Erreger chancenlos. Altes Hausmittel, schwöre ich drauf.«

»Ich bin mir nicht sicher, ob du damit wirklich ungefährlich wirst.«

»Ach, die Gefahr einer Erkältung ist gar nichts gegen das sonstige Lebensrisiko, insbesondere wenn man für das Jet Propulsion Laboratory arbeitet! Wenn ich mir unsere befreundeten Wissenschaftler so anschaue, handelt es sich bei unserer Geologie-Truppe um die mit Abstand bodenständigste und ungefährlichste externe Arbeitsgruppe des JPL.«

»Da hast du allerdings recht, und ich bestätige ausdrücklich, dass ich mit den anderen keinesfalls tauschen möchte.«

Kasachstan, Weltraumbahnhof Baikonur
Donnerstag, 14. Mai 2020

»Bloß nicht zu spät kommen beim ersten Termin!« Juri Aitmaturow versuchte das Letzte aus seinem altersschwachen Lada herauszuholen. Nur noch eine Stunde bis zu seinem ersten dienstlichen Termin am Baikonur-Space-Center. Seit geraumer Zeit schon hatte er die hochaufragenden Startrampen sehen können, während er sich dem Weltraumbahnhof näherte. Die Cosmic Station auf dem Berg Aragats hatte ihren Dienst eingestellt und seither fristete er seine Zeit in der Arbeitslosigkeit. Nach monatelanger Jobsuche war er froh, dass er nun eine Chance bei Kosmoprom erhielt. Der Firma eilte zwar nicht der beste Ruf voraus, aber seine Ersparnisse aus den Zeiten seiner Anstellung in Armenien reichten nicht aus, um einen geruhsamen Lebensabend zu verbringen.

Nach einer quälend langen Kontrolle am Haupteingang, die fast seinen gesamten Zeitpuffer aufbrauchte, suchte er auf einem riesigen, gut mit Autos gefüllten Areal einen Parkplatz. Im Aussteigen prüfte er den Sitz seiner glatten, immer noch leuchtend semmelblonden Haare. »Für 65 Jahre noch ganz ansehnlich«, dachte er, während er seine eng anliegende Bluejeans an seinem kugeligen Bauch hochzog.

Dann schaute er hinauf. Er hatte es schon auf Bildern gesehen, aber aus der Nähe betrachtet, bot das neue Firmengebäude von Kosmoprom in Baikonur einen grandiosen Anblick. In einem schlanken, filigranen Turm wölbte sich in der Mitte ein gigantischer Aufbau hervor, der die Form eines Football hatte. Es schien so, als hätte sich auf einem Flughafentower ein hell erleuchtetes UFO aufgespießt. Darüber befand sich ein Ring aus gläsernen Kugeln. Nach oben lief der Turm in eine weit aufsteigende Spitze auf eine Höhe von etwa 300 Metern aus. Ohne auf weitere Details zu achten, lief er zum Eingang des Towers. In einer eher zweckmäßig gestalteten Empfangshalle musste er eine weitere, langwierige Ausweiskontrolle über sich ergehen lassen. Als er endlich seine Freigabe erhielt und zum Fahrstuhl hechtete, zeigte seine Uhr drei vor zehn. Wenigstens der Aufzug kostete ihn kaum Zeit, da dieser mit rasender Geschwindigkeit nach oben fuhr. Die während der Fahrt ertönende, vermeintlich lockere Fahrstuhlmusik trug nicht zu seiner Entspannung bei. Er landete auf einem Rundgang von dem zahlreiche Türen in die außenliegenden Räume führten. Er begann im Kreis zu gehen und verglich die vorbei huschenden Raumnummern mit der Einladung in seiner Hand. Um eine Minute vor zehn hatte er endlich Raum 006 gefunden, sammelte sich für drei Sekunden, klopfe kurz und drückte dann die Klinke nach unten.

Er zog die Tür auf und vor ihm öffnete sich ein atemberaubender Anblick. Der gesamte Fußboden des riesigen Panoramaraumes bestand offensichtlich aus tausenden von Plexiglasscheiben, welche sich an den Außenseiten in geschwungenem Halbkreis noch oben zogen und in die ebenfalls gläserne Decke mündeten. Die

Verbindungen zwischen den Platten mussten aus einem nahezu transparenten Material bestehen, denn sie erschienen wie eine zusammenhängende Glasfront. Der Raum war mindestens fünf Meter hoch. Sah man nach unten, gähnte dort eine Tiefe von über 200 Metern. Nach oben erstrahlte der blaue Himmel von Kasachstan, wobei offensichtlich eine raffinierte Filtertechnik der eingebauten Sonnenschutzgläser das direkte Sonnenlicht abdämpfte. Der Raum war so exponiert, dass man einen Ausblick über den gesamten Weltraumbahnhof hatte. Das Ganze erinnerte ihn spontan an ein riesiges Goldfischglas.

Er musste wohl unbewusst einige Sekunden staunend dagestanden haben, als er plötzlich eine Stimme hörte: »Stehen Sie nicht so lange da herum. Setzen Sie sich. Wir warten nur noch auf Sie.«

Er machte einige vorsichtige Schritte über den vermeintlichen Abgrund und näherte sich dann behutsam dem Konferenztisch in der Mitte, welcher über dem Nichts zu schweben schien. Den Eindruck verstärkte noch eine über dem Tisch schwebende, an unsichtbaren Halterungen aufgehängte ovale Röhre, die diverse Lichtquellen enthielt. Er war von der Cosmic Station einen ungewöhnlichen Arbeitsplatz gewohnt, aber dieser Ort übertraf alle seine Erwartungen. Er erblickte einen einzigen noch freien Platz an diesem Tisch. Ohne auf die etwas missbilligenden Blicke der meisten hier Anwesenden zu achten, ging er schnell darauf zu, stellte seinen Rucksack neben das Stuhlbein, setzte sich, verschränkte seine Arme über den Tisch und schmetterte ein fröhliches »Guten Morgen« in die Runde. Das einzige ihm bekannte Gesicht bot der Geschäftsführer von Kosmoprom, Anatolie Chorowaiklikow, den er bisher nur von einem Skype-Gespräch im Rahmen der Bewerbung kannte. Er hatte es zwar geahnt, wunderte sich trotzdem über dessen ungewöhnliche, adipöse Leibesfülle. Aber sie passte zu dem massigen Gesicht mit den schweren Tränensäcken unter den Augen, dem Doppelkinn und den dicken fast feisten Lippen. Und dennoch erschien er nicht hässlich. Nein, die gewaltigen Koteletten, die Elvis Presley alle Ehre gemacht hätten und das für sein Alter und seine sonstige Statur erstaunlich füllige Haar, welches er schwungvoll zu Seite scheitelte, retteten den Gesamteindruck. Dies traf auch auf seine sonore Bassstimme zu mit der er zu der versammelten Runde zu sprechen begann: »Wir begrüßen heute mit dem gerade angekommenen Juri Aitmaturow und die neben ihm sitzende Irena Seitzewa zwei neue Mitarbeiter. Beide sind IT-Spezialisten, jedoch mit völlig unterschiedlichem Background.«

Aitmaturow warf einen verstohlenen Blick auf seine Tischnachbarin, die klein und leicht wie eine Feder wirkte und mit ihrem langen schwarzen fädigen Haar und ihrem mongolischen Einschlag einer Jurte aus Kirgisien hätte entstiegen sein können. Sie machte einen derart jugendlichen Eindruck, als käme sie gerade von der Universität.

Während Aitmaturow noch darüber nachdachte, dass seine Studienzeit geschlagene 40 Jahre zurücklag, stand Chorowaiklikow auf, breitete die Arme aus und schien mit dieser Geste den gesamten Weltraumbahnhof umfassen zu wollen: »Willkommen also im Kosmoprom-Imperium, einem der bedeutendsten Orte auf diesem Planeten. Sie werden heute von uns genau so viel hören, wie Sie zum engagierten Arbeiten in unserem Unternehmen brauchen. Sie müssen verstehen, ja Sie müssen verinnerlichen, dass Sie an einer großen Sache arbeiten. Wir sparen uns an dieser Stelle eine ausführliche Vorstellungsrunde. Sie werden unsere Mitarbeiter schon noch kennenlernen, soweit erforderlich. Olga Nemerenko, unsere leitende Wirtschaftsmanagerin, wird beginnen, Sie ins Bild zu setzen.«

Es erhob sich eine blonde, schlanke Frau, deren Haare streng nach hinten gekämmt waren und zu einem langen Pferdeschwanz gebunden waren. Ihr ansonsten makelloses Aussehen wurde auffallend durch einige Leberflecken an Hals und Wangen gestört. Auch sie machte eine umfassende Armbewegung und begann mit leiser, singender Stimme zu sprechen: »Kosmoprom ist eines der lukrativsten Unternehmen der Welt. Seit der tiefen, weltweiten Rezession vor vier Jahren erleben wir einen kometenhaften Aufstieg. Wir sind es, die den globalen Wachstumsmarkt füttern. Denn wir beherrschen das Geschäftsfeld, das allen technologischen Entwicklungen zu Grunde liegt: Den Handel mit Rohstoffen. Es ist alles perfekt geplant. Die Vorräte dieses Planeten an seltenen Erden und Uran sind endlich, sehr endlich. Für die IT-Branche und die Atomindustrie sind diese Rohstoffe aber essentiell. Unsere Strategie wird die Rohstoffversorgung revolutionieren und Kosmoprom zum erfolgreichsten Unternehmen auf diesem Planeten machen. Unser Konsortium hat große Teile des Weltraumbahnhofs Baikonur angemietet oder aufgekauft. Unsere Firmenzentrale wird bereits derzeit als eines der modernen Weltwunder gehandelt. Amazon, Apple, Google, Facebook und Co haben die größten Architekten beauftragt, um innerhalb der letzten Jahre in Silicon Valley neue Firmenzentralen zu errichten. Aber was ist Apples Ufo, Amazons Glaskugeln, die Polygone von Nvidia, das gigantischste Großraumbüro der Welt von Facebook oder das Öko-Office von Google gegen unsere Architektur? Unser Kosmoprom-Tower überstrahlt sie alle!«

»Schon gut, schon gut! Danke Olga! Sie«, und damit wandte sich Chorowaiklikow an die Neuankömmlinge, »fragen sich jetzt natürlich, wie uns das wohl gelingen soll, welche Strategie wir verfolgen. – Rohstoffexploration und -bergung im Weltraum ist das Stichwort! Die Amis bezeichnen es als ›Asteroid Mining‹, also Asteroidenbergbau. Es handelt sich im Grunde um eine über hundert Jahre alte Idee, für deren Realisierung bisher nicht die entsprechende Technik und die Finanzmittel zur Verfügung standen. Aber jetzt wird ja alles, was irgendwie die Erde in Richtung All verlassen kann, mit Fördermitteln nur so überschüttet. Seit einigen Monaten ist daher eine Flotte unserer Raumsonden in den Asteroidengürtel zwischen Mars und Jupiter unterwegs. Dieser gewaltige Trümmerring mit Überbleibseln aus der Frühzeit des Sonnensystems beherbergt über 600.000 Objekte. 90 Prozent aller Asteroiden des Sonnensystems sind dort zu finden. Mit bloßem Auge ist von dieser Unmasse an Gesteins- und Metallbrocken einzig der Kleinplanet Vesta am Nachthimmel zu erkennen. Aber erst in jüngster Zeit ist das wirtschaftliche Potenzial dieser Ansammlung von vermeintlichem Weltraummüll deutlich geworden. Einige dieser Objekte da draußen bergen Schätze von geradezu unermesslichem Ausmaß. Besonders angetan hat es uns der Asteroid 433 Eros, der ungefähr 20 Milliarden Tonnen Gold enthält. Nur mal zum Vergleich: in der Menschheitsgeschichte wurden bisher erst circa 160.000 Tonnen Gold gefördert. Der Wert von Eros beträgt nach vorsichtigen Schätzungen 828 Billiarden Euro. Zu 433 Eros gab es schon eine interessante Vorexkursion der Amis, die sich in den Jahren 2000 und 2001 mit der Sonde NEAR Shoemaker dort herumtrieben und sogar auf dem Brocken gelandet sind. So verfügen wir bereits über jede Menge Aufnahmen der Asteroidenoberfläche. Die Sonde ist allerdings nie zur Erde zurückgekehrt. Ganz im Gegensatz zur japanischen Hayabusa-Mission zum Asteroid 25134 Itokawa, welche mit einer Sample-Return-Kapsel ausgestattet wurde. Nicht gerade berauschend ist das Schicksal der von Hayabusa mitgeführten Landesonde Minerva, die im All verloren ging. Ein einziges Gramm Material haben die Japsen über eine Fangvorrichtung der Muttersonde zurück zu Erde gebracht. Asteroidenbergbau stellen wir uns ein bisschen anders vor.«

Nachdem sich das laute Gelächter etwas gelegt hatte, fuhr Chorowaiklikow fort: »Diesen kosmischen Fischzug übernehmen wir! Wir werden diese Berge aus Uran, seltenen Erden und Gold in Bewegung setzen und in die Nähe der Erde bringen. Auf die Erde kriegen wir diese Brocken allerdings nicht im Guten runter. Dafür ist beim besten Willen kein geeignetes Landegebiet vorhanden. Seit dieser Paraplanetengeschichte vor vier Jahren wird hier ja jedem Grashalm die Fähigkeit zugesprochen, die Welt retten zu können. Die Weltregierung hat, wie Sie sicherlich aus den Nachrichten wissen, weitere 20 Prozent des globalen Vermögens bereit gestellt, um so etwas wie flächendeckenden Naturschutz auf dem gesamten Globus zu betreiben. Wir schleppen daher unsere Asteroiden zum Mond. Dort kann man sie relativ unsanft auf der Mondoberfläche landen lassen, ohne Probleme mit Bewohnern, Bebauung oder Denkmal- und Naturschutz zu bekommen.

Das Ganze hat jedoch auch ein Gutes. Es wird auf der Erde nicht plötzlich ein unbegrenztes Reservoir eines bestimmten Stoffes geben. So ist der Wertstoff nicht frei verfügbar und der Weltmarktpreis fällt nicht ins Bodenlose. Zur Verfügbarmachung sind immer noch permanente Mondmissionen erforderlich, um den Ressourcennachschub auf die Erde zu bringen. Und wer hält hier das Monopol? Ganz klar, wir sind nahezu das einzige private Konsortium, welches diese regelmäßigen Flüge durchführen kann.

Firmen wie Virgin Galactic, XCOR oder Blue Origin, die Konkurrenten aus den USA, konzentrieren sich mehr auf das Weltraum-

Tourismusgeschäft. So eine Art Las Vegas im All. Die treiben sich mit ihren Kaffeefahrten auf der hellen Seite des Mondes herum und kommen uns nicht in die Quere. Die russischen Privatagenturen RKK Energija und Orbital Technologies betreiben mit der Commercial Space Station (CSS) in 350 Kilometer Höhe im Erdorbit ein sündhaft teures Hotel für Weltraumtouristen. Die anderen Asteroid-Mining-Firmen wie Deep Space Industries kurz DSI und Planetary Resources sind immer noch in der Erkundungsphase. Während Planetary Resources einige Prospektionsteleskope wie das AKRYD im All stationiert hat, fliegt DSI mit Prospektionssonden, den sogenannten FireFlies sowie den Probeentnahmesonden, genannt DragonFlies, im Asteroidengürtel herum. Wir beobachten diese Weltraumfliegen ganz genau. Uns entgeht nichts von deren Aktivitäten. Bleibt noch die NASA, die Asteroiden einfangen, in einen Mondorbit schleppen und dort verwerten will. Die stecken aber auch noch in der Konzeptphase. Konzentrieren sich immer noch auf ihre 2016 gestartete, knapp eine Milliarde teure OSIRIS-REX-Mission zum Asteroiden Bennu, welche 2023 rund 60 Gramm Asteroidenmaterial zur Erde bringen wird.

Die Weltregierung hat noch kein umfassendes neues Rohstoffgesetz für den Weltraum erlassen. Es gilt im Zweifelsfall immer noch der Weltraumvertrag von 1967, nach dem alle Teile von Himmelskörpern frei zugänglich sind und der weitgehende Freiheit der Forschung und die wirtschaftliche Nutzung zulässt, sofern das zum Wohle der Menschheit geschieht. Letzteres trifft ja wohl in vollem Umfang auf die wirtschaftlichen Aktivitäten von Kosmoprom zu.«

Nach diesen Worten schüttete sich Chorowaiklikow regelrecht aus vor Lachen. Nachdem er sich wieder gefangen hatte und sich mit einem großen, bunten Taschentuch einige Lachtränen von den Wangen gewischt hatte, fuhr er fort:»Spaß bei Seite, meine Damen und Herren, nach den ersten erlassenen Verordnungen ist jedenfalls schon klar, dass die ›dark side of the moon‹ für industrielle Aktivitäten aller Art reserviert ist. Und diese Tatsache werden wir nutzen. Nebenbei erwähnt, werden wir bei dieser Gelegenheit noch ein bisschen Regolith von der Mondoberfläche abbauen. Wie Sie sicher wissen, existiert eine bis zu 15 Meter dicke Staubschicht auf dem Mond, welche so ein Zeug wie Iridium, Rhenium und Titan in verwertbaren Mengen beinhaltet. Also seltene Erden im weiteren Sinne, die weltweit für Zukunftstechnologien wie Computer, Elektroautos, Handys, Plasma- und LCD-Bildschirme, Energiesparlampen und die von allen so geliebten Smartphones dringend gebraucht werden.

Und eben darum sind auch die Asteroiden da draußen eine Goldgrube. Sie enthalten nämlich zumeist auch einen immensen Anteil an seltenen Erden, die für all die eben genannten, netten Sachen der zivilen Industriegesellschaft verwendet werden. Auch unsere Freunde von der Rüstungsindustrie kommen bei ihren Panzern und Radarsystemen nicht mehr ohne diese Seltenerdmetalle aus. Zurzeit befinden sich über 90 Prozent der Weltmarktproduktion in den Händen der Chinesen. Wie sagte bereits 1972 Deng Xiaoping so schön: ›Der Nahe Osten hat sein Öl, wir haben die Seltenen Erden.‹ Schon damals ein weitsichtiger Mann, der allerdings noch nicht den Asteroidenbergbau auf dem Schirm hatte«, Chorowaiklikow hielt sich den Bauch vor Lachen über seinen Witz.

Als er sich wieder beruhigt hatte, fuhr er fort: »ja meine Lieben, hören Sie genau hin. Innerhalb der nächsten zehn Jahre brechen wir die Monopolstellung Chinas bei der Seltenerdförderung!« Chorowailikow wischte sich abschließend noch einmal den Schweiß von der Stirn und ließ sich schwer in seinen Sitz fallen. »Alles Weitere wird Ihnen unser technischer Direktor, Boris Charkow, schildern.«

Dieser Charkow schien einem Karl-May-Film entsprungen zu sein. Lange schwarze Haare, Hakennase und stechender Blick. Als er mit schneidiger Stimme anfing zu sprechen, stellten sich bei Aitmaturow die Nackenhaare hoch: »Die Aufrüstung unserer IT-Abteilung hat gute Gründe. Wir haben nämlich zwei Probleme mit denen wir nicht gerechnet haben. Das erste Problem ist durchaus naheliegend. Wir arbeiten zunehmend mit neuestem amerikanischem Equipment, dessen Programmierung hier niemand so richtig versteht und welches trotzdem mit unserer übrigen Ausrüstung zusammengeführt werden muss. Große Anteile der Programmierung befinden sich in der sogenannten ›Public Cloud‹, einem weltweiten Verbund von Servern an unterschiedlichen Orten. Für unsere sensiblen Daten nutzen wir nur eine sogenannte ›Private Cloud‹, ein Netzwerk unserer eigenen Server und Server mit uns verbundener Unternehmen, wie zum Beispiel Gazprom. Um dieses sogenannte Hybrid-Cloud-Potenzial optimal zu nutzen, brauchen wir den Sachverstand von Frau Dr. Seitzewa, die gerade in der Fachrichtung Cloud Computing promoviert hat.

Daneben haben wir vom russischen Staat jede Menge alte Technik aufgekauft und verwenden diese auch. Robust, ja unverwüstbar, das Zeug, aber leider auch unprogrammierbar.

Unsere Sonden haben moderne Sonnensegel an Bord, die auf einer russischen Drehvorrichtung sitzen. Die Bauteile funktionierten bisher reibungslos, bis ein höchst schwerwiegendes Problem aufgetreten ist. Das Panel auf unserer Steuerungssonde für den gesamten Sondenverband dreht sich unentwegt und wir können diese Drehbewegung nicht stoppen. Seit Wochen schon versuchen wir diese Panelsteuerung in den Griff zu bekommen, vergeblich. Wir laufen derzeit nur noch mit 25 Prozent Leistung. Wir brauchen aber mindestens 80 Prozent um unseren ambitionierten Zeitplan zu halten.

Wie zahlreiche Tests ergaben, handelt es sich eher um ein Soft- als ein Hardwareproblem. Die Panelbewegungen werden über einen kleinen Elektromotor induziert, welcher eine eigene, kleine Programmierung benötigt. Die Panelmodulsteuerung erwies sich jedoch als absolute Black Box. Wie es sich herausstellte, handelt es sich um Programmroutinen in der Programmiersprache Cobol. Ein kleines, aber nun verflixt wichtiges Detail. Es gibt auf diesem Planeten nur eine Handvoll Leute, die sich noch damit auskennen und einer davon sitzt heute unter uns.

Herr Aitmaturow, Sie wissen, was Sie zu tun haben. Wir erwarten innerhalb von zwei Wochen Ergebnisse. Hier weht ein anderer Wind als in der staatlichen Hängematte einer Cosmic Station. Unser Asteroiden-Rendezvous steht unmittelbar bevor. Dann müssen wir alle Systeme in Volllast fahren können.

Wenn Sie dieses Problem gelöst haben, ist Ihre Aufgabe keineswegs beendet. Wir haben hier so viel ausgemustertes Zeug der russischen Raumflotte im Einsatz, dass wir höchstwahrscheinlich dauerhaft ihre Dienste beanspruchen werden.«

»Danke Boris, ich denke das muss an globalen Informationen genügen!« Mit diesen Worten übernahm Chorowaiklikow wieder die Gesprächsführung: »Es ist für uns ein wenig ungewöhnlich, zum jetzigen Zeitpunkt noch jemand in das Umfeld des Kommandozirkels einzulassen. Sie arbeiten hier mit sensiblen Daten. Nichts von dem, was Sie hier sehen oder was Sie machen, darf nach draußen dringen! Strengstes Betriebsgeheimnis. Die Konkurrenz schläft nicht und wir arbeiten in diesem Laden im weltweit dynamischsten Wachstumsmarkt.

Frau Dr. Seitzewa, Herr Aitmaturow, bitte verlassen Sie jetzt den Raum. Wir wollen jetzt Projektelemente besprechen, die nicht in Ihre Zuständigkeit fallen. Melden Sie sich in der IT-Abteilung in diesem Gebäude, man wird Ihnen Ihren Arbeitsplatz zuweisen. Und vergessen Sie nicht, bei der Retinaabtastung vorbeizuschauen. Die medizinisch-technische Abteilung befindet sich im 5. Stock. Dr. Grasnowatzow erwartet Sie schon.«

Aitmaturow fühlte sich zunehmend unwohl in dieser Gesellschaft. Er würde die anstehende, durchaus reizvolle Aufgabe erfüllen und dann kündigen. Das stand für ihn schon jetzt fest. Felsenfest.

**Venezuela, Amazonas
Donnerstag, 14. Mai 2020**

Nebelfetzen flogen an dem lächerlich winzigen Fenster vorbei. Man sah nur weißgraue Schleier und davor tanzende und hüpfende Regentropfen in immer neuen Mustern an der Scheibe. Der Ausblick war zwar nicht gerade berauschend, aber immer noch besser als nach vorne in die Kabine zu starren, in der vier Menschen wie Puppen durcheinander gerüttelt wurden, während vor dem großen Cockpitfenster abwechselnd Baumwipfel und Felswände hin und her huschten.

Wenn Jeff Miller etwas hasste, dann war es das Fliegen und der Aufenthalt in der freien Natur. Nicht zuletzt deswegen hatte er Physik studiert und sich der Teilchenphysik verschrieben. Endlose Stunden in dunklen Nächten und noch dunkleren Laborräumen, das war seine Welt. Aber seitdem die Chefin einen Narren an diesem schweizerischen Professor gefressen hatte, sah die Welt für ihn anders aus. Gegen diese Helikopterflüge in den Tropen war ein Linienflug in einer Gewitterzone ein reines Dahinschweben. Er hatte gelesen, dass es nirgendwo auf der Welt so viele Flugzeug- und Hubschrauberabstürze gegeben hatte wie über dem Amazonasgebiet. Und außerdem glich die Wildnis, in der sie sich seit einiger Zeit aufhielten, einer irdischen Ausgabe des Waldes von Pandora in Avatar. Aber Gott sei Dank hatten sie ja einen Atai-Atai dabei. Eine leichte Kopfdrehung nach links und er erhaschte einen Blick auf den kleinen, über und über mit Erdfarben bemalten Indianer vom Stamm der Yanomami. Neben dem tollkühnen Sigur Erikson am Steuerknüppel war er ihre Lebensversicherung in dieser grünen Hölle.

Der Helikopter flog über eine Felsklippe und wurde von der Höhenströmung erfasst. Die Maschine trudelte über das Hochplateau und einige Blicke durch das auf und ab wippende Cockpitfenster später war klar, dass es sich wieder um eine karge, vegetationslose Felswüste handelte. Der Pilot zog den Helikopter hoch und man sah den felsigen, graubraunen Tafelberg inmitten eines Meeres aus grünen Baumwipfeln. Miller wusste, dass er zu einer ausgewählten Handvoll Menschen gehörte, die eine solche Ansicht jemals zu Gesicht bekommen hatte. Er hätte zwar liebend gerne sein ganzes Leben weiter in Ergebnisdiagramme von Teilchencrashs oder in endlose Zahlenkolonnen geblickt, aber er musste zugeben, dass dieses Panorama das Grandioseste war, was er jemals im Leben gesehen hatte.

Der Motor heulte auf und die Maschine setzte zur Landung an. Miller konzentrierte sich wie immer auf seinen Magen, bis die Welt um ihn herum zum Stillstand kam.

Jupiter, Jupiter Icy Moons Orbiter (JIMO)
Donnerstag, 14. Mai 2020

Montgommery wachte auf. Neben ihm schwebte ein leerer Kaffeebecher. Er streckte den Arm aus und versuchte das Objekt einzufangen, tippte aber nur dagegen, wodurch der Becher Fahrt aufnahm und auf die gegenüberliegende Kabinenwand zusteuerte. Er schaute ihm nach, wie er sanft drehend dahinflog, leicht die Wand berührte, einen winzigen Augenblick verharrte und dann in Richtung Decke davon federte. Der Schriftzug Icy-Moon-Catering erschien in immer neuen Varianten in der Drehbewegung. Normalerweise hätte er nicht die Muße gehabt, derart lange zuzuschauen, aber über ein Jahr Raumflug in der Schwerelosigkeit hinterließen auch bei einem Pedanten wie ihm ihre Spuren. Noch nie war eine Raumschiffbesatzung länger im All unterwegs, noch nie war ein bemanntes Flugobjekt weiter von der Erde entfernt, noch nie war eine Crew einer derart hohen Strahlenbelastung ausgesetzt. Montgommery dachte gerne solche Sachen und letztlich gehörte dies zu den Dingen, die ihm auch nach so langer Zeit immer noch die notwendige Spannung gaben. Eine Reise der Superlative, eine Reise der Rekorde, das war ganz nach seinem Geschmack, insbesondere, da er die militärische Leitung über diese Tiefraummission innehatte. Dabei machte es ihm nichts aus, dass die symbolträchtige Bezeichnung Manhattan II zugunsten des Namens Icy-Moon-Mission, kurz IMMI, aufgegeben worden war.

Er befand, dass er nun genug Gedanken verschwendet hatte und öffnete nacheinander die drei Gurte, die seinen Körper in der Schlafphase an die Pritsche fixierten. Mit leichtem Druck schob er sich aus seiner Schlafnische und schwang sich vor den übergroßen Spiegel um seine Figur zu mustern. Das Jahr im All hatte ihm nichts anhaben können. Genüsslich zog er sein Schlafshirt hoch und betrachtete zufrieden seinen muskulösen Körper. Jahrelange Erfahrungen im All auf der ISS und der MIR fanden bei Icy-Moon-Mission Anwendung. Auf der ISS hatte sich ein Krafttraining von zweieinhalb Stunden pro Tag bewährt, welches dort jedes Besatzungsmitglied absolvieren musste. Der Jupiter Icy Moons Orbiter 1, wie ihr Raumschiff genannt wurde, besaß einen eigenen Fitnessraum mit modernsten Geräten für Krafttraining und Workout. Montgommery verbrachte dort während des langen Fluges zumeist mehr als drei Stunden und übertraf so locker die Trainingszeiten seiner Mannschaftsmitglieder.

Er strich sich mehrfach über den Igelschnitt, den er auch im All sorgfältig mit einer speziellen Haarabsaugvorrichtung pflegte und begab sich zur Waschnische. Nach der Morgentoilette in der geräumigen Kabine – er bewohnte die größte Schlafkabine im gesamten Schiff – öffnete er die Luke zur Hauptröhre und stieß sich Richtung Kommandozentrale ab.

Sie näherten sich unaufhaltsam dem Ziel ihrer Reise.

Als er durch die Öffnung der Kommandozentrale schwebte, schmetterte ihm der wachhabende zweite Offizier ein schmissiges »Guten Morgen, Oberst Montgommery« entgegen.

»Wie dicht sind wir dran, Basket?«

»Sehen Sie selbst, Sir!« Roger Baskets Finger huschten über die Tastatur und eine mit Furchen und Rissen übersäte Kugel füllte den Bildschirm aus. Als hätte jemand ein völlig chaotisches Schnittmuster aus tausend ineinander verschlungenen Linien in die eisige Oberfläche des Mondes geschnitten, schimmerten die einzelnen Eisschollen und aufgetürmte Eisberge in den verschiedensten Braun- und Grüntönen im Sonnenlicht. Europa, einer der geheimnisvollsten und, wie man mittlerweile vermutete, gefährlichsten Orte des Sonnensystems, zeigte sich in malerischer Schönheit.

Montgommery wollte sich nicht täuschen lassen. Sie waren hier, um eine Gefahr für die Vereinigten Staaten und die Menschheit abzuwenden. Nicht mehr und nicht weniger.

»Was sagen die Strahlenmessgeräte, Basket?«

»Zunehmend Sir, zunehmend.«

Die Strahlungsquelle wird gegenüber der mörderischen Jupiterstrahlung langsam dominant. Es ist so, als hätte da unten jemand ein paar Atombomben gezündet.«

»Und die Innenraumbelastung? Wie sieht's damit aus?«

»Völlig normal, Sir. Nicht die geringste Erhöhung.«

»Gut so, Officer, gut so.« Man hatte ihm versichert, dass die Außenhaut des Raumschiffes der Belastung standhalten würde, aber es war beruhigend, dass das Ganze auch in der Praxis funktionierte. Es ging doch nichts über ausgefeilte Militärtechnik! Alle Instrumente, selbst die einfachsten Hilfskomponenten waren strahlungssicher ausgelegt.

»Schalten Sie auf eine der Begleitdrohnen, Basket.«

Der Jupiter Icy Moons Orbiter wurde von mehreren unbemannten Sonden begleitet, die es ermöglichten, das Raumschiff jederzeit von außen zu kontrollieren. Dessen Aufbau hatte so gut wie nichts mit der legendären, lang gestreckten, schlanken Discovery One aus Stanley Kubricks Weltraumepos »Odyssee im Weltraum« zum Planeten Jupiter zu tun. Leider hatten es die IMMI-Ingenieure auch nicht geschafft eine rotierende Zentrifuge als Mannschaftsmodul mit künstlicher Schwerkraft zu konstruieren. Das NASA-Schwerkraftraumschiff Nautilus-X stand zwar unmittelbar vor der Fertigstellung, dessen Technik konnte jedoch leider nicht für die IMMI-Mission genutzt werden. Auf den Schirmen erschien statt dessen ein gigantisches, gedrungen wirkendes Gebilde, bei dem insbesondere vier enorme, röhrenartige Zylinder mit einem Durchmesser von mehr als zehn Metern ins Auge fielen. In einer Röhren befanden sich die Aufenthaltsbereiche für die Crew, eine beherbergte die Kryoschlafräume, eine weitere die Steuerzentrale und die vierte war für die Fracht sowie die Luft- und Wasservorräte vorgesehen. Diverse Magnetfeldspulen und supraleitende Magnete in den Röhrenwänden erzeugten ein starkes Schutzfeld mit einer Feldstärke größer als das irdische Magnetfeld, welches das Raumschiff umgab und die Crew vor der mörderischen Jupiterstrahlung schützte. Eingelagertes Wasser ergänzte den Strahlenabwehrschirm. Hierbei war jede Röhre von einer etwa einen Meter dicken Wasserschicht umgeben. Die Pentagon-Techniker hatten Montgommery versichert, die Schutzwirkung dieses vermeintlich geringen Puffers aus Wasser entspräche der Schutzwirkung der gesamten Erdatmosphäre. Ursprünglich war diese Technik insbesondere gegen Gammastrahlung aus den Tiefen des Alls entwickelt worden. Seit das Sonnensystem jedoch durch den im Bereich des Bow Shocks installierten Paraplaneten vor interstellarer Strahlung geschützt wurde, war diese innerhalb des Sonnensystems auf ein Minimum zurückgegangen. Für die Mission ins Jupitersystem konnte die Technik jedoch immer noch optimal eingesetzt werden,welche auch Schutz vor den sogenannten SEPs (Solar Particle Events) bot. Diese entstanden bei koronalen Massenaufwürfen der Sonne, welche in andere Raumrichtungen ausstrahlten und von der Erde aus überhaupt nicht registriert werden konnten. Im Zentrum der Röhren verbarg sich ein zylinderartiges, dunkles Gebilde, welches auf seinen Einsatz im Jupitersystem wartete.

»Wie lange noch bis zum Orbit?«

»Vier Tage, Oberst Montgommery, dann fliegen wir die große Jupiterschleife.«

»Oder auch nicht«, dachte Montgommery. Ein solches Manöver hatte noch nie ein bemanntes Raumfahrzeug absolviert. Wenn sie Pech hatten, glitten sie über das Schwerfeld von Europa wie ein flacher Stein übers Wasser, mit dem Unterschied, dass sie ohne Wiederkehr in den Weltraum abdriften würden. Noch ein bisschen mehr Pech und ihr Gefährt würde sich in den eisigen Panzer von Europa bohren oder in der dichten Atmosphäre des Jupiters zerbersten. Ihr Schicksal lag in den Prozessoren einer Handvoll Superrechner und, Montgommery seufzte innerlich, in den Händen von Glen Masters, ihrem ersten Offizier und Chefpiloten. Wo war der eigentlich schon wieder? Montgommery hatte 8 Uhr Bordzeit für den Schichtbeginn auf der Brücke angeordnet und dieser Termin war nun schon fast eine Minute überschritten. Die Besatzung bestand vollständig aus männlichen Kollegen. Beziehungsgedusel auf einer solchen Mission wollte Montgommery um jeden Preis vermeiden. Obwohl geeignete Kandidatinnen für den Flug vorhanden gewesen wären, hatte er persönlich diese Personalpolitik durchgedrückt. Wenn er jedoch an Masters dachte, bedauerte er diese Entscheidung fortwährend. Ein gesunder weiblicher Officer hätte ihm wahrscheinlich weniger Sorgen bereitet. Er wollte gerade den Reminder aktivieren, als Masters in die Kommandozentrale einschwebte. Der Kopf mit dem dunkelblonden, kurz geschnittenen Haar bewegte sich ruckartig nach oben und es zeigte sich sein kantiges Gesicht mit den stahlblauen Augen. Schwungvoll zog er seinen Körper nach, der nach dem monatelangen Aufenthalt im All ebenfalls noch die Figur eines durchtrainierten Bodybuilders aufwies.

»Mister Masters, Sie sind geschlagene 145 Sekunden zu spät«, schnarrte Montgommery nach einem flüchtigen Blick auf seine Armbanduhr.

»Was sagten Sie, Oberst Montgommery?«, entgegnete Masters mit schneidiger Stimme. Montgommery seufzte innerlich. Nicht einmal einen Anschnauzer verstand dieser Mensch! Tinnitus, Masters litt unter Tinnitus in fortgeschrittenem Stadium. Da wählte man unter tausenden Kandidaten die vermeintlich besten aus, unterzog sie hunderten von Tests und Gesundheitschecks und dann so etwas! Etwa sechs Monate nach dem Start traten bei Masters erste Symptome auf. Seitdem verschlimmerte sich sein Zustand zusehends. Mittlerweile konnte man schon froh sein, wenn er die lautesten der Außengeräusche wahrnahm. Montgommery wurde ganz schlecht, wenn er an das kommende Einbrems-Manöver dachte.

»Auf ihren Platz«, brummte Montgommery und machte eine unterstützende Kopfbewegung.

Solarfire
Freitag, 15. Mai 2020

`An: steven.winstone@mars.nasa.com, 2020-05-15`

`Ich bin hier, mein Liebster! Und auch ich warte. Auf etwas, das vielleicht nie passiert. Auf ein Phantom? Auf das Glück? Auf mein Schicksal? Auf den Tag X, an dem sich vielleicht das Schicksal der Menschheit entscheiden wird?`

`Unendlich liebe Grüße`
`Brigitte`

Mit einem großen Seufzer schickte sie die Mail ins All. Steven maß jeden Tag die Entfernung zu ihr. Heute waren es mal wieder irgendetwas über 100 Millionen Kilometer. Noch nie in der Menschheitsgeschichte waren zwei Liebende so weit voneinander getrennt.

Mars, Mars Space Station (MSS)
Samstag, 16. Mai 2020

»Hallo Mr. Winstone, auch schon wach«, scherzte Josh Riesenstein und lugte über Stevens Schulter auf den Bildschirm. Steven blendete schnell seinen Mail-Account weg und rief ein Bild des Nhill-

Kraters auf. Riesenstein betrachtete kurz das Bild: »Sieht immer besser aus die Scheiße, Alter.«

»Guten Morgen Mister Riesenstein. Wenn wir den Außeneinsatz starten, kommen Sie hoffentlich nicht zu spät. Ihre Pünktlichkeit spottet jeder Beschreibung!« Steven blickte dabei vorwurfsvoll auf seine Armbanduhr, um zu verdeutlichen, dass Riesenstein ungefähr 40 Minuten Verspätung hatte.

»War das in ein oder zwei Wochen, Winstone«, fragte Riesenstein unschuldig, um dann laut loszulachen, »Nein im Ernst, Winstone, wenn's drauf ankommt bin ich auf dem Posten. Hab keine Lust den Löffel im roten Sand abzugeben, wenn Sie verstehen, was ich meine«, und er lachte noch eine Spur lauter. »Na, jetzt gucken Sie mal nich' so wie 'ne vertrocknete Mehlprimel an einem so schönen Marsmorgen. Also ich muss schon sagen, begrüßungstechnisch haben Sie noch'n paar Reserven, Winstone. Werd' jetzt mal das Equipment durchchecken und noch'n paar Trockenübungen machen. Will schließlich auch nicht gerade im besagten Wüstensand herum stecken, wenn's drauf ankommt.« Und damit verließ Riesenstein den Kommandoraum des Forschungscontainers, ehe Steven noch ein Wort sagen konnte.

Steven schüttelte den Kopf. Josh Riesenstein, das mit 25 Jahren mit Abstand jüngste Crewmitglied der Mars-Journey-Mission, ging ihm zunehmend auf die Nerven. Ein Kind der Computergeneration, welches einen spielerischen Umgang mit dem technischen Equipment pflegte. Er hatte alle erdenklichen Tests in den Simulatoren am besten gemeistert. Die NASA hatte ihn unter tausenden Bewerbern für den Job herausgefiltert. Er hatte alle psychologischen und Loyalitätstests bestanden. Wenn er am Steuerknüppel eines Marsautos saß, war er unschlagbar. Nur in den Zwischenzeiten war er für Steven fast unerträglich geworden. Irgendwie schien der lange Weltraumaufenthalt sich immer negativer auf Riesenstein auszuwirken. Dabei ähnelten sie einander. Auf den ersten Blick konnte man den großen schlacksigen Hünen mit seinem schwarzen, wirren langen Haar mit dem unausgeschlafenen Steven verwechseln. Das änderte sich aber schlagartig, sobald man ihm ins Gesicht schaute. Dann fielen die extrem dünne Hakennase und der spitz ausgezogener Mund auf. Hinzu kamen zwei überlange Schneidezähne, die Steven an eine bestimmte Sorte von Nagetier erinnerten.

In der Freizeit an Bord trug Riesenstein unentwegt einen MP3-Player, mit dem er sich ständig über Kopfhörer Heavy-Metal- und Trash-Metal-Sound der härtesten Gangart einhämmerte. Bands wie Newsted, Kreator, Manowar, Battle Beast und Noisehunter reihten sich in seiner Playlist aneinander. Dabei war die Lautstärke so eingestellt, dass seine gesamte weitere Umgebung zwangsläufig mithören musste.

Steven dachte mit Schrecken daran, dass er demnächst zusammen mit Riesenstein ins Exil musste, wie die Außenstation innerhalb des Kraters im Crewjargon genannt wurde. Dieser Einsatz stellte das Herzstück der Marsmission dar. Damit stand oder fiel das Wissenschaftskonzept dieser gesamten kosmischen Forschungsreise. Wer hätte gedacht, dass der Mars im Jahr 2020 lediglich das drittweiteste Ziel der bemannten Raumfahrt darstellen würde.

University of California,
Samstag, 16. Mai 2020

Manchmal hasste sie Telefonate mit ihrem Chef. Kati Perlande merkte, dass sie auch bei diesem Gespräch immer lauter wurde, während sich die Unterhaltung weiter zuspitzte:

»Diese Sache mit dem Satellitentelefon konnte auch nur Dir einfallen. Wieder sitze ich hier im Büro, noch dazu am Wochenende, während der Herr sich in den Tropen herumtreibt.«

»Ein Büro in Kalifornien ist aber allemal besser als deine Kaschemme in Basel, meine liebe Kati.«

»Ach ja, Herr Professor Doktor Ernst Zabel? Trotzdem mache ich mal wieder einen Vertretungsplan nach dem anderen für dich. Wieso um alles in der Welt hast du eigentlich diese Gastprofessur an der University of California angenommen, wenn du vorhattest, ans Ende der Welt zu fahren?«

»Äh, okay Kati, kommen wir doch mal zum Wesentlichen. Wir brauchen eine Zugangsgenehmigung für ein paar Tepuis in Guyana.«

»Ach ja, Guyana jetzt wieder, ich dachte ihr wäret nur in Venezuela?«

»Dachten wir auch, aber die interessantesten Stellen liegen nun doch dort drüben. Einige der Tepuis in Guyana sind völlig unzugänglich und bisher weitgehend unerforscht.«

Kati seufzte hörbar: »Bis wann braucht ihr das?«

»Am besten bis übermorgen. Guyana ist einer der wenigen Staaten, die das internationale Abkommen zum freien wissenschaftlichen Austausch nicht unterschrieben haben. Wende dich an Scott, der öffnet dir alle Türen.«

»Aber Peter, kann der nicht für euch …? Aufgelegt!«, fluchte sie und blieb einige Sekunden regungslos sitzen. Dann begann sie, nach Scotts Nummer auf ihrem Smartphone zu suchen.

Kasachstan, Weltraumbahnhof Baikonur, Konferenzraum
Montag, 18. Mai 2020

Aitmaturow war gespannt. Die Veranstaltung hatte die Kosmoprom-Führung als PR-Probe angekündigt. Zum ersten Mal trug er die im Labor von Dr. Grasnowatzow angepassten Kontaktlinsen. Den Hinweis, er habe noch nie in seinem Leben eine Sehhilfe gebraucht, hatte man nicht gelten lassen. Bei dieser Gelegenheit hatte man ihn darauf hingewiesen, dass das Tragen der Kosmoprom-Kontaktlinsen im Rahmen bestimmter Arbeitsaufgaben auf Anweisung des Arbeitgebers sogar laut Arbeitsvertrag vorgeschrieben war. So hatte er sich mühselig diese Linsen ins Auge gefingert. Diese tränten nun leicht und er musste sich mehrfach über die Augen wischen. Immerhin sah er nun ein wenig schärfer. Er hatte anscheinend einen Arbeitgeber, der auf optimale Sehschärfe seiner Mitarbeiter Wert legte.

Vor ihm lag ein Multiple-Choice-Bogen mit diversen Wertungsparametern zur Beurteilung. Eine erwartungsvolle Stille herrschte im Konferenzraum. Die anderen Anwesenden kannten offensichtlich das Prozedere. Aitmaturow wusste jedoch nicht, was ihn erwartete.

Zunächst veränderte sich der Konferenzraum fast unmerklich. Boden und Wände wurden allmählich undurchsichtig, der ovale

Beleuchtungsring fuhr langsam von der Decke herab und übernahm mit seinem künstlichem Licht die Beleuchtung.

Dann betrat Olga Nemerenko mit offenem Haar in einem blaugetönten Hosenanzug den Raum. Ein breiter Goldgürtel mit einer großen, goldenen Schnalle umfing ihre Taille. Im Haar trug sie eine ebenso goldene Spange. Aitmaturow warf nochmals einen Blick auf seinen Multiple-Choice-Bogen. Doch was war das?

Er hatte immer noch Nemerenko in seinem Blickfeld. Schnell schaute er in Richtung der gegenüberliegenden Glaswand. Kein anderes Ergebnis. Egal wohin er schaute, mitten in seiner optischen Wahrnehmung erschien Nemereko in der Bildmitte. Er zuckte zusammen, denn eine hellerleuchtete Projektionsfläche erschien hinter Nemerenko. Er blickte hinüber zu der Nemerenko aus Fleisch und Blut. Hinter dieser war nichts zu sehen von einer Projektionsfläche. Diese Kontaktlinsen! Diese Teufelsdinger projizierten ihm das alles direkt auf die Netzhaut. Aitmaturow schluckte. So etwas hätte er nicht für möglich gehalten. Er konnte sich den intensiven, ja geradezu hypnotischen Eindrücken vor seinem inneren Auge nicht entziehen und wurde in deren Geschehnisse hineingezogen. Das erste Bild auf der Projektionsfläche in seinem Auge zeigte nun das goldene Dach in Salzburg und den darüber geschriebenen Vortragstitel »Goldrausch im Weltall«.

»Gold! Gold, meine Damen und Herren, ist der Stoff aus dem Träume sind und ist ein Stoff für Träume. Für alle Kulturen der Menschheitsgeschichte war es ein Zeichen von Macht, Einfluss, Schönheit, Glanz und Reichtum. Es gibt nur wenige Dinge auf der Erde, die eine solche Faszination auf den Menschen ausüben. Schon in der Antike waren Jason und die Argonauten in der griechischen Sagenwelt auf der Jagd nach dem Goldenen Vlies. Unterwegs mit dem Schiff Argo, raubte eine ganze Heerschar der berühmtesten Helden Griechenlands das Fell des goldenen Widders Chrysomallos aus den Händen des Königs Aiestes an den Ufern des schwarzen Meeres. Generationen von Goldschürfern suchten vergeblich nach dem sagenumwobenen El Dorado im Amazonasregenwald, wo angeblich unermessliche Schätze der Inkakönige verborgen sein sollen. Aus der ursprünglichen Inka-Legende, nach der jeder neue Inkaherrscher bei seiner Amtseinführung mit Goldstaub überzogen und in einem See abgewaschen wurde, entwickelte sich mit der Zeit die Sage von einem goldenen See, einer goldenen Stadt, einem goldenen Reich. So wurde der größte Mythos der Kolonialgeschichte geboren. Aber auch heute ist die Wertschätzung des Goldes ungebrochen. Nicht umsonst erhalten Olympiasieger in den Spielen der Neuzeit eine Medaille aus nahezu reinem Gold.

Aber was macht den Unterschied zwischen dem banalen Metall mit der Ordnungszahl 79 zu einem magischen Stoff? Fast alle Metalle und leichten Elemente reagieren mit Luftsauerstoff und werden unansehnlich. Gold bleibt beständig. Selbst Gold das hunderte von Jahren in einem Schiffswrack am Meeresgrund lagert, ist nach der Bergung glanzvoll und unversehrt, wie am Tag seiner Formung. Gold glänzt und ist weich und dehnbar, womit dieses Metall einmalige Eigenschaften aufweist. Aufgrund dessen und aufgrund seiner Seltenheit in der Erdkruste ist es auch heute noch eine unserer wichtigsten Wertanlagen und das perfekte Mittel, um Vermögen dauerhaft anzulegen. Bereits ab 1844 wurde in der Bank of England für alles gedruckte Papiergeld ein Gegenwert in Form von Goldreserven geschaffen. Eine Währungsordung, welche als Goldstandard bezeichnet wird. Davon hat man sich in England erst im Jahre 1931 und in den USA im Jahr 1933 verabschiedet. Aber immer noch besitzen die meisten Staaten der Welt streng gesicherte Golddepots, die große Teile des Staatsvermögens repräsentieren.

Jahrhunderte lang versuchten Alchemisten das begehrte Metall künstlich zu erschaffen, aus minderwertigen Stoffen oder sogar aus dem Nichts. Die Idee, Gold künstlich durch Transmutation unedler Metalle herzustellen, begründete u.a. die Wissenschaft der Chemie. Berühmt sind die Versuche des Mönchs Berthold Schwarz aus dem 14. Jahrhundert, der beim Versuch, Gold herzustellen, das Schwarzpulver erfand und sich dabei selbst in die Luft sprengte. Aber den Kniff, Gold zu erschaffen, beherrscht nur der Kosmos selbst. Die Geburt des Goldes liegt wie bei fast allen schweren Elementen unseres Universums im Werden und Vergehen von Sternen. Kurz nach dem Urknall gab es nur Wasserstoff, Helium und Spuren von Lithium und Beryllium. Alle anderen Elemente entstanden primär bei der Explosion oder Kollision von Sternen und in sehr viel geringerem Umfang durch geophysikalische Vorgänge auf Planeten und Monden.

Welche Elemente im Inneren von Sonnen gebildet werden, hängt von Masse, Temperatur, Druck und einer Vielzahl weiterer Parameter ab. Ebenso vielfältig sind die Umstände bei denen sich ein Stern zu einer Supernova entwickelt und sich in einer gewaltigen Explosion selbst zerstört. Seit Anbeginn des Kosmos erschufen so mehrere Sternengenerationen die natürlichen Elemente, die wir heute kennen. Daher ist der Ausspruch des berühmten Astronomen Carl Sagan ›Wir alle bestehen aus Sternenstaub‹ absolut zutreffend.

Nach bisherigen Erkenntnissen geht man davon aus, dass es Supernovae gibt, bei den Gold oder Silber entsteht. Neueste Modellrechnungen erbrachten jedoch Gewissheit, dass selbst die größte Supernova-Explosion nicht ausreicht, um Gold zu gebären. Erst als Wissenschaftler des Harvard-Smithsonian Center for Astrophysics (CfA) das Inferno einer Kollision von zwei Neutronensternen beobachten und auswerten konnten, kam man dem Gold auf die Spur. Bei einem solchen gewaltigen kosmischen Ereignis kommt es zu einem kurzen, nur Zehntelsekunden andauernden Gammastrahlenblitz. Die hierbei wirkenden Kräfte schaffen Gold. Bei der vom CfA entdeckten Kollision in Mengen, die die Masse unseres Erdmondes übertreffen. Es ist somit sehr wahrscheinlich, dass das gesamte Gold des Kosmos durch solche kurzen Gammastrahlenereignisse entstanden ist. Oder, um es mit den Worten Udo Bergers vom CfA zu sagen: ›Wir sind alle Sternenstaub und unser Schmuck ist der Staub kollidierender Sterne‹.

Aber was wäre der Mensch, wenn es ihm nicht gelänge, sein Ziel doch noch zu erreichen. Abgesehen davon, dass bei Kernschmelze- und Spaltungsvorgängen in Atomkraftwerken Gold in winzigen Mengen als Nebenprodukt entsteht, hat man festgestellt, dass sich in Teilchenbeschleunigern durch den Beschuss von Zinnfolie mit Kupferatomen tatsächlich Gold gezielt künstlich herstellen lässt. Reichtümer lassen sich durch diese Methode jedoch nicht anhäufen. Nach Aussagen des Physikers Sigurd Hofmann dauert die Herstellung eines einzigen Gramms Gold mit dieser Methode schlappe fünf Milliarden Jahre.

Kommen wir nun zu unserem Gold-Riesenbaby 433 Eros im Asteroidengürtel unseres Sonnensystems, dessen Genese mittels einer Gammablitzeruption erfolgte, lange bevor das System entstanden ist. Dadurch wird erst verständlich, wieso da draußen ein Goldklumpen herumschwirrt, der mehr Gold enthält als alle irdischen Vorkommen zusammen.

Einen Asteroiden mit nennenswertem Diamantvorkommen haben wir übrigens bisher nicht entdecken können. Obwohl im Zuge der Planetensuche durch die Kepler-Sonde und irdische Observatorien tatsächlich mit ›55 Canri e‹ in nur 41 Lichtjahren Entfernung ein Planet aufgespürt wurde, der zu einem Drittel aus Diamant besteht, scheinen die Diamantvorkommen in unserem Sonnensystem in erster Linie innerhalb der Erdkruste entstanden zu sein. Eine Ausnahme bildet Neptun, bei dem die Diamantgenese auch heute noch abläuft. Der in der Atmosphäre minus 216 Grad kalte Planet mit seiner 15-fachen Erdenmasse und einer rätselhaften über 7.000 Grad Celsius inneren Wärmequelle erzeugt Druckverhältnisse von mehreren Millionen Bar. Dadurch zerfällt das Methan in seiner Atmosphäre zu Wasserstoff und Kohlenstoff. Die freien Kohlenstoffatome werden kristallin, wodurch ein ständiger Schwall glitzernder Diamanten durch die flüssige Atmosphäre auf den inneren Gesteinskern herabregnet. Die fossilen Diamanten auf der Erde hingegen wurden in 3 Phasen vor 3,3, 2,9 und letztmals vor 1,2 Milliarden Jahren aus großen Mengen reinen Kohlenstoffs in Tiefen von 130 bis 700 Kilometern unter gigantischen Druckverhältnissen im Erdmantel gebildet. Seither sind solche Bedingungen für die Diamantengenese auf der Erde offensichtlich nicht mehr vorhanden.

Eine Ausnahme bilden Meteoriteneinschläge. So herrschten bei einem Einschlag, der vor nur 15 Millionen Jahren zur Bildung des ›Nördlinger Ries‹ in Bayern führte, die erforderlichen Druck- und Temperaturbedingungen zur Erzeugung von Diamanten. Die dort im Erdreich verteilten Diamantensplitter sind allerdings völlig unbedeutend für eine Exploration.

Ganz im Gegensatz zum Popigai-Krater in Sibirien. Dort raste vor cirka 35 Millionen Jahren ein etwa sieben Kilometer mächtiger Meteorit in die heutzutage russische Erde und verursachte einen Einschlagkrater von über 100 Kilometern Durchmesser. Der Aufprall erschuf aus dem dort im Untergrund vorhandenen Graphitgestein mehr Diamant, als alle anderen jemals auf der Erde abgelaufenen diamantbildenden geologischen Prozesse zusammen. Im Schnitt sind die Popigai-Diamanten nur 0,5 bis 2 Millimeter groß und daher weniger für Schmuck als für Einsätze in der Industrie, zum Beispiel für Bohrköpfe und für die Raumfahrttechnik, geeignet. Deren Schleifwirkung übersteigt die von anderen natürlichen Diamanten um mehr als das Doppelte. Nikolai Pochilenko, der Direktor des Instituts für Geologie und Mineralogie, spricht daher sogar schon von einer Revolution in der Werkzeug-, Steinschneide- und Bohrindustrie. Legte man den aktuellen Weltverbrauch an synthetischen Diamanten zu Grunde, so Pochilenko, reichten die Vorkommen des Popigai für die kommenden 3000 Jahre.

Warum erzähle ich Ihnen das so ausführlich? Man könnte eine Sondenmission zum Neptun entsenden und dessen Diamantvorkommen abbauen. Dies dauert jedoch aufgrund der mehrjährigen Flugzeit viel zu lange und birgt aufgrund der Temperatur- und Druckverhältnisse zumindest derzeit unüberwindbare technische Probleme. Man könnte auch mit den Mitteln des Asteroidenbergbaus über eine künstliche Herstellung von Diamanten durch einen gezielt auf den Mond gelenkten Meteoriten nachdenken. Sicherlich eine faszinierende Vorstellung, aber auch das ist nicht nur reine Zukunftsmusik, sondern reine Science Fiction. Diamanten sind somit nicht der Stoff für das Asteroid-Mining in unserem Sonnensystem. Nein, … es ist das Gold, nach dem wir streben müssen.

Hierzu werfen wir zunächst wieder einen Blick durch die irdische Brille, denn keineswegs Science Fiction sind die immensen sozialen Konflikte und Umweltzerstörungen, die durch die konventionelle Förderung von Gold entstehen.

Im rumänischen Rosia Montana lagern die größten europäischen Golderzvorkommen. Diese werden im Tagebau unter Nutzung des Cyanidlaugungsverfahrens abgebaut. Dadurch entstehen riesige Stauseen mit giftigen Schlämmen, die eine enorme und ganz reale Umweltgefahr darstellen. Dafür gibt es sogar Belege. Durch einen Dammbruch eines solchen Schlammsees am 30. Januar 2000 im rumänischen Baia Mare ereignete sich bereits eine Umweltkatastrophe, als große Mengen an Natriumcyanidlauge austraten und mehrere Nebenbäche sowie die Flüsse Theis und Donau verseuchten. Zu den erheblichsten Folgen dieses Unfalls gehörten die Verschmutzung von Trinkwasservorkommen und ein enormes Fischsterben, welches 1.400 Tonnen Fischkadaver zur Folge hatte.

Noch bedeutendere Auswirkungen hat der sogenannte Goldrausch am Amazonas. Dabei reden wir hier nicht von den spanischen Konquistadoren der frühen Neuzeit. Nein auch in der Moderne wurde der Amazonasregenwald von Goldgräbern in drei Wellen heimgesucht. Eine erste Phase fand von 1987 bis 1991, die beiden anderen nach den Wirtschaftskrisen der Jahre 2008 und 2016 statt. Ursache war offenbar der Goldpreis, der in Folge einer Rezension bald wieder in die Höhe schnellte. Tausende von Goldgräbern suchen dann den Regenwald heim, holzen beachtliche Flächen von Primärregenwald ab und verseuchen die Flüsse mit dem zur Auswaschung des Goldes verwendeten Quecksilber. Man glaubt es kaum, aber diese Methode stellt die zweitgrößte Emissionsquelle für Quecksilber auf der Erde dar. Die eigentlichen Leidtragenden dieser Entwicklung aber sind die indigenen Völker des Amazonas, allen voran das größte noch lebende Volk der Yanomami in der Grenzregion zwischen Brasilien und Venezuela. Der Bau von Straßen und Landebahnen zerstört ihren Lebensraum. Es ereignen sich Todesfälle durch das Trinken des quecksilberverseuchten Flusswassers, die Goldgräber schleppen in großem Umfang Krankheiten ein, die die indigene Bevölkerung dahinrafft und es kommt sogar zur direkten Ermordung hunderter von Indianern bei brutalen Übergriffen.

Wir sehen also: Abbau und Goldgewinnung auf der Erde sind mühsam und mit zahlreichen Gefahren für Mensch und Umwelt behaftet.

Wenn wir mit unserem Gold-Asteroidenbergbau Erfolg haben, werden die vergleichsweise kleinen irdischen Goldvorkommen, wie das in Rosia Montana, und das ungeordnete Goldschürfen am Amazonas unrentabel. Solche Minen wie in Rumänien mit ihren enormen Umweltgefahren werden dann schließen müssen. Die unsäglichen Aktivitäten der modernen Konquistadoren am Amazonas werden ein Ende haben.

Investieren Sie also in unser Unternehmen und erzielen Sie nicht nur traumhafte Renditen, sondern tun Sie damit gleichzeitig etwas für den Umweltschutz und den Schutz bedrohter Völker auf der Erde.

Ich danke Ihnen für Ihre Aufmerksamkeit.«

Applaus brandete auf. Nemerenko dankte es ihrem Publikum mit einem gewinnenden Lächeln.

Die Einblendung in Aitmaturows Sichtfeld verschwand plötzlich – er konnte wieder normal sehen. Er kannte sich mit solchen Sachen nicht aus, aber er hatte beim Einsetzen in seine Augen schon registriert, dass diese High-Tech-Kontaktlinsen von einem Netz winzig feiner Drähte und Punkte durchzogen waren. Er hatte schon mal von den sogenannten Smart Lenses gelesen, die sich seines Wissens noch im Versuchsstadium befanden. Ohne Zweifel hatte Kosmoprom diese kleinen Teufelsdinger bis zur Perfektion weiterentwickelt. Er zog innerlich seinen Hut vor den Entwicklungsingenieuren seines neuen Arbeitgebers.

Aitmaturow linste zu seiner Nachbarin Irena Seitzewa hinüber. »Gar nicht so schlecht, die Argumente von Nemerenko«, schrieb sie lächelnd auf einen kleinen Zettel und schob diesen Aitmaturow herüber. Er sah, dass sich ihr Multiple-Joice-Bewertungsbogen mit zahlreichen Kreuzchen auf der Positivseite füllte.

Aitmaturow zögerte. Steckte vielleicht doch mehr Moral in diesem Laden, als er ursprünglich dachte. Trotzdem hielt er sich beim Ausfüllen seines Bogens mehr im neutralen Bereich. Als er diesen nach dem Vortrag bei Chorowaiklikow abgab und dieser seine Wertungen überflog, erntete er einen missbilligenden Blick. Es folgte keine Diskussion, sondern das Fachpublikum musste den Raum zügig verlassen. Zurück blieben nur Chorowaiklikow und Nemerenko.

Zufrieden trat Chorowaiklikow bis dicht an die riesige Fensterfront heran und blickte auf eine startbereite Kosmoprom-Rakete. »Sie werden besser, Nemerenko, immer besser. Aber Sie wissen ja, dass wir Mittelmaß geradezu verabscheuen.«

»Freut mich, dass Sie zufrieden sind, Chef.«

»Keine weiteren Floskeln«, verbat Chorowaiklikow und verabschiedete mehr beiläufig seine Referentin. Schließlich verließ auch er den Raum, fuhr ein paar Stockwerke bis in die Spitze des Kosmoprom-Turms und betrat sein Büro. Dieses sah aus wie der große

Konferenzraum in einer Miniaturausgabe. Auch hier gab es den transparenten Fußboden und die vorgewölbte Fensterfront. Von hier aus hatte man den besten Blick über den Weltraumbahnhof. Sein erster Blick ging zu seinem Kommunikationsdesk, an dem eine rote Anzeige fortwährend blinkte. Schnell ging er um den futuristisch geformten Schreibtisch herum, ließ sich schwer in den riesigen, ergonomisch geformten Bürostuhl fallen, der selbst seine Leibesfülle problemlos aufnahm und befahl: »Verbindung zum Chef herstellen.« Einige Sekunden passierte nichts.

Dann kam eine Stimme aus den im Desk eingelassenen Lautsprechern: »Schön, wirklich sehr schön Chorowaiklikow. Ihre Charmeoffensive gefällt mir. Vorgetragen von so einem hübschen Feger, wie der Nemerenko, wirkt das Ganze noch intensiver. Die nächste Delegation von Investoren kann also kommen. Nett, wie Sie auf die Tränendrüsen drücken mit diesem Amazonas-Sozialquatsch und dem Umweltgesülze aus Rumänien. Kürzen Sie noch ein bisschen im Wissenschaftsteil und nehmen noch mehr soziales Elend rein. Das zieht immer. Wenn wir die sonstige Goldindustrie erst einmal aufgekauft haben, sind solche Klitschen, wie diese kleinen Goldsuchtrupps im Regenwald, wahrscheinlich die einzigen, die noch übrig bleiben werden. Diese Privatschürfungen werden sogar noch zunehmen. Aber das müssen wir ja keinem erzählen.« Aus den Lautsprechern tönte ein blechernes Lachen. »Wir werden die Monopolisten des Goldhandels! Und im Diamantenhandel werden cirka 80 Prozent von einem Monopolisten kontrolliert. Die haben wirklich Glück, dass es keine geeigneten Diamantenasteroiden gibt. Dort geht es weltweit um nur 8 Milliarden Dollar. Bei uns können sie getrost noch ne Null dranhängen. Und zwar nur für den Umsatz von Kosmoprom. Das ist was, Chorowaiklikow. Machen Sie weiter so. Wir sind auf Kurs. Ich rede demnächst wieder mit unseren Geschäftspartnern, Sie wissen schon. Was daraus wird, werden wir sehen.«

Chorowaiklikow hörte eine Schlussmelodie, welche das Gesprächsende anzeigte. Der Chef hatte recht – wie immer. Sie würden den Markt leer saugen bis auf den letzten Goldkrümel. Ankaufoptionen für die meisten Goldminen der Welt lagen auf seinem Tisch. Und er selbst – der Topmanager, das Gesicht von Kosmoprom – verdiente sich ebenfalls dumm und dämlich. Lautlos lachte er vor sich hin.

Solarfire
Montag, 18. Mai 2020

Die Tage und Wochen vergingen für Brigitte weitgehend ereignislos. Ihre beiden Gefährtinnen erledigten alles Technische an Bord. Obwohl sie von Raumfahrt nicht die geringste Ahnung hatte, erschienen ihr einige technische Details dieses Raumfahrzeuges nicht ausgereift. Man merkte dem Gefährt an, dass es in aller Eile zusammengezimmert worden war. Nie hatte die Menschheit – beziehungsweise die Russische Raumfahrtbehörde – konkret daran gedacht, bereits im Jahr 2020 eine bemannte Raummission in Richtung Venus zu starten. Conti hatte die Solarfire öfter als »fliegende Blechbüchse« verspottet. Bei der Solarfire handelte es sich nicht um eine Neuentwicklung, sondern man hatte Bestandteile mehrerer russischer Raummissionen, unter anderem noch Teile aus dem MIR-Programm sowie einige amerikanische und europäische Komponenten zusammengebastelt. Das konnte selbst Brigitte als blutige Laiin erkennen. Die eine oder andere Klappe schloss nicht richtig und an einigen Stellen blätterte der Lack ab. Die verschieden eingefärbten Bauteile vermittelten eine Art »Villa-Kunterbunt-Gefühl« im Weltraum. Das amerikanischste an dem gesamten Projekt war der Name Solarfire, ein Zugeständnis der Russen an die amerikanischen Kollegen. Ansonsten lag die Führung der Mission bei Roskosmos in Baikonur. Brigitte versuchte sich damit zu trösten, dass die russische Raumfahrttechnik als zuverlässig und unverwüstlich galt. Die Konstrukteure hatten allerdings überaus platzsparend konstruiert. Brigitte jedenfalls empfand alles als ziemlich eng. Die Schlafkabinen der Kosmonautinnen besaßen bestenfalls Telefonzellengröße.

Wirklich komfortabel fand sie den in die Decke über ihrer Schlafnische angebrachten Touchpad-Bildschirm. So konnte sie im Liegen den Computer bedienen. Filme schauen, gehörte dabei zu ihren Lieblingsbeschäftigungen. Es war ihr ein willkommener Zeitvertreib und sie fühlte sich dadurch zumindest etwas enger mit der Erde verbunden. Mittlerweile hatte sie einen fundierten Überblick über die Filmproduktionen der letzten Jahrzehnte.

Als ihre Hauptaufgabe sah sie jedoch zurzeit die Auswertung der Aufzeichnungen aus dem JPL an. Nicht nur um zu realisieren, wie sie überhaupt hierher gekommen war, sondern auch um auf diese Weise irgendein bisher verborgenes Detail zu entdecken, welches für die Solarfire-Mission weitere Aufschlüsse geben und etwas Licht in die rätselhafte Lage bringen konnte.

Über den Bordcomputer der Solarfire hatte sie einen vollständigen Zugriff auf das Archiv des JPL. Brigitte rief sich eine Videodatei mit einer Sitzungsaufzeichnung der JPL-Arbeitsgruppe auf. Die betreffende Datei beinhaltete die JPL-Sitzung vom 3.3.2017. Sekunden später tauchte sie in die Welt des unterirdischen Konferenzraumes im Headquarter ein und hörte ihre eigene Stimme. Beim Betrachten dieser Aufzeichnungen war es für sie immer, als beobachte sie sich selbst als dritte Person:

JPL-Headquarter, 3. März 2017

»… Jetzt kommt die Einspielung. Ich bitte alle um Aufmerksamkeit.« Man hörte ihre eigene Stimme mit der Übersetzung von Djalu Djungarys Worten:

Es wird kommen der Tag

ja der Tag naht

an dem du verschwunden sein wirst

und ein Auge in die weite Ferne gebraucht wird

wir brauchen den einen

der dieses Auge besitzt

wir brauchen ihn

der im Verborgenen lebt.

Djalu meinst du Unaden? Sollen wir Unaden aus seinem Heim herausholen. Djalu bitte antworte mir!« Aber so oft Brigitte auch nachfragte, der Aborigine blieb stumm.

Die Aufzeichnung brach ab und Brigitte fing an zu sprechen: »Er hat noch nie von Unaden gesprochen. Auch dieses Mal hat er ihn nicht mit Namen benannt. Es gibt jedoch keinen Zweifel, dass er Unaden meint.«

Die Runde blieb einige Zeit still. Der erste, der Worte fand, war Professor Pablo da Luca mit einem Statement aus medizinischer Sicht. Er zupfte an seinem weißen Arztkittel, richtete seine rundliche, silberne Nickelbrille zurecht und fragte: »Was bedeutet denn das? Wenn Sie mit ihrer Interpretation recht haben, dann müssen wir Unaden aus seinem geschützten Lebensraum herausreißen und hierher ans JPL bringen. Denken Sie an die Folgen! Dieser Mensch ist ein Autist.«

Brigitte antwortete: »Er befand sich als Kind schon einmal monatelang am JPL.«

»Schön und gut«, ergänzte da Luca, »aber damals war er in Begleitung seines Vaters, seines Bruders und seines Freundes Will Johnson, den er ›Brown King‹ nannte.«

Sofort erwachte der nationale Sicherheitsberater in Jack Dyce: »Ich darf daran erinnern, dass wir hier alle immer noch der Geheimhaltung unterstehen. Ich traue Unaden in keinster Weise zu, eine solche Verpflichtung zu erfüllen.«

»Das wäre bei seinem Zustand auch zu viel verlangt«, warf da Luca ein.

»Sie sagen es«, führte Dyce fort, »und was soll er am JPL machen? Etwa die Übersetzungen von Djalus Botschaften übernehmen. Das ist nicht Ihr Ernst! Diese Botschaften sind so schon kryptisch genug, da brauchen wir nicht noch einen lebenden Sprachenzerhäcksler dazwischen. Ich kann mir nicht vorstellen, dass wir auf diesem Weg eine zielgerichtete Kommunikation aufbauen können.«

»Wie Sie alle wissen, habe ich mich schon einmal eine Stunde mit Unaden unterhalten«, ließ sich nun wieder Brigitte vernehmen, »mit ein bisschen guten Willen kann man seinen Ausführungen schon folgen. Es wird ja ohnehin alles aufgezeichnet, so dass man seine Worte übersetzen und nachträglich interpretieren kann.«

Nun meldete sich Conti zu Wort: »Ich habe eine Idee. Wir bauen ihm sein Zimmer aus dem Heim in Darwin hier in Pasadena nach, dann kann er sich ungestört seinen Konstruktionstätigkeiten widmen und wir setzen ihn nur ein, wenn wir ihn brauchen. Außerdem sollte Frau Quamoora mitkommen. Wir haben ja zum Beispiel auch Mai Ling im Team, die die Übersetzung der asiatischen Wörter übernehmen kann.«

»Entschuldigen Sie, wenn ich insistiere«, sagte da Luca, »Warum eigentlich sollten wir das machen? Frau Langendorf befindet sich mitten unter uns und soweit ich das beurteilen kann in bester Gesundheit. Was also soll das Ganze? Nur weil Herr Djungary eine Behauptung in die Welt setzt, sollen wir ein solches Risiko eingehen. Wenn sie mich fragen, aus medizinischer Sicht ein äußerst fragwürdiges Unterfangen.«

Conti entgegnete: »Nun, die Äußerungen Djalus, und da spreche ich aus eigener Erfahrung, haben sich in der Vergangenheit oftmals als zutreffende Weissagungen herausgestellt. Es fällt mir ja auch schwer, derzeit an eine solche Möglichkeit zu glauben, aber wir müssen ernsthaft in Betracht ziehen, dass Brigitte uns wahrscheinlich nicht mehr oder hoffentlich nur für eine bestimmte, noch nicht zu definierende Zeitspanne zur Verfügung stehen wird.«

Es war Scott, der die Diskussion zusammenfasste: »Ich bin auch hin und her gerissen, aber ich denke, wir sollten tatsächlich gewisse Vorkehrungen für diesen, zugegeben, ziemlich unwahrscheinlichen Fall treffen. Ich werde zu Frau Quamoora Kontakt aufnehmen. Den Vorschlag Doktor Contis mit der Schaffung der gewohnten Umgebung für Unaden hier am JPL halte ich übrigens für ausgezeichnet. Wir werden auf jeden Fall in diesem Gebäude einen solchen geschützten Raum herrichten lassen. Details für die Überführung, Unterbringung und Verpflegung sollten schon einmal in einem Szenario ausgearbeitet werden. Diese Aufgabe übertrage ich Miss Ling. Wenn alles soweit durchdacht und vorbereitet ist, sollten wir nochmals über die konkrete Umsetzung des Plans befinden.«

University of Seattle, Hörsaal
Dienstag, 19. Mai 2020

Vössler hüstelte mehrmals, nahm noch einen kräftigen Schluck Ingwertee und begann seinen Vortrag im gut gefüllten Audimax der Universität von Seattle mit immer noch leicht angegriffener Stimme:

»Liebe Studenten der Geographie, ich berichte Ihnen heute von einem der unbekanntesten Orte des Universums.

Um die Erde kreisen tausende von Satelliten, die jede Wolke, jede Chlorophyllansammlung im Regenwald und jede Bewegung der Ozeanströmungen erfassen. Unsere Sonden reisen durch das Sonnensystem und durchstoßen die undurchdringliche Atmosphäre des Saturnmondes Titan, passieren ferne Welten wie die des Pluto-Charon-System und bohren sich durch die Eiskruste des Jupitermondes Europa. Wir kennen jeden Eispartikel der Saturnringe und wissen, wie es im Innern der Sonne aussieht. Wir können mit unseren Teleskopen bis an den Rand des Universums blicken und beobachten Quasare in einer Entfernung von fast 13 Milliarden Lichtjahren.

Aber was wissen wir über das Innere unseres Planeten? Gemessen an anderen Forschungsgebieten so gut wie nichts. Aber das bisschen, was wir wissen, will ich Ihnen heute zu Gehör bringen.«

Auf der Projektionsfläche war ein Schnitt durch die Erde zu sehen, welcher den Aufbau des Erd-Inneren in mehreren Schichten zeigte.

»Im Mittelpunkt unseres Planeten befindet sich eine Kugel mit einem Radius von circa 1.250 Kilometern, von Geophysikern liebevoll als das irdische Herz bezeichnet. Dieses ist damit so groß wie der Mond und erreicht eine Temperatur, sie so heiß ist, wie die Oberflächentemperatur der Sonne. Dieser innere Erdkern setzt sich aus Nickel und Eisen sowie kleineren Mengen anderer chemischer Elemente in festem Aggregatzustand zusammen. Der äußere Erdkern besteht aus einer 2.000 Kilometer messenden flüssigen Schicht aus Eisen. Darüber erstreckt sich der circa 3.000 Kilometer dicke Erdmantel aus zähflüssigem, vorwiegend silikatischem Gestein. Der obere Erdmantel mit einer Tiefe von etwa 210 Kilometern wird als Astenosphäre bezeichnet. Diese besteht aus aufgeschmolzenem Gesteinsmaterial auf der die Lithosphärenplatten schwimmen und durch Konvektionen gegeneinander verschoben werden können, was zur Kontinentaldrift und zu Erdbeben führt. Nur die obersten 10 bis 30 Kilometer bilden die feste Erdkruste, die sogenannte Lithosphäre, auf der die Ökosysteme der Erde existieren und auf der wir leben. Stellt man sich die Erde auf die Größe eines Apfels verkleinert vor, umfasst die Erdkruste noch nicht einmal die Dicke der Apfelschale. Nur Teile dieser Kruste konnten bisher wissenschaftlich untersucht werden. So wurde auf der Halbinsel Kola in Russland eine zwölf Kilometer tiefe Bohrung abgeteuft. Eine weitere Bohrung drang bei Windischeschenbach in der Oberpfalz zwischen 1990 und 1994 im Rahmen des kontinentalen Tiefbohrprogramms der Bundesrepublik Deutschland bis in eine Tiefe von 9,1 Kilometer vor. Das modernste Tiefseebohrschiff der Welt, die japanische Chikyu erreichte vor der Küste Japans Bohrtiefen von über 1.000 Metern unter dem Meeresgrund. Alle drei Bohrungen konnten somit bisher nicht die Erdkruste durchdringen und den Erdmantel erreichen. Die Versuche dauern in verschiedenen Projekten unentwegt an.

Wie Sie sehen, ritzen wir also lediglich die Apfelschale an. Den Geologen ist daher seit langem bewusst, dass sie niemals Proben aus dem Erdkern oder auch nur aus den tieferen Schichten des Erdmantels erlangen werden. Jules Vernes Reise zum Mittelpunkt der Erde wird also immer eine Utopie bleiben. Doch wieso wissen wir dann überhaupt etwas über den Aufbau des Erd-Inneren?

Eine Methode bietet die Seismologie mittels der Auswertung von Erdbebenereignissen. Zahlreiche über die ganze Erde verteilte Messstationen zeichnen seismische Wellen auf, die den gesamten Erdkörper durchqueren und sich durch die verschiedenen Schichten mit unterschiedlichen Geschwindigkeiten ausbreiten. Aus den dabei entstehenden Streu- und Dämpfungseffekten lässt sich die Struktur des Erdinneren ergründen. Jede geologische Tiefenformation hinterlässt dabei ein charakteristisches Muster in der Laufzeit der Wellen. Man muss sich das Prinzip vorstellen wie bei einer medizinischen Röntgenanalyse oder der Kernspintomographie beim Menschen. Mit dieser »seismische Tomographie« genannten

Methode kann aus den Wellen am Computer Scheibe für Scheibe ein dreidimensionales Bild des Erd-Inneren erstellt werden.«

Vössler zeigte auf der Projektionsfläche eine Darstellung der USA mit regelmäßig auf dem Kontinent verbreiteten Punkten.

»Mittlerweile gehen die Seismologen jedoch ganz neue Wege. Das Konzept hierbei ist, nicht auf von Erdbeben induzierte seismische Wellen zu warten, sondern das sogenannte seismische Hintergrundrauschen zu nutzen, welches durch Oberflächenwellen wie natürliche Fluktuationen in der Erdatmosphäre und den Ozeanen verursacht wird. Im Fachjargon der Geophysiker wird dieses Brummen, welches durch die pausenlose Schwingungen der Erde verursacht wird als ›Hum‹ bezeichnet. Dieser ›Hum‹ wurde früher als ›seismischer Müll‹ abgetan, erbringt aber mittlerweile bis zu einer Tiefe von mehreren hundert Kilometern sehr brauchbare Ergebnisse. In den USA wurde zu diesem Zweck das EarthScope-Projekt ins Leben gerufen. Unter anderem erfolgte mit dem USArray, welches sie hier gerade sehen, der Aufbau eines Netzes von Messstationen in einem regelmäßigen 70-mal-70-Meilen-Raster über den gesamten Nordamerikanischen Kontinent. Man kann damit viele hundert Kilometer in den Untergrund hinein hören und die Gesteine im Untergrund der USA wie mit einem Röntgengerät durchleuchten. Das Projekt läuft mittlerweile über einen Zeitraum von über 18 Jahren. Ursprünglich wurden die Messstationen immer nur für einen bestimmten Zeitraum in einem bestimmten Areal betrieben. So wanderte das Messnetz von der West- bis zur Ostküste einmal über den Kontinent. Es ist unserer Forschungsgruppe allerdings gelungen, das USArray in ein dauerhaft stationäres Messnetz umzuwandeln. Die letzten Messstationen, die wieder in Betrieb genommen werden, wie zum Beispiel diese hier aus dem Olympic National Park – Sie sehen sie hier auf diesem Foto – befinden sich in der Anlaufphase.

Unter anderem konnte man mit dem USArray im Untergrund des Great Basin in Nevada – einem riesigen abflusslosen Becken mit Wüstencharakter, in dem auch der große Salzsee liegt – einen riesigen Tropfen aus Erdkruste entdecken, der dort im Erdmantel absinkt. Dieser hat die Ausmaße von 100 Kilometer Breite und 600 Kilometer Länge und ist offensichtlich der Grund dafür, dass in diesem Becken im Gegensatz zu der gesamten Region kaum Vulkanismus herrscht.

Weiterhin konnte mit dieser Methode Lage und Ausdehnung des Hotspots im Erdmantel unter dem 1872 gegründeten Yellowstone-Nationalpark noch genauer erforscht werden. Diese Aufschmelzzone, ein sogenannter Plume im Erdmantel unter dem Yellowstone-Nationalpark, der immerhin die Fläche Korsikas umfasst, wurde neu vermessen und ist noch größer als ursprünglich angenommen. So wissen wir aus magnetotellurischen Messergebnissen, dass sich der Plume 660 Kilometer in die Tiefe bis in eine Entfernung von 240 Kilometern nordwestwärts des Yellowstone erstreckt. Aus diesem Plume im Erdmantel steigt Magma in die Erdkruste auf und sammelt sich in einer gigantischen Magmakammer unter dem Yellowstone. Die Magmakammer selbst wurde mit seismischen Messungen auf eine Größe von 40 bis 50 Kilometern Länge, 20 Kilometer Breite und 10 Kilometer Dicke taxiert. Wie Sie sicherlich wissen, läuft solch eine bedrohliche Magma-Ansammlung immer Gefahr, sich zu einem Supervulkan zu entwickeln.

Ein anderes, wirklich bemerkenswertes Ergebnis stellt die Entdeckung von zwei gewaltigen Ansammlungen dichter, relativ heißer Materie am Grund des Erdmantels unterhalb von Afrika und unter dem Pazifik dar, über deren Genese zurzeit nur spekuliert werden kann. Diese gebirgs- oder inselartigen Strukturen im Erdinneren besitzen einen Durchmesser von mehreren Tausend Kilometern und eine Höhe von 400 bis 1.000 Kilometer. Es könnte sich um urtümliches Gestein aus der Geburtsstunde der Erde handeln. Oder aber um einen Plattenfriedhof, in dem Reste tektonischer Erdplatten eine Ruhestätte finden.

Die dritte Methode, das Erd-Innere zu erforschen, stellen Laborexperimente dar. Es handelt sich um aufwändige Experimente, in denen die Bedingungen im Erd-Inneren nachgebildet werden. Im Bereich des Erdkernes herrscht ein Druck von 140 Gigapascal, entsprechend 1.400.000 Atmosphären und Temperaturen von circa 6.000 Grad Celsius. Solche Verhältnisse können nur kurze Zeit und auf engstem Raum simuliert werden.

Der feste Erdkern ist beweglich und rotiert etwas schneller als der Rest der Erde. Nach der bisherigen Theorie entsteht dadurch der sogenannte Geodynamoeffekt, der das irdische Magnetfeld erzeugt, unser Abwehrbollwerk gegen den Sonnenwind und die interstellare Strahlung.«

Vössler schloss seinen Vortrag mit einer Darstellung, die das weit in den Weltraum hineinreichende schützende Magnetfeld mit dem Ring davon eingefangener energiereicher, geladener Teilchen, dem sogenannten Van-Allen-Gürtel um den Erdball aufzeigte.

Anschließend genoss Vössler das wilde Tischgetrommel und lehnte sich entspannt zurück in Erwartung einer lockeren studentischen Fachdiskussion. Die anschließende Fragestunde begann jedoch gleich mit einem Paukenschlag: »Wieso bohren wir uns durch das Eis von Europa. Davon hab ich in der Fachpresse noch gar nichts gelesen.«

»Ach du Schande«, dachte Vössler, »die Europamission läuft ja verdeckt!« Er antwortete schnell und knapp: »Da ist die Fantasie etwas mit mir durchgegangen. Die technischen Möglichkeiten bestehen natürlich, aber es mangelt derzeit noch an der Ausführung.«

Vössler war froh, dass die nächste Frage sein junges Publikum von diesem Sachverhalt ablenkte: »Professor Vössler, wie wahrscheinlich ist der Ausbruch des Yellowstone-Vulkans?«

»Der Vulkan unter dem Yellowstone begann seine Aktivität vor rund 17 Millionen Jahren und ist seither mehr als 140 Mal ausgebrochen. Riesige Eruptionen gab es insgesamt drei. So vor etwa 2 Millionen und 1,3 Millionen Jahren. Das letzte Großereignis erfolgte vor rund 642.000 Jahren. Kleinere Ausbrüche gab es zuletzt vor circa 70.000 Jahren. Wie Sie sehen, ist der Vulkan unberechenbar. Die über riesige Flächen in Yellowstone verbreiteten, zahlreichen Geysire, Schlammtöpfe und heißen Quellen sprechen für die gigantische Aktivität im Untergrund. Manche Forscher behaupten daher, er sei etwas überfällig und könnte jeden Moment ausbrechen, wenn tatsächlich ein Zyklus von circa 600.000 Jahren besteht. Es kann aber auch noch ein paar Tausend Jahre dauern. Nicht gerade beruhigend sind die seit einiger Zeit laufenden exakten GPS-Höhenvermessungen des Gebietes, die eine Anhebung und Senkung von circa einem Meter in den letzten Jahrzehnten belegen. Auch daran wird ersichtlich, dass es sich im Yellowstone um die gigantischste flüssige Zeitbombe unseres Planeten handelt.«

»Steht die San-Andreas-Spalte mit diesem Vulkan in Verbindung?«

»Eine sehr gute Frage,« nickte Vössler anerkennend, »die San-Andreas-Spalte ist eine der ganz wenigen Stellen auf dem Globus, an der zwei Kontinentalplatten auf der Landfläche aufeinandertreffen, im Gegensatz zu den Zonen in den Tiefen der Ozeane. Sie erstreckt sich über 1.100 Kilometer von Mexiko nach Kalifornien und ist auf manchen Abschnitten sogar in der Landschaft zu erkennen. Der eben erwähnte Magmaschlauch des Yellowstone reicht mit einer Länge von 640 Kilometern weit in Richtung Kalifornien. Ein Beben im Bereich der San-Andreas-Spalte könnte daher unter Umständen eine geologische Kettenreaktion auslösen und den Supervulkan zum Ausbruch bringen. Dies zeigte schon ein mittelschweres Beben in der Mohavewüste, welches im Yellowstone eine ganze Reihe kleinerer Beben induzierte. Dabei ist die Gegend um Los Angeles die einzige der stark erdbebengefährdeten Zonen der Erde, in der sich seit dem Jahr 2000 kein sogenanntes Monsterbeben ereignet hat. Chile, Neuseeland, Japan und Sumatra waren schon dran. Nach Prognosen der Seismologen beträgt die Erdbebenwahrscheinlichkeit für Kalifornien bis zum Jahr 2038 beunruhigende 99,7 Prozent.«

»Welche Auswirkungen hätte der Ausbruch von Yellowstone?«

»Vor rund zwei Millionen Jahren kam es zu einer gigantischen Eruption, die ganz Nordamerika mit Vulkanasche bedeckte. Die damalige Eruption hatte eine 1.000 Mal größere Gewalt als der letzte Ausbruch des Mount Saint Helens 1980. Wenn es zu einem solchen »Big One« kommen sollte, wird die Zivilisation der USA ausgelöscht und rund um den Globus gehen die Lichter aus. Wir erleben dann einen sogenannten vulkanischen Winter. Jährlich brechen rund 50 Vulkane weltweit aus, die wenigsten erreichen jedoch weltumspannende Ausmaße. Der letzte Ausbruch eines wirklich großen Vulkans war der Tambora auf Indonesien im Jahr 1815. Dieser führte zu einer Absenkung der mittleren Temperatur in Europa um circa 2,5 Grad Celsius. Ein Jahr später gab es in den USA starke Schneestürme in den Sommermonaten. Das Jahr 1816 wurde daher als ›das Jahr ohne Sommer‹ bezeichnet.

Der letzte Ausbruch eines Supervulkans, der ungefähr die Ausmaße des Yellowstone-Vulkans erreichte, war die des Toba auf Sumatra vor 74.000 Jahren. Dieser hat das Weltklima wahrscheinlich um 5 Grad Celsius abgekühlt. Man geht davon aus, dass dieses Ereignis fast zur Auslöschung der Menschheit geführt hat. Vermutlich überlebten lediglich 2.000 bis 5.000 Menschen diese Katastrophe. Ein Supervulkanausbruch ist also mit das dramatischste Naturereignis dieses Planeten, das wir uns aktuell vorstellen können. Milliarden Menschen könnten diesem zum Opfer fallen. Mit anderen Worten: Sie können die Hoffnung auf den Ruhezustand der Magmakammer des Yellowstone durchaus in ihr Nachtgebet einschließen.«

»Sie sagten, dass das Magnetfeld nach bisheriger Theorie durch die Rotation des Erdkernes erzeugt wird. Wieso sagten Sie bisher?

»Neueste Laborexperimente erbrachten das erstaunliche Ergebnis, dass das Eisenoxid im Unteren Erdmantel unter den dort herrschenden Verhältnissen leitfähig wird, ohne seine kristalline Struktur zu ändern. Unter normalen Verhältnissen wirkt Eisenoxid wie ein elektrischer Isolator und leitet keinen Strom. Möglicherweise spielen diese Eigenschaften eine Rolle bei der Magnetfeldentstehung, zumal anhand anderer Forschungen nachgewiesen wurde, dass sich der Erdkern viel langsamer dreht als bisher angenommen, und somit der klassische Geodynamoeffekt eventuell gar nicht stattfindet. Um mit Ronald Cohen vom geophysikalischen Labor der Carnegie Institution in Washington zu sprechen, muss der Mechanismus der Magnetfeldbildung und Übertragung nach außen an die Erdoberfläche daher wohl grundsätzlich neu überdacht werden.«

»Ist die Erde der einzige Himmelskörper im Sonnensystem mit einem Magnetfeld?«

»Definitiv nein. Magnetfelder bei Himmelskörpern des Sonnensystems sind keine Seltenheit. Die großen Gasplaneten im äußeren Sonnensystem besitzen sehr starke Magnetfelder. Auch einige Monde des Sonnensystem wie Ganymed und Europa sowie die inneren Planeten Venus, Mars und Merkur besitzen diese. Bisher nahm man an, dass Merkur der kleinste Himmelskörper mit einem Magnetfeld sei. Mittlerweile wissen wir jedoch, dass sogar Asteroiden existieren, die ein Magnetfeld besitzen können. Neueste Forschungsergebnisse zum zweitgrößten Asteroiden im Gürtel zwischen Mars und Jupiter belegen, dass Vesta in den ersten 100 Millionen Jahren nach seiner Entstehung ein relativ starkes Magnetfeld besaß. Dieses war mit bis zu 100 Mikrotesla sogar stärker als das aktuelle Erdmagnetfeld mit durchschnittlich um die 30 Mikrotesla in Äquatornähe und mit Spitzen bis zu circa 60 Mikrotesla an den Magnetpolen.«

Genüsslich ließ Vössler diese Aussage im Raum stehen, bis erwartungsgemäß die Frage kam: »Wie konnte man denn einen Prozess, der sich vor so langer Zeit ereignete, nachweisen?«

Vössler blendete eine Schnittdarstellung des Asteroiden Vesta und ein Foto eines Gesteinsbrockens mit gerichteten Mustern in der Oberflächenstruktur ein. »Nun, man fand 1981 den Meteoriten ALH 81001 in der Antarktis, der aufgrund seiner chemischen Zusammensetzung als Absprengsel des Asteroiden Vesta identifiziert werden konnte. Weiterhin konnte man nachweisen, dass dieser Meteorit noch bis vor 3,69 Milliarden Jahre ein Teil der Basaltkruste Vestas gewesen war. Der Meteorit beinhaltet zahlreiche Minerale, die magnetisch ausgerichtet sind und somit auf ein frühes Magnetfeld Vestas hindeuten. Die schlüssige Erklärung dafür ist, dass Vesta in seiner Entstehungsphase einen rotierenden flüssigen Metallkern aus Eisen und Nickel besaß, der nach 100 Millionen Jahren auskühlte und sich verfestigte. Dessen Größe beträgt etwa 107 bis 113 Kilometer. Ein weiteres Indiz für die Existenz eines allmählich zurückgehenden Magnetfeldes ist die Oberfläche des Meteoriten, die weitaus weniger verwittert ist, als beispielsweise der Mond, was auf den Schutz gegen den Sonnenwind und interstellare kosmische Strahlung durch eben dieses Magnetfeld hindeutet.«

Vössler begann einzupacken und verkündete: »Liebes Auditorium, ich muss weiter, aber eine letzte Frage möchte ich Ihnen noch gewähren.«

»Fällt das Magnetfeld der Erde nun aus oder nicht und welche Folgen hätte dies für die Zivilisation?«

»Das ist die Frage, die derzeit die gesamte Menschheit bewegt und aktuell meinen Forschungsschwerpunkt bildet. Momentan kann ich Ihnen dazu nichts verraten, aber es ist durchaus möglich, dass Sie die Antwort bald aus der Weltpresse erfahren.« Mit diesen Worten schwang sich Vössler seinen Rucksack auf den Rücken und ging zum Ausgang, einen Saal mit lautem Gemurmel und Stimmengewirr hinter sich zurück lassend.

Jupiter, Jupiter Icy Moons Orbiter (JIMO 1)
Mittwoch, 20. Mai 2020

Montgommery schaute sich in der Kommandozentrale um. Hightech-Equipment wohin man blickte. Manche Raummission litt aufgrund der vieljährigen Vorbereitungszeit unter der Tatsache, dass veraltete Technik zum Einsatz kam, während auf der Erde die Entwicklung schon ein paar technische Entwicklungszyklen weiter war. Montgommery hatte sich interessehalber mit der Historie der Computerausstattung früherer Weltraummissionen beschäftigt. So flogen die Voyagersonden mit digitaler Steinzeittechnik durch's All. Einmal pro Woche bespielten dort die Instrumente in einenhalb Minuten ein digitales Tonbandgerät. So konnte eine Datenmenge gespeichert und zur Erde gesendet werden, welche der von etwa 8.000 Wörtern entsprach. Absolut vorsintflutlich, aber immer noch in Funktion, dass musste man den Voyagerkonstrukteuren lassen. Mit vergleichsweise ähnlich rückständigem Material war die bemannte Apollo-Mission zum Mond geschickt worden. Der damals verwendete Apollo Guidance Computer (AGC), war vom MIT entwickelt worden und verfügte über ein Leistungsniveau eines Commodore 64-Computers aus dem Jahre 1982. Ein heutiger Handychip war etwa 10.000 Mal leistungsfähiger.

Die IMMI-Mission litt nicht unter diesen Problemen. Aufgrund der Entwicklungsgeschwindigkeit in einem hochprioritären Militärprojekt befand sich alles auf dem neuesten Stand. In jedem einzelnen dieser Instrumente steckten die modernsten Prozessorkerne. Ein einziger davon verarbeitete bedeutend größere Datenmengen als die gesamte Rosetta- / Philae-Mission der ESA zum Kometen Kometen 67P / Tschurjumov-Gerasimenko.

An der Ausrüstung würde es also nicht liegen, wenn hier etwas schief ging. Er schaute sich nochmals um. Seine Leute befanden sich auf ihren Plätzen. Die Spannung war mit Händen zu greifen. Das Einbremsmanöver für den Jupiterorbit stand an.

Dann dachte Montgommery an die Fühlerkäfer. Diese lebten als Parasiten in Ameisennestern und sonderten mit ihren überdimensional verdickten Fühlergliedern ein Sekret ab, welches die Ameisen aufleckten. Durch diesen Trick schmuggelten sich die Käfer subversiv in die Ameisenbauten ein, in denen sie viele Stunden oder Tage undercover verbringen konnten und genüsslich eine Ameise nach der anderen verspeisten. Oder deren Brut, Larven, Eier und was es dort sonst noch so gab. An sich schon eine interessante Strategie. Aber es kam noch besser. Rückten ihm die wehrhaften Insekten doch zu sehr auf die Pelle und wurde es richtig gefährlich für den Käfer, zündete er eine Explosion heißer, ätzender und übel riechender Gase. Sein Hinterleib bildete dabei eine lebende Explosionskammer. Dort mixte er mit Hydrochinon und Wasserstoffperoxid zwei sehr reaktive Chemikalien zusammen, die in der Mischung ein explosives Gemisch ergaben. So konnte er sich auch noch im engsten Getümmel frei sprengen. Diese Fühlerkäfer lebten in Afrika. Sie hatten Verwandte, die sogenannten Bombardierkäfer, welche in Europa und Nordamerika vorkamen. Auch diese verfügten über den besagten Explosionsapparat, wobei Ihnen jedoch die tollen Fühler fehlten. Alle gehörten zur Gruppe der Laufkäfer, die mit 40.000 Arten weltweit eine der artenreichsten Tierfamilien überhaupt darstellten.

Montgommery hatte viel darüber gelesen. Entgegen seiner sonstigen Gepflogenheiten hatte er sich alle verfügbaren biologischen Hintergrundinformationen besorgt und sorgfältig studiert. Gerade auch Professor Ernst Zabel hatte ihn mit Material in Hülle und Fülle ausgestattet, bildeten diese Käfer für Zabel als Tierökologieexperten doch einen seiner Arbeitsschwerpunkte. Montgommery interessierte Literatur über Natur und Biologie eigentlich überhaupt nicht. Bionik, die Wissenschaft welche sich mit der Übertragung biotischer Mechanismen auf technische Prozesse beschäftigte, hielt er im Grunde für einen Irrweg. Das einzige nennenswerte, was diese Orchideenforscher, wie er sie gerne nannte, bisher seiner Kenntnis nach zustande gebracht hatten, war die Herstellung von Schwimmanzügen für Leistungsschwimmer nach dem Vorbild der Haifischhaut, die inzwischen in Wettkämpfen längst wieder verboten waren.

Aber in den nächsten Minuten würde ihr Leben von einem bionischen Taschenspielertrick abhängen. Bildete der Hinterleibsmechanismus der kontrolliert explodierenden Käfer doch die Vorlage für das an Bord des JIMO 1 befindliche Antriebs- und Bremssystem. Dieser verdammte Antrieb stellte die einzige nichtmilitärische Komponente des Raumschiffs dar. Das hatte gleich von Anfang an sein natürliches Misstrauen aktiviert. »PulCheR« – sie flogen mit dem »Pulsed Chemical Rocket with Green High Performance Propellants.« Der Begriff »Green Propellants«, also »Grüne Treibstoffe« stand für Umweltschutz im Weltall.

Wie schön und insbesondere ihm vertraut waren doch die guten alten Hydrazin-Triebwerke gewesen. Sicher, die eingesetzten Stoffe waren hochgiftig und krebserregend. Dadurch war der Umgang beim Bau von Sonden und in der gesamten Vorbereitungsphase kompliziert und gefährlich. Aber war das sein Problem?

Jetzt hatte er ein Problem. Mit einem Pilotprojekt im Experimentierstadium hatten sie ihn losgeschickt. Noch dazu beruhend auf einer Grundidee von ESA-Forschern. Von enormen Ersparnissen beim Startgewicht hatten sie gesprochen. Von Vorteilen bei der Handhabung. Von größerer Effizienz. Von Einsparungen bei Hochdruckpumpen und Hochdrucktanks. Nein, in ihrem tollen PulCheR wurde ganz nach dem Käferprinzip Treibstoff unter niedrigem Druck in Brennkammern befördert. Die beiden Brennstoffe begannen in dieser Bipropellantvariante sich selbst zu zünden, sobald ein Kontakt eintrat. Dadurch stiegen Druck und Temperatur, wodurch ein kurzer Schubimpuls entstand. Nach dessen Abklingen erniedrigten sich Druck und Temperatur und der Prozess begann von neuem. Diskontinuierlich aber hochfrequent hatten ihm die NASA-Ingenieure versichert.

Während er noch über Fühlerkäfer und PulCheR nachdachte, hatte Masters die Vorbereitungen für das Einbremsmanöver weitergeführt. Ein entscheidender Moment stand bevor. Die Bremsdüsen würden für eine exakt definierte Sekundenzahl aktiviert. Dann musste der Orbitkurs stehen. Man hatte sich für ein halbmanuelles Manöver entschlossen, bei dem die Raumschiffbesatzung Einfluss nehmen konnte. Montgommery überprüfte die Instrumentenanzeigen. Der JIMO 1 lag am Rande des vorgesehenen Toleranzbereichs für den Einflug.

Montgommery merkte, wie der Geräuschpegel anstieg. Es war mit einer hohen Geräuschkulisse zu rechnen. Die gesamte Crew hatte diese in endlosen Simulationen immer wieder gehört. Leise beginnend, dann aber immer lauter werdend, erfüllte der Lärm bald die ganze Steuerzentrale. Plötzlich entstanden Kreischlaute, die in der Simulation nie vernommen wurden. Nach Montgommerys Empfinden ein Zeichen, dass etwas mit dem Kurs nicht stimmte. Entscheidende Sekunden verrannen. Fassungslos starrte er auf Masters, der keine Reaktion zeigte, sondern stoisch auf seine Instrumente starrte. Hatte dieser nicht immer davon gesprochen, dass sich sein Tinnitus in Form eines Kreischens bemerkbar machte? Womöglich konnte er die Geräuschkulisse gar nicht wahrnehmen. »Hören Sie das Kreischen, Masters?«, stieß Montgommery hervor. Gewohnt zackig antwortete Masters: »Nein Sir, ich habe hier alles im Griff.« Die Besatzung hatte sich tausendmal das missglückte Einbremsmanöver der russischen Marssonde Mars 7 angeschaut, welche über das Schwerefeld des Mars hinausgeschossen war und seitdem verlassen im All trieb. Vielleicht war Masters davon zu sehr beeinflusst. Der Haupt-Bildschirm zeigte die bedrohliche, überdimensionale Kugel des Jupiters. Der von Masters gesteuerte Einflugwinkel stellte sich jedenfalls immer mehr als zu spitz heraus. Sie würden in Richtung Jupiter abdriften. Nur noch wenige Minuten und ihr Flug würde ein jähes Ende finden. Die gewaltigen Anziehungskräfte des Jupiters würden sie in Kürze zermalmen.

Montgommery entschloss sich in Sekundenbruchteilen die Sache selbst in die Hand zu nehmen: »Räumen Sie ihren Platz, Masters. Ich übernehme die manuelle Steuerung.« Wertvolle Zeit verstrich, bis der Platzwechsel vollzogen war. Montgommery spürte, dass er etwas riskieren musste. Er musste den Gegenschub erhöhen. Er löste die Maximalstufe des Impulstriebwerks aus. Immer wieder fuhr er auf Höchstleistung hoch. Mit einem konventionellen Triebwerk wäre an dieser Stelle finito, das wusste er aufgrund seiner jahrelangen Erfahrung in der Sondensteuerung genau.

Das Kreischen nahm jedoch weiter zu. Ohrenbetäubender Lärm erfüllte die Zentrale. Er war sich sicher, dass auch Masters dies mittlerweile wahrnehmen musste. War es doch ein Fehler gewesen, dieses Himmelfahrtskommando zu übernehmen? Mehrfach verfluchte er Masters innerlich, verfluchte sich selbst, dass er ihm vertraut hatte und dass er selbst erst so spät reagiert hatte. »Dulce et decorum est pro patria mori – Süß und ehrenvoll ist's, fürs Vaterland zu sterben«, schoss es ihm durch den Kopf. Das war nun einmal das mögliche Schicksal eines jeden Soldaten der US-Armee.

Solarfire
Mittwoch, 20. Mai 2020

Brigitte rutschte unruhig in ihrer Schlafkoje hin und her. Dieser erzwungene Tag- und Nachtrhythmus hatte so seine Tücken. Wie man aus Versuchen in Schlaflabors wusste, war der natürliche Tag-/Nachtrhythmus eines Menschen etwas länger als ein normaler Tag auf der Erde. Probanden ohne das Licht als Zeitgeber schliefen etwas länger und es stellte sich eine Tageslänge von circa 25 Stunden ein. Man konnte daher im All allmählich den Bezug zum Mutterplaneten verlieren. Aus dem Langzeitexperiment Mars 500 mit der in den Jahren 2010 und 2011 durchgeführten 520-tägigen Simulation eines Raumfluges wusste man, dass sich in dieser Situation ein gestörter Schlaf-Wachrhythmus mit einer deutlich verschlechterten Schlafqualität einstellte. Deshalb hatte man für die Solarfire-Mission den 24-Stunden-Rhythmus der Erde beibehalten. Aber so ganz ohne Sonnenauf- und -untergang fiel es Brigitte schwer, sich daran zu gewöhnen.

Ganz zu schweigen von den sonstigen gesundheitlichen Problemen bei Raumflügen wie dem Knochen- und Muskelschwund, der Schwächung des Herzkreislaufsystems sowie den Koordinations- und Gleichgewichtsstörungen.

Ihre beiden Kosmonautinnen-Kolleginnen waren viele Jahre lang auf diese Situation trainiert worden und hatten damit kaum Probleme. Brigitte jedoch, die schon bei jedem normalen Langstreckenflug Blut und Wasser schwitzte und niemals im Leben damit gerechnet hätte, einmal als Kosmonautin im Weltall unterwegs sein zu müssen, litt sehr unter diesen Umständen.

Allerdings war sie neben Djalu Djungary der einzige Mensch, der zumindest mit den Gedanken schon einmal fast durch das gesamte Sonnensystem bis hinaus zum Neptun gereist war. Sie dachte kurz an die Erweckung aus ihrem Koma durch Djalu, in welches sie durch einen Paramaterieblitz versetzt worden war. Sie erinnerte sich, wie sie im Medicroom in seine strahlenden Augen blickte, die er seit Beginn der Moon-Journey-Mission nur in diesem Augenblick ein einziges Mal geöffnet hatte, um sie mit auf diese Gedankenreise zu nehmen. Ja, er hatte sie damals aus ihrer ausweglosen

Situation gerettet. Ansonsten wäre sie durch den Einfluss des Paramaterieblitzes der 2016 das Sonnensystem durchdrang in einem lebenslangen Wachkoma gefangen geblieben. Dafür musste sie jedoch einen hohen Preis zahlen.

Wie um sich dies zu beweisen, öffnete sie die Augen und es wurde fast taghell in der Kabine. Zum Lesen im Dunkeln war das ganz praktisch. Aber dieses Handicap hatte auch seine Tücken. In der Einschlafphase durfte sie auf keinen Fall die Augen aufschlagen, sonst kam sie nicht zur Ruhe. Wenn sie zu den anderen ging, trug sie immer ihre Schutzbrille, um diese nicht zu gefährden. Denn ungeschützte Blickkontakte mit ihr führten bei den Betroffenen zu Bewusst- und Orientierungslosigkeit. Die Langzeitfolgen wurden noch erforscht. Nur drei Menschen auf der Erde konnten ihren Blick ungeschützt verkraften. Einer davon lag gelähmt im Krankenbett ohne jemals die Augen zu öffnen, der andere war ein um die 30 Jahre jüngerer Autist und der geliebte dritte befand sich viele Millionen Kilometer entfernt auf einer gefährlichen Raummission. Dies machte sie zu einem der einsamsten Menschen der Welt.

Sie seufzte, als sie daran dachte und griff nach dem Amulett an ihrem Hals, dem Geschenk Djalus, welches sie als Glücksbringer immer um den Hals trug. Weil sie heute gar keine Ruhe fand, versuchte sie sich mit Lesen abzulenken. Da auch dies nicht fruchtete, suchte sie sich schließlich wieder eine JPL-Sitzung aus dem Videoarchiv heraus und startete die Aufnahme.

JPL-Headquarter, 17. Juni 2017

»Ich begrüße Frau Jagunda Quamoora in unserer Runde«, verkündete Scott, trat an die Angesprochene heran und übergab ihr mit einer galanten Geste einen farbenfrohen Blumenstrauß. Miss Quamoora, deren luftige, weite Kleider und ihr Schmuck perfekt zu den blumigen Farben zu passen schienen, nahm diesen mit einem offenen Lächeln entgegen und erwiderte leicht nervös aber herzlich: »Tausend Dank, Professor Scott. Nachdem ich von Ihrer illustren Runde schon so viel gehört habe, bin ich froh, Sie alle einmal persönlich kennenlernen zu dürfen.«

»Auch wir sind froh, die Betreuerin einer unserer wichtigsten bisherigen Außendienstmitarbeiter in unserer Runde zu wissen. Und damit Sie wissen, mit wem Sie es hier tatsächlich zu tun haben, beginnen wir mit einer kleinen Vorstellung.« Scott stellte anschließend ausführlich alle anwesenden Mitglieder der Arbeitsgruppe mit ihrem jeweiligen Aufgabenbereich vor. Anwesend waren die beiden Ärzte Professor Pablo da Luca und Dr. Jordano Castello, die Sicherheitsberater Jake Dyce und Walter Mayer, das Wissenschaftlerteam bestehend aus Dr. Eduardo Conti, Mai Ling, Dr. Ronald Shievers, Cyrill Thomson, Professor Ida Candell und ihrem Mitarbeiter Jeff Miller, die Piloten Szusanne Stark und Tim Montgommery sowie Brigitte Langendorf und Dr. Steven Winstone. Scott schloss mit den Worten: »Ihr Schützling, Unaden, befindet sich in einer sicheren Umgebung. Wir haben hier am JPL akribisch sein Zimmer aus Ihrem Heim in Darwin nachgebaut. Er hat ein Modell der geplanten Icy-Moons-Mission zu den Jupitermonden Kallisto und Ganymed zur Bearbeitung erhalten und kann somit seiner gewohnten Beschäftigung nachgehen. Dennoch können wir nur die äußeren Bedingungen optimieren und versuchen, ihn psychologisch zu betreuen. Sie kennen ihn bereits über viele Jahre und können am ehesten nachvollziehen, wie es in seinem Inneren aussieht. Bitte schildern Sie doch ihre Eindrücke: Wie hat er den Ortswechsel verkraftet?«

»Auch mir fällt es schwer zu seinem Gefühlsleben Einschätzungen abzugeben, obwohl ich ihn nun schon seit über 15 Jahren betreue. Nach allem, was ich so beobachten kann, verhält er sich völlig normal. Er kann sich offensichtlich noch an den Aufenthalt hier am JPL in seiner Kindheit erinnern. Wie abgesprochen, hat er nur wenige Kontakte zur Außenwelt, was auch wichtig für ihn ist. Er führte bisher ein einsames Leben, welches seinem autistischen Krankheitsbild entspricht. Jahrelang wurde er in Darwin ausschließlich durch zwei, speziell auf seine Bedürfnisse geschulte Krankenpfleger und mich selbst betreut. Anfangs erhielt er noch öfter Besuche von Dr. Johnson und auch Dr. Conti, später war auch Frau Langendorf einmal da. Ansonsten ist Ihnen bekannt, dass wir nach anfänglich schlechten Erfahrungen Kontakte zu Fremden auf ein Minimum reduzierten, um seinen chaotischen Umgang mit

Sprachen nicht zu verschlimmern.« Miss Quamoora machte eine längere Pause, in der man ahnte, dass sie ein unangenehmes Thema ansprechen würde. Sie beendete diese Pause mit einem Seufzer: »Und dann muss ich Ihnen noch ein kleines Geständnis machen. Wir hatten auch einmal Besuch von seinem Bruder Aden, den wir nicht publik gemacht haben.«

»Was sagen Sie da?«, staunte Scott, »Aden hat einmal allein seinen Bruder besucht? Nach unseren Erfahrungen hat er seinen Bruder konsequent ignoriert und aus seinem Leben verbannt. Ich dachte, er hätte nie Kontakt zu ihm aufgenommen, seitdem dieser in Darwin wohnte.«

»Nein, das stimmt nicht ganz«, widersprach Quamoora, »es gab ein einziges Treffen der beiden in Darwin. Ich kann mich noch recht gut an Aden Djungary erinnern. So ein blonder Sunnyboy ist doch eine seltene Erscheinung in der Aborigine-Community. Ich würde den Vorfall auf das Jahr 2008 datieren, etliche Jahre bevor uns Frau Langendorf besuchte.« Miss Quamoora nestelte nervös an ihrer Halskette aus buntbemalten Holzgliedern herum und beteuerte: »Aden hatte wie alle anderen nur eine Stunde Besuchszeit. Nach dem Treffen bat er mich, niemandem davon zu erzählen. Daran hab ich mich bis heute gehalten.«

»Das widerspricht ein wenig unseren Absprachen, aber es ist doppelt wichtig, dass Sie uns im Nachhinein noch informieren.« beruhigte sie Scott.

»Ich muss es erwähnen, weil es einen aktuellen Bezug dazu gibt. Vor Unadens und meiner Abreise aus Darwin habe ich Unaden wie gewöhnlich die monatliche Kassette seines Vaters übergeben. Ich war sehr erstaunt, aber er hat mir kurz danach diese Gegenstände ausgehändigt, die zweifelsohne mit dem Treffen der beiden Brüder zusammenhängen.«

Scott nahm eine Stofftasche entgegen und begann deren Inhalt auf dem Konferenztisch auszubreiten. Zum Vorschein kam ein Camcorder und ein Stückchen Stein.

»Da gehe ich jede Wette ein, dass dieser Stein das fehlende Parasteinbruchstück aus dem Kallistolander ist. Vielleicht bringen ja die Aufzeichnungen des Camcorders Licht in die Angelegenheit. Wir platzen förmlich vor Neugier. Wenn Sie einverstanden sind,

Miss Quamoora, würden wir uns gerne sofort die Aufzeichnungen ansehen.«

Miss Quamoora nickte zustimmend. Scott schaltete den Camcorder ein und erläuterte: »Ich sehe hier zwei Filmaufnahmen. Wir nehmen zunächst die Aufnahme, welche mit dem Kürzel ›Darwin 2008‹ bezeichnet ist.«

Die Aufnahme startete mit einem verwackelten Bild, bei dem die Kamera offensichtlich auf einem Regal platziert wurde. Der Bildausschnitt zeigte einen kleinen, in dezenten Farben gehaltenen Raum mit einem kleinen Tisch und zwei Stühlen. Auf einem saß bereits der in seine bunten, wallenden Tücher gehüllte Unaden. Dann trat Aden in das Bild. Die beiden Brüder mochten in der Aufnahme um die 18 Jahre alt sein.

»Wie geht's Dir, Unaden?«

»Mio bono, Aden. Nice to treff toi. Je suis einsam.«

»Mein Gott, du redest ja immer noch so ein wildes Zeug zusammen. Na ja, jeder von uns hat sein Schicksal. Das ist nicht immer leicht, ich weiß das. Ich kann dich heute nur kurz besuchen… und ich kann auch nicht bei dir bleiben. Aber erzähl mir etwas von dir und deinem Leben hier.«

Unaden begann in dem ihm eigenen Sprachenmischmasch munter zu erzählen. Er berichtete in einem fortwährendem Redeschwall von seinem Heim und seinen Betreuern, von den Rover-Modellen der NASA, welche er seit einigen Jahren zusammenbaute, von Miss Quamoora und von den Sonnenuntergängen am Meer, die er von seinem Fenster aus beobachten konnte.

Währenddessen konnte man beobachten, wie Aden ab und zu nervös auf seine Uhr schaute. Aber er hörte tapfer zu, ohne Unaden zu unterbrechen. Nach etwa 45 Minuten stoppte er Unadens Redefluss.

»Mein lieber Bruder. Ich höre dir gerne zu aber jetzt musst du mich auch mal reden lassen und du musst zuhören, wirklich gut zuhören. Ich gebe dir jetzt eine sehr wichtige Sache. Es handelt sich um ein Bruchstück von Vaters Stein, welches eine wichtige Bedeutung für Brown King hat.«

»Brown King, il est ici?«

»Nein Unaden, Brown King ist nicht hier. Ich werde Dir auch diese Kamera hier lassen.« Aden deutete in Richtung Camcorder. »Verstecke beide Dinge, bewahre sie gut auf. Du darfst sie nur herausgeben, wenn entweder Papa oder ich es dir sagen. Hast du das verstanden?«
»Comprende, si comprende!«
»Die Sachen können für Brown King noch sehr wichtig sein. Du darfst sie also nicht verlieren. Und du musst sie auch nach vielen Jahren sofort wiederfinden können. Alles roger, Unaden?«
»Alles roger, Aden!«
Jemand öffnete die Tür und rief in die Stille: »Noch fünf Minuten, die Herren!«, dann fiel die Tür wieder ins Schloss.
Aden nahm Unadens Kopf in die Hände und zog ihn zu sich herüber. Lange verharrten sie so, Wange an Wange, der tiefschwarze Wuschelkopf und das grellgelbe Designerhaar – vereint in ihrer Unterschiedlichkeit. Schließlich stand Aden auf, tätschelte seinen Bruder noch einmal kameradschaftlich, trat an den Camcorder und die Aufzeichnung brach ab.

»Okay«, bemerkte Scott, »jetzt wissen wir also, wie das Steinbruchstück nach Darwin gekommen ist. Wir werden sehen, welche weiteren Überraschungen die andere Aufzeichnung enthält.«

Es erschien eine Szene im Medicroom des Headquarters. In der Fußleiste des Videos eingeblendet sah man das Datum 6.1.2004.
Man erkannte Dr. Will Johnson in seinem obligatorischen Fliegerhemd, wie er vor Djalus Bett unruhig auf und abging, bis er schließlich zu sprechen begann: »Aden, du musst heute stark sein. Eigentlich müsste ich dieses Gespräch ganz alleine mit Djalu führen, aber du bist das Medium. Daher werden deine Kinderohren von Dingen hören, die normalerweise nicht für diese bestimmt sind. Ich bin heute hier, um mich zu verabschieden. Ich weiß nicht, ob das für irgendetwas gut sein wird, aber ich zeichne das Gespräch mit meinem Camcorder auf.« Er machte eine Kopfbewegung in Richtung der Kameraeinstellung. »Bitte übersetze jetzt.« Aden nahm wie gewohnt seine Übersetzerrolle ein.
»Djalu, ich werde die Moon-Journey-Mission nicht mehr erleben. Wie du weißt, bin ich unheilbar krank. Es ist alles noch viel

schlimmer, als bisher vermutet. Die Ärzte geben mir nur noch ein paar Wochen. Wenn es schlecht läuft, kann es jeden Moment vorbei sein.«

»Dein Wissen und deine Fähigkeiten sind zu kostbar für die Menschen. Sie dürfen nicht verloren gehen.«

»Der Tod ist unausweichlich. Wie alle anderen Menschen muss ich von euch gehen.«

»Ich werde dir einen Weg aus dem Tod eröffnen, Brown King.«

»Damit macht man keine Witze, Djalu. Du hast fantastische Fähigkeiten, das wissen wir alle, aber der Tod ist nicht zu besiegen, auch nicht durch dich!«

»Hast du den Stein dabei?«

»Wie besprochen hab ich ihn aus dem Kallistolander entwendet. Lustiges Wortspiel, aber Scott wird mich dafür steinigen.«

»Es ist jetzt dein Stein. Ich werde dein Schicksal mit ihm verbinden.«

»Mein Schicksal? Mit einem Stein verbinden? Bitte überlege Dir noch mal genau, was du vorhast!«

Für eine kurze Zeit trat Stille ein.

Dann fragte Djalu: »Hast du ein Testament gemacht, Will?«

»Ja, in der Tat, ich habe eines gemacht, Djalu.«

»Du musst im Eis begraben werden!«

»Wie bitte? Hast du das auch richtig übersetzt, Aden?«

Aden fragte nach und bestätigte nochmals die Aussage.

»Okay, Djalu. Ich werde mein Testament demnächst ändern und ein Kryograb beantragen.«

»Nein, King, nicht demnächst. Mach es jetzt sofort.«

»Ich weiß ja nicht genau, was du vorhast, aber ich folge dir – wie immer.«

Johnson setzte sich an einen Computer im Medicroom und tippte etwa fünf Minuten in schnellem Rhythmus in die Tastatur. In der Zwischenzeit unterhielten sich die beiden Aborigines miteinander. Als Johnson fertig war und wieder an das Bett herantrat, flüsterte Aden mit schwacher Stimme.

»Brown King, du sollst den Stein in die Hand nehmen und dich vor sein Bett stellen. Vater hat mich angewiesen, den Raum jetzt zu verlassen. Ich soll das Headquarter verlassen, um nichts zu sehen und in zehn Minuten wiederkommen. Was wird passieren, King? Ich habe Angst!«

»Auch ich habe Angst, Aden, mein Junge, aber so kurz vor dem nahenden Tod verschwimmt das alles. Geh hinaus und mach das, was dein Vater gesagt hat und dir später noch sagen wird. Lass uns jetzt allein. Und schalte die Kamera erst aus, wenn Djalu es dir sagt.«

Man sah wie Aden, mehr oder weniger widerwillig aus dem Bild heraustrat. Die Kamera fing zunächst eine statische Szene ein, in der Johnson ruhig und bewegungslos vor Djalus Bett stand. Plötzlich öffnete Djalu seine Augen und ein Lichtstrahl schoss in die Augen von Johnson. Wie zwei extrem helle Leuchtstoffröhren standen die Lichtsäulen zwischen den Augen der beiden Männer. Schließlich schloss Djalu wieder seine Augen und die Verbindung brach ab. Johnson brach zusammen und blieb bewegungslos vor dem Bett liegen.

Einige Minuten später sah man, wie Aden wieder den Raum betrat. Er schrie auf und beugte sich über den zusammengebrochenen Johnson. Doch er verweilte nicht lange am Boden, denn Djalu begann sofort in beruhigender Stimme auf ihn einzureden. Brigitte hörte ihre eigene Übersetzung aus dem Konferenzraum während die Aufzeichnung dort zum ersten Mal lief:

Brown King ist tot und doch nicht tot.

Er ist nun verbunden mit einer anderen Welt.

Mach dir keine Sorgen, mein Sohn.

Versprich mir eines.

Erzähle keinem Menschen von den Dingen, die hier geschehen sind.

Ich habe eine Aufgabe für dich.

Nimm den Stein aus Kings Hand und bring ihn nach Australien.

Bring ihn zu Unaden, wenn ich dir ein Zeichen gebe.

Nimm die Bilder mit, die King heute hier gemacht hat.

Bewahre diese Dinge gut auf.

Es kann viele Jahre dauern, bis wir sie wieder brauchen.

Verstecke jetzt alles und gib dann Alarm.«

Das Camcorderbild verwackelte, da Aden anscheinend die Kamera aufnahm und schließlich das Gerät abschaltete.

»Meine Güte, mir fehlen die Worte. Das ist der Missing Link, der uns zum Schicksal von Will Johnson noch fehlte. Außerdem wissen wir jetzt auch, wie Djalus Kontakt zu Frau Langendorf abgelaufen sein muss, als er sie aus dem Wachkoma erweckte. Die spätere Übergabe der Kamera und des Parasteins von Aden an Unaden fällt deutlich vor den Zeitraum der Entdeckung des Parazentaurs. Es ist wirklich erstaunlich, wie weit vorausschauend Djalu alles veranlasst hat. In der Tat hatte Dr. Will Johnson damals testamentarisch ein Kryograb beantragt. Wie Sie alle wissen, gibt es ein Institut der NASA, welches sich auf diese Aufgabe spezialisiert hat und eine Handvoll JPL-Mitarbeiter haben bisher davon Gebrauch gemacht. Die Tanks, in denen diese Mitarbeiter konserviert sind, befinden sich überwiegend hier auf dem JPL-Gelände, in Gebäude 28. Zumindest die sterblichen Überreste von Will Johnson sind dort zu finden.«

Er wandte sich abschließend an die neue Mitarbeiterin im Team: »Miss Quamoora, ich danke Ihnen, dass Sie mit dem Camcorder und dem Stein zu uns gekommen sind! Dies wird sicherlich noch von äußerster Wichtigkeit für uns sein. Ich schließe für heute die Sitzung.«

Guyana, Tepui-Hochplateau
Mittwoch, 20. Mai 2020

Vorsichtig tastete sich Miller noch einen Schritt nach vorne. Die kalte Höhenströmung zerzauste sein hellbraunes, ansonsten selbst in der Wildnis immer akkurat seitlich gescheiteltes Haar. Es herrschte ausnahmsweise relativ freie Sicht, wo ansonsten dichte Nebel- und Wolkenschleier den Berg verhüllten. Er verfügte nicht über die geringste Gelände- oder Exkursionserfahrung im Gebirge, hatte aber schon bei den ersten Aufenthalten auf den Tepuis festgestellt, dass er nicht unter Höhenangst litt. Der blanke Fels unter seinen Füßen endete jäh im Nichts. Miller reckte den Hals nach vorne. Ein Abgrund tat sich vor ihm auf – und was für einer! Miller war sich sicher, dass niemand in seiner Laborgruppe jemals so etwas auf Bildern, geschweige denn in der Realität, gesehen hatte. Ja, ja! Er musste es sich immer wieder vergegenwärtigen, dass er zu den ganz wenigen Menschen auf diesem Planeten gehörte, die die Erfahrung eines solchen Ausblicks machen konnten. Und wahrscheinlich befand er sich überdies gerade an einer Stelle, die noch nie ein Mensch vor ihm betreten hatte. Und noch dazu an einem der extrem seltenen sonnigen Morgen auf einem Tepui. »Eigentlich nicht schlecht. Dennoch hatte ein gemütlicher Arbeitsplatz an einem PC in einem Physiklabor mit einer Tasse frisch zubereitetem Latte Macchiato auch seinen Reiz«, dachte er wehmütig.

Neben ihm stürzte Wasser in die Tiefe. Nach seinem Dafürhalten handelte es sich um so etwas wie einen kleinen Fluss. Wahnsinn, wo all dieses Wasser herkam! Auf einer Hochebene, die allenfalls ein paar Quadratkilometer maß. Beginnend als Wasserfall wandelte es sich in weiße, schier federleichte Schleier, welche sich majestätisch auf das grüne Kronendach des Urwaldes herabsenkten. Es schien, als zapfe diese Felseninsel in der Höhe direkt die Wolken an. Das ganze erinnerte ihn an die Angels Falls, die wohl bekanntesten Tepui-Wasserfälle, welche in Venezuela über tausend Meter tief in den sogenannten Devil's Canyon hinabstürzten. Zabel und Candell sprachen immer davon, dass solche Wasserfälle dadurch entstanden, dass auf den meisten Tepuis ein Höhlensystem in wasserdurchlässigen kalkhaltigem Karstgestein bestehe, welches das

Wasser aus den Wolken bündele und so Bäche erschaffe, die sich über die Tepui-Klippen ergossen. Da es sich um ein wirklich sehenswertes Stück Natur handelte, schoss er noch ein paar Fotos von dem in das Licht der aufgehenden Morgensonne getauchten Wasserfall und machte sich dann auf den Rückweg zum Camp.

Miller gehörte normalerweise zu den notorischen Langschläfern. Dies hatte sich hier auf den Tepuis drastisch geändert. Nach mehr oder weniger durchwachten Nächten hatte er sich angewöhnt, einen morgendlichen Spaziergang vor dem Aufwachen der übrigen Crewmitglieder unternehmen.

In der Entfernung tauchte der Hubschrauber auf. Mit den vom Cockpit nach beiden Seiten ausgeklappten Zeltplattformen als Schlafstätte in luftiger Höhe sah dieser beim ersten Hinsehen wie ein Starrflügler aus. Diese Plattformen boten den perfekten Schutz und so ziemlich die einzige Möglichkeit, um in dieser Wildnis im Freien zu kampieren. Denn auf dem Boden fand nachts eine Wanderung von zigarettenschachtelgroßen Insekten, handtellergroßen Spinnen sowie diverser Schlangen statt, mit deren Gift niemand so schnell Bekanntschaft machen wollte. Nachts konnte man sich in den Helikopterzelten also einigermaßen sicher fühlen. Dagegen hasste es Miller, tagsüber unentwegt sämtliche Schuhe und Behältnisse vor Gebrauch auszuschütteln, um etwaige tierische Bewohner zu vertreiben. Er erreichte das Camp und begegnete zuerst seiner Chefin.

»Na, Jeff, schon wieder mal früh auf den Beinen?«, lächelte ihn Ida Candell an und reckte ihren federleichten, schlanken Körper in die frische Morgenluft.

»Die Nacht war kurz – wie immer«, gähnte Miller zurück.

»Ich fand sie ganz angenehm«, meinte sie vielsagend.

Nach einem Moment des Zögerns überreichte er ihr etwas mit den Worten: »Hier, ich hab dir eine Blume mitgebracht.«

»Oh, das ist die Blüte einer Bromelie. Sicherlich eine endemische Art. Wenn ich mich nicht täusche, handelt es sich um Brocchinia reducta, die einzige fleischfressende Bromelienart. Man findet sie tatsächlich nur südlich des Orinoko auf den Gipfeln einiger Tepuis im südlichen Venezuela und im nordwestlichen Guyana.«

»Wenn ich gewusst hätte, dass die berühmteste Quantenmechanikerin dieses Planeten ein Zweitstudium in Tropenökologie absolviert hat, hätte ich einen großen Bogen um deine Arbeitsgruppe gemacht.«

»Wie du siehst, haben wir Frauen so unsere kleinen Geheimnisse. Kein Geheimnis ist allerdings, dass ich nun Hunger habe.«

»Okay, ein Dschungelfrühstück wäre wohl jetzt genau das Richtige, oder?. «

»Ach, was würde ich hier ohne meinen truesten Mitarbeiter machen?«

»Käfer suchen, Pflanzen pressen, Netze aufstellen, Tierstimmen aufzeichnen, Belegfotos anfertigen und das alles mit und unter der Leitung von Ernst Zabel, nehm' ich mal an. Und nun hast du zu alledem einen Klotz wie mich am Bein, der kein Gänseblümchen von einer Hyazinthe unterscheiden kann.«

»Na immerhin kommen dir schon einige Pflanzennamen recht flüssig über die Lippen«, lachte Candell.

»Zuhause werd' ich bestimmt ein Aufbaustudium in Tropenökologie aufnehmen und ein Praktikum im Zoo und im botanischen Garten absolvieren.«

Ernst Zabel, der nun ebenfalls aus dem Zelt geklettert kam und den Schluss der Unterhaltung mit verfolgte, hakte ein: »Schön, schön, Mister Miller, ich sehe Sie kommen doch noch auf den Geschmack. Eine Exkursion zu den Tepuis lässt einfach niemanden kalt.«

»Ich will ja nicht allzu viel Wasser in den Wein schütten, aber wenn wir wieder zurück am DESY in Hamburg sind, werde ich erstmal ins Kino gehen, einen netten Abend im Ritz in Kopenhagen und einen ganzen Tag im Wellnessbereich eines formidablen Aquadomes verbringen und in meinem eigenen, kuscheligen Bett bis in die Puppen ausschlafen.«

»Ein netter Plan, von dem sie jedoch über 10.000 Kilometer und einige Monate entfernt sind. Ich fürchte, Sie müssen vorher noch ein paar weiße Flecken auf der Landkarte dieses Planeten übermalen«, entgegnete Zabel.

»Ich koche jetzt erst einmal Kaffee, um den unmittelbar aufkommenden Durst zu löschen. Dann werde ich einige dieser schmackhaften Portionen Trockenmüsli für alle zubereiten und mir den einen oder anderen Keks einverleiben.«

Jupiter, Jupiter Icy Moons Orbiter (JIMO)
Donnerstag, 21. Mai 2020

Der PulCheR hatte obsiegt über die gewaltigen Gravitationskräfte des Jupiters. Sie folgten dem geplanten Orbitkurs. Montgommery war begeistert. Ein herkömmliches Triebwerk hätte in dieser Situation hoffnungslos versagt, da kannte er sich aus.

Professor Scott hatte die Pilotanlage gegen die Widerstände von Jack Dyce, Walter Mayer und der gesamten militärischen Steuerungsgruppe einbauen lassen. Montgommery hatte es sich daher nicht nehmen lassen, eine persönliche Dankesmail an greg.scott@jpl.com zu senden.

Den größten Wermutstropfen des dramatischen Einbremsmanövers bildete ohne Zweifel der Ausfall des Ice Penetrating Radars mit dem das Waffenarsenal am Grund des Europaozeans erkundet und vom Orbit aus überwacht werden sollte. Es würde sich noch zeigen, ob sie damit den entscheidenden Gefechtsvorteil verloren hatten. Da sie jetzt aber schon soweit gekommen waren, würde der Einsatz dennoch weitergeführt werden.

Auf den Außenschirmen sah er jetzt die Jupiter Icy Moons Orbiter II und III. In einer logistischen Meisterleistung waren alle drei Einheiten fast zeitgleich im Jupiterorbit eingetroffen. Die robotergesteuerten Einheiten hatten mit dem Einbremsmanöver wesentlich weniger Probleme gehabt als das bemannte Raumschiff, was Montgommery immer noch mächtig wurmte.

Der JIMO II transportierte mit dem Icy Moon Submarine die Technik zur Landung auf Europa. Besonders beruhigend war die Tatsache, dass mit dem JIMO III alles in Ordnung war. Dieser beherbergte die gefährlichste Fracht, welche jemals die Erde in Richtung Weltraum verlassen hatte. Die Einheiten flogen separat, um die Besatzung des JIMO I nicht zu gefährden.

In den vergangenen Tagen hatten sie ferngesteuert den Zusammenbau der Wasserstoffbombenkomponenten vorgenommen und das Icy Moon Submarine aktiviert.

Nun wurde es Zeit die Spezialcrew aus dem Kryoschlaf zu wecken und das Forschungslabor und die militärischen Einheiten in

Betrieb zu nehmen. Es handelte sich um eine völlig neue Technik, wie so vieles bei dieser Mission.

Für den Anflug und die Einbremsmanöver waren drei Besatzungsmitglieder völlig ausreichend gewesen. Um Sauerstoff und Nahrung zu sparen, hatte man den Rest der Crew in einen Langzeitschlaf versetzt.

Montgommery tastete sich am Hauptgang vorbei und erreichte schließlich den Kryotrakt.

Es inspizierte die Tanks mit den Schläfern. Im ersten befand sich Major Professor Doktor Ben Bosenheim, der das Forschungslabor leiten würde. Daneben Hauptmann Dr. Sammy Harrington, Bosenheims Assistent mit einer Spezialausbildung als Meeresbiologe. Es folgte der Tank mit Hauptmann Eddi King, einem Kampfschwimmer aus der Eliteeinheit der Marines. Und schließlich Oberstleutnant Nick Skeleby, als Waffenspezialist und Experte für das Bombenarsenal der wahrscheinlich wichtigste Mann der Mission.

Er checkte die Anzeigen der Displays der beeindruckenden medizintechnischen Anlage. Die Herzschläge waren auf sechs Mal pro Minute reduziert. Die EEGs belegten eine Hirnaktivität gleich Null. Das Leben der Kryoschläfer hing seit vielen Monaten von der Funktion dieser im Wesentlichen computergesteuerten Anlage ab. Er erinnerte sich an den Science-Fiction-Klassiker »2001 Odyssee im Weltraum«, in dem der Bordcomputer HALL die Besatzung im Kryoschlaf verrecken ließ. Fakt war, dass für den Aufwachvorgang computerinduzierte Fehlfunktionen ausgeschlossen werden sollten und deshalb ein händisches Verfahren angeordnet war. Das Bedienungsfeld sah unübersichtlich aus und erinnerte an die Armaturen von Raumschiff Orion. Es fehlte nur noch das eingebaute Bügeleisen. Montgommery schaute daher vorsorglich nochmals in der Bedienungsanleitung nach. Diese hing an einem Plastikbügel an einem der Kryotanks. Montgommery hatte auf einem gedruckten Exemplar mit speziell laminiertem Seiten bestanden. Ruhig und besonnen ging er einen Bedienungsschritt nach dem anderen durch. Fehler konnte er sich hier jetzt nicht erlauben. Der Gedanke an HALL drängte sich mehr in seine Wahrnehmung als ihm lieb war.

Montgommery atmete noch einmal durch und bediente den ungewöhnlichen Touchscreen in der vorgeschriebenen Reihenfolge. Kaum hatte er den Aufweckmodus aktiviert, kam Bewegung in die Instrumentenanzeigen.

**Kasachstan, Weltraumbahnhof Baikonur
Freitag, 22. Mai 2020**

Irena Seitzewa und Juri Aitmaturow saßen im Kosmoprom-Restaurant. Dieses befand sich im oberen Drittel des gigantischen Turms. Wie offenbar üblich bei Kosmoprom hatte man sich auch hier architektonisch etwas einfallen lassen. Im Restaurantsektor schienen runde, gläserne Kugeln um den Turm herum zu schweben. Erst beim zweiten Hinsehen, bemerkte man die etwa drei Meter langen Röhren, an denen die Kugeln befestigt waren und die als Zugang dienten. Innerhalb der Glaskugeln befand sich auf einem transparenten Fußboden jeweils ein Tisch mit bis zu acht Plätzen. Das gesamte Restaurantstockwerk rotierte um die Turmachse, sodass die Kugeln in circa einer Stunde einmal vollständig um den Turm herumwanderten. Plätze in den Kugeln waren heiß begehrt und man musste sie immer um Tage voraus reservieren. Während Juri lieber die Innentische nutzte, war Irena ganz wild auf die Kugelplätze. Obwohl sich bei Juri dort immer ein flaues Gefühl im Magen bemerkbar machte, konnte er seiner jungen Kollegin einen solchen Wunsch nicht abschlagen.

Da es nicht leicht für Neulinge war, in der Kosmoprom-Community Anschluss zu finden, hatten sich Irena und Juri trotz des immensen Altersunterschiedes angefreundet. Sie verbrachten von Anfang an in den Pausen und nach Feierabend viel Zeit miteinander. Beide wohnten mittlerweile in einer Trabantenstadt, genannt Kosmotown, die die Firma einige Kilometer vom Weltraumbahnhof entfernt, eigens aus dem Boden gestampft hatte.

Irena und Juri waren allein in einer der Restaurantkugeln. Juri versuchte, so wenig wie möglich in die Tiefe zu blicken, während seine Kollegin offensichtlich in vollen Zügen die Aussicht genoss. Dabei strich sie sich fortwährend und durchaus anmutig diverse ihrer widerspenstigen pechschwarzen Haarsträhnen aus dem Gesicht. Juri ertappte sich dabei, sich Irena als mongolische Wüstenprinzessin beim Bade in einer Oase vorzustellen. Du könntest ihr Vater, wenn nicht ihr Großvater sein, hörte er seine innere Stimme mahnen. Also konzentriere dich auf dein Essen. Wie sagt man so schön: Essen ist der Sex des Alters. Mit dieser Erkenntnis fokussierte er seine Gedanken auf die Nahrungsaufnahme.

Der in den transparenten Glastisch eingelassene Tablet-Display mit der Speisekarte las sich wie ein Streifzug durch die Michelin-Sterne-Restaurants aller Weltregionen. Entsprechend deuteten auch die stattlichen Preise auf die überragende Qualität hin. Das Restaurant wurde von den zahlungskräftigen Angestellten der russischen Raumfahrtbehörde sowie verschiedener privater Firmen, die ihren Sitz auf dem Baikonur-Gelände hatten, überaus stark frequentiert. Die Kosmoprom-Mitarbeiter verfügten jedoch über spezielle Kosmoprom-Rubel, mit denen sie zu Preisen eines normalen Kantinenessens speisen konnten.

Zahlreiche der an diesem Abend angebotenen Speisen klangen fremd für ihn. »Du, Irena«, fragte er etwas mürrisch, »kommst du mit der Karte heute Abend klar?«

»Hast du mal wieder deine Kontaktlinsen nicht eingesetzt?«

»Um ehrlich zu sein: Ich hasse diese Dinger! In der Freizeit haben die jedenfalls in meinen Augen nichts zu suchen.«

»Dein Pech, die lassen sich nämlich mit der Karte hier koppeln und man sieht vor seinem inneren Auge das entsprechende Gericht.«

»Gott bewahre, das ist ja grauenhaft. Lass uns bestellen. Ich komme schon klar.«

Nachdem sie beide online bestellt hatten, wobei Juri trotzig ein Menü mit diversen, ihm völlig unbekannten Bestandteilen und Zutaten orderte, setze er die Unterhaltung fort:

»Das ist schon ein seltsamer Laden hier. Man kommt sich vor, wie ein Rädchen in einer gigantischen Maschinerie, die möglicherweise Unglück über die Welt bringen wird.«

Seitzewa antwortete: »Meinst du wirklich? Der Vortrag von Nemerenko belegt doch, dass gerade bei Kosmoprom hohe moralische Standards gelten. Ich fand das richtig gut, was sie über die positiven Auswirkungen unseres Projektes auf die Amazonas-Völker gesagt hat.«

»Das kann auch so etwas wie das berühmte Feigenblatt sein. Die Zusammenhänge sind bestimmt noch viel komplexer als von Nemerenko dargestellt. Wer weiß schon, was sich noch alles hinter diesem Moloch Kosmoprom verbirgt.«

»Ein Arbeitsplatz mit Wellnessbereich, Sauna, Fitnesscenter. Hast du so was schon mal erlebt hier in Kasachstan? Und dann dieses Essen. Nie im Leben habe ich bisher so fein geschlemmt. Wenn du mich fragst, sitzen wir gerade in der abgefahrensten Kantine der Welt. Welcher Arbeitgeber im ehemaligen Ostblock, ganz zu schweigen von dieser Region, kann dir noch so etwas bieten?«

»Das ist alles nur Fassade, um die Leute bei Laune zu halten und gefügig zu machen. Dahinter verbergen sich knallharte turbokapitalistische Interessen.«

»Bist du Kommunist, oder was? Auf jeden Fall offensichtlich ein notorischer Schwarzseher. Ich glaub', wir haben es gar nicht so schlecht getroffen. Und die fachlichen Herausforderungen sind auch nicht von Pappe. Ich hätte mir ja vieles träumen lassen nach meinem Studium, aber eine vernetzte Raumflotte im Asteroidengürtel mittels Cloud Computing zu steuern ist einfach 'ne Wucht.«

»Kommst du klar mit deiner Aufgabe?«

»Na ja, um ehrlich zu sein, ich arbeite an meinem fachlichen Limit. Ich habe den Eindruck, ich lerne hier an einem einzigen Tag mehr als in meinem gesamten Studium zusammen.«

»Und du?«

»Bei mir handelt es sich um einfache Cobol-Programmroutinen. Bisher nichts Weltbewegendes. Die Bauteile, um die es geht, sind gar nicht so raumfahrtspezifisch. Alter Sowjetstandard. Das findest du heute in jeder besseren Rollladen-Firma.«

Dann wurde ihre Aufmerksamkeit ganz von den kulinarischen Köstlichkeiten beansprucht, die allmählich von einem überaus aufmerksamen Kellner aufgetragen wurden. Die untergehende Sonne tauchte die Glaskugeln in ein leuchtendes Rubinrot. Ein Ausblick, der wirklich begeisterte, das musste selbst Juri zugeben.

Solarfire
Samstag, 23. Mai 2020

Brigitte konzentrierte sich auf ihre letzte Aufgabe an diesem Tag. Als Gute-Nacht-Geschichte hatte sie sich wieder eine Aufzeichnung herausgesucht. Sie machte es sich so bequem wie möglich in ihrer Schlafnische und startete das Video.
Ein fluoreszierendes Blau erfüllte den Bildschirm. Ein untrügliches Zeichen für eine Aufzeichnung aus dem JPL-Headquarter. Die gewohnte Runde saß wieder zusammen. Wieder war es für Brigitte, als betrachte sie sich selbst eine fremde in die Handlung eingebundene Person.

JPL-Headquarter, 21. Oktober 2017

Ungewohnt war der vor dem Konferenztisch hin- und her tigernde Walter Mayer. Noch ungewohnter war, dass er anscheinend sein Handy ausgeschaltet hatte und offenbar tatsächlich vorhatte, sich auf seine Gesprächspartner zu konzentrieren. Er machte einen äußerst nervösen Eindruck.
»Jack ist immer noch nicht da. Weiß der Himmel, was ihm dazwischen gekommen ist. Wir können nicht länger warten. Ich muss nachher meine Maschine nach Washington, D.C. erwischen.«
Scott schien davon nicht gerade begeistert: »Ich fände es zwar besser, wenn auch unser aller Sicherheitsberater diese Sitzung verfolgen könnte, aber sei's drum, fangen wir ohne ihn an. Er wird sicherlich bald dazukommen. Was hier zu besprechen ist, ist in höchstem Maße sicherheitsrelevant. Ich habe Sie alle zu dieser Sitzung zusammen getrommelt, weil gestern etwas Außergewöhnliches vorgefallen ist.«
Mayer hielt einen kurzen Moment inne, um dann im Gehen das Gespräch fortzuführen: »Ich habe Ihre vertrauliche Mail gelesen, Professor Scott. Obwohl Sie das Phänomen nur andeuten, kann ich Ihnen mitteilen, dass ich einfach nicht glauben kann, was ich dort lesen musste. Sie wollen also ernsthaft behaupten, dass Dr. Will Johnson wiederauferstanden ist und unter den Lebenden weilt? Entschuldigen Sie, wenn ich dies anzweifele. Diese Paraphäno-

mene offenbaren uns Unglaubliches, aber einen Menschen wieder zum Leben zu erwecken, geht weit über das hinaus, was man sich vorstellen kann.«

»Die meisten hier im Raum kennen nicht die ganze Geschichte. Daher haben wir eine Videosequenz vorbereitet, um Sie alle auf den neuesten Stand zu bringen. Unaden wird in den ersten Tagen hier in Pasadena kontinuierlich mit einem Camcorder beobachtet, um sein Verhalten in der neuen Umgebung zu analysieren. Die Aufzeichnung von gestern ist nichts für zarte Gemüter. Also wappnen Sie sich!«

Das Video lief an. Wie von den Psychologen vorgeben, wurde Unadens Alltag per Videoaufzeichnung dokumentiert, um sein Verhalten in der neuen Umgebung zu erfassen und zu analysieren. Aufgrund seiner zentralen Rolle bei der Kontaktwahrung zu Djalu wollte man hier nichts dem Zufall überlassen.

Man sah Unaden beim Essen. Anwesend waren Miss Quamoora und Brigitte. Die Kamera führte Eduardo Conti. Unaden aß mit großem Appetit. Man versorgte ihn mit der typischen australischen Küche. Vor ihm standen kleine Schalen mit Schlangen-, Krokodil-, Känguru- und Emufleisch, von denen er sich immer wieder kleine Portionen in eine Essschale füllte, mit Wildreis vermischte und mit den Fingern zum Mund führte. Miss Quamoora sagte schließlich, sie sei müde und wolle sich ein wenig hinlegen. Die anderen beschlossen, noch einen kleinen Spaziergang über das JPL-Gelände zu machen. Die folgende Einstellung zeigte Unaden wie er mit Brigitte im Arm über die Parkwege des weitläufigen Geländes schlenderte.

Die kleine Gruppe erreichte schließlich Gebäude 28.

»Ou esso Brown King?«, fragte Unaden.

»Er liegt hier in einem Eisgrab, soviel ich weiß«, antwortete Brigitte.

»Je veut see him.«

Eduardo antwortete hinter der Kamera: »Sollen wir ihm seinen Wunsch gewähren?«

»Ich wäre schon dafür, Eduardo.«

»Okay, Unaden«, hörte man Conti sagen, »wir bringen dich zu dem Raum, in dem sich der tote Brown King befindet.«

Eine unruhige Kamera zeichnete den Weg über verschiedene Treppen und Gänge in dem weitläufigen Gebäude auf. Schließlich erreichten sie eine Tür mit der Aufschrift »Kryolabor«.

Brigitte wandte sich an Eduardo. »Hier war ich noch nie. Kann man da einfach so hineingehen?«

»Nein, ihr zwei Ahnungslosen. Man braucht natürlich eine Zugangsberechtigung. Ein Glück, dass ihr mich dabei habt. Halt mal die Kamera.«

Conti trat ins Bild und man sah, wie er sich, an der Wand kniend, offensichtlich mit einer Sicherheitssperre befasste. Schon während er wieder aufstand, begann sich eine schwere gepanzerte Tür zu öffnen. Weißliche Dampfschwaden drangen durch die Türöffnung nach draußen.

»Geh du vor«, verlangte Brigitte.

Conti übernahm wieder die Kamera und trat in einen von grellem Neonlicht erleuchteten Raum. Die Außenwände waren metallisch und vollkommen kahl. In der Mitte standen mehrere große, weißgestrichene Metalltanks. Unaden und Brigitte kamen nun auch herein. Man sah wie Brigitte fröstelte.

Unaden kramte in seiner Tasche und legte einen Stein auf den Tank.

»Was soll denn das bedeuten, Unaden?«, fragte Brigitte erstaunt.

Bevor Unaden etwas antworten konnte, reagierte Conti.

»Also wenn mich nicht alles täuscht, ist das Gesteins-Stückchen hier das so lange vermisste Bruchstück des Kallisto-Parasteins.«

»Unaden«, rief Brigitte entgeistert aus, »wo hast du denn das her? Der Parastein liegt doch unter strengstem Verschluss.«

»Mio parlez mit Professor Scott. Il gave es to me«.

»Und was soll das jetzt werden, wenn man fragen darf?«

»Mio talking mit Brown King, now".

Brigitte ging zu Unaden und strich ihm behutsam über das dunkle, krause Haar.

»Unaden, wir wissen, wie wichtig er für dich gewesen ist, aber du solltest hier endgültig Abschied von ihm nehmen. Er ist als Eisblock eingefroren. Selbst die moderne Medizin hat noch keine Möglichkeit gefunden, ihn zurückzuholen Vielleicht ist die Forschung in 50 oder 100 Jahren soweit. Doch dazu müsste er auch erstmal aufgetaut werden. Hab ich das richtig formuliert, Eduardo?«

Hinter der Kamera kam aus dem Off die Stimme: »Genau richtig dargestellt, Brigitte. Komm lass uns gehen Unaden, wir erkälten uns hier noch!«

Brigitte wollte Unaden sanft aus dem Raum schieben, aber dieser ließ sich nicht vom Fleck bewegen.

»I stay here«, wehrte er sich entschieden.

Brigitte schaute hilflos in Richtung Kamera.

»Na gut, dann bleiben wir halt noch ein wenig. Aber denk an deine und unsere Gesundheit, Unaden.«

Unaden schien an gar nichts Derartiges zu denken, sondern breitete seine wallenden Kleider um sich aus und setzte sich auf den eiskalten Boden. Dann fing er an, seinen Oberkörper leicht hin und her zu bewegen. Nach ein paar Minuten stand er auf und nahm den Parastein vom Tank. Dann setzte er sich wieder und bewegte den Stein zwischen seinen Händen hin und her.

Plötzlich verharrte er still. Sein Gesicht nahm angespannte Züge an. Sein Körper begann zunächst leicht und dann immer stärker zu zucken. Nach kurzer Zeit liefen die Zuckungen wie Wellen durch den kleinen Aborigine. Brigitte beugte sich zu ihm und versuchte ihn zu stabilisieren. Eduardo rief ihr zu: »Lass ihn, Brigitte. Wir haben uns darauf eingelassen. Da müssen wir jetzt durch!«

Unaden zitterte nun als stemmte er ein viel zu schweres Gewicht. Seine Augen traten hervor und Speichel ran ihm über die geöffneten Lippen. Er begann scharfe, unverständliche Laute auszustoßen. Brigitte schrie entsetzt auf und wollte ihn von dem Behälter wegziehen. Die Kamera wackelte bedenklich und kam auf die beiden Personen am Boden zu. Conti riss Brigitte von Unaden weg und stieß undeutlich hervor: »Lass ihn, Brigitte. Lass ihn gewähren, wer weiß was hier noch passiert.« Und tatsächlich wurde Unaden plötzlich ganz ruhig. Er schloss die Augen und atmete tief durch. Man hörte wie er ganz leise die Namen Unaden und Eduardo hauchte. Immer wieder wiederholte er die beiden Namen. Dann wurde es still. Unaden stand auf und lächelte glücklich.

»Brown King esso la. Brown King lives.«

Der Film brach ab und das Deckenlicht im Headquarter wurde wieder aktiviert. Einige der Zuschauer schauten entsetzt nach dieser seltsamen Vorführung. Scott ergriff das Wort. »Man muss dazu sagen, dass Djalu eine Zusammenkunft mit Unaden hatte, bei der niemand von uns anwesend sein durfte und die Aufzeichnungsgeräte ausgeschaltet waren. Er ist mit Sicherheit von seinem Vater angewiesen worden, so zu agieren.«

Mayer schaute ihn mit verkniffenem Gesichtsausdruck an: »Das glauben Sie doch wohl selbst nicht, dass er mit einem in Trockeneis eingefrorenen Toten gesprochen hat. Das hat er sich doch alles nur ausgedacht, weil er damals so an diesem Brown King hing. Man sieht diesem Jungen doch an, dass er eine blühende Fantasie hat. Und Sie fallen auch noch darauf herein. Erbärmlich kalt ist es in diesem Eisgrab – fast minus 200 Grad, wenn ich richtig liege. Und da soll Leben existieren? Es ist schade, dass Jack Dyce nicht da ist. Der würde Ihnen für so was die Leviten lesen.«

Daraufhin meldet sich Vössler zu Wort: »Entschuldigen Sie, wenn ich dies hier erwähne, aber mich erinnert das an den Science-Fiction-Roman ›Der vorletzte Trumpf‹ von Robert C. W. Ettinger aus dem Jahre 1948. Dort wird ein 92-jähriger Mann auch eingefroren und zwar in einer Gefriertruhe. 300 Jahre später wird er dann wieder aufgetaut, noch dazu von einer jungen bildhübschen Ärztin. Und er, oh Wunder, ist auch wieder ein junger Mann und obendrein zum Beischlaf bereit.«

»Professor Vössler«, ermahnte ihn Scott, »bevor Sie uns diese Story bis zu ihrem, mit Verlaub, Höhepunkt erzählen, möchte ich doch sehr darum bitten, dass wir uns wieder mit unserem aktuellen Fall beschäftigen.«

»Nein, nein, Mister Vössler hat mit seinem Einwurf schon recht«, schaltete sich Professor da Luca ein, »jedenfalls aus medizinischer Sicht. Eben dieser Robert Ettinger hat die gesamte Kryonik-Bewegung erst auf den Weg gebracht. Er ist sozusagen der Gründervater der Kryonik. Seit 1976 friert seine Firma tote Menschen ein, was übrigens lediglich in den USA und in Russland gesetzlich erlaubt ist. Diese werden dann in Edelstahlbehältern in flüssigem Stickstoff bei minus 196 Grad Celsius aufbewahrt.« Mit einem Seitenblick auf Mayer fügte er hinzu: »Sie liegen also mit ihrer Temperaturangabe goldrichtig, Mister Mayer. Das JPL bedient sich ja auch dieser Technik, um einige Mitarbeiter, wie zum Beispiel Dr. Johnson in Eis gefroren für die Nachwelt zu erhalten. Gestatten Sie mir jedoch eine persönliche Einschätzung zu dieser Technik.

Die moderne Medizin friert zwar erfolgreich menschliche Herzklappen und Haut, ja sogar Eizellen und Spermien ein und verwendet diese später wieder. Es gibt etliche Menschen unter uns, die als Embryo bei minus 196 Grad Celsius eingefroren waren. Auch in der Tierwelt gibt es zahlreiche Beispiele, bei denen Organismen eine Abkühlung auf unter minus 50 Grad Celsius überstehen. Denken Sie nur an die gesamte Fauna Sibiriens. Aber im Labor ist das Einfrieren und Auftauen lebender Spezies bisher nur bei Bärtierchen gelungen. Zwei wichtige Faktoren spielen hierbei eine zentrale Rolle. Es muss ein schadloses Einfrieren erfolgen, ohne dass Eiskristalle die Zellen zerstören. Außerdem spielt die Zeit für den Einfrierungsprozess eine Rolle. Während wir es bei den Bärtierchen lediglich mit 30.000 Zellen zu tun haben, besitzt der Mensch über 100 Billionen Zellen. Ich habe kürzlich bei einer Konferenz darüber mit Frau Birgit Glasmacher vom Institut für biomedizinische Technik in Aachen gesprochen. Nach Ihren Aussagen bräuchte man für jeden Organ- und Zelltyp ein eigenes Gefrierschutzmittel und einen eigenen Zeitrahmen beim Einfrieren eines Menschen. Und nach dem Evolutionsbiologen Ulrich Kutschera von der Stanford University liegt die Wahrscheinlichkeit, Tote zu revitalisieren, bei null Prozent, heute wie in der Zukunft.«

Scott hatte sich bei den Ausführungen da Lucas geduldig in seinem Sessel zurückgelehnt und ergriff nun wieder die Gesprächsleitung: »Ein schöner Kurzvortrag. Ihre persönliche Einschätzung, Professor da Luca, in allen Ehren. Wir haben es hier jedoch nicht mit menschlicher Technologie zu tun, sondern mit der Parawelt.«

»Da muss ich dann doch einmal vehement widersprechen, denn für solche Fähigkeiten brauchen wir nicht die Parawelt zu bemühen«, eiferte sich Vössler, »kennen Sie den Fall von Chorisodontium aciphyllum?

»Nein, werter Kollege«, seufzte Scott, »aber Sie werden uns sicher gleich verraten, worum es sich dabei handelt.«

»Um ein Moos, Professor Scott, um ein Moos aus der Antarktis. Eine britische Exkursion um Peter Convey vom Natural Environment Research Council, den ich zufällig gut kenne, hat bei dieser Spezies eine extreme Form der Kryptobiose festgestellt.«

»Bevor Sie weiterreden, wollen wir erst einmal wissen, was das ist«, unterbrach ihn Scott.

»Es handelt sich dabei um einen Zustand reduzierter Stoffwechselaktivität, mit dessen Hilfe Pflanzen auch für sie ungünstigste externe Bedingungen überleben können.«

»Aha, und weiter?«

»Convey und Kollegen haben auf der Insel Signy Island nördlich der Antarktischen Halbinsel Bohrkerne aus dem Permafrostboden in über einem Meter Tiefe entnommen, in denen das besagte Moos enthalten war. Nach dem Auftauen hat man das Moos wieder günstigen Lebensbedingungen ausgesetzt und festgestellt, dass sämtliche geborgene Pflanzen wieder in der Lage waren, neu auszutreiben. Wie Altersbestimmungen der Moose ergaben, ließen sich über 1.500 Jahre alte irdische Organismen wieder zum Leben erwecken. Aus diesem Beispiel …«

»Professor Vössler«, hakte da Luca ein, »Ihr Moos, Mister Vössler, in allen Ehren, aber wir reden hier über den menschlichen Organismus, der ein klein wenig komplexer aufgebaut ist.«

»Aber wir können festhalten, dass ein Wiederauftauen und Weiterleben prinzipiell auch bei irdischen Organismen möglich ist«, lenkte Scott ein.

»Okay, Professor Scott und Professor Vössler«, ergriff nun wieder da Luca das Wort, »ob so etwas tatsächlich auch mit Menschen funktionieren kann ist immer noch in höchstem Maße fraglich. Da müssen schon noch klarere Beweise erbracht werden, als die bisherige Videopräsentation. Oder war das schon alles?«

»Nein, in der Tat, das ist noch nicht alles. Wir werden der Sache jetzt weiter auf den Grund gehen und ein weiteres Experiment starten. Zunächst jedoch sehen Sie dazu die Aufzeichnung eines Gesprächs, welches wir heute Morgen mit Djalu geführt haben.«

Auf der Projektionsfläche erschien der Medicroom, in dem sich neben Djalu noch Scott selbst und Brigitte befanden. Brigitte hielt

Djalus Hand während Scott am Fußende des Bettes stand und fragte: »Djalu, kann es sein, dass Dr. Will Johnson, also Brown King, zum Leben erweckt wurde? Kann es sein, dass dein Sohn Unaden in der Lage ist, Kontakt mit ihm aufzunehmen?«
Djulu antwortete und Brigitte übersetzte:

Brown King ist nicht tot

Sein Leben ist mit seinem Stein verbunden

Die ferne Welt ist in ihm

Sprecht mit ihm

sprecht mit ihm durch Unaden

Brown King hat eine Aufgabe

Brown King ist wichtig für die Welt

Die Einspielung brach ab, und Scott nahm den Faden wieder auf: »Sie sehen, dass wir uns deutlich im Bereich der Paraeffekte bewegen. Es gelten daher mit Sicherheit andere Gesetze und Gegebenheiten, als bei der irdischen Medizin. Nun lassen sie uns das Experiment beginnen. Bringen Sie dazu bitte Unaden herein.«
Die Sicherheitsleute verschwanden und kamen kurz danach mit Unaden zurück. Wie ein bunter Farbtupfer hüpfte er zwischen den beiden Security-Mitarbeitern den Gang entlang und wedelte wild mit den Armen. Schließlich rauschte er mit seinen wallenden, bunten Kleidern in den Konferenzraum, ein verklärtes Lächeln auf den Lippen.
Scott lächelte zurück: »Unaden, du weißt, worum es heute geht. Wir wollen mit Brown King sprechen.«
»Je sais, I know«, nickte Unaden, um hinzuzufügen, »Sontze lacht again pour Brown King.«
»Das werden wir gleich sehen, ob die Sonne für Will Johnson wieder lacht. Hast du den Stein dabei?«

»Stone esso ici«, bestätigte Unaden, kramte in einer seiner riesigen Taschen und legte den Stein vor sich auf den Konferenztisch.

»Wir werden versuchen, das Experiment möglichst lebensnah zu gestalten.« Bei diesen Worten Scotts erschien ein Robert-Redfort-Typ in einem weißen Fliegerhemd auf den Bildschirmen der Konferenzraumwände. Man konnte bei einigen Konferenzteilnehmern, insbesondere jedoch bei Mayer und da Luca einen spöttischen Gesichtsausdruck erkennen. Scott und Unaden ließen sich davon jedoch nicht beirren. Unaden fixierte zunächst den vor ihm liegenden Stein. Nach geraumer Zeit sah er hoch und schien weit in die Ferne zu blicken.

Dann begann er in lupenreinem Englisch ohne den geringsten Akzent zu sprechen: »Guten Abend Greg. Es ist schön, dass ihr mit eurer Projektion an vergangene Zeiten erinnert. Ihr hättet auch einen Eiswürfel darstellen können.«

Unaden wurde von einem kurzen Lachanfall geschüttelt.

»Ich grüße die versammelte Runde. Mein besonderer Gruß gilt dem verehrten Mister Mayer. Ich vermisse Mister Dyce und Aden, ansonsten sind einige mir noch unbekannte Personen in der Runde, aber die wirst du mir sicherlich gleich vorstellen, Greg.«

Man sah wie Mayer mit offenem Mund Unaden anstarrte.

»Ich begrüße dich unter den Lebenden, Will, und hoffe, dass du auch in deiner neuen Zustandsform wieder in unserem Team mitarbeiten wirst.«

Aus Unaden antwortete es: »Okay, Greg, das Kaffeekochen müssen dann andere übernehmen, aber ansonsten werde ich tun, was in meiner Macht steht. Aber zunächst möchte ich wissen, mit wem ich es hier alles zu tun habe.«

Den meisten der Anwesenden stand das Erstaunen tief ins Gesicht geschrieben. Scott hingegen verzog keine Miene und stellte die Runde, insbesondere die nach Wills Tod ins Team aufgenommenen Mitarbeiter, ausführlich vor. In kurzen Worten schilderte er den Tod Adens und die Übernahme der Rolle als Übersetzerin für Djalu durch Brigitte. Man konnte hierbei sehen, wie Unaden einen tieftraurigen Gesichtsausdruck annahm, wobei die Beobachter nicht sicher waren, ob diese Reaktion von Unaden oder Johnson oder von beiden kam. Da Will hierzu noch mehr wissen wollte, erzählten alle, die damit zu tun hatten, insbesondere Brigitte und Steven die Ereignisse rund um Adens tragischen tödlichen Autounfall, durch den das Projekt einen der wichtigsten Mitarbeiter verlor.

Schließlich unterbrach Scott diesen Diskurs und meinte: »Mensch Will, weißt du eigentlich, dass die von dir geplante und initiierte Mission zum Grandiosesten gehört, was die Menschheit je vollbracht hat?«

»Das sind ja große Worte, Greg. Leider war ich die ganze Zeit vollständig abgeschaltet. Das Letzte, woran ich mich erinnern kann, war ein gleißender Lichtschein aus den Augen Djalus im Medicroom. Danach weiß ich nichts mehr.«

»Mein lieber Will, das ist eine lange Geschichte. Wir müssen einen Weg finden, dir diese möglichst vollständig zu vermitteln. Für heute sollten wir es erst einmal bei einem Wunder belassen. Die kommenden Tage werden zeigen, wie wir unsere Kommunikation und Datenübertragung zu dir gestalten. Die entsprechenden Tests starten dann gleich morgen. Halt bis dahin die Ohren steif.«

»Meine Ohren gehören, glaub ich, zu den steifsten des gesamten Universums. Dann sag ich mal So long! und warte, bis ihr euch wieder meldet.«

Unaden strahlte über das ganze Gesicht und sprach munter weiter. »Mio said, dass le Solail wieder brille for Brown King«.

»Das hast du gesagt, Unaden, und es ist wahr, so unglaublich es klingt, aber es ist tatsächlich so«, pflichtete ihm Scott bei, »ich schlage vor, dass wir eine längere Pause einlegen, um jedem Zeit zu geben, das alles zu verarbeiten. Demnach vertagen wir uns auf morgen.«

Kaum gesagt, brach ein wüstes Stimmengewirr im Raum aus. Niemand hatte auf die Bewegung im Außengang geachtet, so dass Jack Dyce für alle überraschend durch die Tür hereinplatzte.

»Tag zusammen, hab ich was verpasst?«

Man konnte sehen wie Mayer genüsslich formulierte: »Einiges, Jack, ich sag nur einiges, aber dieses Mal erklär ich es dir.«

Brigitte schaltete enttäuscht den Bildschirm aus. Sie hatte aus der Aufzeichnung keine weiteren Erkenntnisse gewinnen können.

Mars, Nhill-Krater
Samstag, 23. Mai 2020

Stundenlang fuhren sie nun schon über die Abhänge des Nhill-Kraters. Der Marshimmel zeigte sich in den typischen blassgelben bis orangeroten Farbtönen. Die rötliche Färbung ergab sich durch den allgegenwärtigen Eisenoxidstaub auf dem Boden und in der Atmosphäre. Befand man sich bei stärkerem Wind auf dem Grund der Marsatmosphäre, machte der sogenannte rote Planet seinem Namen alle Ehre.

Steven überdachte, wie schon so oft, nochmals ihre Mission. Sie befanden sich in einer Umgebung mit der die menschliche Lunge absolut nicht zurechtkam. Dies lag insbesondere an zwei Faktoren: Am Boden der Marsatmosphäre herrschten einerseits nur 0,6 Prozent des irdischen Luftdrucks. Zum anderen fanden sich hier lediglich 0,145 Prozent Sauerstoff. Den Hauptbestandteil der Gashülle des roten Planeten machte das Kohlendioxid mit 96 Prozent aus. Nennenswerte weitere Bestandteile bildeten das Edelgas Argon mit 1,93 Prozent und Stickstoff mit 1,89 Prozent. Das Tragen von Raumanzügen, auch während der Fahrt in einem der geschlossenen Marsvehikel, war daher Pflicht.

Sie operierten auf der südlichen Mars-Hemisphäre in einem Gebiet, welches seit Milliarden Jahren eine enorme geologische Stabilität aufwies. Ganz im Gegensatz zum Norden, der durch starke vulkanische Aktivität geprägt worden war. Der Mars, dessen gesamte Oberfläche ungefähr der Kontinentalfläche der Erde entsprach, konnte als zweigeteilter Planet bezeichnet werden. Man sprach von den Tiefebenen des Nordens und den Hochländern des Südens, wobei die Südhalbkugel im Schnitt exorbitante sechs Kilometer höher lag als der Norden. Man vermutete, dass der Norden vor 1,5 Milliarden Jahren von einem gewaltigen Meteoriteneinschlag getroffen wurde, der die Marsoberfläche aufbrach und eine starke vulkanische Aktivität auslöste. Auch die heutigen Oberflächenformen beider Marshälften unterschieden sich deutlich voneinander. Während im Norden flache, sand- und staubbedeckte Ebenen in der riesigen als Borealis-Becken bezeichneten Tiefebene vorherrschten, zeigte sich der Süden gebirgig und stark zerklüftet mit einer wesentlich höheren Kraterdichte. Dort befand sich mit dem Olympus Mons auch der mit 25 Kilometer Höhe zweitgrößte Berg des Sonnensystems. Der etwas über 25 Kilometer messende Zentralberg im Krater Rheasilvia auf dem Asteroiden Vesta hatte ihm nach den Messungen der Raumsonde DAWN erst vor kurzem den Rang abgelaufen. Der marsianische Schildvulkan Olympus Mons erstreckte sich an seiner Basis über eine annähernd Frankreich entsprechenden Fläche. Seine Masse war so gigantisch, dass er durch die Kruste brechen und in den Mantel einsinken würde, befände er sich auf der Erde. Die Kruste des Mars war hingegen bedeutend dicker, so dass sich dort Schicht auf Schicht ablagern konnte und solch ein riesiges Gebilde entstehen ließ, dass dreimal höher als der Mount Everest und hundertmal massereicher als der Mauna Loa war.

Der Deuteriumsee lag in einer Kraterregion, die sich seit 3,8 bis 3,5 Milliarden Jahren nicht wesentlich geologisch verändert hatte. Die Formung der Marsoberfläche in diesem Bereich erfolgte in der sogenannten Noachian Epoche, in der späten Phase des Late Heavy Bombardement des Sonnensystems. Zu dieser Zeit besaß der Mars eine wesentlich dichtere Atmosphäre und das relativ warme Klima ermöglichte Regenfälle, verbunden mit der Entstehung von Flüssen und Seen. Zahlreiche, heute noch erkennbare Geländeformen konnten als Zeugen für ehemals fließendes Wasser auf dem Mars gedeutet werden. In einigen Kratern sammelte sich offensichtlich so viel Wasser, dass ein Überlauf über den Kraterrand stattfand. Andere Krater wiesen Zufluss- und Abflussrinnen auf.

Die meisten der bisherigen Marsmissionen mit dem Ziel der Suche nach fossilem oder heute noch vorhandenem mikrobiellem Leben hatten in Arealen stattgefunden, welche in diesem Marszeitalter geprägt worden waren. Der Nhill-Krater wurde von der International Astronomical Union kurz IAU, die für die Nomenklatur kosmischer Objekte zuständig ist, erst im Jahr 1991 benannt und trug seither seinen Namen nach einer Stadt in Victoria Australien. Es handelte sich um eine vergleichsweise kleine und flache Hohlform mit einem Durchmesser von circa 22 Kilometer und einer Tiefe von circa 300 Metern, südwestlich des Llanesco- und nordwestlich des Dinorwic-Kraters gelegen.

Das Außenlabor war mit Ankunft der Marsflotte im Jahr 2018 im Innern des Kraters unbemannt gelandet. Man wusste nicht, was einem in dem Eissee aus Paramaterie erwartete. Daher wollte man nicht das Risiko eingehen, die komplette Marsstation auf dem Eissee zu errichten. Die internationale Containerstadt, die den klangvollen Namen Mars City trug, war nach und nach in den vergangenen zwei Jahren außerhalb des flachen Kraters angelegt worden. Eine Schar interdisziplinärer Wissenschaftler hatte schon diverse Experimente und Untersuchungsprogramme durchgeführt. Deren Einsatzbereich lag jedoch überwiegend außerhalb der Kraterwände auf der Hochebene. Die Forschung im Außenlabor innerhalb des Kraters blieb der Forschungsgruppe des JPL vorbehalten. Für die Vorbereitung dieses entscheidenden Moments hatte man sich fast zwei Jahre Zeit genommen. Steven waren die akribischen Sicherheitsüberprüfungen am Schluss zunehmend auf den Senkel gegangen. Aber auch diese Phase war nun endlich überstanden. Heute würden Sie endlich das Außenlabor in Betrieb nehmen. Der Mars-Offroader, mit dem sie unterwegs waren, erinnerte an die auf dem Mond eingesetzten Fahrzeuge der Apollo-Mission, nur die Räder fielen ein paar Nummern größer aus. Die Variante für den Mars besaß jedoch zusätzlich eine Kuppel aus transparenten Faserverbundstoffen, die eine Rundumsicht ermöglichte. Man fuhr in speziell für die Marsmission konzipierten, sehr beweglichen Z-Raumanzügen, die nicht mehr so schwer wie die üblichen Raumanzüge und trotzdem sehr gelenkig und extrem strahlungsresistent waren. Die Kuppel bot im Vergleich zu den Mondfahrzeugen zudem einen noch besseren Schutz vor den Marswinden und -sandstürmen.

Inzwischen wurde Stevens Aufmerksamkeit wieder ganz von der aktuellen Fahrt eingenommen. Mit einem Blick nach hinten bemerkte er, wie eine riesige Sandsäule über den Kraterrand kroch. Wie ein gigantischer Tornadoschnorchel ragte das Gebilde bis in eine Höhe von geschätzten acht Kilometern in den Marshimmel. Nachdem der gesamte Schnorchel in den Krater eingedrungen war, konnte er den Durchmesser auf ungefähr 1.200 Metern schätzen. Steven warf einen Blick hinüber zu Riesenstein, der ruhig und trocken bemerkte: »Das is' so'n Sandteufel. Harmlos die Dinger. Wenn er uns erreicht, halt ich kurz an, bis der Teufel vorübergezogen ist.«

»Okay, bin einverstanden«, antwortete Steven kurz.

Auf der Erde wäre dies einer der gigantischsten Tornados, den man je gesehen hatte. Die geringen Windgeschwindigkeiten in der gigantischen Marswindhose machten die Sandteufel jedoch zu einer imposanten, aber völlig harmlosen Wettererscheinung.

Nach ihren Planungen benötigte man für die Strecke von der Space Station der NASA in Mars City bis zum Deuteriumsee bei einer Geschwindigkeit von um die zehn Kilometer pro Stunde ungefähr fünf Stunden, Zwischenstopps aufgrund unerwarteter Hindernisse mit eingeplant. Riesenstein fuhr allerdings die hiesige, abschüssige Passage nach Stevens Auffassung deutlich zu schnell. Bei der Überfahrt größerer Felsbrocken wurde das Gefährt ordentlich durchgeschüttelt und verlor zeitweise sogar die Bodenhaftung. Die Sprünge, die das Auto vollführte, waren wegen der geringeren Schwerkraft deutlich größer als bei Testfahrten auf der Erde. Der Offroader rumpelte jetzt über ein ausgedehntes Geröllfeld.

Plötzlich stoppte das Fahrzeug unvermittelt. Steven und Riesenstein wurden nach vorne in die Sicherheitsgurte gedrückt.

Die übergroßen Reifen begannen sich auf der Stelle zu drehen und sich in den weichen Marsboden einzugraben. Sand spritzte in hohem Bogen nach allen Seiten weg.

»Was machen Sie denn, Riesenstein?« entfuhr es Steven »noch ein paar Umdrehungen und wir stecken hoffnungslos fest.«

Riesenstein reagierte unwirsch: »Ach ja, Sie Schlaumeier, das hätte ich jetzt beinahe nicht gemerkt«, stellte dann aber den Motor ab.

Sie klappten die Glaskuppel nach hinten, stiegen aus und sahen sich die Bescherung an. Das Auto steckte tief im roten Marssand. Sie hatten genau eine Sandlinse innerhalb des ansonsten steinigen Geländes erwischt. Die Räder waren fast schon zur Hälfte eingegraben.

Sie befanden sich etwa auf halber Strecke zwischen der Containerstadt und dem Außenlabor. Zu Fuß war weder vorwärts noch zurück eine rettende Unterkunft erreichbar.

»Glaub nicht, dass wir hier mit Bordmitteln noch mal rauskommen. Wir müssen Hilfe anfordern, Riesenstein. Wir brauchen Cyrill Thomson und seine Crew.« Die NASA-Roverspezialisten gehörten ebenso zur Marsmission. Ihr Einsatzort mit einem etwa baugleichen Marsauto lag jedoch normalerweise auf der Hochebene.

Steven war schon drauf und dran einen Funkspruch abzusetzen, als Riesenstein einhakte: »Momentchen mal, Winstone, Momentchen. Das kriegen wir doch wohl noch alleine hin. Die Karre mach ich uns schon wieder flott.« Er hatte anscheinend doch Ehrgeiz, was Steven wiederum gefiel.

Riesenstein wuchtete eine der Heck-Klappen hoch und zog ein paar Matten heraus. Dann baute er sie in Windeseile aber fachmännisch unter den festgefahrenen Rädern ein. Er stieg wieder ein und gab behutsam Gas. Mit schaukelnden Bewegungen arbeitete er sich Zentimeter um Zentimeter vor, und kurze Zeit später hatte er das Fahrzeug aus dem Sandbett befreit.

Steven erkannte überrascht, dass Riesenstein seine Qualitäten offenbar doch noch auszuspielen wusste und rief ihm anerkennend zu: »Hey, Riesenstein, Sie sind ja der König der Marsstraßen!«

»Wie alle Rallyefahrer höre auch ich so etwas gerne, Winstone.«

»Steven, wenn's recht ist.«

»Josh geht auch okay.«

Sie setzten die Fahrt gut gelaunt fort und fuhren, während sie sich die neuesten Marswitze erzählten, eine ganze Weile dahin, bis Riesenstein schließlich funkte: »Manövertechnisch gesehen sind wir schon ganz schön auf Tuchfühlung. Tuchfühlungstechnisch gesehen geht's schon fast nicht mehr mehr, oder?«

Steven versuchte über den Informationsgehalt dieser Aussagen nachzudenken als sie über die unterste Kraterterrasse fuhren. Der Kratergrund öffnete sich und bot ihnen einen fantastischen Anblick.

Vor ihnen erstreckte sich eine weite, fast kreisrunde Ebene. Sie war vollkommen flach und erinnerte an einen der riesigen Salzseen auf der Erde. Die Oberfläche war bedeckt von zahlreichen roten Staubverwehungen und wellenförmigen flachen Sanddünen. Dazwischen schimmerte immer wieder grünblaues Eis hervor. Es entstand ein ungewöhnlicher Farb- und Formenkontrast, der an die Kulisse einer fremdartigen Welt eines Computerspiels erinnerte. Steven hatte das Areal auf Satellitenbildern schon oftmals studiert. Er hätte nicht gedacht, dass der Deuterium-Eissee aus der Nähe betrachtet, derart faszinierend wirken würde.

Selbst Riesenstein schien beeindruckt: »Mann, das sieht hier ja voll science-fiction-like aus! Müssen wir jetzt also nur noch diesen Containerlaborquatsch aufspüren.«

Steven sagte nichts, sondern aktivierte die Fernglasfunktion seines Raumanzuges. Nach kurzer Zeit starrte er wie gebannt auf den Kratersee. Die über die wellige Ebene streichenden Sandschleier lösten in ihm sanfte Melodien aus. In Gedanken schwebte er über die Dünen und versuchte den schönen Klängen nachzuspüren.

»Hey, Steven, ich warte hier auf 'ne Ansage von dir. Ich altere zusehends.«

Steven wurde wie aus einer Trance gerissen und murmelte: »Moment Josh, ich hab's bestimmt gleich.«

Tatsächlich entdeckte er auf Anhieb das gesuchte Objekt. Wie ein übergroßer, silberner Wohnwagen mit runden Fensteröffnungen prangte es über der Ebene. Der Laborcontainer hatte auf einer Sanddüne aufgesetzt. Er stand in leichter Schieflage. Dies war jedoch kein Problem. Sie würden die eingebauten Hydraulikbeine zum Ausgleich einsetzen.

»Siehst du's auch, Josh?«

»Längst ins Fadenkreuz genommen, die Blechbüchse.«

»Dann entern Sie mal den Eissee, Mister Lauda.«

»Aye aye, Sir, bitte festhalten!«

Pasadena, JPL
Sonntag, 24. Mai 2020

Frau Quamoora kam sich so deplatziert vor. Inmitten all dieser Wissenschaftler, all dieser Hightech-Geräte und hochtrabenden Gesprächsrunden. All diese Leute in schnittigen Anzügen, Laborkitteln oder Funktionsbekleidungen, zwischen denen sie sich mit ihren langen, farbenfrohen, australischen Tüchern vorkam wie ein Fremdkörper. Ihre Welt waren Menschen, hilfsbedürftige Menschen, denen sie ein lebenswertes Leben versuchte zu ermöglichen. Sie sehnte sich tagtäglich nach ihrem beschaulichen Heim für Behinderte in Darwin zurück. Am JPL hatte sie ständig das Gefühl, die Dinge wüchsen ihr über den Kopf.

Um zu verstehen, was hier vorging, hatte man ihr einen Stapel DVDs zur Verfügung gestellt, die alle Sitzungen im Headquarter zeigten. Mit Computern stand sie etwas auf Kriegsfuß, weshalb sie am liebsten immer noch ihren alten DVD-Player nutzte. Sie hatte auf diese Weise erfahren, wie Steven Winstone und Brigitte Langendorf, Mai Ling und Szusanne Stark in das Geheimteam aufgenommen wurden und wie das Team entdeckte, dass sich Materie aus einem Paralleluniversum im Sonnensystem befand. Sie konnte miterleben, wie im Jahr 2016 die Moon-Journey-Sonde mit Djalu Djungarys Gedanken an Bord, gebunden an ein Stückchen Paramaterie, auf einem neuen Himmelskörper im Sonnensystem landete. Es erfüllte sie an dieser Stelle mit etwas Stolz, dass die wissenschaftlich bis heute nicht vollständig geklärte Gedankenverbindung zwischen einem Mitglied ihres Volkes und einem Stein aus einem Paralleluniversum, diese Tiefraummission der NASA erst ermöglicht hatte. Sie sah im Video, wie sich anschließend dieser zunächst zwischen der Umlaufbahn von Uranus und Neptun entdeckte Zentaur aufblähte und ein Lichtblitz in die Kommandozentrale einschlug. Ein Ereignis, welches auf dem gesamten Erdball registriert wurde und schnell eine weltweite Panik auslöste, zumal sich das riesenhaft aufgeblähte Objekt aus Paramaterie mit rasender Geschwindigkeit im äußeren Sonnensystem in Bewegung setzte. Und sie konnte mittels der Videos noch einmal verfolgen, wie endlich in einem vielschichtigen wissenschaftlichen Diskurs am JPL erkannt wurde, dass dieser sogenannte Paraplanet die Helioshäre als Schutzhülle des gesamten Sonnensystems für den Flug durch das gefährliche interstellare Medium stabilisierte. Und dass die Parawelt somit einen Schutzschirm für das Sonnensystem und die Erde vor dem interstellaren Strahlensturm installiert hatte.

Eines der Videos schaute sie sich immer wieder an. Es war die denkwürdige Mammut-Sitzung vom 5. August 2016, in der dieser gesamte Raumfahrtwahnsinn seinen Anfang genommen hatte. Etliche der Begriffe, die dort fielen, hatte sie schon nachgeschlagen. So gerüstet, legte sie tapfer die DVD ein. Es erschien die bekannte, in leuchtendes Blau getauchte Kulisse des Konferenzraums im Headquarter. Soweit Miss Quamoora dies überblicken konnte, handelte es sich bei den Teilnehmern um den üblichen Personenkreis. So war es denn auch Scott, der wie gewohnt die Sitzung eröffnete und ohne Umschweife in das Thema einstieg.

JPL-Headquarter, 5. August 2017

»Wir sind heute zusammengekommen, um die Auswertung der letzten knapp drei Monate zu besprechen und in konkrete Projekte und Strategien zu überführen. Einige kommen aus einem langen Urlaub zurück, während andere intensiv in Recherchearbeit eingebunden waren. Wieder andere, wie zum Beispiel Walter Mayer, Jack Dyce und ich haben unsere Zeit in langwieriger Gremienarbeit verbracht. Die neuen, bahnbrechenden politischen Verhältnisse eröffnen uns ungeahnte Möglichkeiten. Die Zeit drängt. Der Weltforschungsrat erwartet in einer Woche unseren Bericht. Sie alle wissen, dass derzeit Raumfahrtprojekten weltweit höchste Priorität eingeräumt wird. Die erst kürzlich gebildete Weltregierung hat praktisch Finanzmittel und Ressourcen in unbegrenzter Höhe in Aussicht gestellt, um unser Sonnensystem weiter zu erforschen und die Menschheit handlungsfähig im Hinblick auf kosmische Bedrohungen zu machen. Soweit es irgend geht, sind dabei Roboter durch handelnde Personen zu ersetzen. Nicht zuletzt, die Äußerung unseres Auges im All, Djalu Djungary, vom 17. Juni 2016 mit seiner Fortsetzung der Regenbogenschlangensaga hat diese Entscheidung mit beeinflusst. Aber auch ein anderes Phänomen macht die Investition in Weltraumprojekte zwingend erforderlich. Denn wir beobachten eine immer weiter steigende kosmische Strahlung außerhalb unseres Sonnensystems. Bisher hält das kosmische Bollwerk, welches die Macht aus dem Parauniversum an der Außengrenze unseres Systems errichtet hat. Doch wie lange noch? Kann es dort zu Überlastungen kommen? Müssen weitere Schutzmaßnahmen aktiviert werden? Daher müssen wir alles daran setzen, die Eigenschaften und Wirkungsmechanismen der Paramaterie im gesamten Sonnensystem weiter zu erforschen. Aufgrund der überragenden Rolle, die dieser Arbeitsgruppe bei der Erforschung und Interpretation der Phänomene aus dem Paralleluniversum gespielt hat, kommt uns nun das erste Vorschlagsrecht für innovative Forschung zu, welche die Welt grundlegend verändern soll. Von daher besitzt die heutige Sitzung eine überragende Bedeutung. Ich bitte um Wortmeldungen.«

Wie bei einem übereifrigen Schüler schoss sofort eine Hand in die Höhe. »Ach nein«, verlautete Scott mit gespielter Verwunderung, »unser Geograph, Professor Vössler, hat den ersten Vorschlag für die neue Weltstrategie.«

Vössler ließ sich durch den Einwurf in keinster Weise beirren und begann selbstbewusst: »Wir müssen zunächst an den verbliebenen natürlichen Schutzschild unseres Planeten, die Magnetosphäre, denken. Wie wir alle durch Professor Zabels Forschungen an Tierverhalten und einigen anderen aktuellen geowissenschaftlichen Erkenntnissen wissen, nimmt die Intensität und die Ausdehnung des Magnetfeldes der Erde beständig ab. Ohne die Beobachtung dessen Zustandes nützen uns alle Raumfahrtprojekte letztendlich gar nichts.«

Dyce fiel ihm barsch ins Wort: »Ach ja, und wenn das Magnetfeld ausfällt, spannt Herr Vössler einen Regenschirm für uns alle auf.«

»Mister Dyce, auch Ihre Berufung in das Sicherheitskabinett der Weltregierung sollte Ihnen nicht den Blick dafür verstellen, dass Sie in der Vergangenheit im Hinblick auf kosmische Bedrohungen ein ums andere Mal auf der falschen Fährte waren.« Einige der Anwesenden zuckten nach dieser Antwort Vösslers innerlich zusammen und man war froh, dass Scott beschwichtigend einstieg: »Meine Herren, so kommen wir doch nicht weiter! Verehrter Herr Vössler, was hätten Sie denn anzubieten?«

»Danke, Professor Scott, in der Tat möchte ich darum bitten, ein kleines Forschungsteam zusammenstellen zu dürfen, welches die Feldstärke der Magnetosphäre ständig überwacht und sich um den Zusammenhang mit Vorgängen im Erd-Inneren, insbesondere des Geodynamoeffekts unter möglicher Beteiligung von Paramaterie kümmert. Wir sollten hierzu insbesondere das EarthScope-Projekt nutzen. Ich habe hierzu einen detaillierten Forschungsplan ausgearbeitet.«

Scott nahm das Papier entgegen: »Das EarthScope-Projekt der Vereinigten Staaten ist uns bestens bekannt und bisher auch schon zu Forschungszwecken für die NASA nutzbar. An der wissenschaftlichen Qualität Ihrer Ausarbeitung gibt es sicherlich nichts auszusetzen.« Dann fragte er unverhofft in die Runde: »Sind alle mit dem Vorschlag einverstanden?« Alle Hände, inklusive der von Jack Dyce, hoben sich zustimmend in die Höhe. »Genehmigt, Professor Vössler! Stellen Sie dieses Team zusammen und legen Sie los. Sicherlich finden Sie in unserem Mineralogen, Mister van de Sand einen interessierten Mitstreiter aus der Runde. Ihre Forschung wird in den Forschungsrahmen integriert, den wir der Weltregierung vorlegen werden. Die offizielle Genehmigung gilt als sicher. Weiterhin gilt die Zusage der nahezu unbegrenzten Mittel auch für Ihr Projekt. Ich erwarte neben einem monatlichen Bericht sofortige Meldungen an das Headquarter, wenn Sie außergewöhnliche Entdeckungen machen.« Man sah Vössler an, dass er ausnahmsweise einmal überrascht war, was auch sein ungewöhnlich kurzes »Danke, Professor Scott« offenbarte.

»Kommen wir zu den möglichen Raummissionen.«

»Entschuldigen Sie, wenn ich noch mal einhake, aber wäre es nicht besser, zunächst alle terrestrischen Forschungen abzuschließen?«

»Vössler, Sie machen mich zusehends nervös. An was denken Sie denn jetzt noch?«

»Nun, wir haben auch noch andere, eher erdgebundene Forscher im Team. Ich denke dabei zum Beispiel an den werten Herrn Professor Zabel.«

»Also gut, sei's drum, welche Projekte haben denn Sie in der Pipeline, Professor Zabel?« Zabel war das Ganze zwar kreuzpeinlich, aber er musste jetzt den Ball übernehmen, den Vössler ihm zugespielt hatte. Der Angesprochene räusperte sich und begann vorsichtig: »Nun, um ehrlich zu sein, kann ich wirklich nichts zu den avisierten Weltraumprojekten beitragen. Auch Exobiologie ist mir als Fachgebiet völlig fremd, obwohl ich einen Lehrstuhl für Tierökologie innehabe. Selbst wenn wir momentan den Anwendungsbezug nicht sofort sehen, möchte ich vorschlagen, eine Exkursion zu den Tepuis im Norden Südamerikas durchzuführen. Dies ist schon lange mein Lebenstraum. Und wer weiß, vielleicht kommen Entdeckungen dort in ihrer Bedeutung sogar an die Erforschung fremder Planeten heran.«

»Tepuis«, wiederholte Dyce, »was soll denn das sein?«

»Tepuis bedeutet in der indigenen Indianersprache »Die Häuser der Götter« – es handelt sich um Tafelberge, die im nördlichen Amazonasbecken im Dreiländereck von Brasilien, Venezuela und Guyana über tausend Meter aus dem Regenwald herausragen. Es sind die Überbleibsel einer Milliarden Jahre alten Hochebene, in die sich die Tropenflüsse eingeschnitten haben. Mit Fug und Recht werden sie als eine der wenigen verbliebenen weißen Flecken auf unserem Globus bezeichnet.«

Dyce reagierte mit einem süßsauren Lächeln: »Wertester Herr Zabel, Ihre Tepuis in allen Ehren, aber ich glaube nicht, dass wir im Weltforschungsrat ein solches, völlig aus der Luft gegriffenes Projekt durchbekommen. Ohne dem Urteil von Professor Scott und diesem Gremium vorzugreifen, muss ich konstatieren, dass ich aus derzeitiger Sicht, sehe ich für dieses Projekt keine Realisierungschance sehe. Hab ich Recht, Professor Scott?«

Zabel, in dessen Gesichtszügen man eine tiefe Enttäuschung ablesen konnte, blickte noch einmal hoffnungsvoll zu Scott, doch dieser antwortete: »Ich hätte es etwas diplomatischer formuliert, Mister Dyce, aber meine Einschätzung geht momentan in die gleiche Richtung. Nachdem wir diesen Punkt etwas unsanft abgehandelt haben, weiter im Text. Daher zunächst die Frage: Möchte sonst noch jemand in unserem Vorgarten forschen?«

Es entstand eine schweigsame Pause.

»Da dies offensichtlich nicht der Fall ist, strecken wir mal unsere Fühler etwas weiter aus. Wir beginnen unsere Betrachtung mit Analyseergebnissen aus der Satelliten-Fernerkundung. Ms. Stark und Professor Candell haben Entsprechendes vorbereitet.«

Szusanne Stark blendete einige Bilder von Forschungssatelliten auf die Projektionswände und begann zu erläutern: »Unsere Forschungen, insbesondere auch in Zusammenarbeit mit dem Team von Frau Professor Candell, erbrachten bemerkenswerte Ergebnisse. Unser Hauptaugenmerk erstreckte sich auf die Frage, ob es größere Ansammlungen von Paramaterie in unserem Sonnensystem gibt. Es ist uns zwar hierbei nicht gelungen, einen direkten Nachweis zu führen. Denn wie Sie aus früheren Betrachtungen zur Paramaterie wissen, weist diese exakt identische physikalische und physikochemische Eigenschaften mit der Materie unseres Universums auf.

Wir haben alle verfügbaren Satellitendaten einschließlich die des Spitzer-Teleskops auf verdeckte Hinweise ausgewertet und das komplette Sonnensystem inklusive der Erdoberfläche untersucht.

Wirklich verwertbare Hinweise erhielten wir durch das HssO (Herschel Solar System Observations) Dieses am 14.5.2009 gestartete Weltraumobservatorium der ESA besitzt ein empfindliches Gerät für hochauflösende Wasserbeobachtungen im fernen Infrarotbereich. Mit diesem Wasserdampfdetektor namens HiFi (Heterodyn-Instrument für den Fern-Infrarotbereich) wurde bereits vielfach das Wasser von Asteroiden erforscht. Insbesondere ging es bei diesen Forschungen um die Zusammensetzung des Wassers aus verschiedenen Zustandsstufen. Das spezielle Infrarotdeduktionsverfahren ermöglicht, das Verhältnis von schwerem zu normalem Wasser zu ermitteln. Deuteriummoleküle senden im fernen Infrarotbereich eine charakteristische Strahlung aus, so dass diese von normalem Wasser auch über große Entfernungen hin unterschieden werden können.«

An dieser Stelle wurde Starks Vortrag unterbrochen: »Moment mal!« Alle Augen richteten sich auf Walter Mayer, der nun weiter ausführte: »Sehr verehrte Miss Stark, bitte haben Sie Erbarmen mit einer Physikniete wie mir und erklären Sie mir doch, was schweres Wasser oder diese Deuterium überhaupt ist.«

»Entschuldigen Sie, Mr. Mayer. Meine Profession ist die Satellitensteuerung und -datenaufbereitung. Ich möchte dann an dieser Stelle an Frau Professor Candell übergeben, die Ihnen die physikalischen Grundlagen erläutern wird.«

Candell übernahm sofort selbstsicher die Wortführung: »Deuterium ist ein ganz besonderer Stoff in unserem Universum. Es handelt sich um ein Isotop des Wasserstoffs, bei dem der positiv geladene Atomkern, genannt Deuteron, nicht nur aus einem Proton, sondern einem zusätzlichen Neutron besteht. Dieses wird auch als Schwerer Wasserstoff bezeichnet. Der Anteil an Deuterium in natürlich vorkommendem Wasserstoff beträgt nur 0,015 Prozent. Deuterium wurde 1931 von Harold Clayton Urey entdeckt, der dafür 1934 den Chemienobelpreis erhielt. Das Besondere daran ist, dass sich das gesamte Deuterium, welches in unserem Universum existiert, in den ersten Minuten in der sogenannten primordialen

Nukleosynthese nach dem Urknall bildete. Unter heutigen Bedingungen ist eine weitere Bildung des Stoffes in natürlicher Umgebung nicht möglich. Da keine natürlichen Prozesse der stellaren Nukleosynthese, also die Stoff-Bildung innerhalb von Sonnen, bekannt sind, die das schwere Wasserisotop hätten erzeugen könnten, ist Deuterium sozusagen das Vermächtnis des Urknalls unseres Universums. Deuterium spielt daher bei verschiedenen kosmologischen Modellen eine wichtige Rolle. Es gibt nun auf der Erde erheblich weniger Deuteriummoleküle als Wassermoleküle. So findet man nur etwa 1 Deuteriumatom auf 7.000 Wasserstoffatome. Ein Kubikmeter Meerwasser enthält etwa 34 Gramm Deuterium.

Beim sogenannten schweren Wasser sind die normalen Wasserstoffatome durch Deuterium ersetzt. Es existiert auch sogenanntes halbschweres Wasser, bei dem nur eines der Wasserstoffatome durch Deuterium ersetzt ist. Letzteres kommt in der Natur viel häufiger vor als schweres Wasser. Es existieren verschiedene technische Elektrolyse-Verfahren, mit denen Deuterium aus gewöhnlichem Wasser angereichert werden kann. Diese relativ leichte Verfügbarmachung macht schweres Wasser zu einem bevorzugten Brennstoff für Fusionskraftwerke. Schweres Wasser besitzt im Vergleich zu normalem Wasser abweichende physikalische Eigenschaften. Es ist tatsächlich schwerer als normales Wasser. Ein Eisblock aus schwerem Wasser versinkt daher in normalem Wasser.

Mittels der Herschel-Sonde ist nun der Nachweis gelungen, dass eine größere Wassermenge des irdischen Wassers tatsächlich aus dem Weltraum stammt – und zwar von Asteroiden. Nach Untersuchungen aus den 1990er Jahren insbesondere anhand des Halleyschen Kometen wurden Forschungsresultate publik, welche ein doppelt so hohes Deuterium-Wasser-Verhältnis auf Kometen als auf der Erde feststellten. Dies sprach damals massiv gegen die These, dass das irdische Wasser aus dem Weltraum stammt.

Herschel hat nun aber neben den Untersuchungen an den Kometen Hartley 2 eine mit dem irdischen Wasser identische Zusammensetzung des Wassers der verbliebenen Brockenmonde im Neptunsystem nachgewiesen. Dies ist ein weiterer Beweis dafür, dass das irdische Wasser zu einem großen Teil aus der Neptunregion stammt und von dort durch die Paramaterie auf die Reise zur Erde geschickt wurde. Sie erinnern sich sicher an unsere Herleitung im Jahr 2016.

Man muss allerdings dazu sagen, dass das Verfahren zunächst nur freiliegendes und hochanstehendes Grundwasser auf der Oberfläche von Himmelskörpern entdecken kann. Was sich in sehr tiefliegenden Gesteinsschichten abspielt, können wir damit nicht ermitteln, so dass zum Beispiel Aussagen über Paramateriewasser im Erdmantel ab einer Tiefe von zwanzig bis dreißig Kilometern nicht möglich sind. Damit muss sich definitiv die neugebildete ›Arbeitsgruppe Vössler‹ für Erd-Inneres und Magnetfelder beschäftigen.

Kommen wir nun zu weiteren Ergebnissen aus dem All.

Wir konnten tatsächlich drei größere Paramaterie-Areale im Sonnensystem ausfindig machen.«

Ms. Stark machte nun eine Kunstpause, die auffallend an Raphael van de Sands Sprechweise erinnerte. Anscheinend nutzte sie das Stilmittel momentan absichtlich, um die Spannung ein wenig zu erhöhen. Greg Scott sah sich sogar genötigt, mit einem: »Bitte weiter, Ms. Stark«, etwas nachzuhelfen.

Auch dadurch ließ es sich Ms. Stark nicht nehmen, in aller Ruhe zunächst eine Abbildung des Mars einzublenden. Sie zoomte in einen Bildausschnitt hinein, in dem zwei Marskrater in charakteristischer schwacher Rotfärbung zu erkennen waren und fing an auszuführen: »Was Sie hier sehen, ist die normaloptische Aufnahme eines Zwillingskraters in der Region Thaumasia Planum mit einer High Resolution Stereo Camera, kurz HRSC. Diese Hochebene liegt in der östlichen Tharsis-Region in der Äquatorregion des Mars unmittelbar südlich des Valles Marineris. Es handelt sich um den Arima-Krater und um seinen noch namenlosen Begleiter. Auf dem Bild ist auf beiden Kraterböden eine Austiefung mit einer Wasseransammlung sichtbar. Diese kreisrunden Minikrater entstanden beim Impaktprozess durch schlagartige Erhitzung von eingeschlossenem Wasser oder Eis im Untergrund. Es kam zu einer explosionsartigen Dampferuption, die diese Löcher im Zentrum der Krater aufrissen. Die Aufnahme belegt, dass sich noch heute Wassereis in diesen Vertiefungen befindet. Sehr wahrscheinlich ist, wie eine detaillierte Tiefenradaranalyse zeigt, dass sich im Untergrund eine mächtige, über 200 Kilometer lange Eislinse befindet, die an diesen beiden Stellen freigelegt ist.« Auf den Bildschirmen wurde eine ellipsenförmige schwachblaue Fläche erkennbar, die beide Krater miteinander verband.

Dyce begann unruhig zu werden und grummelte: »Verehrte Ms. Stark, ihr Vortrag in allen Ehren, aber diese ewigen Wassernachweise auf dem Mars sind ja schon geradezu langweilig. Was hat denn das mit der angestrebten neuen Forschungsstrategie zu tun?«

»Lieber Herr Dyce, es ging uns zunächst um die Darstellung des Normalzustandes dieser Wasser- beziehungsweise Eisvorkommen in den Marskratern. Die Besonderheit kommt jetzt.«

Auf der Bildfläche erschien ein vergleichsweise kleiner Krater, in dem sich ebenfalls eine runde Fläche in der Mitte abzeichnete. Die Darstellung änderte sich und in den zentralen Vertiefungen dieses Marskraters trat ein deutlich tief blau leuchtendes, fast kreisrundes Areal hervor. »Wir sehen hier eine Eislinse im sogenannten Nhill-Krater auf der Südhalbkugel des Mars, welche im Spektrum von Deuterium emittiert. Es handelt sich überwiegend um reines Deuteriumwasser. Unsere These ist, dass es sich nicht um Wasser aus unserem Universum, sondern um Wasser aus der Parawelt handelt.«

»Aber zeigen nicht auch schon bisherige Forschungsergebnisse, dass das Marswasser deutlich deuteriumhaltiger ist als das irdische Wasser?«, warf Conti ein.

»In der Tat«, sprang nun wieder Ida Candell ein, »dass auf dem Mars ein größerer Anteil deuteriumhaltiges Wasser vorkommt, ist seit langem bekannt. Analysen von 3,5 Milliarden Jahre alten Marsmeteoriten zeigen, dass das Verhältnis von Deuterium zu Wasser bereits in der Entstehungsphase des Sonnensystems dort 1,9 mal größer war als auf der Erde. Wie wir mittlerweile annehmen, existierte zu dieser Zeit ein circa 1,25 Kilometer tiefer Wasserozean auf dem Mars. Seither hat der Planet ungefähr 96 Prozent seiner Wassermassen verloren. Hierbei konnte der schwere Wasserstoff bei weitem nicht so gut in den Weltraum entweichen wie der normale Wasserstoff. Daher finden wir aktuell tatsächlich ein Deuterium-Wasserverhältnis, welches 5,5 Mal größer ist als auf der Erde. Aber was wir auf dem Bild sehen,« und sie zeigte zur Unterstützung auf die Projektionswand, »ist ein Wasserkörper in dem alle Wasserstoffatome aus reinem Deuterium bestehen. Die Entstehung einer solchen Wassermasse ist in unserem Universum ausgeschlossen. Selbst Analysen ferner Galaxien haben noch niemals eine solche Deuterium-Konzentration gezeigt. Dies lässt nur einen Schluss zu: Bei dem Eis in diesem Nhill-Krater muss es sich um Wasser aus dem Parauniversum handeln.

Es müssen daher dort völlig andere Bedingungen beim Urknall geherrscht haben. Offensichtlich ist dort Wasser vorwiegend in Form von Deuterium entstanden.

Es handelt sich somit um den ersten Nachweis eines Paramateriewassersees in unserem Sonnensystem. Sehr ungewöhnlich ist, dass die vom See nach außen ausstreichenden Grundwasserkörper wie abgeschnitten wirken. Es scheint ein extrem isolierter Eiskörper vorzuliegen. Ein schwer erklärbarer Befund, den wir derzeit vernachlässigen müssen.

Es handelte sich zunächst um einen Zufallstreffer bei einem Schwenk des ansonsten auf Kometen ausgerichteten HssO über die Marsoberfläche. Daraufhin haben wir den immer noch in Betrieb befindlichen europäischen Mars Express speziell auf diese Fragestellung angesetzt und nahezu die gesamte Marsoberfläche gescannt. Erstaunlicherweise mit negativem Ergebnis. Es blieb bei dem eben gezeigten Einzelnachweis. Wohlgemerkt, Paramaterie-Wasseransammlungen in sehr tiefen Bodenschichten können hiermit nicht ermittelt werden. Auf jeden Fall ist es uns gelungen, ein charakteristisches Emissionsspektrum von Paramateriewasser zu definieren. Je höher der Deuteriumanteil desto stärker erscheint in den Aufnahmen ein tiefer Blauton bis hin zu Kobaltblau.«

»Na dann werden Sie uns bestimmt gleich erzählen, wo Sie die beiden anderen Parawasserareale im Sonnensystem entdeckt haben«, warf nun Professor Vössler ein.

»Exakt dieses hatte ich jetzt vor, Professor Vössler. Nicht überraschend ist die Tatsache, dass es in den Kordylewskischen Wolken von Paramateriewasser nur so wimmelt. Wir wissen ja, dass der Parastein aus der Pilbara von dort stammt. Nun kommen wir aber zu unserer wissenschaftlichen Sensation!«

Candell blendete eine Darstellung des Jupitermondes Europa mit seiner charakteristischen gerieften und gekammerten eisigen Oberflächenstruktur auf den zentralen Bildschirm. Verschiedene Weißtöne und leichte Braun- und Grüntöne dominierten die Abbildung. »Dies ist eine fotooptische Darstellung von Europa, wie wir sie alle kennen. Und jetzt passen Sie auf!

Wir verfügen nämlich über taufrische Aufnahmen von Europa. Wir haben ein neues Gerät an Bord der gerade im September 2016 im Jupitersystem angekommenen Junosonde, an deren Konstruktion Unaden Djungary maßgeblich mitgewirkt hat. Die Sonde kann mittels Ice-Penetrating-Radar sehr weit in tiefere Wasserschichten vordringen. Ein solches Radar nimmt anhand der Dielektrizitätskonzentration eine problemlose Unterscheidung von Eis und flüssigem Wasser vor. Es erlaubt zum Beispiel die Entdeckung von Wasserlinsen innerhalb von Eiskörpern. Aber es erlaubt auch eine Unterscheidung von schwerem und normalem Wasser. Wir arbeiten zwar mit zwei verschiedenen Analyseverfahren, haben aber den gleichen Farbton für Deuterium-Vorkommen verwendet.«

Professor Candell betätigte eine Taste und die Kamera schien sich in das Innere des Mondes einzufräsen. »Wir dringen jetzt in die gigantische Eisdecke ein. In jeder Sekunde arbeiten wir uns in dieser Darstellung um 100 Meter in Richtung des Mondkernes vor. Die Farbgebung zeigt, dass es sich um Eis aus normalem Wasser handelt. Diese riesigen Blasen, die nun erscheinen, sind Einschlüsse aus flüssigem Wasser im Eispanzer.« Das Bild wandelte sich und die weißliche Farbe schlug in ein klares Wasserblau um. »Nun erreichen wir die gigantische Wassersäule des Europaozeans. Die Kamera bewegt sich immer noch mit 100 Meter pro Sekunde in die Tiefe. Beim Betrachten dieser Aufnahmen kann man allmählich nachvollziehen, dass es dort zwei Mal so viel Wasser als auf der Erde gibt. Aber passen Sie auf, was jetzt passiert.«

Die nun schon deutlich kleinere Kugel des Mondes erschien plötzlich in ein tiefes Kobaltblau getaucht. »Was Sie hier sehen, bedeutet nichts anderes, als dass ein Großteil des Wassers im Tiefenozean auf dem Mond Europa aus reinem Deuterium, also Parawassermaterie, besteht.«

Ein Raunen lief durch den Konferenzraum. »All diese Wassermoleküle aus dem Parauniversum?«, staunte Conti. »Es spricht einiges dafür, dass es dort seit ewigen Zeiten kein flüssiges Wasser mehr gibt. Und wir haben hier einen ganzen Mond mit Parawasser aufgespürt?«

Candall antwortete: »Bei den bisher für das Parauniversum angenommen Temperaturen weit unter dem Gefrierpunkt und den fehlenden Wärmequellen dürfte es dort tatsächlich seit Milliarden von Jahren kein flüssiges Wasser mehr geben.«

»Vielleicht ist von dort ja nicht nur dieses Wasser in unser Universum transferiert worden«, vermutete Conti weiter.

Professor da Luca rief spontan aus: »Vielleicht erklärt dies die Fluchtreaktion Djalus als seine Gedanken mit dem Mini-Rover verbunden waren, als dieser über der Eiskruste von Europa fuhr.«

Brigitte fragte ebenso spontan: »Heißt das, dass von dort eine Gefahr ausgeht? Soviel ich weiß, empfand er es dort als unerträglich.«

Conti warf ein: »Dem spricht allerdings entgegen, dass er sich bei diesen Fahrten immerhin einige Tage auf der Mondoberfläche aufhielt.«

Scott, der neben Szusanne Stark und Professor Candell als einziger in der Runde bereits über diese Ergebnisse vorab informiert war, insistierte: »Lassen wir zunächst einmal diese spekulativen Erörterungen. Insgesamt gesehen handelt sich bei diesen Entdeckungen auf dem Mars und auf Europa um die interessantesten aktuellen wissenschaftlichen Phänomene überhaupt. Auf diese Ergebnisse möchte ich unsere Forschungsstrategie aufbauen. Um diese Nachweise detailliert zu erforschen, sollten wir beiden Spuren nachgehen und Forschungsmissionen aussenden.«

Conti reagierte als Erster: »Man könnte ein Marsauto nach dem Vorbild der Curiosity aussetzen, um den Boden des Nhill-Kraters zu untersuchen. Mit unserem neuen Forschungsetat könnte man dort sicherlich einen kosmischen Mercedes fahren lassen. Moment ich zeige, was mir vorschwebt.« Er fing an in seinem Rechner zu suchen und blendete zwei Rover-Darstellungen auf die Bildschirme. Man sah den Curiositiy-Rover und ein etwa drei Mal so großes Modell eines neuen Rovers. »Hier haben wir die neueste Entwicklung unserer JPL-Labors, die wir für diesen Zweck einsetzten könnten.«

Scott entgegnete: »Think bigger, Eduardo! Think bigger, Menschheit! Das ist unsere große Chance, Eduardo. Wir sollten den alten Menschheitstraum wahrmachen und eine bemannte Mission zu einem anderen Planeten dieses Sonnensystems aussenden. Die notwendigen Vorplanungen hierzu liegen seit Jahren in der Schublade. Was, wenn nicht diese Entdeckungen, sollten uns sonst auf diesen neuen Weg führen?

Wir sollten den Antrag an den Weltforschungsrat stellen, in möglichst kurzer Zeit eine internationale, bemannte Raummission zum Mars zu starten. Die Ressourcen aller raumfahrenden Nationen werden in einer solchen konzertierten Aktion zu bündeln sein. Ich bitte um Zustimmung zu diesem Antrag.«

Alle Hände hoben sich. »So, meine Damen und Herren, damit ist das bis dato größte Raumfahrtprojekt der Menschheit so gut wie besiegelt.

Wir werden den Antrag so stellen, dass die Steuerung des internationalen Teams vom JPL aus erfolgen wird. Das Lenkungsteam der Moon-Journey-Mission wird hierbei eine tragende Rolle spielen. Die auszuwählenden Fachkollegen der anderen Nationen werden überwiegend ans JPL beordert.

Dann würde ich gerne noch eine wichtige Personalie klären. Ich will nicht lange drum herum reden und erspare mir ausschweifende Begründungen für meinen Vorschlag. Ich möchte, dass die wissenschaftliche Leitung der Mission im Nhill-Krater auf dem Mars von Dr. Winstone wahrgenommen wird. Er hat mit Abstand die größte Erfahrung mit den Phänomenen des Parauniversums und ist sicherlich am ehesten in der Lage, die wissenschaftlichen Rätsel auf dem Mars zu lösen. Dies ist völlig unabhängig davon, wer am Ende die Gesamtleitung der Forschungsflotte zum Mars übernimmt.«

Nach dieser Ankündigung richteten sich alle Augen auf Steven. Man konnte sehen, wie dessen Gesichtsfarbe innerhalb von Sekunden zunächst von einem tiefen Rot bis hin zu einem blassen Weiß wechselte.

»Sie müssen sich nicht sofort entscheiden, Mr. Winstone. Lassen Sie den Vorschlag erst mal auf sich wirken.«

Scott blendete währenddessen auf allen Bildschirmen wieder den Jupitermond Europa ein. »Nun zu unserer anderen Entdeckung:
Wie wir sehen konnten, besteht das Tiefenwasser von Europa aus Paramateriewasser. Auf diesem schwimmt eine Eisschicht aus Normalmaterie.

Aufgrund der enormen Entfernung zum Jupiter wird wahrscheinlich nur eine unbemannte Mission in Betracht kommen. Mir schwebt ein Landeroboter vor, der sich durch die Eisschicht bohrt, um den Deuteriumozean zu erkunden.

Seitdem wir diese Entdeckung gemacht hatten, konnten wir gezielte Laserhöhenmessungen und Strukturanalysen des Ozeangrundes vornehmen. Auch hierzu liegen erste Ergebnisse vor.

Schauen Sie sich jetzt einmal diese Aufnahmen an! Ms. Stark, bitte die Meeresbodenaufnahmen von Europa. Wir haben mit einem Spezialradar der Junosonde den Meeresboden von Europa gescannt.«

Alle starrten gebannt auf die Bildschirme, auf denen ein bewegtes Relief mit schemenhaften, spitzen, lang gestreckten Schatten zum Vorschein kam.

Dyce fragte aufgeregt: »Was sind denn das für Strukturen? Kriegen wir das nicht ein bisschen schärfer?«

Ms. Stark antwortete: »Das ist nur die Übersichtsaufnahme. Wir haben auch noch detailliertere Aufnahmen. Ich blende diese mal auf den Hauptbildschirm. Was Sie jetzt sehen, ist alles, was wir aus den Aufnahmen herausholen konnten.«

Auf dem Schirm erschienen mehrere Aufnahmen, die in vielen Fällen ein regelmäßiges Muster bildeten, welches aussah wie eine geordnete stabförmige Struktur. Ein Bild zeigte eine ungeordnete Ausrichtung.

»Es sind uns vier hochauflösende Radaraufnahmen gelungen. Diese haben wir mit allen zur Verfügung stehenden Bildauswertungsprogrammen untersucht.«

»Warum haben wir nicht mehr davon?«, fuhr Dyce dazwischen.

»Die Aufnahmen stammen von der Junomission. Leider steht uns die Sonde nicht mehr zur Verfügung, da diese nur eine geringe Lebensdauer hatte und mittlerweile in die Jupiteratmosphäre gestürzt ist. Da wir trotz aller optisch-technischen Bemühungen nur über recht verwaschene Darstellungen verfügen, haben wir ein Computermodell von der Struktur am Grunde des Europaozeans entwickelt. Was Sie hier jetzt sehen, ist ein Modell. Ob es allerdings da unten wirklich so aussieht ist nicht sicher.«

Mit diesen Worten erschien eine Grafik, welche entfernt an die Borsten einer Haarbürste erinnerte. Stark fuhr unterdessen fort: »Grob gesagt, sieht das Ganze wie ein Stelenfeld aus. Diese Stelen weisen eine unterschiedliche Länge auf und sind bis über 100 Meter lang. Die Durchmesser sind offensichtlich unterschiedlich. Bis auf die eine Aufnahme, die irgendwie ungeordnet aussieht, zeigen die drei anderen die Stelen mit einer exakt identischen Ausrichtung. Nach unseren Modellrechnungen scheinen die Abstände zwischen den Stelen extrem gleich zu sein. Die Unterschiede liegen im Zentimeter, wenn nicht im Millimeterbereich.«

»Und die stehen tatsächlich alle in Reih und Glied, Ms. Stark«, fragte Dyce aufgeregt dazwischen.

»Wie die Zinnsoldaten, Mister Dyce, um mal etwas Militärisches ins Spiel zu bringen.«

Dyce fragte aufgeregt weiter: »Handelt es sich um feststehende Stelen?«

»Das ist es ja gerade, was so befremdlich daran ist. Auf den drei geordnet aussehenden Aufnahmen sind die Stelen unterschiedlich geneigt. Sie weisen auf keiner unserer Aufnahmen eine identische Ausrichtung auf. Auch bei den unterschiedlichen Neigungswinkeln erscheinen die Abstände zwischen den Stelen extrem regelmäßig.«

»Nach allem, was Sie hier berichtet haben, kann es sich doch nur um eine technische Anlage handeln, oder was meinen Sie, Oberstleutnant Montgommery?«

»Irgendwie erinnert mich das Ganze an ein Raketenabschusssystem.«

»Sie sprechen eine große Sache recht gelassen aus. Das sieht nicht nur irgendwie so aus, mir fällt gar keine andere Erklärungsmöglichkeit ein. Oder möchte hier irgendjemand behaupten, so etwas hätte einen natürlichen Ursprung?« Ohne eine Antwort abzuwarten fuhr er fort: »Wie viele dieser sogenannten Stelen haben Sie ausgemacht?«

»Es müssen wohl über 1.000 sein.«

»1.000 Abschussvorrichtungen oder gar Raketen! Und es gibt offensichtlich eine Zielausrichtung! Was immer dort herauskommt, es kann gezielt auf ein Target ausgerichtet werden!!«

Diese Aussage rief nun Steven auf den Plan.

»Moment mal, Mister Dyce. So leichtfertig sollten wir nicht etwas Militärisches oder gar Feindliches da hineininterpretieren.« Er wandte sich an Ms. Stark und bat: »Szusanne, zeig uns doch auch einmal die ungeordnete Aufnahme.«

Auf dem Schirm erschien ein völlig ungeordneten Chaos, welches an wild in alle Himmelsrichtungen zeigende Tentakeln erinnerte.

»Eine technische Anlage, die einen solchen Zustand annehmen kann!? Halten Sie das nicht für extrem unwahrscheinlich?«

»Wie verlässlich ist die Aufnahme, die wir gerade sehen, Ms. Stark?«, polterte Dyce.

»Nun, es ist uns nicht gelungen, daraus eine Modellansicht zu entwickeln. Zudem handelt es sich um die unschärfste Aufnahme aus diesem Sektor des Europaozeans überhaupt. Es ist nicht ausgeschlossen, dass es sich hierbei um einen Übertragungsfehler handelt.«

»Da hören Sie es, Mister Winstone. Ihre Beweisführung steht auf tönernen Füssen.«

»Meine Herren, ich bitte um Mäßigung. Gegenseitige Anfeindungen bringen uns auch nicht weiter.«

Dyce wurde noch aufgeregter: »Nein, nein, nein, Professor Scott, das Ms. Stark uns hier zeigt, sieht definitiv aus wie Raketenbatterien. Der gesamte Meeresboden ist voll davon.«

Steven versuchte nochmals zu besänftigen: »Aber nein, Mister Dyce. Das können auch Tangwälder oder so etwas Ähnliches wie Stalagmiten sein. Auf jeden Fall spricht einiges dafür, dass es sich um natürliche Strukturen handelt.«

»Natürliche Strukturen, dass ich nicht lache!«, dröhnte Dyce, »Hat nicht auch Frau Langendorf berechtigterweise darauf hingewiesen, dass Mister Djungary offensichtlich eine starke Gefahr auf diesem Mond wahrnahm? Und hat nicht der Moon Passenger 1 dort eine erhöhte Radioaktivität gemessen? Wenn Sie mich fragen, sieht das aus wie eine Abschussbasis für Raketen, womöglich so etwas wie Atomraketen.«

Steven entgegnete darauf: »Radioaktivität, ja schon. Aber das betrifft nur ein bestimmtes, übersichtlich abgrenzbares Areal auf Europa. Atomwaffen auf Europa. Mit Verlaub, Mr. Dyce, bei Ihnen piept's wohl! Meinen Sie wirklich, diese Parawesen hätten es nötig, eine Atomstreitmacht im Sonnensystem zu stationieren? Glauben Sie nicht, dass diese sowohl technisch als auch ethisch ein bisschen weiter entwickelt sind?«

Dyce verlor nun endgültig die Fassung: »Mein lieber Herr Winstone. Selbst wenn Sie demnächst das Kommando auf dem Mars haben sollten, bleibe ich immer noch zuständig für die Sicherheit auf unserem guten alten Heimatplaneten. Interstellare Strahlung, schön und gut, aber was dort aktuell emittiert wird, ist vergleichbar mit Atomwaffen. Der Atomwaffensperrvertrag gilt in diesem Sonnensystem auch für Aliens! Vielleicht sind das aber auch tatsächlich keine Atomraketen im klassischen Sinne. Vielleicht handelt es sich um so etwas wie Antimaterieraketen oder Paramaterieraketen. Auf jeden Fall scheint ja eine erhöhte Strahlungsaktivität damit einher zu gehen. Vielleicht aber sind das da draußen gar nicht die Parawesen, unsere Guten. Vielleicht treibt ja auch eine dritte Macht ihr Unwesen in unserem Sonnensystem. Vielleicht sind die nicht so altruistisch und auch nicht so hoch entwickelt wie die Parafritzen.«

Dyce hatte sich heiß geredet und eine Menge kleiner Schweißtropfen perlten über seine Glatze. Seine Ausführungen gipfelten in den Sätzen:

»Vielleicht ist diese Sache mit dem Paraplanet nur ein Ablenkungsmanöver. Vielleicht geht die entscheidende Gefahr von diesem Mond aus. Wer weiß, vielleicht treiben sich ja sogar mehrere extraterrestrische Völker da draußen herum. Manche mit freundlichen und die anderen mit feindlichen Absichten.«

Steven ließ seinerseits nicht locker: »Es scheint so, als zielten diese Pseudoraketen, so nenne ich sie jetzt mal, zumindest zeitweise in alle Raumrichtungen. Das sieht aber nicht sehr technisch aus.«

»Vielleicht will man dort ja in alle Richtungen wehrhaft sein.«

»Glauben Sie denn, dass diese … diese Raketen oder was immer das ist, wirklich durch einen kilometerdicken Eispanzer stoßen können?«

»Vielleicht gibt es dort ja aktivierbare Öffnungen, die beim Abschuss in Aktion treten.«

Miss Stark räusperte sich und brachte sich erneut in die Diskussion ein. »Da sich die Neigung der Stelen auf den verschiedenen Aufnahmen unterscheidet, sind wir vor ein paar Tagen auf die Idee gekommen, das Rechenzentrum zu beauftragen, eine Auswertung vorzunehmen. Während unserer Diskussion kam das Ergebnis rein. Ich habe die Expertise gerade quergelesen. Ich sage es eigentlich nur ungern, aber wir haben ein durchaus bemerkenswertes Ergebnis.«

»Dann lassen Sie mal hören«, brummte der aufgebrachte Dyce.

»Diese Strukturen zeigen nicht irgendwo hin, sondern sie sind in vielen Fällen ziemlich exakt auf einen bestimmten Punkt gerichtet.«

»Und der wäre?«, fragte Dyce ungeduldig.

»Nun sie sind zumeist auf die Erde ausgerichtet. Abgesehen von den Phasen der Unordnung, ist bei allen geordneten Zuständen des Stelenfeldes, so nenne ich das da draußen mal, festzustellen, dass immer die Erde ins Visier genommen wird.« Der Ausdruck war ihr nur so rausgerutscht und sie bereute ihn sofort, aber die Wirkung ließ nicht lange auf sich warten.

»Ins Visier genommen? Höre ich ins Visier genommen? Und davon soll keine Bedrohung für die Erde ausgehen? Wir sind offensichtlich seit Jahren eine kosmische Zielscheibe für ein Raketenarsenal gewaltigen Ausmaßes. Mir reicht es jetzt mit dieser Diskussion!« Dyce schnaubte vernehmlich: »Ich sage Ihnen jetzt, was wir tun werden: Die Mission zu Europa hat einen deutlich militärischen Charakter. Daher übernimmt das US-Militär die Organisation und das Kommando für dieses Vorhaben. Ich werde sofort das Sicherheitskabinett zusammentrommeln. Mir schwebt eine nationale Anstrengung wie beim Manhattan-Projekt vor. Genau, da haben wir's schon: Das Projekt wird Manhattan II heißen. Und wenn wir alle Anstrengungen bündeln, werden wir es auch schaffen, Soldaten dorthin zu schicken. Wir werden Geheimdienstkontakte zu den Militärs von China und Russland aufnehmen, damit diese unterrichtet sind.«

Im Anschluss an diese Ansprache, bei der die meisten der Zuhörer betreten beiseite gesehen hatten, rang Dyce ein wenig nach

Luft. Aber er setzte noch eins drauf: »Auch ich erspare mir ausschweifende Begründungen und teile Ihnen mit, dass ich in Erwägung ziehe, das Kommando für die Mission dem hier anwesenden ehrenwerten Oberstleutnant Montgommery zu übertragen. Er ist mit Sicherheit der Offizier der U.S. Army, der im Einsatz am besten weiß, wie mit Aggressionen der Parawelt zu verfahren ist.« Dyce zögerte einen Moment, um dann fortzufahren: »Ich präzisiere, das Kommando der Militär-Mission zum Jupitermond Europa wird hiermit an Oberst Montgommery übertragen.« Man konnte beobachten, wie Montgommery bei diesen Worten einige Zentimeter in seinem Sitz emporwuchs.

»Aber Mister Dyce«, warf der konsternierte Scott ein, »wir müssen doch dort forschen. Was ist, wenn sich Ihre Atomraketen in Luft auflösen, wer löst dann die wissenschaftlichen Rätsel am Ozeangrund von Europa?«

»Das lassen Sie mal ganz unsere Sorge sein. Ich werde schon einen entomologisch interessierten Officer finden, der auf Europa die Mücken zählt«, witzelte Dyce, »wir werden uns von Professor Zabel ein Insektennetz ausleihen«.

»Ich sehe schon, dass Sie Beton angemischt haben, Dyce. Wie auch immer: Lassen Sie mich mal zusammenfassen…« Scott setzte zum Schlusswort an, wurde aber von Ms. Stark unterbrochen.

»Augenblick, Professor Scott, ich bin mittlerweile den neuen Bericht komplett durchgegangen und es gibt da noch ein weiteres interessantes Detail.«

»Und das wäre?«, fragte sofort Dyce wieder nach.

»Nun, es lässt sich sogar ermitteln, dass die Stelen, Raketen oder was immer das da auf Europa ist, permanent auf eine bestimmte Region auf der Erde zielen.«

»Das können Sie berechnen, das ist ja wohl ein Witz?«, meldete sich jetzt Montgommery.

»Nein, das ist mitnichten ein Witz, das ist pure Mathematik.«

»Sagenhaft, was Sie alles berechnen können«, wunderte sich Montgommery.

»Sagenhaft, bla, bla, bla«, äffte Dyce, »jetzt sagen Sie uns endlich, wohin die zielen!«

»Na ja, sie zielen offensichtlich genau auf die Äquatorregion der

Erde. Noch exakter scheint direkt der Amazonas-Regenwald im Focus zu stehen.«

»Sind Sie sicher?«

»Der Bericht ist an dieser Stelle eindeutig. Alle drei Aufnahmen liefern dieses Ergebnis.«

Bevor Dyce etwas sagen konnte, reagierte Scott mit gewohnter Schnelligkeit: »Das wirft ein neues Licht auf die von Professor Zabel vorgeschlagene Exkursion zu den Tepuis in der südamerikanischen Regenwaldregion. Anscheinende ist die Sinnhaftigkeit doch gegeben. Wer weiß, wofür diese Forschung noch gut ist. Wenn ich mich recht erinnere, haben auch schon mal ein Rovertest in einer australischen Halbwüste und ein einzelner Stein die Welt gerettet.«

Zabels Bittermiene hellte sich bei diesen Worten zusehends auf. Gespannt folgte er den Worten Scotts.

»Also mein bester Professor Zabel, wenn Sie sich partout nicht an unserem Exobiologie-Programm beteiligen möchten, steht Ihnen ihre Aktivität im tropischen Regenwald Südamerikas eventuell doch offen. Gibt es Gegenstimmen aus der Runde?«

Dyce konnte sich eine weitere Wortmeldung nicht verkneifen: »Werter Professor Zabel, nach was wollen Sie denn im Regenwald suchen? Ihr Projekt mutet an, wie die berühmte Suche nach der Stecknadel im Heuhaufen.«

»Mein Forschungsziel sind und bleiben die Tepuis. Ich gebe zu, dass es sich hierbei vorwiegend um Grundlagenforschung handelt, aber man weiß ja nie. Zumindest haben wir diesen Hinweis aus dem Kosmos, den wir durchaus ernst nehmen werden.«

Scott sah auf seine Uhr und unterbrach den Diskurs: »Danke für Ihre Diskussionsbeiträge, die ich nicht weiter kommentieren möchte. Wir brauchen jetzt eine Entscheidung und da wir uns hier offensichtlich uneins sind, schlage ich erneut eine Abstimmung vor. Wer ist gegen die Tepuimission?«

Daraufhin meldeten sich nur Dyce und Montgommery.

»Gegenprobe!«

Alle übrigen Arme gingen nach oben.

»Damit gilt das Projekt als angenommen. Wir werden versuchen, es in unser Gesamt-Forschungsprogramm zu integrieren. Was benötigen Sie dazu, Professor Zabel?«

»Ach, im Grund gar nicht viel. Ich brauche einen leistungsstarken Helikopter, dazu einen todesmutigen Piloten und einen indianischen Scout. Ansonsten die übliche Ausrüstung für ökologische Geländearbeiten, wie Binokulare, hochwertiges fotooptisches Equipment und nicht zu vergessen«, er warf einen Seitenblick auf Dyce, »Insektennetze.«

»Ihre Netze sollen Sie haben und auch sonst alles.«

Zu aller Überraschung meldete sich die Teilchenphysikerin, Professor Candell zu Wort: »Ich hätte Lust, da mitzukommen.«

»Frau Professor Candell, jetzt erstaunen Sie mich aber! Ich dachte, Ihre Welt wären die Hightech-Labors dieser Welt? Eventuell benötigen wir Sie und Ihr quantenmechanisches Wissen über die Paramaterie noch dringend.«

»Ach, ich kann Ihnen da einige versierte Fachkollegen empfehlen. Ich fahre lieber mit Ernst in den Dschungel.« Sie entsendete ein zuckersüßes Lächeln in Richtung Zabel. »Sie können uns ja außerdem ein von der NASA konstruiertes Satellitentelefon mitgeben, da haben Sie doch sicherlich was Entsprechendes, damit wir uns notfalls an den laufenden Diskussionen beteiligen können.«

Nachdem sich das aufkommende Getuschel ein wenig gelegt und Zabels Gesichtsfarbe zumindest wieder ein leichtes Rosa angenommen hatte, fuhr ein sichtlich etwas aus der Fassung gebrachter Scott fort: »Also, fassen wir nun endlich abschließend zusammen. Wir haben eine Gruppe, die sich zum Erdinneren aufmacht, einen Tepui-Erkundungstrupp, eine bemannte zivile Marsmission und das Militär auf Europa. Es macht immer wieder Spaß, mit Ihnen allen zu diskutieren. Und ich habe nun die dankbare Aufgabe, dies alles dem Weltforschungsrat zu vermitteln.«

**Mars, Nhill-Krater, Außenlabor
Sonntag, 31. Mai 2020**

Die kugelförmigen Facettenaugen spiegelten das Licht der Scheinwerfer wider. Der gesamte Körper schimmerte schwärzlich. Tiefe Furchen durchzogen die harten, gepanzerten Flügeldecken. Die verdickten Tarsenglieder der Vorderbeine, mit denen er sich bei der Kopulation auf dem Weibchen festhalten konnte, wiesen das Tier als Männchen aus. Unruhig tasteten die langen Fühler über die Mars-Sandkörner. Tausende von Sensillen erfassten in diesem Moment die Gerüche der Umgebung. Immer wieder zog das Tier die Fühler durch die mit einem beweglichen Dorn versehene Putzscharte in der Vorderschiene. Die dort vorhandenen kurzen, starren Haare wirkten wie eine Bürste. Offensichtlich konnte es die nahe Raupe schon riechen. Das Beutetier machte einige unbeholfene Bewegungen, konnte sich damit jedoch nicht aus dem Gefahrenbereich entfernen. Die spitz zulaufenden, zweigeteilten Krallen der vorderen Tarsenglieder schnellten nach vorne und erfassten den weichen Körper. Die Kiefer- und Lippentaster strichen über die Raupenhaut. Die starken, scharfen Beißwerkzeuge der Oberkiefer, die Mandibeln, gruben sich in das weiche Fleisch der Raupe.

Der Lederlaufkäfer, lateinisch Carabus coriaceus, das zurzeit größte Insekt auf dem Mars hatte den Raumflug problemlos überstanden, wie man an seinem Beutezug sehen konnte. Ernst Zabels lebende Insektensammlung bewährte sich offenbar bestens. Steven wendete sich von dem Binokular ab, mit dem er die Szene im Terrarium verfolgt hatte und blickte zum Bullauge hinaus. Draußen sah er Riesenstein, der mal wieder mühevoll das Marsauto von Sand frei blies, um eine Erkundungsfahrt über die Eisfläche zu unternehmen. Riesenstein verwendete dafür einen für Marszwecke umfunktionierten Laubbläser, den er selbst ins Equipment der Marsmission eingebracht hatte.

Steven ließ seinen Blick über den Eissee schweifen. Seit einigen Tagen konnte er nun schon diesen Anblick genießen, der dafür entschädigte, fernab von der Erde und von Brigitte auf einem Außenposten der Menschheit zu arbeiten. Riesenstein und er hatten den Forschungscontainer ausgerichtet und alle Versorgungsmodule in Betrieb genommen. Steven hatte intensiv an der Konzeption dieses Forschungslabors mitgewirkt. Es bestand aus einem Kommandoraum mit der Kommunikationstechnik, einem Labor, zwei Schlafräumen und einer Küche mit Essnische.

An Bord befanden sich modernste Geräte zur Erkundung des Untergrundes. Sonar- und Radargeräte sowie eine Bohrvorrichtung, welche bis zu einer Tiefe von 50 m in den Untergrund vordringen konnte. Niemand wusste, wie tief der Eissee war und was sich darin verbarg.

Besonderen Wert hatte Steven auf die Mitnahme zahlreicher Versuchstiere gelegt. In diversen Aquarien und Terrarien tummelten sich mittlerweile Würmer, Insekten, Spinnen, Fische und etliche Labormäuse, die er aus ihren Dauerstadien oder aus dem Kryoschlaf zum Leben erweckt hatte. Der Lederlaufkäfer befand sich somit in bester Gesellschaft. Um die Wirkung und Verträglichkeit des Wassers aus dem Parauniversum zu testen, würde er alle diese Tiere als biologische Indikatoren einsetzen. Die Wasserproben aus geschmolzenem Deuteriumeis befanden sich bereits in den dafür vorgesehenen Vorratsbehältern.

Einige Handgriffe später und die Leitungen zu diesen mit schwerem Wasser gefüllten Wassertanks waren geöffnet. Die ersten Versuchstiere waren nun dem Parawasser ausgesetzt.

Washington, D.C., Kongresscenter
Samstag, 20. Juni 2020

Scott hetzte zusammen mit Vössler die Treppen des Kongresscenters hinauf. Obwohl er über 20 Jahre jünger war als sein Begleiter, kam er zunehmend aus der Puste. Im großen Auditorium warteten diverse Kongressabgeordnete und sie waren schon geschlagene fünf Minuten zu spät. Nervös strich er sich immer wieder über den Kopf. Seine ansonsten so gepflegten, perfekt anliegenden Haare standen in diverse Richtungen ab und das in einer Weise, die selbst dem mode-ignoranten Vössler auffiel.

»Ich sag's ja nur ungern, oh großer Projektkoordinator, aber Sie schlittern gerade in einen Bad-Hair-Day hinein, und das ist bei Männern nicht gut für die Psyche.«

»Dieser ganze Termin ist nicht gut für meine Psyche, mein lieber Vössler. Und Sie sind es, mit Verlaub, auch nicht. Seit Monaten und Jahren treiben Sie sich in allen Ecken der Vereinigten Staaten und der Welt herum und haben es nicht mal nötig, auch nur den Ansatz eines Zwischenberichtes vorzulegen.«

»Das lenkt uns nur von den eigentlichen Ergebnissen ab, mein bester Scott«, versuchte Vössler zu beruhigen, »Sie werden noch Bauklötze staunen, wenn wir die Früchte unserer Arbeit am Ende des Tages auf einem Silbertablett servieren.«

»Geht es noch etwas wolkiger, Sie Under-Cover-Scientist?«

»Es geht nichts über ein durchdachtes Forschungs-Programm, welches auch vor Ort überprüft wird. Auf die Freilandgeologie lasse ich nichts kommen.«

»Ihr Freiland und Ihr Programm in allen Ehren. Haben Sie auch mal daran gedacht, dass auch der amerikanische Staat Ihr Projekt mit unterstützen muss. Auf Ihre Anweisung hin wurde das USArray von mobilen Stationen in ein Dauerbeobachtungsmessnetz umfunktioniert. Und das mit über 2.000 Messstellen.«

»Hatten wir doch auf einer JPL-Lenkungssitzung so besprochen. Weiß zwar nicht mehr so genau wann das war, aber wir reden hier über eine ausgemachte Sache.«

»Wenn ich Ihrem Gedächtnis auf die Sprünge helfen darf, läuft ihr Array-Programm seit über drei Jahren. Jetzt sind dem Kongress die Kosten von 120 Millionen Dollar jährlich im Haushalt aufgefallen. Die drehen Ihnen den Saft ab, wenn Sie die heute nicht überzeugen können.

»Bleiben Sie ganz ruhig, Mister Scott. Ich hab das im Griff. Wir stehen kurz vor dem Durchbruch. Ich werde die Abgeordneten mit unserer Geothermiestrategie im Sturm erobern«

»Geothermie, davon haben Sie mir bisher nichts gesagt. Ich dachte es geht um Paramaterie?

»Geht es ja auch. Das andere ist mehr so eine Art Abfallprodukt.«

»Abfallprodukt. Ich muss schon sagen, das klingt ja echt sexy, Vössler.«

»In diesem Fall eben nicht ›arm aber sexy‹, sondern ›teuer aber sexy‹ …«

»Professor Vössler als erotischer Müllwerker vor den Abgeordneten der Nation. Ich muss gestehen, dass ich, gelinde gesagt, gespannt bin auf die Show.«

Sie erreichten den Sitzungssaal, in dem eine Meute von Politikern saß, die mit stechendem Blick wie die Aasgeier auf ihr lebloses Opfer starrten.

Scott redete möglichst Belangloses und Unverfängliches, während Vössler seine Projektionstechnik vorbereitete. Die Stimmung im Saal befand sich auf einem Tiefpunkt. Danach ließ sich Scott erschöpft in einen Sitz fallen und harrte der Dinge, die da kommen würden.

Vössler redete.

Er redete über die Wunderwaffe zur Rettung des Planeten und ein Milliardengeschäft. Davon, dass unter den Füßen der Herren Abgeordneten ein glühendes Inferno existiere. Von der glühenden Urerde und der langsam abkühlenden Erdkruste, die sich wie eine Isolierschicht über die Hitze aus dem Erd-Inneren lege, wie bei einer Thermoskanne. Vom dunklen, glühenden Herzen der Erde, bestehend aus 1,8 Trilliarden Tonnen Metall, welches mit über 7.700 Grad Celsius sogar um 1.700 Grad die Oberflächentemperatur der Sonne übertreffe und ohne das die Erdoberfläche auf Minus 150 Grad Celsius abkühlen würde. Ein Umstand, der höheres Leben auf der Erde erst ermögliche. Ganz zu schweigen vom Geodynamoeffekt, der in diesen Tiefen entstehe und die Erde und ihre Bewohner wirksam vor kosmischer Strahlung und dem Sonnenwind abschirme. Vom radioaktiven Zerfall der Elemente im Kern, welche dabei unentwegt Hitze produzierten und für Millionen Jahren dafür sorgen würden, dass diese Energiequelle nicht versiege. Von einer Leistung dieses nuklearen Dynamos in einer Größenordnung von 500.000 Megawatt, was der Leistung von 5.000 Großkraftwerken entspräche.

Er sprach von der Erdwärme als einen vergessenen Bodenschatz der Vereinigten Staaten von Amerika. Während andere Länder wie Island oder Schweden über 90 Prozent ihres Energiebedarfs aus geothermischen Quellen speisten, fristete die Erdwärme in den USA ein Nischendasein. Selbst die Philippinen hätten sich zum zweitgrößten Geothermie-Stromproduzenten der Welt aufgeschwungen, während in »God's Own Country« eine wirtschaftliche Entwicklung regelrecht verschlafen würde. Dabei gäbe es unter den USA genug Energie um das Land für 130.000 Jahre komplett mit Energie zu versorgen, wie Jefferson Tester vom Massachusetts Institute of Technology errechnet habe. Unstritig also, dass Erdwärme ein großes, ja nachgerade unerschöpfliches Energiepotential darstelle. Zur Verdeutlichung der globalen Bedeutung, müsse man die Experten ernst nehmen, die schätzten, dass allein der täglich aus dem Erdinneren an die Erdoberfläche aufsteigende und ungenutzt in den Weltraum abstrahlende Wärmestrom, den weltweiten Energiebedarf um das 2,5-fache überträfe. Und das alles bei minimalen Umweltauswirkungen. Es handele sich sozusagen um die sauberste aller regenerierbaren Energien. Erdwärme produziere keine Treibhausgase wie CO_2 oder Methan und komme ohne Veränderungen ganzer Flusssysteme aus, wie dies bei der Wasserkraft der Fall sei. Und anders als etwa bei Sonnen- und Windenergie, sei man unabhängig von Tages- und Nachtzeiten sowie Klima- oder Wettereinflüssen. Und nach Beendigung einer lokal begrenzten Geothermienutzung regeneriere sich das Temperaturniveau im Untergrund schon nach kurzer Zeit wieder.

Die Nutzungsmöglichkeiten seien vielfältig. So könne man direkt heiße Quellen an der Erdoberfläche anzapfen, wie dies schon die alten Römer zur Beheizung ihrer Häuser taten und wie es zum Beispiel heute noch in Vulkangebieten auf Island und Neuseeland geschähe. Diverse Techniken für Geothermiekraftwerke seien in der Erprobung. Zum Beispiel das Hot-Dry-Rock-Verfahren, wo zwei Löcher mehrere tausend Meter in die Tiefe gebohrt würden, in eines Wasser gepresst würde und in dem anderen das erhitzte Wasser aus der Tiefe hervorsprudele und mittels Generatoren für die Stromerzeugung genutzt werden oder direkt in Fernwärmenetze eingespeist werden könne. Auch dezentrale Systeme über Heizschlangen, welche in einem Meter Tiefe verlegt würden, sogenannte Erdwärmekollektoren oder bis zu hundert Metern tiefe Erdwärmesonden könnten die Energieversorgung einzelner Häuser und ganzer Wohngebiete gewährleisten. Wie in der Schweiz könnte weiterhin die sich in Auto- und Bahntunneln ansammelnde Erdwärme in Fernwärmnetze eingespeist werden.

Alles in allem also ein eminent wichtiges Thema auch für die große Politik. Und letztlich benötige man unbedingt die Erkenntnisse des JPL Earth's Core Project – Scott hörte diesen Begriff zum ersten Mal – als Speerspitze der amerikanischen Forschergilde zur Nutzbarmachung dieses grandiosen Bodenschatzes.

Gemessen daran, dass es Vössler mindestens zu 99 Prozent um die Erforschung möglicher Paramaterievorkommen im Erd-Inneren und um die Stabilität des Erdmagnetfeldes ging, musste Scott zugeben, dass Vössler die richtige Tonlage getroffen hatte. Den Begriff Paramaterie hatte er gar nicht, das Erdmagnetfeld lediglich einmal erwähnt.

Die anschließende Diskussion verlief erstaunlich konstruktiv. Die Geier hatten ihre Blicke gewandelt. Es blinkten nun vielmehr die Dollarzeichen in etlichen Augen.

Als Vössler dann noch wie nebenbei in einer seiner Antworten platzierte, dass bei Ölbohrungen auf 70 bis 80 Grad erhitztes Wasser aus den Bohrlöchern sprudele und dieses mit geeigneten Turbinen ebenfalls zur Stromgewinnung eingesetzt werden könne, hatte er die Mehrzahl seiner ursprünglichen Kritiker endgültig auf seiner Seite. Am Ende der Veranstaltung hatte Vössler seine 120 Millionen im Sack.

Scott zollte innerlich Beifall: Die Macht der Worte hatte gewirkt.

**Guyana, Tepui-Hochplateau
Montag, 1. Juni 2020**

Vorne ging Atai-Atai und schlug mit einer Machete eine Gasse in die dichte Dschungelvegetation des dicht bewaldeten Tepuis. Dahinter marschierten Sigur Erikson und Ida Candell mit sicherem Schritt. Dann folgte ein missmutig dreinblickender Ernst Zabel und am Ende der Gruppe stolperte ein in Schweiß gebadeter, wild um sich fuchtelnder Jeff Miller hinterher. Während dieser mal wieder mit seinem Schicksal haderte, hörte er mit großen Ohren die Unterhaltung in der Spitzengruppe mit an.

»Mich würde ja brennend interessieren, was Sie hier eigentlich finden wollen, Lady? Normalerweise flieg ich hier nur Rucksacktouristen, die zwei bis drei Tage bleiben, ein paar Fotos schießen und dann wieder abdampfen. Dass mich jemand drei Monate am Stück beauftragt, hätt' ich nicht für möglich gehalten. Aber Ihr Chef ist ja momentan nicht ansprechbar. Muss ich wohl noch'n paar Tage warten.«

»In der Tat, Mister Erikson, der liebe Ernst ist in Folge der Temperaturwechsel der letzten Zeit gerade aphon«, und sie warf einen bedauernden Blick nach hinten, »aber Ihre Fragen sollen so lange nicht unbeantwortet bleiben. Sie kennen die Prähistorie dieser Orte?«

»Na ja, ich weiß, dass diese Berge furchtbar alt sind.«

»Furchtbar alt umschreibt das Ganze nur unzulänglich. Im Untergrund der Tepuis befindet sich der Guyana-Schild. Mit bis zu 3,6 Milliarden Jahren handelt es sich um die ältesten Teile der Erdkruste überhaupt. Die Tepuis sind Reste einer darüber lagernden ehemals riesigen Sandstein-Hochebene, in die sich Tropenflüsse eingeschnitten und die Zwischenräume erodiert haben. Auf diese Weise blieben als sogenannte Zeugenberge geologische Formationen erhalten, welche circa zwei Milliarden Jahre alt sind.

Manche Experten behaupten, einzelne Teilbereiche könnten sogar noch älter sein. Unter anderem diese Frage interessiert uns sehr. Die meisten Tepuis stellen weitgehend von höherer Vegetation freie, von tiefen Riefen und Schluchten durchzogene Felswüsten dar. Es gibt kaum Bodenbildung und auf dem nährstoffarmen Substrat finden sich eingestreut in die karge Kraut- und Strauchvegetation neben vielen Orchideen zahlreiche fleischfressende Pflanzen, wie Kannenpflanzen, Sumpfkrüge und Reusenfallen. Seit vielen Jahren regen diese Lebensräume die Fantasie von Forschern und Literaten an. So haben die Tafelberge Sir Arthur Canon Doyle zu seinem Welterfolg ›The Lost World‹ inspiriert, in dem Dinosaurier auf einem Tepui entdeckt wurden.

Die tatsächlichen Entdeckungen, die wir schon während unseres kurzen Aufenthaltes gemacht haben, sind fast ähnlich sensationell, wenn auch nicht so spektakulär. So haben wir zum Beispiel eine urtümliche Froschart entdeckt, die wie die Dinosaurier aus der Kreidezeit stammt und deren nächste Verwandte in Afrika leben. Solche Arten werden als lebende Fossilien bezeichnet. So ähnlich wie die bekannten Quastenflosser vor Madagaskar oder die Pfeilschwanzkrebse aus dem Atlantik und der eher unbekannte marine Europäische Sommer-Schildkrebs, Triops cancriformis, der seit 220 Millionen Jahren unverändert existiert und damit, nebenbei erwähnt, die älteste noch heute lebende Tierart der Erde darstellt.«

Candell schmunzelte: »Bis wir hier etwas noch Älteres finden. Hab ich nicht recht, Ernst«, rief sie munter nach hinten. Nachdem von Zabel ein zustimmendes Schnaufen ertönt war, setzte sie fort:

»Auf ausnahmslos allen Tepuis gibt es endemische Arten – also Arten, welche nur dort vorkommen. Die Berge werden gerne auch als Inseln der Zeit in einem Ozean aus Tropenwald bezeichnet. Auf ihnen herrschen völlig andere klimatische, geologische und pedologische Bedingungen als im umgebenden Dschungel. Durch die über tausend Meter Höhenunterschied mit zumeist senkrecht abfallenden Felswänden sind die Tepuiorganismen vollkommen isoliert. Es handelt sich sozusagen um hunderte von Versuchslaboren der Evolution. Ein einziger dieser Tepuis könnte eine größere Artenvielfalt aufweisen als ganz Europa.«

»Das haben Sie aber schön erzählt, Lady.«

Vom Ende der Gruppe her hörte man ein anerkennendes Schnaufen, unmittelbar gefolgt von einem kläglichen Aufschrei. Alle blieben stehen und schauten, was dahinten los war.

Miller hielt sich sein Bein. Candell eilte zurück, ging vor ihm in die Hocke und zog die Hose bis zu den Knien hoch. Auf der linken Wade hatte sich eine Beule gebildet, die schon beim Hinsehen allmählich immer dicker wurde.

Erikson sah ihr über die Schulter und bemerkte fachmännisch: »Das sieht nicht gut aus, Mister Miller. Die Insekten hier sind ein bisschen rabiater als ihre europäischen Verwandten. Ich hab schon Fälle gehabt, wo der Gestochene das nicht überlebt hat.«

Als Miller das hörte, wechselte seine Gesichtsfarbe von dunkelrot zu kreidebleich und er starrte hilfesuchend zu Ida Candell. Candell lachte etwas verunglückt und antwortete leicht nervös: »Immer einen Scherz auf den Lippen, was Erikson? Nun übertreiben Sie mal nicht. Jetzt kümmern wir uns zunächst in Ruhe um Jeffs Stich.«

Candell begann ein wenig hektisch in ihrem Rucksack zu kramen und fischte schließlich Verbandszeug sowie diverse Medikamente und Heilcremes heraus. Atai-Atai, der bisher ruhig die Szene beobachtet hatte, nahm ihr mit sanftem Druck die Sachen aus der Hand und beförderte sie begleitet von einem Kopfschütteln zurück in den Rucksack. Dann beugte er sich zu Miller herunter, strich mehrmals über den Stich und murmelte ein paar Worte.

»Was sagt er, Erikson?«

»Wenn ich das richtig verstanden habe, sagte er so was wie – kein Problem – und das er etwas dagegen besorgt.«

Kaum hatte Erikson ausgeredet, war der Indianer auch schon verschwunden.

Die Gruppe stand etwas unschlüssig um Miller herum, der vor sich hin jammerte und behauptete, er hätte höllische Schmerzen. Gerade als Candell doch nochmals zu ihrer Wundsalbe greifen wollte, tauchte Atai-Atai wieder auf. Der Hof um die Beule auf Millers Haut hatte sich mittlerweile auf die Hälfte seiner Wade ausgebreitet. Atai-Atai hielt ein Büschel grüner Blätter in die Höhe. Aus seiner hohlen Hand tropfte eine zähe, klebrige Flüssigkeit. Der Indianer bestrich damit die Blätter und legte sie dachziegelförmig auf Millers Wade. Dann murmelte er einige Worte und setzte sich neben Miller auf den Boden.

Erikson meinte, es müsse sich wohl um so etwas wie den Saft des Lacri-Baumes handeln. Von dessen sagenhafter Heilkraft hätte er schon mal gehört, als er sich bei den Nukak-Indianern in Zentralkolumbien aufhielt. Mit gedämpfter Stimme, so dass Miller es nicht hörte, fügte er hinzu, »man müsse jetzt abwarten und vielleicht noch ein bisschen beten«. Und in der Tat, Millers Gejammer wurde schwächer und schwächer, ja seine Miene hellte sich zusehends auf und innerhalb von einer halben Stunde ging die ursprünglich riesige Schwellung auf die Größe einer Streichholzschachtel zurück. Schließlich verkündete er, er könne jetzt weitergehen.

Unter vielfältigen Lobeshymnen für Atai-Atai und anerkennendem Geschnaufe Zabels setzte sich die Gruppe wieder in Bewegung. Ein paar Minuten später verkündete Candell fröhlich: »Da vorne sehe ich schon das Ziel unserer heutigen Exkursion. Wir nähern uns diesem Loch, welches wir vom Flugzeug aus gesehen haben. Atai-Atai hat es aufgespürt, ganz ohne GPS.«

Wenige Schritte später tauchte relativ unvermittelt ein gähnend abfallendes Loch vor ihnen auf. »Vorsicht, gehen Sie nicht zu dicht ran!«, warnte Erikson »an solchen Stellen kann man leicht einbrechen. Lassen Sie mich machen, das ist mein Part.«

Er gebot den anderen zurückzubleiben und näherte sich vorsichtig dem Abgrund. Nachdem er die Tragfähigkeit des Bodens überprüft und einige wassergefüllte, trichterförmige Blattrosetten von Bromelien weggebogen hatte, ging er auf die Knie und lugte über den Rand des Loches. Er leuchtete mit einer Stablampe hinein, warf einen Stein hinterher und hörte auf den Klang des Aufpralls. Dann verkündet er:»Okay, Leute, es sind geschätzt unter zwanzig Meter, das müsste funktionieren.«

Er nahm entschlossen ein armbrustartiges Gerät in die Hand, welches er gewöhnlich bei den Außeneinsätzen zusammen mit einem Seilknäuel über der Schulter trug und jeder sich schon gefragt hatte, zu welchem Zweck dieses Equipment eigentlich diente. Nun sollte sich das Geheimnis lüften. Erikson ging entschlossen auf den nächstgelegenen Urwaldriesen zu, stellte sich breitbeinig davor und legte mit der vermeintlichen Armbrust auf den Baum an. Ein Metallpfeil schoss daraus hervor und bohrte sich tief ins Holz. Erikson trat darauf zu, hängte einen Karabinerhaken an, und befestigte das seltsame Seil daran. Er dröselte das Knäuel auf und hervor kam eine veritable Strickleiter. Mit einem kräftigen Schwung beförderte er diese in den dunklen Schlund und verkündete einladend:»Bitte sehr, meine Damen und Herren, Ihr highway to hell!«

Sie ließen sich alle an Eriksons Strickleiter in die Tiefe hinab und versammelten sich auf dem Höhlenboden. Erikson leuchtete mit seiner Hochleistungsstablampe in die Höhle hinein. Auch die Anderen folgten mit ihren Taschenlampen Eriksons Lichtkegel. Vor ihnen öffnete sich eine große Halle mit einer Deckenhöhe von mindestens zehn Metern. Man hatte den Eindruck man blicke in eine Kathedrale mit verspielten Figuren an der Decke und den Seitenwänden. Diese spiegelten sich in einem dunklen Höhlensee, der sich am hinteren Ende des gigantischen Raumes in einem Seitentunnel verlor.

Erikson war der Erste, der Worte fand:»So etwas hab ich schon mal im Muchimuk-Höhlensystem des Churi-Tepuis im Canaima-Nationalpark im Südosten Venezuelas gesehen. Wurde 2003 von Charles Brewer entdeckt. Kennen Sie den?«, fragte er, um dann sofort weiterzureden:»Wird als sowas wie der Alexander Humboldt des 20. Jahrhunderts bezeichnet. Kennt das Gebiet um den Amazonas wie kein anderer. Hat mich mal in die Muchimuk-Höhle mitgeschleppt. Ich finde, wir sollten diese Höhle Muchimuk II nennen.« Er zeigte auf die filigranen Gebilde und rief aus:»Tolle Sache was? Wüsste gerne, wie sowas zustande kommt.«

Candell räusperte sich und begann zu erklären:»Was Sie hier sehen, sind verschiedene Formen von Speläothemen.«

»Speläowas?« unterbrach Erikson.

»Speläotheme sind sekundäre Mineralbildungen in Höhlen bedingt durch die Einflussfaktoren der Ausgangsgesteine, Wasser und Wind. Sie erinnern uns an Tropfsteine und Sinterablagerungen von Karsthöhlen in Kalkgestein. Die Entwicklung solcher Formen braucht in den Sandsteinen und Quarziten der Tepuis ungleich länger. Oftmals erreichen Quarzspeläotheme nur Größen von wenigen Zentimetern. Um solche Formen von mehreren Metern Größe zu entwickeln, wie wir sie hier sehen, müssen Jahrmillionen vergangen sein. Der Beginn der Entstehung reicht sicherlich bis weit ins Tertiär zurück.«

»Was Sie alles wissen!«, entfuhr es Erikson verwundert.

»Sie dachten wohl, ich reise hier mit, weil ich so dekorativ bin?«

Zabel schnaufte heftig negierend.

Miller hatte sich einige Meter von der Gruppe entfernt und rief erstaunt aus: »Komm doch mal hierher, Ida! Wie kannst du uns das erklären?«

Er stand vor einer Art Vorhang aus filigranen, glasartigen Fäden, die im Schein der Taschenlampe weiß und gelblich leuchteten.

Candell trat heran und erläuterte: »Hierbei handelt es sich um sogenannte Telarañas, die sich um Spinnweben bilden. In diesen Höhlen muss es eine Unmenge von Spinnen geben. Sicherlich ein Eldorado für Arachnologen. Nicht wahr Ernst?« Ohne das Schnaufen abzuwarten, dozierte sie weiter. »Diese Spinnweben werden fortwährend von Tautropfen benetzt, wobei sich Opal auf ihnen anreichert. Durch die Porosität des Gesteins steigt ständig Wasser in diesen Fäden auf und verdunstet, wodurch sich noch mehr Opal an der Oberfläche niederschlägt und so diese fantastischen Gebilde mit dem Charakter von Stalaktiten entstehen lassen.«

»Sagen Sie, ist so was hier nicht ne' Masse Geld wert?«, fragte Erikson mit glänzenden Augen.

»Ich glaube, da muss ich Sie enttäuschen, Mister Erikson. Was wir hier sehen sind gemeine Opale, sogenannten Hyalite oder Glasopale, die wasserklar sind und keine Farbenspiele zeigen. Die meisten der weltweit gehandelten Schmuckopale mit opalisierenden Farben – und wir reden hier über eine Größenordnung von 95 bis 97 Prozent – kommen aus Australien. Dort findet man zahlreichen dunkle bis schwarze Farbvarianten. So wurde 1993 der Opal von der Regierung zum nationalen Symbol Australiens erklärt.«

Atai-Atai, der die ganze Zeit fasziniert vor den Opalgebilden gestanden hatte, fing plötzlich an zu sprechen und Erikson übersetzte: »Atai-Atai findet, dass diese Glassteine wie Tränen der Götter aussehen.«

»Ein sehr schönes Bild«, entfuhr es Ida Candell begeistert, »mit der südamerikanischen Opalmythologie kenne ich mich zu wenig aus. In Australien jedenfalls gibt es einige Traumzeitgeschichten über diese Edelsteine. So entstammen der Legende nach die Farben der Opale von einem Regenbogen, der die Erde berührte. Und von Coober Pedy, der Hauptlagerstätte Australiens, gibt es die Traumzeitsage der mythischen Taube Mambi, die mit einem Feuerstock unzählige Funken schlug, die dort in die Erde einsanken und den glänzenden Opal bildeten.«

Candell lächelte in die Runde und fragte: »Noch weitere Fragen, die Herren?«

Erikson leuchtete mit der starken Lampe über die ausgedehnte Wasserfläche:»Dahinten geht es noch weiter. Da verläuft ein schmaler begehbarer Streifen entlang des Ufers dieses Höhlensees.«

»Wollen Sie etwa da ...?«, Candells Worte wurden von seltsamen Lauten unterbrochen.

Helle Schreie aus der Ferne wurden hörbar, Sie schienen noch weit weg zu sein. Wenn man genau hinhörte, mischte sich ein Klicken darunter, welches von den Höhlenwänden in vielfachem Echo zurück geworfen wurde. Die Gruppe stand und lauschte während die Schreie und das Klicken in der Lautstärke zunahm und aus immer mehr unsichtbaren Schallquellen immer näher zu kommen schien.

»Was ist denn das? Was kommt da auf uns zu?«, fragte Erikson

Alle schauten sich ratlos an, nur Atai-Atai machte einen wissenden Gesichtsausdruck. Erikson merkte dies wohl und stellte ihm eine Frage in seiner Stammessprache.

»Guacharo«, antwortete Atai-Atai, »Guacharo, Guacharo.«

»Guacharo, natürlich! Das sind Vögel, sehr seltsame Höhlen-Vögel, die man nur hier im nördlichen und auch im zentralen Südamerika antrifft. Na, Frau Professor, jetzt sind Sie dran.«

»In der Tat, Mister Erikson, je länger man hinhört, desto klarer wird es, dass es sich hierbei um die Schreie und die berühmte Echoortung des Guacharo, auch Fettschwalm, lateinisch Steatornis caripensis, genannten Vogels handelt. Ich muss gestehen, dass ich schon sehr viel über diese außergewöhnlichen Vögel in der Literatur gelesen habe, aber noch nie das Glück hatte, sie in der freien Natur zu erleben. Bei Ernst ist das bestimmt anders, aber auf seinen Erfahrungsbericht müssen wir heute ja leider verzichten.«

Dabei schaute sie auf Zabel, der nur zustimmend mit den Achseln zuckte. Während Candell weiterredete wurde es in der Höhle immer lauter. Die Vögel kamen näher. Sie war gezwungen, ihre Stimme deutlich anzuheben.

»Es muss sich wohl um eine ganze Kolonie handeln, die jetzt aus der Höhle fliegt. Es scheint draußen bereits auf die Nacht zuzugehen. Somit wird es auch Zeit für uns zurückzukehren.«

Mittweile flogen einzelne Tiere schon durch die in die Höhle ausstreichenden Lichtkegel der Hochleistungstaschenlampen. Miller hielt sich derweil die Ohren zu, während Candell schrie: »Jetzt wird auch klar, wieso der Fettschwalm als der lauteste Vogel der Welt gilt.«

»Aber da hinten ist es doch stockdunkel«, rief Miller in den auf- und abschwellenden Lärm hinein, »wie können sich denn die Tiere in dieser Umgebung zurecht finden?«

»Eine sehr gute Frage, und die Antwort ist umso bemerkenswerter. Die Tiere sind nachtaktiv und fressen fast ausnahmslos Früchte als Nahrung. Um diese im Urwald aufzufinden verfügen sie über hochspezialisierte Nachtaugen. Doch selbst diese nutzen ihnen in der tiefen Finsternis dieser Höhlen nichts. Um hier sicher zu navigieren, verfügen sie über ein anderes Orientierungssystem. So ist der Fettschwalm der einzige Vogel der Welt, der eine Echolotortung besitzt, wie wir es von Fledermäusen her kennen. Dieses charakteristische Klicken ist ihr Ortungssystem.«

»Aber Fledermäuse rufen doch im Ultraschallbereich. Wieso können wir dieses Klicken der Fettschwalme hören?«

»Das ist in der Tat erstaunlich. Die Rufe von Fledermäusen müssen für das menschliche Ohr mit speziellen Geräten, die man BAT-Detektoren nennt, hörbar gemacht werden. Die Fettschwalme rufen in tiefen Frequenzen von 1,5 bis 2,5 Kiloherz in einem Bereich, der für das menschliche Ohr hörbar ist.«

In der Zwischenzeit flatterten einige der braunen, circa 40 bis 45 Zentimeter großen Vögel mit ihren erstaunlich langen Schwänzen über ihre Köpfe hinweg und verließen die Höhle über den Zugangsschacht.

»Und warum heißen diese Viecher, Fettschwalme. So fett sehen die doch gar nicht aus«, wunderte sich Miller.

»Richtig! Fett sind nur die Jungtiere. Diese werden von ihren Eltern mit Palmfrüchten gefüttert und erreichen dabei durch Einlagerung von Fettreserven das doppelte Gewicht ihrer Eltern. Die Jungtiere wurden früher von den Indianern kurz vor dem Flüggewerden aufgesammelt und stundenlang ausgekocht. Das Fett wurde dann in Öllampen verwendet. Daher auch der englische Name Oilbird.«

»Sind die Tiere durch diese Nutzung stark zurück gegangen und heute im Bestand gefährdet?«

»Ginge es rein um die evolutive Einzigartigkeit, wäre der Fettschwalm die gefährdetste Vogelart der Welt. Es gibt sie schon in dieser Form seit über 80 Millionen Jahre auf der Erde. Ihre Anfänge reichen also bis in die Dinosaurierzeit zurück, während es den Menschen erst seit zwei bis drei Millionen Jahren gibt. Würden die Fettschwalme aussterben, ginge eine einzigartige Evolution zu Ende. Aber ich kann Sie beruhigen. Die aktuellen Populationen des Fettschwalms sind stabil und eine tatsächliche Gefährdung liegt nicht vor.«

»Ihre Erklärungen lassen mal wieder nichts zu wünschen übrig, Frau Professor«, meldete sich nun Erikson, »wenn wir mehr Zeit hätten, könnten wir in den hinteren Teil der Höhle vordringen und uns die Fettschwalm-Kolonie ansehen. Dies ist jedoch mit der uns heute zur Verfügung stehenden Ausrüstung nicht zu machen. Müssen wir Brewer und seiner Truppe melden. Die hätten hier ihre Freude dran.«

»Ich denke, wir hatten heute auch genug Freude«, lachte Candell und griff nach der Strickleiter. »Vielen Dank an unsere versierten Scouts, auch für den Namen Muchimuk II, den ich sehr treffend finde. Diesen werde ich in unseren Exkursionsbericht aufnehmen, nicht wahr, Ernst?« Ohne das zustimmende Schnaufen abzuwarten, setzte sie munter fort: »Aber nun sollten wir aufsteigen und zurückgehen, damit wir vor Einbruch der Dunkelheit wieder am Camp sind.«

**Kasachstan, Weltraumbahnhof Baikonur
Montag, 1. Juni 2020**

Charkow strich sich eine lange Strähne seiner Indianerfrisur aus dem Gesicht und kniff die Augen zusammen. Er unternahm gerade eine Kontrollfahrt über das Kosmoprom-Gelände in der sengenden Mittagshitze. Wie alle aus der Führungsebene der Firma fuhr er einen standesgemäßen, kolossalen Geländewagen. Er stoppte an einem Sicherheitszaun und schaute angestrengt mit seinem Feldstecher in das Sperrgebiet.

Das gigantische Rolltor des Hangars schloss sich langsam. Ein riesiger Vorhang aus dunklen Kunststoff-Bahnen bildete eine wirksame Sichtblende und verhinderte den Einblick ins Innere. Tiefschwarz, wie ein monolithischer, dunkler Block stand der Hangar am Rande des Flugfeldes. Das Gebäude besaß keine Außenbeleuchtung, so dass nachts nicht beobachtet werden konnte, was dort vor sich ging. Tagsüber sah man dort manchmal Menschen in schwarzer Montur, die auf die Entfernung von den Kosmoprom-Mitarbeitern kaum zu unterscheiden waren. Die Raumkapseln wurden dort hinein gefahren und kamen offensichtlich nach ein paar Tagen beladen wieder heraus. Das schloss Charkow jedenfalls aus einem Vorfall vor ein paar Monaten. In Folge eines technischen Defektes im Sperrgebiet wurde damals die Wiegeeinrichtung von Kosmoprom genutzt. Es waren damals nur Mitarbeiter der Fremdfirma zugegen. Er war der einzige Kosmoprom-Mitarbeiter gewesen, der in die Aktion eingebunden worden war. Nach den Protokollen, die er damals gesehen hatte, war jedenfalls ein unterschiedliches Gewicht der Kapseln vor und nach dem Hangar-Aufenthalt zu erkennen gewesen.

Aber was dort genau vor sich ging, entzog sich seiner Kenntnis. Niemand bei Kosmoprom schien es zu wissen. Er hatte versucht, etwas aus Chorowaiklikow heraus zu bekommen, der sich aber nicht auskunftswillig zeigte. Es hatte sogar den Anschein, als ob er auch nicht auskunftsfähig war. Nach Charkows Dafürhalten wusste offensichtlich nicht einmal der Chef, was dort eigentlich wirklich passierte. Fakt war, dass der Chef fremde Raumschiffe über die Startfenster von Kosmoprom starten ließ. Noch dazu in einem Areal, welches sich der Kontrolle durch Kosmoprom entzog. Er hatte keinen blassen Schimmer, ob dahinter eine einzelne Firma, ein Firmen-Konsortium oder ganze Staaten, womöglich sogar Schurkenstaaten standen. Charkow hatte bisher immer angenommen, dass er in alle Geschäfte der Firma eingeweiht, selbst in jene, die sich eher im Grenzbereich der Legalität abspielten. Aber hier ging offenbar etwas vor sich, in das selbst er als technischer Leiter nicht eingebunden wurde. Das wurmte ihn.

Charkow nahm die Startrampe mit einer startbereiten Sojus-Rakete ins Visier. In diesem Moment zündete das Triebwerk. Sofort verhüllten dichte Rauchwolken den Bereich der Rampe. Wenige Sekunden später erschien die Raketenspitze aus diesem Inferno. Die Rakete hob ab und zog ihre senkrechte Bahn in den Himmel. Wie schon mehrfach in den letzten Jahren legten die Unbekannten einen Bilderbuchstart hin. Er würde einiges darum geben, um zu wissen, was sich in deren Frachträumen verbarg. Oder befanden sich etwa auch Menschen an Bord? Auch das hielt Charkow für möglich. Aber wer wusste hier schon was? Er dachte an die geheimnisumwitterte Unterwelt des Kosmoprom-Towers, die bisher auch nur eine handverlesene Anzahl engster Mitarbeiter kannte. Hinter der glitzernden Fassade des gediegenen Raumfahrtunternehmens Kosmoprom verbarg sich Geheimnisvolles.

Pasadena, JPL, Bürozimmer 1000
Dienstag, 2. Juni 2020

»Na, Scotti, haben Sie überhaupt noch einen Überblick über Ihren verstreuten Hühnerhaufen?«, dröhnte Dyce und beugte sich über die Sondenmodelle in Scotts Büro als wolle er von dort eine Antwort erhalten.

Scott suchte den Blickkontakt zu seinem Gesprächspartner und antwortete: »Es fällt tatsächlich schwer, die vielen Aktivitäten zeitgleich zu verfolgen.«

»Tja mein lieber Scott, das ist schon etwas anderes, als vorprogrammierte, unbemannte Roboter zu betreuen.«

»Wem sagen Sie das«, seufzte Scott, »zum Glück sind zumindest einige auf den Tag-Nacht-Rhythmus von Kalifornien eingestellt. Bisher sind die Ergebnisse aber eher langweilig, Routine im All würde ich sagen«.

»Langeweile liegt Ihnen wohl nicht, Scott?«

»Um ehrlich zu sein, bin ich nach den wissenschaftlichen Sensationen der Jahre 2015 und 2016 in dieser Beziehung etwas verwöhnt. Die Internationalität in diesen Projekten erhöht auch nicht gerade die Arbeitsgeschwindigkeit. Ich bin fast nur noch in Lenkungs- und Steuerungsgruppen unterwegs.«

»Da sehen Sie mal, wie es mir schon seit Jahren geht. Aber das wird schon noch, Scott, Kopf hoch. Die Missionen gehen ja alle erst jetzt in die entscheidende Phase. Wir bekommen schon noch Action in den Laden. Vielleicht mehr als Ihnen lieb ist. Unsere gemeinsame Undercovermission am JPL, nimmt ja jetzt richtig Fahrt auf – übrigens der Grund meines Besuchs. Wir sollten ab jetzt einen wöchentlichen Erfahrungsaustausch im Headquarter ansetzen, bei dem ich auch persönlich erscheinen werde.«

»Wird gemacht, Mr. Dyce. Ich sende eine Rundmail. Apropos Erfahrungsaustausch, was macht eigentlich Ihre Europamission?« Scott versuchte, so unverfänglich wie möglich zu klingen.

»Nach wie vor geheime Kommandosache, mein lieber Scott. Aber ich kann Sie beruhigen. Wir stellen später alle wissenschaftlichen Erkenntnisse zur Verfügung. Ich weiß zwar, dass Sie vor Neugier fast platzen, aber mir sind die Hände gebunden. Ich werde schweigen wie ein Grab. Und damit mir das noch besser gelingt, verabschiede ich mich jetzt. So long, Professor Scott.«

Scott verfolgte, wie Dyce sich schwungvoll umdrehte und den Raum verließ und scrollte dann durch die Nachrichten der letzten Woche. Diese drehten sich mal wieder vorwiegend um die Marsmission. Besonders aktiv waren, wie immer, die beteiligten, auf bemannte Raumfahrt ausgerichteten, privaten Firmen wie SpaceX und

Mars One. Um die Marsmission in Rekordzeit durchzuführen, waren alle privaten und öffentlichen Institutionen zahlreicher Länder gebündelt worden. Viele dieser Aktivitäten hatten ihren Ursprung bereits in den Jahren 2012 und 2013, als die private Raumfahrt begann, richtig Fahrt aufzunehmen. So war im Jahr 2018 nicht nur ein Raumschiff zum Mars aufgebrochen, sondern man hatte gleich eine kleine Raumflotte in Richtung des roten Planeten entsandt. Der Menschheitstraum der Besiedlung eines anderen Planeten war in Rekordzeit verwirklicht worden. Am Rande des Nhill-Kraters war eine Containerstadt entstanden. Die meisten Grundmodule der Gebäude hatten sich an Bord der Raumschiffe befunden. Die moderne 3-D-Druckertechnik machte es möglich, aus dem vorhandenen Marssand und -gestein in Windeseile die weiteren benötigten Baustoffe zu generieren. Die mittlerweile aufgebaute Wohnsiedlung erinnerte ihn so ein wenig an die ANARE-Station auf der Landenge der Macquarie Island, die Professor Vössler so gerne bei seinen Vorträgen zeigte wenn er aus der Subantarktis berichtete. Jede der beteiligten Nationen und fast jede Privatfirma hatte es sich nicht nehmen lassen, eigene Forschungs- und Wohncontainer in der Marsstadt unterzubringen. Der Name Mars City klang zwar etwas hochtrabend, aber dennoch handelte es sich um die einzige Stadt außerhalb der Erde.

Viele der bisherigen Marsreisekonzeptionen gingen von der Errichtung einer Exklave der Menschheit mit einer One-Way-Destination aus. Raumschiffe für einen Rückflug standen bei den privat finanzierten Missionen nicht zur Verfügung. Was den JPL-Anteil der kleinen Raumflotte anbetraf, war eine Rückkehroption, zumindest für einen Teil der Besatzung vorgesehen. Man hatte einen immensen technischen und logistischen Aufwand betrieben, um Menschen und Marsproben zurück zur Erde zu bringen. Darüber war er sehr froh, denn er konnte es sich beim besten Willen nicht vorstellen, einige seiner wichtigsten Mitarbeiter auf unabsehbare Zeit auf dem Mars im Einsatz zu belassen.

Nicht zuletzt wegen der privaten Beteiligung besaß die gesamte Mission eine extrem ausgeprägte Medienpräsenz. Liveübertragungen vom Mars füllten allabendlich das Fernsehprogramm und die Livestreams der Internetportale.

Letztlich konnte man froh darüber sein, stellte die Marsreise doch so etwas wie ein mediales Feigenblatt für die Öffentlichkeit dar. Denn es handelte sich bei der Marsmission um einen alten Menschheitstraum, der schon tausendmal durchdacht worden war, befanden sie sich mit den übrigen Projekten auf bisher niemals in Erwägung gezogenem Neuland.

So existierten für die Venusmission kein konkretes Ziel, kein durchdachtes wissenschaftliches Konzept und keine Landeoption. Es bestanden enorme Probleme mit der Öffentlichkeitsarbeit zu diesem Projekt. Die Begründungen, warum eine bemannte Raummission gerade Richtung Venus unterwegs war, waren äußerst dürftig und zumeist etwas an den Haaren herbeigezogen.

Über die anderen Missionen musste man sich in Punkto Öffentlichkeitsarbeit keine Gedanken machen. Die Berichterstattung über die Europamission erfolgte unter Federführung des Pentagon. Diese Missionen waren somit streng geheim und daher der Öffentlichkeit unbekannt. Auch die Asteroidenmission lief bisher völlig ohne externe Kommunikation. Die technischen Herausforderungen dieser Reise in den Asteroidengürtel zwischen der Mars- und der Jupiterumlaufbahn waren komplex, schienen jedoch beherrschbar. Die Besatzung hatte es dafür umso mehr in sich. Es handelte sich um das Ungewöhnlichste was er je erlebt hatte und in dieser Beziehung waren sie ja von Djalu einiges gewöhnt.

Scott schloss seinen Browser und begann, die bei der Unterredung mit Dyce angekündigte Rundmail zu verfassen.

Solarfire
Dienstag, 1. Juni 2020

Das Display der Videoaufzeichnung zeigte den 28. 10. 2017.

JPL-Headquarter, 28. Oktober 2017

»Frankenstein lässt grüßen. Das ist ja obergruselig. Haben Sie Transsylvanien nach Kalifornien verlagert?«, schnaufte Dyce vernehmlich, nachdem Scott seine Einführung gehalten hatte.

»Nein, mein lieber Mister Dyce, wir bewegen uns hier immer noch in einem streng wissenschaftlichen Rahmen. Ihnen ist bewusst, dass wir bei der Parawissenschaft noch in den frühesten Kinderschuhen stecken.«

»Paperlapapp, Professor, was ich bisher von dieser Sache gehört habe, klingt mir nicht so sehr nach Wissenschaft, sondern eher nach Hollywood. Vielleicht sind Sie ja beeinflusst von dieser Inspirationsquelle, welche ja nicht so besonders weit entfernt von hier liegt. Also fangen Sie schon an. Ich bin gespannt auf Ihre Twilight-Reality-Show.«

»Okay, Mister Dyce. Dort liegt der Parastein aus dem Kallisto-Lander. Johnson kann alles wahrnehmen, was um diesen Stein passiert.«

»Das heißt konkret, er kann uns also in diesem Moment hören. Und er hat die Sitzung bis hierher schon mit verfolgt.«

»Selbst wenn es für Sie jetzt beunruhigend klingen mag. Genauso ist es.«

»Und wir können uns mit einem, … einem«, Dyce zögerte, »äh, Untoten unterhalten?«

Kaum waren Dyce' Worte verklungen, tönte es aus Unaden in reinstem Schulenglisch: »Einen wunderschönen guten Abend, Mister Dyce, es ist schön, Sie wieder zu sehen.«

»Von sehen, kann man da ja wohl kaum sprechen«, entfuhr es Dyce verächtlich.

»Und ob, Mister Security. Ich kann alles um meinen Parastein wahrnehmen, akustische sowie optische Reize. Mit den olfaktorischen Sinnen hapert es allerdings noch ein wenig.«

»Dann können Sie, Gott sei Dank, nicht meinen Angstschweiß wahrnehmen, der mich jetzt überkommt, wenn ich daran denke, dass ich diese Sache dem Präsidenten und dem Sicherheitskabinett beibringen muss.«

»Über ein bisschen Angstschweiß würde ich mich derzeit glatt freuen, aber bei minus 196 Grad Celsius spielt sich in dieser Beziehung rein gar nichts ab.«

»Okay, Dr. Johnson, lassen wir den Smalltalk und wenden wir uns den wichtigen Dingen zu. Professor Scott, Sie haben mich überzeugt, dass wir unseren Veteran aus der Anfangsphase von Moon-Journey wieder an Bord haben. Fragt sich nur, was wir mit ihm anfangen? Er erscheint mir ein bisschen immobil und für eine sprechenden Stein sehe ich momentan auch keine Einsatzmöglichkeit.«

»Da kann ich eventuell weiterhelfen, Mister Dyce«, schaltete sich Brigitte ein. »Ich hatte vor kurzem eine Unterhaltung mit Djalu, die uns vielleicht Hinweise geben kann.« Schon während sie dies ausführte, dunkelte sie den Raum ab und blendete eine Szene aus dem Medicroom auf die Projektionswände. Der Film war sehr kurz und beinhaltete nur wenige Sätze, in denen Brigitte in der Aboriginesprache als weiße Frau angesprochen wurde:

Migaleyee hör mir zu

Der kleine Mond-Stein muss reisen

Weg vom großen Licht

in die Welt der vielen Steine

Brown King fliegt mit

Gedanken fliegen mit

Gedanken fliegen bald

Gedanken müssen bald fliegen

Scott fragte sofort nach: »Mehr haben Sie nicht, Miss Langendorf?«

Als Brigitte dies verneinte, wandte er sich instinktiv zu dem auf den Tisch liegenden Stein: »Hast du das gehört Will?«

Aus Unaden kam ein »ja«.

»Djalu spricht in dieser Botschaft offensichtlich davon, Dich auf eine Mission ins All zu schicken.«

»Es gefällt mir aber gut in Eurer Gesellschaft, selbst wenn ich dort nur als Stein anwesend bin. Im All wird es verdammt einsam werden. Ich fühle mich auch jetzt schon so ein wenig isoliert, wenn ihr wisst was ich meine. Und was soll ich denn um Himmels Willen seiner Meinung nach dort draußen machen? Und wohin genau soll die Reise gehen?«

Brigitte unterbrach ihn hier und meinte: »Moment mal, ich werde versuchen, Djalu in diese Diskussion einzubringen. Bitte wartet einen Augenblick, ich werde mit ihm reden.«

Brigitte verließ den Konferenzraum und wechselte in den Medicroom. Kurze Zeit später kehrte sie wieder zurück und berichtete: »Unaden möge bitte mit in den Medicroom kommen und Dr. Johnsons Parastein mitbringen.«

Die beiden machten sich auf den Weg in den Nachbarraum und die Kamera erfasste den Medicroom in einer Großeinstellung. Brigitte bat Unaden ans Fußende des Bettes seines Vaters zu treten und die Schutzbrille abzunehmen. Danach zog sie sich in eine Ecke des Zimmers zurück. Von Unadens Augen ging jetzt ein schwacher Lichtschimmer aus, der den Raum in ein gelbliches Licht tauchte. In diesem Zimmer befanden sich nun die drei einzigen Menschen, deren Augen durch den Einfluss der Parawelt jene geheimnisvollen Lichtstrahlen aussendeten, welche für andere irdische Lebewesen bei Blickkontakt eine große Gefahr darstellten.

Zunächst passierte minutenlang gar nichts und man konnte anhand der unruhigen Bewegungen im angrenzenden Konferenzraum dort schon eine gewisse Ungeduld erkennen.

Die Lichtstrahlen aus Djalus Augen kamen unverhofft und schlugen wie eine kleine Blitzentladung in Unadens Augen ein. Eine gleißende Lichtbrücke entstand zwischen den Augen des Vaters und seines Sohnes. Unaden stand ganz ruhig da, ohne die geringste Körperbewegung. Die Szenerie blieb einige Minuten fast unverändert, abgesehen von einigen Farbwechseln in beiden Lichtsäulen. So plötzlich, wie das Lichtspektakel begann, endete es auch wieder.

Brigitte ging zu dem völlig entspannt wirkenden Unaden und führte ihn wieder zurück in den Konferenzraum, wo eine völlig perplexe Versammlung diesem Schauspiel zugesehen hatte. Es war da Luca, der als erster bemerkte: »Was wir gerade gesehen haben, hat sich schon einmal ereignet, nicht wahr Miss Langendorf. Sie haben dies selbst einmal erlebt?«

»In der Tat hat mich Djalu auf diese Weise aus meinem damaligen Trancezustand erweckt und auf eine Reise durch das Sonnensystem bis hinaus zum Neptun mitgenommen. Aber wir sollten Unaden beziehungsweise Dr. Johnson befragen, wohin Djalu die beiden geführt hat.«

Scott trat an Unaden heran, legte ihm behutsam die Hand auf die Schulter und fragte: »Wie geht es dir Unaden? Ist alles in Ordnung?«

»Mio well, Professor Scott, mio geht es bien.«

»Können wir mit Brown King sprechen?«

Unaden nickte und konzentrierte sich auf den vor ihm liegenden Parastein.

»Geht es dir auch gut, Will? Was ist eben passiert?«

Aus Unaden, der ganz ruhig auf seinem Stuhl saß, fing es an zu sprechen: »Fantastisch, einfach fantastisch, ich war im Weltall. Wir haben zu dritt eine Reise durch unser Sonnensystem erlebt. Sie führte uns in den Asteroidengürtel zwischen der Mars- und der Jupiterumlaufbahn. Djalu hat mir unser Missionsziel gezeigt. Es handelt sich um ein kleines, wirklich sehr kleines Objekt in der Nähe von Ceres, dem größten Zwergplaneten im gesamten Asteroidengürtel. Nach meiner kurzen Beobachtung ist es ein etwas länglicher, unförmiger Asteroid. Möglicherweise umkreist dieser etwa 200 mal 200 Meter messende Brocken sogar Ceres, womit wir es mit einem Minimond zu tun hätten.«

»Wir sind ja zunächst mal froh, dass ihr beide die Prozedur offensichtlich unversehrt überstanden habt«, meinte Scott erleichtert. »Wahrscheinlich ist es mal wieder so, dass dieses Ziel bisher in keiner astronomischen Datenbank registriert ist. Nach allen bisherigen Erkenntnissen besitzt Ceres keinen Mond. Ganz im Gegensatz zu vielen anderen Asteroiden und Zwergplaneten, bei denen man schon Satelliten in deren Umlaufbahn entdeckt hat. Andererseits ist das von Dr. Johnson beschriebene Objekt so klein, dass man es leicht übersehen kann. Wir werden alle verfügbaren Teleskopaufnahmen auswerten, um diesen Begleiter von Ceres aufzuspüren.«

Dyces Halsschlagadern schwollen bedrohlich an: »Meine lieben Mitstreiter in Sachen Weltraumfahrt. Die Nummer mit Dr. Johnson ist nicht extern kommunizierbar. Wenn die Weltöffentlichkeit erfährt, dass wir hier mit Untoten arbeiten, können wir den Laden gleich dicht machen. Diese Asteroidenmission, oder wie immer wir das bezeichnen wollen, muss undercover laufen. Ich hoffe, das haben alle hier im Raum verstanden, auch der werte Herr Unaden Djungary. Wir werden unterdessen alles Notwendige vorbereiten, um diesen wahrlich ungewöhnlichen Raumflug zu ermöglichen.«

Die letzten Sätze dieser Sitzung kamen von Scott: »Ich bin sicher, dass alle Ihre Anweisung verstanden haben, Mister Dyce. Bleibt nur noch dem Kind einen Namen zu geben. Wir sollten diesen Einsatz Ceres-Moon-Mission, kurz CMM nennen.«

Brigitte hatte genug für heute, schaltete die Aufzeichnung ab und rollte sich in ihrer Schlafnische auf der Solarfire zusammen.

Cape Mendocino
Mittwoch, 10. Juni 2020

Beide schauten konzentriert mit ihren Lupen auf die Mineralproben, als sie ein seltsames Gefühl um ihre Arme und Beine bemerkten. Es fühlte sich an wie ein Lufthauch im Sommer, der über die Haut strich. Vössler und van de Sand schauten auf und stellten verwundert fest, dass sie sich in einer goldgelb schillernden Wolke befanden. Wohin man auch sah, glitzerten tausende Schmetterlingsflügel in der hellen Morgensonne. Die beiden Forscher blickten unwillkürlich nach Süden, wo die Schmetterlinge herkamen. Wie eine dichte Wolke schwebten diese über die Küstenfelsen heran.

Van de Sand rief aus: »Monarchfalter, tausende ja Millionen von Monarchfaltern und das an der Westküste Kaliforniens!«

Vössler antwortete: »Zugegebenermaßen hab' ich noch nie so viele von den Tieren auf einem Haufen gesehen, hab' aber gehört, dass diese Schmetterlinge über tausende von Kilometern hinweg fliegen und berühmt sind für ihre Wanderungen. Wahrscheinlich handelt es sich also um ein ganz normales Massenvorkommen in dieser Jahreszeit.«

»Mitnichten, Herr Professor, mitnichten. Du hast recht mit den Massenwanderungen des Monarchfalters, die jedes Jahr im Herbst stattfinden und Mexiko zum Ziel haben. Die bis in den Norden zu den großen Seen vordringenden Monarchfalter machen sich dann auf den über 4.000 Kilometer weiten Weg in ihr Winterquartier. Die Population, welche außerhalb des Winters eine Fläche von vielen Millionen Quadratkilometern besiedelt, trifft sich dann an einem einzigen Ort in einer Gebirgsregion von Mexiko. Dort verbringen die Falter den Winter, zusammengedrängt auf einem gerade mal 20 Hektar großen Areal. Nördlich von hier existieren kleine Enklaven an der Pazifikküste, in denen ein anderer Teil der Spezies überwintert. Nur fünf Prozent der Tiere bilden diese westliche Population. Die anderen 95 Prozent fliegen normalerweise östlich der Rocky Mountains nach Norden. Was wir hier sehen, ist also absolut ungewöhnlich. Hab schon in ersten Berichten gehört, dass die Monarchfalter in diesem Jahr anscheinend die Orientierung verloren haben. Aber dass diese in einem solchen Ausmaß geschieht, ist doch überaus rätselhaft. Was wir hier sehen, sind die sich wieder in Richtung Nordamerika ausbreitenden Sommertiere, die dafür mehrere Generationen benötigen. Nach der Jahreszeit zu urteilen, kann es sich schon nicht mehr um die ersten aus den Winterquartieren ausgeflogenen Schmetterlinge handeln. Wenn ich mir diese Masse an Faltern anschaue, ist es anscheinend zu einem fast gleichzeitigen Schlupf der zweiten Generation gekommen. Und die müssten sich eigentlich auf der anderen Seite der Rockys befinden.«

»Schau an, unser Mineraloge auf den Pfaden der Biologie. Ich bin erstaunt, wie sehr du dich inzwischen schon eingearbeitet hast.«

»Na ja, so ein Zweitstudium in Biologie, wenn auch nur bis zum Vordiplom durchgezogen, muss sich ja mal auszahlen. Nachdem Professor Zabel diese zahlreichen Veränderungen im Tierverhalten weltweit nachgewiesen hat, verfolge ich, wie du weißt, die weitere Entwicklung dieser Phänomene. Im Zusammenhang mit unseren Magnetfeldforschungen ist das auch ein absolutes Muss. Ich habe, soweit es mir möglich war, alles was ich darüber finden konnte, gesammelt und akribisch dokumentiert.«

»Hast ja recht, nur dadurch ergibt sich ein Gesamtbild. Sollte unser aller Hauptprojektleiter, Scott, jedoch danach fragen, trägst du den biologischen Teil vor, okay?«

»Alles roger, wird gemacht, Chef, aber lass mich noch einen Gedanken formulieren. Ich glaube sogar, dass dieses abnorme Verhalten der wandernden Monarchfalter nichts Gutes verheißt!«

»Was meinst du denn damit?«

»Wenn ich das nur wüsste! Ich kann es nicht deuten, aber wir sollten die nächsten paar Tage besonders wachsam sein!«

Jupiter, Icy Moon Submarin
Montag, 15. Juni 2020

Nick Skeleby strich sich über sein schulterlanges, fast weißblondes, glattes Haar. Er erinnerte mit seiner Haartracht an den YES-Keyboarder Rick Wakemann hinter seiner Keyboardburg in seinen besten Tagen bei Auftritten in den 1970er Jahren. Der monatelange Kryoschlaf war an ihm vorübergegangen wie ein Nachmittagsschläfchen. Schlaf hatte ihm generell noch nie Probleme bereitet. Berichte seiner Mitmenschen, die bei Nächten unter acht Stunden Schlaf aus ihrem Biorhythmus gerissen wurden und sich mit Schlafmangelerscheinungen durch den Tag schleppten, belustigten ihn nur. Zwei bis drei Stunden Schlaf pro Nacht reichten ihm völlig, um ausgeruht und leistungsfähig zu sein. Damit gehörte er zu den ganz wenigen Menschen mit diesem Phänomen. So kam Napoleon Bonaparte mit 3 bis 4 Stunden Schlaf aus, und Leonardo da Vinci reichten sogar nur eineinhalb Stunden Nachtschlaf. Damit schlug dieser sogar die Giraffe als Rekordhalter unter den Säugern mit einer Schlafphase von lediglich 1,9 Stunden. Belustigt dachte Skeleby an seine Kollegen. Einige Besatzungsmitglieder orientierten sich nach ihrem Kryoschlaf in ihrem Schlafverhalten anscheinend eher an dem Rekordhalter der Langschläfer unter den Säugern, der kleinen Taschenmaus, welche im Schnitt 20,1 Stunden schlief. Obwohl er nicht die geringste Erfahrung damit besaß, hatte er schon im Vorfeld damit gerechnet, aus der Kryoschlafphase unbeschadet hervorzugehen und genau so war es auch eingetreten.

Ein kurzer Blick in die spiegelnde verchromte Armatur zeigte ein makelloses Gesicht. Trotz seiner 50 Lebensjahre verunstalteten keine Zornesfalten, keine Tränensäcke und keine Krähenfüße seine Züge. Die diversen Gaben Botox hatten sich also gelohnt, wenngleich er mit jeder Behandlung das Gefühl hatte, zunehmend maskenhafter zu wirken. Er wusste, dass er wegen seiner äußeren Erscheinung und seiner Aufgabe bei dieser Mission in der Crew hinter vorgehaltener Hand als Engel des Todes bezeichnet wurde.

Skeleby beobachtete misstrauisch die an den Außenfenstern langsam vorbeigleitenden Eiswände. Seit Tagen fraß sich das Atom-U-Boot unaufhaltsam durch den kilometerdicken Eispanzer des Mondes Europa. Bei der Ausarbeitung des Einsatzplanes hatte man auf die mittlerweile umfängliche Erkundungsdaten der zivilen Raumfahrt zurück gegriffen. Am leichtesten wäre das Durchdringen des Eispanzers wahrscheinlich am Südpol gewesen. Wie man aus den Beobachtungen der Juno-Sonde, des Hubble-Teleskops und seines seit 2018 in Betrieb befindlichen Nachfolgers James Webb Space Telescope (JWST) wusste, gab es dort Kräfte in der Europakruste, welche Wasserfontänen bis über 200 Kilometer ins All schleuderten. Das Phänomen ähnelte stark den Wasser-Eis-Eruptionen am Südpol des Saturn-Mondes Enceladus. Diese waren im Falle Europas allerdings nur in einer bestimmten Bahnkonstellation des Mondes aktiv. Wirklich ergiebige Eruptionen gab es nur am äußersten Rand der stark exzentrischen Bahn Europas. Während der Phase des größten Abstandes von Jupiter dehnten sich die Spalten im Europa-Eispanzer und öffneten sich dabei so weit, dass enorme Wasserdampfmengen ins All freigesetzt wurden. Näherte sich der Mond auf seiner Bahn Jupiter an, schlossen sich die Schlote in Folge der stärker wirkenden Schwerkraft wieder und der Wasserdampfstrom zur Mondoberfläche wurde unterbunden.

Bei optimaler Bahnkonstellation hätte man also über Eisspalten am Südpol die günstigste Route in den Europaozean nehmen können. Eine zivile Mission hätte bestimmt in diesem interessanten Gebiet Europas angesetzt. Allerdings lag das Zielgebiet der militärischen Mission in der Äquatorregion. In den strategischen Planspielen hatte man lange über den Eintauchpunkt im Südpol diskutiert. Aufgrund des inneren Aufbaus von Europa wäre der Start der Tauchfahrt am Südpol durchaus möglich gewesen. Wie man bereits aus den Erkundungsflügen der Raumsonde Galileo aus den 1990er Jahren ableiten konnte, zeigten Störungen im Jupitermagnetfeld, dass sich im Innern von Europa eine gigantische Menge einer beweglichen, leitfähigen Flüssigkeit befinden musste. Mittlerweile war erwiesen, dass der circa 100 Kilometer tiefe Europaozean einmal um den ganzen Mond reichte. Eine viele hundert Kilometer lange Reise unter dem Eis vom Südpol zum Äquator wäre somit nötig gewesen. Weitere Forschungen belegten, dass das Europawasser nicht still und träge vor sich hin schwappte. Es waren vielmehr gewaltige Meeresströmungen im Eisozean vorhanden, welche für das U-Boot eine durchaus ernstzunehmende Gefahr darstellten. Nach allen Modellrechnungen wäre aber auch dies kein unüberwindliches Hindernis gewesen. Der Hauptgrund für die Ablehnung der Südpolvariante lag im militärischen Bereich. Man hätte schlichtweg über eine lange Strecke ein viel zu leichtes Angriffsziel abgegeben. Daher hatte man sich für das Eindringen über dem direkten Zielgebiet entschieden. Der Eispanzer stellte auch hier keineswegs eine homogene Masse dar. Er war an einigen Stellen vielmehr löchrig wie ein Schweizer Käse und durchsetzt mit riesigen Kammern flüssigen Wassers.

Schmerzlich vermisste man diesbezüglich das ausgefallene Ice-Penetrating-Radar des JIMO. Zum Glück konnte das US-Militär jedoch in diesem Zusammenhang die Erkenntnisse über solche Hohlräume aus der zivilen Weltraumforschung der vergangenen Jahre nutzen. Durch Auswertungen verschiedener Radarortungen der Juno-Sonde, die allerdings schon einigen Jahre alt waren, hatten sie versucht, die geeignetste Stelle für den Eisdurchbruch zu entdecken. Der Trick bestand darin, die großen Wasserlinsen im Europa-Eispanzer so auszunutzen, dass das U-Boot schwimmend an Tiefe gewann. Dennoch verblieben große Strecken, die durch Aufschmelzung und Bohrung überwunden werden mussten. Von allen denkbaren Varianten war die Nutzung des Atomantriebs zur Aufschmelzung des Eises die rabiateste, aber wie sich nun zeigte, auch eine sehr effektive. Das als Icy Submarine bezeichnete Raumfahrzeug war ein echtes Wunderwerk der Technik. Von außen sah es nahezu aus wie eine Gewehrkugel, so dass es als Eisbohrer während der Eispassage einen äußerst geringen Widerstand bot. Alle Antennen und Aufbauten konnten während der Eispassage eingeklappt oder eingezogen werden. Zugleich funktionierte es aber auch als Landefähre und U-Boot. Die Abkoppelung vom Mutterschiff und die Landung auf Europa hatte das Gefährt tadellos überstanden. Seine Funktion als Kampf-U-Boot würde es ebenso erfüllen, da war sich Skeleby sicher.

Monatelange Diskussionen über eine mögliche Verunreinigung des Europaozeans durch Bakterien hatten das Projekt begleitet. Was hatte er sich alles in der Vorbereitungsphase der Mission anhören müssen. So ein gewisser Walter Mayer, ein hohes Tier beim Pentagon, hatte immer wieder auf der wissenschaftlichen Ausarbeitung dieses Sachverhaltes bestanden. Hatte immer wieder betont, dass er die Mitarbeit einer ominösen JPL-Arbeitsgruppe am Europaprojekt vermisse, deswegen aber nicht wissenschaftliche Grundsätze leiden dürften. Grönland- und Antarktisexperten hatten daher unentwegt die Missionsteilnehmer mit Wissenschafts-Präsentationen traktiert, bis man schließlich die Vorträge schon selbst hätte halten können. Skeleby hatte den Eindruck, dass er mittlerweile in Bezug auf die Eisschilde der Erde zu den best-informiertesten Menschen des Planeten gehörte. Dabei war er nicht uninteressiert gewesen. Alles was der strategischen Planung des Militärprojektes in irgendeiner Weise dienen konnte, musste akribisch ausgewertet werden. Doch nicht nur dies beschäftigte ihn – nein, er dachte auch an sein Leben nach dieser Mission. Die in der Vorbereitungsphase referierenden Grönlandexperten hatten immer wieder auf das Abschmelzen des grönländischen Eispanzers in Folge des Klimawandels hingewiesen. Skeleby erhielt über diese Schiene Ansprechpartner, konnte Kontakte knüpfen und entwickelte seine eigene großangelegte Strategie. Nach Abwägung aller Chancen und Risiken hatte er selbst in ein Konsortium von Explorationsfirmen investiert und auch einige Bekannte gewinnen können, die sich ebenfalls finanziell oder mit Manpower beteiligen würden. Über Vorverhandlungen hatte er sich ein Team von Spezialisten zusammengestellt, die er für sein Vorhaben brauchte. Wenn diese Europakiste vorbei war, hatte er nach seiner Rückkehr eine Job als Leiter von Eissprengungskommandos in Grönland.

In den dortigen Gletscherrückzugsgebieten galten für den Rohstoffabbau schon Bereiche mit nur noch 100 bis 200 Meter Eisüberdeckung als eisfrei und explorationsfähig. Wollte man da an den

Untergrund heran, hieß es, mit rabiaten Methoden das Resteis einfach weg zu bomben. Da es auf der Erde nur ganz wenige Spezialisten gab, die über die notwendige Waffen- und Sprengstofferfahrung verfügten, gepaart mit dem Wissen über das Verhalten solch riesiger Eismassen, winkte ihm eine fürstliche Bezahlung. Vergleichbar mit dem Alleinstellungsstatus eines »Red Adair«, dem Feuerwehrmann für brennende Ölquellen, würde er Profit aus seinen Kenntnissen schlagen. Wenn er diese Mission überstand, sah er einer goldenen Zukunft entgegen. Bei einem durchschlagenden Erfolg hielt die Welt den Titel »White Adair« für ihn bereit, da war er sich ganz sicher. Sein Vertrag beinhaltete den Einsatz von sechs Monaten eines Jahres in der Eiswüste vor Ort. Die übrige Zeit würde er im sonnigen Kalifornien oder an den übrigen Traumstränden der Welt verbringen.

Das einzige, was ihm noch Kopfzerbrechen machte, waren die Umweltprobleme. Das lag mitnichten an seinem ökologischen Gewissen, sondern daran, dass diese Umweltfuzzies einem das schönste Projekt zunichtemachen konnten, wenn man nicht aufpasste. Auch bei den zukünftigen Eissprengungen auf Grönland würde man daher diesen Umweltquatsch im Auge behalten müssen. Dabei drehte sich vieles um die Frage, ob es unter dem Eis steril war, oder ob dort das »Bio« tobte. Es war ja nicht von der Hand zu weisen, dass Parallelen zwischen der Situation auf Grönland beziehungsweise der Antarktis und dem Jupitermond Europa bestanden. Diese drei Eissphären enthielten Unmengen im Eis gebundenen Wassers. Obwohl der Antarktiseisschild mehr als drei Viertel aller Süßwasservorkommen der Erde umfasste, enthielt der Eispanzer von Europa noch deutlich größere Wassermengen. Das Antarktiseis maß an der dicksten Stelle circa 4.600 Meter, was ungefähr der dünnsten Stelle des teilweise bis zu 15 Kilometer mächtigen Europaeises entsprach. Das Grönlandeis erreichte im Kernbereich des Eisschildes vergleichsweise geringe 3.000 Meter. Aber auch unter dem grönländischen und dem antarktischen Eisschild gab es flüssige Wasservorkommen.

Bereits erste Radaraufnahmen von Propellerflugzeugen aus den 1970er Jahren hatten seltsame, glatte Bereiche unter dem Eis des sechsten Kontinents entdeckt. Spätere Aufnahmen mit modernster

Satellitentechnik brachten dann Gewissheit. Unter dem Antarktiseis befanden sich Süßwasserseen in enormem Ausmaß. Mittlerweile hatte man über 500 davon entdeckt. Der größte von ihnen, der Wostok-See, erreichte mit 15.500 Quadratkilometern in etwa die Fläche des Ontario-Sees und war damit der siebtgrößte See der Erde überhaupt. Aber auch andere subglaziale, also sich unter einem Gletscher befindliche, antarktische Gewässer wie zum Beispiel der Lake Sovetskaya, der Lake »90-Grad-Ost«, der Lake Concordia sowie der Vida-, Ellsworth- und der Whillans-See erreichten die mehrfache Größe des Bodensees.

Unter dem Grönlandeis gab es nachweislich erheblich weniger subglaziale Seen als unter der Antarktis. Kurioserweise konnten Nachweise von Stillgewässern unter dem mächtigen Eisschild des Grönlandeises erstmals im Jahr 2013 erbracht werden. Es handelte sich um zwei relativ kleine Gewässer von circa zehn Quadratkilometer Fläche. Auch danach erfolgten lediglich einige wenige weitere Nachweise vergleichsweise kleiner Subglazialseen. Für dieses zunächst erstaunliche Phänomen existierten zwei Theorien.

Die erste Theorie besagte, dass eine riesige Schlucht von 800 Meter Tiefe und 750 Kilometer Länge mit größeren Ausmaßen als der Grand Canyon, welche unter dem Grönlandeis vom Zentrum der Insel bis zum Nordrand reichte, das gesamte subglaziale Schmelzwasser sammelte und zum arktischen Meer abführte. Diese Schlucht unter dem Eis besaß ein Alter von über vier Millionen Jahren und musste schon vor der Herausbildung des Eispanzers vorhanden gewesen sein.

Die andere Theorie ging davon aus, dass die Temperaturen in Grönland am Grund des Eises so niedrig waren, dass ein komplettes Durchfrieren der Eismasse erfolgte und sich keine Wasseransammlungen unter dem Eis herausbilden konnten. Ganz im Gegensatz zur Antarktis, wo der mächtige Eisschild als Dämmung funktionierte und Temperaturen um Null Grad am Grund des Eises keine Seltenheit darstellten.

Was das Kontaminationsthema anbetraf, waren die untereisischen Grönlandgewässer diesbezüglich kaum untersucht. Hingegen lagen mittlerweile zahlreiche Erfahrungen mit dem Durchbohren kilometerdicker Eisschichten aus der Antarktis vor. Während die

Briten um das Jahr 2012 mit ihrem Ellsworth-Projekt noch gescheitert waren, konnten die Amerikaner 2013 bis zum Whillans-See vordringen und sogar ein Tauchboot aussetzen, welches die ersten Bilder von einem Seegrund der Antarktis lieferte. Bemerkenswerte Ergebnisse wurden 2014 im Magazin Nature unter der Überschrift »Antartica's secret garden« publiziert.

Ebenfalls erfolgreich waren die Russen, die vom kältesten Punkt der Erde oberhalb des Wostok-Sees aus schon im Jahr 2012 4.000 Meter Eis durchbrachen und Proben aus dem 1.200 Meter tiefen See entnehmen konnten. Nach früherer Lehrmeinung galten die untereisischen Seen als lebensfeindlich oder sogar steril. Seit diesen Probebohrungen wusste man, dass die seit über 15 Millionen Jahren völlig isolierten Gewässer unter dem antarktischen Eisschild ein vielfältiges mikrobielles Leben und ein komplexes Ökosystem beherbergten. Schon erste Analysen im Jahr 2013 erbrachten den Nachweis der Gensequenzen von über 3500 Organismen, darunter mit der Entdeckung von Archaeen auch zahlreiche sehr ursprüngliche Einzeller, welche sich unabhängig von der übrigen irdischen Biologie entwickelt hatten. Nach Wissenschaftlern wie dem US-Amerikaner Brent Christner gab es unter dem Eisschild mehr Einzeller als in den übrigen Flüssen und Seen der Erde zusammen. Die Washington Post sprach sogar von einem »Königreich der Mikroben«. Niemand wusste, was sich in den enormen Sedimenten am Grunde der Gewässer unter dem Eis verbarg. Reste fossiler Wälder und tote Organismen aus der Zeit vor 35 Millionen Jahren, als die Antarktis noch bewachsen war, türmten sich dort zu mehreren hundert Meter mächtigen Ablagerungen auf.

Es musste sich nicht unbedingt nur um Studienobjekte für Paläontologen und Glaziologen handeln. Besonders bemerkenswert fand Skeleby nämlich in diesem Zusammenhang einen sehr umstrittenen Vortrag über außerirdische Mikroben, die möglicherweise über Meteoriten in die antarktische Unterwelt gelangt seien und die dortigen Gewässer erobert haben könnten. »Fräulein Smillas Gespür für Schnee« ließ grüßen. Ausdrücklich hatten alle Forschungsgruppen Mikroben gefunden, die ihre Energie aus der Zersetzung des Sedimentgesteins bezogen, da eine Zufuhr von oben, wie beispielsweise in der Tiefsee, hier nicht möglich war. In der

Washington Post hatte man unter anderem mit dem Hinweis auf die Steine verschlingenden Bakterien in der antarktischen Tiefe eine eindringliche Warnung ausgesprochen. Öffnete man eine solche Büchse der Pandora, könnte dies zu ungeahnten Auswirkungen auf die Lebenswelt der Erde und letztlich auch des Menschen führen. Dies entsprach ganz Skelebys Lebensphilosophie: Man sollte immer die möglichen Gefahren im Blick behalten. Andererseits gab es unter seinen in der biologischen Kriegsführung tätigen Kollegen ein nicht unbeträchtliches Interesse an der fremden Biologie der antarktischen subglazialen Mikroben. Skeleby versuchte sich hier auf dem Laufenden zu halten und war an die geheimen Newsletter dieser Forschergilde angeschlossen.

Die potenzielle Verunreinigung des Europa-Ozeans durch irdische Bakterien war denn auch zur Skelebys Genugtuung von der Militärführung billigend in Kauf genommen worden. Sollte es zur Realisierung der Militäraktion kommen, spielte dieser Aspekt tatsächlich wohl nur eine untergeordnete Rolle. Wenn es sich auf dem Grund des Europaozeans wirklich um ein Waffenarsenal einer hoch entwickelten Zivilisation handeln sollte, glich das Ganze dem Angriff von Luke Skywalker in seinem kleinen X-Wing-Fighter auf den Todesstern des Imperiums in »Star Wars«. Obwohl die ganze Aktion einem Himmelfahrtskommando ähnelte, glaubte Skeleby fest an deren Erfolg. Er selbst hatte jahrelange Erfahrung im Drohnenkrieg der USA in Afghanistan und dem Irak gesammelt. Im Vergleich zu seiner derzeitigen Aufgabe waren dies jedoch nur winzige Nadelstiche in feindliche Reihen. Der geplante »Star War« auf Europa stellte ohne Zweifel die Militäraktion mit der höchsten Zerstörungskraft in der Menschheitsgeschichte dar.

An Bord befand sich eine todbringende Fracht. Skeleby rief sich die Graphik des Mondes auf den Schirm. Die Führung hatte in der Vorbereitungsphase der Mission die verfügbaren Radaraufnahmen der Junosonde systematisch ausgewertet und dabei festgestellt, dass sich die vermeintlichen Raketenabschussrampen lediglich auf ein Areal so groß wie Texas konzentrierten. Der übrige Ozeanboden schien völlig frei von solchen Anlagen zu sein. Dieser Umstand spielte eine wichtige Rolle in der Konzeptionsphase der Angriffsmission. Die Ausradierung dieses begrenzten Areals hielt man für realisierbar. Über diesem Sektor des Mondes zeigte die Graphik ein Array aus zehn Punkten. Der Plan war, mit dem U-Boot direkt unter der Eisdecke zu operieren und an diesen Stellen Wasserstoffbomben unter das Eis zu heften. Das U-Boot war mit der modernsten irdischen Tarnkappentechnologie ausgestattet. Es ließ sich nach irdischen Maßstäben nicht von der Eisdecke unterscheiden. Nachdem alle Bomben gelegt worden waren, würde sich das U-Boot unter Nutzung des Eintrittskanals wieder nach oben durchs Eis entfernen und ins Orbit starten. Danach waren ein Ausklinken und zielgerichtetes Absenken der Wasserstoffbomben und deren Zündung über dem vermuteten Raketenareal vorgesehen. Das Pentagon hatte die Folgen diverse Male durchgerechnet. Die zeitgleiche Explosion würde zur kompletten Ausradierung des Untergrundes des Europaozeans führen. Als Kollateralschaden würde eine nukleare Verseuchung und Verunreinigung des riesigen Wasserkörpers erfolgen. Die Vernichtung allen Lebens im Wasser, sofern vorhanden, war bei diesem Szenario unvermeidbar. Aber mit dieser Technik würden sie voraussichtlich den Feind besiegen. Nur zu diesem Zweck befand sich Nick Skeleby an Bord. Auf dem Gebiet der Bombentechnologie war er der fähigste Spezialist, den das US-Militär aufzubieten hatte. In Zusammenarbeit mit den JPL-Koryphäen für Schlachtfeldmanagementprogramme hatte er die Angriffspläne ausgearbeitet. Als erheblicher Nachteil für die Angriffsmission in dieser Phase erwies sich einmal mehr der Ausfall des Ice-Penetrating-Radars des Orbiters. Die Beobachtung der Vorgänge am Ozeanboden während der Annäherung des Icy Moon Submarines an den Feind durch die kilometerdicke Eisdecke war ein wichtiger Bestandteil der militärischen Strategie. Es machte ihn fast wahnsinnig, dass die JIMO-Crew dieses derart wichtige Instrument in der Einbremsphase in Jupitersystem geschrottet hatte. Soviel Dilettantismus konnte man sich eigentlich nicht erlauben, wenn man einen Krieg gewinnen wollte. Daher war man für Detailaufnahmen des Feindgebietes auf das Sonar des Submarines angewiesen, welches beim Durchschmelzen der Eisdecke funktionslos war und erst im Europa-Ozean selbst zum Einsatz kommen konnte. Es war ein Witz, aber ihre Annäherung glich schon fast einem Blindflug. Hatten Sie trotzdem eine Chance? So kurz vor dem Ziel

drängten sich nun ihm eine Vielzahl weiterer Fragen auf:
Handelte es sich bei dem Raketenareal um ein Überbleibsel der Parawesen oder einer anderen Zivilisation, welches womöglich Zig-Millionen oder gar Milliarden Jahre alt war?
War es noch bewohnt oder handelte es sich um eine vollautomatisch gesteuerte Anlage?
War es überhaupt noch funktionsfähig?
Würde es ihnen gelingen, das Bomben-Array zu setzen oder würden sie schon im Vorfeld einem ausgeklügelten Schutzmechanismus zum Opfer fallen? Bisher hatten sie noch keine Abwehraktionen feststellen können, aber sie befanden sich ja auch noch nicht in Gefechtsnähe zum Ziel.

Und dann war da noch die spannende und nicht ganz unwichtige Frage, ob sie es selbst schaffen würden, mit dem U-Boot diesem Inferno zu entkommen?
Selbst wenn das gelänge, blieb die Unsicherheit, ob sie tatsächlich alle Raketen mit der geplanten Militärstrategie vernichteten oder ob sie doch noch beim Rückflug über Europa von noch intakten Projektilen abgeschossen würden?
Skeleby war sich sicher, dass die militärische Option zum Tragen kommen würde. Das wissenschaftliche Programm der Mission sah er im Grunde als unnötiges Feigenblatt an. Der Präsident hatte zwar auf die Mitnahme eines Forschungsteams bestanden, denn einer reinen Militäraktion hatte er gegen den überwiegenden Rest des Sicherheitskabinetts eine Absage erteilt. Dennoch: Die werten Forschungskollegen befanden sich, so leid es Skeleby tat, wohl umsonst an Bord.
Skeleby schaute gebannt auf den Tiefenmesser. Seit Stunden wartete er auf diesen Moment. Es waren jetzt nur noch zehn Meter, dann hatten sie circa fünf Kilometer Eis durchbohrt. Nach der anstehenden Erkundungsphase würden sie in den Tiefenozean von Europa eintreten.
Es war mit absoluter Finsternis zu rechnen. Die kilometerdicke Eisdecke ließ keinen noch so winzigen Sonnenstrahl bis in diese Tiefen hindurch. Das U-Boot war daher mit extrem leistungsfähigen Scheinwerfern ausgestattet. Diese würden jedoch unter Um-

ständen nie zum Einsatz kommen. Wenn die Vermutungen der Militärs stimmten, galt es, sich zunächst so unauffällig wie möglich zu verhalten. Die Operation würde sich somit ganz auf Erkundungstechniken wie Sonar- und Radarsondierungen in der tiefsten Dunkelheit stützen.

Skeleby betrachtete nochmals die Eiswand. War da etwa ein Lichtschimmer? Es konnte sich auch um eine optische Täuschung handeln. In diesem Moment bemerkte er wie die Abwärtsbewegung stoppte. Sie hatten ihre Warteposition erreicht.

Mars, Nhill-Krater, Außenlabor
Dienstag, 16. Juni 2020

Steven betrachtete die Tiefen-Radar-Aufnahmen der unteren Schichten des Deuteriumsees. Die Aufnahmen hatten verschiedene Filter und Bildbearbeitungsverfahren durchlaufen. Mehrere Bildschirme zeigten nun die bisher verborgenen Strukturen des Sediment-Untergrundes unterhalb des Außenlabors aus verschiedenen Blickwinkeln in Form von 3D-Darstellungen. Schon bei der ersten Durchsicht der Bilder deutete sich eine wissenschaftliche Sensation an.

In diesem Moment steckte Riesenstein seinen Kopf durch die Labortür. Er trat näher an die Bildschirme heran und rief dann aus: »Hey Steven, was sind denn das für'n Haufen Tentakeln auf deinem Schirm?«.

»Das ist eine Sonaraufnahme der Eisschicht und des Sediments des Deuteriumeissees unter unseren Füßen, Josh. Der durchgefrorene Wasserkörper ist relativ flach, an der tiefsten Stelle etwa 30 Meter. Darunter schließt sich eine mindestens 60 Meter dicke Sedimentlage an. Was wir hier sehen, ist die Durchleuchtung des Sediments. Als das Wasser noch flüssig war, muss sich eine große Menge an Schlamm und Sand am Seeboden abgelagert haben.«

»Kann ja sein. Aber da is so'n Zeug drin in deinem Sediment. Sieht verdammt noch mal tentakeltechnisch aus.«

»In der Tat ist das die Besonderheit dieser Bilder, Josh. Das ist eine geradezu unglaubliche Entdeckung. Mit dieser werden wir uns die nächsten Tage und Wochen intensiv beschäftigen. Aber auch schon beim Betrachten dieser, wie du sagst, Tentakeln, macht es bei mir schon irgendwie klick.«

»Dann rück mal klicktechnisch raus mit deinen Gedanken, damit ich nicht so ahnungslos auf der Marsoberfläche herumlaufen muss.«

»Irgendwo hab ich solche Strukturen schon gesehen«, murmelte Steven, »ich hab auch noch Detailaufnahmen einzelner Röhren.«

Steven zoomte in eine der Darstellungen auf dem Schirm hinein, wobei sich eine nach unten verjüngende Röhre mit einem oben leicht geöffneten Schlund zeigte. Dann fuhr er wieder in die Totale, so dass man das gesamte Tentakelfeld überblicken konnte.

»Wenn du mich fragst, Herr Winstone, sieht das alles ganz schön chaotisch aus auf deinen Bildern.«

»Mensch, Josh, röhrenartige Strukturen, die in alle Himmelsrichtungen zeigen. So was ist mir doch schon mal irgendwo begegnet«, Steven überlegte ein paar Sekunden und rief dann aus: »Genau, ein Bild, welches Szusanne Stark damals im Headquarter von den Radarbildern der Junosonde gezeigt hatte, sah so aus – wenn auch ein paar Nummern größer. Dieses sogenannte Stelenfeld erschien meistens in Reih und Glied, bis auf eine Aufnahme, die eine erhebliche Unordnung in diesen Strukturen zeigte. Und genau so sieht das da unten am Seegrund aus.«

Steven fuhr mit der Kamera einmal um den Röhrenwald herum und stellte Josh die Frage:

»Weißt du, was das bedeutet?«

»Nee, du Weihnachtsmann, aber wie ich dein mitteilungsbedürftiges Wesen kenn', wirst du es mir bestimmt innerhalb der nächsten, jetzt schon absehbaren Zeit sagen.«

»Okay, mein Lieber, ich werde dir sagen, was das hier bedeutet. Es bedeutet schlichtweg, dass es eine Verbindung zwischen diesem Eissee auf dem Mars und dem Ozeangrund des Jupitermondes Europa gibt. Ist das nicht fantastisch? Und genau jetzt ist auch eine Mission auf Europa unterwegs, zu der wir leider keinen Kontakt pflegen, da diese völlig unsinnigerweise militärisch ausgerichtet ist. Ich würde 'ne ganze Menge dafür geben, wenn wir jetzt einen Kontakt zu den Kollegen um Oberst Montgommery da draußen hätten.«

»Dann ruf doch einfach mal dort an!«

»Dort anrufen? Wie stellst du dir das vor? Die Mission läuft streng geheim, nachdem das Militär sich die Sache auf den Tisch gezogen hat. Von dort dringt nicht einmal ein einziges Molekül nach draußen.«

»Ach Steven, das schaffst du doch schon, oder?«

»Wir werden sehen, Josh. Na ja, geben wir die Daten erst einmal ans Headquarter und schauen, was passiert.«

Solarfire
Mittwoch, 17. Juni 2020

Brigitte hatte alle Aufzeichnungen und Videos durchgesehen. Ihr Bedarf an Vergangenheitsaufbereitung und -bewältigung war fürs Erste gedeckt. Den entscheidenden Hinweis hatte sie leider nicht gefunden. Aber was sollte man sonst tun auf dieser Reise ins Ungewisse ohne festes Ziel?

Obwohl ihre beiden Begleiterin sehr gut Englisch sprachen, und die normale Unterhaltung an Bord in Englisch ablief, hatte sie angefangen, Russisch zu lernen, um mit ihren beiden Begleiterinnen in deren Muttersprache kommunizieren zu können. Dies war auch deshalb von Vorteil, weil die komplette Beschriftung aller Bordinstrumente und Anzeigen im russischen Teil des Raumschiffes in kyrillischen Schriftzeichen abgefasst war.

Für die Bordstimmung zuträglich waren ihre zunehmenden Russischkennnisse auch, um bei den täglichen Lagebesprechungen mit der Bodenstation im Kommandoraum mitreden zu können. Obwohl sie sie zwischenzeitlich schon x-mal gesehen hatte, bot ihre Kommandantin Kaira Nawroth dabei immer wieder ein außergewöhnliches Bild. Sie hatte extrem lange, weißblonde, zu Dreadlocks zusammengedrehte Haare. Wenn sie sie nicht zusammenband, erschien sie in der Schwerelosigkeit wie ein vielarmiger Krake, der von seinen herum schwebenden Fangarmen umgeben war. Auch die Assoziation einer schlangenhaarigen Medusa drängte sich auf. Dieses Schauspiel konnte man jedoch nur selten beobachten. Meistens band sie ihre Haarflut zusammen, so dass sie sich wie ein eng anliegendes Kleid an den Körper anschmiegten. In diesen Momenten erschienen ihre Haare wie ein Kopftuch in einem Raphaelbild, die ein ungewöhnlich blasses Gesicht mit wasserblauen Augen umfingen.

Ganz im Gegensatz dazu hatte Lena Oljewitsch pechschwarze, sehr kurze Haare, die stiftartig von ihrem Kopf abstanden. Den dunklen Gesichtsausdruck unterstrichen zwei umbrabraune Augen und ein kräftiger, fast rotbrauner Teint, welcher auch nach den vielen Monaten im All nichts an Farbe verloren hatte.

Heute berichtete Kaira, dass sie sich auf die Auswertung der Venusdaten konzentrieren wollten. Es handelte sich um ein mehr oder weniger zufälliges Nebenprodukt dieser Mission. Die Solarfire flog auf einem komplizierten Kurs Richtung inneres Sonnensystem, der jedoch auf das Erdorbit um die Sonne ausgerichtet war, so dass die Sonde sich mehr oder weniger immer zwischen Erde und Sonne befand. Die Venus passierte für einige Zeit diesen Kurs, so dass die an Bord befindlichen Fernerkundungsinstrumente auf den vorbeiziehenden Planeten gerichtet werden konnten. Diese Beobachtungen erleichterten ungemein die Öffentlichkeitsarbeit, da man diese wissenschaftlichen Ergebnisse nach außen verkaufen konnte.

Auch in den nächsten Tagen, stand die Venus ganz im Mittelpunkt der Auswertungen. Brigitte hatte sich ausgiebig über die Venus informiert. Vor ihrer JPL-Karriere hätte sie vielleicht gerade gewusst, dass die Venus als Morgen- oder Abendstern bezeichnet wurde. Da sie mit einem lebenden astronomischen Lexikon verbandelt war, befand sie sich mittlerweile auf einem für ihre Verhältnisse beachtlichen Informationsstand. So wusste sie inzwischen, dass diese Bezeichnungen daher rührten, dass man auf der Erde die Venus am besten in den Morgen- und Abendstunden beobachten konnte, aber niemals um Mitternacht. Zudem hatte sie erfahren, dass man die Venus auch am Tage beobachten konnte, denn Steven hatte ihr schon mehrfach bei ihren Spaziergängen die Venus am klaren Taghimmel gezeigt. Mancher Astronom würde sein Leben dafür geben, sich in ihrer aktuellen Situation zu befinden. Wenn Sie in die Monitore schaute, konnte sie via Nahaufnahme die Venus in einer erstaunlichen Größe erkennen. Wie ein überdimensionierter, schmutziger, hellbraun bis gelb gefleckter Ball füllte der Planet mittlerweile die Bildschirme fast aus. Es handelte sich um den zweitinnersten Planeten des Sonnensystems, der wie die Erde als Gesteins- oder terrestrischer Planet zu bezeichnen war. Auch Größe, Dichte und Schwerkraft wiesen große Gemeinsamkeiten auf. Nach Brigittes Empfinden endeten damit die Ähnlichkeiten, der oft eher fälschlich als Zwillingsplaneten bezeichneten Himmelskörper, denn die Venus repräsentierte eine ganz andere Welt als die Erde.

Aufgrund der Tatsache, dass sich die Venus extrem langsam um die eigene Achse drehte und vergleichsweise schnell um die Sonne, dauerte ein Venustag länger als ein Venusjahr. Dieser dauerte sage und schreibe 243 Erdtage im Gegensatz zu dem 225 Erdtage messenden Venusjahr. Das Venusjahr war damit 18,3 Erdtage kürzer als ein Venustag. Die geringe Eigenrotation galt auch als Grund für das fehlende Magnetfeld der Venus. Eigenartig war auch der rückläufige, im Fachchinesisch »retrograd« genannte Drehsinn des Planeten. Diese im Sonnensystem nur noch bei Uranus und Pluto vorhandene Drehrichtung war dafür verantwortlich, dass auf der Venus die Sonne im Westen auf- und im Osten unterging. In Folge der geringen Neigung der Rotationsachse gab es keine Jahreszeiten auf der Venus.

Schon tagelang studierte sie die verschiedenen Kameraaufnahmen, welche nichts als dichte Schleier schwefelsäurehaltiger Wolken zeigten. Messungen früherer unbemannter Venusmissionen hatten ergeben, dass die Geschwindigkeit der dahin rasenden Wolken in den oberen Atmosphärenschichten 400 Kilometer pro Stunde betrug. Interessanterweise hatte sich die Windgeschwindigkeit seit der systematischen Messung der letzten 10 Jahre um circa 100 Kilometer pro Stunde erhöht. Noch nie war eine normaloptische Aufnahme der Venusoberfläche gelungen, da sich die Wolkendecke stets geschlossen zeigte. Dafür war es gelungen, mit einigen Landefahrzeugen bis zum Boden durchzudringen. Sonden-Messungen von der Oberfläche hatten ergeben, dass die höchsten Windgeschwindigkeiten in Bodennähe lediglich um die zwei Meter pro Sekunde betrugen, was auf der Erde lediglich Windstärke zwei entsprach.

Die Venus besaß eine unglaublich dichte und heiße, über 25 Kilometer dicke Atmosphäre, welche auf der Oberfläche des Planeten Temperaturen von über 450 Grad Celsius, mancherorts bis 500 Grad Celsius verursachte. Mitverantwortlich für dieses enorme Temperaturniveau, das selbst in der langandauernden Venusnacht kaum abfiel, war der intensive Treibhauseffekt in Folge eines immens hohen Kohlendioxid-Anteils in der Gashülle. Während die Erdatmosphäre lediglich 0,04 Prozent aufwies betrug dieser Prozentanteil auf der Venus beachtliche 96,5 Prozent. Der in der Erdatmosphäre mit rund 78 Prozent allgegenwärtige Stickstoff machte lediglich 3,5 Prozent der Venusatmosphäre aus. Aufgrund der immensen Gesamtmasse der Venusatmosphäre war dies immer noch fünfmal so viel Stickstoff als in der Erdatmosphäre. Und aufgrund der neunzig mal größeren Masse der Gashülle erreichte der atmosphärische Druck auf der Venus das Neunzigfache der Erde. Dies entsprach dem Druck auf der Erde in 910 Metern Meerestiefe.

Aufnahmen der Venusoberfläche gelangen nur mit speziellen Infrarot- oder Radaraufnahmen, welche das brodelnde Gas-Inferno durchdringen konnten.

Brigitte betrachtete angestrengt eine der Aufnahmen mit Echtfarbendarstellung. Sie fand es erstaunlich, dass die Oberfläche der Venus trotz der undurchdringlichen Wolkenwand mittlerweile so exakt kartiert worden war. Vom gesamten Relief gab es detaillierte Kartendarstellungen. So wusste man, dass wirklich nennenswerte Hochländer lediglich acht Prozent der Venusoberfläche ausmachten. Brigitte konzentrierte sich bei ihren Beobachtungen auf eine der beiden Bergregionen. Es handelte sich um Höhenzüge von Isthar-Terra, welche eine Ausdehnung von Australien erreichten. Dort fanden sich die höchsten Erhebungen der Venus im Hochgebirge der Maxwell-Berge, benannt nach dem James Clerk Maxwell, der mit seinen Forschungen wesentlich zur Radarerkundung der Venus beigetragen hatte.

Sie vergewisserte sich, dass ihre Kolleginnen ansprechbar waren und fragte: »Kaira, was ist das hier für ein seltsames Bild. Liegt dort Schnee auf den Bergen? Das ist doch bei den Temperaturen undenkbar?«

»In der Tat ist so etwas auf der Venus undenkbar. Selbst auf den höchsten Gipfeln der Gebirge herrschen noch um die 380 Grad

Celsius Lufttemperatur. Auf dem Merkur, welcher ja noch näher zur Sonne seine Bahn zieht und auf dem mittlere Temperaturen von über 300 oder 400 Grad Celsius keine Seltenheit sind, gibt es allerdings in der Nordpolregion tiefe Krater, in denen von der Messenger-Sonde im Jahr 2013 tatsächlich Wassereis nachgewiesen wurde. Was wir auf deinen Aufnahmen sehen können nennt man im Fachjargon ›raderhelle Schneekappen‹, die allerdings aus einer dünnen Schicht der Schwermetallsalze Bleisulfid und Bismutsulfit bestehen.«

»Hätte mich auch gewundert, gilt doch die Venus als extrem lebensfeindlich.«

»Ganz so kann man das auch nicht sagen. Die exobiologische Forschung befasst sich seit vielen Jahren mit der Frage, ob es auf der Venus Leben geben könnte. Nach theoretischen Erwägungen liegt der Planet knapp außerhalb der habitablen Zone des Sonnensystems, da er sich aktuell zu nahe an der Sonne befindet, um flüssiges Wasser zu beherbergen. Einige Veröffentlichungen über die Venus gehen allerdings davon aus, dass es dort in grauer Vorzeit soviel Wasser gegeben habe, wie auf der Erde. Doch dieses Wasser verdampfte und entwich ins Weltall und hinterließ die heutige trockene Vulkanwüste. Dennoch gibt es Exobiologen, welche auch heute noch Leben in den oberen Atmosphärenschichten der Venus vermuten. So fanden die Pioneer-Venus-Eintauchkapseln bakteriengroße Partikel in den Wolken. Auch die Gaszusammensetzung der Atmosphäre könnte auf darin ablaufende biologische Prozesse hindeuten.«

»Dann ist mir noch diese riesige Struktur auf der Venusoberfläche aufgefallen. Diese sieht aus wie ein weit verästeltes Flussbett, welches stark an das Nilsystem auf der Erde erinnert. Überschlägig gemessen scheint es sogar ausgedehnter und länger als das Nilsystem.«

»Was du da siehst, ist die sogenannte ›Hildr Fossa‹, welche mit 6.800 Kilometer Länge tatsächlich den Nil als längsten Strom der Erde übertrifft. Diese Oberflächenform wurde jedoch definitiv nicht durch fließendes Wasser geschaffen. Man vermutet einen gigantischen Lavastrom als Ursache. Auch auf der Erde gibt es übrigens solche Lavarinnen. Die größten von ihnen sind jedoch nur ein paar Kilometer lang.«

»Wenn wir schon mal bei der Venusgeologie sind. Ich habe gelesen, dass der Planet nur relativ kleine Krater aufweist. Während auf Mars, Merkur und sogar dem Mond riesige Krater von 1.000 bis 2.000 Kilometern Durchmesser vorkommen, hat der größte Venuseinschlagkrater namens ›Mead‹ lediglich eine Ausdehnung von 270 Kilometern. Wie ist das denn zu erklären?«

»In der Tat sind die vergleichsweise kleinen Venuskrater etwas sonderbar und es existieren verschiedene wissenschaftliche Hypothesen, warum dies so ist. Eine Ursache liegt wahrscheinlich in der dichten Venusatmosphäre begründet, in der Meteoriten extrem zusammengeschmolzen werden und daher mit kleinerem Gewicht und geringerer Größe auf dem Planeten auftreffen. Deshalb gibt es auch kaum Krater unter zwei Kilometer Durchmesser, weil kleinere Meteoriten offensichtlich in der Gashülle der Venus vollständig verglühen. Aber das ist nur die halbe Wahrheit.

Auf der Venusoberfläche herrscht ein ähnlich infernalisches Bild wie in der Atmosphäre. Lavaströme aus Tausenden von Vulkanen haben sich einst über die Venusüberfläche ergossen. Die Landmasse der Venus ist durch diese globale Vulkantätigkeit vor circa 500 bis 1.000 Millionen Jahren nahezu komplett überformt worden. Einzelne dieser Vulkanberge recken sich auch heute noch über zehn Kilometer in den Venushimmel. Auf jeden Fall wurden durch die fast flächendeckende Magma-Überflutung nahezu der gesamten Oberfläche offensichtlich alle Spuren des sogenannten ›Late Heavy Bombardement‹ aus der Frühphase des Sonnensystems vernichtet. Daher das Fehlen der großen Krater aus dieser Zeit. Bezüglich des starken Vulkanismus gibt es zwei Theorien. Die eine sogenannte Katastrophen-Theorie besagt, dass es im Venusinnern zu einem Wärmeaufstau kommt, welcher verbunden mit starker tektonischer Aktivität in bestimmten Abständen zu dieser heftigen vulkanischen Aktivität führt. Das andere Erklärungsmuster geht von einem einmaligen Maximum vor circa einer Milliarde Jahre aus, welches nun langsam ausklingt.«

»Okay, Kaira, alles schön erklärt, aber sag mir noch: Warum hat die Venus keinen Mond?«

»Im Orbit der Venus sind bisher keinerlei Monde festgestellt worden. Manche Mitarbeiter am JPL hatten die Erwartung gehegt, dass sich diese Erkenntnis im Verlauf der Solarfire-Mission ändern würde. Aber so sehr wir die Beobachtungen hierauf konzentriert haben, konnte der Nachweis eines Venus-Mondes bisher nicht erbracht werden. Nicht einmal einen einzigen Kleinsthimmelskörper, wie den die Erde begleitenden, nur etwa 100 Meter durchmessenden Quasisatelliten 2002 AA29, konnten wir entdecken. Auch hierzu gibt es eine schöne Theorie, welche besagt, dass Merkur und Venus ehemals ein Doppelplanetensystem bildeten, das in der Frühphase des Sonnensystems auseinander driftete. Unwahrscheinlich, dass die Solarfire-Mission diese Frage wird klären können. Aber welche Frage sollen wir überhaupt klären?«

»Ach ja, da sagst du etwas Wahres. Ich weiß es ja auch nicht.«

Jupiter, Icy Moon Submarin (IMS)
Donnerstag, 18. Juni 2020

Ben Bosenheim sog die Luft ein. Wie es sich seiner Meinung nach für den Leiter des Forschungslabors ziemte, trug er auch im U-Booteinsatz einen weißen Laborkittel. Die silberne Nickelbrille und die Halbglatze mit dem silberglänzenden Haarkranz unterstrichen das Bild des typischen Laborwissenschaftlers. Es gab nicht viele Professoren für marine Ökologie im Dienste der Navy. Und nur einen, der außerdem in Medizin promoviert hatte. Trotz gewisser gesundheitlicher Einschränkungen war er daher für die Mission zugelassen worden. Bosenheim war benommen. Kopfschmerzen, Sehstörungen und Taubheitsgefühl in den Händen plagten ihn seit er geweckt worden war. Der Kryoschlaf hatte bei ihm tiefe Spuren hinterlassen. Es herrschte halt immer noch eine bedeutende Lücke bei den medizinischen Erfahrungen mit diesem Verfahren.

Im Tierreich gab es zahlreiche Arten, die sich ohne Probleme in Erstarrungszustände, in der Biologie auch Torpor genannt, versetzen konnten. Das bekannteste Phänomen stellte der Winterschlaf der Säugetiere dar. Dachs, Igel, Bilche und viele andere Säuger reduzierten im Winter ihre Körpertemperatur auf Werte knapp über dem Gefrierpunkt und erreichten eine Reduktion der Stoffwechselvorgänge um bis zu 98 Prozent. Murmeltiere konnten auf diese

Weise circa sieben Monate durchschlafen. Mit einem als Supercooling bezeichneten Vorgang erreichte der in Sibirien und Kanada lebende Arktische Ziesel sogar Körpertemperaturen von minus 2,9 Grad Celsius. Ein Rekord unter den Warmblütern. Dieser Ziesel nahm schon Wochen vor dem Torpor keine Nahrung mehr zu sich und eliminierte so die Bakterien in seinem Blut, damit sich keine Kristallisationskerne bildeten. Auf diese Weise floss auch bei Minustemperaturen noch flüssiges Blut durch seine Adern. Wechselwarme Tiere wie Amphibien, Reptilien oder Insekten überlebten noch viel tiefere Temperaturen. So konnte der Kanadische Waldfrosch Rana sylvatica mehrere Wochen Körpertemperaturen von minus 8 Grad Celsius überdauern. Das erfolgreichste Supercooling vollführte der amerikanische Scharlachkäfer Cucujus clavipes, dessen Larven eine Abkühlung auf unter minus 80 Grad Celsius überstanden. Die Larven des bis ins zentrale Alaska verbreiteten Käfers konnten dadurch auch ungünstigste Temperaturverhältnisse im Winter ohne schützende Schneedecke überdauern. Den wechselwarmblütigen Organismen gelang dies durch drastische Reduzierung des Wasseranteils und gleichzeitiger Erhöhung des Zuckeranteils mit Hilfe von sogenannten Gefrierschutzproteinen oder Glycerin in der Körperflüssigkeit sowie die Umwandlung in einen fast glasartigen Zustand.

Für die Physiologie des menschlichen Körpers waren solche Temperaturzustände undenkbar. Schon bei 35 Grad Körpertemperatur reagiert ein Mensch mit Zittern, Herzrasen und überhöhtem Blutdruck. Bereits bei 29 Grad versagen die Muskeln und Wahnvorstellungen stellen sich ein. Unter 25 Grad Körpertemperatur tritt unwiderruflich der Tod ein. Der Mensch kam eben evolutionsbiologisch aus der afrikanischen Savanne, die er erst vor circa 100.000 Jahren verlassen hatte. Eine Anpassung mittels Winterschlaf an kühlere Erdzonen hätte den Menschen in dieser Phase zu einer leichten Beute gemacht. Dennoch hatte man in den letzten Jahren durchaus menschliche Gene für das Ein- und Ausschalten von Dauerschlafzuständen entdeckt. Die Militärforschung ging daher schon seit Jahren in eine andere Richtung, indem sie sich das Prinzip des Winterschlafs der Schwarzbären zu Nutze machte. In Langzeitversuchen hatte man bereits 2012 am Institut für arktische Biologie in Fairbanks, Alaska festgestellt, dass der Ursus americanus seine Körpertemperatur lediglich auf Werte knapp unter der Normaltemperatur, maximal jedoch auf 30 Grad absenkte und dennoch damit einen langfristigen Erstarrungszustand erreichte. Auch hier wurden die Verdauungsfunktionen eingestellt und der Herzschlag drastisch auf unter zehn Schläge in der Minute vermindert. Alle Stoffwechselvorgänge befanden sich in einem für einen Langzeitschlaf erforderlichen Zustand.

Findige Wissenschaftler, die dem Pentagon nahe standen, hatten nach diesem Vorbild mit Experimenten am Menschen begonnen und innerhalb kurzer Zeit beachtliche Erfolge erzielt. Dennoch hätte unter normalen Umständen die Kryoschlaftechnologie noch jahrlange Tests durchlaufen müssen. Da es aber um die Abwendung einer Gefahr aus bisher unzugänglicher Tiefe des Alls ging und Soldaten im Einsatz eben nicht gerade mit Samthandschuhen angefasst werden, war bei der Icy-Moon-Mission ins Jupitersystem eine Horde lebender menschlicher Versuchskaninchen auf die Reise geschickt worden. Außerdem erfreute sich ein Teil der Kaninchen offensichtlich bester Gesundheit. Zumindest dieser Skeleby stellte mit seiner imposanten Erscheinung anscheinend das blühende Leben dar. Ein medizinisches Phänomen, dieser Typ, mit einer fast übermenschlichen Konstitution. Außerdem schien dieser Typ auch nach der Erweckung aus dem Kryozustand fast nie zu schlafen. Den hätte er gerne mal in einem Schlaflabor durchgetestet.

Bosenheim knackte mit dem Zeigefinger, dann ging er auf den Mittelfinger über und erreichte schließlich den Ringfinger. Er versuchte sich damit krampfhaft auf die Aufgabe der kommenden Stunden zu konzentrieren.

Das Boot war zunächst mehrere Tage im vermeintlich sicheren Schutz der Eisdecke verblieben. Mit Messfühlern hatte man die restliche Eisdecke durchstoßen und diverse Analysen durchgeführt. Nun saß die U-Boot-Crew versammelt auf der Brücke zur Beratung. Die auf dem Mutterschiff verbliebenen Besatzungsmitglieder Tim Montgommery und Glen Masters waren per Video zugeschaltet. Die Sitzung wurde mit Zeitverzögerungen in den »Situation Room« des Präsidenten sowie ins Einsatzzentrum des Pentagon übertragen. Skelebys eindringliche Stimme bohrte sich in sein Bewusstsein: »… und ich sage Ihnen, das da unten muss etwas Militärisches sein. Wir sollten unser vorgesehenes Programm durchziehen. Wir sind nicht hier, um so etwas wie kosmischen Naturschutz zu betreiben.«

Der U-Boot-Kommandant Roger Basket hob beruhigend die Hände: »Ganz langsam Skeleby. Ich möchte zuerst mal eine Gesamtüberblick über unser Messprogramm erhalten, bevor wir entscheiden, wie wir weiter vorgehen.«

Da Bosenheim etwas mit der Antwort zögerte, antwortete sein Assistent Dr. Harrington schnell: »Lassen Sie uns unsere bisherigen Ergebnisse objektiv betrachten. Da wäre zunächst die Topographie des Europaozeans.

Alle bisherigen Ergebnisse, insbesondere die der Moon-Journey-Mission, müssen revidiert beziehungsweise korrigiert werden. Der Moon-Journey-Rover bewegte sich während seiner gesamten Fahrt in etwa über dem Areal in dem wir uns auch aktuell befinden. Unter der circa fünf Kilometer dicken Eisschicht befindet sich eine nochmals fünf Kilometer tiefe Wassersäule bis zum vermeintlichen Ozeangrund. Ich sage vermeintlich, weil es sich in Wirklichkeit um das Hochplateau eines gigantischen unterseeischen Gebirgsmassivs aus festem Gestein handelt. Gigantisch ist wahrlich der richtige Ausdruck für dieses Gebilde. Wie mehrfach verifizierte Tiefenmessungen zeigen, beträgt die Ozeantiefe tatsächlich sagenhafte 100 Kilometer. So kommt es auch zustande, dass auf Europa, der grob eingeordnet lediglich ein Fünfzigstel der Erdmasse besitzt, zweimal so viel flüssiges Wasser vorhanden ist, als auf der Erde. Die raketenartigen Strukturen, um die sich alles dreht, sind nach allen vorhandenen Analysen lediglich auf diesem Hochplateau vorhanden. Dieses ist im Übrigen nicht topfeben, sondern weist auch noch Erhebungen auf, welche mit dem Mont Blanc vergleichbar sind. Vergegenwärtigen wir uns, dass Olympus Mons auf dem Mars gerade einmal 20 Kilometer Höhe aufbringt, befindet sich unter uns mit sagenhaften 90 Kilometer der mit großem Abstand höchste Berg des gesamten Sonnensystems. Der Mount Everest ist dagegen ein kleiner Hügel.«

Montgommery unterbrach ihn etwas ungehalten: »Schön, dass Sie hier geographische Grundlagenforschung betreiben, Dr. Harrington. Um ehrlich zu sein, wäre ich aber etwas mehr an dem Gefahrenpotenzial auf ihrem Berg da unten interessiert, welches ja unter Umständen ähnlich gigantisch ist.«

Harrington räusperte sich entschuldigend und fuhr fort: »Also, die Messwerte der Metalldetektoren besagen, dass dort unten mitnichten größere Metallvorkommen existieren. Wenn es sich tatsächlich um Raketenabschussbasen handelte, müssten unsere Geräte bis zum Anschlag ausschlagen.«

»Was wissen Sie schon über Waffen und Werkstoffe aus Paramaterie?«, fragte Skeleby ungehalten, »vielleicht braucht der Feind kein Metall. Vielleicht benutzt er andere Materialien, deren Zusammensetzung wir nicht kennen. Das kann trotzdem eine extraterrestrische, technische Anlage sein, planmäßig angelegt auf einem exponierten Berg, um optimale Abschussbedingungen zu erzielen.«

»Unsere Mikrophonaufnahmen belegen, dass dort unten völlige Stille herrscht. Das Einzige, was wir aufzeichnen konnten, ist das Quietschen und Knacken der Eisdecke über uns.«

»Und was ist mit dem Licht?« insistierte Montgommery. »Dort unten werden eindeutig starke Leuchtmittel eingesetzt. Nach der Luxstärke, die wir hier oben messen, zu urteilen, kann es sich nur um Emissionen einer fremden Zivilisation handeln. Wie wir schon immer vermutet haben, stehen dort unten beleuchtete Abschussrampen.«

»Mit konventioneller Raketentechnik hat das, was wir dort sehen, wahrscheinlich nichts zu tun«, antwortete Harrington, »das wissen Sie mittlerweile ziemlich genau. Unser Sonar zeigt bis zu 100 Meter lange Gebilde, die von dem Hoch-Plateau ins Wasser hineinragen. Diese vollführen jedoch stur die bereits bekannten Bewegungen, mit Zielrichtung Terra. Es ist bisher keine abweichende Bewegung, geschweige denn eine Ausrichtung auf unser U-Boot erkennbar.«

»Na dann schauen wir uns diese Dinger doch mal genauer an!« Skeleby projizierte auf den Hauptbildschirm der Brücke eine hochauflösende Sonaraufnahme aus der Tiefe. »Was wir hier sehen, ist eine gigantische Röhre mit einer Öffnung, die während der Terra-Zielführung in Richtung Mondoberfläche gerichtet war und in die wir geradewegs hineinsehen. Ich gehe davon aus, dass wir es mit so einer Art überdimensionalem Torpedorohr zu tun haben. Wer weiß, was dort herauskommen kann? Ich sage Ihnen hier und heute, die Menschheit befindet sich nach wie vor im Fadenkreuz des feindlichen Militärs. Alle unsere Sonaraufnahmen beweisen die unglaubliche Regelhaftigkeit der Anlage. Die Abschussröhren weisen auf den Millimeter genaue Abstände voneinander auf. Und ihre gleichbleibend exakte Zielführung zur Erde hin ist ebenso nachgewiesen. Das deutet nach wie vor auf eine ausgeklügelt gesteuerte Abschussbasis hin, geben Sie's zu Harrington.«

»Sie unterschlagen hier ein wichtiges Detail. In der ersten nur wenige Sekunden andauernden Probeaufnahme unseres Sonars waren geschlängelte Strukturen in gewisser Unordnung sichtbar. Dies spricht gegen ihre Technik-Theorie.«

»Ihre Sekundenaufnahme besagt gar nichts. Ich behaupte, es handelt sich um einen Messfehler.«

Bosenheim schaffte es endlich, sich in die Diskussion einzuschalten: »Kommen wir doch einmal zu unseren biologischen Untersuchungsergebnissen. Es existiert in diesem Ozean offensichtlich eine einzellige Lebensform, deren Lebensraum wir unwiederbringlich zerstören würden. Ganz nebenbei bemerkt, das erste extraterrestrische Leben im Sonnensystem, welches bisher von Menschen entdeckt wurde und dem wollen Sie gleich den Garaus machen?«

»Ihre Einzeller können mir den Buckel runterrutschen«, reagierte Skeleby barsch, »denken Sie mal an die mehrzelligen Kohlenstoffwesen auf der Erde, die einem Raketenangriff zum Opfer fallen werden. Da unten droht mit hoher Wahrscheinlichkeit eine Gefahr für jeden einzelnen Menschen auf der Erde. Kommen Sie schon, Oberstleutnant Basket, wir starten das Bombenabwurfprogramm, sicher ist sicher. Vielleicht wird sonst noch ein uralter Schutz- und Abwehrmechanismus aktiviert, bevor wir zuschlagen können.«

»Das, was hier zu entscheiden ist, geht weit über meine Kompetenzen hinaus.« Basket ließ den Blick in Richtung der Übertragungskamera wandern. »Oberst Montgommery, Sie haben unseren Disput verfolgt. Ich bitte um eine Anweisung zum weiteren Vorgehen.«

Aus dem Lautsprecher schnarrte Montgommery: »Es handelt sich nicht um eine Ad-hoc-Entscheidung aus dem Einsatz heraus.

Wir werden momentan nicht angegriffen und es ist auch sonst keine akute Gefahr für uns erkennbar. Wir haben also einen Augenblick Bedenkzeit!« Montgommey holte noch einmal tief Luft, um dann fortzufahren: »Die strategische Order zum Angriff kann definitiv nicht durch uns erfolgen. Die Übertragung zur Erde mit einer Dringlichkeitsanfrage läuft. Wir, eingeschlossen Oberstleutnant Skeleby, warten auf die Entscheidung des Pentagon und des Präsidenten, welche Strategie zum Tragen kommen soll: Bomben oder Wissenschaft.«

**Guyana, Tepui-Hochplateau
Freitag, 19. Juni 2020**

Ein fast fingerlanger, goldgrüner Prachtkäfer kroch über seine Hand, während er sich frühmorgens seine Schuhe anziehen wollte. Unwirsch schupste er das Rieseninsekt beiseite. Es war kaum zu glauben, aber mittlerweile konnte er schon selbst erkennen, zu welcher Käferfamilie dieses Krabbeltier gehörte. Bei Miller machte sich langsam der Lagerkoller breit. Vor drei Tagen hatten sie das Camp inmitten des Dschungels aufgeschlagen. Es handelte sich um ein riesiges Regenwaldgebiet, in dem die ansonsten so verbreiteten Plantagen und Viehweiden vollständig fehlten. Die Wahrscheinlichkeit, hier einem der bisher circa 60 noch unentdeckten, isolierten indigenen Völkern des Amazonasgebietes zu begegnen, war durchaus gegeben, inklusive der Gefahr auf Nimmerwiedersehen zu verschwinden. Aber auch ohne eine solche Begegnung machten ihm die Begleitumstände zu schaffen: Backofenhitze, an die hundert Prozent Luftfeuchte, Insekten, die gefühlt in jeder zweiten Sekunde zustachen und immer wieder Zabel, der bei jedem Neufund irgendeines Insekts einen Freudentanz aufführte.

Zu alledem stand ein weiterer Tafelberg auf dem Programm. Dies bedeutete wieder Kälte, eisiger Wind und endlose Regengüsse. Die klimatischen Unterschiede zwischen den Berg- und den Talstandorten machten Miller fertig. Seine Nase lief ununterbrochen und ein ständiger penetranter Husten nervte ihn und seine Umgebung.

Der nächste Tepui lag mitten in einem völlig unzugänglichen Gebiet. Zabel hatte mal wieder mehrfach verkündet, dass sie die ersten seien, die ihren Fuß auf diesen Berg setzen würden.

Das Flugwetter am Boden war gut. Die Satellitenfernerkundung zeigte keine größeren Gewitterzellen in der Umgebung. Auf Zabels Anweisung hin wurde das Camp abgebrochen und der Helikopter setzte sich in Richtung der nächsten Station in Bewegung. Millers Magensäfte kamen wieder mal in höchste Unruhe. Beim Anflug zeigte sich die Tepui-Spitze in dichte Wolken gehüllt. Dies deutete auf schlechte Sicht und Windböen in der Gipfellage hin. Verhältnisse, die durchaus schon öfter während dieser Forschungsreise geherrscht hatten.

Die Maschine flog über die Wipfel der Baumriesen und näherte sich der Felswand des Tafelberges. Dort begann der Steigflug nur wenige Meter entfernt von der nahezu senkrecht aufsteigenden Felswand. Für Millers Eingeweide glich das Ganze einer Aufzugfahrt in einen endlos hohen Fernsehturm. Kurz vor Ende der Wand leitete Erikson das bekannte Manöver ein. Der Helikopter würde knapp über die Felskuppe hinweg streichen und sich dann in der Höhenströmung stabilisieren. Miller schickte an dieser Stelle immer ein Stoßgebet in den Himmel.

Die letzten Meter der Tepuiwand rasten vorbei. Der Helikopter kam aus dem Licht- und Windschatten des Tepuis heraus und es wurde taghell. Unter ihnen tauchten hohe Bäume auf. Es handelte sich also um einen der ganz wenigen bewaldeten Tepuis. Die Maschine fing an zu trudeln und man wartete auf den Moment, in dem Erikson die Lage wieder in den Griff bekam. Sekunden verstrichen aber die Kreiselbewegung setzte sich fort und es wurde nicht ruhiger.

Miller sah Erikson, der mit verbissenem Gesichtsausdruck den Steuerknüppel mit beiden Händen festhielt. Der Motor heulte mittlerweile ohrenbetäubend. Zabel schrie gegen den Lärm an: »Passen Sie doch auf, Erikson!«

Erikson rief so etwas zurück wie: »Festhalten!!«

Die Maschine drehte sich fast um 180 Grad. Miller fühlte, wie ihn sein gesamtes Gewicht in den Gurt drückte. Das Blut stieg ihm in den Kopf. So schlimm war Erikson noch nie eingeflogen.

Die nach oben transparente Glaskuppel des Cockpits schien dem Boden unaufhaltsam näher zu kommen. Seltsamerweise senkte sich die Maschine in einer ausgedehnten Waldlichtung nieder, ansonsten wären sie schon lange in den Baumwipfeln hängen geblieben. Aber auch das schien sie nicht zu retten. Denn der Boden kam immer näher. Erikson schaffte es nicht. Die Rotorblätter drehten sich und man dachte, sie müssten sich doch längst in den offenen Fels bohren. Die Zeit schien sich unendlich zu dehnen. Wie in Zeitlupe rotierte der Stahl unter ihren Köpfen. Die Rotorblätter berührten den Fels und Miller hörte einen Knall, der sein Trommelfell zu zerfetzen schien. Der Rotorblock wurde weggefetzt und der Helikopter samt Passagierkabine nach oben geschleudert. In einem hohen Bogen flogen sie über den Felsen, drehten sich mehrfach und krachten dann mit dem Landegestell nach unten wieder auf das Felsplateau. Sie schlitterten weiter, rumpelten über den unebenen Untergrund und kamen schließlich mit einem letzten ächzenden Ton zum Stillstand. Von den Insassen konnte die letzte Phase des Absturzes keiner mehr wahrnehmen.

Mars, Nhill-Krater, Außenlabor
Freitag, 19. Juni 2020

Die Gespräche mit Brigitte drehten sich in den letzten Wochen ständig um die Rückblenden, welche Brigitte sich sehr akribisch ansah. Als wollte sie irgendein bisher unentdecktes Detail auffinden, um den tieferen Sinn ihrer Reise aufzudecken. Schon mehrfach hatte sie ihn gebeten, sich auch die alten Aufzeichnungen anzusehen. Daher hatte er sich nochmals die denkwürdige Sitzung aufgerufen, in der die Venusmission geboren wurde. Zu diesem Zeitpunkt war er schon in der Kryoschlafphase unterwegs zum Mars, so dass er damals keinen Einfluss auf die Geschehnisse nehmen konnte. Hätte er diese beeinflussen können? Hätte er die Mission verhindern und so Brigitte vor den Gefahren einer Weltraumreise bewahren können? Schon lange hatte er sich diese Frage immer wieder mit »nein« beantwortet.

Dennoch wollte auch er versuchen, aus den alten Videos etwas herauszubekommen. Die Kopfzeile seines Bildschirmes zeigte die Angabe

JPL-Headquarter, 12. März 2018

Es begann mit Brigittes Stimme, die Djalus Worte übersetzte

Ein strahlendes Auge muss reisen

muss Richtung Sonne reisen

um die Kraft frei zu setzen

muss sofort reisen

sofort

Brigitte saß an ihrem Laptop im Konferenzraum und ließ die Aufzeichnung mehrmals ablaufen. Sie stellte diese schließlich aus und blickte mit Bangen in die Runde.
»Ein strahlendes Auge? Was soll denn das nun schon wieder bedeuten?«, fragte Jack Dyce.
»Nun das kann ich Ihnen sagen. Es handelt sich zweifelsfrei um unsere beiden Mitstreiter Brigitte Langendorf und Unaden Djungary.«, antworte ihm Greg Scott.
»Unaden und Brigitte sollen in Richtung Sonne reisen?«, fragte Dyce ratlos.
Eduardo Conti meldete sich mit der Aussage: »Wenn ich das richtig verstanden habe, soll nur eines der strahlenden Augen reisen.«
Darauf wieder Dyce: »Wir werden ja wohl nicht eine Augenoperation vornehmen müssen?«
»Ganz bestimmt nicht«, stellte Scott klar, »die Aussage ist im übertragenen Sinne zu sehen. Die Botschaft bedeutet, dass eine der beiden Personen reisen soll, die diese besondere Leuchtkraft der Augen besitzt.«

»Ich wäre absolut dagegen, dass Unaden einen solchen Raumflug unternimmt«, erklang nun eine seltsam tiefe, jedoch leicht brüchige Frauenstimme.

»Ich kann Sie, Frau Quamoora, beruhigen. Nach allem, was bisher von Djalu gesagt wurde, kann er nur Miss Langendorf meinen. Erinnern wir uns an eine der früheren Sitzungen. Er hat uns mitgeteilt, dass Frau Langendorf irgendwann nicht mehr hier sein würde. Deshalb haben wir Unaden ja hierher geholt, damit wir in dieser Zeit den Kontakt zu Djalu halten können.«

Scott nahm Brigitte in den Blick und seine Stimme wurde fest: »Ich kann nur sagen, es ist soweit. Frau Langendorf wird diese Reise ins innere Sonnensystem wohl antreten müssen.«

»Aber da ist doch nichts. Wohin soll sie denn fliegen? Kein Mond, kein Trojaner – es ist einfach nichts Außergewöhnliches in den letzten Monaten und Jahren dort aufgetreten.«

»Das glauben wir zu wissen, Eduardo«, antwortete Scott bedächtig, »aber wer weiß schon wie sich die Dinge entwickeln. Es kann jederzeit auch dort ein Objekt aus der Parawelt auftauchen. Wir können somit nichts ausschließen.«

»Ich stoße mich schon an dem Wort ›sofort‹. Eine bemannte Mission in Richtung Sonne. An so etwas hat bisher noch nie jemand gedacht«, insistierte nun Szusanne Stark.

»Wir vielleicht nicht. Aber denken Sie daran, dass wir das gesamte Potenzial aller raumfahrenden Nationen dieser Welt aktivieren können.«

»Denken Sie da an etwas Spezielles, Professor Scott?«

»In der Tat denke ich, dass uns in diesem Fall unsere russischen Freunde helfen werden. Als es damals zum Zusammenbruch der Shuttle-Flotte der USA kam, übernahmen die Russen zeitweilig die Flüge zur ISS, vergessen Sie das nicht. Es muss sich doch auszahlen, dass wir mittlerweile einen Weltforschungsrat besitzen.«

»Hier kann ich Ihnen mit Informationen dienen, Professor Scott!«, meldete sich Walter Mayer zu Wort. »Wie ich aus sicherer Quelle weiß, plant Roskosmos eine bemannte Mission zur Venus. Die russische Raumfahrt ist seit vielen Jahren führend in der Venusforschung. Auf die zahlreichen unbemannten Missionen soll nun ein bemannter Flug folgen. Soviel ich weiß, sind drei Kosmonauten vorgesehen.«

»Das klingt ja hervorragend, Mister Mayer! Diese Mission gilt es zu nutzen und für unsere Zwecke umzufunktionieren. Das Missionsziel bleibt praktisch identisch und wird nur um unsere Belange erweitert. Über den Weltforschungsrat werden wir sicherlich eine Einigung mit den russischen Kollegen erzielen können. Es muss lediglich ein Kosmonaut oder Kosmonautin gegen Brigitte ausgetauscht werden.«

Brigitte, die die Diskussion bisher mit zunehmendem Erstaunen verfolgt hatte, meldete sich nun entschieden zu Wort: »Entschuldigen sie, wenn ich mich als direkt Betroffene auch mal einmische. Wenn man Ihnen so zuhört, klingt es als sollte ich mal eben den Zug nach San Francisco nehmen. Verstehe ich das richtig? Ich soll anstelle eines professionellen Spezialisten in eine laufende Mission ins All einsteigen. Ich habe nicht die geringste Weltraumerfahrung. Ich habe bisher noch nie ein Raumschiff von innen gesehen. Wie stellen Sie sich das denn vor?«

»Wir müssen einen Crashkurs mit Ihnen durchführen«, sprach Scott mit beruhigender Stimme, »wir haben hier am JPL alle notwendigen Einrichtungen, um Astronauten auf Weltraumflüge vorzubereiten. Es wird vielleicht ein wenig schwierig werden, aber Sie schaffen das schon.«

Brigitte antwortete hilflos: »Es gefällt mir nicht, dass Steven nicht mitdiskutieren kann, Professor Scott.«

»Steven ist, wie wir alle wissen, zurzeit auf dem Weg zum Mars. Mit großer Sicherheit befindet er sich gerade in einer Art Ruheschlaf.«

»Können wir ihn nicht wecken? Dies ist doch eine Notsituation!«, warf Mai Ling ein.

»Der Schlaf kann nicht so ohne Weiteres unterbrochen werden. Ansonsten bestünde ein erhebliches gesundheitliches Risiko«, antwortete da Luca.

»Ich fürchte, wir und Sie müssen die Entscheidung ohne die Mitwirkung von Dr. Steven Winstone treffen müssen.«

»Aber wie alle hier sagen, macht solch eine Reise Richtung Sonne zurzeit überhaupt keinen Sinn, Professor Scott«, machte Brigitte einen letzten Versuch.

»Wie ich die Entwicklung der letzten Jahre kenne, kann da doch etwas sein, was wir vielleicht im Moment noch gar nicht erfassen können. Vielleicht ist eine solche Aktion dazu geeignet, mal wieder einen kosmischen Schalter umzulegen. Wie dem auch sei, Sie beginnen sofort morgen mit dem Training und ich werde ein internationales Team zusammenstellen, welches die technische Umsetzung für die Mission in Angriff nehmen wird.«

Steven sah sich noch den Abschluss der Sitzung mit der Verabschiedung an und ging danach noch mehrfach den Anfang mit Djalus Botschaft durch. Aber sosehr er sich auch bemühte. Er hatte nichts darin entdecken können, was Brigittes Aufgabe erklären konnte.

Solarfire
Freitag, 19. Juni 2020

Brigitte schwebte durch das Raumschiff. Obwohl sie nur relativ wenige Tests in den Zentrifugen der NASA absolviert hatte, kam sie erstaunlich gut mit der Schwerelosigkeit zurecht. Sie schlief in jedem Nachtzyklus den Umständen entsprechend gut und die Bewegungen in den Räumen und Gängen der Solarfire bereiteten ihr keine Probleme. Ganz im Gegenteil. Es gefiel ihr, ohne die Erdanziehung im All wie ein Fisch durchs Wasser zu gleiten. Es schien ihr so als könne Sie mit ihren Füßen nach Halt greifen.

Langsam wurde sie auch vertraut mit ihrer technischen Umgebung. Große Teile der Solarfire waren nichts für klaustrophobisch veranlagte Menschen. Sie durchflog den vergleichsweise geräumigen Mittelgang mit seinen zahlreichen Schränken und Schubladen. Einige der Neonröhren flackerten unruhig. Es befanden sich aus Gewichtsgründen nur wenige Ersatzröhren an Bord, weshalb der Austausch erst nach dem vollständigen Ausfall erfolgte.

Die in verschiedenen Planspielen entwickelten Pläne der USA, mit dem Orionmodul, auch genannt Multi-Purpose-Crew-Vehicle (MPCV), die Tiefraummissionen zur Venus doch noch durchzuführen, hatten sich zerschlagen. Obwohl die Implementierung des Systems bereits im Jahr 2014 mit ersten Tests begonnen hatte, stand für den Einsatz via inneres Sonnensystem kein einsatzfähiges Orionmodul zur Verfügung. Alle verfügbaren

Raumschiffe waren bereits zum Mars unterwegs oder schon dort angekommen.

Stattdessen kam nun für den Flug zu Venus mit der Solarfire unverwüstliche, bewährte russische Technik zum Einsatz. Es handelte sich um ein Raumschiff, welches aus verschiedenen Sojus-Modulen zusammen gebaut worden war.

Brigitte erreichte den Versorgungstrakt. Langsam durchflog sie die Luke und beobachtete misstrauisch die Übergangsstellen zwischen den beiden Modulen. An die Solarfire angehängt, flog ein Servicemodul der ESA mit. Es handelte sich um eine Weiterentwicklung des sogenannten Automated Transfer Vehicle, kurz ATV genannt. Dieses leistete in der internationalen Raumfahrt des letzten Jahrzehnts wichtige Dienste. Die russischen Progress-Module konnten lediglich um die zwei Tonnen Nutzlast transportieren. Der rund zehn Meter lange und viereinhalb Meter breite Zylinder des ATV konnte hingegen Fracht bis zu 9,5 Tonnen Gewicht aufnehmen. Der Raumtransporter erfüllte daher seit vielen Jahren wichtige Aufgaben bei der Versorgung der Internationalen Raumstation ISS. Dort verblieb das angedockte Modul rund sechs Monate und wurde danach abgeworfen, um beladen mit mehrere Tonnen Abfällen der Raumstation bei einem flachen Eintrittswinkel in der Atmosphäre vollständig zu verglühen. Brigitte hatte sich gewundert, dass sich dieses Verfahren trotz der hohen Herstellungskosten eines ATV von ungefähr 330 Millionen EURO finanziell rechnete. Ohne Zweifel erfüllte der ATV eine lebenswichtige Funktion für die ISS, welche jeden Tag rund 50 bis 150 Meter an Höhe verlor und sukzessive in ihrer Umlaufbahn Richtung Erde abzusinken und schließlich abzustürzen drohte. Durch den gerichteten Triebwerkseinsatz des angedockten ATV alle 10 bis 45 Tage wurde die 450 Tonnen schwere Raumstation beschleunigt und so immer wieder auf eine höhere Umlaufbahn angehoben.

Während der an die Solarfire angehängte ATV anfangs prall mit den unterschiedlichsten Versorgungsmaterialien gefüllt war, leerte sich das Versorgungsvehikel mit zunehmender Flugdauer. Insbesondere die Wasservorräte wurden zusehends aufgezehrt. Wie bei allen bemannten Raumflügen wurde die Wasserversorgung auf der Solarfire zu einem großen Anteil über die Rückgewinnung aus dem

Urin und dem Schweiß der Besatzung gewährleistet. Zu gewissen Teilen erfolgte jedoch auch die Auffüllung mit Frischwasser aus den Wassertanks des ATV, so lange der Vorrat reichte. Der Rückgang der Vorräte im ATV hatte aber auch seine guten Seiten. Es entstand Platz, den die Besatzung nutzen konnte, um einen angenehmen Schlafplatz zu finden. Im russischen Solarfire-Modul gab es Faktoren, die einen geruhsamen Schlaf verhinderten oder zumindest doch einschränkten. Die schon ältere Klimaanlage produzierte zu viel Abwärme und zahlreiche technische Anlagen liefen in einer unangenehmen Lautstärke. Auch das Dauerlicht machte den Kosmonautinnen zu schaffen. Im ATV war es dagegen dunkel, ruhig und angenehm kühl, weshalb sie mittlerweile alle oftmals dort schliefen.

Washington DC, White House, Situation Room
Samstag, 20. Juni 2020, 4.00 Uhr

Walter Mayer hasste es, so früh aufstehen zu müssen. Diese Krisensitzungen, die meistens zu nachtschlafender Zeit stattfanden, gingen ihm gehörig auf den Wecker. Die hastige Nahrungsaufnahme konnte man kaum als Frühstück bezeichnen. Der Kaffee schmeckte noch nicht um diese Zeit. Dann musste er seine Blutdrucktabletten früher als sonst nehmen und es wurde ihm davon immer schwindelig. Aber das würde demnächst ein Ende haben. In Kürze würde er in den wohlverdienten Ruhestand wechseln. Doch für heute stand noch der »Krieg der Sterne« auf dem Programm. Mal wieder saß er im Situation Room des Weißen Hauses und es herrschte wie immer hier eine angespannte Atmosphäre. Er gehörte zu dem erlesenen Personenkreis, der diesen Raum überhaupt betreten durfte. Auf den Bildschirmen flimmerten diverse Bilder vom Jupiter, seinem Mond Europa und dessen Wasserozean. Ebenfalls anwesend war sein Freund Jack Dyce, die Befehlshaber der Navy, der Airforce und der Army, der Geheimdienstchef, der Verteidigungsminister, die neue Heimatschutzministerin namens Gryneth Xanderalex als einzige Frau in diesem Gremium und selbstredend der Präsident der Vereinigten Staaten von Amerika. Allesamt machten sie einen hochkonzentrierten Eindruck und die Diskussion wogte hin und her. Die Freiheit der Vereinigten Staaten wurde ja neuerdings auch im äußeren Sonnensystem auf dem Mond Europa verteidigt. Miss Xanderalex machte in diesem Disput mit ihrer Walkürenfigur und ihrem wallenden überschulterlangen graublonden Haar einer Schutzpatronin der Erdbevölkerung alle Ehre.

Er selbst hatte es kaum für möglich gehalten, dass dieses Projekt überhaupt so weit kommen würde. Nun schien es so, dass dieses vergleichsweise winzige U-Boot in der Ferne des Alls tatsächlich mehrere Kilometer Eis durchbrochen und sich in eine Angriffsposition gegen einen vermeintlich übermächtigen Feind manövriert hatte.

Mayer hielt sich in der Diskussion zurück. Nach seiner Meinung hatte er eigentlich zu wenige Informationen, um etwas Fundiertes beitragen zu können, obwohl mittlerweile Untersuchungsergebnisse aus nächster Nähe vorlagen. Aber auch in dieser erlauchten Runde gab es immer noch Befürworter und Gegner eines Militärschlages. Die Argumente prallten weiterhin aufeinander, aber es mangelte an wirklich eindeutigen Beweisen. Dennoch lief alles auf einen Entschluss hinaus, der noch in dieser Sitzung zwingend getroffen werden musste. Die Abstimmung nahte unerbittlich und Mayer wurde ganz schlecht bei der Aussicht, über Leben und Tod einer fremden Zivilisation entscheiden zu müssen. Schließlich forderte der Präsident dazu auf, eine Entscheidung zu treffen.

Vier Hände hoben sich für den Angriff. Sein Freund Dyce war dabei. Drei votierten dagegen, darunter auch Miss Xanderalex, die Neue in diesem Gremium. Wenn er jetzt auch dafür stimmte, ergab sich eine Mehrheit für die Attacke. Die Sekunden verrannen. Alle starrten erwartungsvoll auf ihn.

Hatte man es auf diesem Mond nun mit einem Waffenarsenal einer fremden Zivilisation zu tun oder handelte es sich um ein natürliches Phänomen? Insbesondere Dyce war der Meinung, es handele sich eindeutig um Raketenabschussbasen. Andere fanden, dass bestimmte Aufnahmen des Icy Moon Submarins gegen diese These sprachen. Mayer schienen die angeblichen Beweise auch zu dürftig. Dyce wiederum behauptete die Kurzzeitaufnahmen des Submarins seien bei Weitem zu ungenau für die Schlussfolgerung, auf den Angriff zu verzichten.

Die Sicherheit des U-Bootes spielte eine Rolle. Konnte man die Besatzung wirklich dieses Himmelfahrtskommando bis zum bitteren Ende durchführen lassen? Wären sie in der Lage, den Gefahrenbereich rechtzeitig zu verlassen? Mayer zweifelte daran.

Wenn man jetzt nicht zuschlug, würde man eine einmalige Chance vergeben.

Das allerdings sah Mayer auch so.

Sollte man den avisierten Präventivschlag durchführen und damit die Verseuchung eines riesigen Wasserreservoirs im Sonnensystem in Kauf nehmen? Aus ökologischer Sicht eine Katastrophe, fand Mayer.

Sicherlich hatte der Präsident das letzte Wort in dieser Runde und konnte sich über die Mehrheitsentscheidung seines Sicherheitskabinetts hinwegsetzen. Das war jedoch unwahrscheinlich. Es war kaum zu fassen, aber nun lag es an seiner Stimme, über Krieg und Frieden zwischen zwei Völkern, zwischen zwei Systemen oder gar zwischen zwei Universen zu entscheiden.

Mayers Hand blieb unten. Somit stand es vier zu vier. Jetzt kam es allein auf den Präsidenten an.

Studentenwohnheim, University of California, L.A.
Samstag, 20. Juni 2020, 8.30 Uhr

Kati Perlande blinzelte in die helle Morgensonne, die durch das leicht geöffnete Fenster in ihr Bett fiel. Obwohl ihr Wecker erst in zehn Minuten läuten würde, räkelte sie sich noch einmal ausgiebig, schlug das Leintuch zurück und stieg schwungvoll auf. Gut gelaunt schaltete sie im Vorbeigehen den Kaffeeautomaten in der Küche an, legte ein Croissant in die Mikrowelle und öffnete die Tür zu ihrem winzigen Badezimmer. Die Studentenwohnungen im Wohnheim der University of California, Los Angeles, kurz UCLA genannt, stellten wahre Raumwunder dar. Auf engstem Raum fand sich alles Notwendige und nach ihrem Befinden fehlte es an nichts. Sie war froh, hier eine Bleibe gefunden zu haben. Ihr Wechsel von der vergleichsweise kleinstädtischen Uni Basel nach L.A. an die UCLA, welche nach diversen Rankings zu den besten zehn Universitäten der Welt gehörte, erschien ihr immer noch wie ein kleines Wunder. Einen umtriebigen Chef musste man eben haben.

Sie betrachtete sich in dem Ganzkörperspiegel in der Badezimmertür, bevor sie auf die Körperfettwaage stieg. Die Waage zeigte einen Wert irgendwo zwischen 17 und 18. Ihr visueller Eindruck trog somit nicht. In ihrem gertenschlanken Körper hatte sich kein Gramm Fett zu viel eingenistet, trotz zeitweiligem Genuss von kalifornischem Fastfood. Sie schüttelte ihr goldblondes, überschulterlanges Haar nach vorne, schwang den Kopf kraftvoll nach hinten und kämmte die glatten Strähnen kräftig aus. Noch ein kurzer Blick in den Spiegel, dann verhüllte sie ihre Traumfigur in einen Bademantel und ihr Frühstück konnte beginnen. Während sie genüsslich ihren Kaffee schlürfte und ihr Croissant darin eintauchte, gewahrte sie die Blinkzeichen auf ihrem Smartphone. Zwei Messenger-Nachrichten wurden angezeigt. Sie öffnete die Erste und las:

```
Die Schönste im Blumenmeer

Dein Kleid
ist farbenfroh
wie ein Blumenmeer
und seine Schönheit
strahlt aus in die Augen
der Betrachter
die Kleidträgerin
die anmutigste aller Blumen
überstrahlt jedoch mühelos
die schillerndste Farbenpracht

Ein unbekannter Verehrer
```

»Ja ganz nett«, dachte sie – ihr neues Kleid fand offensichtlich Anklang, aber wo der wohl ihre Handy-Nummer her hatte?

Die zweite Nachricht kam via Satellit von ihrem Chef. Sie öffnete den Text und ihre Augen weiteten sich bei jedem Wort, welches sie dort las:

```
Helikopterabsturz auf einem unbekannten Tepui
2 Tote, 2 Schwerverletzte + 1 Leichtverletzter
Brauchen Hilfe. Bitte …
```

Hektisch wischte sie über das Display. Das konnte doch nicht alles gewesen sein. Wie ging der Text weiter? Was wollte ihr Zabel noch mitteilen? Weiß der Himmel, warum die Nachricht abgebrochen war. Wahrscheinlich hing dies auch mit dieser verdammten globalen Magnetfeldschwäche zusammen. Sie probierte mehrere Minuten lang, die Verbindung wiederherzustellen … vergeblich.

Egal, sie wusste, was zu tun war. Sie wechselte zu ihrem Adressverzeichnis. Zwei Sekunden später hatte sie Professor Scotts Dienst-Nummer auf dem Display.

Jupiter, Icy Moon Submarin (IMS)
Samstag, 20. Juni 2020, 17.00 Uhr

Das Boot durchbrach den letzten dünnen Rest des Eispanzers und glitt langsam in den Ozean.

Es war nicht dunkel. Sie waren umgeben von einem tiefen Wasserblau. Vom Ozeangrund breitete sich ein sanftes Licht aus.

Das Wasser war grenzenlos klar. Es herrschte eine Sichttiefe von mehreren hundert Metern. Es schien so, als sei nicht die Spur von Trübstoffen in diesem Wasser enthalten. Bosenheim hatte das Glück gehabt, einmal in seinem Leben an einer winterlichen Tauchfahrt im Baikalsee, dem tiefsten und ältesten See der Erde, teilnehmen zu dürfen. Unter Leitung des Biologen und Polarforschers Artur Tschilingarow fanden ab 2012 mit den Mini-U-Booten Mir-1 und Mir-2, welche James Cameron schon zur Erkundung des Titanic-Wracks genutzt hatte, mehr als hundert Tauchgänge statt. Bosenheim war einer der wenigen Gastwissenschaftler, die dort teilnehmen durften. Die Tauchfahrt im Europaozean erinnerte ihn an eine U-Boot-Fahrt zum Grund des Baikalsees. Bosenheim dachte zurück an die kristalline Stille unter einer meterdicken, extrem tragfähigen Eisschicht. Auf dem Baikaleis wurden im Winter Bahnschienen verlegt und eine Zugverbindung eingerichtet. Viele der Baikalinseln waren dann für Kraftfahrzeuge über »Zimnik« genannte Eispisten erreichbar. Auf Europa waren die Dimensionen jedoch noch ganz andere. Die Eiskruste des Baikals war zwar für irdische Verhältnisse außerordentlich stabil, aber tatsächlich nur 1,5 Meter dick, im Gegensatz zu den über 5.000 Metern des Europaozeans.

Der in einer Riftzone, einem Ort wo der eurasische Kontinent langsam auseinanderbrach, liegende Baikalsee war etwas über 1.600 Meter tief und beinhaltete mehr Wasser als die Ostsee. Auf Europa ging es unter dem Eis an den Hängen des Unterwassergebirges an manchen Stellen noch über 100 Kilometer in die Tiefe und nach allem was bisher bekannt war, überstieg Europas Wassermenge deutlich die sämtlicher Ozeane der Erde zusammen genommen. Die Erkenntnisse der Moon-Journey-Mission über die Wassertiefe mussten jetzt sogar noch deutlich nach oben korrigiert werden. Das Alter des Europaozeans in der jetzigen Form war zwar noch nicht bekannt, durfte jedoch weit über den 25 Millionen Jahren des Baikalsees liegen und reichte eventuell sogar bis in die Anfänge des Sonnensystems zurück. Weiter und weiter drang das Icy Submarine in den Wasserkörper des fremdartigen Ozeans vor.

Sie boten eine perfekte Zielscheibe.

Vielleicht befanden sie sich jetzt gerade im Fadenkreuz einer feindlichen Armee? Vielleicht würde jeden Augenblick ein Torpedo einschlagen? Alle an Bord hielten den Atem an.

Fieberhaft starrten Sie auf die Instrumente.

Skeleby hatte seine konventionelle Torpedoabschussrampe in Stellung gebracht und wartete nur auf einen Einsatzbefehls von Basket. Aber dem Schießhund waren die Hände gebunden worden. Gott sei Dank! Die Einsatzleitung auf der Erde hatte entschieden, dass das Icy Submarin eine wissenschaftliche Erkundungsfahrt durchführen solle. Die Verdachtsmomente für eine akute Bedrohungslage hatten sich nicht erhärtet. Die Wasserstoffbomben waren deshalb nicht scharfgeschaltet worden.

Alle Augen starrten nun angestrengt auf den Hauptbildschirm. Und langsam, ganz langsam schälten sich die Konturen aus der Tiefe hervor. Und was sie zu sehen bekamen, war der atemberaubendste Anblick, den je eine menschliche U-Bootbesatzung gesehen hatte, das stand für Ben Bosenheim nach wenigen Augenblicken fest.

Das Hochplateau unter ihnen war über und über bedeckt von röhrenartigen Gebilden. Schon in ihrem Blickfeld schätzte Bosenheim deren Anzahl auf mehrere hundert. Sie sahen aus wie gigantische Leuchtstoffröhren. Ja, ihnen wuchs ein ganzer Wald aus Leuchtstäben entgegen. Die Röhren leuchteten in den unterschiedlichsten Farben. Das kalte Licht erinnerte an die Tiefseewesen der Erde. Es dominierten Grün-, Blau- und Gelbtöne.

Bosenheim suchte nach Begriffen, die diese Entdeckung in Worte kleiden konnte und sprach spontan in seinen Videologg: »Eine Kathedrale aus Licht. Ein Röhrenwald von bezaubernder Schönheit.«

Washington DC, White House, Beratungsraum
Samstag, 20. Juni 2020, 20.00 Uhr

»Mister Mayer, Mister Dyce. Da Sie beide gerade in Washington weilen, möchten wir die Gelegenheit nutzen, das nationale Sicherheitskabinett über den aktuellen Stand der Ceres-Moon-Mission zu unterrichten. Ihre Mission scheint mir derzeit in eine entscheidende Phase zu gehen. Wir möchten daher aus erster Hand informiert werden. Wie Sie wissen, ist Miss Xanderalex relativ neu in unserer Runde. Sie können daher ruhig etwas weiter ausholen und kurz die Grundzüge der Mission erläutern. Dem einen oder anderen tut eine Auffrischung sicherlich auch gut«, scherzte der Präsident in seiner Einleitung. »Wer von Ihnen übernimmt diesen Part?«

Mayer fühlte sich unwohl. Er zupfte ein wenig nervös an seinem hellen, cremefarbenen Anzug und strich sich über das lange, immer noch füllige, schlohweiße Haar. Normalerweise befand er sich in der Rolle des Zuhörers und irgendwelche Untergebene stellten ihm irgendwelche Untersuchungsergebnisse vor. In den erlesenen Kreis des US-Sicherheitskabinetts konnte er jedoch keine JPL-Mitarbeiter mitnehmen, nicht einmal Scott. Die Sitzungen waren so geheim, dass auch die sonst so bereitwillig helfenden Hände des Weißen Hauses hier nicht zugelassen waren. Jack Dyce hätte die Präsentation prinzipiell auch übernehmen können. Wie ein dunkler Monolith saß er da in seinem schwarzen Anzug mit dem anthrazitfarbenen Hemd, aus dem der kantige Glatzkopf mit einem selbstsicheren Gesichtsausdruck hervorragte. »Hätte..., hätte«, dachte Mayer unwirsch, machte Dyce aber nicht, denn sie beide hatten geknobelt und das Los war auf ihn selbst gefallen.

Da saßen sie nun, in einem der vielen Beratungsräume des Weißen Hauses. Das Sicherheitskabinett in der bekannten Besetzung. Dessen Beratung hatte schon früher begonnen. Ostasiatischer Raum, nicht sein Thema, daher stieg er erst zu diesem späteren Zeitpunkt in die Sitzung ein. Mayer hantierte nervös mit dem Beamer herum. Obwohl es mittlerweile bessere technische Möglichkeiten gab, hing er immer noch an der etwas antiken Technik, die aber so ihre Tücken hatte.

Das Problem kannte ja fast jeder, der schon einmal einen Vortrag mit einem Präsentationsprogramm halten musste. Es handelte sich um das Gerät der Abteilung »Externe Projektkoordination und -management«. Auf der Leinwand erschien das Startmenü des Laptops, die beiden Geräte vertrugen sich also. »Das ist schon mal die halbe Miete!«, dachte Mayer erleichtert. Dann machte er sich daran, den Computer in Betrieb zu nehmen, in dem er in dem aufpoppenden Log-in-Feld das erforderliche Passwort eingab.

Mayer tippte das Passwort für den Laptop ein und – es passierte nichts, außer, dass eine nervige Fehlermeldung erschien.

Noch ein Versuch, wieder nichts. Hatte jemand die Einstellung geändert? Oder hatte er selbst eine Erinnerungslücke? Er war sich sicher, für dieses Gerät den Namen seiner Tochter »Laura« und ihr Geburtsdatum gewählt zu haben. Teilweise nutzte er ihren Namen mit einer zusätzlichen Verknüpfung wie zum Beispiel mit ihrem Namenstag und verschiedenen Varianten der Groß- und Kleinschreibung. Aber so sehr er alle in Frage kommenden Kombinationen durchspielte, der Account mit den Daten des Projektes blieb verschlossen. Langsam kam etwas Unruhe in die Runde, denn wenn sich irgendetwas in dieser Führungsebene knapp bemaß, dann war es Zeit, kostbare Zeit. Anfangs kamen noch die eher aufmunternden Kommentare, die aber allmählich ins Ungehaltene umschlugen. Es musste eine kurzfristige Lösung her.

Mayer entschuldigte sich und verließ den Raum, um sein Sekretariat anzurufen. Dort erfuhr er, dass der Laptop kürzlich von einem Abteilungsleiter genutzt worden war und dieser wohl die turnusmäßige Passwortanpassung vorgenommen hatte. Eine weitere Minute und ein paar hastige Telefonate später kehrte er mit einem neuen Passwort ausgestattet zurück. Unter den Augen der zunehmend verkniffen dreinblickenden Konferenzteilnehmer gab er den Begriff »Tautologie25« ein, nicht ohne dabei ein Stoßgebet gen Himmel zu senden. Das Passwort passte, der Desktop erschien. »Jetzt nur keine Zeit mehr verlieren!«, dachte Mayer. Fieberhaft suchte er in einer etwas unübersichtlichen Ordnerstruktur die Ceres-Mission. Mayer fluchte innerlich. Über die Jahre kam schon so einiges an Projektordnern zusammen. Endlich hatte er die Datei über den Pfad MAYER/NASA/JPL_MISSIONEN/CERES/VORTRÄGE gefunden. Es öffnete sich ein Vortragsdatei und Mayer wurde erst jetzt wieder bewusst, dass er jetzt einen Fachvortrag vor dem Präsidenten halten musste, dessen Inhalte er nur marginal verstand. Er begann mit möglichst fester Stimme:

»Mister President, meine Dame, meine Herren, Sie sehen hier Ceres, das größte Objekt des Gürtels zwischen Mars und Jupiter. Also die Mission um die es hier geht, flog zum Zwergplaneten Ceres, welcher am äußeren Rand des Asteroidengürtels liegt, wie mir gesagt wurde. Bisher hatte man angenommen, Ceres besäße gar keinen Mond. Erst die Ceres-Moon-Mission deckte auf, dass Ceres doch einen, sagen wir mal, natürlichen Satelliten besitzt, allerdings von sehr geringer Größe. Wir sprechen hier von einem Körper von circa 200 Metern Durchmesser.

Daran, dass ein Aborigine mit seinen Gedanken an einen Stein fixiert durchs All jagt und dort draußen tatsächlich etwas bewegt, etwas von der Größe ganzer Planeten, haben wir uns ja mittlerweile gewöhnt. Ich erinnere hier an den sogenannten Parazentaur in der Nähe des Neptuns. Fragen Sie mich nicht, wie so etwas wissenschaftlich zu erklären ist. Djalu Djungary, der besagte Aborigine, hat übrigens immer noch Kontakt zum Rand unseres Sonnensystems.

Auch bei der Ceres-Moon-Mission wurde jemand mit seinen Gedanken an einen solchen Parastein gebunden ins All entsendet. Irgendwie klingt das für mich immer noch höchst ungewöhnlich.

Aber das Mysterium lässt sich noch steigern, erheblich steigern, wenn ich das so sagen darf. Alle hier seit längerer Zeit mit dem Projekt Befassten kennen das Phänomen.«

Während des Vortrags liefen einige Bilder des Neptunsystems und des Parazentaurs über die Projektionsfläche. Das nun folgende Bild zeigte einen Raum mit einer seltsamen Wandverkleidung und einem zentral darin stehenden weißen Metallbehälter.

Mayer nahm das neue Kabinettsmitglied ins Visier und wechselte zu einer intensiveren Stimmlage: »Miss Xanderalex, im Folgenden wird Ihre Vorstellungskraft erheblich strapaziert werden. Bei unserem Fluggast, so nennen wir ihn einmal, handelt es sich keineswegs um einen Aborigine, sondern um einen US-Wissenschaftler der NASA. Dieser ist also gedanklich mit einem Stein in der Ceres-Raumsonde verknüpft und stellt damit das Herzstück dieser Mission dar.

Der helle Wahnsinn, entschuldigen Sie mir diesen Ausdruck, ist allerdings, dass dieser Mensch bereits im Jahr 2004 gestorben ist und seither in einem sogenannten Kryograb in flüssigem Stickstoff bei minus 196 Grad Celsius aufbewahrt wird. Dieses können Sie auf der hier gezeigten Aufnahme unschwer erkennen. Zwischenzeitlich jedoch wurde dieser Wissenschaftler, sagen wir mal, reaktiviert und seine Gedanken wieder zum Leben erweckt, obwohl Körper und Gehirn nicht aufgetaut wurden. Man kann, vielmehr konnte, eine Kommunikationsebene aufbauen, indem man den Sohn Djalu Djungarys, also Unaden Djungary, als so etwas wie ein Medium nutzte. Der Tote konnte über den Stein seine Umgebung wahrnehmen und mit diesem Sohn als Sprachrohr mit den JPL-Wissenschaftlern kommunizieren. Ich war selbst dabei und habe mich an diesen Unterhaltungen beteiligt. Auf diese Weise konnte die Ceres-Moon-Mission unter der Berücksichtigung fachlicher Ratschläge von Dr. Johnson konzipiert werden.

Im Jahr 2018 startete die besagte Sonden-Mission, an deren Bord sich Dr. Johnsons Gedanken gebunden an einen dieser Parasteine befanden. Circa sechs Monate später erreichte die Sonde Ceres.«

Mayer kam ins Stocken und klickte mit dem Mauszeiger nervös auf seiner Präsentation herum. Endlose Sekunden verrannen, die er mit einem hilflosen Satz zu füllen versuchte: »Entschuldigen Sie, aber an dieser Stelle hatten wir immer so eine schöne Visualisierung«. Er fand sie nicht und rettete sich ins Verbale: »Na ja, wie dem auch sei, dort wurde dann auch erfolgreich ein Landemanöver auf dem Minimond durchgeführt. Die kleine Sonde setzte auf der Mondoberfläche auf und befindet sich seither auf diesem Himmelskörper, der mitnichten ein Mond blieb.

Genau wie bei Mister Djungary und dem Parazentaur wurde der kleine Mond in Bewegung gesetzt und fliegt seither auf einer Flugroute, welche ihn ins innere Sonnensystem führen wird. Einen Aufbläheffekt wie damals bei dem Parazentaur gab es hierbei bisher noch nicht. Der Minimond behielt seine geringe Dimension. Das Objekt wurde auf seiner neuen Flugbahn mittlerweile von einigen Sternwarten geortet und trägt einen offiziellen Namen, den ich mir beim besten Willen nicht merken kann. Im JPL-Jargon wird er als ›Maxie‹ angesprochen. Das gefällt mit wesentlich besser. Seltsamerweise haben sich Geschwindigkeit und Flugbahn von Maxie so entwickelt, oder wurden wahrscheinlich wieder einmal von dieser ominösen Parawelt so gesteuert, dass er in den kommenden Tagen beziehungsweise Wochen die Erde passieren wird. Der zu erwartende Abstand wird ständig überprüft und neu berechnet.«

Während Mayers Vortrag konnte man beobachten, wie die Neue in der Runde, Miss Xanderalex, immer größere Augen bekam und sich ihre fülligen Wangen zunehmend mit Luft füllten. An dieser Stelle konnte sie sich offensichtlich nicht mehr zurückhalten und platzte los: »Sagen Sie mal, Mister Mayer, kann ihre Maxie da etwa mit der Erde kollidieren? Müssen wir schon eine allgemeine Mobilmachung einleiten?«

»Die JPL-Wissenschaftler befassen sich ununterbrochen mit diesem Thema, das kann ich Ihnen versichern. Wenn wirklich eine Gefahr bestünde, wären Jack Dyce und ich die Ersten, die darüber unterrichtet würden.«

Xanderalex hakte nach: »Das ist ja schön, dass dann wenigstens Sie beide im Bilde sind. Was gedenken Sie denn in puncto Öffentlichkeit in dieser Sache zu unternehmen? Ich sehe gerade immense Aufgaben auf den Heimatschutz zukommen. Ich erinnere nur an die weltweite Krise, als draußen dieser, wie Sie ihn nennen, Parazentaur herumgeschwirrt ist.«

Nun schaltete sich Dyce in die Unterredung ein: »Miss Xanderalex, meine Herren, damals handelte es sich um einen ganzen Planeten mit einem Durchmesser von 4.000 Kilometern. Dagegen ist Maxie nur ein Winzling. Wir können … «

»Entschuldigen Sie, wenn ich hier einhake Mister Dyce«, unterbrach ihn Xanderalex, »meine Kenntnisse in Astronomie entsprechen vielleicht nur Volkshochschulniveau, aber eines ist sicher: Stürzte Ihr sogenannter Winzling auf die Erde, könnte er mindestens eine Großregion wie New York oder Boston vollständig auslöschen und den umliegenden Bundesstaat gleich mit.«

»Ich korrigiere Sie in diesem Punkt nur ungern«, verlautete der Befehlshaber der Luftwaffe, »aber wir müssen bei einem Einschlag eines Himmelskörpers dieser Größe von einem Zerstörungspotential von circa 500 Mega-Tonnen TNT ausgehen. Zum Vergleich hatte die Hiroshimabombe eine Sprengkraft von gerade einmal 0,015 Mega-Tonnen TNT. Wenn mich also nicht alles täuscht, wird ein Meteorit dieser Größenordnung globale Auswirkungen auslösen, mit Riesenflutwellen, weltumspannenden Aschewolken und nachhaltigen Klimaveränderungen.«

»Das klingt aber nicht gerade nach einer Beruhigungsoffensive für die Weltöffentlichkeit«, stöhnte Xanderalex.«

»Miss Xanderalex«, erklang die sonore Stimme des Präsidenten, »wir haben uns dagegen entschieden, die Öffentlichkeit über dieses Projekt zu informieren. Der Hauptgrund ist die Beteiligung eines eigentlich toten Mitarbeiters an der Mission. Wir wollten die Menschen nicht mit einer Frankenstein-Story beunruhigen. Aus den gleichen Gründen haben wir auch nicht den Weltforschungsrat informiert. Wir wollten nicht riskieren, dass dort über eine undichte Stelle die Information doch nach Außen dringt. Es handelt sich also bei der Ceres-Moon-Mission um eine verdeckte Mission des Jet Propulsion Laboratorys.

Sie müssen wegen dieses Meteoriten keinerlei Heimatschutzmaßnahmen einleiten. Es besteht zum jetzigen Zeitpunkt kein Grund zur Beunruhigung. Der betreffende Himmelskörper ist vergleichbar mit dem flugzeugträgergroßen Ding, welches im Jahr 2011 in geringem Abstand die Erde passierte. Geringer Abstand bedeutete in jenem Fall, dass dieser 400 Meter durchmessende

Brocken zwischen Erde und Mondumlaufbahn an unserem Planeten vorbei rauschte. Genau wie damals wird es ein paar harmlose Presseinformationen darüber geben. Mehr ist nicht zu veranlassen. Hab ich recht, Mister Dyce, Mister Mayer?«

»Es ist genau wie Sie sagen, Mister President. Kein Grund zur Beunruhigung der Öffentlichkeit, ganz wie bei dem eben von Ihnen geschilderten Fastzusammenstoß mit dem 2005 YU55 bezeichneten Objekt im Jahr 2011. Das Einzige was uns wirklich beunruhigt ist, dass wir nicht wissen, worauf das Ganze hinauslaufen soll.«

»Wie darf ich das verstehen, Mister Dyce?«, fragte nun wieder Miss Xanderalex kurz.

»Nun ja, wir haben uns bei dieser Sache ganz auf die Hinweise von Djalu Djungary gestützt. Allerdings blieb dabei das Ziel der Maßnahme bisher im Dunkeln.«

»Sie gefährden hunderttausende, wenn nicht Millionen von Menschen und wissen nicht einmal, welchen Zweck Sie mit dieser Sache verfolgen?«, echauffierte sich Xanderalex.

»Miss Xanderalex«, beruhigte nun wieder der Präsident, »wir müssen Vertrauen haben, genau wie damals beim Flug der Moon-Journey-Mission zum Neptun. Wir sind noch nicht aus dem Gröbsten raus. Die Erde ist nun einmal dieser Gefahr ausgesetzt und die einzige Chance, die ich zur Rettung sehe, sind die Aktivitäten am JPL in Verbindung mit dieser rätselhaften Parawelt.«

Der Präsident nahm Mayer in den Blick und ergänzte: »Sie, Mister Mayer, schalten jetzt den Beamer aus, klemmen sich Ihren Laptop unter den Arm und fliegen wieder zurück nach Pasadena. Ich möchte, dass Sie und Mister Dyce die weiteren Schritte der Ceres-Moon-Mission von dort aus weiter verfolgen. Gute Reise, meine Herren.«

Der Präsident hob die Hand zum Gruß um die beiden zu verabschieden, als Miss Xanderalex auf ihrem Bildschirm eine Nachricht erhielt. »Warten Sie noch einen Moment, gerade kommt eine Eilmeldung über das NASA-Weltraumwetter rein. Es ist ein massiver Sonnensturm zu erwarten. Vermutlich der stärkste seit den Weltraumwetteraufzeichnungen. Dessen voraussichtliche Auswirkungen können nach dieser ersten Einschätzung durchaus mit einem Maxie-Einschlag konkurrieren.«

»Okay, danke, Miss Xanderalex, das ändert natürlich die Sachlage. Ich setze daher hiermit die für diesen Fall ausgearbeiteten Notfallpläne Earth-Save 1 und 2 in Kraft. Aktivieren Sie alle erforderlichen Maßnahmen, in Ihren Zuständigkeitsbereichen. Ich denke, jeder der hier Anwesenden weiß, was er zu tun hat. Ich erwarte kontinuierlich Ihre Lageberichte. Miss Xanderalex, informieren Sie den Weltsicherheitsrat. Wir benötigen eine Ad-hoc-Videokonferenz. Länger als eine Stunde darf es nicht dauern, bis alle Leitungen stehen und die relevanten Entscheidungsträger verfügbar sind. Geben Sie die höchste Alarmstufe aus.

Mister Mayer, Mister Dyce, aktivieren Sie Ihre Vertretungsregelungen. Für die JPL-Betreuung bedeutet dies, dass nur einer von Ihnen nach Pasadena fliegt. Ich lasse diesem eine Maschine bereitstellen. Den anderen brauche ich hier vor Ort.

Möge Gott uns beschützen.«

Solarfire
Sonntag, 21. Juni 2020

Brigitte prüft die Temperatur in ihrem Vakuumkochtopf. Nach monatelangem Training war sie in der Lage, die Spaghetti auch in der Schwerelosigkeit perfekt al dente zuzubereiten. Da man nicht zwischendurch abschmecken konnte, mussten Kochzeit und Temperatur optimal eingestellt werden. In einem zweiten Topf brodelte schon die Tomatensoße, welche sie aus den immer noch vorhandenen Vorräten an geschälten und passierten Tomaten kreiert hatte. Versetzt mit angebratenen Zwiebeln und einer eigens von ihr zusammengestellten Prise getrockneter »Herbes de Provence« schmeckte die Soße auch im Weltraum vorzüglich und wurde auch von der ansonsten eher an die russische Küche gewöhnte Crew sehr geschätzt. Zum Schluss mixte sie eine kräftige Prise Pfeffer und mehrere Löffel getrocknete Basilikumblätter unter die Soße. Auf der Erde hätte sie sich mit dem Würzen mehr zurück gehalten. Aber die Geschmacksknospen veränderten sich in der Schwerelosigkeit. Wie bei zahlreichen früheren Raummissionen festgestellt wurde, besaßen Astronauten nur noch eine gedämpfte Geschmacksempfindung, wodurch das Weltraumessen anders und schwach gewürzte Speisen schlichtweg fade schmeckten. Brigitte hatte daher wohlweißlich mehrere große Packungen Gewürze auf die Solarfire mitgenommen. So verlieh sie ihren Gerichten mit großen Mengen Curry, Muskat gemahlenem weißen und schwarzem Pfeffer und diversen Trockenkräutern eine besondere Geschmacksnote. Besonders beliebt bei ihren Kolleginnen war die Beimischung von grob gehacktem schwarzen Pfeffer. Als ein echtes Highlight empfand Brigitte ihre Methode, dem Nudelgericht auch in der Schwerelosigkeit frisch gemahlenen Parmesankäse beizufügen.

Bei alledem handelte es sich nicht um nutzloses Küchengedöns, sondern um einen nicht zu unterschätzenden Fachbereich der modernen Raumfahrt. Gerade bei langen Raummissionen war es wichtig, die Astronauten trotz der extremen Enge und hohen Arbeitsbelastung bei Laune zu halten. Unvergessen in diesem Zusammenhang waren beispielsweise Lieferungen für den ESA-Astronauten Luca Parmitano, der sich von einem Sternekoch zubereitete, gefriergetrocknete Mahlzeiten auf die ISS liefern ließ. Brigitte beschäftigte sich seit ihrer Involvierung in das Solarfire-Projekt mit den Verpflegungskonzepten der Raumfahrtbehörden bei Einsätzen im All. Da sie in den technischen Details keine Hilfe sein konnte, versuchte sie sich auf diesem Sektor nützlich zu machen. So hatte sie Kontakt zum Advanced Food Technology Project der NASA aufgenommen, welches aufgelegt worden war, um bei zukünftigen ausgedehnten Weltraumreisen lange haltbare, massearme und dennoch hochwertige Nahrungsmittel für die Astronauten zu gewährleisten. Ihre Recherchen hatten ergeben, dass die Planungen vorsahen, bei zukünftigen Missionen beispielsweise mit Hydrokulturen zu arbeiten, aus denen die Astronauten im Raumschiff während des Fluges Salat und Gemüse ernten würden können.

Auf solche Feinheiten hatte man allerdings bei der Solarfire-Mission in der Kürze der Vorbereitungszeit verzichten müssen. Wehmütig dachte Brigitte an Stevens Beschreibungen der marsianischen Pflanzenzuchtkuppeln. Dafür flog auf der Solarfire ein recht aufwändig konstruiertes Küchenmodul mit, in dem sich Brigitte so wie heute austoben konnte. Natürlich achtete sie auch auf die tägliche Dosis Kalzium und Vitamin D-Pulver, um den im All stattfindenden schleichenden Knochenabbau abzumildern. Eine letzte Prise Salz und das opulente Weltraum-Mahl war fertig. Brigitte rief Kaira und Lena zu Tisch.

Kaira gab sich entzückt: »Meine Güte, das sieht ja mal wieder gut aus. Da hatte ich auf der Erde schon wesentlich schlechtere Mahlzeiten.«

»Danke für die Blumen, Kaira, aber zuerst müsst ihr davon kosten.«

Die drei Frauen begannen, sich die warmen Plastikbeutel verschiedenen Inhaltes zum Mund zu führen. Kaum hatten sie die ersten Bissen genommen, als die Alarmsirenen durch das Schiff schrillten.

Sie ließen alles stehen und liegen und hasteten in Windeseile in Richtung des Kommandomoduls.

Kaira checkte die Nachrichtenlage: »Ein Sonnensturm! Ein Sonnensturm rast auf uns zu! Er hat eine irre hohe Stärke!«

»Und das, wo wir so dicht an der Sonne dran sind! Sind wir diesem schutzlos ausgeliefert?«

»Für diesen Fall haben unsere Konstrukteure einen Schutzraum eingebaut. Wird ein bisschen eng da drin, aber Enge sind wir hier ja gewohnt.«

»Und was ist mit unserem schönen Essen, Kaira?«

»Na ja, so schnell geht's ja auch nicht mit dem Angriff unseres außer Rand und Band geratenen Muttergestirns. Eine kleine Henkersmahlzeit ist noch drin für uns.«

Nachdem sie mit mulmigem Gefühl und doch etwas überhastet ihr Mahl beendet hatten, führte Kaira die beiden Frauen durch das Raumschiff, bis sie eine Art zylinderförmige Tonne erreichten. Diese war Brigitte bisher gar nicht aufgefallen. Die ominöse Tonne machte auf sie jedenfalls keinen besonders vertrauenserweckenden Eindruck. Kaira öffnete eine winzige Luke. Brigitte lugte skeptisch hinein und fragte: »Wie lange müssen wir denn in dieser Sardinenbüchse bleiben.«

»Anderthalb bis zwei Tage schätze ich.«

»Mir bleibt aber auch nichts erspart«, stöhnte Brigitte mit Galgenhumor in der Stimme und zwängte sich durch die winzige Öffnung.

Kalifornien, Chaparral – Oakland Hills
Sonntag, 21. Juni 2020

Van de Sand schälte sich aus dem Zelt und begann das Kochgeschirr auszupacken. Die Zubereitung des Frühstücks musste er immer übernehmen. Vössler als notorischer Langschläfer war morgens ein Totalausfall. Er ließ seinen Blick über die trockene Strauchvegetation des kalifornischen Chaparral streifen. Das schöne Landschaftsbild wurde nur getrübt durch eine Hochspannungsleitung, die die Hügelkette der Oakland Hills in Ost-West-Richtung zerschnitt. Jetzt erst merkte er, dass sie fast unter dieser Leitung campten. Sie verfügten mal wieder über eine Sondererlaubnis zum Campen auf einem der kleinen Plätze innerhalb eines Schutzgebietes, die Vössler von sonstwoher organisiert hatte.

Van de Sand kniff die Augen zusammen und observierte die gegenüberliegende Anhöhe. Irgendetwas stimmte dort nicht. Er griff nach seinem Fernglas und fokussierte auf einen der Leitungsmasten. Plötzlich schlugen Funken aus der Leitung. Van de Sand hielt unwillkürlich den Atem an. Ein Regen aus tausenden von Lichtpunkten rieselte auf den Boden als hätte jemand eine Wunderkerze angezündet und entflammte sofort die trockene Vegetation darunter. In Windeseile entwickelte sich ein Buschbrand. Van de Sand wusste, dass Feuerereignisse im Kalifornischen Chaparral jahrzehntelang unterdrückt worden waren. Mittlerweile hatte sich so viel dürres Totholz und knochentrockene Blattreste angesammelt, dass sich schon kleine Brandherde relativ schnell zu einem Großbrand auswachsen konnten.

»Peter, komm aus den Federn. Wir müssen hier weg.«

Vössler lugte verschlafen aus dem Zelt hervor: »Was ist denn los?« fragte er immer noch verschlafen. »Was machst du denn für eine Hektik am frühen Morgen?«

»Der ganze Berg dahinten fängt an zu brennen. Das Feuer wird sich auch in unsere Richtung ausdehnen. Das Zeug hier brennt doch wie Zunder.«

Vössler verschwand augenblicklich wieder im Zelt und an den Bewegungen der Zeltwand konnte man beobachten, dass es auch darin etwas hektisch wurde. Keine halbe Minute später stand er vor dem Zelt und fragte: »Wo brennt es?«.

Van de Sand deutete auf den Hügel, der mittlerweile lichterloh brannte. »Die Freileitung hat plötzlich einfach Funken gesprüht und alles hat Feuer gefangen. Das hättest du mal sehen sollen.«

Vössler griff sich den Feldstecher und richtete diesen auf die Feuersbrunst. »Einfach Feuer gefangen, sagst du? Das ist aber höchst ungewöhnlich. Gib schnell eine Warnung per Mobilfunk durch und dann nichts wie weg hier.«

Van de Sand hantierte mit seinem Smartphone und wischte zunehmend hektischer über den kleinen Bildschirm. Vössler begann mittlerweile, das Zelt abzubauen.

»Ich habe überhaupt keinen Empfang mehr. In keinem einzigen der normalerweise verfügbaren Netze. Moment, da sehe ich gerade, dass in der Nacht eine Warnung der NASA über einen massiven Sonnensturm eingegangen ist. Das erklärt natürlich den kompletten Netzausfall.«

»Steht da noch etwas Genaueres über den Sonnensturm?«

»Der Sturm wird mit der höchsten Alarmstufe angekündigt. Es wird allgemein vor dem Ausfall technischer Einrichtungen und spontanen Bränden gewarnt.«

»Wenn dieses Feuer dahinten von diesem Sonnensturm ausgeht, ist das ein untrügliches Zeichen dafür, dass die irdische Magnetfeldabwehr definitiv nicht mehr richtig funktioniert.«

Weiter kam er nicht mehr, denn ihre Aufmerksamkeit wurde von den Ereignissen auf dem Hügel gegenüber gefangen genommen. Die Flammen leckten nach der Leitung, welche nun Feuer fing. Verblüffend schnell, wie an einer überdimensionierten Zündschnur kam der Kabelbrand auf sie zu. Keine Minute später fiel die brennende Leitung wie eine hell lodernde Girlande auf Kilometerlänge in die Hartlaubvegetation des Chaparrals. Von dort aus raste das Feuer augenblicklich durch den Trockenbusch.

»Lass alles liegen, wir müssen sofort zum Auto«, schrie Vössler. Während sie anfingen zu rennen, lief das Feuer entlang des verbliebenen Kabels über ihre Köpfe hinweg. Sekunden später fiel der Kabelabschnitt ab dem nächsten Strommast lichterloh brennend auf den Parkplatz, wo ihr Fahrzeug stand. Sie sahen entsetzt, wie der geparkte Range Rover in Flammen aufging. Das brennende Kabel über ihrem Zeltplatz hing glücklicherweise noch zwischen zwei Masten, neigte sich aber auch hier bedrohlich dem Boden entgegen.

Vössler hielt inne, machte ein Kreuzzeichen und sah gen Himmel. »Mein lieber Raphael, wenn du mich fragst, kommen wir hier nicht mehr lebend raus.« Sie rannten zurück zu den Zelten, die bisher noch kein Feuer gefangen hatten und rissen die Notfallsäcke auf.

Dabei knurrte van de Sand: »Mann oh Mann, Peter. Ich hatte immer ein ungutes Gefühl in dieser Wildnis. Jahrelang hast du mich durch's Gelände geschleppt und wir haben die halbe Welt bereist. Unterdessen laufen im Institut die Supercomputer mit unseren Modellrechnungen, von denen ich mir einen wesentlich größeren Erkenntnisgewinn erwarte. Und jetzt erwischt es uns doch noch so kurz vor der Ziellinie.«

Unmittelbar darauf rauschte das brennende Kabel auch in den Zeltplatz hinein. Das Knistern um sie herum schwoll in seiner Lautstärke an, so dass Vössler nahezu schreien musste: »Ich bin halt ein alter Freiland-Geograph. Das ist meine Natur. Und eben diese Natur muss ich mir angesehen haben, um die Zusammenhänge zu verstehen. Ob eine im Satellitenbild verdächtige Struktur wirklich etwas Verwertbares offenbart, lässt sich halt nur im Gelände klären. Aber wo du recht hast, hast du recht. Das aktuelle Ereignis verifiziert all unsere Annahmen und Berechnungen. Ich glaube, wir sind bereit für die Präsentation unserer Ergebnisse im Headquarter.«

»Okay, Chef, wenn wir hier noch mal lebend herauskommen, bin ich dabei. Aber ich gebe ...«

Der Rest ging in dem infernalischen Lärm unter, den die harzgetränkten Hartlaubbüsche machten, als sie in der Flammenfront förmlich explodierten. Beide zogen sich die feuerfesten Decken über den Kopf. Sekunden später ging ihr Zeltplatz in einem Flammeninferno unter.

JPL, Headquarter, Kryo-Schallstudio
Sonntag, 21. Juni 2020

Eduardo warf einen liebevollen Blick auf die Anlage. Seine Musikübertragungsanlage. Vier Boxen, jede mit einer Musikleistung von 2000 Watt, ausgestattet mit einem Subwoofer-System, quadrophonischer Sound, alles in High-End-Qualität.

Der Raum besaß den Standard eines hochmodernen Tonstudios. Die Wände waren mit einer schalldämpfenden Verkleidung überzogen worden. Die Tür war schalldicht ausgelegt.

Gerade verklangen die letzten Töne von Supper's Ready von Genesis in der Originalfassung des Albums Foxtrot aus dem Jahre 1973. Genesis natürlich in der Urbesetzung mit Peter Gabriel als Leadsänger. Eine der ganz großen Kompositionen des Progressive Rock. Der über 25 Minuten lange Track nahm damals eine ganze Vinyl-Plattenseite in Anspruch. Solche Prog-Highlights hatten Will immer schon begeistert.

Musik war das Medium mit dem Will zurzeit Verbindung zur irdischen Außenwelt hatte. Eduardo verbrachte daher viel Zeit mit der Auswahl und Zusammenstellung von Songs für Will. Hierbei schöpfte er aus dem Fundus zahlreicher, teilweise gemeinsamer Konzerterlebnisse. Eben diese Live-Acts hatte er sich auch für die nächste Musikkompilation vorgenommen.

Ein ganzer USB-Stick voller Prog-Rock-Live-Perlen wie den legendären YES-Songs aus dem Jahr 1973, dem in der Originalbesetzung von Kansas 1978 mit dem kongenialen Komponisten-Duo Kerry Livgren und Steve Walsh eingespielten »Two for the Show«, der schon mit Phil Collins als Leadsänger, jedoch noch mit Steve Hackett an der Gitarre 1978 aufgenommene »Seconds Out« und der 1992 eingespielten »The Way We Walk«-Tour von Genesis, den beiden Konzerten im Prog-Rock-Mekka der USA in Nearfest von IQ und Fish.

Conti zog den Stick mit den Longtracks heraus und legte seine aktuelle Zusammenstellung ein. Diese enthielt diverse nach Wills Tod produzierte Prog-Rocknummern.

Ach, was hätte Will darum gegeben die nach seinem Tod gestarteten Konzerttourneen mit Beteiligung von Steven Wilson, wie

Blackfield »Live in NY« und Porcupine Tree live in Chicago, oder Genesis in Rom, die »LiveSpan«-Tournee von Alan Parsons, die »Spin It Again«-Tour von SAGA oder auch die Best-of-Tourneen der beiden Supertramp-Formationen um Roger Hodgson auf der einen und Rick Davis auf der anderen Seite miterleben zu dürfen. Echte Prog-Fans gaben ihre Leidenschaft weiter an den eigenen Nachwuchs. Als eingefleischter Single beneidete Conti die Familienväter in seinem Bekanntenkreis, die mit ihren jugendlichen Töchtern und Söhnen auf diese Konzerte gehen konnten. Gerade bei aktuellen Prog-Konzerten gab es häufig ein gemischtes Publikum mit älteren Damen und Herren um die 50 bis 70 und bunten Gruppen eingestreuter Teenager und man hatte nicht den Eindruck, dass die Kids darunter litten.

Conti zog sich den Ohrenschutz vom Kopf. Der fast ohrenbetäubende Lärm des Genesis-Songs ebbte ab. Die Anlage musste fast ganz ausgefahren werden, um ihren Zweck zu erfüllen, einen Zeitvertreib für Will Johnson im All zu bieten und ihn mental auf seiner ungewissen Reise zu stabilisieren. Das dies überhaupt möglich war, verdankten sie einem Zufall. Während der zahlreichen Tests mit Wills Parastein war ein kleines Stück des Steins abgesprungen. Dabei hatten sie festgestellt, dass er auch eine schwache Verbindung zu diesem Fragment besaß. Während er sich also mit dem Parastein auf seiner Gedankenreise im Asteroidengürtel befand und sein Gedankenstrom vorwiegend dorthin fokussiert war, konnte er akustische Signale auch auf der Erde empfangen. Diese mussten jedoch außerordentlich stark sein. Leider konnte er darüber keine Verbindung zu Unaden aufnehmen. Auf Contis Initiative war in einem der Randsektoren des JPL-Headquarters eine Kombination aus Kryolabor und Konzertraum entstanden und Johnson war in seinem Kryotank dorthin verlegt worden.

Will und er hatten feste Zeiten für die Musikeinspielungen verabredet. Auch durften diese Musikeinlagen nicht das wissenschaftliche Programm der Mission beeinflussen. Ansonsten diente die Anlage selbstverständlich in erster Linie zur Informationsübermittlung an Will.

Kasachstan, Weltraumbahnhof Baikonur
Montag, 22. Juni 2020

Besonders wohl war Aitmaturow nicht in seiner Haut. Zurzeit war das Kosmoprom-Netz in Folge des Sonnensturms auf Notfallbetrieb umgestellt. Für die Kontaktaufnahme und -haltung mit den Satelliten erhielt er eine Freischaltung für einen ansonsten geschützten Teil des Kosmoprom-Intranets. Charkow hatte ihm einen drei Tage lang gültigen Sonder-Zugangscode mitgeteilt. Nun saß er da vor seinem riesigen Bildschirm und klickte sich durch eine stark zusammengeschrumpfte Anzahl von Icons.

Charkow hatte ihn ausdrücklich beauftragt, zu versuchen die Datenverbindung zur Satellitenflotte trotz des magnetischen Sturms aufrecht zu halten. Nachdem er die Daten sortiert hatte, erschienen die leistungsfähigsten Verbindungen ganz oben auf seiner Liste. Die schnellsten Verbindungen enthielten zusätzliche Kanäle für Audioübertragungen. Aitmaturow klickte unmotiviert auf ein paar Buttons und hatte plötzlich eine erstaunlich laute, ihm völlig unbekannte Stimme im Ohr:

»… neuen Partner, nennen wir ihn ruhig Mister X, gewinnen können. Er übernimmt Geschäftsanteile im zweistelligen Bereich. Durch diesen Coup verdoppeln wir auf der Stelle unser verfügbares Kapital.«

Aitmaturow überlegte schnell, ob er wegschalten sollte, blieb aber auf Empfang.

»Also meine Dame, meine Herren, die Roboterflotte im Asteroidengürtel…, die Bergung von 433 Eros…, Alles schön und gut! Wenn wir Glück haben, fließt dort in etwa zehn Jahren die erste Rendite. Unser neuer Partner, aber auch unsere anderen Investoren wollen jetzt Geld sehen und ich im Übrigen auch«, es ertönte ein kräftiges Lachen.

»Die US-Firma Planetary Resources holt in diesem Jahr ein paar Kilogramm Material von einem Felsbrocken im Asteroidengürtel. Das ist noch nicht die Welt des großen Geldes. Auf diesem Niveau sollten wir uns nicht bewegen. Wir wollen schließlich ein Imperium aufbauen. Von daher aktivieren wir Plan P.«

Aitmaturow vernahm eine deutlich leisere Stimme, die offensichtlich über ein Raummikrofon aufgenommen wurde, die er dennoch eindeutig Charkow zuordnen konnte.

»Plan P ist gefährlich.«

»Plan P ist außergewöhnlich. Plan P wäre einmalig in der Menschheitsgeschichte.«

Nun meldete sich eine leise aufgezeichnete Frauenstimme zu Wort, die nur Nemerenko gehören konnte. »Entschuldigen Sie, wenn ich nachfrage, aber was ist denn Plan P?«

»Nun meine Liebe, P steht für Platin. Ihr blumiger Goldvortrag in allen Ehren. Die Goldträume sind Zukunftsmusik. Platin ist die Gegenwart. Mit dem Diamantenmeteoriten in ihrem letzten Vortrag haben Sie in die richtige Richtung gewiesen. Seitdem unser Aufklärungsprogramm läuft, haben wir alle Asteroiden unter die Lupe genommen, die in die Nähe der Erdumlaufbahn kommen oder mit einer Flugzeit von wenigen Monaten erreichbar sind. Unsere Hackerabteilung hat außerdem alle Beobachtungsdaten der Fireflies von Deep Space Industries angezapft. Bei allen in Frage kommenden Klein- und Kleinsthimmelskörpern handelt es sich um ungefähr 8.900 Objekte. Darunter gibt es ein Objekt namens 2018 HQ 12 und genau das werden wir uns unter den Nagel reißen.«

Wieder ertönte so lautes Gelächter, dass Aitmaturow seinen Kopfhörer herunter regeln musste.

»Chorowaiklikow, klären Sie unsere junge Kollegin mal auf.«

»Platin ist mit 0,0005 Gramm pro Tonne in der Erdkruste etwa so selten wie Gold. Und es ist mindestens so wertvoll. In den meisten Phasen der jüngeren Geschichte lag der Platinpreis über dem Goldpreis. Platin kommt in abbaufähigen Adern lediglich in den Ländern Kanada, Südafrika und unserem Heimatland Russland vor. Pro Jahr wird 30 Mal mehr Gold als Platin in den Umlauf gebracht. Der Abbau natürlicher Platin-Vorkommen wird immer unsicherer, da 80 Prozent des Weltabbaus aus Südafrika kommen und die ständigen Streiks der dortigen Minenarbeiter zu einer weiteren Verknappung und zu Preisanstiegen führen. Die industrielle Herstellung von Platin als gern gesehenes Nebenprodukt bei der Nickelgewinnung kann dies nicht kompensieren.«

Aitmaturow hörte nochmals Nemerenko, die fragte: »Für eine Wirtschaftsmanagerin im Ressourcensektor nicht gerade bahnbrechende Neuigkeiten. Das erklärt noch nicht, was sie mit diesem HQ-Dingsbums wollen. Was soll denn das bringen?«

Dieses Mal antwortete die laute Stimme: »Dieses HQ-Dingsbums besteht fast vollständig aus reinem Platin. Das Dingsbums hat einen Durchmesser von etwa 200 Metern und ist so um die 50 Milliarden US-Dollar wert. Das ist schon eine ganze Menge Bling-Bling, oder?«

»Bling-Bling hin oder her, wo ist denn der Unterschied zu unserem Goldberg da draußen?«

»Kollege Charkow, bitte.«

»Der Unterschied, Olga, besteht darin, dass sich 2018 HQ 12 auf Tangentialkurs zur Erde befindet. Das heißt, er fliegt in ein paar Tagen relativ dicht an der Erde vorbei.«

»Und das wollen Sie ausnutzen? Wie wollen Sie das denn so schnell noch hinkriegen?«

Nun antwortete wieder die laute Stimme: »Boris Charkow und seine Spezialtruppe arbeiten seit Monaten an dem Projekt. Wir sind bestens vorbereitet, verehrte Frau Nemerenko.«

»Okay, verstanden. Und wie soll das Ganze konkret ablaufen?«

»Wir haben bereits eine Sonde von unserer auf dem Mond stationierten Roboterflotte gestartet. Wir landen übermorgen auf unserem Platin-Goldschatz. Durch eine mehrere Minuten andauernde Zündung des extra für solche Zwecke konzipierten, hochleistungsfähigen Seiten-Triebwerks lenken wir den HQ auf Mondkollisionskurs, bremsen ihn ab und landen ihn auf der dunklen Seite des Mondes.«

»Von landen kann man in diesem Zusammenhang ja wohl kaum sprechen. Ich bin ja wirklich nicht gerade die Expertin auf dem Gebiet, obwohl ich mich bemühe, mich einzuarbeiten. Nach allen Plänen, die ich so von der NASA und anderen Firmen kenne, sollen solche Asteroiden eingefangen und in ein Mondorbit geschoben werden, von wo aus dann eine Ausbeutung erfolgen kann.«

»Sie müssen uns schon zubilligen, dass wir die technische Durchführung unserer Projekte von unserer technischen Abteilung und nicht nach buchhalterischen Kriterien von der Betriebswirtschaft ausführen lassen.«

»Okay, okay, ich habe verstanden. Trotzdem noch eine Nachfrage: Reicht die Zeit denn zum Abbremsen?«

»Der Einschlag wird ein wenig unsanft ausfallen. Wir sind aber sicher, dass wir dennoch genug von dem Platin bergen und verwerten können.«

»Na schön. Brauchen wir dafür nicht eine Genehmigung oder so etwas?«

»Wir informieren niemanden darüber. Weder die sogenannte Weltregierung, geschweige denn die Weltöffentlichkeit. Diese Damen und Herren stricken noch an Gesetzen für den Weltraum. Zurzeit ist das noch ein rechtsfreier Raum. Das bedeutet kurzum: Wir ziehen unser Ding durch, basta.«

»Werden wir nicht sofort entdeckt bei dieser Aktion. Die NASA und jeder verdammte Hobbyastronom hat doch diesen HQ zurzeit im Fokus.«

»Da machen Sie sich mal keine Gedanken. Wir haben die Sonde mit einer Tarnkappentechnologie ausgestattet, die so effektiv ist wie die der Tarnkappenbomber der Amis in der Erdatmosphäre.«

»Sagen Sie mal, was ist, wenn wir den Mond verfehlen. Kommt dahinter nicht gleich die Erde?«

»Kann man so sagen, liebste Frau Nemerenko, aber für den Fall sind wir versichert.« Aitmaturow zog sich schnell die Kopfhörer vom Kopf. In den Ohren dröhnte ihm noch das raue Gelächter der lauten Stimme.

Ihm rann der Schweiß über die Stirn. Er fluchte lautlos vor sich hin und dachte: »Hätte ich das nur nicht gehört! Hätte ich das nur nie gehört!«

Unschlüssig starrte er minutenlang auf den Kopfhörer. Sollte er diesen noch einmal aufsetzen? Langsam und zögerlich zog er sich die Ohrmuscheln wieder über den Kopf.

Er hörte zunächst die raue, laute Stimme, die in einer unbekannten Sprache redete. Die nun folgende Stimme kannte Aitmaturow nicht. Auch hier konnte er kein Wort verstehen. Er legte die Kopfhörer erneut ab und stützte seinen Kopf auf den Ellenbogen. Dabei spürte er wie ein Entschluss in ihm reifte.

Mars, Nhill-Krater, Außenlabor
Montag, 22. Juni 2020

Es bewegte sich etwas. In einem Wasser, welches sich sicher seit drei oder dreieinhalb Milliarden Jahren nicht mehr im flüssigen Aggregatzustand befunden hatte, welches in dieser Zeit Temperaturbereichen absolut lebensfeindlicher Minusgrade ausgesetzt war, bewegte sich etwas. Aber was sollte sich darin bewegen? Verunreinigungen, Schwebstoffe, Sandpartikel, die innerhalb des Wassers aufgewirbelt wurden. Es gab eine Reihe von Möglichkeiten. Steven wartete fünf Minuten, um eventuelle Wasserströmungen vollkommen ausschließen zu können. Dann beobachtete er atemlos die stark vergrößerten winzigen Objekte in seinem Mikroskop.

Alle Versuchsorganismen und die Arbeitsgeräte zu ihrer Untersuchung befanden sich in einer streng hermetisch gesicherten Umgebung. Die Versuchstiere lebten in völlig abgeschotteten Aquarien und Terrarien. Jeder dieser kleinen Isolator-Versuchsräume konnte über Schutzarmstulpen mit Griffhandschuhen erreicht und beeinflusst werden. In der Labortechnik nannte man diese Vorrichtungen Handschuhkästen oder Gloveboxen. Auf diese Weise konnten die Tiere mit Proben vom Mars in Berührung gebracht werden, ohne dass eine Kontamination durch irdische Bakterien und Mikroorganismen aus den Laborräumen erfolgen konnte. Gleichzeitig wurde dadurch gewährleistet, dass keine Gefahr für den Wissenschaftler außerhalb bestand. Nach menschlichem Ermessen konnte kein unabsichtlicher Kontakt zwischen Marsproben und den Besatzungsmitgliedern des Außenlabors zustande kommen.

Soweit die Theorie. Aber wer hätte gedacht, dass man es tatsächlich mit lebenden extraterrestrischen Proben zu tun bekommen konnte. Denn nein, es waren keine passiven, anorganischen Stoffe in seiner Probe, die Bewegungen zeigten. Steven bekam zittrige Knie und nasse Hände. Kleine, fast kugelförmige Blasen, die sich aus eigener Kraft bewegten, schwammen in diesem aufgetauten Deuteriumwasser.

Er fokussierte auf eine der Blasen und erkannte einen Aufbau aus einer äußeren und einer inneren gegeneinander beweglichen

Schale. Durch die Bewegungen beider Schalen konnte das Wesen sich langsam und unbeholfen fortbewegen. Das äußere Schalengewebe war glasartig durchsichtig. Das Innere schien auf den ersten Blick lediglich mit einer klaren, gelbliche Flüssigkeit gefüllt und ansonsten völlig leer zu sein. Er erhöhte die Vergrößerung deutlich und zoomte in die Blase hinein. Ein Zellkern fehlte diesem Wesen ganz offensichtlich. Steven konnte sich beim besten Willen nicht vorstellen, dass dort überhaupt nichts sein sollte. Aber mit der Auflösung seines Mikroskops kam er hier nicht weiter.

Fieberhaft, aber unter Beachtung aller Sicherheitsvorkehrungen zur Vermeidung Kontakten irgendeiner Art, fertigte er einige Präparate an, um diese mit dem Rasterelektronenmikroskop (REM) zu untersuchen. Einige aus seiner Sicht endlos lange Minuten vergingen, bis er die Probe soweit vorbereitet hatte. Er verzichtete auf eine Mittagspause und seinen Nachmittagskaffee. Ein paar hastige Bissen zwischendurch mussten im Moment genügen. Endlich hatte er eine Reihe von Proben fertig und konnte die Blasenflüssigkeit untersuchen. Und tatsächlich. Unter dem REM entdeckte er Fäden, kleine schwarze Fäden. Die Blasen schienen voll von diesen winzigen, mit bloßem Auge nicht sichtbaren Fäden zu sein. Steven atmete tief durch, verschränkte die Arme hinter dem Kopf und lehnte sich gegen die Rückenlehne.

Beim Auftauen der Wasserproben hatte er mit allem gerechnet, nicht jedoch mit einem solchen Fund.

Das war die fantastischste wissenschaftliche Entdeckung für einen Exobiologen, die man sich erträumen konnte. Extraterrestrisches Leben in einer Form, wie es für irdische Organismen undenkbar wäre. Schon mit dieser Entdeckung hatte sich der Aufwand der gesamten Expedition gelohnt.

Es musste sich um Leben aus dem Parauniversum handeln. Nach gängiger biologischer Lehrmeinung war die Lebensform als Einzeller anzusprechen. Sicherlich jedoch mit erheblichen Unterschieden zur irdischen Einzellern wie Archaeen oder Bakterien.

Anscheinend hatten die Parawesen vor undenkbar langer Zeit auch organische Wesen in das Sonnensystem eingebracht.

Oder waren diese Organismen evolutiv erst im Sonnensystem in dieser Deuteriumsuppe entstanden?

Oder hatten sie den See aus dem Weltraum besiedelt? Bei ihrer Widerstands- und Überlebensfähigkeit war dies auch nicht auszuschließen.

Diese blasenartigen Lebewesen hatten offensichtlich mehrere Milliarden Jahre in einer Art Ruhezustand innerhalb des gefrorenen Eissees überlebt und hierbei die wechselhafte Klimageschichte des Planeten durchgemacht. Die Marsatmosphäre war in den Anfängen des Sonnensystems wesentlich dichter gewesen, mit großen Wasservorkommen. Seit circa anderthalb Milliarden Jahren war es auf dem Mars jedoch zu kalt für einen atmosphärischen Wasserkreislauf. Diese, für irdische Verhältnisse unglaublich lange Zeit, stellte in den Maßstäben des Parauniversums eine überschaubare Zeitspanne dar.

Auch auf der Erde gab es Überlebenskünstler im Tier und Pflanzenreich, die, mit irdischen Maßstäben gemessen, widrige Umweltbedingungen für lange Zeit überdauern konnten. Steven hatte selbst Organismen mit solchen Fähigkeiten zu Versuchszwecken mitgebracht. Es handelte sich um die Tardigrada, auch Bärtierchen genannt. Putzige kleine Lebewesen unter einem Millimeter Körpergröße, die wie Gummibärchen aussahen und fast alle Lebensräume der Erde inklusive der Ozeane und des Antarktiseises besiedelten. Am häufigsten fand man sie in Moospolstern. Mit ihrer Fähigkeit, die als Kryobiose bezeichnet wurde, konnten die Tiere niedrige Temperaturen bis in einen Temperaturbereich von unter Minus 272 Grad Celsius überleben. Sie konnten sich darüber hinaus in ein sogenanntes Tönnchenstadium versetzen, in dem keine Stoffwechselaktivitäten mehr stattfanden und sie lebensfeindlichen Umweltbedingungen ohne Sauerstoff, in flüssigem Helium und sogar Strahlenbelastungen bis 570.000 Röntgen trotzen konnten, wobei die letale Dosis für Menschen bei 500 Röntgen lag. In dieser Art Totenstarre konnten die Tiere auch nach über hundert Jahren wieder ins Leben zurückkehren, wenn sich die Umweltbedingungen um sie herum verbesserten. Nach Mitnahmeexperimenten in erdnahen Satelliten überlebten sie sogar einen Aufenthalt im Vakuum des Alls. Da solche Bedingungen auf der Erde definitiv nicht vorkamen, wurde verschiedentlich schon vermutet, es könne sich bei den Bärtierchen um außerirdische Lebensformen handeln.

Nicht umsonst wegen all dieser Eigenschaften befanden sich einige Bärtierchen-Populationen in Stevens Versuchsarsenal.

Steven begann ein Videolog zu besprechen. Die Mitteilung dieser Wissenschaftssensation musste sorgfältig vorbereitet werden. Andererseits wollte er auch nicht zu lange damit warten. Die Information sollte schon morgen das Headquarter erreichen. Nachdem er den Videobericht im Kasten hatte, arbeitete er zusätzlich einen wissenschaftlichen Kurzbericht aus. Er schoss mehrere Belegfotos dieser von ihm mittlerweile als Parablasen bezeichneten Lebewesen und den schwarzen Fäden und baute diese Bilder in seinen Text ein.

Als er endlich fertig war, fiel ihm erst auf, dass er den ganzen Tag das Labor nicht verlassen hatte. Riesenstein lag mittlerweile schon in seiner Koje. Dieser würde morgen als erster von seiner Entdeckung erfahren.

Er kontrollierte noch einmal seine Experimente mit den Versuchstieren. Die Tatsache, dass das Deuteriumwasser außerirdische Lebewesen enthielt, verlieh seinen Tierversuchen eine ganz neue Dimension. Aufmerksam betrachtete er die Zuleitungsschläuche in denen mittlerweile das Wasser tröpfchenweise in die Behausungen seiner Tiere abgegeben wurde. Soweit schien alles in Ordnung.

Nachdenklich betrachtete er die in der Fliegenbox herum wuselnden Fruchtfliegen. Die auf einem fest einprogrammierten neurogenetischen Plan beruhenden Balz-Lieder der Fliegenmännchen, welche diese durch Flügelvibration erzeugten und die tonempfindlichen Antennen der Weibchen funktionierten auch auf dem Mars. Abweichungen der Tonlage konnten zum Versagen der Fortpflanzung führen, weil die Weibchen nur Minnesänger akzeptierten, die den richtigen Ton trafen. Steven hatte dies alles analysiert und sorgfältig dokumentiert. Wenn er sich nun auf die Flügelschläge konzentrierte, entstanden in seinem Kopf charakteristische Melodien. Aber seltsamerweise nahm er anstatt einer gleich zwei Melodien wahr. Die Fliegen klangen unterschiedlich. Sein Bewegungshören hatte sich in seiner Wissenschaftskarriere schon oft als nützlich erwiesen, aber dieses »Fliegenkonzert« konnte er einfach nicht interpretieren. Seine Erschöpfung machte sich anscheinend bemerkbar. So beschloss er, diese Erscheinung erst einmal nicht weiter zu verfolgen.

Steven warf einen Blick aus dem Fenster. Die sonst einigermaßen klare Sicht war von vorüberziehenden Staubschleiern getrübt. Staub setzte sich in die Fensternischen des Außenlabors. Offensichtlich zog ein Sturm auf. Es wurde dunkel. Die Tagphase war somit fast vorbei. Erschöpft, glücklich, aber auch ein wenig nachdenklich ging er zu seiner Schlafkoje und ließ sich hinein fallen.

**Kasachstan, Weltraumbahnhof Baikonur
Dienstag, 23. Juni 2020, 8.33 Uhr**

Juri trat in das lichtdurchflutete Bürozimmer Chorowaiklikows und ging ohne zu Zögern über den transparenten Boden bis vor dessen Schreibtisch. Alles schien hier hell und klar strukturiert. Ja, wirklich eine perfekte Fassade. »In den Werbeprospekten war immer von maximaler Transparenz bei Kosmoprom die Rede!«, dachte er verächtlich.

»Ah, der gute Herr Aitmaturow«, begrüßte ihn Chorowaiklikow eine Spur zu jovial. »Ich hoffe, Sie haben sich gut eingelebt! Was gibt es denn so Wichtiges, dass Sie mich persönlich sprechen wollen?«

»Eingelebt habe ich mich in der Tat ganz gut. Besser vielleicht, als Ihnen lieb ist. Kommen wir gleich zur Sache. Ich habe von ihrem Plan P gehört. Sie wissen genau, dass das eine unverantwortliche Aktion ist. Eine Mitarbeit an einer solchen Sache, die den gesamten Planeten Erde gefährden wird, kann ich vor meinem Gewissen nicht verantworten.«

»Na wenn's so ist – da ist die Tür.«

»So einfach können Sie sich das nicht machen, Herr Chorowaiklikow. Ich fordere eine sofortige Einstellung dieses Wahnsinnsvorhabens.«

»Moment mal, Aitmaturow. Wahnsinn ist in diesem Zusammenhang höchstens Ihre Unverfrorenheit, mit der Sie hier auftreten. Sie sind ein kleiner Angestellter, ein ganz kleines Licht sozusagen. Was nehmen Sie sich eigentlich heraus. Sie haben Glück, dass ich Sie nicht sofort rausschmeiße und stante pede entlasse. Woher wollen Sie denn von so etwas überhaupt gehört haben?«

»Zur letzten Frage sag ich Ihnen überhaupt nichts, das ist meine Sache. Nur soviel: Ich kenne diese Pläne erst seit gestern, sonst hätte ich Sie schon früher kontaktiert. Mag sein, dass ich bei Kosmoprom ein kleines Licht bin. Aber ich habe ein hohes Verantwortungsbewusstsein für die Menschheit und Respekt vor der gesamten Schöpfung und vor Gott. Ich werde die Öffentlichkeit über Ihre Pläne informieren. Dann werden wir sehen, ob Sie weiterhin so selbstherrlich agieren können.«

»Wollen Sie uns drohen, Aitmaturow? Sie kleine Glühlampe! Da bin ich aber mal gespannt. Ich zittere jetzt schon.«

»Ich gebe Ihnen einen Tag Zeit, die Aktion abzublasen. Ansonsten geht Ihr Wahnsinnsprojekt durch die Weltpresse. Es ist jetzt zehn nach zehn. Morgen um zehn Uhr bin ich wieder hier und erwarte eine positive Nachricht von Ihnen. Sollte mir etwas zustoßen, kann ich Ihnen versichern, dass ich mich entsprechend abgesichert habe. Ich wünsche Ihnen eine guten Tag.«

Mit den letzten Worten drehte sich Aitmaturow auf dem Absatz um und verließ den Raum.

Chorowaiklikow fluchte zunächst, stand dann auf und begann unruhig auf und ab zu gehen. Dabei starrte er unablässig auf sein Kommunikationsdesk.

Er brauchte nicht lange auf den Anruf zu warten. Über Lautsprecher meldete sich eine ungehaltene Stimme.

»Was war denn das für ein Vogel, Chorowaiklikow? Ihre Auswahl für unsere Mitarbeiter lässt zu wünschen übrig, und zwar ganz gehörig. Aber darüber sprechen wir zu einem späteren Zeitpunkt. Zunächst lösen wir jetzt dieses Problem. Vorschläge Ihrerseits?«

»Gibt es eine Möglichkeit, Plan P zu ändern oder zu modifizieren, um ihn zu beruhigen?«

»Sind Sie nicht ganz bei Trost, Chorowaiklilow. Da gibt es nur ›Ganz oder gar nicht‹. Und ›gar nicht‹ kommt in unserem Vokabular in diesem Fall gar nicht erst vor. Unsere gesamte wirtschaftliche Prosperität hängt zurzeit an diesem Projekt. Wollen Sie sich einen Fisch von 50 Milliarden durch die Lappen gehen lassen? Was glauben Sie eigentlich, wie oft so ein Platin-Meteorit auf einer geeigneten Flugbahn am Mond vorbei schwebt? Nach Aussage unserer Spezialisten ergibt sich in circa 15.000 Jahren wieder so eine einzigartige Situation.«

»Ob wir ihn kaufen können?«

»Das glaub ich nicht. Das is'n Fundi. Der ist nicht an Geld interessiert.«

»Was schlagen Sie also vor?«

»Wir regeln die Angelegenheit wie mit Goljerolew seinerzeit.«

»In so kurzer Zeit, bis morgen früh?«

»Jetzt hören Sie mal genau zu: Sie schalten sofort unseren Sicherheitsdienst ein. Checken Sie umgehend den gesamten E-Mailverkehr von diesem Typen. Filtern Sie ab sofort alles, was aus dem Dienstmailfach rausgeht. Legen Sie es morgen nach Dienstschluss tot. Heute darf er davon nichts merken. Überprüfen Sie seine sämtlichen privaten Mailfächer. Holen Sie alle versendeten und noch nicht geöffneten Mails zurück. Analysieren Sie außerdem alle in den letzten 8 Tagen versendeten und empfangenen Mails.«

»Okay, sonst noch was?«

»Wo wohnt denn dieser Quartalsirre?«

»Wir haben ihm ein Appartement in Kosmotown besorgt.«

»Aha, das ist ja mal eine positive Nachricht. Senden Sie mir seine Adresse! Geben Sie mir außerdem eine Liste von Personen aus der Firma, zu denen er näheren Kontakt hat! Ansonsten unternehmen Sie gar nichts! Ich veranlasse alles Übrige.«

Damit war das Gespräch beendet.

Eine Minute später hatte Chorowaiklikow die Adresse auf dem Bildschirm und drückte den Sendebutton. Dann ließ er sich mit dem Sicherheitsdienst verbinden.

Kasachstan, Weltraumbahnhof Baikonur
Dienstag, 23. Juni 2020, 19.24 Uhr

Aitmaturow hatte den ganzen Tag gearbeitet und versucht, sich nichts anmerken zu lassen. Dann ging er allein zum Abendessen in das Kosmoprom-Restaurant. Ausgerechnet heute war Irena auf einer Dienstreise. Vergeblich hatte er sie auf ihrem Kommunikator zu erreichen versucht. Wegen dieses verflixten Sonnensturms funktionierte das Handynetz nicht mehr richtig. Dabei wäre Irena heute so wichtig für ihn gewesen.

Missmutig machte er sich mit seinem Fahrrad auf den Weg zu seiner Wohnung in Kosmoprom Town. Gegen 21.00 Uhr traf er dort ein. Er steckte seinen Schlüssel ins Türschloss und stellt fest, dass dieser nicht mehr schloss. Nervös probierte er es mehrere Male, testete alle Schlüssel an seinem Schlüsselbund durch. Aber ohne Erfolg.»Ganz ruhig bleiben, Juri, ganz ruhig! Dafür gibt es sicher eine ganz normale Erklärung.«, dachte er. Aitmaturow ging zur Wohnung des Hausverwalters und klingelte Sturm, doch niemand öffnete. Nochmals probierte er Irena auf ihrem Handy anzurufen. Aber auch dieses Mal bekam er keinen Kontakt.

Unschlüssig stieg er wieder auf sein Fahrrad und fuhr ins Zentrum von Kosmoprom-Town. Er wollte nicht fliehen. Er hätte sich ins Auto setzen und einfach wegfahren können. Aber er glaubte an seinen Erfolg. Da dieser Plan P übermorgen starten sollte, blieb ihm praktisch keine andere Wahl. Die Firma musste einfach auf seine Forderungen eingehen. Morgen würde er eine Trumpfkarte spielen, die stach. Er hatte seine Mailpostfächer so programmiert, dass um Punkt 11.00 Uhr etliche wichtige Medien der Welt einen Bericht über die Machenschaften von Kosmoprom erhielten. Einen solchen Rummel in der Weltpresse würden sie nicht riskieren. Wenn sie um 10.00 Uhr einlenkten, konnte er dies noch stoppen. An Freunde und Verwandte hatte er einige Kurzbriefe gesendet, ohne auf die Details einzugehen. Zur weiteren Absicherung hatte er einen ausführlichen Brief an Irena geschrieben und persönlich in ihren Briefkasten geworfen. Einer plötzlichen Eingebung folgend hatte er noch ein paar Zeilen auf einen Zettel gekritzelt und an seinen alten Freund Steven Wilson adressiert. Da er es damit nicht mehr zu einer Annahmestelle geschafft hatte, drückte er diesen Brief einem Kollegen in die Hand, der gerade in die Nachbarstadt Kazalinsk unterwegs war, und die Post dort einwerfen würde. Er hatte zwar schon lange nichts mehr von Steven gehört. Dieser konnte jedoch sicherlich auch etwas unternehmen, wenn hier etwas schief ging.

Sein Blick fiel auf eines der hell erleuchteten Hochhäuser im Zentrum. Er steuerte auf das Grandhotel zu, das einzige Hotel in Kosmoprom-Town. Die Preise dort waren zwar sündhaft teuer, aber er suchte ja nur etwas für einen Nacht.

Nach der Menge an verbautem Glas zu urteilen, stammte der Entwurf des Hotels wohl aus dem Architekturbüro, welches auch den Kosmoprom-Tower entworfen hatte. Im Eingangsbereich suchte er vergeblich nach einem Fahrradständer. Schließlich lehnte er sein Fahrrad einfach gegen die Außenwand und betrat das futuristisch anmutende Foyer. Der Mitarbeiter an der Rezeption teilte ihm mit, dass nur noch ein Zimmer direkt unter einem privaten Penthouse zur Verfügung stände, dieses aber die beste Aussicht über die Stadt böte.

Juri schritt durch die riesige Kuppel des Foyers und bestaunte die mondäne Einrichtung. Noch spektakulärer war die Aufzugsanlage. Die Aufzugsröhre befand sich inmitten eines Glasturmes, der an die Außenwand des Hotels angebaut war. Um die transparente Innenröhre herum befand sich das Treppenhaus, in Form einer ebenfalls gläsernen äußeren Röhre, in der sich eine scheinbar endlos lange Wendeltreppe nach oben wand.

Er stieg in einen der futuristischen Aufzüge und fuhr in das oberste Hotel-Stockwerk. Er kam sich in dieser Glasmenagerie vor wie auf dem Präsentierteller. Oben angekommen und auf dem Weg zu seinem Zimmer war er froh, wieder richtige Wände um sich zu haben. Das Zimmer machte einen gemütlichen Eindruck. Es hatte große Fenster und eine Glastür zu einem kleinen Balkon.

In einem geräumigen Kühlschrank gab es eiskalt gekühlte Getränke und auf einem Regal lagen etliche kleine Snacks. Misstrauisch beäugte er alles und entschloss sich, nichts davon zu nehmen.

Er schaltete via Fernbedienung den Fernseher an und ließ sich auf einen davor positionierten Ledersessel fallen. Der Empfang war wegen des Sonnensturms empfindlich gestört, es standen jedoch eine Vielzahl von Spielfilmen aus eine Mediathek zur Verfügung. Er wählte »Rendezvous mit Joe Black« mit Britt Pitt und Antony Hopkins in den Hauptrollen aus. Er wurde allmählich müde und spürte, wie die Anspannung der letzten beiden Tage langsam von ihm abfiel. Gleichzeitig schienen sich Sehstörungen bemerkbar zu machen. Teile des Fernsehbildes verschwammen in seiner Wahrnehmung. Ungläubig rieb er sich die Augen und schaute in Richtung Bett. Aber die Ausfallerscheinungen blieben. An den ominösen Kontaktlinsen konnte es nicht liegen, da er diese in der Freizeit aus Prinzip nicht trug.

Er stand auf und bemerkte sofort, wie ihm schwindelig wurde. Zudem stellte sich so ein seltsames Engegefühl in seinem Hals ein. Er musste dringend an die frische Luft.

Er ging zum Fenster und versuchte es zu öffnen. Verzweifelt suchte er nach einer Öffnungsvorrichtung. Anscheinend ein Klimaanlagenfenster. Oder Teil einer Falle? Er ließ davon ab und wankte ins Zimmer zurück. Seine Gedanken überschlugen sich. Hier musste Gas oder so etwas einströmen. Der Schwindel wurde stärker. Das ganze Zimmer begann sich zu drehen. Verzweifelt versuchte er noch einmal, Irena per Handy anzurufen. Vergeblich!

»Der Ausgang! Ich muss zum Ausgang!«, dachte er. Er erreichte torkelnd die Tür zum Gang. Voller Angst drückte er auf die Klinke. Es passierte nichts. Diese verdammte Tür ließ sich nicht mehr öffnen.

Eine Falle! Er war in eine Falle getappt!

Nochmals schleppte er sich zur Balkontür. Mittlerweile konnte er so gut wie nichts mehr sehen und sein Atem ging nur noch stoßweise. Er schnappte bei jedem Atemzug nach Luft. Einen klaren Gedanken konnte er kaum noch fassen. Aber was war das? Wider Erwarten sprang die Balkontür auf.

Anscheinend funktionierte die Falle doch nicht so perfekt.

Er machte einen Schritt nach draußen und trat ins Leere. Wo eben noch ein Balkon gewesen war, klaffte ein Nichts. Er verlor das Gleichgewicht und fiel in die gähnende Tiefe. Er schnappte wild nach Luft und für einen kurzen Moment wurden seine Gedanken klarer. Er wusste nicht genau, wie sie es gemacht hatten, aber sie hatten ihn erwischt.

**Jupiter, Icy Moon Submarin (IMS)
Dienstag, 23. Juni 2020**

Skeleby konzentrierte sich auf den Tablet-PC, welchen er in seiner Kabine an der Wand befestigt hatte. Außer der Wache befanden sich alle in der Schlafphase. Ihm genügten nur kurze Schlafphasen, um wieder ausgeruht zu sein. Dennoch lag er nun in seiner Schlafnische, weil ihn hier niemand nerven konnte. Aufmerksam beobachtete er die Wörter auf dem Tablet-Bildschirm.

»Annoraaq« heißt Anorak, »qajak« heißt Kajak, so weit so gut. »Bussi« heißt Omnibus, niedlich, »Assavakit« heißt »Ich liebe dich«, auch sehr schön.

Aber wie sagt man steril? »bakteriaquanngitsoq«, dass klang schon ganz schön wild. Ebenso wie »attaveqaqatigiinneq« für Kommunikation, »nunarsualerineq« für Geologie, »kukkunersiuisoq« für Wirtschaftsprüfer und »biilinut uninngatitsivik« für Parkplatz. Aber richtig schwierig wurde es bei Begriffen wie Anpassungsfähigkeit. Das hieß doch tatsächlich »Allannguutaasinnaasunut piareersimaneq«, ach du liebe Zeit. Grönländisch bestand überwiegend aus Bandwurmwörtern, die so lang waren, wie in anderen Sprachen ganze Sätze. Hatte es nicht mal einen dieser Savants gegeben, der diese verdammte Sprache innerhalb von einer Woche gelernt hatte und dann auch noch ein Interview im grönländischen Fernsehen gegeben hatte? Das nötigte Skeleby mittlerweile doch ein vehementes Kopfschütteln ab.

Skeleby war es gewohnt, bei Auslandseinsätzen die Sprache des Gastlandes zu verstehen und wenigstens leidlich zu sprechen. Seine Zukunft lag in Grönland. Hier auf dem Mond Europa befand sich kein Feind, jedenfalls nicht im klassisch-militärischen Sinne. Man würde noch ein bisschen Ökosystemforschung betreiben und dann in aller Ruhe heimfliegen. Für ihn bedeutete dies nichts anderes, als sich umgehend auf seinen nächsten Job vorzubereiten.

Dabei überließ er die Dinge nur ungern dem Zufall. Sein Einsatz auf Grönland musste ein Erfolg werden. Einzig und allein aus diesem Grund setzte er sich mit dieser obskuren, aberwitzigen Sprache auseinander. So etwas konnte ein Türöffner sein, wenn man etwas von den Inuit wollte. Daher rechnete er fest damit, dass diese intellektuelle Investition richtig angelegt war.

Er hatte sich beim Pentagon eine Ausstiegsklausel nach der Europamission vorbehalten. Diese Option würde er nun ziehen. Er wollte dabei sein beim modernen grönländischen Goldrausch, beim internationalen Wettlauf um die grönländischen Rohstoffe, bei dem für die ganze Branche insgesamt Erträge von mehreren 100 Milliarden Dollar winkten. Ihm persönlich machte es dabei überhaupt nichts aus, Nutznießer des Klimawandels zu sein.

Die führenden Miningfirmen der Welt hatten die potenziellen Lagerstätten in den Eisrückgangs-Gebieten Grönlands mittlerweile im großen Stil erkundet und Schifffahrtsrouten in Betrieb genommen, die erst in Folge der Gletscherschmelze passierbar geworden waren. Noch bis ins Jahr 2013 standen Umweltschutzinteressen dem Rohstoffabbau auf Grönland entgegen. Doch dann entschied das grönländische Parlament das Abbauverbot für Uran und seltene Erden aufzuheben. Ein weitreichender Beschluss ermöglichte dieser doch auf breiter Front die Ausbeutung aller Art von Mineralien und Metallen auf der Eisinsel, da diese überwiegend mit Spuren von Uran durchsetzt waren. Und die Insel war reich an Rohstoffen. Die Amerikaner bauten seit etlichen Jahren Kryolith für die Aluminiumproduktion ab. Ebenso war die Naluanaq Goldmine seit vielen Jahren in Betrieb. Aber auch Eisen, Kupfer, Nickel, Zink, Korund, seltene Erden, Uran und sogar Edelsteine, vor allem Rubine lagen in abbaufähigen Mengen im grönländischen Boden. Optimistische Schätzungen sagten voraus, dass der Weltbedarf an seltenen Erden für über 150 Jahre aus den grönländischen Vorkommen gedeckt werden könnte. Aber auch Erdöl und Erdgas konnten im industriellen Stil gefördert werden. Neue Fördertechniken mittels Tiefseebohrungen ermöglichten die Erschließung der grönländischen Vorkommen vor der Eismeerküste.

Seit der Aufhebung des Abbauverbotes war auf Grönland investitionsfreundliche Politik angesagt. Briten, Kanadier, Australier, US-Amerikaner und vor allem die Chinesen gaben sich bei den grönländischen Politkern die Klinke in die Hand. Für die überwiegend indigene Inuit-Bevölkerung bedeutete der Rohstoffboom Unabhängigkeit vom großen Bruder Dänemark. Die etwa 57.000 Einwohner der größten Insel der Welt hatten die Absicht, in naher Zukunft wirtschaftlich auch ohne die Unterstützung Dänemarks auszukommen. Bisher bestand ihre Wirtschaftstätigkeit zu über 90 Prozent aus dem Fischfang und etwas Tourismus. Man erhoffte sich durch die Rohstoffindustrie, Armut und soziale Probleme unter den Inuit zu entschärfen. Dabei gehörte Grönland zu den sogenannten Rohstoffhypermärkten mit der größten politischen Stabilität. Ein durchschaubares Rechtssystem und die minimale Korruption waren besonders attraktiv für ausländische Investoren. Sogenannte Cluster-Initiativen für den arktischen Bergbau mit einem riesigen Potenzial für Subunternehmen begleiteten seit Jahren die wirtschaftliche Entwicklung rund um die Explorationsprojekte. Und die Grönländer brauchten all dieses, denn es gab so gut wie keine Infrastruktur auf der Insel. Die meisten der Bewohner lebten in der Hauptstadt Nuuk. Straßen existierten so gut wie keine zu den verstreut liegenden Küstendörfern. Für den Rohstoffabbau mussten daher Überlandstraßen, Pipelines, Tunnel, Kraftwerke, Verarbeitungsstätten und ganze Flugplätze sowie Häfen neu in den grönländischen Fels gehauen werden. »Es war eben unmöglich, den Fortschritt aufzuhalten«, dachte Skeleby, selbst wenn einige dieses noch nicht wahrhaben wollten.

Die Umweltlobby lieferte sich immer noch letzte Rückzugsgefechte um die, wie sie sagten, Zerstörung eines der letzten Wildnisgebiete der Erde zu verhindern. Aber im Jahr 2020 war Grönland längst zu einem der größten Uranexporteure der Welt aufgestiegen. Die Umweltorganisation Akavag dokumentierte die Bergbauaktivitäten akribisch und stellte alle Standorte ins Internet. Wenn man sich diese Recherche-Ergebnisse betrachtete, pflasterten die sogenannten Tailings, toxische Rückstände, die beim Bergbau entstanden, den schmalen eisfreien Küstenstreifen der Insel. Ihm persönlich war dieser ganze Umweltquatsch völlig egal. Dennoch war er froh, dass es die Akavaq-Recherchen gab. Skeleby hatte die Entwicklung aller Abbauprojekte fest im Blick, denn er musste diese Tailings bei seinen Sprengungen strikt berücksichtigen. Dabei standen Umweltschutzgedanken nicht im Vordergrund, sondern der mögliche Ärger mit den Versicherungen, falls etwas schief gehen sollte.

Skeleby verdrängte diese Gedanken und wendete sich wieder seinen Sprachstudien zu.

Die Allgemeine Erklärung der Menschenrechte Resolution 217 A (III) vom 10. 12. 1948 der Vereinten Nationen, war in jeder erdenklichen Sprache der Welt übersetzt worden. »Eine schöne Übung für das Erlernen ganzer Sätze«, dachte sich Skeleby. Dann nehmen wir doch mal Artikel 6: »Jeder hat das Recht, überall als rechtsfähig anerkannt zu werden.« Auf grönländisch hieß dies: »Inuk kinaluunniit nunarsuarmi sumiluunniit eqqartuussisarnermi pisassalittut pisussaasutulluunniit isigineqarsinnaatitaanissamut pisinnaatitaavoq.« »So ein Mist!«, fluchte Skeleby innerlich. Warum konnte dieses Eis nicht im englischsprachigen Raum gesprengt werden?

**Mars, Nhill-Krater, Außenlabor
Mittwoch, 24. Juni 2020**

Steven war extrem früh auf den Beinen. Die Borduhr zeigte 5.05 Marszeit. Er hatte in der Nacht schlecht geschlafen und kaum ein Auge zugemacht. Das Schöne an den Marstagen war ja, dass diese 24 Stunden und 40 Minuten dauerten. Mit der Zeit gewöhnt sich der Körper an den neuen Biorhythmus und es fielen normalerweise immer ein paar Minuten mehr Schlaf pro Tag ab als auf der Erde. Es schien, als schwanke die Außenstation ein wenig. Beim Blick durch die Fenster auf seinem Weg durch die Station hatte er den Eindruck als hätte er Gleichgewichtsstörungen, was wohl eher auf eine Sinnestäuschung zurückzuführen war. Vor den Fenstern zeigte sich eine einzige rote Wand aus Marsstaub. Einer der gefürchteten Marsstürme ging über die Kraterebene hinweg. Obwohl der Mars mit durchschnittlich 6,36 Hektopascal einen extrem niedrigen Luftdruck besaß, was dem Druck in der Erdatmosphäre in circa 35 Kilometer Höhe entsprach, gab es Staubstürme, die den gesamten Marsglobus erfassen konnten. So geschehen, als Mariner 9 am 14. November 1971 im Marsorbit eintraf und bis Anfang 1972 warten musste bis klare Kameraaufnahmen möglich wurden. Was damals zunächst als Fehler im Kamerasystem eingestuft worden war, entpuppte sich als durchaus häufiges Wetterphänomen in der Marsatmosphäre, wie gerade aktuell wieder zu beobachten war. Obwohl die Marswinde – verglichen mit irdischen Stürmen – nur als leichte Brise wirkten, konnten sie die extrem feinen Mars-Staubkörner bis in die höchsten Atmosphärenschichten befördern. An einen Außeneinsatz war heute somit gar nicht zu denken. Steven erreichte schließlich den Labortrakt und schaltete das Licht an.

Sie waren tot. Alle tot. Die Drosophilas lagen verstreut auf den Böden ihrer Terrarien herum.

Drosophila melanogaster, die dunkelbäuchige Fruchtfliege, wortwörtlich übersetzt die »schwarzbäuchige Liebhaberin des Taus«, das treueste Versuchstier der Welt. In irdischen Labors schon millionenfach für biologische Versuche aller Art eingesetzt, war sie quasi der Modellorganismus der Genetiker und Entwicklungsbiologen und auch für Steven ein willkommenes Studien- und Forschungsobjekt auf dem Mars. Das Insekt besaß vom Ei- über die Larven und das Puppenstadium bis zur erwachsenen Fliege lediglich einen Entwicklungszyklus von neun bis vierzehn Tagen. Über 1.500 Arten gehörten ehemals zur Gattung Drosophila, was die Taxonomen als Analysten der Verwandschaftsverhältnisse und Namensgeber von Spezies auf den Plan gerufen hatte. Trotz vielfacher Proteste weltweit hatten diese schon 2010 eine Umbenennung der »Dunkelbäuchigen Fruchtfliege« in Sophophora melanogaster vorgenommen. Trotzdem hielt sich für diese Fliegenart anachronistisch und hartnäckig in der Laborpraxis der alte Name »Drosophila«.

Bahnbrechende Forschungsergebnisse, wie die Chromosomentheorie der Vererbung, entdeckt 1910 durch den späteren Medizin-Nobelpreisträger Thomas Hunt Morgan und sein Forscherteam, hatte die Menschheit dieser kleinen Fliege zu verdanken. Und diverse Nobelpreisträger verdankten ihre Ehrung den an der Taufliege erforschten Resultaten. Sie hatte nur 4 Chromosomen und dennoch ein reichhaltiges Verhaltensrepertoire. Ihr einen halben Millimeter messendes Gehirn bestand lediglich aus circa 150.000 Nervenzellen – im Gegensatz zum Menschen, dessen Denkorgan bis zu einer Billion Nervenzellen umfasste. Aufgrund der »außerordentlichen Beständigkeit molekularer Mechanismen«, wie es der Neurowissenschaftler und Nobelpreisträger Eric Kandel formuliert hatte, erlaubten Versuche an Drosophila melanogaster dennoch in gewissem Umfang Rückschlüsse auf biologisch-genetische Prozesse des Menschen. Zumal die vollständige Entschlüsselung des Erbguts der Fruchtfliege an der University of California ergeben hatten, dass 70 Prozent der Fliegengene mit den Genen des Menschen übereinstimmten.

Steven hatte auf dem Mars nun schon erfolgreich mehrere Generationen aufgezogen. Und nun das!

Aufgeregt kontrollierte Steven seine Versuchsbehälter und stellte fest, dass lediglich die seit drei Tagen dem Parawasser ausgesetzten Fliegen gestorben waren. Die Taufliegen und die Escherichia-coli-Bakterien gehörten zu den letzten seiner Versuchstiere, die dem Parawasser ausgesetzt worden waren. Würmer, Käfer und Säugetiere befanden sich schon länger im Parawassermilieu. In verschiedenen Versuchsreihen hatte er das Wasser zeitlich gestaffelt in die Versuchsbehälter der Drosophilas eingeleitet. Die erst zwei Tage exponierten Drosophilas lebten noch alle. Auch die Vergleichsgruppe ohne Deuteriumwasserkontakt krabbelte munter in der Fliegenbox umher.

Die Viecher hatten im Eistadium den Raumflug von der Erde bis zum Mars problemlos überlebt. Und nun lagen sie alle tot am Boden. Steven kontrollierte alle aktuellen Parameter und die lückenlos dokumentierten Protokolle. Das Anzuchtverfahren und die ökologischen Bedingungen befanden sich im Optimalbereich. Fehler in der Lebendhaltung konnten somit ausgeschlossen werden.

Nochmals blickte er in die Fliegenboxen und hörte aufmerksam in sich hinein. Die Fliegen ohne Kontakt zu Deuteriumwasser lösten einen anderen Klang in ihm aus, als die kranken oder todgeweihten Tiere, die erst ein oder zwei Tage dem Deuteriumwasser ausgesetzt waren. Wieder einmal ermöglichte ihm sein Bewegungshören ungewöhnliche Erkenntnisse. Er stellte weitere Überlegungen zu dem Fliegenkonzert zurück und überprüfte zunächst systematisch seine anderen Versuchsorganismen. Die längere Zeit mit Parawasser versorgten Escherichia-coli-Bakterienstämme zeigten auf den Messinstrumenten keine Atmungsaktivität mehr. Er legte eine Petrischale unter das Mikroskop. Er konnte keine Lebenszeichen mehr beobachten.

Die Bärtierchen hingegen erfreuten sich augenscheinlich noch bester Gesundheit. Auch den Lederlaufkäfern ging es gut. Oder sollte man sagen, noch gut? Denn bei den Fadenwürmern waren wiederum zahlreiche Todesfälle zu verzeichnen.

Er ging zu seinen Labormäusen. Vorsichtig entnahm er eine und setzte sie ins Laufrad. Sie begann sofort zu rennen. Steven schaute ihr einen Moment lang zu und erkannte schon nach kurzer Zeit an der Melodie, die ihre Bewegungen in ihm auslöste, dass etwas nicht stimmte.

Er schaltete die Messgeräte ein und erfasste die Atmungsaktivität über einen Zeitraum von zehn Minuten. Die Fitnesswerte aller Mäuse waren aus Vorversuchen, die er auf dem Mars vorgenommen hatte, individuell gespeichert. Er ließ sich ein Diagramm ausdrucken. Die bisherige, durchschnittliche Leistungsfähigkeit erschien in einer roten Linie. Die blaue Linie der Werte des aktuellen Versuchs lag etwa 20 Prozent niedriger. Aufgeregt untersuchte er die nächste Maus mit der gleichen Versuchsanordnung. Auch hier zeigte sich ein Leistungsabfall von 15 Prozent. Er arbeitete konzentriert über 2 Stunden und testete eine Maus nach der anderen. Immer mit einer ähnlichen Minderleistung.

Tödliche Effekte stellten sich anscheinend bei Organismen mit schnellem Generationenwechsel und geringer Lebensspanne eher ein. Langlebigere Tiere blieben anscheinend zunächst am Leben, jedoch nahm ihre Fitness ab. Aber es war sicher nur eine Frage der Zeit bis auch diese der Tod ereilte.

Und dann war da noch sein Versuch mit Fliegen aus der Deuteriumwassergruppe, die er mit Drosophilas aus der unbeeinflussten Vergleichsgruppe zusammengebracht hatte, die lediglich mit normalem Wasser versorgt worden war. Auch in dieser Population gab es bereits etliche Todesfälle. Diese bedeutete offensichtlich, dass Versuchstiere nach einem Erstkontakt mit dem Wasser hochinfektiös für ihre Artgenossen wurden.

Ein düsterer Verdacht stieg in ihm auf. Diesem wollte er sofort auf den Grund gehen. Er nahm Proben der Körperflüssigkeiten der toten Fliegen und observierte diese mit schnellstmöglicher Probevorbereitung unter dem Rasterelektronenmikroskop. Es war so, wie er vermutet hatte. Die Körperflüssigkeiten der Fliegen strotzen nur so von Parablasen. Auch die Fliegen, die nicht dem Wasser ausgesetzt gewesen waren und nur mit Fliegen aus der Deuteriumgruppe zusammen gekommen waren, wiesen diesen Befall auf.

Was immer auch dahinter steckte. Den genauen Wirkmechanismus kannte er noch nicht. Aber eines stand fest: Von dem Parawasser und seinen mikrobiellen Bewohnern ging eine Gefahr aus. Eine tödliche Gefahr für irdische Organismen und damit auch mit an Sicherheit grenzender Wahrscheinlichkeit für den Menschen. Nun war Steven froh, dass das Außenlabor mit maximalen Sicherheitsvorkehrungen ausgestattet war, so dass alle Arbeiten an den Parawasserproben völlig risikolos durchgeführt werden konnten. Er dachte an die Europamission des Pentagon. Nahezu der gesamte Europaozean bestand aus Parawasser, welches höchstwahrscheinlich genauso lebensfeindlich reagierte. Er durfte jetzt keine Zeit verlieren. Montgommery und seine Leute mussten gewarnt werden.

Er hastete in den Kommando- und Technikraum, setzte sich an die Funkstation und versuchte eine Verbindung mit Mars City aufzunehmen. Er versuchte alle zur Verfügung stehenden Frequenzen, aber die Leitung blieb tot. In diesem Moment kam der gähnende Riesenstein durch die Eingangsluke. Obwohl er seine Kopfhörer trug, füllte sich die Kommandozentrale mit Heavy Metal-Sound.

»Verdammt, Josh, warum funktioniert denn hier nichts mehr?«

»Was hast du gemeint, Hä?«

»Schalt um Gottes Willen, deine Dröhnmaschine ab und hör mir zu.«

Riesenstein zog sich umständlich die Kopfhörer von den Ohren, womit es noch bedeutend lauter wurde. Endlich gelang es ihm, den MP5-Player zu stoppen und es wurde schlagartig still: »Na, dass man dich auch mal wieder sieht! Dachte schon, du hättest dich jetzt selbst als Versuchstier in deinem Labor eingesetzt.«

»Red' nicht lange herum und antworte auf meine Frage.«

»Welche Frage denn?«

»Warum das hier nicht mehr funktioniert, will ich wissen!«

»Tja, Winstone, da muss ich dir leider mitteilen, dass das Übertragungssystem zumindest zeitweise über den verdammten Jordan gegangen ist, wenn du weißt, was ich meine?«

»Weiß ich nicht. Kannst du dich mal klarer ausdrücken?«

»Na ja, wir haben zurzeit nicht nur einen Marsorkan. Es geht zudem gerade ein Mords-Sonnensturm durch dieses Sonnensystem. Prompt ist dann auch gestern die Satellitenverbindung ausgefallen. Dachte mir, wir kümmern uns heute mal drum.«

»Und dann hast du mich vor dem Schlafen nicht noch informiert?«

»Also, wenn du dich mit diesem Tunnelblick in dein Labor verkriechst, kann man mit dir ja nicht vernünftig reden. Außerdem hab ich nicht den Eindruck, dass wir in dieser Einöde hier unter Zeitdruck stehen.«

»Das ändert sich gerade schlagartig.«

»Fühle mich informationstechnisch etwas abgehängt, Winstone.«

»Okay, Josh. Ich habe deutliche Hinweise, dass von dem Parawasser eine tödliche Gefahr ausgeht.«

»Na, jetzt übertreiben Sie mal nicht, Mister Blackstone.«

»Ich übertreibe keineswegs. Und mal ganz unter uns gesagt. Eventuell sind wir beide auch davon betroffen.«

»Wir zwei beiden? Du machst Witze, Blackstone.«

»Wir werden sehen, Bigstone. Aber genug geschwatzt, wir müssen zur Marsstadt.«

»Bei dem Sturm? Du hast wohl nicht alle Latten am Zaun! Soll das ein Befehl sein?«

»Unsere Funkverbindung kann bei so einem Sonnensturm noch tagelang ausfallen. Außerdem handelt es sich in der hiesigen Atmosphäre lediglich um einen leichten Orkan. Ich denke, wir können es riskieren. Aber es hat jeder ein Remonstrationsrecht. Du kannst ja hierbleiben, ich fahre jedenfalls.«

»Wenn du meinst, dass ich allein in dieser Einöde in dieser verdammten Blechbüchse bleibe, hast du dich aber geschnitten. Ich bereite alles vor. In einer Viertel-Stunde ist Abfahrt.«

Kurze Zeit später rollten sie mit dem Mars-Off-Roader in Richtung Kraterrand. Die Sicht war schlecht. Es handelte sich zweifelsohne um einen der gefürchteten, dichten Marsstürme, vor denen in den Vorbereitungscamps immer wieder gewarnt worden war.

Die Äquatorebene des Mars war wie die der Erde geneigt. Daher gab es auf dem Mars auch Jahreszeiten. Da ein Marsjahr 687 Tage umfasste, waren diese ungefähr doppelt so lang wie die irdischen Jahreszeiten.

Steven kannte die Direktive der Missionsleitung, Außeneinsätze bei diesem Marswetter strikt zu vermeiden. Zweifel stiegen in ihm auf, ob die Aktion wirklich Sinn machte. Aber Riesenstein schien jetzt entschlossen, das Ding durchzuziehen.

Nachdem sie circa anderthalb Stunden unterwegs waren, steigerte sich der Sturm zu einem regelrechten Marsorkan. Solche Orkane konnten Windgeschwindigkeiten bis zu 400 Kilometer pro Stunde erreichen und große Teile der Marsoberfläche verhüllen. Zum Umkehren war es jetzt zu spät. Steven bildete sich ein, durch die Helmscheibe Riesensteins vorwurfsvolle Blicke zu erkennen. Ein Blitz zuckte unheilvoll durch den roten Sandschleier. Zu allem Überfluss trat offensichtlich eines der seltenen Marsgewitter zeitgleich ein. Die Sicht ging mittlerweile gegen Null. Es schien, als führen sie gegen eine Wand aus Sand. Riesenstein lenkte das Fahrzeug mit Tunnelblick durch dieses Chaos. Die Marsflotte hatte direkt nach der Ankunft im Marsorbit mit einem Schwarm von Kleinst-Satelliten das MPS genannte Mars Positioning System installiert. Unter normalen Umständen erfolgte auch bei Mars-Orkanen eine hervorragend funktionierende Zielführung mittels dieser Satellitennavigation. In Folge des aktuellen Sonnensturms stand dieses Instrument jedoch nicht zur Verfügung.

Doch Riesenstein wusste sich zu helfen.

Seit Monaten wurden die sehr schwachen lokalen Magnetfeldlinien auf dem Mars kartiert und analysiert. Obwohl das globale Magnetfeld des Mars schon vor über 4 Milliarden Jahren aufhörte zu existieren, hatten streifenförmige Magnetfeldanomalien von circa 1.000 Kilometern Länge und 150 Kilometern Breite überdauert. Die Marsroverfahrer hatten sich im Mars Alternativ Orientation Project (MAOP) mit den beteiligten Wissenschaftlern diesen Umstand zu Nutze gemacht und ein Orientierungssystem anhand dieser Magnetfeldlinien entwickelt. Riesensteins einzige Chance bestand darin, über das MAOP zu navigieren, ansonsten wäre ihr Unterfangen von vorneherein zum Scheitern verurteilt gewesen. Mit Argusaugen beobachtete er immer wieder die Kompassnadel des MAOP.

Plötzlich wurde alles gleißend hell. Ein Marsblitz in unmittelbarer Umgebung, schoss es Steven durch den Kopf. Der Stein kam wie aus heiterem Himmel. Bevor er einschlug, hörte Steven noch Riesensteins lauten Fluch. Der Stein zerschlug die Glaskapsel, die mit einem lauten Getöse zerbarst und streifte Stevens Helm. Steven spürte einen Schlag, wie den Punch eines Schwergewichtboxers. Dann wurde es schwarz vor seinen Augen.

Kasachstan, Weltraumbahnhof Baikonur
Mittwoch, 24. Juni 2020

Chorowaiklikow aktivierte seine Freisprechanlage: »Branowski, bitte den Zwischenbericht.«

Aus dem Lautsprecher ertönte eine schnarrende Stimme: »Wir haben seinen Mail-Account deaktiviert. Um 11.00 Uhr wären dort Mails an die Weltpresse versendet worden. Alle Briefe, die er über das Postzentrum versendet hatte, sind aus dem Verkehr gezogen. Diese waren alle an irgendwelche Pressestellen und anscheinend Verwandte und Bekannte gerichtet.«

»Sehr gute Arbeit, sonst noch was?«

»Aus Irena Seitzewas Briefkasten haben wir einen Brief gefischt, in dem er die Seitzewa über Plan P informiert.«

»Und was ist mit seinem Handy? Das wurde uns doch schon von der Spezialeinheit aus dem Grandhotel zugespielt.«

»Auf seinem Handy waren lediglich drei vergebliche Anrufe an die Seitzewa. Ansonsten keine abgehenden oder ankommenden Anrufe.«

»Okay, Branowski, beobachten Sie und weiter die Lage.«

Chorwaiklikow schaltete seine Kommunikationsanlage um: »Sie haben mitgehört.«

»Gute Arbeit! Ich kann keine Sicherheitslücke mehr erkennen. Was ist mit dieser Seitzewa?«

»Wir können momentan davon ausgehen, dass sie von nichts weiß. Wir können überhaupt davon ausgehen, dass generell niemand etwas weiß. Seitzewas Fachkenntnisse sind aber wichtig für uns. Wir können nicht so ohne Weiteres auf sie verzichten.«

»Trotzdem werden wir sie in der heißen Phase von Plan P beurlauben. Veranlassen Sie alles Notwendige.«

JPL, Headquarter
Mittwoch, 24. Juni 2020

»Der Sonnensturm ist über die Erde hinweg gezogen. Trotz erheblicher Ausfälle technischer Einrichtungen sind die NASA-Labors weitgehend verschont geblieben. Ganz im Gegensatz zu unserem Außentrupp ›Vössler‹. Wie wir heute erst erfahren haben, wurden der Professor und Mister van de Sand im kalifornischen Chaparral von einem Buschbrand überrascht, der nach allem was wir bisher wissen, auch durch den Sonnensturm ausgelöst wurde. Beide liegen mit schweren Brandverletzungen auf der Intensivstation und schweben dem Vernehmen nach in Lebensgefahr. Dr. Castello wird noch heute in das Krankenhaus fahren, um sich genauer über ihren medizinischen Zustand zu informieren. Dieses Unglück ist für uns besonders misslich, denn ihre Untersuchungsergebnisse wären jetzt sehr wichtig für uns. Aber es hilft ja nichts. Wir müssen warten bis sie wieder genesen sind, wovon ich derzeit fest ausgehe.« Scott ließ diese Worte zunächst auf die Anwesenden wirken.

»Lassen Sie dennoch den Kopf nicht hängen«, versuchte er dann die gedrückte Stimmung etwas zu heben. »Wir hier am JPL sind jedenfalls arbeitsfähig. Möglicherweise ist das, was wir hier tun, auch im globalen Zusammenhang noch von zentraler Bedeutung. Wir lassen uns daher von dem Chaos rundherum nicht beirren. Ich begrüße alle und insbesondere Kati Perlande als neues Mitglied im JPL-Headquarter-Team.«

Scott stand auf, umrundete den Konferenztisch in der Raummitte und positionierte sich hinter einer ganz in weiß gekleideten, blonden jungen Frau, von der insbesondere Eduardo Conti keinen Blick lassen konnte. Scott stellte sein seit geraumer Zeit stark geschrumpftes Kernteam vor. Im JPL waren lediglich noch Dr. Eduardo Conti, Szusanne Stark, Mai Ling, die beiden Ärzte Professor Pablo da Luca und Dr. Jordano Castello sowie die beiden Aborigines Miss Jagunda Quamoora und Unaden Djungary verblieben. Gelegentlich, so auch heute, wurde die Gruppe durch Walter Mayer und Jack Dyce ergänzt. Scott formulierte daher mit echtem Bedauern: »Tja, Miss Perlande, die Reihen haben sich gelichtet, alle Anderen befinden sich auf Traumzeitreise.

Für alle Anwesenden zunächst nur so viel. Miss Perlande ist langjährige Mitarbeiterin von Professor Zabel. Die Gruppe Zabel wird aktuell im Amazonasgebiet vermisst. Zurzeit laufen die Suchaktionen. Da diese von hier aus koordiniert werden müssen, haben wir uns entschieden, Miss Perlande ins Kernteam aufzunehmen.

Telefonisch und per SMS stehe ich schon seit Jahren mit ihr in Kontakt. Wir werden uns im Folgenden bemühen, Miss Perlande mit Informationen zu versorgen, damit sie den Geschehnissen folgen kann. Wir beginnen mit einem aktuellen Lagebericht von Mister Conti, bitte Eduardo.«

Eduardo Conti setzte sein bestes Vortragslächeln auf, nicht ohne einen Seitenblick auf die neue, elfenhafte Gestalt in der Runde, ließ das Stehpult aus dem Boden ausfahren und projizierte einige Bilder aus dem All an die Wände des Konferenzraumes. »Wir sehen hier den Minimond von Ceres in einer Großaufnahme. Wir haben ihn feierlich Maxie getauft. Seit dem Rendezvous mit der Ceres-Moon-Sonde vor circa zwei Jahren fliegt Maxie in Richtung inneres Sonnensystem. Ein Mond, der nicht seinen Bezugskörper umrundet? Ich sehe Ihren erstaunten Blick, Miss Perlande, und ich muss sagen, dass auch wir immer noch am Staunen sind über die Vorgänge, die sich da draußen im Asteroidengürtel ereigneten. Damit man sich das besser vorstellen kann, haben wir das Ganze visuell aufbereitet. Eine Darstellung, die wir übrigens für die Information des nationalen Sicherheitskabinetts konzipierten. Die Mission wird allein hier vom Jet Propulsion Laboratory aus gesteuert und ist somit kein Bestandteil der unter dem Mandat der Weltregierung laufenden internationalen Forschungsaktivitäten wie Mars One oder die Solarfire-Mission ins innere Sonnensystem.«

Über dem Konferenztisch erschien eine computeranimierte Hologramm-Darstellung von Ceres und dem kleinen Mond. »Ich zeige Ihnen hier noch einmal das wirklich bemerkenswerte Manöver. Seit der Reise von Djalu Djungary ist ja in der Weltöffentlichkeit bekannt, dass Gedankenreisen in unseren Raumfahrzeugen möglich sind. Unsere Sonde mit den Gedanken unseres Wissenschaftlers Dr. Will Johnson an Bord erreichte erfolgreich eine Umlaufbahn um den Zwergplaneten Ceres. Nach einigen Ceres-Umrundungen fand ein Landemanöver auf dem Minimond Maxie statt.«

Während er dies sagte, schwebte die Sonde in der 3D-Visualisierung auf den Mond zu und landete sanft. »Soweit so gut kann man sagen, so etwas ist schon fast Alltag im All und bei einigen Missionen, zum Beispiel der Rosetta-Mission der ESA, vorher schon erprobt worden. Was dann aber passierte, ist schwer erklärbar, denn kaum erreichte die Sonde den Boden des Mondes, brach dieser aus seiner Umlaufbahn aus und setzte sich in Bewegung. Es ist ganz offensichtlich, dass wir dort wieder eine Art Schalter umgelegt und eine Einflussnahme aus dem Parauniversum ausgelöst haben. Nun geschehen Dinge, die eigentlich den geltenden physikalischen Gesetzen unseres Universums widersprechen.

Das Objekt wurde zwischenzeitlich auch in der Astronomie-Community entdeckt, wenngleich dessen ungewöhnliche Genese als ein aus der Ceres-Umlaufbahn gerissener Mond nur in diesem Raum und im Weißen Haus bekannt ist. Irgendwann ist er in den entsprechenden Beobachtungsstationen als Asteroid aufgetaucht. Offiziell wird er von der Internationalen Astronomischen Union (IAU) als 2018 HQ 12 bezeichnet. Wir haben mittlerweile auch etliche Nahaufnahmen von Maxie.«

Conti ließ einige aus verschiedenen Perspektiven aufgenommene Bilder von Maxie durch die Hologramm-Darstellung laufen. »Darf ich hier einen kurzen Exkurs einstreuen, Greg?«

Nachdem Scott zustimmend nickte, nahm Conti sichtlich erfreut den Faden wieder auf: »Diverse Projekte, die sich mit dem Aufspüren von NEOs, den sogenannten Near-Earth-Objects befassen, haben Maxie mittlerweile im wahrsten Sinne des Wortes ›auf dem Schirm‹. Insbesondere das Amateurprojekt La Sagra Sky Survey (LSSS) aus einer Sternwarte im südspanischen Andalusien, versorgt die interessierte Fachöffentlichkeit mit Beiträgen zu Maxie. Die Leute dort haben den Ehrgeiz, mit den professionellen US-amerikanischen Himmelsdurchmusterungen wie Spacewatch, LINEAR (Lincoln Near Earth Asteroid Research) und WISE (Wide-Field Infrared Survey Explorer) zu konkurrieren oder diese sogar zu überbieten. Alles in allem natürlich sinnvolle Aktivitäten, denn NEOs stellen ohne Zweifel eine immense potenzielle Gefahr für unseren Planeten dar. Man vermutet, dass es etwa 10 Millionen Erdbahnkreuzer mit einem Durchmesser von mindestens 30 Meter gibt. NEOs mit über 100 Metern Durchmesser existieren schätzungsweise 300.000 und immerhin 1.100 haben einen Durchmesser von einem Kilometer. Bisher kennt man allerdings nur von 8.500 Objekten die exakten Bahnparameter. Besondere Probleme bereiten die schweifbildenden Kometen, da diese sich extrem schnell bewegen und zudem abrupt ihre Flugbahn ändern können, was eine Vorhersage potenzieller Erdkollisionen erheblich erschwert.

Es ist daher durchaus sinnvoll, dass sich so viele Projekte mit der Detektion von Erdbahn-Kreuzern beschäftigen, da diese Himmelskörper unglaubliche Schäden anrichten können. Schlüge Maxie in die Erdkruste ein, müssten wir mit der Auslöschung einer Großstadt beziehungsweise Großregion und mehreren Millionen direkt verursachter Toten rechnen. Das Weltklima würde sich drastisch ändern und Abermillionen indirekte Todesfälle wären die Folge. Meteoriten mit Durchmesser von einem Kilometer brächten die gesamte Menschheit ernsthaft in Gefahr und Himmelsbomben von zehn Kilometern Größe lösten auf der Erde ein Massen-Artensterben aus, wie das des Yukatan-Ereignisses vor 65 Millionen Jahren, welches zur Auslöschung der Dinosaurier führte.

Dass so große Brocken auch heute noch massenhaft und bisher weitgehend unbemerkt in unserem Sonnensystem unterwegs sind, zeigen die Geschehnisse im Wirkungsbereich unseres Meteoriten-Abfangsystems in Form des Gasriesen Jupiter. Im Sommer 1994 stürzten die zerbrochenen Fragmente des Kometen Shoemaker-Levy 9, dessen Kern zuvor circa drei Kilometer durchmaß, in die Gasatmosphäre Jupiters und hinterließ dort massive Einschlagspuren. Weitere Einschläge durch über ein Kilometer große Brocken gab es auf dem Jupiter am 19. Juli 2009 und im Juni und August 2010. Und vergessen wir nicht, dass erst im Februar 2012 der immerhin 50 Meter durchmessende Asteroid 2012 DA 14 in nur 27.000 Kilometer Entfernung die Erde passierte, was ungefähr ein Zehntel der Entfernung zum Mond entspricht.«

»Du solltest auch die in naher Zukunft zu erwartenden Erdbahnkreuzer erwähnen, Eduardo«, warf Szusanne Stark ein.

»An welche denkst du denn dabei, Szusanne?«

»Na da haben wir zum Beispiel 99942 Apophis mit einem Durchmesser von 300 Metern, der am 13. April 2029 in nur circa 30.000 Kilometer Entfernung an der Erde vorbeifliegen wird. Dieser kommt auch 2036 wieder, wobei er auch dann wieder die Erde verfehlen wird. Dazwischen wird uns 2013 TV 135 im Jahr 2032 einen Besuch abstatten. Ein 400-m-Brocken mit einer Sprengkraft von 2500 Megatonnen TNT.«

»Auch letzterer wird die Erde nicht treffen.«

»Die Wahrscheinlichkeit liegt bei ungefähr 0,5 Prozent, Eduardo.«

»Okay, Szusanne, wir können hier mal eines festhalten. Wenn nicht noch zwischenzeitlich ein neues Objekt auftaucht, sind wir die kommenden Jahrzehnte sicher. Wirklich brenzlig wird es erst am 16. März 2880. Dann besteht die Möglichkeit, dass uns der ein Kilometer große 1950 DA treffen wird.

Systematische Meteoritenbeobachtung ist auch deshalb sinnvoll, weil es sich um eine in gewissem Rahmen abwendbare Gefahr handelt. Die moderne Raumfahrttechnik verfügt über verschiedene Möglichkeiten, einen drohenden Meteoriteneinschlag abzuwehren. Dabei ist man teilweise gar nicht so weit entfernt von der Lösung, die im Film ›Armageddon‹ aufgezeigt wurde.«

»Okay, okay, Eduardo, das würde hier aber zu weit führen, denn bei Maxie brauchen wir uns wirklich keine Gedanken in diese Richtung zu machen«, unterbrach nun Scott Contis Redefluss.

»Davon gehen wir momentan fest aus, Greg, aber interessanterweise nahm Maxies Geschwindigkeit stetig zu, so dass sich seine Bahn mit der Erdumlaufbahn kreuzt. Es ist kaum anzunehmen, dass es sich hierbei um einen Zufall handelt. In wenigen Tagen wird er in relativ geringem Abstand an der Erde vorbeirauschen. Mit Sicherheit hat die Parawelt hier die Hände im Spiel und nach allem, was bisher passiert ist, kann ich mir nicht vorstellen, dass ein Einschlag auf der Erde beabsichtigt ist.«

»Genau Eduardo, also keine übertriebenen Katstrophenszenarien bitte.«

»Selbstredend nicht, Greg«, versicherte Conti mit dem Brustton der Überzeugung. »Also, auf der Oberfläche von Maxie befindet sich die Ceres-Moon-Sonde, die erfolgreich darauf gelandet ist und seither Huckepack dort mitfliegt. Nach unseren Erkenntnissen hat das Raumfahrzeug, die bisherige Reise völlig unbeschadet überstanden. Eines der Hauptprobleme ist, dass wir nur einen vorwiegend einseitigen Kontakt zu Johnson aufrecht halten können. Seine Hauptsinne sind auf diesen Parastein ausgerichtet. Er kann also viele Kilometer rund um den Minimond erfassen, uns aber seither nichts mehr durch sein Medium Unaden mitteilen.

Die Gedankenverbindung von Dr. Johnson zur Sonde konnte in der bisherigen Flugphase dennoch aufrecht erhalten werden. Wir können zwar keine direkte Verbindung über Unaden aufbauen, da sich der Kommunikationsstein ja in der Raumsonde befindet, Djalu jedoch kann diesen Stein noch ganz schwach erfassen und gibt uns hin und wieder eine Rückmeldung von Will Johnson aus dem All. Leider geschieht dies nur sporadisch, ohne dass wir auf diesen Kommunikationsweg einen Einfluss hätten.

Bisher konnten wir uns auf den gesamten Ablauf keinen Reim machen. Seit gestern liegen uns hierzu jedoch bemerkenswerte, vielleicht auch beunruhigende neue Erkenntnisse vor. Ich spiele Ihnen eine Aufnahme ein, welche gestern im Medicroom aufgezeichnet wurde. Unaden spricht seit er sich am JPL befindet verständlicher. Er ist verstärkt mit Englisch konfrontiert und streut vermehrt europäische Sprachen in seine Übersetzungen ein. Asiatische und australische Begriffe verwendet er kaum noch. Es dürfte daher für die Anwesenden kein Problem darstellen, seinen Ausführungen zu folgen. Ich muss hinzufügen, dass Mister Djungary schon seit Tagen ein seltsames Verhalten zeigt. Er ist so unruhig wie seit Jahren nicht mehr. Sein Verhalten ähnelt den Ereignissen während des Rendezvous' mit dem Parazentaur im Jahr 2016.«

Auf der Projektionsfläche erschien der Medicroom mit Djalu und dem neben ihm sitzenden, die Hand haltenden Unaden. Das Bild wurde begleitet von Unadens Wortfetzen:

La Stone naht

Je veut meet it

Mio begleiten him

Gedanken doit reach le pierre

Mais io ne pas in der Lage to catch him

Il bewegt sich

He moves trop vite

Stabilisiert the flying Stein, sil vous plait

Esso importante

Il ne doit pas vorbei fliegen without me

Die Übersetzung endete. Das Team wartete noch eine Weile, aber mehr hatte Djalu offensichtlich nicht mitzuteilen. Schließlich fragte Scott in die angespannte Stille: »Haben alle Anwesenden die Message von Mister Djungary verstanden?«

Nachdem alle hierzu eine positive Rückmeldung gegeben hatten, fuhr er fort: »Das, was wir gerade gehört haben, kann nur bedeuten, dass Djalu sich mit seinen Gedanken auf Maxie polen will. Dadurch wird das ganze Manöver mit der Ceres-Sonde erklärbar. Es ist anzunehmen, dass wir hier in eine exakt getimte Aktion der Parawelt eingebunden sind.«

»Ja, ist denn das überhaupt möglich, nach allem was wir über das Phänomen wissen?«, fragte Mai Ling erstaunt.

»Nun, in der Ceres-Sonde ist in der Parasteinkammer kein Temperaturmechanismus eingebaut worden«, ergriff Conti das Wort. »Warum auch. Für Dr. Johnson mussten wir so etwas nicht vorsehen, denn er konnte unabhängig vom Temperaturniveau den Kontakt zum Parastein halten und sollte auch gedanklich gar nicht zu anderen Raumsonden wechseln. Aber für Djalu spielt dieser Faktor natürlich eine große Rolle. In der früheren Moon-Journey-Mission wurden die Steinfragmente, zu denen Djalu keinen Kontakt aufbauen sollte, auf einem hohen Temperaturniveau von circa 100 Grad Celsius gehalten. Der Ceres-Stein befindet sich jedoch nicht in einem solchen erhitztem Stadium.«

»Das heißt aber doch, dass es ihm tatsächlich möglich sein könnte, den Ceres-Parastein gedanklich zu fangen?« hakte Mai Ling nach.

Conti erläuterte: »Bisher glaubten wir zwar, dass er durch die Riesenmasse des Parazentaurs sozusagen gedanklich fixiert ist. Andererseits befindet sich diese Paramasse am Ende des Sonnensystems während das Parasteinfragment an Bord der Ceres-Sonde sich derzeit beständig der Erde nähert.«

»Aus medizinischer Sicht möchte ich Bedenken anmelden«, verlautete nun da Luca. »Mit dem gesundheitlichen Zustand von Mister Djungary steht es, wie Sie alle – vielleicht mit Ausnahme von Miss Perlande – wissen, nicht zum Besten.«

Dyce, der die Debatte mit wachsendem Unmut verfolgt hatte, schwang sich aus seinem Sitz und stützte sich schwer auf den Konferenztisch: »Meine Damen und Herren! Ich bin es, der hier Bedenken anmeldet. Mister Djungary auf diesen Maxie umpolen! Da läuten bei mir aber alle Alarmglocken gleichzeitig in Dauerbetrieb. Was wird denn dann aus diesem Parazentaur? Wenn ich richtig im Bilde bin, gewährleistet der gerade das Überleben der Menschheit. Was passiert denn, wenn Mister Djungary diesen Kontakt verliert?«

Zur Überraschung reagierte da Luca als erster auf diese Frage: »Ich bin zwar nicht vom Fach, aber ich befürchte nichts weniger als das Schlimmste. Im Klartext! Wenn diese Kontaktaufnahme schiefgeht, kann das zur Vernichtung der Menschheit führen.«

Danach herrschte ein paar Sekunden Stille bis die in den Wissenschaftsdebatten ansonsten so zurückhaltende Miss Quamoora wisperte: »Meinen Sie wirklich, dass es soweit kommen könnte?«.

Nun war es Scott, der in beruhigendem Ton ausführte: »Der Parazentaur ist das Bollwerk gegen den interstellaren Strahlensturm. Unsere Messergebnisse zeigen, dass dieser in den vergangenen vier Jahren eher noch stärker als schwächer geworden ist.«

»Das heißt aber noch lange nicht, dass der Abwehrschirm bei dieser Kamikaze-Aktion nicht doch zusammenbrechen könnte,« orakelte da Luca.

»Wieso denn Kamikaze?«, mischte sich nun Szusanne Stark ein »wahrscheinlich hat Djalu sich seine Vorgehensweise genau überlegt oder er hat überhaupt keine andere Wahl. Bedenken Sie, dass er unter dem direkten Einfluss des Parauniversums steht.«

Der immer noch am Rednerpult stehende Conti pflichtete ihr bei: »Höchstwahrscheinlich steht das doch alles in Zusammenhang mit der Reise von Brigitte in Richtung Sonne. Wir haben noch nicht den Überblick über alle relevanten Bewegungsparameter von Maxie und man muss natürlich verfolgen, wie diese sich bei der Erdpassage ändern. Aber es ist durchaus denkbar, dass es zwischen der Venus- und der Ceres-Mission zu Wechselwirkungen kommen wird.«

»Das ist aber das erste Mal, dass ich davon höre«, erklärte Dyce unwirsch. »Wie dem auch sei. Ich bin der Meinung, dass wir zumindest das Sicherheitskabinett der USA über diesen Schritt informieren müssen. Im Grunde müsste auch die Weltregierung davon in Kenntnis gesetzt werden, obwohl sich wahrscheinlich in der derzeitigen Katastrophen-Situation mit diesem Monster-Sonnensturm niemand ernsthaft mit einem solchen Detail-Problem befassen will.«

Nun war es Scott, der aufstand und erklärte: »Das sehe ich ganz genau so. Was noch hinzu kommt, ist die schwierige Vermittlung von Informationen an die Politik über ein Projekt, welches seit seiner Konzeptionsphase bis zum heutigen Tag verdeckt läuft.«

»Wo Sie recht haben, haben Sie recht«, Professor Scott, »aber ich bestehe auf eine Entscheidung des Sicherheitskabinetts in dieser Frage.«

»Machen Sie das, Mister Dyce, machen Sie das. Aber eigentlich können Sie das knicken. In dieser Sache zählt meiner Ansicht nach einzig und allein Djalus Wille. Was er will, kann gar nicht verhindert werden. Oder wollen Sie ihm einen Unterlassungsbefehl erteilen?«

»Nun gut, geben Sie mir einen Tag, bis wir grünes Licht vom Sicherheitskabinett und vom Präsidenten haben. Dann nimmt es eben seinen Lauf. Ich werde Walter Mayer in Washington entsprechend instruieren.«

»Okay, Mister Dyce, das machen wir so. Ich denke nämlich, dass wir in dieser Zeit noch ein technisches Problem zu lösen haben. Wenn ich es richtig verstanden habe, soll Maxie stabilisiert werden. Das heißt, dass er zurzeit einer von Djalu unerwünschten Rotation unterliegt. Stimmt das, Miss Stark?«

»Nun um ehrlich zu sein, haben wir darauf bisher nicht geachtet. Während der Diskussion habe ich mir allerdings mal die Maxie-Fotos betrachtet und kann bestätigen, dass sie durchaus sichtbare Drehbewegungen vollführt.«

»Kriegen Sie es hin, dies zu unterbinden?«

»Wir können die Triebwerke der Ceres-Sonde so einsetzen, dass wir die Drehung weitestgehend stoppen. Das müssten wir an einem Tag schaffen.«

»Nun denn, Mister Dyce. Sie haben Ihren Tag. Wir warten darauf, dass Sie uns morgen, spätestens übermorgen eine Entscheidung präsentieren.«

Solarfire
Mittwoch, 24. Juni 2020

Brigitte zwängte sich durch die enge Luke des Schutzraumes nach außen. Zwei Tage bedrängte Enge und eine Notversorgung mit an Kommissbrot erinnernden Keksen lagen hinter ihr. Sie war zusammen mit ihren beiden Gefährtinnen auf dem Weg zur Brücke. Auf allen Bildschirmen in der Kommandozentrale blickte ihnen das Konterfei einer Frau entgegen. Brigitte hatte Ewelina Stoblisokowa mittlerweile schon oft in ihrer Rolle als Flight Director von Roskomos in Baikonur erlebt. Die Solarfire-Mission wurde aufgrund der großen Anteile russischer Technik primär von Baikonur aus geführt.

Ewelina begrüßte sie mit einem erfreuten: »Priwjet! Kak djela!!«, was soviel wie »Hallo, wie geht's?« bedeutete.

»Endlich lasst ihr euch mal wieder blicken. Dachte schon, ihr hättet euch in eurem Schutzraum für längere Zeit eingerichtet.«

»Hallo Ewelina«, antwortete Kaira, »die Venus-Sardinen begrüßen dich. Beinahe wären wir nicht mehr da rausgekommen. Ein bisschen geräumiger hätte man diesen Schutzraum doch konzipieren können.«

»Okay, diesen Hinweis gebe ich weiter an die Roskosmos-Ingenieure. Wie ist der Zustand eurer technischen Systeme nach dem Sonnensturm?«

Es entspannte sich ein längerer Disput über technische Details, denen Brigitte auch aufgrund sprachlicher Probleme nicht so ganz folgen konnte. Stattdessen wunderte sie sich einmal mehr über das Outfit ihrer Gesprächspartnerin in Baikonur. Mit ihren langen, tiefbraunen Haaren, die sie sehr fotogen einseitig über die Schulter geschwungen hatte, und ihrem perfekt geschminkten Gesicht, sah sie aus wie die Moderatorin einer Nachrichtensendung. Ganz im Kontrast zur burschikosen Szusanne Stark, welche als Co-Flight-Direktorin in bestimmten Flugsituationen das Kommando über die Solarfire-Mission vom Jet Propulsion Laboratory aus übernahm.

Guyana, Tepui-Hochplateau
Mittwoch, 24. Juni 2020

Die Machete steckte in dem Stamm fest. Jeff Miller stemmte sich mit seinem gesamten Körpergewicht dagegen, um sie wieder frei zu bekommen. Sein leptosomischer Oberkörper bebte und die Haare standen ihm wirr vom Kopf. Schließlich packte er den Griff mit beiden Armen und rüttelte so lange, bis er sie wieder frei in den Händen hielt. Danach schüttelte ihn ein Hustenanfall kräftig durch. Immer noch litt er an dieser hartnäckigen Erkältung. Er rang nach Atem, wischte sich den Schweiß aus den Augen und setzte wild mit der Machete um sich schlagend seinen Weg durch die dichte Vegetation fort. Es war ein Treppenwitz der Geschichte. Er überlebte fast unversehrt den Helikopterabsturz. Er, Jeff Miller, der Physiker, der Quantenmechaniker, einer der größten Stubenhocker vor dem Herrn. Ein Laborant durch und durch. Antisportler, Antijogger, Antiromantiker. Schon jeder Spaziergang über eine halbe Stunde ödete ihn in seinem bisherigen Leben an. Physikdiplom mit 1,0 und Auszeichnung. Drei Anläufe zur Dissertation, die er nicht schaffte, weil er nach Bekunden seiner Betreuer zu perfektionistisch an die Aufgabe heranging. Dennoch seit Jahren Laborleiter bei einer der besten Physikprofessorinnen der Welt.

Jedes andere Besatzungsmitglied hätte sich besser in dieser Wildnis zurechtgefunden. Aber ausgerechnet er überlebte diesen Horrortrip fast ohne ernsthafte Verletzungen und musste für Trinkwasser und Ernährung der Überlebenden sorgen, weil der Proviant beim Unfall fast vollständig verloren gegangen war. Atai-Atai hätte diese Aufgabe mühelos bewältigt. Erikson sicher auch. Aber ausgerechnet die beiden mit der größten Dschungelerfahrung waren tot. Saßen beide links, wo die Wucht des Aufpralls am stärksten gewirkt hatte. Als er aus der Bewusstlosigkeit erwachte, konnte er für die beiden nichts mehr tun.

Seine Chefin und Zabel schwer verletzt. Zahlreiche Knochenbrüche an den Beinen, bei Zabel kamen einige Rippenbrüche dazu. Waren beide nicht mehr in der Lage zu gehen. Lagen beide völlig apathisch im Seitenzelt, welches sich wie durch ein Wunder noch aufklappen ließ. Medizinische Notversorgung stellte auch nicht gerade eine seiner Glanzdisziplinen dar. Aber unter der professoralen Anleitung hatte er mit Hilfe der fast unzerstörten Bordapotheke Wunden versorgt, Verbände angelegt, zwischenzeitlich mehrfach gewechselt und diverse Medikamentencocktails verabreicht.

Verflixt noch mal, die Stelle mit den essbaren Früchten musste doch hier irgendwo sein. Ausgerechnet auf einem der ganz wenigen mit dichter, undurchdringlicher Vegetation bedeckten Tepuis mussten sie abstürzen. Die Chefin hatte ihm die Unterschiede zwischen genießbaren und ungenießbaren Pflanzen in einem Schnellkurs vermittelt. Gott sei Dank war sie noch in der Lage in einer Art Endkontrolle dubiose Pflanzenteile auszusortieren. Er hoffte inständig, dass diese ganze Survival-Nummer überhaupt noch Sinn machte. Die Armaturen des Helikopters waren beim Absturz fast vollständig zerstört worden. Auch die Funkanlage hatte hierbei das Zeitliche gesegnet. Zabel hatte mit dem letzten Rest der Akkuladung seines Handys eine Nachricht versendet, von der nicht sicher war, ob sie die Adressatin überhaupt noch erreicht hatte.

Ein weiterer Machetenschlag riss Miller aus seinen Gedanken. Vor ihm tat sich ein fast kreisrundes Loch auf. Während er noch abschätzte, dass dieses mindestens zehn Meter Durchmesser maß, bröckelte der Boden unter seinen Füßen weg. Er versuchte noch, sich an den Pflanzenstängeln festzuhalten, blickte jedoch nur entgeistert auf ein paar abgerissene Blätter in seinen Händen. Er schaffte noch einen Schritt zurück, aber auch der rettete ihn nicht. Zusammen mit der abbrechenden Erde und diversen Ästen und Blättern fiel er in die Tiefe. Zabel hatte mal erzählt, dass es auf den Tepuis mehrere hundert Meter tiefe Einsturzdolinen gab. Wenn er eine solche erwischt hatte, gab es kein Entkommen mehr, falls er den Sturz überhaupt überleben sollte. Ein ohrenbetäubender Klatscher beendete seine Gedanken. Miller tauchte ins Wasser ein und bemerkte sofort, dass eine reißende Strömung herrschte. Einen Moment lang konnte er noch die Öffnung über ihm wahrnehmen, dann wurde es dunkel. Ein unterirdischer Fluss riss ihn mit sich. Er schlug mit dem Kopf an einen Felsen und wurde wie ein Spielball in die reißenden Wassermassen getaucht. Es musste sich um eine Art Tunnel handeln, den das Wasser gänzlich füllte. Miller hatte vor dem Tunnel noch einmal tief geatmet. Wie lange blieb ihm bis zur Bewusstlosigkeit? Wenn's hoch kam, noch circa eine Minute. Der Tunnel war stockdunkel. Er stieß mit den Schultern und Ellenbogen schmerzhaft an die Seitenwände, verletzte sich jedoch nicht ernsthaft, da er an einer völlig glatten Wand vorbei glitt. Er dachte an Candell und Zabel, die ohne ihn völlig verloren wären. Es war illusorisch zu glauben, hier jemals wieder herauszukommen. Es war illusorisch zu glauben, diese Situation zu überleben. Er hatte sich schon oft gefragt, wie es sei zu ertrinken. Es soll kein schöner Tod sein. Er dachte an sein Labor – daran, dass das gesamte Institut ohne ihn zusammenbrechen würde. In den nächsten Sekunden würde er einatmen müssen und seine Lungen würden sich mit Wasser füllen. Er versuchte den Moment hinauszuzögern so lange es ging. Was für ein Quatsch, dachte er noch, aber das musste der angeborene Überlebenswillen sein. Und dann wurde es plötzlich heller. Die Strömung verlangsamte sich und er flutete mit dem Fluss in eine Höhle. Von weit oben kam Licht herein. Dort musste es einen Hohlraum geben. Dort musste es Luft zum Atmen geben. Miller schwamm mit letzter Kraft nach oben und durchbrach die Wasseroberfläche. Er wusste sofort, dass er den nächsten Atemzug nie mehr im Leben vergessen würde.

Jupiter, Icy Moon Submarin (IMS)
Mittwoch, 24. Juni 2020

Das U-Boot fuhr auf einen gigantischen Seamount zu. Dieser erreichte eine Höhe von mehreren 100 Metern über dem Hochplateau. Der Anblick war von majestätischer Schönheit. Aus dem tiefen Blau ragte eine Bergkuppe hervor, aus der eine phantastische

Riesenblume scheinbar leuchtende Tentakeln in Richtung Eisdecke ausstreckte. Das Ganze sah aus wie eine überdimensionale, über hundert Meter hohe Seeanemone.

Das U-Boot stoppte in etwa 300 m Entfernung und setzte die beiden Taucher mit ihrem speziell für Tiefseeeinsätze entwickelten Unterwasserschlitten aus. Die Taucher trugen Exosuits genannte Anzüge, die das Modernste repräsentierten, was die Navy zu bieten hatte. Es handelte sich um Weiterentwicklungen verschiedener ziviler Tauchexo-Skelette der meeresbiologischen Forschung. Sie bestanden aus Aluminiumelementen, die durch Gelenke miteinander verbunden waren. Dabei boten sie ein Höchstmaß an Beweglichkeit und waren dabei trotzdem extrem druckbeständig und nach menschlichem Ermessen nicht zu zerstören. In Versuchen behielten sie ihre Dichtigkeit selbst bei einer Granatenexplosion in unmittelbarer Nähe. Ein raffiniertes Sensorsystem registrierte die Muskelbewegungen des Trägers und verstärkte die Kraft seiner Bewegungen. Mehrere Schubdüsen sorgten bei Bedarf für einen technisch unterstützten Vortrieb. Fest eingebaute, lichtstarke LED-Lampen erhellten die Umgebung des Tauchers. Man befand sich sozusagen in einer Art anziehbarem U-Boot.

Das Steuer des Schlittens übernahm Eddi King, dahinter saß Sammy Harrington. Ihre Aufgabe bestand heute darin, eine Probe aus dem Inneren der Röhren zu nehmen. Wie Professor Bosenheim sich ausgedrückt hatte, waren die Außenhüllen der Röhren glatt und reaktionsarm wie ein Stück Metall. Die reaktionsfähige Oberfläche musste sich also im Innern der Röhren befinden.

Der Röhrenwald befand sich heute in einem stabilen Stadium der Ordnung mit Ausrichtung auf die Erde. Wie die Wissenschaftler mittlerweile herausgefunden hatten, kamen die Röhren nur in Unordnung, wenn sich der Jupiter zwischen dem Mond Europa und der Erde befand. Dann verloren sie anscheinend ihre Orientierung und bildeten ein in alle Himmelsrichtungen zeigendes Gewirr. Eine Fahrt in solch einen ungeordneten Röhrenwald wurde von der Missionsleitung als zu gefährlich eingestuft. Der Europamond benötigte etwa 3,5 Tage um Jupiter einmal zu umrunden. Wie ihm Bosenheim nachdrücklich versichert hatte, würde der Unordnungszustand folglich erst wieder in drei Tagen eintreten und daher sei der Einsatz völlig ungefährlich. King wunderte sich darüber, dass die Wissenschaftler schon nach dieser kurzen Untersuchungszeit derart weitreichende Schlussfolgerungen ziehen konnten, aber er war hier nur ausführendes Organ und musste sich den Anweisungen fügen.

Sie fuhren mit dem Schlitten über den Gipfel des Seamounts und blickten dabei in die gähnenden, mindestens fünf, teilweise bis zu zehn Meter durchmessenden Schlünde der Riesenröhren. King beschlich bei diesem fremdartigen Anblick immer noch eine nie gekannte Angst. Er war Kampfschwimmer der Navy. Einer der härtesten Marines auf dem Planeten Erde. Auf der Erde hatte er hunderte von Kampfeinsätzen absolviert. Er hatte verwundet, er hatte getötet, er befand sich mehr als einmal in akuter Lebensgefahr. Nicht umsonst war er für diese Mission ausgewählt worden. Aber seine Erfahrungen bezogen sich auf die Ozeane des blauen Planeten. Diese fremde Umgebung wirkte auf ihn beklemmend, wie er es nie für möglich gehalten hätte. Während Bosenheim und Harrington in Superlativen schwelgten und von diesem Röhrengarten in den höchsten Tönen schwärmten, fühlte er vor allem eines – Gefahr. Nie hätte er es für möglich gehalten bei einem Unterwassereinsatz außerhalb einer Gefechtssituation Ängste zu verspüren. Aber dieser Sache hier traute er nicht. Außerirdisches Leben in einer Art und Weise, die er sich nie hätte träumen lassen und von dem niemand wusste, wie es reagieren würde. Damit kam er nicht klar. Trotzdem ließ er sich nach außen nicht das Geringste anmerken. Nein, eine solche Blöße würde er sich nicht geben.

Auftragsgemäß ließ King den Schlitten immer weiter in Richtung der Röhrenschlünde absinken. Als sie schließlich in minimaler Sinkfahrt die Spitze einer der höchsten Röhren erreichten, schwang sich Harrington mit einer leichten Bewegung vom Schlitten. King verankerte den Schlitten an der Oberkante der Röhre.

Anscheinend völlig unbeschwert schwamm Harrington einige Kreise über dem Röhrenschlund.

»Pass bloß auf, Sammy«, ermahnte ihn King über sein Helmmikrofon.

»Ach, das ist doch hier ungefährlicher als im botanischen Garten von San Diego«, kam es zurück.

»Sammy hatte gut reden«, dachte King. Abgesehen von seinen eigenen, wahrscheinlich völlig unbegründeten Urängsten, schien es in diesem Wasser ganz so ungefährlich doch nicht zu sein, selbst wenn die großen Meeressaurier und Ungeheuer offensichtlich fehlten. King dachte an die Einweisung zu den Einsätzen im Europaozean. Noch hatte er die Stimme in den Ohren: »Beachten Sie peinlich genau die Sicherheitsvorschriften. Vermeiden Sie jeglichen direkten Haut-Kontakt mit diesem Wasser«.

Er wusste, dass Harrington und Bosenheim schon bei der Ebola-Epidemie 2014 in Westafrika im Einsatz gewesen und bestens mit komplizierten Hygiene-Vorschriften vertraut waren. Das U-Boot war für rückkehrende Taucher mit einer speziellen Luftschleuse in Verbindungen mit einer Hitzekammer ausgestattet, die komplett alles Wasser verdampfen konnte. Auch der Wasserdampf wurde abgesaugt. Ebenso gab es Luftschleusen für die Taucheranzüge. Der Einstieg in die außenbords angeflanschten Taucheranzüge war so konzipiert, dass eine Berührung mit Fremdwasser ausgeschlossen war.

Harrington ließ sich in die Röhre sinken. King sah, wie er immer tiefer dort eindrang. Er fragte sich, ob die Proben nicht auch weiter oben hätten genommen werden können. Dann hörte er Harrington sagen: »Hey Eddi, tolles Gefühl hier drin. Als befände man sich in einem gigantischen Gartenschlauch, oder einem überdimensionalen Blütenschlund. Ich beginne gleich mit der Probenahme.«

King hatte hingegen weiterhin ein ungutes Gefühl. Obwohl es bereits ihr dritter Außeneinsatz war, fühlte er immer noch eine tiefe Beklemmung in dieser unwirklichen Umgebung. Gott sei Dank waren wenigstens die Funkstörungen der vergangenen Tage behoben. So ein verdammter Sonnensturm wirkte sich tatsächlich auch noch am Jupiter störend aus. Er schaute in unregelmäßigen Abständen hinter sich, obwohl alle ständig behaupteten, dass es außer den Röhren und einigen Mikroben keine weiteren Lebewesen im Europaozean gäbe. Er blickte in den Abgrund neben dem Seamount und versuchte, das tiefe Blau des gigantischen Wasserkörpers zu durchdringen. Dabei testete er mehrfach die Beweglichkeit seines Exoskeletts, welches als Spezialanfertigung auf seinen hühnenhaften, muskelbepackten Körper zugeschnitten worden war. Alle Besetzungsmitglieder verfügten über eine solche Maßanfertigung eines Exosuits und es bestand kein Zweifel, dass in Folge seines riesigen Stiernackens kein anderer aus der Crew diesen Anzug tragen konnte.

Kings Gedanken wurden jäh unterbrochen. Er bemerkte das leichte Zittern sofort. Die gigantischen Röhren gerieten in leichte Zuckungen. Man hörte ein entferntes dumpfes Grollen. »Hey Bosenheim, merkt ihr das auch? Was ist da los?«

»Wir registrieren hier oben starke seismische Wellen. Das muss eine Art Seebeben sein, King. Keine Ahnung wie lange so etwas hier auf Europa dauert. Ich würde vorschlagen, dass ihr den Außeneinsatz abbrecht.«

»Okay, Professor. Hey Sammy, hast du unsere Unterhaltung mitgehört? Wir sind hier mitten in einem Seebeben. Wir brechen ab.«

»Ja, Eddi, hier drin schwankt auch schon alles bedenklich. Alles klar bei dir da draußen?«

»Halt jetzt keine Volksreden, und komm…!« King blickte in diesem Moment nach oben und sah den Schatten, der sich aus der Eisregion in schneller Geschwindigkeit nach unten bewegte.

King rief: »Sammy, Achtung! Da kommt etwas aus dem Eis herunter. Komm sofort da raus!«

Er konnte beobachten, wie Harrington seine Beine in wilde Paddelbewegungen versetzte und Höhe gewann. Zeitgleich zündete er alle Schubdüsen, so dass er zunehmend Geschwindigkeit aufbaute. Der Schatten näherte sich jedoch unaufhaltsam von oben. Harrington schwamm dagegen an.

Kings Herz schlug bis zum Hals während er beobachtete, wie der Schatten sich immer schneller bewegte und Harrington dagegen langsamer vorwärts kam. Es würde knapp werden, ganz knapp. Aber es reichte nicht. Zwei Meter weiter und Harrington wäre aus der Röhre raus gewesen. So aber schlug das schwarze Etwas in die Röhrenöffnung ein und zerfetzte die Außenwand. Der Schlitten zerbarst unter der Last und trieb langsam in Richtung Abgrund davon. Während King sofort bewusst wurde, dass dieser nicht mehr zu retten war, schrie er verzweifelt: »Hau ab nach unten Sammy!«

Das schwarze Ding zerschlitze die Röhre von oben und drang immer tiefer in den Röhrenkörper ein. Es hatte mittlerweile auch

Harrington erfasst und drückte diesen unaufhaltsam nach unten. Harrington versank so immer tiefer in der Röhre.

In Kings Kopfhörer herrschte Chaos. Harrington stieß laute, spitze Schreie aus, wovon er absolut nichts verstehen konnte. Dazwischen nahm er undeutlich Bosenheims Stimme wahr, der fragte: »Was ist da unten los bei euch?«. Mehrfach drang Basket zu ihm durch, der befahl, er solle den Gefahrenbereich verlassen.

King beschloss, diesen Befehl zu ignorieren, reduzierte die Lautstärke und versuchte einen klaren Gedanken zu fassen. Dieser Röhrengarten wurde nach unten immer dichter. Das U-Boot konnte in diese Bereiche nicht vordringen. Es hatte also keinen Zweck, mit dem Boot eine Rettungsaktion zu starten. Andererseits durfte er selbst sich nicht zu nahe an die zerberstende Röhre annähern, um nicht auch noch in dieses Inferno hineingezogen zu werden.

Wie durch ein Milchglas beobachtete er das Geschehen im Innern der begrenzt durchsichtigen Röhre. Es war, als liefe die Katastrophe in Zeitlupe ab. Harrington wurde immer tiefer und tiefer in den Schlot der Röhre hineingedrückt wobei sein Körper zwischen den Wänden hin und her wirbelte. King sah, dass er sich heftig gegen die gewaltigen Kräfte wehrte, die dort drinnen wirkten, jedoch nichts ausrichten konnte.

Plötzlich änderte sich die Situation. Das schwarze Etwas kam zum Stillstand. Es handelte sich offensichtlich um ein Felsbruchstück. Wie ein gigantischer Deckel versperrte es den Ausweg nach oben. Die zerfetzten Bestandteile der Röhre sanken langsam an den Seiten nach unten und hingen schließlich wie bei einer welken Blume nach unten weg.

King begann in die Tiefe zu schwimmen. Basket, der das Ganze durch Kings Helmkamera verfolgen konnte, warnte ihn: »Achtung King, gehen Sie nicht zu nah da ran. Das Ganze sieht instabil aus!«

King schnaubte nur verächtlich und tauchte noch tiefer hinab, bis er die Höhe erreichte, in der Harrington feststeckte. Harringtons Arm hatte sich zwischen Fels und Röhre verkeilt. Er konnte sich nicht mehr nach oben oder unten bewegen und sein Exoskelett war stark eingedrückt. King sah durch die transparenten Fenster im Exosuit, wie sich aus Harringtons Arm ein roter Blutschwall ergoss. Der Taucheranzug war offensichtlich am Arm so stark beschädigt, dass Wasser eingedrungen war. Ein raffiniertes Abschottungssystem würde zwar einen Wassereinbruch in den übrigen Anzug verhindern, dennoch schienen Harringtons Überlebenschance gegen Null zu tendieren. Während dieser anfangs noch heftig gestikulierte wurden seine Bewegungen schnell schwächer. King hörte ganz leise seine matte Stimme: »Eddi, ich komme hier nicht mehr raus. Diese verdammte Röhre wird mein Grab.«

In King wurde nun der Kampfschwimmer wach. »Halt durch, Sammy«, hörte King sich sagen und schwamm entschlossen auf die Röhre zu. Dann zog er sein Kampfmesser und begann wie ein verrückter auf die Röhre einzustechen. Das Material war zwar fest aber nicht undurchdringlich. Es gelang ihm, durch mehrere Stiche die Außenhaut so zu lockern, dass er ein großes Bruchstück herauslösen konnte. Er stieß es beiseite und versuchte durch gezielte weitere Stiche das Loch zu vergrößern.

Die Röhren schienen jedoch in der Basisregion viel dicker zu sein als an der Spitze. Der leblose Körper Harringtons hing immer noch vor ihm in der Röhre.

King ließ sich nicht beirren. Fetzen des Röhrenmaterials umgaben ihn allmählich wie ein Schwarm milchiger Quallen. In der trägen Strömung schwammen sie nicht fort, so dass Kings Bewegungen zunehmend durch die Bruchstücke behindert wurde. Er fühlte sich wie in einem gigantischen Wackelpudding. King arbeitete sich trotzdem Stück um Stück weiter vor. Mit weit ausholenden Armbewegungen hackte er die Röhrenwand um Harringtons Arm auf. Er wusste, dass er Gefahr lief, seinen Kollegen ernsthaft zu verletzen. Andererseits war es Harringtons einzige Chance. Einige Stiche später hatte er den Arm fast freigelegt. Mehrere starke Schnitte noch nach unten und er konnte ihn greifen und durch die Öffnung nach außen ziehen. Noch ein paar Stiche später und er zwängte den gesamten Exosuit hindurch. Harringtons Kopf hing schief in seinem Helm und er sagte nichts mehr. Ein dünner Blutfaden rann aus seinem Mund. King war sich nicht sicher, ob Harrington überhaupt noch lebte.

Er schloss seinen Arm um den leblosen Körper und begann mit kräftigen Paddelbewegungen der Beine in Richtung U-Boot zu schwimmen. Er keuchte in sein Helmmikrofon: »Ich hab ihn. Ich weiß nicht, ob er noch lebt, aber ich hab ihn.«

In seine heftigen Atemstöße hinein hörte er: »Okay, Mister King, wir kommen Ihnen entgegen.« Mit einem schnellen Blick erfasste er, dass sich das U-Boot in langsamer Fahrt näherte. King holte das Letzte aus sich heraus. Für Harrington konnte jede Sekunde entscheidend sein.

Er hörte wieder Baskets Stimme: »Wir nehmen Sie beide über die Sicherheitsschleuse rein. Lassen Sie Harrington in der Schleuse und kommen Sie über das Sicherheitsdock ins Schiff. Ich betone nochmals: Lassen Sie Harrington in der Schleuse. Er ist kontaminiert. Wir untersuchen ihn erst mit den Roboterarmen. Wir nutzen zu diesem Zweck den Quarantäneraum neben der Schleuse.«

In der Schleuse konnte man mit seinem Anzug andocken und völlig ohne Fremd-Wasserberührung ins Hauptschiff gelangen. Das war das Prozedere für den Normalfall, nach Kings Ansicht jedoch nicht tauglich für diese Notfallsituation. Er schwamm mit Harrington im Schlepp durch die Schleusenöffnung und betätigte die Pumpvorrichtung. Allmählich wurde es ruhig in seinen Kopfhörern. King hörte genau hin. Er hörte ein ganz leises leises Röcheln, unterbrochen von längeren Pausen. Harrington lebte also noch, hatte aber anscheinend akute Atemprobleme.

King wartete bis das letzte Wasser aus der Schleuse gepumpt und die Atemluft eingeströmt war. Dann zog er seinen Helm ab. Über die Bordlautsprecher hörte er Baskets Aufschrei: »Nein, King was machen Sie denn?«

Unbeirrt löste dieser Harringtons Helm vom Kopf und begann sofort mit Mund-zu-Mund-Beatmung. Wenige Handgriffe später hatte er dessen Brust freigelegt und verabreichte ihm eine Herzmassage.

Basket beobachtete das Geschehen über die Bordkameras und fluchte. So hatte er sich die Bergung Harringtons nicht vorgestellt. In den Planspielen hatten sie dies anders einstudiert. Die oberste Priorität für die Mission bestand darin, direkten Kontakt mit dem Parawasser unbedingt zu vermeiden.

Er stellte die Funkverbindung zur Schleuse ab und funkte zum Orbiter.

»Jetzt sind beide kontaminiert. Was sollen wir tun, Oberst Montgommery? Lassen wir sie herein?«

»Sie können einen einsatzfähigen Soldaten nicht vor der Tür lassen. Öffnen sie ihm. Er soll sofort unter die Dusche. Behandeln sie Harrington in der Krankenstation.«

Washington DC, White House, Situation Room
Donnerstag, 25. Juni 2020

Wieder saß Mayer im Weißen Haus. Er hatte von Dyce die dringliche Bitte erhalten, das Sicherheitskabinett einzuschalten. Soweit Mayer die Lage überblickte, hatte das Kabinett jedoch gerade andere Sorgen. Wie sich die Leute am JPL das immer vorstellten.

Auf jeden Fall war Mayer erst einmal froh, dass die Runde überhaupt tagte, wenn auch der Anlass nicht gerade Grund zur Freude gab, wie die Einführung des Präsidenten verdeutlichte: »So, nun sitzen wir zum dritten Mal in so kurzer Zeit zusammen. Dieses Mal mit einem noch ernsterem Thema, als dem aktuellen Sonnensturm und seinen Auswirkungen.« Der Präsident, der ansonsten so eine positive Grundhaltung ausstrahlte, machte eine wirklich sorgenvolle Mine. »Miss Xanderalex, ich bitte um einen Lagebericht.«

»Direkt am Anfang der auftreffenden Plasma-Strahlungswelle am 21.06.2020, kam es zu Kurzschlüssen in mehreren zentralen Umspannwerken. Dies hatte zur Folge, dass der Strom in einigen Landesteilen und Großstädten komplett ausfiel. In Folge der automatischen Umleitung in benachbarte Subnetze und der dadurch eingetretenen Überlastung kam es zu einer ganzen Kaskade von Stromausfällen. Die Regionen um Boston, New Orleans und Dallas sind immer noch nicht wieder am Netz. Zahlreiche Krankenhäuser müssen immer noch über Notstromaggregate versorgt werden. Zwei wichtige Energieferntrassen wurden an einigen Stellen zerstört. Kleinere Stromleitungen sind an etlichen Stellen betroffen. Die Reparaturarbeiten werden noch Wochen andauern. Einige zerstörte Trafostationen müssen komplett neu gebaut werden, was bis zu einem Jahr dauern kann. Die Anzahl kleiner Brände, zumeist in Folge havarierter Gas- und Stromleitungen geht in die Hunderte. Großbrände ereigneten sich in zahlreichen Wald- und

Trockenbuschgebieten aber leider auch in einer Düngemittelfabrik und drei Tanklagern. Es kam hier zu zahlreichen Explosionen. Da in Folge des Stromausfalls tausende Gefriertruhen, Kühlregale und Kühlhäuser des Groß- und Einzelhandels ausfielen, sind tonnenweise Lebensmittel verdorben. Auch hier sind Milliardenverluste zu beklagen und die Versorgungssicherheit der Bevölkerung ist in einigen Regionen bedroht.

Stark zu schaffen macht uns der Ausfall diverser Satelliten. Etliche Kommunikationssatelliten gaben ihren Geist auf. Viele sind so zerstört, dass eine Wiederinbetriebnahme aussichtslos erscheint. Diese müssen somit im Zuge von Neustarts ersetzt werden.

Es gibt Telefongesellschaften, die immer noch komplett lahmgelegt sind. Zudem fiel das GPS kurzzeitig fast flächendeckend aus, was zu erheblichen Behinderungen und einer Vielzahl von Unfällen führte. Obwohl die Warnungen rechtzeitig rausgingen, kam es zum Absturz von zwei Passagiermaschinen.

Alles in allem melden die Krankenhäuser über 15.000 Verletzte. Die Zahl der Todesopfer, die unmittelbar auf den Sonnensturm zurückzuführen sind, liegt aktuell bei 528.

Die gravierendsten Auswirkungen haben wir allerdings im AKW Sequoyah bei Soddy-Daisy in Tennessee zu verzeichnen. Der allgemeine Zusammenbruch des Stromnetzes konnte durch die Notstromaggregate des AKW nicht ganz kompensiert werden, zumal einige der Notfalleinrichtungen selbst außer Funktion gesetzt wurden. Die Kühlwassersysteme sind ausgefallen. Wir sind dort auf der höchsten Alarmstufe. Wenn wir Glück haben, lässt sich eine Kernschmelze gerade noch abwenden. Dieses Mal!«, schloss Xaneralex in ernster Tonlage.

»Danke Miss Xanderalex, für diesen Kurzbericht. Das diese alte Sequoyah-Klitsche immer noch läuft, fällt uns jetzt auf die Füße. Das Heimatschutzministerium gibt laufend online die aktuelle Lage bekannt. Vorbildliches Krisenmanagement bisher.«

Man konnte beobachten, wie ein kleiner Rotschimmer über das ansonsten so blasse runde Gesicht von Xanderalex huschte. Der Präsident lächelte kurz und fuhr fort: »Ohne Zweifel handelt es sich um den verheerendsten Sonnensturm, der die Erde je getroffen hat. Erst in einigen Wochen wird eine Gesamtbilanz der Schäden vorliegen. Nach Untersuchungen der ESA und der NASA entstand in den letzten Jahren aufgrund des Ausfalls von Satelliten ein Schaden von circa 500 Millionen Dollar. Vorsichtige Schätzungen zum aktuellen Ereignis gehen von einer Schadenshöhe allein bei der Satellitenflotte von zwei Milliarden Dollar aus. Das wirklich Beunruhigende an dieser Sache ist, dass dieser CME nach Angaben der NASA gar nicht viel stärker war, als einige schon in den 1990er Jahren beobachteten Sonnenstürme. Weiterhin befinden wir uns noch gar nicht auf dem Maximum des derzeitigen Sonnenzyklus.«

Der Präsident suchte den Blickkontakt zu Mayer und führte weiter aus: »In diesem Zusammenhang kommt den Forschungsprojekten am Jet Propulsion Laboratory über den Zustand der Magnetosphäre der Erde eine zentrale Bedeutung zu. Was haben Sie dazu zu sagen, Mister Mayer?«

Mayer fluchte innerlich, dass er schon wieder den Job im Sicherheitskabinett hatte, während Dyce am JPL weilte. Außerdem war er diesbezüglich überaus uninformiert. So beantwortete er die Frage mit großer Verlegenheit in der Stimme: »Die seit Jahren stattfindende Abnahme der Magnetfeldstärke wird selbstverständlich am JPL detailliert erforscht. Eine Vorstellung der Ergebnisse und Schlussfolgerungen steht unmittelbar bevor. Unser Projektleiter, Professor Vössler, ist meines Wissens derzeit auf einer Geländeexkursion und nicht erreichbar. Der schon angesprochene Ausfall von Teilen des Handynetzes schlägt hier voll durch. Wir werden versuchen, Kontakt zu ihm aufzunehmen, um die Ergebnisse in Kürze abfragen zu können.«

»Versuchen Sie den Mann dingfest zu machen und fassen Sie die bisherigen Ergebnisse zu einem Zwischenbericht zusammen. Es sieht ganz so aus, als stünde die nächste kosmische Bedrohung unmittelbar vor unserer Haustür. Wir benötigen jetzt dringend eine Strategie. Also machen Sie sich auf den Weg nach Pasadena, Mister Mayer. Und übrigens, Ihr Anliegen in Bezug auf die Ceres-Mission können wir hier in dieser Lage nicht ausführlich besprechen. Dazu heute nur so viel: Ich übertrage die Verantwortung in dieser Sache auf Professor Scott. Mister Dyce soll das Wissenschaftlerteam unterstützen. Richten Sie meine und unsere Grüße am JPL aus. Auf Wiedersehen, Mister Mayer.«

Damit entließ der Präsident den Angesprochenen aus der Runde. Während die anderen munter weiter diskutierten, begann Mayer seine Sachen zu packen und wunderte sich über diese lapidare Vorgehensweise, wurde diese Frage im JPL doch als so schicksalsentscheidend eingestuft. Aber Oberbefehl war Oberbefehl.

**JPL, Headquarter
Freitag, 26. Juni 2020**

»Okay, wie wir in der Mail von Walter Mayer lesen können, haben wir die Bestätigung aus dem Weißen Haus«, verkündete Scott dem versammelten Team. Nach einem Seitenblick auf Dyce fügte er schnell hinzu: »Ich interpretiere diese Rückmeldung jedenfalls als Bestätigung.«

»Ja, die alte Leier – die Entscheidung ist mal wieder unter rein wissenschaftlichen Aspekten zu treffen«, unkte Jack Dyce missmutig.

»So würde ich das nicht sagen, Mister Dyce, auch ich beziehe alle vorliegenden Informationen in eine solche Entscheidung mit ein. Wir haben in diesem Falle eine Reihe von Imponderabilien, die jedoch nicht dazu führen, Djalus Entscheidung aufzuheben. Also packen wir's an! Wie sieht es aus mit unserem rotierenden Riesenbaby da draußen, Miss Stark?«

»Maxie ist weitgehend stabilisiert, Professor Scott. Wir konnten mit den Treibstoffreserven der Ceres-Sonde eine Lagekorrektur vornehmen. Aktuell können wir keine Drehbewegungen mehr feststellen.«

»Bestens, dann sind ja alle Voraussetzungen erfüllt. Unaden, bitte teile Djalu mit, dass die Umpolung beginnen kann.«

Unaden wechselte in den Medicroom und sprach mit Djalu. Alle starrten gespannt auf die Kameraprojektion aus dem Medicroom. Man konnte merklich feststellen, wie Djalu ruhiger wurde. Sein Gesicht nahm entspannte Züge an. Die Atmung verlangsamte sich und die Schweißperlen auf seiner Stirn verschwanden. Es verstrich über eine halbe Stunde, in der nichts getan werden konnte als ruhig abzuwarten. Schließlich fing er mit seiner sonoren Stimme an zu sprechen und Unaden übersetzte:

Alles ist bien

I fly avec the kleinen Stone

Je suis angekommen

My journey in Richtung sontze starts

Die Anspannung fiel von den Anwesenden ab und die Stimmung im Konferenzraum wurde gelöster. Scott bestellte Kaffee und Tee für alle und blickte optimistisch in die Runde. Nur eine konnte sich anscheinend nicht so richtig freuen.

»Professor Scott«, fragte Miss Quamoora zaghaft, »was ist, wenn Mister Dyce recht hat und sich diese Aktion negativ auf den Parazentaur auswirkt?«

»Das halte ich für unwahrscheinlich. So, wie die Dinge bisher gelaufen sind, glaube ich fest daran, dass die Parawesen die richtige Strategie verfolgen.«

**Mars, Mars City
Samstag, 27. Juni 2020**

Steven wachte schlagartig auf und konnte sich sofort an alles erinnern, was vor seinem Unfall geschehen war. Er schlug die Augen auf und stellte fest, dass er in einem Krankenbett lag. In seinem linken Arm steckte eine Infusionskanüle und rund um ihn herum blinkten diverse medizinische Geräte. Als er sich zur Seite drehte, gewahrte er ein breites Gesicht mit vor stehenden Wangenknocken eingerahmt von pechschwarzen, streng zurückgesteckten Haaren. Es handelte sich um Li Chai Tang, die Kommandantin der Marsstadt und Gesamtkoordinatorin aller Projekte auf dem Mars.

»Wo bin ich, und wie lange befinde ich mich schon hier?« fragte Steven.

»Sie befinden sich auf der Krankenstation von Mars City, Mister Winstone. Wir mussten Sie einige Tage in ein künstliches Koma versetzen, um Ihren Kreislauf zu stabilisieren. Sie hatten Glück, verdammtes Glück, dass Sie hier noch Ihre Augen aufschlagen können.«

»Künstliches Koma«, ächzte Steven, »um Himmels Willen, wie viel Zeit ist denn seit unserer Rückfahrt aus dem Krater verstrichen?«

»Rückfahrt aus dem Krater nennen Sie Ihr Himmelfahrtskommando? Mein lieber Herr Winstone. Wissen Sie, dass Sie mit dieser Aktion sämtliche Sicherheitsbestimmungen missachtet haben und gegen eindeutige Anweisungen verstoßen haben. Ich werde ein Disziplinarverfahren gegen Sie einleiten.«

»Tun Sie das, tun Sie was Sie wollen, aber sagen Sie mir zuerst, wie viel Zeit seit dem Unfall vergangen ist!«

»Seit Ihrem Unfall sind vier Tage vergangen.«

»Das ist ja eine halbe Ewigkeit.«

»Doktor Winstone, Sie müssen sich jetzt schonen. Am besten, Sie schlafen jetzt ein bisschen. Haben Sie schon mal in einen Spiegel geschaut?«

Obwohl es sich wohl eher um eine Redensart handelte, suchte Steven unwillkürlich in dem Medic-Container nach einem Spiegel. Als er keinen fand, lehnte er sich nach vorne, um sich in der verchromten Armatur eines der Geräte zu betrachten. Er sah seinen Kopf, der auf der rechten Seite von einem dicken Verband verhüllt war. Darunter konnte er sein rechtes Auge gerade noch erkennen, welches in Folge geplatzter Adern einen deutlichen Rotton aufwies. Die Augenränder leuchteten dunkelblau, als hätte er einen Boxhieb erhalten. Dies hielt ihn jedoch nicht davon ab, entrüstet zu antworten: »Ich habe überhaupt nicht die Absicht, mich in irgendeiner Form zu schonen. Wissen Sie eigentlich, dass ich eine Entdeckung gemacht habe, die alles Leben auf der Erde gefährden kann?« Und er erklärte ihr ausführlich seine Experimente und die festgestellten Resultate. Er schloss seine Ausführungen mit den Worten: »Das oberste Ziel muss sein, die Besatzung der Europamission so schnell wie möglich zu warnen. Die Leute dort sind unter Umständen in absoluter Lebensgefahr. Über die weiteren Auswirkungen, die das Ganze mit sich bringen kann, will ich jetzt gar nicht spekulieren«

»Okay, Mister Winstone. Ich schicke Ihnen sofort den Arzt vorbei. Der wird entscheiden, was Sie alles machen dürfen.«

Kurze Zeit später erschien ein ebenfalls asiatisch aussehender junger Arzt, der sich als Duy Cuong Lai aus Vietnam vorstellte. Aufgrund der Tatsache, dass Steven sich diesen Namen sofort korrekt einprägen konnte, merkte dieser, dass er wirklich wieder einigermaßen auf dem Damm war. Nach dem medizinischen Check, in dessen Verlauf Steven überzeugend vermittelte, dass es hier um Leben und Tod ging, erhielt Steven die Freigabe für eine Stunde Konversation per Mail. Wie ihm versichert wurde, gab es trotz etlicher Ausfälle nach dem Sonnensturm noch funktionierende Kommunikationssatelliten in der redundant ausgelegten NASA-Satellitenflotte.

Die erste Maßnahme, die er daraufhin begann, war eine Warnmeldung vor dem todbringenden Deuteriumwasser, die er mit einem Bericht über seine Parablasen-Experimente unterfütterte. Mit höchster Prioritätsstufe sendete er seine Nachricht an die Europamission über das Headquarter des JPL zur Weiterleitung an Montgommery. Er war sich sicher, dass Greg Scott und Jack Dyce sofort alle notwendigen Schritte einleiten würden.

Danach las er zunächst alle besorgten Mails von Brigitte, welche über das JPL von seinem Unfall informiert worden war und übermittelte ihr eine Beruhigungsmail. Dann öffnete er seinen Dienstmailordner. Etliche Mails waren mit hoher Priorität und Lesebestätigung eingestuft. Davon war jedoch nichts wirklich brandwichtig. Dann las er alle sonstigen Eingänge wie die Nachrichten von astronomischen Arbeitskreisen, mehrere Mails aus dem JPL-Headquarter mit Routinemeldungen sowie diverse JPL- und NASA-Newsletter. Das wirklich Wichtige kam ganz unscheinbar daher, als er zum Abschluss seinen privaten Mailaccount sichtete. Mai Ling hatte die Aufgabe übernommen, ihn auch mit privaten Nachrichten von der Erde zu versorgen. Neben einigen Nachrichten der JPL-Jogging- und Fahrradgruppen, einem Rundbrief der Harvard-Universität für Alumni und diversen Angeboten von Ferngläsern und Fernrohren zur Himmelsbeobachtung fand er einen gescannten, handschriftlichen Brief aus Kasachstan. Die Schrift machte einen etwas schludrigen Eindruck, als wäre der Brief unter Zeitmangel geschrieben worden.

Natürlich erinnerte er sich noch an Juri Aitmaturow, den lebenslustigen Wissenschaftler mit dem Kugelbauch, den er bei seinem Aufenthalt in der Cosmic Station auf dem Berg Aragats in Armenien kennenlernen durfte. Er lehnte sich zurück, um diesen Brief entspannt zu lesen, um dann wie elektrisiert nach vorne zu schnellen.

Lieber Steven,

bin sehr in Eile und habe Stress. Daher nur kurz: Ich arbeite mittlerweile bei Kosmoprom in Baikonur. Die wollen den Meteorit 2018 HQ 12 auf den Mond lenken und abstürzen lassen. Dieser besteht aus reinem Platin. Bei Kosmoprom läuft das Projekt unter den Decknamen »Plan P«. Es geht um Asteroidenbergbau. Ich versuche das zu verhindern. Falls mir das nicht gelingt, tue, was in deiner Macht steht. Außer mir weiß bei Kosmoprom noch meine Bekannte Irena Seitzewa Bescheid, die zusammen mit anderen für die Steuerung der Kosmoprom-Sonden zuständig ist.

Der Brief endete mit den Telefonnummern von Juri Aitmaturow und Irena Seitzewa.

In diesem Moment kam der Arzt wieder in sein Krankenzimmer. »Mein lieber Mister Winstone, jetzt ist aber wirklich Schluss. Sie haben schon eine viertel Stunde überzogen. Ich nehme Ihnen jetzt Ihren Laptop weg.«
»Nur über meine Leiche. Ich mache keine Witze, aber hier steht das Schicksal der gesamten Menschheit auf dem Spiel.«
»Wenn Sie nicht schon einmal die Welt gerettet hätten, würde ich das ja nicht glauben. Wie lange brauchen Sie noch?«
»Ich muss nur noch eine einzige Mail versenden.«

**Guyana, Tepuihochplateau
Samstag, 27. Juni 2020**

Miller erinnerte sich an Fotos von Höhlen, die er lediglich aus Büchern kannte. Er selbst war außer ihrem kurzen Ausflug in die Muchimuk-II-Höhle noch nie in einer gewesen. Trotzdem hatten die Bilder dieser Tropfsteinhöhlen eine gewisse Faszination auf ihn ausgeübt. Die skurrilen Formen von Tropfsteinen muteten an wie Wesen aus einer anderen Welt. Er kramte in seinem Schulwissen. Für was standen noch mal die Stalagmiten und die Stalaktiten. »Tit(t)en müssen hängen«, das war die Eselsbrücke. Er freute sich, dass er dies noch aus seinem Gedächtnis hervorkramen konnte. Bei den Bildern, die in seinem Kopf erschienen, handelte es sich um mit Scheinwerfern geschickt künstlich ausgeleuchtete Höhlenareale.

Ganz anders die Szenerie, die sich ihm gerade bot. Hier fiel Sonnenlicht durch einen Schacht in der Decke. Dieser mochte etwa fünf bis zehn Meter tief sein, so genau konnte er es nicht sagen, denn obwohl er ihn aus verschiedenen Blickwinkeln versuchte zu betrachten, blieb die Außenöffnung für ihn verborgen. Eine Art Gewölbe aus glatt geschliffenem Fels bildete die Höhlendecke und überspannte das Wasser wie die Kuppel eines Domes. Der Schacht befand sich ziemlich genau im Zenit der Kuppel, ungefähr vier bis fünf Meter über ihm. Miller schätzte die Größe der sichtbaren Wasserfläche auf etwa 3000 Quadratmeter. Lichtspiele in grünblauen Farben tanzten über dem Wasserspiegel und bildeten wellenartige Muster auf Höhlenwänden und -decke. Das Wasser war kristallklar und er hatte auch ohne Taucherbrille eine fantastische Sicht bis hinunter zum Grund der Höhle. Als Physiker wusste er, dass Tiefenschätzungen unter Wasser extrem fehlerbehaftet waren. Dennoch ging er von einer Wassertiefe von circa 20 Metern aus. Miller litt zwar unter den Blessuren, die er sich bei seiner Tauchfahrt zugezogen hatte. Auch einige der Wunden, die beim Helikopterabsturz abbekommen hatte, schmerzten ihn sehr. Außerdem hallte die Höhle in kurzen Abständen von seinen Hustenkaskaden wider.

Dennoch konnte er anfangs kaum den Blick von dieser Unterwasserwelt abwenden. Vom Höhlenboden ragten zahlreiche Röhren von sehr unterschiedlicher Länge in den Wasserkörper hinein. Viele davon erreichten fast die Wasseroberfläche und einige wenige ragten auch darüber hinaus. Das eindringende Licht tauchte den Röhrenwald in ein Wechselspiel auf- und abwandernder grünblauer und weißer Streifen. Miller kannte sich nicht die Bohne aus in solchen Sachen, aber es lag auf der Hand, dass es sich einst um Lebewesen gehandelt haben musste. Diese waren aber offensichtlich mittlerweile gänzlich versteinert. Schade, dass dieses grandiose Naturschauspiel weder Zabel noch Candell sahen und nach aller Wahrscheinlichkeit auch nie sehen würden, denn am Boden der Höhle lagen nach seinen Unterwasserbeobachtungen zahlreiche Tierknochen und sogar ganz Skelette kleiner Säugetiere. Das sprach nicht gerade dafür, dass bisher irgendetwas wieder lebend aus dieser Höhle herauskommen konnte. Die Chancen Candell und Zabel jemals hierher zu bringen, lagen bei null.

Kurz nach seinem Auftauchen in der Höhle war er zu einer der knapp über die Wasseroberfläche reichenden vollversteinerten Röhren geschwommen und hatte sich dort so gut es ging eingerichtet. Es war ihm gelungen, das meiste Wasser aus dem kleinen Becken herauszuschöpfen, das die Röhre mit einem Durchmesser von ungefähr drei Metern im oberen Bereich bildete, so dass er sich auf dieser einigermaßen trockenen Insel aufhalten konnte und dort bereits drei Nächte verbracht hatte. Er war inzwischen mehrfach an den spiegelglatten Außenwänden der Höhle vorbeigeschwommen und hatte alles versucht, einen Aufstieg in Richtung des zentralen Schachtes zu finden. Nirgends fand er einen Halt oder Vorsprung, an dem er noch oben hätte klettern können.

Ihm war aufgefallen, dass am Boden der Höhle offensichtlich eine leichte Strömung herrschte, die das Wasser in einer sanften Bewegung hielt. Jedenfalls konnte man diese noch an der Wasseroberfläche spüren. Er nahm an, dass es sich um den Wasserstrom zwischen der Ein- und der Ausströmöffnung handelte. Konnten diese Öffnungen ein Ausweg für ihn sein? Er erinnerte sich an einen Mitarbeiter des DESY in Hamburg, der ihm einmal von einer Extremsportart, dem Caving genannten Höhlenwandern, erzählt hatte. Dieser hatte von verwegenen Typen berichtet, die bis in Tiefen von über 2.000 Metern im Westkaukasus oder im mexikanischen Bundesstaat Oaxaca vordrangen. Deren ganz besondere Herausforderung war es, in den sogenannten Siphon, den Wasserstau, der sich am Tiefpunkt einer Höhle bildete, hineinzutauchen, immer auf der Suche nach dem Durchbruch zu einem möglichst spektakulären Felsgewölbe. Je länger er diesen Gedanken nachhing, um so mehr zermarterte er sich das Hirn, ob es sinnvoll sei, circa 20 Meter tief zu tauchen und in diesen Abflussschacht hinein zu schwimmen.

Was konnte passieren?

Er konnte darin stecken bleiben. Der Schacht konnte so lang sein, dass er niemals mit dem Sauerstoffvorrat seiner Lungen einen Ausweg erreichen konnte. Schon die Tauchstrecke von 20 Metern Tiefe bis zum Eingang des Ausflusses stellte eine Herausforderung dar, ganz zu schweigen von dem Wasserdruck der dort unten herrschte. Möglicherweise endete der unterirdische Fluss in einem Durchbruch an der Seitenflanke des Tepui, an der das Wasser hunderte von Metern in die Tiefe stürzte.

Schließlich musste er einsehen, dass er in diesem Gefängnis aus Wasser und Stein ausweglos eingeschlossen war. Trotz seiner hoffnungslos aussichtslosen Lage hatte Miller mit seinen begrenzten Mitteln begonnen, eine Dokumentation über die Höhle zu fertigen, letztlich auch in der Hoffnung vielleicht dadurch doch noch einen Fluchtweg zu entdecken...

Jedes Expeditionsmitglied war von Zabel mit einer Expeditionstasche ausgestattet worden, die auch Miller immer mit sich führte. In seine Ausrüstung befand sich eine wasserdichte Hochleistungskamera mit der er die Höhle über und unter Wasser mehrere hundert Mal fotografierte. Außerdem hatte er nach stundenlangen vergeblichen Versuchen mit dem Hammer, eines dieser Hightechschneidgeräte der NASA benutzt, um einige kleine Stücke aus der versteinerten Röhre herauszuschneiden. Das Röhrenmaterial musste einen unglaublichen Härtegrad besitzen.

Nun saß er da mit seinen Fotos und Steinbruchstücken. Er hatte eine phantastische wissenschaftliche Entdeckung gemacht, die ansonsten das absolute Highlight der Expedition gewesen wäre, aber unter diesen Umständen mehr als wertlos erschien. Niemals würde irgendjemand von diesem Ort erfahren. Seinen Notproviant hatte er bereits aufgebraucht und erster Hunger machte sich bemerkbar. Er würde hier noch ein paar Tage oder Wochen überleben können, denn trinkbares Wasser war im Überfluss vorhanden. Aber seine Chance, hier herauszukommen tendierte gegen Null. Die Deckenöffnung war für ihn unerreichbar. Und selbst wenn er sie erreichte, was befand sich darüber? Zabel und Candell konnten sich kaum bewegen und würden ihn hier nicht heraus retten können. Immerhin würden sie mit den ihnen zur Verfügung stehenden Trinkwasser- und Nahrungsvorräten einige Tage überdauern können. Aber auch die beiden waren früher oder später dem Tod geweiht, wenn er sie nicht mehr versorgen konnte. Miller verfluchte ein ums andere Mal, dass er sich auf dieses Abenteuer eingelassen hatte.

**Pasadena, JPL-Headquarter
Sonntag, 28. Juni 2020**

Die Runde im Konferenzraum war vollständig – bis auf Dyce. Dieser ließ jedoch nicht lange auf sich warten. Man sah ihn schon heran nahen, mit wehender Jacke und heraushängendem Hemd durch den Rundgang eilend. Er riss die Tür zum Konferenzraum auf, warf achtlos seine Jacke über seinen Stammplatz und begann seine Ansprache schon im Stehen: »Was habe ich von Kosmoprom heute am heiligen Sonntag gehört? Die wollen WAS? Die wollen unsere Maxie auf den Mond stürzen lassen? Sind die nicht ganz bei Trost?«

»Beruhige dich erst mal, Jack«, besänftigte Greg Scott, »wir müssen analytisch an die Sache herangehen. Daher sollten wir ab jetzt schon mal den offiziellen Namen 2018 HQ 12 für den bisher als Maxie bezeichneten Asteroiden verwenden.«

»Komplizierter geht's auch nicht mehr. Lass ihn uns wenigstens mit HQ abkürzen!«

»Damit bin ich einverstanden. Nachdem wir jetzt das Nomenklatorische geklärt haben, nun zu den Fakten. Hast du auch die erste Mail von Dr. Winstone gelesen? Wenn das stimmt, was er da rausgefunden hat, sind deine Leute auf Europa unter Umständen in höchster Gefahr.«

»Ja, hab ich natürlich auch gelesen und sofort alles Notwendige veranlasst. Da die militärische Ausrichtung des Europaprojektes Icy-Moon-Mission zurückgeht, werden wir die Besatzung in die wissenschaftlichen Kommunikationswege des JPL einbinden. Es wird auch ein direkter Kontakt zu den Marsmissionen ermöglicht.

Professor Bosenheim und Doktor Winstone können zukünftig auch direkt miteinander kommunizieren. Die Warnung von Winstone erreichte uns allerdings ein paar Tage zu spät. Nach den Informationen, die ich von Oberst Montgommery erhalten habe, hat zwischenzeitlich ein Kontakt von Besatzungsmitgliedern mit dem Deuteriumwasser stattgefunden.«

»Was sagst du da? Wenn man sich die Ergebnisse von Doktor Winstone durchliest, bedeutet das ja für die Besatzungsmitglieder eine Katastrophe. Wir wissen auch noch gar nicht, wie die Sache epidemiologisch zu beurteilen ist. Unter Umständen sind deine Leute hochansteckend.«

»Alles schön und gut. Das Kind beim Jupiter ist also in den Brunnen gefallen. Wir müssen sehen, was da noch zu retten ist. Damit das mit der HQ-Mission nicht auch noch passiert, sollten wir uns jetzt schwerpunktmäßig damit befassen. Die Russen ticken wohl nicht mehr ganz richtig?«

»Auch hier müssen wir zunächst die Fakten eindeutig klären. Wer weiß, ob die Nachricht, die Steven Winstone erhalten hat, tatsächlich authentisch ist.«

»Und ob die wahr ist! Ich habe das überprüfen lassen. Ausgefeilte Technologie dieser Hunde, muss man Ihnen schon lassen. Die sind uns tatsächlich durch die Lappen gegangen. Aber wenn man weiß, wonach man suchen muss, kriegt man's dann schon raus.«

»Was heißt das? Haben Sie etwa die Sonde entdeckt?«, wunderte sich nun Conti.

»Haargenau. Wir haben alle Beobachtungsdaten akribisch ausgewertet und dabei festgestellt, dass dort tatsächlich, ausgehend vom Mond, ein technisches Raumfahrzeug gelandet ist.«

Mai Ling fragte dazwischen: »Wie kann es dazu kommen? Warum machen die das?

Scott antwortete: »Asteroidenbergbau. Man kann es schon als Asteroidenjagd bezeichnen. Der HQ besteht zu fast 100 Prozent aus Platin. Darauf hat es Kosmoprom abgesehen.«

Mai Ling fragte nach: »Ist das denn überhaupt Materie aus unserem Universum?«

»Berechtigte Frage, die momentan niemand beantworten kann.«

Szusanne Stark warf ein: »Können wir nicht die Weltregierung informieren und dem Ganzen so ein Ende setzen?«

Darauf Dyce: »Vergessen Sie nicht, dass auch wir hier ein Undercover-Projekt sind. Die offiziellen Kanäle stehen uns in dieser Sache nicht zur Verfügung.«

»Da haben Sie ganz recht. Aber wir müssen trotzdem etwas unternehmen. Wenn Kosmoprom Erfolg hat, wird Djalus Plan, was immer er auch vor hat, zunichte gemacht. Zudem geht der Parastein verloren und mit an Sicherheit grenzender Wahrscheinlichkeit wird Will Johnson in erheblichem Maße gefährdet.«

»Mal noch was anderes«, warf Dyce in die Debatte »was ist denn, wenn denen die Sache völlig aus dem Ruder läuft und diese niedliche Maxie auf der Erde einschlägt. Haben wir Abwehrmöglichkeiten?«

»Dazu kannst du uns sicherlich etwas sagen, Eduardo.«

»Ja, Greg, ich versuch's mal in aller Kürze. Ich beginne mal mit den eleganten Methoden für die Abwehr von Near-Earth-Objects, also den NEOs: So könnte man beispielsweise Schubdüsen an einem NEO anflanschen und mit deren Hilfe das Objekt aus der Bahn lenken. Eine andere Möglichkeit wären sogenannte Massentreiber, die auf dem NEO landen und Material in den Weltraum schaufeln. Man könnte mit Triebwerken die Rotation eines NEOs derart beschleunigen, dass ihn die Fliehkräfte zerreißen würden. Weiterhin könnte man den NEO mit einem Sonnensegel einfangen und aus der Bahn ziehen lassen. Auch Sonnenlaser, die NEOs verdampfen können, sind im Gespräch. Den gleichen Effekt könnte man mit einem kosmischen Brennspiegel erzielen. Doch alle diese Methoden haben einen entscheidenden Nachteil.«

»Und der wäre?« fragte Dyce ungeduldig.

»Wir hätten damit vor Monaten anfangen müssen. So kurz vor einem möglichen Target ist da nichts mehr für uns zu machen.«

»Könnte man das Ding nicht mit einer Rakete abschießen oder noch schnell eine Atombombe in Stellung bringen?« fragte Dyce.

»In der Tat kann man einen NEO beschießen und ihn dabei aus der Bahn werfen. So wurde der Komet Temple 1 von der amerikanischen Raumsonde Deep Impact mit einem ein Meter großen und 327 Kilogramm schweren Körper beschossen. Dabei konnten über 20.000 Tonnen Material aus dem Kometen herausgelöst werden, wodurch ein 150 Meter großer und 30 Meter tiefer Krater entstand. Bei Kometen mit hohem Eisanteil könnte eine auf der Oberfläche gezündete Sprengladung die unter Druck stehenden Gase aus seinem Innern freisetzen und diesen quasi in eine Rakete mit Eigenantrieb verwandeln. Auch die Nuklearexplosion in der Nähe eines NEOs stellt eine denkbare Variante dar. Allerdings birgt diese Methode nicht zu unterschätzende Gefahren und Risiken. Schon winzige Abweichungen in der Flugbahn des Projektils können dazu führen, dass die Explosion wirkungslos verpufft. Solche ›fliegenden Geröllhaufen‹ wie den Planetoid 25143 Itokawa mit einem Durchmesser von 500 Metern, den die Sonde Hayabusa im Jahr 2005 erkundete, würden eventuell den Explosionsimpuls wie ein Sandsack verschlucken und mitsamt der radioaktiven Fracht auf die Erde knallen.«

»Okay, Mister Conti, nun haben wir aber, soweit ich informiert bin, keinen Kometen und keinen Geröllhaufen, sondern einen Haufen Edelmetall. Was sagen Sie dazu?«

»Auch hier ist das Risiko enorm. So könnte die Erde auch nach einer Bomben- oder Raketenexplosion immer noch von den Trümmern des zerrissenen Platinmeteoriten getroffen werden, wobei eine Vielzahl von Trümmerbahnen entstünden und es gleich zu Mehrfachtreffern kommen könnte. Im Übrigen halte ich die Entfernung des HQ zur Erde definitiv für zu gering, um ein solches Manöver noch durchführen zu können.«

»Na dann ist ja alles bestens, meine Damen und Herren. Was bleibt, ist also Kosmoprom zu einem Abbruch zu bewegen. Wie weit sind wir diesbezüglich?«

Mai Ling beeilte sich zu versichern: »Wir versuchen seit Stunden jemandem von Kosmoprom an die Strippe zu bekommen. Die Telefone laufen heiß. Wir haben Mails an alle verfügbaren Adressen versendet. Wir haben sogar ein altes Faxgerät ausgegraben und eingesetzt. Aber die melden sich einfach nicht. Es scheint so, als hätten die alle Kommunikationskanäle dicht gemacht, zumindest für Anfragen aus dem JPL.«

»Probieren Sie es weiter. Wir müssen einfach dort durch kommen. Sofern nichts Durchschlagendes passiert, findet morgen um diese Zeit die nächste gemeinsame Krisensitzung im Headquarter statt. Bitte nehmen Sie Ihre Tätigkeiten in Ihren Arbeitsgruppen auf. Die Arbeiten werden von hier aus koordiniert.«

Jupiter, Icy Moon Submarin (IMS)
Sonntag, 28. Juni 2020

»Was wir hier sehen, ist eine besondere Form der Biolumineszenz. Auf der Erde gibt es über tausend Organismen, die zur Lichterzeugung befähigt sind. Besonders bekannt sind die berühmten Glühwürmchen, welche zu der Familie der Leuchtkäfer gehören, die weltweit über 2.000 verschiedene Arten umfasst. Während tierische Organismen der Erde nur zeitweise und zu bestimmten Anlässen, wie Kommunikation, Fortpflanzung, Beutefindung beziehungsweise Beuteanlockung oder Abschreckung von Räubern leuchten, haben wir es hier mit dauerhaft leuchtenden Wesen zu tun. Auch so etwas gibt es auf der Erde, zum Beispiel bei bestimmten Pilzarten. Beeindruckend sind die Leuchtkraft und der Flächenumfang des Leuchtareals im Europaozean. Auf der Erde wurden schon riesige leuchtende Areale via Satellitenaufnahmen festgestellt, wie zum Beispiel die ›Milky Seas‹ genannten Ansammlungen von Leuchtbakterien im Ozean, welche schon mal Flächen von 6.000 Quadratmeilen, ungefähr vergleichbar mit der Fläche der ›Greater Los Angeles Area‹, bedecken. Aber die Röhrenwälder des Jupitermondes Europa brechen alle Rekorde. So etwas auf die Erde gebracht, würde unter Umständen einen Großteil unserer Energieprobleme lösen. Es gibt ja solche Ansätze in den ›Glowing-Plants-Projekten‹ bei denen zum Beispiel schon mit Leuchtbakterien gefüllte Lampen oder mit Glühwürmchen-Genen infizierte Bäume als Straßenlaternen im Rahmen von Pilotprojekten eingesetzt werden. Populärwissenschaftlich besonders interessant und geradezu ein Verkaufsschlager sind in diesem Zusammenhang die Angebote selbstleuchtender Weihnachtsbäume. Aber das ist nichts gegen die Möglichkeiten, die uns die Pararöhren bieten würden.«

Auf der Brücke des Icy-Moon-U-Bootes verfolgten Eddi King und Roger Basket aufmerksam den Vortrag von Bosenheim. Der aus dem Orbiter zugeschaltete Montgommery meldete sich zu Wort: »Okay, Professor Bosenheim, nicht uninteressant ihre Ausführungen, aber wir haben hier aktuell ein paar Probleme auf dem Tisch. Ich erbitte dazu einige Erläuterungen Ihrerseits. Beginnen wir mit dem Zustand unseres Patienten.«

»Der Zustand von Dr. Harrington ist als problematisch zu bezeichnen, aber seine medizinischen Vitalfunktionen sind stabil. Er hat erhebliche Wunden am linken Arm, wobei er einen Großteil des Muskelfleisches verloren hat. Hinzu kommen einige innere Verletzungen und ein starker Blutverlust. Trotzdem geht es ihm den Umständen entsprechend gut. Er hat eine erstaunliche Konstitution.«

»Das will ich wohl meinen, Professor Bosenheim, schließlich handelt es sich um einen Elitesoldaten der US-Marines.«

»Mag sein, aber zehn oder fünfzehn Minuten länger ohne medizinische Behandlung und er wäre mit Sicherheit tot gewesen. Die medizinische Erstversorgung durch Lieutenant King hat ihm wohl das Leben gerettet.«

»Es freut mich für Sie, King, das zu hören. Das rechtfertigt jedoch immer noch nicht die Missachtung sämtlicher Sicherheitsvorschriften. Wie sind Harringtons Chancen durchzukommen?«

»Fifty-fifty würde ich sagen. Wenn's gut läuft, ist er bei Ankunft auf der Erde wieder einsatzbereit. Bei schlechtem Verlauf beenden wir unsere Reise unter Umständen mit einem Besatzungsmitglied weniger.«

»Und was ist mit dem Unfallhergang, Professor Bosenheim? Gibt es dafür schon eine wissenschaftliche Erklärung?«

»Die gibt es, Oberst Montgommery, die gibt es.«

»Wir sind ganz Ohr, Professor.«

Bosenheim erklärte: »Bei Europa scheint es sich um einen geologisch erstaunlich aktiven Mond zu handeln. Die zahlreichen Risse in der Eisdecke Europas sind offensichtlich zu großen Teilen durch die enorme seismische Aktivität im Untergrund des Mondes bedingt. Darüber hinaus wirken die enormen Gravitationskräfte des Jupiters. Wie wir aus aktuellen Studien der NASA wissen, existiert sogar so etwas wie Plattentektonik auf Europa. Neben den hunderten von Kilometer langen tiefroten Rissen, in denen Wasser aufsteigt, finden sich rosafarbene, tafelähnliche Bereiche, in denen das Eis wieder abtaucht, vergleichbar mit den Subduktionszonen der Kontinentalplatten der Erde. Auf diese Weise recycelt sich die Eiskruste von Europa ständig, weshalb diese lediglich ein maximales Alter von 90 Millionen Jahre aufweist. In Folge dieses Faktors und der starken Strömungen im Tiefenozean ergibt sich das charakteristische Chaosmuster in Regionen nahe des Europaäquators, welche auch als ›Chaos Terrains‹ bezeichnet werden. Durch diesen Eis-Kreislauf gelangt übrigens auch genügend Sauerstoff von der Eisoberfläche in den subglazialen Ozean, was sicherlich auch die bisher entdeckten Lebensformen und dieses verborgene Habitat insgesamt begünstigt.«

Montgommery insistierte: »Herr Professor, jetzt kommen Sie mal zum Punkt. Was ist da unten passiert? Warum haben wir einen schwer verletzten Soldaten zu beklagen?«

»Nur Geduld Commander. Sie müssen doch die Zusammenhänge verstehen, um das Ereignis richtig einordnen zu können. Also! Durch vulkanische Aktivität muss diese Gesteinsplatte irgendwann in der Vergangenheit vom Ozeangrund in den Eismantel eingedrungen und dort eingeschmolzen worden sein. Das aktuelle Seebeben hat den Brocken wieder herausgelöst, worauf dieser nach unten abgesackt ist und zufällig die Röhre getroffen hat, in der unser Außeneinsatz stattfand. Es handelt sich also nicht um einen gezielten Angriff irgendeiner Kreatur auf Europa.«

»Das wollen wir Ihnen mal glauben, obwohl ich eine enorme Portion Skepsis in Mister Skelebys Augen sehe.«

Der Erwähnte meinte sarkastisch: »Ich hätte nicht damit gerechnet, dass die uns hier mit Steinbrocken bewerfen. Falls dies doch zutreffen sollte, bin ich geneigt die Fremden als harmlose Irre einzustufen.«

»Wie recht Sie haben«, gab Montgommery zurück und wieder an Bosenheim gewandt. »Wie oft treten diese Beben auf?«

»Dazu kann ich keine wirklich verlässliche Aussage treffen. Dafür wären jahrelange Beobachtungen erforderlich. Es ist jedoch davon auszugehen, dass sich die Eisoberfläche von Europa in ständiger Bewegung befindet und dass solche Ereignisse hier an der Tagesordnung sind.«

Montgommery überlegte kurz und entschied dann: »Der Einsatz wird zu gefährlich für das Boot. Wir wissen nicht, wie oft und wie stark diese Beben auftreten. Wir müssen die Aktion abbrechen.«

Bosenheim bettelte: »Aber bedenken Sie, was es hier noch alles zu entdecken gibt. Wir verstehen bisher kaum etwas von den ökologischen Verhältnissen im Europaozean.«

»Die Sache ist so gut wie entschieden. Aber warten Sie mal eine Sekunde. Gerade kommt eine Nachricht von der Erde herein. Es handelt sich um eine Mail von Dr. Steven Winstone, die uns das Headquarter weiterleitet.« Montgommery las die Nachricht und seine ansonsten so glatte Stirn legte sich in krause Falten. Es folgten einige Sekunden Stille. Dann setzte er fort: »Also meine Herren, ich zitiere sinngemäß aus dieser Nachricht. Ein Hautkontakt zum Para-Deuteriumwasser hat wahrscheinlich tödliche Folgen. In dem Parawasser des Mars befinden sich Mikroorganismen, die bei zahlreichen von ihm untersuchten Versuchsorganismen tödliche Effekte bewirkten. Winstone bezeichnet diese als Parablasen. Er hat ein Bild mitgesendet. Ich spiele es Ihnen umgehend auf den Schirm.«

Auf der Bildfläche erschien ein rundliches, aus zwei Halbschalen zusammengesetztes Gebilde, dessen Hohlraum eine wässrige Lösung füllte.

Bosenheim betrachtete das Foto der sogenannten Parablase.

»Ja, solche Organismen bevölkern zu vielen Milliarden den Europaozean.«

»Das beruhigt uns geradezu ungemein, Professor«, schnarrte Montgommery. »Wie wir bei Doktor Winstone lesen können, handelt es sich bei der, nennen wir es mal Krankheit, um einen schleichenden Prozess, der anscheinend von der Lebensspanne des infizierten Organismus abhängig ist. Doktor Winstone vermutet, dass es beim Menschen ein paar Monate oder knapp über ein Jahr dauern wird, bis der letale Effekt eintritt. Nach Dr. Winstones Annahmen ist davon auszugehen, dass die Infektion hochansteckend ist. Hier sind ein paar Protokolle, die ich Ihnen kurz einblende.«

Bosenheim beobachtete aufmerksam die Dokumente, die nach und nach über den Bildschirm flimmerten und bemerkte dann:

»Wenn ich diese Protokolle richtig deute, hat er dies alles bei Tierversuchen an Fliegen, Würmern, Käfern und Mäusen festgestellt.«

»Aha«, reagierte Montgommery barsch, »dank der umsichtigen Vorgehensweise von unserem Kampfschimmer, Mister King, sind wir also die ersten Menschen, an denen dies nun getestet wird. Ich gratuliere.«

King wollte zu einer Antwort ansetzen, wurde aber sofort von Montgommery unterbrochen. »Ich will jetzt keinen Kommentar von Ihnen dazu hören, King. Ob es unseren Wissenschaftler nun passt oder nicht. Es bleibt bei der Entscheidung, den Einsatz im Europaozean abzubrechen. Die enorme potenzielle Gefahr, die offensichtlich von diesen Mikroorganismen ausgeht, bestärkt mich in dieser Entscheidung. Leiten Sie alle Maßnahmen zur Rückkehr auf den Orbiter ein. Ach übrigens, das Kommunikationsverbot ist aufgehoben. Viel Spaß, Professor Bosenheim, beim wissenschaftlichen Plausch mit Dr. Winstone.«

Der Angesprochene antwortete: »Es stellt sich die Frage, ob es für uns überhaupt eine Rückkehroption gibt. Entweder, wir werden vorher auf dem Rückweg dahingerafft oder wir stellen eine Gefahr für die Menschen der Erde dar. Die Lage ist etwas unübersichtlich. Schlafen wir erstmal 'ne Nacht darüber.

»Sie haben recht, Professor. Morgen setze ich mich mit der Leitzentrale in Verbindung.«

Pasadena, JPL-Headquarter
Kasachstan, Weltraumbahnhof Baikonur
Montag, 29. Juni 2020

»Okay, Professor Scott. Die Aktion der Russen steht unmittelbar bevor. Wir müssen das verhindern, um jeden Preis. Wenn das mit dieser Seitzewa nichts wird, lasse ich eine Hubschrauberkampfstaffel rüber fliegen. Wir haben nur noch wenige Stunden.« Jack Dyce machte bei diesen Worten sein berühmt-berüchtigtes entschlossenes Gesicht, welches verhieß, dass auf diese Ankündigung auch Taten folgen sollten. Scott wiederum versuchte so diplomatisch wie möglich zu reagieren: »Daraus wird sich ein internationaler Konflikt entwickeln. Das wissen Sie genau. Kosmoprom ist eine der Perlen des russischen Staates. So eine Aktion kann das fragile Gebilde unserer neuen Weltregierung aus dem Gleichgewicht bringen.« Zu aller Überraschung beteiligte sich nun auch Conti an diesem Diskurs: »Ich hab ja immer gesagt, wir hätten das Projekt offiziell anmelden sollen. Dann hätten wir auch einen wissenschaftlichen Austausch mit anderen Fachleuten...«

Dyce unterbrach ihn barsch: »Mister Conti, wir haben doch schon x Mal ausdiskutiert, dass uns dieser Weg nicht offen stand, Herrgott noch mal.«

»Vorwürfe bringen uns jetzt auch nicht weiter, meine Herren«, beschwichtigte Scott, »die letzte und einzige Chance, die wir noch haben, ist diese Frau Seitzewa, die uns Aitmaturow genannt hat. Wir versuchen jetzt noch einmal die von Mister Aitmaturow angegebene Handy-Nummer dieser Frau. Ich bitte daher jetzt alle um absolute Ruhe.«

Die Anwesenden im Headquarter starrten gebannt auf Scott, der mit seinem Telefonat in diesem Moment nach Kasachstan durchkam.

»Guten Tag, hier spricht Greg Scott vom Jet Propulsion Laboratory. Ist dort Irena Seitzewa?«

»Ja, die bin ich.«

»Können wir unsere Unterhaltung auf Englisch führen?«

»Ja können wir.«

»Frau Seitzewa, um es kurz zu machen, wir benötigen Ihre Hilfe.«

»Sie sind vom Jet Propulsion Laboratory? Wollen Sie mich von Kosmoprom abwerben?

»Nichts dergleichen. Es geht um ein komplexes Problem.«

»Sind Sie wirklich vom JPL? Das kann ja jeder sagen. Ich hätte große Lust, gleich aufzulegen.

»Nein, legen Sie bitte nicht auf. Hören Sie bitte zu, was wir zu sagen haben.«

»Okay, schießen Sie los.«

»Ein Mitarbeiter von Kosmoprom, ein gewisser Juri Atimaturow hat einem unserer Mitarbeiter geschrieben, dass Kosmoprom ein äußerst gefährliches und fragwürdiges Projekt plant.«

»Worum soll es dabei gehen?«

»Es geht um die Ablenkung eines Meteoriten, um ihn auf dem Mond zum Absturz zu bringen. Dadurch entsteht eine große Gefahr für die Erde. Wir möchten dies verhindern, wenn es geht mit Ihrer Hilfe.«

»Erstens, von einem solchen Projekt weiß ich nichts. Zweitens, wer sagt mir, dass Sie die Wahrheit sagen? Vielleicht sind sie ein Konkurrent aus den USA und wollen hier so etwas wie Wirtschaftsspionage oder noch schlimmer Wirtschaftssabotage betreiben.«

»Aitmaturow hat unserem Mitarbeiter geschrieben, dass er Sie über die geheimen Pläne von Kosmoprom in einem Brief informiert hat.«

»Er hat mich aber nicht informiert. Ich habe weder einen Brief noch sonst eine Information über so etwas wie Geheimpläne erhalten. Das sagt mit absolut nichts.«

»Aber Sie kennen Juri Aitmaturow?«

»Ich kannte ihn. Er ist vor ein paar Tagen auf mysteriöse Weise gestorben.«

»Er ist tot? Das vereinfacht nicht gerade die Lage!«

»Ich kann Ihnen nicht ganz folgen.«

»Nach derzeitiger Sachlage ist wohl davon auszugehen, dass er ermordet wurde.«

»Hier wird sein Tod als Unfall oder Selbstmord dargestellt.«

»Wie ist er denn gestorben?«

»Er ist vom Grandhotel in Kosmoprom-Town, Baikonur aus einem der oberen Stockwerke in die Tiefe gestürzt.«

»Können Sie uns genau sagen, wann das war?«

»Es war am 23. Juni. Ich hatte an diesem Abend noch einen nicht angenommenen Anruf von 22.25 Uhr auf meinem Handy.«

»Okay, Miss Seitzewa, während wir weiterreden, recherchieren wir in dieser Sache. Eventuell können wir herausbekommen, ob eine Fremdbeteiligung vorliegt. Jack, übernehmt ihr das?«

Jack Dyce bestätigte sofort: »Wir sind schon dabei. Wenn wir Glück haben, können wir das mit Fernerkundungsmitteln aufklären.« Dann flüsterte er Scott zu: »Halte sie noch ein bisschen hin. Informiere sie am besten über den Brief Aitmaturows. Bis wir soweit sind, dauert das ein paar Minuten.«

Scott wandte sich wieder an Seitzewa: »Miss Seitzewa, kennen Sie die Rechercheergebnisse Aitmaturows über die Pläne von Kosmoprom zur Ablenkung eines Meteoriten, den sogenannten Plan P?«

»Von einem Plan P weiß ich gar nichts.«

»Dann mailen wir Ihnen jetzt den gescannten Brief von Aitmaturow an unseren Mitarbeiter Steven Winstone. Bitte geben Sie mir einen privaten E-Mail-Account. Rufen Sie uns zurück, wenn Sie den Brief gelesen haben.«

Bange Minuten vergingen, bis sich Seitzewa wieder meldete.

»Hallo Professor Scott. Ich habe den Brief nun gelesen. Das ist ja völlig abstrus, was dort drin steht. Glauben Sie das etwa?«

»Der Meteorit, von dem die Rede ist, 2018 HQ 12, befindet sich tatsächlich auf Tangentialkurs zu Mond und Erde. Wenn es Kosmoprom gelingt, den Kurs zu beeinflussen, ist es möglich diesen HQ auf den Mond stürzen zu lassen.«

»Okay, wenn das schiefgeht, sehe ich darin auch ein großes Sicherheitsrisiko, aber wenn es funktioniert, besteht ja keine Gefahr für die Erde.«

»Abgesehen von der Gefahr, dass der HQ tatsächlich auf die Erde stürzen könnte, wenn die Ablenkung schief läuft, ist die Sachlage noch ein wenig komplizierter. Auf dem 2018 HQ 12 befindet sich ein Gedankenexperiment der NASA und dieses dient zur Rettung der gesamten Erde. Sie erinnern sich an das Zentaur-Ereignis aus dem Jahr 2016, bei dem ein Schutzschirm für das gesamte Sonnensystem aufgespannt wurde. Dieser Fall hier ist ähnlich gelagert.«

»Um ehrlich zu sein, wird mir von Ihren Ausführungen ganz schwindelig. Ich weiß aber immer noch nicht recht, ob ich Ihnen trauen kann.«

»Dafür werden wir nun gleich etwas tun. Ich übergebe den Hörer an den Sicherheitsberater des Weltregierungsrates, Mister Jack Dyce.«

»Guten Tag Miss Seitzewa«

»Guten Tag Mister Dyce.«

»Miss Seitzewa, wir haben jetzt das Ergebnis vom 23. Juni. Ich sende Ihnen zunächst einen Link in die Cloud, von der Sie sich Videomaterial in Echtzeit mit uns zusammen anschauen können.«

Sekunden später stand die Verbindung.

»Wir haben unsere Militärsatelliten ausgewertet. Orte wie der Weltraumbahnhof in Baikonur werden von uns rund um die Uhr beobachtet, so dass uns dort nichts entgeht. Mittlerweile erreichen die Satellitenbilder ein Auflösungsvermögen von zehn mal zehn Zentimetern. Sie sehen hier den Hotelturm. Jetzt sehen wir Aitmaturow, wie er abstürzt. Schauen Sie nun auf dieses Detail.«

Dyce zoomte in den Bereich, wo Aitmaturow abgestürzt war. »Das ist die Situation eine Minute vor dem Absturz. Vor dem Fenster befindet sich ein Balkon, welcher ungefähr zwei mal vier Meter misst. Und nun die Situation beim Absturz. Der Balkon ist verschwunden. Offensichtlich weggeklappt an die Außenwand des Hotels. Dies ist der Beweis für eine Fremdeinwirkung. Aitmaturow ist in eine Falle getappt. Er wurde ermordet.«

»Das ist ja furchtbar. Nachdem man das gesehen hat, muss man von einem Mordkomplott ausgehen.«

»Und der Auslöser war der Ihnen mittlerweile bekannte Brief, in dem er Kosmoprom an der Ausführung von Plan P hindern wollte.«

»Also stimmt es, was er in seinem Brief geschrieben hat?«

»Davon müssen wir ausgehen.«

»Okay, ihre Beweisführung hat mich überzeugt. Über solches Satellitenmaterial können nur die NASA und das amerikanische Verteidigungsministerium verfügen. Was soll ich Ihrer Meinung nach tun?«

»Aitmaturow schreibt, dass Sie zusammen mit anderen zuständig sind für die Steuerung der Sonden von Kosmoprom.«

»Das ist korrekt. Ich habe außerdem einen Heimarbeitsplatz, und kann von meinem Laptop aus auf das IT-System von Kosmoprom zugreifen.«

»Miss Seitzewa, Sie schickt der Himmel.«

»Es wird noch himmlischer. Wissen Sie, man hat mich überraschend für zwei Tage beurlaubt. Ich befinde mich zurzeit in meiner Wohnung in Kosmoprom-Town an meinem Rechner.«

»Das sind ja dann sozusagen die besten Voraussetzungen.«

»Aber warten Sie mal. Vielleicht hat meine Beurlaubung auch schon etwas mit diesem Plan P zu tun.«

»Das ist jedenfalls stark anzunehmen. Wie dem auch sei, können Sie die Zündung des Sondentriebwerkes verhindern?«

»Dass ich diese ganz verhindern kann, glaube ich kaum, aber ich könnte sie gegebenenfalls beeinflussen.«

»Dann tun Sie das. Versuchen Sie die Plan-P-Sonde so zu beeinflussen, dass die Auslenkung des HQ auf den Mond nicht stattfindet.«

»Hat das Ganze nicht noch ein wenig Zeit?«

»Wenn unsere Überprüfungen zutreffend sind, wird die Zündung der Ablenkungstriebwerke der Kosmoprom-Sonde in den nächsten zwei bis drei Stunden passieren.«

»Wenn das stimmt, dass Aitmaturow von Kosmoprom ermordet wurde und ich Ihnen helfe, befinde ich mich anschließend in höchster Lebensgefahr. Schon wenn ich mich ins System einlogge, werden die das merken. Was können Sie für meine Sicherheit tun?«

»Jack, was können wir für Miss Seitzewas Sicherheit tun?«

Der Angesprochene antwortete im tiefsten Brustton der Überzeugung: »Wir holen Sie da raus, Miss Seitzewa. Ich habe eine in Afghanistan stationierte Helikopter-Staffel startklar. Eine dieser Maschinen kann in etwa drei Stunden bei Ihnen sein.«

»Wie wollen Sie mich finden?«

»Wir haben Ihr Handy geortet. Lassen Sie das Gerät immer angeschaltet, dann finden wir Sie schon.«

»Okay, ich weiß jetzt was zu tun ist. Noch eine Frage: Falls ich hier lebend herauskomme, hätten Sie einen Job für mich.«

»Die Tore des JPL stehen Ihnen offen wie ein Scheunentor.«

»Okay, packen wir's an.«

»Frau Seitzewa, unsere Gedanken und Hoffnungen sind mit Ihnen.«

Seitzewa legte das Handy zur Seite und versuchte, sich mit ihren eigenen Zugangsdaten, in das System einzuloggen. Vergeblich. Ihr IT-Zugang war blockiert. Ohne lange zu überlegen, gab sie die Daten von Juri ein. Bange Sekunden vergingen, bis schließlich die Kosmoprom-Oberfläche erschien. Irena lachte innerlich. »So perfekt diese Kosmoprom-Maschinerie ansonsten arbeitete, daran hatten diese Schweine nicht gedacht.«

Sie rief sich sofort alle Triebwerke aller im Einsatz befindlicher Sonden von Kosmoprom auf den Schirm. Tatsächlich war in circa zwei Stunden eine Triebwerksaktivierung vorgesehen. Seitzewa lud die Kenndaten und den vorgesehenen Betriebsablauf für dieses Triebwerk hoch. Fieberhaft machte sie sich daran, eine Umprogrammierung vorzunehmen.

Es dauerte…

Es dauerte über eine Stunde, bis sie ein zufriedenstellendes Ergebnis erzielt hatte. Gerade wollte sie eine Simulation laufen lassen, als ihr Telefon klingelte.

»Ja, Seitzewa.«

»Hier spricht Chorowaiklikow. Wir haben hier ein Problem mit einem Triebwerk. Sie müssen Ihren Urlaub sofort unterbrechen. Wir erwarten Sie in etwa einer halben Stunde hier in der Zentrale. Wir senden Ihnen ein Kosmoprom-Taxi. Kommen Sie in etwa zehn Minuten auf die Straße.«

»Okay Chef, geht klar.«

»So ein Mist«, dachte Seitzewa. Die hatten Verdacht geschöpft. Mit Sicherheit hatten die bemerkt, dass sie sich im System befand. Die Simulation konnte sie jetzt knicken. Sie packte ihren Laptop ein und lief hinunter zu ihrem Wagen. Nie im Leben würde sie in ein Kosmoprom-Taxi einsteigen. Nie mehr würde sie Kosmoprom-Equipment benutzen, außer in den nächsten paar Minuten.

Sie stieg in ihren Peugeot 204 CTI Cabrio, ein Liebhaberstück aus den frühen 1990er Jahren, und stellte den angeschalteten Laptop auf den Beifahrersitz. Sie musste die geänderten Betriebsparameter kurz vor der Triebwerkszündung einspielen. Genau so, dass die Kosmoprom-Techniker dieses nicht mehr rückgängig machen konnten. Als sie losfuhr, sah sie wie ein pechschwarzer Kosmoprom-Wagen vor ihrem Haus anhielt und drei Männer ausstiegen. Mit denen wollte sie lieber keine nähere Bekanntschaft machen. Ruhig fuhr sie durch eines der vielen Wohnviertel von Kosmotown. Mehrfach vergewisserte sie sich, dass ihr Handy auch eingeschaltet war. Nach der Aktion mit Aitmaturow wusste sie jetzt sehr genau, wie Kosmoprom mit unbequemen Mitarbeitern umging.

Als sie auf die Schnellstraße einbog, sah sie im Rückspiegel zwei der typischen schwarzen Kosmoprom-Dienstfahrzeuge.

Sie beschleunigte stark, merkte aber, dass ihre Verfolger ebenso schnell hinter ihr herkamen. Obwohl es ihr widerstrebte, bis an die Grenze der Leistungsfähigkeit zu gehen, holte sie das letzte aus ihrem kleinen, aber PS-starken Wagen heraus. Noch nie im Leben hatte sie ihn so ausgefahren.

Plötzlich wurde sie geblendet. Stroboskopartige Lichteffekte drangen in ihre Augen. Der Wagen fing an bedrohlich zu schlingern. Die Kontaktlinsen! Dass sie daran nicht gedacht hatte! Jetzt verfluchte sie sich, dass sie dieses Teufelszeug auch in ihrer Freizeit trug. Die Schweine konnten die Smart Lenses in ihren Augen beeinflussen. Verzweifelt versuchte sie mit einer Hand den Wagen auf der Straße zu halten, während sie mit der anderen die Fremdkörper aus den Augen fischte. Jeder andere Mensch wäre in dieser Situation gescheitert. Nicht so Seitzewa. Sie hatte jahrelang Kontaktlinsen getragen und beherrschte alle Handgriffe wie im Schlaf. Bruchteile von Sekunden später hatte sie sich von den Lästlingen in ihren Augen befreit. In ihrem Sichtfeld wirkten zwar immer noch teilweise pulsierende grelle Punkte nach, aber sie hielt den Wagen jetzt wieder tapfer auf der Straße.

Inzwischen war ein weiteres, noch schnelleres Fahrzeug hinzu gekommen, welches sich allmählich näherte. Sie musste von dieser Schnellstraße herunter. Der CTI raste an einigen langsameren Fahrzeugen vorbei und bog im letzten Moment an einer Ausfahrt ab. Der Laptop wackelte bedrohlich und drohte vom Sitz zu rutschen. Akrobatisch fing sie ihn mit dem rechten Arm ab und schob ihn wieder zurück. Sie hatte gehofft, ihre Verfolger abschütteln zu können, aber mindestens zwei der schwarzen Wagen kamen ihr hinterher. An der folgenden Kreuzung sprang die Ampel auf Rot. Zwischen ihr und den Verfolgern hatten sich einige Fahrzeuge eingereiht. Mehrere der schwarz gekleideten Typen stiegen aus und kamen von hinten auf ihr Auto zu. In diesem Moment schaltete die Ampel auf Grün. Sie fuhr mit quietschenden Reifen an und registrierte wie die anderen wieder zurück zu ihrem Auto liefen.

Die nächste Ampel überfuhr sie bei rot. Die schwarzen Fahrzeuge folgten ihr. Auf den Straßen war immer weniger los. Sie befand sich jetzt mitten im Zentrum von Kosmotown. Es war mittlerweile 21.45 Uhr. Um diese Zeit schien die Innenstadt wie ausgestorben.

Hier konnte sie den wendigen CTI voll ausspielen und es gelang ihr, in den engen Karrees einen kleinen Vorsprung herauszufahren. Nach ein paar schnellen Richtungswechseln schien es sogar so, dass sie ihre Verfolger abgeschüttelt hätte. Sie überprüfte auf dem Laptop, den von ihr eingestellten Countdown. Dieser zeigte eine Restlaufzeit von 2 Minuten und 33 Sekunden. Diese läppische Zeitspanne würde sie doch durchhalten! Noch während sie dies dachte, kam ein schwarzer Wagen aus einer Einfahrt mitten in ihren Weg gefahren. Sie stieg mit aller Macht auf die Bremse, ihre Reifen blockierten, aber sie rutschte mit hoher Geschwindigkeit in das querstehende Fahrzeug hinein. Sie wurde nach vorne geschleudert und vom Airbag abgefangen. Gleichzeitig flog der Laptop nach vorne, prallte gegen das Armaturenbrett und wurde in ihre Richtung abgelenkt. Wie ein Geschoss traf er sie seitlich am Kopf. Ihr wurde schwarz vor Augen. Als sie wieder zu sich kam, wusste sie nicht, wie lange ihr Blackout gedauert hatte. Sie blickte in den Spiegel. Aus einer klaffenden Wunde an der Stirn rann Blut über ihr linkes Auge. Sie konnte nur noch mit dem Rechten sehen. Sie erkannte schemenhaft den seitlich stark eingedrückten Wagen vor sich. Der Fahrer hing blutüberströmt über dem Lenkrad. Sie wusste nicht, ob ihm noch zu helfen war. In diesem Moment fiel ihr wieder ihre eigentliche Aufgabe ein. War es jetzt schon zu spät? Was passierte, wenn sie es nicht schaffte? Dies hätte womöglich weltweite Auswirkungen. Das JPL hatte im Jahr 2016 schon einmal die Welt gerettet. Wenn sie versagte, konnte das JPL sein Vorhaben vergessen.

Hektisch suchte sie in dem Chaos aus Airbaghüllen, Straßenkarten, CDs und Kaffeebechern den Laptop. Dieser lag am Boden und war beim Unfall zugeklappt. Sie klappte ihn auf und hoffte inständig, dass er noch intakt war und wieder ansprang. Schon nach kurzer Anwärmphase erschien wieder der von ihr eingestellte Programmmodus. Die Kiste hatte anscheinend auch noch Verbindung zum Kosmoprom-Server. Jetzt erst überprüfte sie ihren Zeitablaufplan. Sie war etwa zwanzig Sekunden im Verzug. Ihre Bewusstlosigkeit konnte nicht länger als zwei Minuten gedauert haben.

Wenn sie jetzt nicht agierte, war alles umsonst gewesen. Aber es war noch nicht zu spät. Mit zittrigen, blutverschmierten Fingern berührte sie die Returntaste und hatte ihren Auftrag ausgeführt.

Kosmoprom hatte es nicht verhindern können, triumphierte sie. Ihr Triumpfgefühl dauerte jedoch nicht lange, denn schon kamen zwei dieser schwarzen Kosmoprom-Ungetüme von beiden Seiten der Straße auf den Unfallort zugerast. Während diese sich immer weiter näherten, drängte sich in ihr die Frage auf, ob ihre Programmierung auch funktionierten würde. Wie dem auch sei, dachte sie, wenn die sie jetzt erwischten, würde sie es mit Sicherheit nie erfahren.

»Also nichts wie weg!«, dachte sie, griff zum Türöffner und wollte diesen betätigen, aber die Tür klemmte. Mit der geballten Kraft ihres federleichten aber durchtrainierten, drahtigen Körpers drückte sie die verbeulte Fahrertür nach außen. Jetzt erst merkte sie, dass sich der Unfall unmittelbar vor dem Grandhotel ereignet hatte. Aitmaturow war hier ermordet worden. Aber hatte sie noch eine Wahl? Der einzige verbleibende Ausweg war die Hoteleingangstür. Trotz ihrer schweren Verletzungen konnte sie noch laufen. Sie stürmte auf das Hotel zu und drückte die Glastür der Windfanganlage mit ihren blutigen Händen nach innen, um hineinzukommen. Ihre Hände hinterließen mehrere Blutabdrücke auf der Scheibe. Als sie ins Foyer stürzte, kam sofort ein entrüsteter Hotelangestellter auf sie zugelaufen. Sie sah sich hastig um. Das Treppenhaus! Sie musste das Treppenhaus erreichen! Doch der hochgewachsene, hagere Angestellte stellte sich ihr mitten in den Weg. Seitzewa traf in vollem Lauf auf ihn und stieß ihn einfach um. Ohne zurück zu blicken, durchquerte sie das Foyer.

Sie flüchtete in die Glasröhre des Grandhotel-Treppenhauses und rannte nach oben. Sie mied den Aufzug, der mit Sicherheit gestoppt werden konnte. Während sie nach oben rannte, gewahrte sie einen Hubschrauber, der außen vorbeiflog. Während sie an Höhe gewann, zog dieser seine Kreise um das Grandhotel. Jetzt griffen sie auch noch aus der Luft an, schoss es ihr durch den Kopf. Sie hastete weiter die Treppenstufen hinauf, nahm zwei, manchmal drei Stufen auf einmal. Durch die Glaskonstruktion konnte sie ihre Häscher sehen, die in den Stockwerken unter ihr nach oben hetzten. Inzwischen setzte sich der Aufzug in der zentralen Glasröhre in Bewegung. Darin standen drei Muskelpakete und fuhren in Richtung Spitze des Glasturmes. Sie würden ihr gleich von oben entgegenkommen. Sie war verloren, ihr Leben keinen Pfifferling mehr wert. »Hoffentlich habe ich wenigstens die Welt gerettet!«, dachte sie sarkastisch. Plötzlich verspürte sie einen stechenden Schmerz im Kopf. Ihre Bewegungen wurden schlagartig langsamer. Sie konnte nicht mehr. Erschöpft sank sie auf die Knie und strich sich eine blutige Haarsträhne aus dem Gesicht.

In diesem Moment hörte sie einen ohrenbetäubenden Lärm. Etwas krachte durch die Außenwand der Glasröhre. Sie hob schützend die Arme über den Kopf und verbarg ihr Gesicht. Ein Regen kleinster Glassplitter ging um sie herum nieder. Plötzlich wurde es dunkel. Man hatte eine Decke über sie geworfen. Sie fühlte, wie kräftige Arme sie umschlossen. Dann verlor sie den Boden unter den Füßen.

**Guyana, Tepuihochplateau
Montag, 29. Juni 2020**

Miller merkte es zunächst an der dunklen Trübung des Lichts aus der Schachtöffnung. Dann kamen Wassertropfen von oben. Draußen musste ein Sturm herrschen. Das über den Schacht eindringende Wasser nahm zu. Ein für Tepuis so typischer monsunartiger Regen ging nieder. Dieser hier musste besonders heftig sein. Es regnete einen ganzen Tag und eine Nacht. Am nächsten Morgen merkte Miller eine Veränderung.

Die Tiefenströmung nahm zu. Es bildete sich ein schwacher Strudel in der Wasseroberfläche. Der Wasserstand stieg an. Wasser schwappte in das Röhrenbecken. Anfangs noch schwach, wurde der Zustrom offensichtlich immer stärker. Draußen mussten gigantische Wassermassen niedergegangen sein. Er musste sich jetzt hinstellen. Wasser umspülte seine Füße. Schon nach kurzer Zeit reichte es ihm bis an die Kniekehlen. Wenn es noch weiter stieg, würde er seine Rettungsinsel verlieren. Das Wasser stieg und stieg in einer erstaunlichen Geschwindigkeit. Innerhalb weniger Minuten reichte es ihm schon bis an die Brust.

Schließlich erreichte er nur noch mit den Zehenspitzen den Boden. Dann verlor er gänzlich den Halt zum festen Untergrund. Er musste anfangen zu schwimmen. Die Strömung trieb ihn in einer Art Kreisbewegung um die Mitte der Höhle herum. Der Zwischenraum bis zur Decke verringerte sich zusehends. Noch hatte er Platz zum atmen. Seine Arme und Beine schmerzten. Warum das Ganze? Er sollte aufgeben und sich in den Fluten versinken lassen. Nie würde jemand diesen Ort finden. Nie würde seine Leiche gefunden, nie würde er begraben werden. Der Gedanke grauste ihn. So sehr, dass er weitermachte. Er stieß mit dem Kopf an die Höhlendecke. Nur wenige Augenblicke später war die Höhle vollständig mit Wasser gefüllt. Nur noch eine letzte Minute. Dann war es gewiss endgültig vorbei. Er verlor jegliche Spannung in seinem Körper. Seine Arme und Beine hingen kraftlos herab. Miller fühlte, wie er weggezogen wurde. Es zog ihn zur Höhlenmitte. Er vollführte eine letzte Kreisbewegung und erreichte den Schacht in den er unwiderstehlich hineingedrückt wurde. Wie in einem Aufzug ging es nach oben. Er stieg höher und höher bis sich das Wasser in einem großen Schwall aus dem Schacht ergoss. Miller schwamm plötzlich in einem großen, fast kreisrunden Quelltopf. Er wurde im Kreis gewirbelt, während das Wasser um ihn herum toste und sich immer weiter aus dem Quellschacht den Weg aus der Höhle bahnte. Er schaute nach oben und blinzelte in die heiße tropische Mittagssonne, die nach den Unwettern der letzten Tage schon wieder erbarmungslos hernieder brannte. Ein Wunder, ein Wunder hatte ihn gerettet! Miller war nicht besonders gläubig, aber in diesem Moment fühlte er eine tiefe Verbundenheit zu Gott. Er faltete die Hände, reckte diese aus dem Wasser und richtete sie gen Himmel. War jemals ein Mensch aus einer derart aussichtslosen Situation gerettet worden? Ein Glücksgefühl ungeahnten Ausmaßes erfasste ihn. Ihm fiel zudem auf, dass er schon seit Stunden nicht mehr gehustet hatte.

Seine Gedanken wurden unterbrochen. Auch in der Quellmulde stieg das Wasser weiter an und begann an einer Seite in einer tiefen Rinne überzulaufen. Miller fühlte sich in die Richtung des Überlaufes gezogen. Als er sich näherte, sah er den Abgrund. Der Quelltopf befand sich fast unmittelbar am Rand des Tepuiplateaus. Das Wasser drückte über die Felsklippe und stürzte hinab in die Tiefe.

Er kannte die Situation. Dort ging es über tausend Meter nach unten. Er spürte die Strömung, die ihn in Richtung Abgrund zog. Das Wasser flutete immer stärker über die Kante. Sollte das Wunder doch noch zunichte gemacht werden? Würde er jetzt über diese verdammte Klippe tausend Meter in die Tiefe stürzen? War sein ganzer Überlebenskampf bis hierher umsonst gewesen. Nein, das konnte nicht sein!

Er wurde in die Rinne hinein gespült. Hektisch mobilisierte er seine letzten Kräfte und erreichte mit den Fingerspitzen die Oberkante der Abflussrinne. Wie in Zeitlupe zog er sich mit seinen schwächlichen Armen nach oben. Unter ihm gurgelte das reißende Wasser. Er schaffte es, sich aufs Trockene zu ziehen. Erschöpft sank er zu Boden und schlief auf der Stelle ein.

Jupiter, Icy Moon Submarin (IMS)
Dienstag, 30. Juni 2020

Eiswände glitten wie in Zeitlupe an den Außenfenstern vorbei. Unendlich langsam bewegte sich das U-Boot nach oben in Richtung Mondoberfläche. Die Bordzeit zeigte 1.05 Uhr. Auf der Brücke befanden sich lediglich zwei wachhabende Personen.

»Mein lieber Mister King«, begann Skeleby bedächtig und nahm den Angesprochenen mit seinen stahlblauen Augen in einen schraubstockartigen Blick. »Seit zwei Tagen schmilzt sich nun schon das Icy-Moon-U-Boot der Europaoberfläche entgegen. Hoch geht es wesentlich schneller als runter, da wir unseren zwischenzeitlich nur schwach wieder zugefrorenen Einbohrtunnel nutzen können. In Kürze werden wir daher aus dem Eis heraustreten und könnten theoretisch die Rückreise zum Orbiter antreten.«

»Was meinen Sie denn mit theoretisch, Skeleby?«

»Ihr Intelligenzquotient scheint den dieser Mikroben in diesem Ozean nur unwesentlich zu überschreiten. Derselben Mikroben, die sich mittlerweile massenhaft in unserem Blut befinden. Oder haben Sie die Berichte von Doc Bosenheims Blutuntersuchungen noch nicht gelesen?«

»Ich hab nicht die Berichte gelesen, aber der Professor hat auch mich informiert, dass sich Parablasen in meinem Blut befinden.«

»Hach ja, Parablasen, Parabläschen, das soll wohl putzig klingen. Wenn es nur ihr Blut wäre, würde ich ja nichts sagen. Aber bedauerlicherweise hat ja in Windeseile eine Übertragung auf uns alle stattgefunden. Auf uns alle, Sie komischer kosmischer Hornochse. Was glauben Sie denn, wird man mit uns machen? Wir sind hier allesamt eine tickende Zeitbombe. Höchstinfektiös. Eine Gefahr für die gesamte Menschheit. Was glauben Sie denn, was man mit Leuten macht, die eine unheilbare Weltraumkrankheit mit zur Erde bringen?«

»Jetzt übertreiben Sie mal nicht, Skeleby.«

»Übertreiben? Dass ich nicht lache! Sie verkennen wohl den Ernst der Lage. Wie naiv sind Sie denn? Ich könnte schreien, wenn ich daran denke, dass mein Körper durchsetzt ist mit Bazillen, die noch dazu aus einem anderen Universum stammen.«

»Vielleicht entdecken wir ja noch ein Gegenmittel.«

»Ein Gegenmittel gegen einen Wirkmechanismus, der seit über drei Milliarden Jahren funktioniert? Ich habe mir genau durchgelesen, was Dr. Winstone über das Phänomen geschrieben hat. Und das verheißt nichts Gutes. Wir sind dem Tod geweiht, Mister King. Und das Ganze verdanken wir nur Ihrer Gedankenlosigkeit.«

»Gedankenlos nennen Sie das? Ich bin Soldat im Einsatz! Neben der Sorge um die eigene Sicherheit ist es meine erste Pflicht, meinen Kameraden zu helfen. Was würden Sie denn sagen, wenn ich Sie anstelle von Dr. Harrington gerettet hätte?«

»Sie hätten einen anderen Weg finden müssen, ihn zu retten. Ich bleibe dabei. Diese Lage, die sich für uns noch zu einer Katastrophe entwickeln wird, wäre vermeidbar gewesen. Und die Schuld daran tragen einzig und allein Sie. Haben Sie mal gelesen, was mit den Säugetieren passiert, die Winstone untersucht hat. Die siechen dahin und werden elendig verrecken. Und das, mein Bester, steht dieser verdammten U-Bootbesatzung auch bevor.«

»Sie sind ja der Todesengel vom Dienst, Skeleby. Was soll man von so einem wie Ihnen auch schon erwarten? Malen Sie nur schwarz, Sie dunkler Schatten. Ich glaube an die Sonnenseite des Lebens, die Sie wahrscheinlich gar nicht kennen.«

»Ich kenne die Sonnenseite des Lebens vermutlich besser als Sie sich das erträumen können, oder wie oft waren Sie schon zum Tauchurlaub auf den Malediven oder in den mondänen Golfclubs unseres schönen Sonnenstaates? Und darum geht's ja auch. Mein schönes Leben, meine Karriere, alles ist zerstört, alles hat ein durchgeknallter Marine zerstört.«

»Jetzt machen Sie mal einen Punkt, Skeleby. Wir sitzen alle im gleichen Boot.« King konnte nicht anders und begann, bei diesem Wortspiel laut los zu lachen.

Skeleby wurde noch eine Spur bleicher als sonst. Er griff den lachenden King beim Nacken und zog ihn zu sich heran. Dann presste er wütend hervor: »Sie großes Kind, Sie. Ich hätte unbändige Lust, Ihnen die Luft abzudrehen.«

King machte eine schnelle Handbewegung mit der er Skelebys Griff löste und packte nun seinerseits Skeleby am Revers seines Hemdes. Er fuhr seinen mächtigen Arm aus und hob Skeleby wie eine Spielpuppe in die Höhe. Er reckte seinen gestählten Körper zur vollen, zwei Meter messenden Körpergröße auf und strich sich mit der anderen Hand über seinen kurz geschnittenen, blonden Irokesenkamm: »Vorsicht, Herr Todesengel, Sie haben es mit einem Marine zu tun. Ich war schon ein paar Mal im Krieg, wissen Sie. Da lernt man so einiges und ich hoffe bei Gott, dass ich es bei Ihnen nicht noch anwenden muss.«

Mit diesen Worten stieß er seinen Kontrahenten kräftig nach unten. Skeleby prallte zunächst gegen den Kabinenboden und wurde dann in Richtung Decke katapultiert. Dabei fasste er sich an den Hals als wollte er prüfen, ob sein Kehlkopf noch intakt war. Er erwischte einen Haltegriff, mit dem er seine Bewegung abstoppen konnte und presste wütend hervor: »Machen Sie das bloß nicht noch mal, King, ich warne Sie.« Dabei warf er einen schnellen Blick auf seine Uhr. »Es ist zwar fünf Minuten zu früh, aber ich ziehe es vor, die Wachablösung jetzt schon vorzunehmen. Ich sage Basket Bescheid.«

King bemerkte das leichte Zittern in Skelebys Stimme, der seine Erregung kaum unterdrücken konnte. Den Todesengel als Feind. Man konnte sich Besseres vorstellen. Aber wenn dieser es drauf anlegte, würde er gewappnet sein.

**Guyana, Tepuihochplateau
Dienstag, 30. Juni 2020**

Miller wachte auf und wusste nicht, wie lange er so dagelegen hatte. Seine Uhr hatte bereits in der Höhle den Geist aufgegeben und er hatte sein Zeitgefühl komplett verloren. Er dachte an Candell und Zabel. Höchstwahrscheinlich waren die beiden längst tot. Hatte er noch eine Chance? Realistisch betrachtet nicht, aber nach seinem gelungenen Entkommen aus der »Höllen-Höhle« schien alles möglich. Er nahm seine allerletzten Kräfte zusammen und setzte sich schleppend in Bewegung.

Mit bloßen Händen bahnte er sich den Weg durch den Urwald. Er fluchte, weil er die Machete in der Höhle verloren hatte. Sehen konnte er so gut wie nichts. Seine Augen waren verquollen, seine Lippen aufgeplatzt, sein Körper übersät von Insektenstichen. Wenn wieder so ein Loch auf seinem Weg lag, würde er mit Sicherheit nochmals hineinfallen. An etlichen Dornen riss er sich die Hände auf. Äste schlugen gegen sein Gesicht. Aber ein eiserner Überlebenswille trieb ihn voran. Er dachte an gar nichts mehr. In seinem Kopf griff totale Leere um sich. Er bewegte sich nur noch mechanisch. Es schien, als liefe er gegen eine grüne Wand, die immer wieder vor ihm zurückwich. Ein Wunder, wieso er dagegen ankam.

Plötzlich blieb er abrupt stehen und lauschte. In der Ferne hörte er ganz leise ein Geräusch. Kein Geräusch des Dschungels, sondern ein technisches Geräusch. Es musste sich um einen Helikopter handeln. Er hielt auf das Geräusch zu. Er begann wieder zu denken. Hatte Zabels Hilferuf doch noch jemanden erreicht. Hoffnung keimte in ihm auf. War das die Rettung? Das Geräusch wurde kurzzeitig lauter, entfernte sich dann aber von seinem Standort weg. Miller hastete weiter durch das Dickicht. Nach circa drei Minuten erreichte er die Lichtung.

Da stand das Wrack des abgestürzten Helikopters. Ungläubig näherte er sich. Alles schien verlassen. Er stieg am Helikopter hoch und schlug die Plane des Außenzeltes zurück. Candell und Zabel waren nicht mehr drin. Der Helikopter musste hier gelandet sein und hatte sie gerettet oder zumindest ihre Leichname mitgenommen. Und ihn! Ihn hatte man offensichtlich zurückgelassen.

Miller lachte hysterisch. Er lehnte sich zurück und ließ sich einfach fallen. Der Aufprall auf dem Fels war hart. Er wälzte sich zur Seite und betrachtete seine Hand, die unnatürlich abgeknickt vom Gelenk weg stand. Er spürte keinen Schmerz. Würde er jemals noch einmal Schmerz spüren? Kam es darauf noch an? War er nicht schon so gut wie tot. Er würde hier am Boden liegen bleiben und auf den großen schwarzen Vogel warten. Komm, großer schwarzer Vogel! Komm! Aber noch war er nicht tot. Vielleicht konnte er sogar noch gehen? Mühsam rappelte er sich hoch und setzte sich in Bewegung. Er torkelte über die Lichtung, lachte und lachte, konnte gar nicht mehr aufhören zu lachen. Welch ein Schicksal! Welch ein Drama! Konnte es so etwas geben?

Er hielt inne. Er hörte wieder etwas. Ein Geräusch aus der Luft. Der Hubschrauber kam zurück. Ja, er täuschte sich nicht. In diesem Moment kam die Maschine über die Wipfel der Bäume am Rand der Lichtung gerauscht. Es wurde laut, doch für Miller war es das angenehmste Geräusch seines Lebens. Der Helikopter kreiste über der Lichtung. Miller stand im starken Wind des Rotors, schwenkte wie wild die Arme und konnte sein Glück kaum fassen.

Starke Arme zogen ihn durch die offene Luke. Der Helikopter hob ab. Candell lächelte ihm glücklich zu.

JPL, Headquarter
Mittwoch, 1. Juli 2020

Unaden stieß hastig hervor:

Strange

Pericolo

Stop it

arrete le tournaround

Das ist tres malle

Aiuto! Aiuto! vite!

Die Mannschaft im Konferenzraum befand sich in heller Aufregung. Djalu hatte erhebliche gesundheitliche Probleme und sein Zustand verschlechterte sich zusehends. Professor Da Luca eilte nervös zwischen dem Medicroom und dem Konferenzraum hin und her und gab laufend Meldungen per Headset durch. »Wir müssen unbedingt etwas unternehmen. Mister Djungary leidet extrem unter der jetzigen Situation.«

Szusanne Stark beugte sich über ihren Laptop auf dem Konferenztisch: »Wir können die Drehung nicht stoppen. Wir sind froh, dass das Ding nicht auf dem Mond zerschellt ist. Die Triebwerkszündung der Kosmopromsonde hat allerdings aus Maxie ein schnell rotierendes Ei gemacht. Messungen zeigen, dass sich der Asteroid in der Minute mindestens drei Mal um seine eigene Achse dreht.«

Da Luca fragte nach: »Können Sie nicht die Ceres-Moon-Sonde nochmals einsetzen?«

»Das würde ich ja wirklich gerne, aber bei der Triebwerkszündung am 26. Juni und den dort erforderlichen Stabilisierungsmanövern zur Eindämmung von Maxies Eigenrotation haben wir nahezu alle verfügbaren Treibstoffvorräte eingesetzt. Ich kann versuchen, letzte Reserven der Sonde zu mobilisieren. Aber ich gebe keine Garantie, dass das klappt.«

»Okay, Miss Stark, versuchen Sie das«, ordnete Scott an. »Diese verdammte Kosmoprom-Intervention erweist sich zunehmend als Katastrophe.«

Mars, Mars Space Station (MSS)
Donnerstag, 2. Juli 2020

»Na, Steven, du altes Marshaus. Wie geht's dir denn? Du hast uns sorgentechnisch ganz schön heftig beschäftigt. Aber gemessen an dem Zustand, in dem ich dich hierhergebracht hab, siehst du schon wieder ganz schön handsome aus, wenn du erahnen kannst, was ich meinen könnte.«

Josh Riesenstein hatte sich vor Stevens Bett aufgebaut und strahlte ihn an. Steven bemerkte sehr wohl, dass sich hinter den lockeren Sprüchen echte Sorgen verbargen und warf ihm einen dankbaren Blick zu.

»Da hab ich uns ja in eine ganz schön gefährliche Situation hineingeritten.«

Und wenn du es nicht bis hierher geschafft hättest, wären wir jetzt wahrscheinlich unter einer hohen Marsdüne begraben und mausetot.«

»Tja, mein Lieber, ich bin eben auch nicht nur zum Halma spielen auf diesen roten Schrottplaneten beordert worden. Auf den König der Marslandstraßen ist eben Verlass.«

»Echt klasse, Josh. Ich werde dir auf ewig dankbar sein.«

»Ach, jetzt red' nicht so geschwollen daher. Muss dich wohl mit 'ner Wissenschaftsmessage ablenken. Unsere Fahrt hat nämlich eindeutig bewiesen, dass es Marsgewitter mit Blitzentladungen tatsächlich gibt. Bisher deuteten ja nur so'n paar Mikrowellen, empfangen über das Deep Space Network der NASA auf elektrische Entladungen in den Marsstaubstürmen hin.«

»Du weißt ja, dass ich gerne in die Wissenschaftsgeschichte eingehe, aber auf diesen Nachweis hätte ich liebend gerne verzichten können.«

»Das kann ich ja schlechterdingstechnisch kaum glauben, Wissensstone. Damit ist auch wahrscheinlich bewiesen, dass die sowjetische Sonde Mars-3 bei der ersten weichen Landung auf diesem Rostplaneten im Jahr 1971 durch ein Marsgewitter außer Gefecht gesetzt wurde. Da landen die Sowjets 5 Jahre früher als die NASA auf dem Mars und nach 15 Sekunden bricht der Funkkontakt ab, weil der Marsblitz einschlägt. So'n Pech aber auch.«

»Schon gut, Josh, schon gut. Für den Dienst in der Wissenschaft muss man persönliche Opfer bringen. Verbuchen wir das Ganze als interessanten Nebeneffekt unserer gemeinsamen Henkersfahrt.«

»Ah, jetzt gefällst du mir schon wesentlich besser. Werd' erst mal wieder richtig gesund. Vielleicht kannst du dich dann auch um diese herumschwirrenden Fliegen in deiner Quarantänebox kümmern. Außer dir weiß nämlich niemand sonst, was man betätigungstechnisch mit diesen Viechern machen soll, wenn du weißt, was ich meine.«

»Äh, sorry, ich weiß gerade nicht, was du meinst. Die müssten doch eigentlich alle längst tot sein.«

»Da kenn ich mich zu wenig mit aus. Aber so viel kann ich sagen, dass die Dinger in dieser Box herum brummen, wie die Weltmeister. Steht alles in Laborcontainer 14 hier in Mars City herum. Aber genug geschwatzt, muss jetzt auch noch zu so 'nem unnötigen medizinischen Test. So long, Steven!«

Kaum war Riesenstein aus dem Zimmer verschwunden, alarmierte Steven den Bereitschaftsdienst. Nach diversen Erklärungen Stevens über die gebotene Dringlichkeit konnte er erreichen, dass man ihn widerwillig für drei Stunden aus der Krankenstation entließ. Noch widerwilliger gewährte man ihm Zutritt zu den Laborräumen, in denen die Ausrüstung der Außenlabormission aus dem Laderaum des Marsautos lagerte und insbesondere die Fliegenbox aufbewahrt wurde.

Steven betrachtete die zweigeteilte Box. Links befanden sich lauter tote Fliegen, welche auch schon vor der Abfahrt aus dem Außencamp das zeitliche gesegnet hatte. Dies war seine Versuchsgruppe, an denen er unter anderem die tödliche Wirkung des Deuteriumwasser nachgewiesen hatte. Aber was war mit der rechten Seite der Box? Diesen Fliegen hatte er vor der Abreise aus dem Laborcontainer Deuteriumwasser appliziert. Seither waren 7 Tage vergangen. Sie hätten längst tot seine müssen, erfreuten sich aber bester Gesundheit und hatten sich obendrein bereits fortgepflanzt. Damit hatte er nicht gerechnet. Ihre Flügelvibrationen lösten in seinem Innern den gleichen Klang aus, wie gesunde Fliegen. Das war erstaunlich. Aber welche Erklärung gab es dafür? Steven tigerte im Laborcontainer 14 auf und ab. Seine Gedanken kreisen um die Frage: »Warum lebten diese Fliegen noch? Was war mit ihnen passiert? Konnte man auf irgendeine Weise infizierte Menschen retten?«

Er hatte die Mails von Professor Bosenheim gelesen. Von diesem schweren Unfall bei dem die Sicherheitsvorkehrungen nicht mehr beachtet worden waren und ein Parawasserkontakt stattgefunden hatte. Von den daraufhin durchgeführten Blutuntersuchungen an den Astronauten, die einen Befall mit Parablasen ergeben hatten.

Steven raufte sich seine wirr abstehenden Haare. Während er kurz daran dachte, dass er dringend eine Dusche nötig hätte, wurden seine Gedanken sofort wieder auf das Problem im Weltraum gelenkt.

Die sofortige Ansteckung der gesamten Besatzung bewies, dass die Ausbreitung also auch unmittelbar von Mensch zu Mensch ablief. Man hatte es also mit einer brandgefährlichen Weltraumkrankheit zu tun. Nach seiner bisherigen Überzeugung bedeutete das für die Besatzung, dass sie dem Tod geweiht war. Selbst wenn sie noch die Rückkehr zur Erde schafften, müssten sie ihr restliches Leben wohl in strengster Isolation in einer Quarantänestation verbringen. Brachten diese Fliegen Hoffnung? Das musste er unbedingt weiter erforschen. Er sendete Mails an Li Chai Tang und Scott.

Kosmoprom, Baikonur
Freitag, 3. Juli 2020

Wieder und wieder flimmerte die Szene über den Bildschirm. Der anfliegende Hubschrauber, dessen kreisende Bewegungen um den Glasturm des Grandhotels, das Einschwingen und der Durchbruch einer Gestalt durch die Glaswand des Turmes und schließlich das Zurückschwingen mit Seitzewa und der Abflug. Die ganze Aktion hatte keine fünf Minuten gedauert.

»Hervorragend, Chorowaiklikow, hervorragend. Sie haben sich vorführen lassen wie ein aufgescheuchter Hühnerhaufen. Eine einzige fuzzelige, kleine Mitarbeiterin schafft es, unsere Firma zu ruinieren. Fehler über Fehler! Sie und ihre Gurkentruppe haben versagt, auf ganzer Linie versagt!«

Die Stimme aus dem Lautsprecher brach ab. Chorowaiklikow wischte sich mit einem übergroßen, bunten Taschentuch den Schweiß von der Stirn. Hilflos schaute er zu Nemerenko und Charkow, die ihm in seinem Büro vor dem riesigen Schreibtisch gegenüber saßen.

»Ich warte auf Ihre Erklärung, Chorowaiklikow.«

»Das war eine Eliteeinheit des US-Militärs«, brachte der Angesprochene mühsam hervor, »die agierten mit Tarnkappen-Hubschraubern der neuesten Bauart. Auf einen solchen Angriff waren wir nicht vorbereitet. Es ist der glatte Wahnsinn, dass die so was durchgezogen haben. Unser Sicherheitskonzept war auf fast alle denkbaren Fälle ausgelegt, aber mit so was haben wir nicht gerechnet.«

»Mit so was, mit so was, Sie langweilen mich, Chorowaiklikow. Die James-Bond-Szene am Grandhotel war ja nur der unrühmliche Abschluss einer ganzen Kette von Fehlleistungen.«

»Die müssen mit der Seitzewa eine Elitesoldatin mit Kampferfahrung als Agentin bei uns eingeschleust haben. Ein trojanisches Pferd der Amis. Eine andere Erklärung gibt es gar nicht. Ansonsten hätten wir die viel früher schon geschnappt. Das Ganze war eine von langer Hand geplante Sabotageaktion der USA gegen unsere Einrichtung. Der dreisteste Fall von Wirtschaftssabotage der Weltgeschichte.«

»Da sagen Sie mir nichts Neues, Sie Schlaukopf. Prüfen Sie Ihre Mitarbeiter nicht auf Herz und Nieren, bevor diese hier eingestellt werden?«

»Die Seitzewa hatte die perfekte Tarnung. Wir haben die Frau durchleuchtet bis zum get no und nichts aber auch gar nichts gefunden. Normale Familie, normales Gymnasium, normale Universität. Kaum zu glauben, wie die ihre Leute ausbilden.«

»Das werden wir jetzt auch tun, mein lieber Chorwaiklikow. Ich möchte die schlagkräftigste nichtstaatliche Militär-Truppe der Welt in Baikonur stationieren.«

»Ich sehe uns in erster Linie als ein globales Wirtschaftsunternehmen und nicht als paramilitärische Einheit.«

»Ach nein, Chorowaiklikow? Das sehe ich mittlerweile ganz anders. Hab ich mir gleich gedacht, dass Sie für so etwas nicht hart genug sind. Wir werden militärisch aufrüsten. Jetzt wird ein Luftabwehrsystem installiert und noch ein paar andere Sachen, die Sie sich gar nicht vorstellen können. Von der weichen Welle will ich nichts mehr wissen. Sie erhalten zu gegebener Zeit einen Co-Geschäftsführer, der Ihnen ein bisschen unter die Arme, vielmehr die Armee, greifen und etwas mehr Zug in ihren Laden bringen wird.«

»Ihre Entscheidung«, antwortete Chorowaiklikow matt.

In die eintretende Pause hinein fragte Nemerenko zaghaft: »Sollen wir diesen Überfall nicht anzeigen?«

»Anzeigen?«, tönte es aus dem Lautsprecher, »Wo denn? Bei der Weltpolizei?

Nemerenko antwortete tapfer: »Na bei der neuen Weltregierung.«

»Wir haben schon so genug Scherereien. Vergessen Sie nicht, dass es sich bei Plan P um ein Undercover-Projekt handelt. Die legen uns eher den ganzen Laden lahm, als dass wir dort etwas erreichen.«

»Und was ist mit dem internationalen Gerichtshof?«

»Hören Sie auf, hören Sie auf! Wir haben hoch gepokert und hoch verloren. Nachher wirft man uns noch vor, wir hätten den gesamten Planeten gefährdet. Wir fahren unsere Linie weiter.«

»Was gedenken Sie denn jetzt zu tun?«, fragte Chorowaiklikow.

»Wir machen weiter wie geplant. Da draußen befinden sich immer noch Berge aus Gold, Platin und seltenen Erden. Ich erwarte, dass wir unsere Anstrengungen im Asteroidenbergbau verdoppeln und verdreifachen. Dabei werden wir ungeahnte Ressourcen unseres neuen Partners nutzen. Mister X und sein Konsortium werden beim Asteroid Mining noch eine gewichtige Rolle spielen. Unsere Kooperation ist sozusagen Gold wert.« Nachdem ein lautes anhaltendes Gelächter aus dem Lautsprecher langsam wieder abebbte, fuhr die Stimme fort: »Der Zeitplan wird gestrafft. Spätestens in einem Jahr will ich Erfolge sehen. «

»Wie soll denn das gehen? Unsere Projekte sind doch viel langfristiger ausgelegt. Oder geht da was über diese ominösen Fremd-Raketen, die Sie andauernd über unsere Startfenster fliegen lassen.«

»Na sehen Sie Chorowaiklikow, ich stelle fest, dass Sie noch in der Lage sind zwei und zwei zusammen zu zählen.«

»Gibt es dann auch mal eine offizielle Zusammenführung mit dieser Geisterflotte?«

»Auch darum wird sich ihr neuer Co-Geschäftsführer kümmern, mein Bester. Ich werde Ihnen den Mann noch früh genug präsen-

tieren. Bis dahin erwarte ich eine umfassende Bestandsaufnahme unserer Asteroidenflotte. Haben Sie mich verstanden?«
»Selbstverständlich. Wir haben alles verstanden.«
Dann blieb der Lautsprecher stumm.

**Pasadena, JPL-Headquarter
Montag, 6. Juli 2020**

Die Bildschirme zeigten einen kleinen Lichtpunkt in der Schwärze des Alls. Conti kommentierte die Bilder: »Das ist Maxie, wie wir sie im Moment durch unser JPL-Teleskop sehen können. Der Kurs führt ins innere Sonnensystem und die Entfernung zur Erde nimmt kontinuierlich zu. Mit hochauflösenden Bildverfahren unserer großen Spiegel-Teleskope kriegen wir ihn jedoch noch wesentlich schärfer.«

»Und warum zeigst du uns das nicht?«, fragte Scott etwas ungehalten.

»Die Keck-Teleskope auf dem Mauna Kea in Hawai befinden sich zurzeit in einer ungünstigen Position. Das kann noch ein paar Minuten dauern, bis wir Bildmaterial bekommen. Noch einen Moment Geduld und wir sind soweit«, entschuldigte sich Conti.

»So lange wollen wir jetzt aber nicht warten, Eduardo«, setzte Scott noch etwas ungehaltener nach. »Unabhängig von den visuellen Eindrücken, Miss Stark, was sagen die Instrumente über den Zustand von Maxie?«, fragte Scott.

»Wir erhalten gerade visuelle Eindrücke, Professor Scott, in einer Detailschärfe, die keine Wünsche offen lässt, denn gerade kommt eine Einspielung des neuen Giant Magellan Telescope am Rande der Atacamawüste rein, welches wir für unsere Zwecke nutzen können. Demnach lässt sich Folgendes herleiten: Die Versuche, die Ceres-Sonde zu aktivieren sind vollkommen fehlgeschlagen. Die Umdrehungen von Maxie beziehungsweise dem HQ laufen nach wie vor wie ein Uhrwerk. Keine Veränderung, keine Verlangsamung. Das kann Monate und Jahre dauern, bis sich da von selbst etwas abschwächt. Und eine geringfügige Abschwächung würde uns ja auch nicht wirklich helfen, oder Professor da Luca?«

»Das kann ich ohne Zweifel so bestätigen, Miss Stark. Djalu ist selbst extrem geschwächt von den Umständen, wie sie sich seit knapp einer Woche darstellen. Dies wirkt sich offensichtlich extrem auf seine Kommunikationsbereitschaft oder -fähigkeit aus. Abgesehen von ganz wenigen einfachen Worten, ist er verstummt. Es scheint so zu sein, als müsse er sich in höchstem Maße konzentrieren, wahrscheinlich um den Kontakt zu Maxie nicht zu verlieren.«

»Das Ganze wirkt sich auch auf unseren Kontakt mit Will Johnson aus,« ergänzte Szusanne Stark, »Djalu als unser einziges Kommunikationsfenster zu Will entwickelt sich auch in dieser Hinsicht als Totalausfall.«

»Und wie beurteilen Sie Djalus Kontakt zum Paraplaneten im äußeren Sonnensystem, Miss Stark?«, fragte Scott.

»Darüber wissen wir so gut wie gar nichts. Es ist völlig unklar, ob es sich dabei um ein selbstgängiges System handelt, oder ob Djalus Kräfte dort eine entscheidende Rolle spielen.«

»Da können wir ja nur hoffen, dass Djalu sich nicht so verausgabt, dass unser kosmischer Schutzschild in Gefahr gerät«, warf da Luca ein.

»Jetzt malen Sie mal nicht den Teufel an die Wand. Noch messen wir keine erhöhten Strahlungswerte aus dem interstellaren Raum. Versuchen Sie alles Menschenmögliche, um Djalus Gesundheitszustand zu stabilisieren.«

»Menschenmöglich ist das richtige Stichwort«, Professor Scott, »das Problem ist nur, dass wir es hier mit übermenschlichen Kräften zu tun haben.«

Mars, Nhill-Krater
Freitag, 10. Juli 2020

Steven zweifelte an sich als Wissenschaftler. Seit seiner Entlassung aus der Krankenstation hatte er drei Mal Versuchstiere aus dem Außenlabor in die Marsstadt transportiert. Im Übrigen gegen den Willen von Li Chai Tang, die die Gesundheit ihrer Mitarbeiter in Gefahr sah, aber mit Erlaubnis von Scott, der sich mal wieder durchgesetzt hatte. Dabei legte er einen Schwerpunkt auf Organismen, die sofort auf das Parawasser reagierten. Dies war insbesondere bei Drosophila und den Mäusen der Fall. Nachdem er diese im Labor der Marsstadt näher untersuchte hatte, zeigte sich immer wieder das gleiche ungewöhnliche Ergebnis. Die zuvor mit dem todbringenden Wasser infizierten Organismen lebten weiter und zeigten keine Anzeichen von Beeinträchtigungen. Die Drosophilas pflanzten sich fort und die Mäuse zeigten keine Beeinträchtigung der Atmungsaktivität. Ganz im Gegensatz zu seiner Kontrollgruppe, die im Außenlabor verblieb. Die Fliegen überlebten die Berührung mit dem Parawasser dort nicht. Wenn er wieder im Außenlabor ankam, fand er sie alle tot vor. Ebenso erging es den im Außenlabor verbleibenden Versuchsmäusen, deren Atmungsaktivität kontinuierlich abnahm.

Mittlerweile befand er sich zusammen mit Riesenstein auf der vierten Fahrt vom Außenlabor zur Marsstadt. Das Marswetter zeigte sich von seiner besten Seite. Strahlender Sonnenschein und geringe Windgeschwindigkeit ermöglichten ein völlig problemloses Fortkommen. Trotzdem blickte Riesenstein verdrießlich drein und maulte: »Mein lieber Laborobermeister. Ich weiß ja nicht genau, was du hier so treibst, aber ich habe gerade nicht den Eindruck, dass unsere Tätigkeit sinnvoll ist. Hätte nicht gedacht, dass ich auf dem Mars zu einem regelrechten Tiertransporter mutiere.«

»Mensch Josh, ich bin hier an einer entscheidenden Sache dran. Ich muss dieses Rätsel lösen, sonst ist die Europabesatzung verloren. Außerdem muss eine Riesengefahr von der gesamten Menschheit abgewendet werden.«

»Kleiner geht's bei dir wohl nie, Mister Superman? Na ja, ich füg mich ja gerne in mein Schicksal. Aber sag mir nur eins: Warum guckst du schon die ganze Zeit wie ein Bekloppter in diese Fliegenbox? Willst du Fliegenbeine zählen?«

»Ruhe Josh, stör' mich jetzt nicht. Ich hab meine Gründe, okay?«

Wortlos fuhren sie weiter über den holprigen Marsboden dahin, wobei Riesenstein ein ums andere Mal entgeistert zu Steven hinüberschaute, der höchst konzentriert die Fliegen in der vor ihm stehenden Box beobachtete. Als sie den Kraterrand überfuhren, schrie Steven plötzlich laut auf.

»Das ist es, hier muss es sein.«

»Ich versteh nur Bahnhof, obwohl der Mars schienentechnisch noch etwas abgehängt ist. Was hast du denn auf einmal?«

»Der Klang, der Klang der Fliegen veränderte sich, als wir den Kraterrand überquerten.«

»Der Klang der Fliegen? Du meine Güte! Du kannst doch durch deinen Raumanzug und die Boxenscheiben unmöglich noch etwas hören.«

»Mein Gott, Josh. Ich bin Synästhetiker. Ich kann Bewegungen in Klänge umsetzen und hören. Meistens höre ich sogar ganze Melodien in meinem Kopf. Schon oft habe ich diese Fähigkeit für meine wissenschaftliche Arbeit eingesetzt und das hier ist wieder so ein Fall.«

»Klingt echt abgefahren, was du da sagst. Und was sagt uns nun deine Fliegenmelodie?«

»Für das Phänomen gibt es aus meiner Sicht nur eine schlüssige Erklärung. Die Parawesen müssen einen Schutzmechanismus, so eine Art Schutzwall um ihr Deuteriumwasser-Reservoir errichtet haben. Höchstwahrscheinlich wussten sie, wie gefährlich das Wasser beziehungsweise die Organismen darin für unser Universum werden könnte und haben deshalb einen Dekontaminationsmechanismus vorgesehen.«

»Du hast doch gesagt, dass das Wasser in diesem See seit über drei Milliarden Jahre in diesem Krater herum schwappt. Und nach dieser unglaublich langen Zeit soll diese Abwehr oder was immer das ist noch funktionieren? Das grenzt zaubereitechnisch an Magie, wenn du mich fragst.«

»Die Zeitabläufe im Parauniversum sind mit den unseren nicht zu vergleichen. Es kann durchaus sein, dass eine solche Anlage auf diese lange Zeitspanne ausgelegt ist. Wie auch immer. Von diesem Kratersee geht keine Gefahr für das Leben auf der Erde aus. Fahr weiter nach Mars City. Das muss ich unbedingt sofort weiter im Labor untersuchen.«

»Okay, wird gemacht, der Herr der Fliegen hat gesprochen.«

Jupiter, Icy Moon Submarin (IMS)
Mittwoch, 15. Juli 2020

Nick Skeleby schaute in den Spiegel seiner winzigen Kabine und machte seine Morgentoilette. Minutenlang schüttelte er immer wieder seine weißblonde Mähne aus und kämmte die Haartracht mit einem Spezialkamm. Dann traktierte er ausgiebig sein Gesicht mit einer ausgeklügelten Abfolge von Antiaging- und Antifaltencremes. Zur Erlangung der Sondererlaubnis für die Mitführung des Zusatzgepäcks hatte er einen langen Papierkrieg mit der Armeeführung durchgestanden. Auch wenn morgen die Welt unterginge und sei es nur für die Besatzung des Icy Moon Submarins würde er heute noch Falten vermeiden. Er zog seine Smart Glasses an und sagte laut: »Norite«. Sofort erschienen auf der Projektionsfläche Bilder einer flachgewellten, teilweise eisbedeckten Landschaft mit großen, rostigbraunen Arealen inmitten des Schnees. Schaute man genauer hin, entdeckte man im Umfeld helle Bereiche. So also sahen sie aus, diese Norite. Kilometergroße, dunkle und sehr ungewöhnliche Magmatite innerhalb des ansonsten hellen Granitgesteins. Über die Genese dieser Flecken auf dem grönländischen Festlandsockel gab es verschiedene Theorien. Sehr spannend fand Skeleby die Annahme von Adam Garde, Wissenschaftler der Geologischen Forschungsanstalt für Dänemark und Grönland (GEUS) sowie des Meteoritenexperten Ian McDonald von der Cardiff University in Wales, dass es sich hierbei um Überreste eines gigantischen Meteoriteneinschlags aus der frühesten Erdgeschichte handeln könnte. Stimmte die Theorie, verbarg sich unter dem Grönlandeis der mit Abstand größte und auch älteste Meteoritenkrater der Erde. Demnach wären die Norite Überreste mehrerer Milliarden Jahre alter Schmelzen, die im Zuge des Aufpralls aus dem Erdmantel aus enormer Tiefe aufgestiegen waren. Und damit wurden diese zu den begehrtesten Spots für den Rohstoffabbau. Nach Skelebys Informationen wimmelte es darin nur so von Nickel, Kobalt, Kupfer, Platin und Gold, ganz wie in Vredefort in Südafrika und Sudbury in Kanada, den anderen bisher entdeckten Uralt-Kratern in der Erdkruste. Er hatte ein Vorauskommando instruiert, die Norite-Areale systematisch zu erfassen. Skeleby malte sich schon aus, wie er diverse dieser Spots vom Eis frei sprengen und seinen Auftraggebern damit einen Reibach erster Güte ermöglichen würde. Seine Zukunft könnte rosig sein!

Missmutig dachte er allerdings an seine aktuelle Lage. Auf dem U-Boot machte sich Lagerkoller breit. Sie hatten unglaubliche technische Leistungen vollbracht. Die Landung, das Durchdringen des mehrere tausend Meter messenden Eisschildes, die Tauchfahrten im Mondozean und vor allem die Rückkehr zur Mondoberfläche durch nochmaliges Aufschmelzen des Bohrtunnels im Eispanzer. Und jetzt saßen sie auf diesem verdammten Eisklotz fest. Niemand gab ihnen grünes Licht für eine Starterlaubnis.

Skeleby kam aus Versehen an den Lichtsensor. Das Kabinenlicht verlöschte. Skeleby fluchte, suchte nach dem Schalter und hatte ihn sofort wieder aktiviert. Er wollte schon die Kabine verlassen, stutze aber plötzlich. Irgendetwas war seltsam an der Sache. Nochmals schaltete er das Deckenlicht aus, aber es wurde nicht ganz dunkel. Er wartete eine Weile bis sich seine Augen an die Dunkelheit gewöhnt hatten. Ein sanftes Licht erfüllte den Raum. Aber wo kam das her? Ungläubig stellte er sich vor den Spiegel und erstarrte. Zwei schwach leuchtende Augen blickten ihm entgegen. Skeleby begann, an seinem Verstand zu zweifeln. Litt er unter Halluzinationen oder war dies eine spezielle Form der Weltraumkrankheit? Er wiederholte mehrmals die Abdunkelung. Immer wieder mit demselben Ergebnis.

Er riss die Tür auf und schrie hektisch: »Commander Basket, kommen Sie sofort in meine Kabine! Bitte kommen Sie schnell.«

Basket kam Sekunden später durch den Gang gerauscht und keuchte: »Mein Gott, Skeleby, was ist denn los, haben Sie einen Geist gesehen?«

»So etwas ähnliches, Basket.«

»Da bin ich aber gespannt.«

»Na dann kommen Sie mal hier rein und sehen sich das an.«

Basket schwebte in Skelebys Kabine und dieser verdunkelte wieder. Skeleby schrie auf. Das Zimmer erschien jetzt noch deutlich heller als vorher. Auch Basket strahlte Licht ab. Ungläubig schauten die beiden Männer in den Spiegel, aus dem ihnen zwei glühende Augenpaare entgegen starrten.

»Was ist das Skeleby?«, fragte Basket ungläubig.
»Wenn ich das wüsste, hätte ich Sie ja nicht gerufen!«, antwortete Skeleby barsch.
»Ihre Augen leuchten so hell wie eine Taschenlampe!.«
»Soll das jetzt romantisch klingen oder was?«
»Danach ist mir gerade gar nicht zu Mute.«
»Wie dem auch sei. Wir müssen Bosenheim informieren.«
»Meinen Sie, dass unser Mediziner etwas tun kann?«
»Glaube nicht, dass der in seiner Bordapotheke etwas dagegen hat.«
»Mensch Skeleby, das muss mit unseren Infektionen zusammenhängen. Ich gehe jede Wette ein, dass diese …, diese Paradingsda dahinterstecken. Wir haben diese Parablasen in uns. Keine Ahnung wie das funktioniert, aber dieser Lichtzauber muss mit der Parawelt zusammenhängen.«
»Die Parawelt, die Parawelt«, äffte Skeleby, »die geht mir langsam ganz gehörig auf den Kranz. Nicht genug, dass wir wie Aussätzige betrachtet werden. Nun hat uns diese sogenannte Parawelt zudem ein Kainsmal aufgedrückt. Macht aus uns so etwas wie biolumineszierende Zombies. Ich hab's satt, endgültig satt!«

**JPL, Headquarter
Donnerstag, 16. Juli 2020**

Scott betrat Vösslers Büro und fühlte sich sofort an einen Bombenangriff erinnert. Er dachte daran zurück, wie er dem damals neuen Mitarbeiter am JPL ein perfekt aufgeräumtes und ausgestattetes Büro übergeben hatte. Frau Langendorf hatte ihm mal beim Smalltalk über ihre erste Begegnung mit Vössler am geographischen Institut der Universität Münster berichtet. Nach ihren Schilderungen handelte es sich um das größte Chaos, welches sie jemals in einem Büroraum gesehen hatte. Er erinnerte sich daran, dass er sich bei diesen Schilderungen sehr amüsiert hatte. Aber in seinem eigenen Zuständigkeitsbereich hörte der Spaß auf.

Scott war von seinen zahlreichen Mitarbeitern einiges gewohnt. Aber der Anblick, welcher sich ihm hier bot, übertraf in dieser

Hinsicht alles, was er bisher gesehen hatte. Auf dem Schreibtisch türmten sich Berge von Umlaufmappen und Papiere in allen nur erdenklichen Formen. Einige der Stapel schienen in der Höhenentwicklung nur durch die darüber angebrachte Deckenlampe beziehungsweise die Decke selbst begrenzt zu sein. Auch alle übrigen Oberflächen des Raumes, seien es Regalbretter, Beistelltische und Schränke bordeten über vor Unterlagen. Auf einer Leiter mit der man theoretisch höher gelegene Regale und Schränke hätte erreichen können, thronte ein bedrohlich schief stehender Berg aus Tageszeitungen. Die Stelle, an der sich in den JPL-Büros normalerweise ein kleiner Kühlschrank befand, war unter einem monströsen Papierberg begraben.

Scott beendete seine unfreiwillige Inspektion mit einem vernehmlichen Räuspern: »Ähem…, Guten Tag, Professor Vössler. Obwohl Sie ein paar Wochen nicht am Arbeitsplatz waren, sieht man, dass in diesem Büro gearbeitet wird. Mein erster Tipp für Sie wäre, etwas verstärkt auf digitale Unterlagen zu setzen. Es gibt auch so etwas wie das papierlose Büro. Wenn es nicht von vornherein hoffnungslos wäre, würde ich Ihnen als zweites den Rat geben, hier einmal aufzuräumen.«

Vössler, der Scotts klinisch reines Büro natürlich kannte, konterte: »Wissen Sie was Albert Einstein zu diesem Thema gesagt hat?«

»Nun, fällt mir gerade nicht ein, aber Sie werden es mir bestimmt gleich sagen.«

»Wenn ein unaufgeräumter Schreibtisch ein Zeichen für einen unaufgeräumten Geist ist, wofür ist ein leerer Schreibtisch dann ein Zeichen?«

Scott hüstelte vernehmlich die gegen ihn gerichtete Spitze weg: »Wie Sie wissen, benötigen wir Ihren unaufgeräumten Geist in einer Dringlichkeitssitzung. Ich möchte Sie daher bitten, sich sofort mit mir zusammen auf den Weg zu machen. Ich hoffe, Sie konnten seit Ihrer Entlassung aus dem Krankenhaus etwas vorbereiten.«

»Da machen Sie sich mal keine Sorgen. Alles, was ich brauche, ist hier drin«, wobei Vössler auf seinen von Brandspuren gezeichneten Kopf zeigte.

»Na dann, Sie unverwüstliches Urgestein, folgen Sie mir ins Headquarter.«

Die beiden machten sich auf den Weg durch das Gangsystem des JPL und erreichten schließlich das Headquarter. Schon während sie durch den Rundgang liefen, konnten sie durch die Glaswände das versammelte Team im Konferenzraum erkennen. Scott und Vössler kamen als letzte und nahmen ihre gewohnten Plätze ein.

»Ein Unglück kommt selten allein«, stöhnte Scott, »wir haben immer noch erhebliche Probleme mit Djalu. Der HQ rotiert weiterhin so stark, dass Djalus Gesundheitszustand im kritischen Bereich liegt. Professor da Luca konnte ihn zwar so weit stabilisieren, dass er aus dem Schlimmsten heraus ist. Von einem Optimalzustand sind wir jedoch weit entfernt. Darüber hinaus hatte der aktuelle Sonnensturm weitreichende Auswirkungen rund um den Globus und unser Verhältnis zur russischen Raumfahrt ist empfindlich gestört. Unsere Satellitenflotte hat nun schon wieder einen heftigen CME auf der Sonne registriert. Wir wissen noch nicht genau, ob dieser die Erde trifft. Das Lagezentrum des Weltforschungsrates in New York hat jedenfalls eine Dringlichkeitssitzung einberufen. Ich muss daher heute Abend den Flieger zum JFK-Airport erwischen. Jack Dyce und Walter Mayer müssen zum Sicherheitskabinett nach Washington. Gerade deshalb brennt uns die Sache mit der Magnetfeldabschwächung auf den Nägeln.«

»Wahrscheinlich hängt das alles irgendwie zusammen«, platzte Vössler in Scotts Einleitung hinein.

»Okay, Professor Vössler«, seufzte Scott, »ich erspare mir alle weiteren Ausführungen und überlasse Ihnen das Feld. Wir sind ja heilfroh, dass Sie überhaupt noch unter den Lebenden weilen. Sie haben mit Ihrer Forschungsgruppe jahrelang recherchiert. Wie ich Sie kenne, dürfen wir mit richtungsweisenden Ergebnissen rechnen.«

Vössler, dessen Halbglatze an manchen Stellen in Folge der Brandverletzungen immer noch tiefrot schimmerte, antwortete: »Das kann ich exakt so bestätigen, Professor Scott.« Hierbei projizierte Vössler eine 3-D-Visualisierung in die Mitte des Konferenzraumes. Man erkannte die Erde und davor eine kleine und eine etwas größere blaue Kugel.

»Ich beginne meine Ausführungen mit der Feststellung, dass es sich bei der Erde um einen vergleichsweise trockenen Planeten handelt. Gemessen an der Gesamtmasse macht Wasser lediglich

0,023 Prozent der Materie unseres Heimatplaneten aus. Diese kleine blaue Kugel, die sie da sehen, stellt das zusammen genommene Oberflächenwasser inklusive des Grundwassers der Erde dar. Dies hätte gerade einmal 1.366 Kilometer Durchmesser im Vergleich zu den circa 13.000 Kilometern des Globus. Da stellt sich natürlich die Frage, ob es im Sonnensystem nicht noch feuchtere Orte gibt.«

Scott unterbrach ihn an dieser Stelle: »Mein lieber Professor, zu Ihrer Frage wissen wir doch mittlerweile alle, dass wir es auf Europa mit einem circa 100 Kilometer tiefen Ozean zu tun haben, der zwei Mal so viel Wasser enthält wie die irdischen Meere. Nachdem wir das geklärt hätten, möchte ich Sie bitten, unser aktuelles Thema zu beleuchten und nicht in wissenschaftliche Randthemen abzugleiten.«

Vössler musterte ihn mit einer Mischung aus Entrüstung und Beleidigtsein: »Ach, Sie wissen mal wieder nach drei Sätzen des Referenten, was ein Rand- und was ein Kernthema ist, werter Kollege. Ich beabsichtige meine Schlussfolgerungen von einer fundierten Basis abzuleiten. Von daher verbitte ich mir Eingriffe in mein ausgeklügeltes Vortragsgebilde.«

Scott schaute sarkastisch in die Runde: »In Anbetracht des Ernstes der Lage fällt mir das momentan gerade wirklich schwer, aber wir werden Sie auch heute ertragen, Mister Vössler, und wenn Sie bis zu meinem Einstieg in die Gangway referieren.«

»Zunächst kündigen Sie unsere jahrelange Forschungsarbeit so groß an, und dann soll ich mich nur auf einen Teilaspekt konzentrieren, der Ihnen gerade genehm ist. Soll ich Ihren Einwurf so verstehen?«

»Nein, nein, Sie haben ja recht. Wir wollen ja tatsächlich wissen, warum sie die letzten paar Jahre durch's Gelände gekrochen sind. Wer weiß, wofür es einmal gut ist. Bringen Sie Ihren ganzen Forschungsansatz unter die Leute. Ich sage gar nichts mehr.«

»Das klingt schon etwas besser in meinen Ohren, mein bester Professor Scott. Kommen wir also nicht mehr und auch nicht weniger zu der Frage, was es mit dem Wasser auf diesem Planeten auf sich hat.«

Vössler ließ eine dreidimensionale Projektion eines weißlich bis durchsichtigen Kristalls über dem Tisch erscheinen, der eine langsame Drehbewegung vollführte. »Was Sie hier sehen, ist ein Diamant in hundertfacher Vergrößerung. Die Originalgröße beträgt circa fünf Millimeter. Wie Sie unschwer erkennen können, unbearbeitet und für Schmuckstücke völlig ungeeignet. Schon im Jahr 2014 publizierte eine Forschergruppe um Graham Person von der University of Alberta über einen ähnlich gelagerten Fund aus dem Erdinneren, welcher in Brasilien entdeckt wurde. Manchmal wird Gestein aus den Tiefen des Erd-Inneren über Vulkanausbrüche so schnell an die Erdoberfläche transportiert, dass darin Einschlüsse von Mineralien erhalten bleiben, die sich nur unter den Druckverhältnissen im tieferen Erdmantel bilden können und normalerweise nie das Licht der Erdoberfläche erblicken. Die Forscher aus Alberta entdeckten in einem solchen Diamanten einen winzigen Einschluss des Minerals Ringwoodit, welches einen Großteil der Materie des Erdmantels in einer Tiefe von 520 Kilometer bis 660 Kilometer Tiefe bildet. Das Besondere an diesem nach dem 1993 gestorbenen australischen Geowissenschaftler Alfred E. Ringwood benannten Gestein ist, dass es die Fähigkeit besitzt, in seiner Kristallstruktur bis zu 2,5 Gewichtsprozent Wasser zu speichern. Dies allerdings nur in Form von OH-Gruppen. Erst bei Destruktion der Kristallstruktur beziehungsweise Druckentlastung entsteht daraus flüssiges Wasser. Postulieren wir also, dass diese 140 Kilometer mächtige Schicht des Ringwoodits etwa ein Prozent Wasser enthält. Unter dieser Prämisse wäre dort eine so gigantische Wassermenge gespeichert, die in etwa dem Wasser aller Ozeane der Erde entspräche.«

Conti gab ein kurzes Handzeichen: »Gestatten Sie mir eine Zwischenfrage: Warum ist denn nicht noch viel mehr Wasser im Erdmantel gespeichert? Nach meinem Wissen beträgt die Schichtdicke dieses Mantelgesteins insgesamt etwa 2.900 Kilometer.«

»Eine sehr gute Frage. Um diese zu beantworten, müssen wir uns zunächst die Zusammensetzung des Erdmantels etwas genauer anschauen.«

Bei diesen Worten blendete Vössler einen aufgeschnittenen dreidimensionalen Globus ein, welcher langsam über dem Konferenztisch rotierte. »Ich übergebe zu diesem Zweck mal an meinen Kollegen Raphael van de Sand, der Ihnen die Besonderheiten näherbringen wird. Warum sonst hat man denn einen Mineralogen im Team.«

Van de Sand stand auf: »Sehr gerne, Peter, sehr gerne.«

Was nun folgte war eine derart lange Kunstpause, dass sowohl Scott als auch Dyce die Gesichtsfarbe wechselten.

»Nun, meine Damen und Herren, kommen wir zunächst zur mineralischen Zusammensetzung des Erdinnern. Ganz oben sehen Sie die Lithosphäre, darunter den in etwa 40 Kilometer Tiefe beginnenden oberen Erdmantel, der aus einer Mischung der Silikatminerale Pyoxen, Granat und Olivin besteht. Aus Laborversuchen wissen wir, dass Olivin Temperaturen bis circa 2.000 Grad Celsius und Drücken von 15 Gigapascal standhalten kann. Das Mineral kommt daher im Erdmantel bis zu einer Tiefe von 410 Kilometern vor. Darunter wandelt es sich in Wadsleyit um. Es handelt sich im Prinzip um ein Mineral mit gleicher Zusammensetzung, welches jedoch durch einen isochemischen Prozess in eine andere Kristallstruktur umgewandelt wird und dessen Atome eine höhere Packungsdichte aufweisen. Ab einer Tiefe von circa 520 Kilometer findet eine weitere isochemische Reaktion statt. Aus dieser geht der uns schon bekannte Ringwoodit hervor. Beide Mineralien waren bisher nur als künstliche Produkte aus Hochdruckexperimenten bekannt. Warum erzähle ich das so ausführlich?«

Ein Seitenblick in der einsetzenden Pause auf Scott zeigte, dass auch dieser sich gerade diese Frage stellte. »Nun, meine Damen und Herren, weder Olivin noch die Mineralien des unteren Erdmantels, also unterhalb von 660 Kilometer Tiefe besitzen die Fähigkeit Wasser zu speichern. Lediglich Wadsleyit und Ringwoodit aus der sogenannten Übergangszone sind hierfür geeignet. Dies können wir nicht nur aus dem eben gezeigten winzigen Mineralkörnchen ableiten. Peters unermüdliche Arbeiten an und mit dem aus 2.000 Messstellen bestehenden seismischen Messnetz des USArrays haben wissenschaftliche Früchte getragen. Von Peter mit angeregt, haben der US-amerikanische Geophysiker Steve Jacobsen von der Northwestern University in Evanston in Zusammenarbeit mit dem Seismologen Brandon Schmandt von der University of New Mexico in Albuquerque unter Zuhilfenahme der Arraymessungen überaus interessante Resultate erzielt. So kommt es an den Rändern der

Ringwoodit-Vorkommen in circa 660 Kilometer Tiefe zu charakteristischen Übergangszonen, in denen das Wasser aus dem Mineral herausgepresst wird. Diese sogenannten Dehydrations-Schmelzen beweisen, dass die vermuteten riesigen Wasservorkommen tatsächlich vorhanden sind. Jacobsen spricht von einem mineralischen Schwamm im Erd-Inneren, der Wasser aufsaugt. Und jetzt wissen Sie auch, warum in der vorherigen Projektion von Professor Vössler noch eine etwas größere Wasserkugel eingeblendet war. Man kann bei dem eben beschriebenen Wasserspeichervermögen davon ausgehen, dass diese gesamte Erdmantelschicht zwei bis drei Mal so viel Wasser besitzt wie die Oberflächengewässer der Erde.«

»Darf ich hier etwas einflechten, Professor Scott?«, warf Conti an dieser Stelle ein.

»Nur ungern Mister Conti, aber wenn es zum Thema passt und schnell geht, dann ja.«

»Ich bemühe mich.«

Über dem Tisch erschien das Jupitersystem und Conti begann zu referieren: »Hier sehen Sie das Jupitersystem mit den vier galileischen Monden, Io, Europa, Ganymed und Callisto. Wie Sie alle wissen, befindet sich die Euopamission des Pentagon gerade in diesem System. Deren Schwerpunkt liegt auf der Untersuchung von Europa. Da die Mission mittlerweile einen zivilen, auf wissenschaftliche Forschung ausgerichteten Charakter hat, wurden uns Daten einer Sekundärsonde zur Verfügung gestellt, die in den letzten Wochen die anderen beiden Eismonde des Jupiters unter die Lupe genommen hat. Mit wirklich erstaunlichen, brandaktuellen Ergebnissen. Was in der Fachwelt schon lange vermutet wurde, hat sich nun durch empirische Messungen vor Ort bestätigt. Ganymed, der mit einem Durchmesser von 5.275 Kilometern größte Mond des Sonnensystems, besitzt nur einen kleinen festen silikatischen Kern von der Größe unseres Erdmondes. Ganz im Innern befindet sich, nach allem was wir wissen, ein Eisenkern. Außen erstreckt sich ein gigantischer Ozean aus Wasser und Eis. Sind wir schon von Europa mit seinem 100 Kilometer tiefen Ozean Gigantisches gewohnt, haben wir es bei Ganymed mit noch größeren Dimensionen zu tun. Der Ganymedozean weist nach den aktuellen, von Professor Bosenheim übermittelten Messungen eine Tiefe von ungeheuerlichen 900 Kilometer auf. Damit beherbergt dieser Mond ein sagenhaftes, 40-mal größeres Wasservolumen als die Erde. Und wie unsere JPL-Kollegen vom Team um Steve Vance schon vor Jahren postulierten, setzt sich der Ganymed-Ozean sandwichartig aus mehreren geschichteten Wasser-Ozeanen zusammen, die aufgrund ihres unterschiedlichen Salzgehaltes und zwischengelagerter Eisschichten mehrere übereinander geschichtete Wasserwelten bilden. Im Übrigen ein Aufbau, der im Grenzbereich der verschiedenen Schichten große Chancen auf die Entstehung primitiven Lebens eröffnet. Wir halten fest, dass Professor Vössler vollkommen recht hat mit seiner Aussage über die trockene Erde. Die wahre Wasserwelt unseres Sonnensystems ist Ganymed.«

»Das sind ja wirklich beindruckende Resultate, die wir da von unserem militärischen Außenposten am Jupiter erhalten«, wunderte sich Dyce. »Die kenne ich noch gar nicht.«

»In der Tat ein erstaunliches Ergebnis«, musste nun auch Scott beipflichten. »Trotzdem plädiere ich dafür, dass wir uns nun auf unser eigentliches Thema fokussieren. Bitte, Mister van de Sand.«

Van de Sand zeigte nun auf den Projektionswänden einen alten Kupferstich aus dem 19. Jahrhundert. »Da kommen wir ja gleich hin. Jetzt zeige ich Ihnen aber zuerst noch etwas ebenso Erstaunliches. Was Sie hier sehen, ist das ›Lidenbrock-Meer‹ aus dem Roman ›Eine Reise zum Mittelpunkt der Erde‹. Jules Vernes hatte also geradezu hellseherische Fähigkeiten, als er riesige Wasservorräte im Innern der Erde beschrieb.«

An dieser Stelle hielt es nun Dyce nicht mehr auf seinem Sitz. Er sprang auf und fixierte Van de Sand: »Ich wollte mich ja eigentlich zurückhalten, Ihre Bezüge zur Weltliteratur in allen Ehren, Herr Mineraloge, aber ich muss Sie doch bitten, sich auf unser aktuelles Problem zu fixieren.«

»Ach herrjeh, Sie sind hier alle so ungeduldig. Dabei kommt der eigentliche Knaller dieser Angelegenheit ja erst noch.«

Dabei strich er ein paarmal über seinen Tablet-PC. Wieder erschien eine Art Rohdiamant über ihren Köpfen.

»Wir haben nämlich einen weiteren Rohdiamanten mit Konkretionen aus dem Erd-Inneren entdeckt. Dieses Mal handelt es sich bei dem Einschluss um Wadsleyit. Auch in diesem Fall können wir bestätigen, dass der Wadsleyit Wassereinschlüsse enthält. Und dieses Wasser aus den Tiefen des Erdinneren haben wir mal genauer unter die Lupe genommen. Mit einem erstaunlichen Ergebnis. Bei den darin enthaltenen Wasserstoffatomen handelt es sich um Wasser mit einem relativ geringen Anteil an Deuterium. Wir sprechen geradezu von vereinzelten Atomen, denn sehr wenige der untersuchten Wasseratome enthielten in ihrem Kern neben dem Proton das für Deuterium charakteristische Neutron. Nach dieser Entdeckung haben wir das eben schon von Professor Vössler erwähnte Ringwooditfragment aus Brasilien ebenfalls einer solchen Untersuchung unterzogen. Und was soll ich Ihnen sagen«, lange Kunstpause... »wir erhielten exakt dasselbe, erstaunliche Ergebnis. Nur eine sehr geringe Anzahl von Deuteriumisotopen.«

»Entschuldigen Sie, wenn ich dazwischen Frage«, mischte sich Conti ein, »aber kann es sich nicht um einen natürlichen Prozess handeln? Ich meine damit, dass sich im Erd-Inneren aus geophysikalischen Gründen weniger von diesem schweren Wasser ansammelt.«

»Das ist extrem unwahrscheinlich. Betrachten wir die gängigen Theorien zu diesem Thema müssen wir zunächst konstatieren, dass die Erde seit dem Archaikum vor circa 3,5 bis 4 Milliarden Jahren über ein Viertel ihrer Wasservorräte verloren hat. Um die Größenordnung zu verdeutlichen: Wir reden hier über eine Wassermasse, die dem gesamten atlantischen Ozean entspricht! Dabei hat sich inzwischen in den Weltmeeren schweres Wasser angereichert. Es bleibt zunächst festzuhalten, dass das Tiefenwasser nicht die Zusammensetzung des Oberflächenwassers aufweist.«

Dieses Aussage rief Ida Candell auf den Plan: »Heißt das, es besteht keine Verbindung zwischen Oberflächenwasser und Tiefenwasser? Was wissen Sie über die Mechanismen, die hier wirksam sind?«

»Man geht davon aus, dass ein größerer Teil des Oberflächenwassers ins All entwichen ist. Durch natürliche Prozesse, insbesondere jedoch der Aktivität von marinen Bakterien wird Wasser in seine Bestandteile Wasserstoff und Sauerstoff aufgespalten. Der Wasserstoff lagert sich in Atmosphärengase an und gelangt so bis in die Stratosphäre, wo er durch die Sonneneinstrahlung wieder abgespalten wird. Dabei entweicht das leichtflüchtige Gas in den Weltraum. Nach unserer Einschätzung trägt dieser Vorgang in erheblichem Maße zu diesem Wasserverlust bei. Da bei diesem Exodus in den Weltraum insbesondere die normalen Wassermoleküle beteiligt sind, kommt es in den Oberflächenwassern der Erde eher zu einer Anreicherung von Deuterium.«

Candell: »Etwas laienhaft stellt man sich ja vor, dass das Wasser einfach versickert. Dann müssten die beiden Wasserkörper chemisch identisch sein. Stellt sich die Frage, wieso das Wasser aus dem Erd-Inneren so wenig Deuterium enthält?«

»Nun dann lassen wir die Katze mal aus dem Sack, nicht wahr Peter?« Van de Sand versicherte sich mit einem schnellen Blick der Zustimmung seines Kollegen, um dann fortzufahren: »Jetzt haben wir schon länger über das im Ringwoodit und Wadsleyit enthaltene Wasser gesprochen. Nach all diesen Versuchen sind wir erst einmal auf die Idee gekommen, diese winzigen Mineraleinschlüsse im Diamant dem Paramaterietest, den Frau Professor Candell zur Unterscheidung von normaler und Paramaterie entwickelt hat, zu unterziehen. Und siehe da, wir erhielten das erstaunliche Ergebnis, dass es sich dabei tatsächlich um Paramaterie handelt. Dies eröffnet für die wissenschaftliche Interpretation weitreichende Spielräume.

Zunächst lässt sich daraus ableiten, dass, wie immer schon vermutet, beim Theia-Crash in erheblichem Maße Paramaterie in das Erdinnere aufgenommen wurde und darin verblieben ist. Es handelt sich also höchstwahrscheinlich um ein Artefakt aus dem Zusammenstoß der Urerde mit Theia. Dies trifft jedoch nur auf die mineralische Matrix zu. Hätten wir es auch hier mit Wasser aus dem Parauniversum zu tun, wie im Nhill-Krater und auf Europa, müsste das Wasser fast komplett aus Deuteriummolekülen bestehen. Ich denke, Sie können nun schon die Bedeutung für das Schicksal der Erde erahnen. «

»Jetzt kommen Sie uns nicht schon wieder mit dieser Terraforming-Nummer«, fuhr nun Jack Dyce vehement dazwischen.

»Doch, Mister Dyce, genau darauf läuft es mal wieder hinaus«, bestätigte van de Sand. »Darauf werde ich im Folgenden weiter eingehen: Es gibt, wie von Frau Professor Candell schon angesprochen, einen weiteren Prozess, über den dieser Wasserverlust im wahrsten

Sinne des Wortes abläuft, nämlich das Verschwinden im Untergrund. Der hierbei wirksame Mechanismus für den Weg in die Tiefe findet zu einem Großteil an den sogenannten Subduktionszonen der Erdkruste statt, wo die ozeanischen Erdplatten unter die Kontinente abtauchen. Würden die Wasservorräte im Ringwoodit und Wadsleyit durch einen derzeit ablaufenden Prozess aus irdischem Oberflächenwasser nennenswert gespeist, hätte dies zur Folge, dass dort in viel größerem Ausmaß normales Wasser verbreitet sein müsste. Diese Theorie erscheint mit dem jetzigen Befund eher unwahrscheinlich. Denn hier werden nun Forschungsergebnisse von Forschern der Universität Kopenhagen und der Stanford University relevant. Das Team um Emely Pope untersuchte uraltes Gestein eines Ozeangrundes aus Grönland. Bei diesem über 3,8 Milliarden Jahre alten Meeresboden lag eine deutlich geringere Deuteriumkonzentration vor. Damals füllte eben urtümliches Wasser, bei dem der Exodus ins All noch nicht abgelaufen war, die Weltmeere. Vergleichen wir diese Konzentration jedoch mit unseren Auswertungen des Ringwoodit- und Wadsleyit-Wassers aus dem Erd-Inneren können wir eine überaus große Übereinstimmung feststellen.

Nein, unsere Ergebnisse sprechen eindeutig dafür, dass es sich bei diesen Wasservorkommen im Erd-Inneren um uraltes Wasser aus der Frühzeit des Sonnensystems handeln muss. Somit könnte dieser Wasserschwamm aus Paramaterie eine immense Bedeutung für die Ökosysteme der frühen Erde gehabt haben. In der Anfangsphase der Erd-Entwicklung wurde auf diese Weise offensichtlich der Wasserstand der irdischen Ozeane eingeregelt. Wäre dieses im Paramaterieschwamm eingelagerte Wasser noch an der Erdoberfläche, hätten wir einen um circa 800 Meter höheren Wasserspiegel auf der Erde. Sie können sich vorstellen, welche Konsequenzen dies für das terrestrische Leben der Erde und den Menschen hätte. Ein weiterer Beweis, wie sehr die Parawelt am Terraforming und an einer Art Wassermanagement unseres Heimatplaneten beteiligt gewesen ist.«

Man konnte beobachten wie sich die Zuhörer nach diesen Schlussfolgerungen überrascht in die Augen sahen. Dyce blies seine runden Backen auf und ließ vernehmlich die Luft heraus.

Aber noch bevor irgendjemand etwas sagen konnte, fuhr van de Sand fort: »Zugleich lässt sich daraus ableiten, dass die Übergangsschicht in der späteren Erdgeschichte einen relativ stark isolierten Bereich der inneren Erde darstellt, der normalerweise kaum im Austausch mit der Erdoberfläche steht. Man muss betonen, dass dies in deutlichem Widerspruch zu Expertenmeinungen steht, die einen Austausch zwischen Tiefen- und Oberflächenwasser postulieren und einen gigantischen Wasserkreislauf zwischen der Erdoberfläche und dem Erd-Inneren sehen. Einige Theorien besagen ja sogar, das irdische Oberflächenwasser würde durch diese Tiefenwasservorkommen gespeist und stamme nicht von Meteoriten aus dem All. Wir können für uns festhalten, dass die Herkunft des Wassers auf der Erde doch in starkem Maße von deuteriumsarmen Meteoritenwasser aus dem All und hier insbesondere aus dem Neptunsystem entstammt. Nebenbei erwähnt, wie wir bereits vor Jahren ableiteten, mit Beteiligung der Parawelt.«

»Mehrere kühne Hypothesen, Mister Vössler, Mister van de Sand, alles was recht ist«, nickte Scott anerkennend den beiden Referenten zu. »Dennoch möchte ich Sie an den eigentlichen Grund unserer heutigen Zusammenkunft erinnern, nämlich dass wir dem Weltforschungsrat berichten müssen, wie stark die Erde durch Sonnenstürme gefährdet ist. Frage daher an Professor Vössler: Kann dieser Befund irgendetwas zur Erklärung der zurzeit zu beobachteten Magnetfeldschwäche beitragen?

»Wir werden sehen, was wir diesbezüglich tun können, Professor Scott. Dennoch muss ich Sie hierzu zunächst nochmals mit einigen Grundlagendaten konfrontieren.«

Vössler ließ über dem Konferenztisch eine 3D-Nahaufnahme der pulsierenden Sonne mit deutlich erkennbaren Protuberanzen erscheinen. »Wie landläufig bekannt ist, oszilliert die Sonne in einem wiederkehrenden Rhythmus, so dass alle elf Jahre ein Sonnenmaximum auftritt. Dies lässt sich sogar an den Jahresringen von Bäumen nachvollziehen. Diese wachsen bei hoher Sonnenaktivität offensichtlich schneller und bilden dabei breitere Jahresringe, wobei die genauen Wirkungszusammenhänge noch unklar sind. In den Maximalphasen von 1989 und 2001 gab es Sonnenstürme, die partiell zum Ausfall von technischen Anlagen führten. In der Maximumphase 2012 / 2013 blieb die Sonne im Durchschnitt außergewöhnlich inaktiv, so dass in dieser Phase kaum Schäden auftraten. Von dem Monster-CME, der die Erde 2012 nur knapp verfehlte, sehen wir hierbei mal ab.«

»Moment mal«, Walter Mayer, der wie üblich die gesamte bisherige Sitzung mit seinen Kopfhörern am Ohr im Randbereich des Konferenzraums herum getigert war, kam an den Tisch heran und fragte erstaunt: »Hab ich das richtig gehört, wir befinden uns also momentan gar nicht in einem Sonnenmaximum?«

»Das ist richtig. Turnusmäßig ist das Sonnenmaximum wieder in den Jahren 2024 / 2025 zu erwarten. Wie die bisherige solare Forschung ergab, hält sich die Sonne jedoch nicht sklavisch an diese elf Jahre. So wurden auch schon früher Abstände zwischen 9 und 14 Jahren ermittelt. Die Sonne ist also momentan extrem frühzeitig dran.«

»Und wieso kam es dann zu diesen exorbitanten Schäden?«, fragte Mayer weiter.

»Schäden im Ausmaß des aktuellen Sonnensturms hat es im technischen Zeitalter noch nicht gegeben. Es kam zwar 1989 zu vereinzelten Stromausfällen und 2003 fielen Navigationssysteme verschiedener US-Flughäfen aus. Was wir derzeit sehen, ist jedoch um eine Größenordnung schlimmer. Es gibt ja auch bedeutend mehr technische Geräte, die noch wesentlich empfindlicher sind.«

Wieder meldete sich Mayer: »Es handelt sich also um den schwersten Sonnensturm, den die Erde je erlebt hat?«

»Um das zu beantworten, muss ich etwas weiter ausholen«, leitete Vössler seine Erläuterungen ein. »Sonnenstürme werden gemäß dem sogenannten Dst-Index (disturbance storm time index) in Stärkeklassen eingeteilt nach der Intensität, mit der sie das irdische Magnetfeld reduzieren. Der durch das Magnetfeld um die Erde erzeugte Van-Allen-Strahlungsgürtel, unser Schutzschirm im All, wird durch den Sonnensturm verbeult und zusammengedrückt. Der Strahlungsgürtel wies noch im Jahr 2013 in Mitteleuropa eine Stärke von 20.000 NanoTesla auf. Derzeit liegt das weltweit gemessene Maximum bei gerade einmal 17.000 NanoTesla. Differenzen von 20 NanoTesla an einem Tag können als natürliche Schwankungen angesehen werden. Moderate Sonnenstürme verursachen eine

Störung des Erdmagnetfeldes um weniger als 100 NanoTesla, intensive Stürme bis 250 NanoTesla. Bei sogenannten Superstürmen geht die Abschwächung über 650 NanoTesla hinaus. Der stärkste in der Neuzeit mit moderner Technik gemessene Sonnensturm hatte 1989 über Kanada einen Dst-Index von Minus 589 NanoTesla. 1921 allerdings verursachte ein Sonnensturm in Überlandleitungen Energieströme, die noch zehnmal stärker waren als 1989. Das sogenannte Carrington-Ereignis, benannt nach dessen Beobachter, dem Astronom Richard Carrington aus dem englischen Surrey im Jahre 1859 war nach allem, was bisher bekannt ist, noch deutlich stärker. Untersuchungen von Eisbohrkernen ergaben, dass Magnetstürme dieser Stärke im langjährigen statistischen Mittel nur alle 500 Jahre auftreten.«

»Professor Vössler, das sagt alles noch nichts über den aktuellen Sonnensturm vom Juni dieses Jahres aus,« entfuhr es nun Dyce.

»Das war doch nur die Herleitung, damit Sie alle das nun Folgende besser einordnen können. Wir haben den Verlauf genau rekonstruiert. Die Schockwellenfront des Sonnensturms erreichte circa 26,5 Stunden nach Auftreten mehrerer koronaler Massenauswürfe auf der Sonne die Erde. Der magnetische Sturm dauerte etwa 48 Stunden. Danach dauerte es etwa eine Woche, bis das irdische Magnetfeld wieder Normalwerte erreichte. Die entscheidende Schlussfolgerung zur Frage der Schwere dieses Sonnensturms kommt jetzt«, betonte Vössler und machte entgegen seiner sonstigen Art ein sehr ernstes Gesicht. »Also, der Sturm, mit dem wir es aktuell zu tun hatten, war zweifelsohne stark. Er erreichte in Nordamerika einen Dst-Index-Wert von circa Minus 600 NanoTesla, was in der Größenordnung der stärksten je gemessenen Sturmereignisse der Neuzeit liegt, verglichen jedoch mit 1921 und vor allem 1859 noch als relativ gering zu bezeichnen ist. Was die Auswirkungen auf den Menschen, beziehungsweise die moderne Industriegesellschaft anbetrifft, hatte er zweifellos die mit Abstand größten Effekte. Die starken Auswirkungen auf die menschliche Zivilisation resultieren jedoch aus der frappierenden Magnetfeldschwäche, die wir aktuell beobachten. Doch dazu später mehr. Erst einmal möchten wir Ihnen einige unserer biologischen Untersuchungsergebnisse präsentieren. Bitte, Raph.«

Van de Sand trat an das Rednerpult, hob zum Sprechen an, machte eine lange Pause, in der er alle Anwesenden in den Blick nahm und begann seinen Vortrag: »Unsere biologische Sektion hat sich weiterhin mit ungewöhnlichem Verhalten von Tieren weltweit beschäftigt. Die Tendenz, die Professor Zabel schon vor einigen Jahren festgestellt hat, hat sich bestätigt und in mehreren Fällen verstärkt.

Die Zahl der verheerenden Walstrandungen geht mittlerweile in die Hunderte. Die Honigbiene ist in Folge völliger Orientierungslosigkeit vom Aussterben bedroht. Brieftaubenzüchter verlieren reihenweise ihre besten Tauben. Dies alles ist Ihnen aus früheren Vorträgen Professor Zabels bekannt. Ich möchte Ihnen heute nur noch ein zusätzliches, besonders frappierendes Phänomen vorstellen, welches auch in der Öffentlichkeit große Aufmerksamkeit erlangt hat.«

Auf den Bildschirmen erschienen Schwärme von Schmetterlingen, die wie eine dichte Wolke den Himmel verdunkelten. Van de Sand fuhr fort: »Es geht hierbei um die Veränderungen im Wanderverhalten des Monarchfalters, von dem Sie hier einen der charakteristischen Riesenschwärme sehen. Auch beim Monarchfalter, lateinisch Danaus plexippus, handelt es sich um einen stark durch das irdische Magnetfeld gesteuerten Organismus. Die Tiere besiedeln im Sommer große Teile von Nordamerika. Im Herbst und Spätherbst machen sich die Falter zu einer mehrere Tausend Kilometer langen Wanderung in ihr Winterquartier auf. Dieses liegt in der Nähe der Stadt Angangueo an den 3.600 Meter aufragenden Bergflanken des Michoacán-Hochlands in der mexikanischen Sierra Nevada. Jahrzehntelang wunderten sich die Entomologen, warum der Monarch im Winter spurlos verschwand. Der kanadische Zoologe Frederick Urquhart forschte 40 Jahre über das Phänomen und aktivierte in dieser Zeit über 4.000 Hobbyentomologen, um das Rätsel zu lösen. Erst im Jahr 1975 lüftete der Biologe mit Hilfe eines Zufallsfundes des amerikanischen Ingenieurs Kenneth Brugger das Geheimnis des Schmetterlings, wobei man ihm die Story in der Fachwelt zunächst gar nicht glauben wollte. Seither ist das Wanderverhalten des Monarchfalters Gegenstand intensiver Forschungen, wobei die Magnetotaxis einen der Schwerpunkte bildet.

So führte Orley Taylor von der Kansas-University weitreichende Experimente mit Monarchfaltern durch. Er setzte die Tiere einem um 180 Grad gedrehten Magnetfeld aus, mit der Folge, dass die Falter nicht ihren natürlichen Südwestkurs, sondern einen genau entgegengesetzten Nordostkurs flogen. Bei völlig fehlenden magnetischen Einflüssen zeigten sich die Falter komplett desorientiert. Genau dieses haben Prof. Vössler und ich an der Westküste Kaliforniens beobachtet, als fast die gesamte normalerweise östlich ziehende Population der Tiere auf einen völlig neuen Kurs in den Westen umgelenkt wurde.

Es zeigt sich also, dass die Magnetfeldschwäche gerade auf wandernde Tiere wie den Monarchfalter extrem negative Auswirkungen hat. Dabei handelt es sich bei diesem Phänomen um eines der bedeutendsten Naturereignisse unseres Planeten. Die wundersame Wanderung der Tiere wurde von der Weltnaturschutzorganisation IUCN, der International Union for Conservation of Nature and Natural Resources, in einer eigens dafür geschaffenen Schutzkategorie als Naturphänomen in die Rote Liste aufgenommen. Die Indios bezeichnen die Falter erfurchtsvoll als Drachen des Waldes, weil das Rascheln ihrer millionenfachen Flügelschläge sogar das Zwitschern der Waldvögel übertönt.

Obwohl mittlerweile das ›Monarch Butterfly Biosphere Reserve‹ eingerichtet wurde, unterliegen die Schmetterlinge immer noch einer Vielzahl von anthropogenen Umwelteinflüssen. Das gesamte Reservat nimmt über 56.000 ha Fläche ein. Dabei konzentrieren sich die Sammelplätze der Schmetterlinge auf lediglich 4,7 ha mit 14 Kolonien, von denen lediglich fünf für Touristen zugänglich sind. Die Holzindustrie dringt jedoch immer weiter in das Überwinterungsgebiet des Monarchs vor und gefährdet dadurch die Spezies. Noch im Jahr 2002 schätzte man die auf mächtigen Fichten und Omayeltannen überwinternde Generation auf mehrere 100 Millionen Exemplare. Ein Kaltfrontereignis im Januar 2002 raffte jedoch 75 Prozent der gesamten Population im Überwinterungsquartier dahin. Der Boden war dezimeterweise bedeckt mit den orangeroten, toten Leibern der Falter. Naturschützer machen für diese Katastrophe insbesondere die Eingriffe der Holzwirtschaft verantwortlich, da die Entnahme zahlreicher Bäume den Wald so stark durchlichtete, dass die Kaltfront tiefer und härter als sonst in den Waldbestand eindringen konnte und die Schmetterlinge tötete. Aber es sind nicht nur diese indirekten Eingriffe, die sich dort auswirken. Nicht gerade zimperlich fällte man auch gewaltige Omayeltannen, auf denen tausende von Monarchfaltern saßen. Erst als diese Bilder um die Welt gingen, konnte diesem Treiben Einhalt geboten werden.

Seit diesem Kaltluft-Ereignis wurden nie mehr so viele überwinternde Tiere beobachtet. Es scheint so, als hätte sich die Art nicht mehr vollständig von dieser Katastrophe erholt. Kommt der Magnetfeldausfall noch hinzu, der die Falter, wie beobachtet, völlig von ihrer angestammten Wanderroute abbringt, wird die Art möglicherweise aussterben.

Wir können zusammenfassend konstatieren, dass alle Lebewesen, welche sich am Magnetfeld der Erde orientieren, regelrecht in ein Orientierungsdesaster gestürzt wurden. Alles in allem können wir Professor Zabels Hypothesen aus dem Jahr 2016 vollumfänglich bestätigen.«

»Danke, Raph, für diese wirklich bemerkenswerten Ergebnisse. Das Ganze werden wir jetzt durch die geologisch-magnetophysikalischen Untersuchungen ergänzen, die ein wahrhaft bedrohliches Gesamtbild ergeben.«

Plötzlich zeigte das Hologramm über dem Konferenztisch eine sich drehende Tonschale. Vössler erläuterte dazu munter: »Was Sie hier sehen, ist eine Tonschale aus dem antiken Griechenland. Wie Sie unschwer erkennen, wird in diesem Motiv eine Frau von hinten kopuliert, während sie vorne gleichzeitig das Glied eines weiteren Mannes im Mund hat. So etwas gehörte um 500 vor Christi zum normalen Tafelgeschirr der Adeligen. Die Künstler der damaligen Zeit versuchten sich durch möglichst gewalttätige oder pornographische Darstellungen zu überbieten. Um dies zu verdeutlichen...«

»Ähem, Professor Vössler«, unterbrach Scott und sog vernehmlich Luft ein, »könnten Sie ohne weitere Umschweife in die konkreten geologischen Inhalte Ihres laufenden Vortrages einsteigen?«

»Nun, ich wollte ja nur verdeutlichen, in welcher Zeit wir uns bewegen und um welches Material es sich handelt.« Vössler klickte die Tonschale weg, stattdessen drehte sich ein dunkler Gesteinsbrocken über dem Tisch. »Was wir hier sehen ist ein Basalt. Aufgrund meiner bisherigen geografischen Schulungen für die hier Anwesenden dürfte Ihnen allen bekannt sein, dass es sich hierbei um basische Lava handelt, welche relativ dünnflüssig austritt und langsam aushärtet. Wie wir schon lange wissen, richten sich die magnetisierbaren Partikel in der erkaltenden Lava nach den zu dieser Zeit herrschenden Magnetfeldlinien aus und verharren in dieser Position. Nun kommt wieder meine Tonschale ins Spiel«, verkündete Vössler und ließ die Schale über dem Tisch ein wenig schneller kreisen, worauf er sich erneut einem kritischen Blick von Scott ausgesetzt sah.

Vössler machte eine Unschuldsmine und fuhr fort: »Ohne ein weiteres Beispiel aus der Antike zu zeigen, möchte ich Sie über Forschungsergebnisse an solchen Materialien informieren. In solchen Ton- oder Porzellangegenständen des Altertums kann man nämlich bei deren Aushärtung über die Ausrichtung der darin enthaltenen magnetischen Partikel die Polung des damaligen Magnetfeldes und sogar dessen Feldstärke feststellen. Daher wissen wir nun, dass sich das irdische Magnetfeld seit dem Jahr 0 bis etwa zum Jahre 2013 um etwa 38 Prozent vermindert hat. Was dann folgt, lässt sich mit den seit 2014 in der Erdumlaufbahn befindlichen Swarm-Satelliten der ESA, welche kontinuierlich aus dem Weltraum das irdische Magnetfeld detektieren, eindeutig belegen. Demzufolge wissen wir, dass sich innerhalb von nur sieben Jahren die Feldstärke des irdischen Geomagneten im Mittel nochmals um die gleiche Größenordnung verringerte. Ich spreche hier vom weltweiten Mittelwert. Die Ausprägung des Magnetfeldes ist jedoch regional überaus unterschiedlich. Das bedeutet, dass bestimmte Weltgegenden so gut wie keinen magnetischen Abwehrschirm mehr besitzen.

Schauen wir in die ferne Vergangenheit der Erde. Wir wissen aus früheren Betrachtungen zu diesem Thema in diesem Forum, dass in der Erdgeschichte alle 250.000 bis 300.000 Jahre ein Polsprung stattfand und dass seit etwa 780.000 Jahren kein solches Ereignis mehr eingetreten ist. Bisher gingen die Experten davon aus, dass sich ein Polsprung über einen Zeitraum von 5.000 bis 10.000 Jahren vollzieht. Dem entgegen stehen aktuelle Forschungsergebnisse der US-amerikanischen Geophysiker Scott Bogue und Jonathan Glen. Die beiden Wissenschaftler untersuchten in Nevada einen etwa 16 Millionen

Jahre alten Vulkan, welcher über Jahre eruptiv war. Dabei konnten sie feststellen, dass sich die Polrichtung innerhalb nur eines Jahres um circa 53 Grad verschob. Daraus folgt, dass sich der Polsprung in dieser Phase innerhalb von nur dreieinhalb Jahren vollzog. Anhand von Gesteinsproben aus Oregon konnte sogar eine Magnetfelddrehung von 6 Grad am Tag nachgewiesen werden. Demzufolge könnte ein kompletter Polsprung innerhalb von nur einem Monat stattfinden. Sie ahnen, was daraus für unsere heutige Situation folgt. Um es ganz klar zu sagen: Ich rechne in wenigen Wochen mit einem Totalstillstand des irdischen Geodynamos beziehungsweise dieses für uns unbekannten Prozesses und einem kompletten Ausfall des irdischen Magnetfeldes. Träfe uns in diesem Zustand ein solcher magnetischer Sonnensturm wie vor einem Monat, hätte dies noch wesentlich verheerendere Auswirkungen als der letzte Durchgang.«

Alle sahen nach diesem Vortrag etwas perplex aus. Der erste, der wieder etwas sagte, war wiederum Professor Vössler: »Tja, irgendwie leben wir in einer apokalyptischen Zeit. Wer hätte dies noch Anfang des letzten Jahrzehnts gedacht?«

»Schön gesagt, Professor. Aber was machen wir jetzt?«, fragte ein ungewöhnlich ratloser Scott.

»Wenn Sie mich so fragen, kann uns nur noch ein Wunder retten.«

Solarfire
Freitag, 24. Juli 2020

Brigitte öffnete ihren Mailaccount. Ihr Herz schlug schneller, als sie darin eine Nachricht von Steven entdeckte. Seit seinem Unfall und Koma war sie immer froh, wenn sie seinen Absender entdeckte. Brigitte begann zu lesen:

```
An: b.langendorf@sf.roroscosmos.ru, 2020-05-14
```

```
Mein Liebling,
ich habe bemerkenswerte Nachrichten. Nach Mit-
teilung von Professor Bosenheim fangen die Augen
```

der Besatzung der ICY-MOON-OBRBITER-Mission an zu leuchten. Besatzungsmitglieder der Mission sind mit Parawasser in Berührung gekommen und haben alle an Bord mit Parablasen infiziert. Es deutet vieles darauf hin, dass die leuchtenden Röhrenwälder auf Europa durch die Leuchtfähigkeiten dieser Mikroorganismen zustande kommen. Das führt zu der Schlussfolgerung, dass die Lichtstrahlen aus Deinen und Djalus Augen auch etwas mit diesen Parablasen zu tun haben könnten. Ich hoffe, ich klinge jetzt nicht zu unromantisch, und du weißt, dass Deine Augenstrahlen die schönsten Melodien der Welt in mir hervorrufen, aber es scheint tatsächlich eine wissenschaftliche Erklärung dafür zu geben. Wie es zustande kam, dass Djalu, Unaden und Du mit lebenden Parablasen in Berührung gekommen seid, ist mir allerdings noch ein völliges Rätsel, aber es liegt wohl so etwas wie eine Infektion vor. Oder wir haben es mit einem völlig anderen Wirkungsweg zu tun, den wir wissenschaftlich noch durchdringen müssen.

Brigitte setzte ab und dachte, dass diese Abhandlung ja wirklich nicht gerade besonders romantisch klang. Das war typisch Steven, er war mal wieder voll in seinem Element – aber so ist es, wenn man mit einem Wissenschaftsjunkie zusammen ist. Sie las weiter:

Das nimmt zugegeben etwas von dem mystischen Touch, den das Phänomen bisher hatte. Aber wenn ihr tatsächlich auch diese Organismen in euch tragen solltet, scheint da ein erheblicher Unterschied zu bestehen. Ihr seid nicht ansteckend und es geht keine tödliche Gefahr von euch aus. Ich werde mit Professor da Luca sprechen, ob wir Djalu daraufhin untersuchen können. Du bist ja außer Reichweite von Professor da Luca und leider auch von mir. Ach wie gerne würde ich in Deine wundervollen Augen schauen.

Na, da hat er ja zum Schluss gerade noch die Kurve gekriegt, schmunzelte Brigitte.

**Mars, MARS SPACE Station (MSS)
Freitag, 24. Juli 2020**

Steven las noch einmal die zweite Mail, die er heute verfass hatte. Dann bediente er den Sendebutton.

An: ben.bosenheim@jimo.mil, 2020-07-24

Lieber Professor Bosenheim,
ich möchte Sie über meine weitere Forschungen das Parawasser betreffend in Kenntnis setzen:

Das Deuteriumwasser enthält Mikroorganismen in enorm hoher Konzentration. Diese besitzen keinen Zellkern und sind somit nach unseren bisherigen Maßstäben im weiteren Sinne den Archaeen zuzuordnen. Wie diese überstehen sie unwirtliche Umweltbedingungen offensichtlich problemlos.

Zur Nomenklatur hat sich die Bezeichnung Parablasen mittlerweile durchgesetzt. Die Blasen sind so hochinvasiv wie kein anderer Organismus, den wir kennen. Eine einzige Berührung, ein simpler Hautkontakt, reicht aus, um die Infektion auszulösen. Ein Tropfen Parawasser auf der Haut führt somit mit hundert prozentiger Sicherheit zu einer Infektion. Die Übertragung funktioniert auch artgrenzüberschreitend zwischen verschiedenen Organismen. So konnte ich Übertragungen von Drosophila auf Mäuse und von Mäusen auf Laufkäfer

nachweisen. Die Ihrerseits geschilderte Biolumineszenz aus den Augen habe ich mittlerweile auch beobachtet. Insbesondere die Augen der Mäuse fangen an, im Dunkeln zu leuchten.
Ob von den Einschleppern oder Erschaffern gewollt oder ungewollt, stellen diese Wesen eine enorme Gefahr für irdische Organismen dar. Das Ganze ähnelt dem Neobiota-Problem auf der Erde. Wie wir wissen, verschleppt dort der Mensch Organismen in andere Erdteile, die dort in neuer Umgebung enorme Schäden anrichten können. Wie bekannt, kann das bis zur Ausrottung von etablierten Arten beziehungsweise ganzer heimischer Lebensgemeinschaften gehen. Es ist nicht auszuschließen, dass eine Parablasenepidemie auf der Erde durchaus ähnliche Effekte bewirken könnte.

Wie der Wirkmechanismus funktioniert, den die Blasen im Wirtsorganismus auslösen, ist im Detail noch unklar. Auf jeden Fall wird ein biologischer Verfall ausgelöst, der anscheinend mit der Lebensspanne der jeweiligen Art korrespondiert. Kurzlebige Organismen, wie Drosophila-Fliegen, sterben schon nach zwei bis drei Tagen. Mittlerweile gibt es in meinen Versuchsreihen aber auch schon die ersten toten Käfer. Infizierte Mäuse verlieren zunehmend an Kraft und Lebensenergie, was zum Beispiel über eine reduzierte Atmungstätigkeit nachweisbar ist. Überträgt man das Phänomen auf den Menschen, resultiert daraus eine Restlebensdauer von einem bis anderthalb Jahren.

Gegenmittel sind zurzeit nicht bekannt. Es ist auch sehr fraglich, ob wir je ein Medikament werden entwickeln können, da es um Wirkungszusammenhänge mit einem fremden Universum geht. Eine

Ausbreitung sollte daher auf jeden Fall, soweit es geht, verhindert werden.
Zumindest in Bezug auf die Parawasservorkommen auf dem Mars haben die Parawesen offensichtlich einen Dekontaminationsmechanismus eingerichtet. Beim Verlassen des Nhill-Kraters werden die Organismen auf rätselhafte Art und Weise unschädlich gemacht. Untersuchungen an den Versuchstieren zeigen, dass die Parablasen im Blut immobilisiert sind und vom Wirtskörper abgebaut oder ausgeschieden werden. Schon nach ein paar Tagen sind kaum noch Blasen nachweisbar. Auch das Augenleuchten verschwindet innerhalb dieses Zeitraumes.

Ich hoffe, meine Ergebnisse helfen Ihnen weiter. Bitte halten Sie mich über Ihre Situation auf dem Laufenden.

Freundliche Grüße
Dr. Steven Winstone
(Mars City)

JPL, Headquarter, Kryo-Schallstudio
Samstag, 1. August 2020

Eduardo hatte gerade für Will einige seiner aktuellen Lieblingssongs abgespielt. So die erste Singleauskopplung »Take Your Time« von Nitebrain, die erste große Erfolgssingle von Laleh «Some Die Young" und die Coverversion des Lou Reed-Titels «The Power of Your Heart" von Peter Gabriel. Aber damit wollte er es heute nicht bewenden lassen. Aus den seltenen und immer bruchstückhafter werdenden Kontakten zwischen Djalu und Will hatte Eduardo sich aus Unadens Übersetzung folgende Message zusammengereimt: »Hallo Eduardo, ich hätte eine Bitte an Dich. Könntest du mir in ein paar Monaten eine Zusammenstellung von Konzeptalben zu

Gehör bringen. Ich denke da so an »The Wall« von Pink Floyd, oder die Alben von Alan Parsons. Wenn ich die dann höre, weiß ich, dass du noch an mich denkst.«

»Und ob ich an dich denke, mein lieber Will«, murmelte Conti versonnen vor sich hin, »bei dieser Musik wird die ein oder andere durchwachte Nacht mit dir wieder lebendig.« Will Johnson war sicher der einsamste Mensch, der je ins All geschickt worden war. Conti konnte über die Musik den engsten Kontakt zu seinem Freund aufrecht erhalten. Ab und zu kamen andere Mitglieder der JPL-Crew und sendeten einen musikalischen Gruß in den Weltraum. Obwohl es wahrscheinlich keinen wirklich messbaren Effekt bewirken würde, hatten Wills Freunde ihm eine kleine Geschenkkiste mit auf die Reise gegeben. Conti selbst hatte die erste Progressiv-Rock-CD, welche er mit Will zusammen gehört hatte, in Aluminiumfolie eingepackt. Er wusste nicht, was Mai Ling, Miss Quamoora und Unaden in die kleine Box mit ins All gegeben hatten, aber er erinnerte sich gerne an die kleine Feierstunde zurück, als die Geschenkkiste in die CERES-Sonde eingelassen worden war.

Dann konzentrierte er sich wieder auf Wills aktuellen Wunsch und fing an, auf seinem MP5-Player noch den entsprechenden Alben zu suchen. Das neue MP5-Format bot die Komprimierung des alten MP3 bei einer Klangqualität optimaler Wave-Dateien. Dann fokussierte er seine Gedanken ganz auf die Großtaten des Progressiv-Rock.

Konzeptalben waren das ganz große Ding des Progressive Rocks. Darin bündelten sich die Ideen und die Inspiration der großen Prog-Bands. Die naheliegendste Form solcher Alben stellte die Erzählung einer mehr oder weniger zsammenhängenden Story in textlicher und musikalischer Form auf einem Tonträger dar. Manchmal wurde auch nur ein bestimmtes Thema herausgegriffen und aus verschiedenen Perspektiven dargestellt. Dabei handelte es sich zum Teil um reale historische oder zum Zeitpunkt der Einspielung aktuelle gesellschaftliche beziehungsweise politische Ereignisse oftmals versetzt mit erfundenen Facetten oder um ganz und gar fiktive Geschichten. In vielen Fällen wurden literarische Vorlagen verarbeitet. Die Möglichkeiten, ein Rock-Album unter der Flagge eines übergeordneten Konzeptes segeln zu lassen, waren nahezu unbegrenzt.

Wills Wünsche waren daher mal wieder ganz nach dem Geschmack von Eduardo.

Jupiter, Icy Moon Submarin (IMS)
Sonntag, 2. August 2020

Es stand die tägliche Videokonferenz mit dem Orbiter an. Vor ein paar Tagen hatte der Spuk begonnen. Zunächst ganz schwach, aber mit der Zeit immer stärker zunehmend, hatten die Augen der U-Boot-Besatzung angefangen zu leuchten. Was sie zunächst als Sinnestäuschung abgetan hatten, war mittlerweile nicht mehr wegzuleugnen. Die Infektion arbeitete in ihren Körpern und machte sie so zu glühenden Gespenstern.

Die Konferenz begann mit der üblichen Frage Baskets: »Gibt es etwas Neues aus der Leitstation von der Erde?«

Montgommery antwortete missmutig: »Leider Fehlanzeige. Nur Routinemeldungen. Das einzige Interessante, was in der letzten Zeit hier ankam, ist der Brief von Dr. Winstone an Professor Bosenheim. Demnach ist unsere Lage ja wohl aussichtslos. Der wahrscheinlich aggressivste Organismus in diesem Universum hat gerade uns erwischt. Gegenmittel können wir uns abschminken.«

Bevor Montgommery weiterreden konnte, fragte King dazwischen: »Wenn das wirklich so ist, wie es dieser Dr. Winstone darstellt, wie lange reichen denn unsere Lebenserhaltungssysteme?«

»Das sieht vergleichsweise gut aus. Wenn's sein muss, können wir noch Jahre hier aushalten.«

»Das sind ja schöne Aussichten«, fluchte Skeleby.

Stille breitete sich aus, die schließlich wieder von King unterbrochen wurde: »Ich habe mir den Brief auch durchgelesen. Was sind denn diese Archaeen von denen Dr. Winstone spricht?«

Bosenheim ließ sich nicht zweimal bitten: »Diese Archaeen gehören zu meinen Forschungsschwerpunkten. Also die Sache ist so: Die Archaeen, lateinisch Archaea, früher auch Archaebakterien genannt, sind eine der drei Domänen, in die alle zellulären Organismen der Erde eingeteilt werden. Die übrigen beiden Domänen bilden die Bakterien, lateinisch Bacteria sowie die Eukaryonten, lateinisch Eucaryota, zu denen Tiere, Pflanzen und Pilze gehören. Die taxonomische Abspaltung der Archaeen erfolgte erst in den 1970er Jahren durch den US-amerikanischen Mikrobiologen Carl Woese, der die damals neue Technologie der DNA-Sequenzierung für phylogenetische Zwecke einsetzte. Die Archaeen enthalten weder ein Cytoskelett noch Zellorganellen, was sie mit den Eukaryonten vergleichbar macht, und haben ähnlich wie die Bakterien ein ringförmiges Chromosom in einem Nucleoid. Ein deutlicher Unterschied zu den Bakterien besteht durch fehlendes Peptiglycan in der Zellmembran und eine andere Struktur in ihren Ribosomen. Man teilt die Archaeen in die Gruppen Euryarchaeota...«

Skeleby unterbrach Bosenheims Redefluss: »Mein lieber Herr Professor. Ihr Vortrag ist ja trockener als der Marsstaub. Wissen Sie eigentlich, dass diese Mikroben mit ihren fantastischen Fähigkeiten als biologische Waffen eingesetzt werden können. Und damit meine ich jetzt nicht die durch Bakterien verursachten Krankheiten oder Seuchen. Denn auch in diesen harmlos erscheinenden Archaeen verbirgt sich ein Waffenpotenzial. Diese Wesen werden auch Extremophile genannt, also die, ›die das Äußerste lieben‹. Denken Sie nur mal an MEOR, die Microbial Enhanced Oil Recovery bei der man Mikroben in Bohrlöcher einbringt, um die Beweglichkeit der Ölmassen und den Ölfluss zu verstärken, um größere Mengen Öl aus den Quellen zu gewinnen. Es gibt mittlerweile auch synthetisch hergestellte Mikroben mit dem schönen Namen Synthia, die Kohlenwasserstoffe abbauen können. Bei verschiedenen Öl-Katstrophen sind diese schon im Einsatz. Bei der Deepwater-Horizon-Katastrophe begann man mit der Applikation in die belebte Natur. Seither ist der Golf von Mexiko übrigens von diesen künstlich generierten Lebewesen nur so bevölkert. Ein interessantes Großexperiment, welches da seit Jahren abläuft. Aber lassen wir das jetzt einmal. Stellen Sie sich vor, man infizierte die Treibstofftanks einer feindlichen Flotte mit diesen Viechern. Ein paar Stunden später und die gesamte feindliche Maschinerie wäre lahmgelegt. Und jetzt kommen Sie, Bosenheim!«

»In der Tat war es eine Revolution, als der Bakteriologe Thomas Brock Anfang der 1960er Jahre in kochendem Wasser heißer Quellen des Yellowstone Nationalparks lebende Einzeller entdeckte. Das dort gefundene Yellowstone Bakterium Thermus aquaticus und seine Verwandten hat man mittlerweile auch in den Geysiren Islands, vulkanischen Quellen auf Hawaii und in Unterwassergeysiren der mittelozeanischen Becken nachgewiesen. Um auf den Anwendungsbezug zurückzukommen. Den gibt es sicherlich. Zwanzig Jahre nach Brocks Entdeckung isolierte man aus Thermus aquaticus eine hitzebeständige DNA-Polymerase, mit der man in der Gentechnik DNA-Schnipsel vervielfältigen und analysieren kann. Diese sogenannte Polymerase-Kettenreaktion, abgekürzt PCR, ist aus der modernen Biotechnologie gar nicht mehr wegzudenken.«

»Schon besser Bosenheim. Aber was halten Sie vom Einsatz von Deinococcus radiodurans, des resistentesten Bakteriums der Welt?«

»Deinococcus übersteht in der Tat Strahlendosen von 18.000 Gray, was ungefähr dem zweitausendfachen der Hiroshimabombe entspricht. Ein Gray löst bei Menschen schon die Strahlenkrankheit aus. Bei 6 Gray haben Menschen bereits kaum noch Überlebenschancen. 10 Gray sind innerhalb von ein bis 2 Wochen tödlich. Diese Archaee besitzt einen fantastischen DNA-Reparaturmechanismus. Man arbeitet daher zurzeit fieberhaft daran, diese Fähigkeit für die Krebstherapie zu nutzen.«

»Sie werden schon wieder langweilig, Bosenheim, denn Deinococcus bietet uns militärisch ungeahnte Möglichkeiten. Stellen Sie sich vor: Man greift mit Atomwaffen ein Areal an und verstreut anschließend ein paar Mikroben, die alles wieder in blühende Landschaften verwandeln.«

»Jetzt geht aber die Fantasie mit Ihnen durch, Skeleby. Ich zitiere in solchen Fällen gerne den Meeres-Chemiker Chris Reddy von der Woods Hole Oceanographic Institution, welcher meint, dass Mikroben, ähnlich wie Teenager, nur schwer zu kontrollieren seien. Deinococcus ist in der Tat ein faszinierender Organismus. Er hat nur einen Nachteil: Er lebt zwar in radioaktiven Zonen, baut diese Giftstoffe aber viel zu langsam ab. Er ist einfach für eine industrielle oder Ihre militärische Anwendung zu inaktiv. Zahlreiche Forschergruppen versuchen inzwischen, den superresistenten Teil seines Genoms in andere Mikroorganismen einzuschleusen, die Gifte effektiv abbauen können.«

»Sie sind ja eine richtige Spaßbremse, Bosenheim. Jetzt denken Sie mal nicht so wie ein Grundlagenforscher, sondern stellen Sie doch mal stärker den Anwendungsbezug in den Vordergrund.«

»Also gut, schon eher geeignet für so etwas ist das Bakterium Arthobacter oxydans, welches man bei Tiefenbohrungen in einer 40 Jahre lang betriebenen Deponie für radioaktive Abfälle in Idaho gefunden hat. Das dortige Material ist unter anderem mit einem tödlichen Cocktail aus Radionukliden, Kohlenwasserstoffen und sechswertigem Chrom verseucht. Arthrobacter hat sich dort als besonders erfolgreicher Giftfresser erwiesen, der nicht nur in dieser Giftbrühe lebt, sondern die giftige Chromvariante in seine wesentlich unschädlichere dreiwertige Form abbauen kann.«

»Gut so, Bosenheim, jetzt kommen Sie anscheinend richtig in Fahrt. Nennen wir es beim Namen. Diese Archaeen stammen wahrscheinlich gar nicht von der Erde, sondern sind aus dem All eingeschleppt worden. Es handelt sich also um Aliens.«

»Darf ich Sie daran erinnern, dass es für diese These bisher keinen einzigen wissenschaftlichen Beweis gibt, Mister Skeleby.«

»Seien Sie doch nicht schon wieder so fantasielos, Bosenheim. In einem einzigen Gramm Boden leben wahrscheinlich mehr Mikroorganismen als Menschen auf der Erde. Bisher hat man ungefähr 10.000 Arten bestimmt. Millionen von Spezies warten also noch auf ihre Entdeckung. Da werden schon ein paar Aliens dabei sein, glauben Sie nicht? Wenn nicht aktuell, so handelt es sich mit Sicherheit um so etwas wie Ur-Aliens. Höchstwahrscheinlich bilden sie den Ursprung des Lebens auf der Erde. Mit Donner und Getöse eingeschleppt durch Meteoriten beim Heavy Bombardement vor etwa 4,1 bis 3,8 Milliarden Jahren. Ein sicheres Zeichen dafür, dass man künstliche Flugobjekte mit Mikroben bestücken könnte, um ein feindliches Ziel ballistisch anzugreifen. Wir können also mit Fug und Recht behaupten, dass wir hier auf ein schier unerschöpfliches Reservoir waffentauglicher Fähigkeiten aller Art stoßen.«

»Sie denken auch wirklich bei allem nur an etwas Militärisches, Skeleby. Nicht von der Hand zu weisen ist allerdings die Tatsache, dass es sich tatsächlich um letzte Relikte von Organismen handeln könnte, die in der Entstehungszeit der Erde unseren Heimatplaneten bevölkerten. Stammesgeschichtlich müssen sich zahlreiche der bisher entdeckten Arten sehr früh abgespalten haben. Es handelte sich dann um uralte, lebende Fossilien aus der Welt der Einzeller. Denkbar ist sogar, dass das erste Leben in feuchtwarmen Poren des Gesteins im Innern der Erdkruste in Form von hyperthermophilen, hitzeresistenten Archaeen entstanden ist. Solche Lebensformen findet man aktuell immer noch im Umfeld von heißen Vulkanquellaustritten, den sogenannten ›Black Smokern‹ auf dem Meeresgrund.

Fakt ist, dass die Fähigkeiten der Archaeen die Vermutung nahelegen, dass es Leben im All geben muss. Die ökologischen Nischen, die sie bei Extremtemperaturen, Druck- und Strahlungsverhältnissen besetzen, lassen den Schluss zu, dass zahlreiche Orte in unserem Sonnensystem oder auf Exoplaneten von ihnen besiedelt werden könnten. Die Definition der sogenannten habitabilen, also bewohnbaren Zone muss somit neu überdacht werden. Mit den Forschungen an Achaeen und deren unglaublicher Überlebensfähigkeit erweitern sich somit die Grenzen für das Vorkommen von Leben in unserem Sonnensystem und im Universum ständig.«

»Als Spezialist für biologische Kampfstoffe möchte ich ergänzen: Diese Parablasen sind der ideale biologische Kampfstoff – nur mit dem Haken, dass diese nicht zwischen Freund und Feind unterscheiden, bisher jedenfalls nicht.«

»Ich glaube, dass dies ein Grundsatzproblem aller biologischen Kampfstoffe ist. Warum existiert denn hier auf Europa sonst nichts. Ich will es Ihnen sagen! Weil diese Blasen alles übrige Leben zerstören. Dies ist ein eindeutiger Beweis für die große, ja geradezu grenzenlose Gefährlichkeit dieser Paraorganismen.«

An dieser Stelle ging Montgommery dazwischen: »Nun, meine Herren, was Sie sich hier geliefert haben, war ja ein regelrechter Science-Slam. In Anbetracht unserer untätigen Lage durchaus ein kurzweiliger Disput. Ich hoffe, Ihre geistigen Ergüsse führen noch zu einer Strategie, wie wir aus unserer misslichen Lage herauskommen. Ich habe absichtlich nicht das Adjektiv ›aussichtslos‹ gebraucht. In diesem Sinne: An die Arbeit!«

Pasadena, JPL
Dienstag, 4. August 2020

Szusanne Stark betrachtete die gefühlt zweitausendste Aufnahme des Nhill-Kraters. Sie hatte nicht mehr mitgezählt, wie oft sie das verdammte Loch angesehen hatte. Genauso wenig wie die Unmengen an Kaffeetassen, die sie sich in dieser Zeit einverleibt hatte. Vor ihr lag eine weitere Nachtschicht. Sie saß in dem berühmten JPL-Exolabor von Conti und Winstone, in dem vor vier bis fünf Jahren auch die bahnbrechenden Erkenntnisse über den Parazentaur gewonnen worden waren. Steven befand sich ja noch auf dem Mars und Conti lag mit einer Erkältung im Bett. Doch die Forschungen an diesem Phänomen duldeten keinen Aufschub, weshalb Scott sie von allen sonstigen Aufgaben befreit hatte, nur um dieser Sache auf den Grund zu gehen.

Was hatte sie nicht alles schon ausprobiert? Auswertung von Bildaufnahmen in allen Spektralbereichen von Ultraviolett über sichtbares Licht bis hin zu sehr langwelligem Infrarot. Doktor Winstone konnte sich auch irren. Mehrmals schon hatte sie den Bericht ihres Kollegen gelesen. Ein Abwehrmechanismus der Parawelt am Kraterrand. Schön und gut. Aber wie konnte man so etwas nachweisen. Ein Ding, das angeblich schon seit über drei Milliarden Jahren existierte und bisher auf keiner Aufnahme des Mars aufgefallen war. Sie dachte an die Aura des Parazentaurs bei Neptun. Diese hatte man doch auch gut erkennen können. Das gab ihr nach wie vor Hoffnung. Von daher befand sie sich mit ihrer Analyse nicht a priori auf verlorenem Posten.

Fernerkundungsaufnahmen des Mars standen in Hülle und Fülle zur Verfügung. Der Mars gehörte zu den am besten untersuchten Orten im Sonnensystem außerhalb der Erde. Von daher standen wirklich zahlreiche Daten vom Mars zur Verfügung. Man musste diese nur erfolgreich auswerten.… nur erfolgreich auswerten,… verdammt noch mal.

Schon 1965 passierte die Sonde Mariner 4 den Mars und fotografierte circa ein Prozent der Oberfläche. Mariner 6 und 7 gelang es 1969 schon 20 Prozent des Terrains zu erfassen. Eine weitgehende Komplettkartierung des Planeten gelang Mariner 9, welche als erste Raumsonde 1971 in eine Umlaufbahn um einen Planeten einschwenkte. Schon 1976 landeten die Viking-Sonden 1 und 2 auf dem roten Planeten und lieferten jahrelang Daten vom Mars. Danach wurden mehrere terrestrische Erkundungsmissionen mittels Roboterfahrzeugen erfolgreich durchgeführt. Diese begannen mit der NASA-Mission Pathfinder aus dem Jahre 1997, die ein kleines Erkundungsfahrzeug namens Sojourner aussetzte. Darauf folgten die Doppelmissionen des Jahres 2004 mit den beiden mittlerweile stillgelegten Rovern Spirit und Opportunity. Das 2012 gelandete Mars Science Laboratory setzte dann den derzeit immer noch aktiven Rover Curiosity aus.

Die gesamte Oberfläche des Mars war ab 2006 vom Mars Reconnaissance Orbiter exakt vermessen worden. Obwohl dieser in 300 Kilometern Höhe agierte, konnte er Objekte von weniger als einem Meter auf dem Mars erkennen, womit alle bisherigen Raumfahrtaktivitäten auf der Marssoberfläche abgebildet werden konnten. Sogar die Überbleibsel der gescheiterten sowjetischen Sonde Mars 3 und Mars 6 wurden hierbei entdeckt. Leider war diese Sonde mittlerweile längst abgeschaltet. Dafür umkreisten einige andere Sonden immer noch den roten Planeten. Da waren zunächst die beiden US-amerikanischen Sonden Maven und InSight zu nennen. Es handelte sich um Spezialroboter, die insbesondere zur Erforschung der inneren Struktur und der Atmosphäre des Mars eingesetzt wurden. Szusanne Stark hatte etliche Male mit deren Instrumenten experimentiert, aber für ihren Fall keine neuen Erkenntnisse gewonnen. Schließlich hatte sie sich eine Sondererlaubnis der indischen Raumfahrtbehörde eingeholt, um die Fernerkundungseinrichtungen der 2014 beim Mars eingetroffenen Mars-Orbiter-Mission, kurz MOM zu nutzen. Die inoffiziell Mangalyaan genannte Sonde, was auf Hindi »Marsreisender« bedeutet, flog immer noch, obwohl ihre Mission ursprünglich nur für wenige Monate geplant worden war. Die indische Raumfahrt hatte damit gezeigt, dass auch mit einem begrenzten Budget anspruchsvolle Projekte im All realisiert werden konnten. Aber auch hier war sie nicht fündig geworden. Schließlich war sie mit ihrer Recherche bei der seit 2004 im Einsatz befindlichen europäischen Methusalem-Sonde Mars Express und der erst vor kurzem im Marsorbit eingetroffenen ESA-Sonde Trace Gas Orbiter gelandet. Seit einiger Zeit experimentierte sie nun mit der High Resolution Stereo Camera (HRSC) von Mars Express sowie mit dem Colour an Stereo Surface Imaging System (CaSSIS) des Trace Gas Orbiters. Letzterer war spezialisiert auf die Entdeckung möglicher Spurengasaustrittsstellen auf der Marsoberfläche.

Während sie sich diesen Gedanken hin gab, entdeckte sie plötzlich etwas: Ein kurzer Lichtschimmer an einer kleinen Stelle am Kraterrand in einer der CaSSIS-Aufnahmen. Wie eine kleine Glaswand sah es aus. Nur ein flüchtiger Schatten in einem Sekundenbruchteil eines Aufnahmeschwenks, aber sie war sich sicher, sie hatte etwas entdeckt. Diese Einstellung musste sie zunächst unbedingt speichern. Dann wertete sie alle verfügbaren Aufnahmen nochmals auf diesen Frequenzen und mit diesen Aufnahmetechniken aus, die jemals den Nhill-Krater erfasst hatten. Mehr und mehr kristallisierte sich eine Form heraus. Es war nun schon fünf Uhr morgens, aber Szusanne arbeitete jetzt weiter wie eine Besessene. Sie stand unmittelbar vor der Lösung, und die wollte sie jetzt dingfest machen, egal wie spät bzw. früh es war. Sie experimentierte weiter und weiter und schließlich hatte sie das Ergebnis, wonach die Arbeitsgruppe seit Tagen suchte.

Zunächst war nur der Hauch eines Schleiers sichtbar gewesen. Es handelte sich nur um ein schwaches Signal, welches sie tausendfach verstärken musste. Aber schließlich ergab sich ein Bild, das einem den Atem raubte. Wie ein gigantischer Dom überspannte eine silbrig glänzende, hauchzarte, fast durchsichtige Glocke den Krater und schloss diesen offensichtlich wie eine Käseglocke von der Außenwelt ab.

Die noch genauere Auswertung dieser Bilder zeigte, dass die Wand dieser Glocke eine Dicke von weit unter einem Millimeter haben musste. Szusanne Stark fühlte so etwas wie Ehrfurcht. Die Parawelt hatte eine Struktur geschaffen, die etwas Beeindruckendes, ja Erhabenes inne hatte. Über drei Milliarden Jahre musste dieses Gebilde allen Stürmen, Strahlungen, Erdbeben und Meteoriteneinschlägen getrotzt haben. »Wie dem auch sei!«, sprach sie laut aus. Über die Konsequenzen dieses Fundes mussten andere entscheiden.

Schlaftrunken speicherte Szusanne Stark dieses Ergebnis ab und sendete ihre neuen Erkenntnisse an die JPL-Arbeitsgruppe, zum Mars und zum Europamond.

Jupiter, Jupiter Icy Moons Orbiter (JIMO)
Freitag, 7. August 2020

Masters frohlockte: »Schauen Sie sich das mal an, Oberst Montgommery. Ich habe mit den Parametern von Frau Stark unsere Fernerkundungsgeräte gefüttert und auf Europa gerichtet. Wussten Sie eigentlich, dass wir ein Colour and Stereo Surface Imaging System an Bord haben? Was uns die Zivilabteilung so alles mitgegeben hat! Wirklich erstaunlich. Hätte nicht gedacht, dass wir dieses je mal zum Einsatz bringen.«

»Haben Sie Langeweile, oder was, Masters?«

»Ich hielt das für 'ne sinnvolle Beschäftigung. Zumindest habe ich damit ein Ergebnis erzielt.«

Die Projektion zeigte den Mond Europa mit einer Art Aura, die wie ein schwach leuchtender Nebel den gesamten Mond umgab.

»Schon wieder so ein Lichtzauber aus der Parawelt. Die gehen mir langsam auf den Wecker mit ihren Leuchterscheinungen.«

»Sollten wir das nicht mal Professor Bosenheim zeigen?«

»Aber klar doch, das sollten wir ihm keinesfalls vorenthalten. Das machen wir am besten sofort.«

Montgommery schaltete zur Icy Submarine.

»Hallo Professor, wir schicken Ihnen mal was runter. Eine Spielerei von unserem guten Mister Masters.«

Man sah, wie sich Bosenheim über den Bildschirm auf dem Kontrolltisch beugte. Schon nach kurzer Zeit kam er wieder hoch und sein ansonsten so ernstes Gesicht hellte sich zusehends auf. Selbst auf dem etwas verwaschenen Bild des Haupt-Bildschirms des Europa-Orbiters konnte man seinen strahlenden Ausdruck wahrnehmen, so dass Montgommery sich zu der Frage gemüßigt fühlte: »Haben Sie gerade einen Sechser im Jupiter-Lotto gewonnen, oder wie darf ich Ihre Reaktion interpretieren?«

»Besser als das, Oberst Montgommery, besser als das. Es ist mit Abstand das Schönste, was ich je in meinem Leben gesehen habe. Wissen Sie, was das bedeutet?«

»Nein, aber Sie werden es uns sicherlich gleich sagen.«

»Und ob«, triumphierte Bosenheim, »das bedeutet, dass um den Mond Europa auch eine Dekontaminationsanlage der Parawesen installiert ist, wie bei dem vom JPL untersuchten Marskrater. Und wissen Sie, was das weiterhin bedeutet? Ich will's Ihnen sagen: Wir können diesen verdammten Mond endlich verlassen!«

Mars City
Samstag, 8. August 2020

Steven und Josh saßen im Laborcontainer. Josh hatte zwei seiner berühmten Marscocktails angemischt. Die Gläser mit der grellbunten Flüssigkeit und jeweils zwei Strohhalmen standen vor ihnen auf dem Arbeitstisch.

Josh nahm ein Glas, umfasste die beiden Strohhalme mit seinen Lippen und nuschelte Steven zu: »Na, das geht doch runter wie Zischke. So was kriegste sonst nirgends auf'm Mars. Die Bio-3D-Drucker kannste dagegen voll vergessen. Die Japse haben so'n Ding und drucken aus der Atemluft und 'n paar Bakterien ihre Drinks. Schmeckt wie mit Wasser verdünnter Cidre. Aber die Asiaten brauchen ja nich so viel Alkohol. Haben ja auch 'ne andere Physiologie, soviel ich gehört hab. Sei's drum. Ich schwöre auf meine Vorräte mit echtem schottischen Single Malt.«

Steven nahm einen tiefen Schluck und bestätigte grinsend: »Ich kann dir versichern, dass mir auf dem ganzen Mars noch kein einziger besserer Cocktail serviert wurde.«

Die beiden saßen eine zeitlang schweigend zusammen, bis Riesenstein wieder die Unterhaltung in Gang brachte: »Tja, altes Haus. Wirst wahrscheinlich in Kürze wieder die Erde unsicher machen mit deinen Fliegen, Käfern und was dir sonst noch so kreuch- und fleuchtechnisch unter die Finger kommt.«

Steven nahm ebenfalls einen kräftigen Schluck von dem Gebräu. Er schüttelte sich, murmelte etwas wie »That kills the cat« und antwortete: »In Kürze ist gut. Du weißt ja, dass der Flug um die fünf Monate dauert.«

»Wer weiß, was dir unterwegs überlegungstechnisch noch alles einfällt. Wahrscheinlich hast du so 'ne Art Weltformel entwickelt, wenn du wieder auf unserem guten alten Heimatplaneten ankommst.«

»Das fällt aber doch eher in die Zuständigkeit unserer Physiktheoretiker und Quantenmechaniker. Dafür sind eher Ida und Jeff zuständig. Ich wäre schon froh, die Rätsel um die Solarfire-Mission würden sich endlich lüften.«

»Na, auch der kommst du doch ein paar Millionen Kilometer näher.«

Ein Hauch von Schwermut umspielte Stevens Augen, als er antwortete: »Da bleiben aber immer noch ein paar Millionen Kilometer Restentfernung und die machen mir ganz schön zu schaffen, weißt du.«

»Alles wird gut, Junge. Du wirst doch nicht schon wieder Mister Blackstone raushängen lassen. Du bist doch rückkehrtechnisch voll auf Kurs. Und wenn du meine eigene bescheidene Prognose hören willst: Die Solarfire überholt dich noch auf dem Rückweg.«

»Ach Josh, du bist echt ein Kumpel. Ich hätte es zu Anfang nie geglaubt, aber ich werde dich echt vermissen.«

»Vermissungstechnisch bin ich auch dabei. Sogar mehr als du dir vorstellen kannst. Aber demnächst kommt ja 'ne Fuhre One-Way-Ticket-Inhaber hier eingeflogen, die den Mars ganz sicher endgültig voll unsicher machen werden. Du weißt, das sind die Leute, die über Casting-Shows ausgewählt wurden, hier die Auserwählten zu spielen. Soweit ich mich erinnere, gab es in der Projektanlaufphase grandiose 200.000 Bewerber. Und das bei definitiv ausgeschlossener Rückkehroption. Irre was?«

»Dann wirst du ja nicht vor Einsamkeit hier auf dem Mars umkommen, Josh. Du liebst doch die Action.«

»Jetzt komm mir nicht so, Mister Glückstein. Aber da ist aussagetechnisch schon was dran an deinen Worten. Die haben nämlich eine verdammte ganze Heavy Metal Band an Bord. Der Sänger ist outfittechnisch nahezu eine Kopie von Lemy. Und die spielen ein Programm, sagenhaft. War of Warcraft, Manowar, Motörhead, alles was das Metal-Herz begehrt. Dabei haben die auch'n paar softere Sachen drauf wie Van Halen, AC/DC, Iron Maiden, Whitesnake und so....«

»Und wo soll deine tolle Metal-Band in dieser Sandwüste auftreten?«

»Hast du noch nichts davon gehört? Na ja, unser Wissenschaftler mit dem Tunnelblick. Mensch, der Aufbau eines Pleasure Dome für ein paar Hundert Zuschauer ist hier in Mars City geplant. Die rocken den Mars aber richtig, Baby.«

»Du gehst also goldenen Zeiten entgegen. Denk an die Pioniere, die damals über den großen Teich schipperten und den Grundstein für die heutigen United States lieferten.«

»Du meinst also mayflowertechnisch gesehen, wird das hier noch 'ne große Nummer?«

»Mayflowertechnisch? Auf so was muss man erst mal kommen, aber du liegst richtig. Hier wird im All der erste große extraterrestrische Vorposten der Menschheit entstehen.«

»Bin mir verdammt noch mal noch nicht sicher, ob ich die Nummer bis zu meinem Ableben bringen möchte. Aber fürs Erste bleibt mir ja gar nichts anderes übrig. Irgendeiner muss ja die Stellung auf diesem ollen Deuterium-Teich halten. Die Missionsleitung hat außerdem ein neues Ziel ausgegeben. Kennst du bestimmt... So 'ne Lavaröhren im Untergrund, die ein verstecktes Höhlensystem verbergen. Soll die Stelle schlechthin für Leben auf dem Mars sein. Nich so'n Paraquatsch mit Blasen, sondern ganz gediegene Bakterienstämme aus unserem guten alten 3D-Universum. Finden sich am Pavonis Mons. Zwölf Kilometer hoch das Teil und an den Flanken von kaulquappenähnlichen Strukturen durchzogen. Darunter verbergen sich durch Lavaströme geformte Kanäle. Ganz schön abgefahren, was? Hab ich mir schon mal vor die Glubschaugen geführt die Gegend. Falls die mich fahrtechnisch dort einsetzen.«

»Na Josh, wenn ich das so höre, bedauere ich es ja direkt, bei dieser Erkundungsexkursion nicht dabei zu sein. Für Exobiologen gibt es kaum was Interessanteres auf dem roten Planeten.«

»Tja, wer sich hier so früh vom Acker macht, darf sich nicht beschweren.«

»Ich beschwere mich ja nicht wirklich. Aber ich werde die Fahrten in deinem Marsvehikel wirklich sehr vermissen.«

»Hört, hört. Dann wird dich interessieren, dass ich gerade dabei bin, meine Fahrzeugflotte ein bisschen hochzutunen. Und wer weiß, vielleicht organisiere ich bald das erste Formel 1-Rennen auf diesem roten Schrott-Planeten.«

»Auf jeden Fall. Das Konzept solltest du im Auge behalten.« Steven schaute auf seine Armbanduhr. »So, jetzt wird's Zeit. Mein Flug geht in achtzehn Stunden und ich muss noch ein paar Sachen packen. Es war wie immer interessant mit dir zu plaudern.«

»Grüß mir die Erdbewohner und halt die Ohren steif, Mister Winstone.«

Jupiter, Jupiter Icy Moons Orbiter (JIMO)
Dienstag, 11. August 2020

Das Icy Submarine schwebte an den Orbiter heran. Die Besatzung hatte einen Bilderbuchstart hingelegt und die Umlaufbahn problemlos erreicht. Auf den Bildschirmen war die riesige Kugel des Jupiters zu sehen. Obwohl er eine wichtige Aufgabe hatte, schweiften bei diesem Anblick Bosenheims Gedanken ab: Der Gigant wirkte wie ein kosmischer Staubsauger, der auch heute noch eine Vielzahl von den im Sonnensystem herumfliegenden Objekten einfing. Was nur wenige wussten; er garantierte damit den Fortbestand der Menschheit auf der Erde, denn ohne ihn würde etwa alle 50 Jahre ein Komet auf der Erde einschlagen. Stürme mit über 500 Kilometer pro Stunde Windgeschwindigkeit tobten in seiner, von linearen Wolkenbändern, geprägten Atmosphäre. Obwohl Jupiter den mit Abstand größten Planeten des Sonnensystems darstellte, besaß er die höchste Rotationsgeschwindigkeit und mit knapp zehn Stunden den kürzesten Tag aller Planeten. Gerade zog der große rote Fleck unter ihnen vorbei. Seit seiner Entdeckung im Jahr 1664 vor über 350 Jahren wütete dieser größte Wirbelsturm des Sonnensystems in der Jupiteratmosphäre. Über die gesamte Zeitspanne hatte er sich wenig verändert, wobei gerade aktuelle Auswertungen zeigten, dass er etwas schwächer und kleiner wurde. Nach wie vor erreichte er jedoch die Fläche von drei Erddurchmessern und eine Höhe von circa 8.000 Metern. Fasziniert beobachtete Bosenheim dieses fantastische Schauspiel, wohl wissend, dass er zu der Handvoll Menschen gehörte, die diesen Anblick aus nächster Nähe beobachten konnten. Wann je wieder eine bemannte Mission den Jupiter erreichen würde, stand im wahrsten Sinne des Wortes in den Sternen.

»Was ist denn jetzt, Bosenheim?«, riss ihn die scharfe Stimme Montgommerys aus seinen Gedanken. Ach ja, er hatte ja eine Aufgabe. Behutsam nahm er mit der Pipette eine Probe aus dem Parawasser und tropfte diese auf den Objektträger seines Hochleistungsmikroskops. Wo sich sonst die kleinen Kugeln mit ihren Halbschalen im Rückstoßprinzip bewegt hatten, zeigten sie nun keine Bewegungen mehr. Es funktionierte, es funktionierte tatsächlich.

»Sie bewegen sich nicht mehr«, entfuhr es Bosenheim. »Die Parablasen sind tot. Ich darf Ihnen mitteilen: Wir sind gerettet.«

Jubelschreie brachen aus. Die gesamte Crew auf der Brücke feierte. King und Skeleby lagen sich in den Armen und bemühten sich trotz der Schwerelosigkeit um so etwas wie tanzende Bewegungen. Basket stammelte immer wieder: »Er funktioniert, er funktioniert, der Abwehrschirm – er funktioniert.«

Schließlich schritt Montgommery ein: »Genug der Jubelarie. Meine Herren, bitte machen Sie weiter, Sie sind schließlich im Dienst. Konzentrieren Sie sich auf das bevorstehende Andockmanöver.«

Die Mannschaft arbeitete mit großem Elan weiter. Und obwohl das Manöver zum ersten Mal nur mit reduzierter Robotertechnik geflogen wurde, schaffte sie eine tadellose Leistung.

Das U-Boot dockte an den Orbiter an und die Schleuse wurde mit Atemluft geflutet. Als erster schwebte der erleichtert grinsende Basket unter großem Hallo durch die ringförmige Öffnung. Das Paria-Dasein der U-Bootbesatzung hatte ein Ende.

Pasadena, JPL
Freitag, 14. August 2020

»Wir begrüßen Jeff Miller und Frau Professor Candell zurück in unserer Runde. Frau Professor Candell, Mister Miller und Professor Zabel haben auf der Tepui-Expedition einiges durchmachen müssen. Ich denke alle Anwesenden sind über den dramatischen Verlauf der Expedition informiert. Professor Zabel ist rekonvaleszent und befindet sich immer noch in einer Rehabilitationsmaßnahme. Wir werden heute die Forschungsergebnisse des Tepui-Projektes in unseren wissenschaftlichen Diskurs einbeziehen. Trotz aller Gefahren, denen Jeff ausgesetzt war, ist es ihm gelungen, wichtige Forschungsergebnisse zu dokumentieren. Diese stehen anscheinend, und das ist wirklich kaum zu glauben – in einem Zusammenhang mit der internationalen Raummission zum Mars und der Ex-Militärexpedition zum Jupitermond Europa.

Wir haben versucht, in einem ersten Ansatz die Puzzleteile zusammenzufügen. Eduardo wird uns in die Thematik einführen.«

Eduardo Conti ließ das Rednerpult aus dem Boden ausfahren und projizierte ein Schrägluftbild eines gewaltigen Tafelberges auf die Wandbildschirme: »Zunächst sehen Sie hier den 2.300 Meter hohen Sarisarnama-Tepui aus dem gleichnamigen Nationalpark des venezuelanischen Bundesstaates Bolivar. Dieses riesige Loch in der Hochebene des Tafelberges stellt eine der größten Einsturzdolinen der Welt dar. Diese bilden sich in Karstgebieten, wo kohlesäurenhaltiges Wasser Kalk-oder Gipsgestein auflöst. Über die Jahrmillionen entstehen so Klüfte, Schlote und ganze Gangsysteme in den Kalksteinschichten. Unvorhersehbar kommt es hin und wieder spontan zum Einsturz der Decken über den Hohlräumen und es bilden sich Krater mit zumeist fast senkrechten Steilwänden. In eine solche Doline ist unser Kollege Miller gestürzt, als er seine Reise in die Unterwelt seines Tafelberges begann. – Und Sie fragen sich jetzt bestimmt, woher wir das wissen.«

Conti blendete einen Querschnitt eines Tepuis ein und begann zu referieren: »Wir haben inzwischen einige Probebohrungen auf dem Jeff-Carl-Miller-Tepui, kurz JC-Miller-Tepui vorgenommen«, hierbei lächelte er kurz in Richtung Jeff Miller, um dann fortzufahren: »Schon kurz nach der Rettung der Expeditionsteilnehmer haben wir ein Team von Geologen und Mineralogen dorthin entsendet. Sie sehen hier das Gangsystem durch welches Jeff Miller in die sogenannte Röhren-Höhle geschwemmt wurde. Es handelt sich um eine Kalksteinschicht, die den Tepui in einer Tiefe von circa zwanzig bis fünfzig Meter unterhalb der Oberfläche durchzieht. Durch Wassererosion wurden die Gänge eingegraben. Im Bereich der Höhle kam es zu einer großflächigen Ausspülung der circa drei Milliarden Jahre alten Kalksedimente und einer Freilegung der noch wesentlich älteren versteinerten Röhren. Jeff Millers Steinbruchstück wurde inzwischen von der Forschungsgruppe Vössler/van de Sand einer mineralogischen Altersdatierung unterzogen. Es weist das unglaubliche Alter von circa 3,5 Milliarden Jahren auf. Noch mysteriöser ist die Widerstandfähigkeit dieses Röhrenmaterials. Wir müssen davon ausgehen, dass dieses über Äonen den Erosionskräften des Erdklimas ausgesetzt war. Dennoch haben die Versteinerungen diese Zeitspanne ohne wesentliche Formveränderung überstanden. Daraufhin haben wir das Material verschiedenen Belastungstests unterzogen. Die Röhren besitzen einen Härtegrad, der noch höher ist als der von Diamanten. Auch in diesem Härtebereich gibt es mittlerweile irdische Vergleichsmaterialien. So existieren synthetisch hergestellte Nanomaterialien, welche Diamanten an Härte übertreffen. Noch härter ist das Naturgestein ›Lonsdaleit‹, welches sich bei graphithaltigen Meteoriten bildet, die mit hohem Druck und hoher Temperatur auf die Erde auftreffen. Die Röhrenversteinerungen sind mit den härtesten Lonsdaleit-Proben vergleichbar, welche Diamanten um circa 58 Prozent übertreffen. Es scheint so, als verursache irgendetwas in diesen Röhren selbst die außerordentliche Aushärtung des mineralischen Materials.

Sie sehen hier einen Schnitt durch die Röhrenwände. Nur mit größtem technischen Aufwand sind uns diese Schnitte durch das Material gelungen. Hierbei wurde das speziell für solche Einsatzzwecke von Dr. Will Johnson entwickelte Schneidgerät genutzt. Die Röhren bestehen aus tausenden von kleineren Röhren, die zusammen die größere Struktur ergeben. Es handelt sich um den Bauplan der monokotyledonen Pflanzen der Erde, welcher sich im Prinzip in jedem Grashalm wiederfindet. Das größte Lebewesen der Erde, welches diesen primitiven Aufbau aufweist, ist der nacktsamige Baum Ginkgo bilboa.«

Conti blendete ein hellgrünes Ginkgo-Blatt ein. »Wenn Sie sich seine Blätter ansehen, erkennen Sie nebeneinander liegende Leitbahnen, die sich vom Blatt durch den Stamm bis in den Wurzelbereich erstrecken. Einst nur von Versteinerungen bekannt, wurde er in den 1940er Jahren in einigen Bergtälern in China als lebendes Fossil entdeckt. Von dort aus wurde er durch den Menschen über die gesamte Erde verbreitet und ist heute vor allem als Großgrün in Städten sehr beliebt.

Bei den versteinerten Röhren des Tepuis existiert jedoch keine Zellstruktur innerhalb der einzelnen Röhrenstränge, wie wir sie von irdischen Pflanzen her kennen. Trotz mehrerer Meter Länge scheinen diese sozusagen nur aus einer Zelle zu bestehen. Ein Aufbau innerhalb eines Organismus, welcher mit nichts, was wir bisher kannten, vergleichbar ist.

Außer mit extraterrestrischem Material, über welches wir ebenfalls erst seit kurzer Zeit Kenntnisse besitzen. Dabei handelt es sich um die von Dr. Winstone auf dem Mars analysierten Proben. Er fand am Grunde eines Deuteriumsees auf der Südhalbkugel im Sediment des Nhill-Kraters solche Röhrengebilde, die der Entdeckung Millers im Tepui exakt gleichen.«

Wieder erschien eine Fotografie eines Schnittes durch eine versteinerte Röhre. »Sie sehen hier anhand eines von Dr. Winstone gefertigten Schnittes durch eine der Marsröhren die bekannte Röhrenstrangstruktur ohne Unterkammerung durch Einzelzellen.«

Conti blendete ein 3D-Hologramm über den Konferenztisch ein. Es erschien eine Darstellung des Deuteriumsees. Conti erläuterte: »Ich blende zunächst den Wasserkörper aus, wodurch sich der Seegrund als flache Mulde darstellt. Nun entferne ich virtuell das Sediment am Seeboden und wie Sie hier jetzt sehen, verbirgt sich darin eine Art Röhrenwald, welcher dem in der Millerhöhle sehr stark ähnelt.« Um dies zu verdeutlichen zeigte er daneben eine 3D-Projektion der Tepuihöhle. Beide dargestellten Röhrenwälder glichen sich in der Tat aufs Haar. Conti erläuterte: »Der einzige Unterschied liegt in der Höhenentwicklung. Schon auf den ersten Blick kann man erkennen, dass die Marsröhren eine größere vertikale Länge erreichen.«

Conti zeigt nun ein Bild des Jupitermondes Europa und setzte fort: »Aber das Ganze lässt sich noch toppen durch die Entdeckung, die im Europaozean gemacht wurde. Dort existieren tatsächlich noch lebende Röhrenwesen.« Auf der Projektionsfläche erschienen Aufnahmen der gigantischen, biolumineszenten Röhrenwälder

der Europamission. Alle Anwesenden, die diese Bilder bisher noch nicht gesehen hatten, rissen die Augen weit auf.

»Wie man sieht, handelt es sich hier um eine Riesenausgabe dieser uns nun schon von der Erde und vom Mars bekannten Röhrenwälder. Diese erreichen auf Europa ungefähr die fünffache Größe der irdischen Röhren, was darauf schließen lässt, dass sie sich dort vermutlich in ihrem Optimalhabitat befinden. Die Schnittdarstellungen, die uns Professor Bosenheim überspielte, zeigen einen mit den Versteinerungen identischen Aufbau nach dem Ginkgo-Prinzip. Es handelt sich somit mit großer Sicherheit um die gleiche Art von Lebewesen. Bosenheim hat die Wesen aus dem Europaozean getestet und anhand des Materieaufbaus festgestellt, dass es sich um Leben aus dem Parauniversum handelt.

Dyce hakte an dieser Stelle ein: »Ich kenne ja die Fotos unserer Europaexpedition zu Genüge. Aber dass diese Röhrengewächse dort über drei Milliarden Jahre alt sein sollen, macht mich ein bisschen stutzig. Ich bin ja nicht gerade ein Experte was Evolution betrifft, aber wenn ich mich nicht irre, dauerte die gesamte Entwicklung des Menschen so um die zwei Millionen Jahre. Wie ist es denn zu erklären, dass dieses Zeug dort so elend alt ist und sich zwischenzeitlich überhaupt nicht verändert hat.«

Scott antwortete vorsichtig: »Wir stehen erst am Anfang der Erforschung dieser Lebensformen aus der Parawelt. Eine Erklärung könnte sein, dass der Ozean auf Europa infolge des Deuteriumwassers und der ultraharten Jupiterstrahlung so lebensfeindlich ist, dass überhaupt keine Evolution stattgefunden hat. Eigentlich ist es ein Rätsel, wie diese Organismen unter diesen Bedingungen dort so lange überdauern konnten. Andererseits wissen wir, dass sich die Zeitabläufe im Parauniversum über unglaublich lange Zeiträume erstrecken können.«

Scott nahm einen tiefen Zug Grüntee aus der vor ihm stehenden chinesischen Porzellantasse und fuhr fort:

»Was schließen wir nun aus diesen wahrhaft bahnbrechenden Entdeckungen?« Die Antwort gab er postwendend selbst: »Offensichtlich begannen die Parawesen vor bereits 3,5 Milliarden Jahren damit, mehrzellige Lebewesen innerhalb des Sonnensystems anzusiedeln. Auf der Erde und dem Mars ist dieser Versuch offensichtlich fehlgeschlagen, denn die dortigen Vorkommen sind längst erloschen und nur noch als versteinerte Formen auffindbar. Es scheint jedoch so zu sein, dass dieses Frühstadium des Lebens auf dem Mond Europa die Jahrmilliarden überdauert hat und dass dort jenes unglaublich alte Leben bis heute erhalten geblieben ist. Wir wissen aus entsprechenden Experimenten mit Deuteriumwasser, dass in einem solchen Medium biologische Prozesse extrem verlangsamt werden. Irdische Organismen sterben allerdings schon nach kurzer Zeit. Dies könnte eine Erklärung für die fehlende evolutive Entwicklung auf Europa sein und damit das mit Abstand stabilste Ökosystem darstellen, welches je in unserem Sonnensystem existierte. Und, soviel kann man jetzt schon sagen, es handelt sich wiederum um weitreichende Eingriffe der Parawelt in die Entwicklung der Lebensprozesse unseres Sonnensystems. Möchte noch jemand etwas hinzufügen?«

»Moment mal, Herr Professor«, hakte Dyce ein, »diese Röhren waren schließlich der Auslöser für eine der größten Anstrengungen des US-Militärs. Warum, um alles in der Welt, zeigen die Dinger fast permanent in Richtung Erde?«

»Verehrter Herr Dyce, darüber können wir derzeit nur spekulieren. Die Erde fungiert für die Röhrenwesen offensichtlich wie ein magnetischer Pol, an den diese Wesen wie eine Kompassnadel gebunden sind. Vielleicht standen sie ehemals über einen uns völlig unbekannten Kommunikationsmechanismus mit den dortigen Pararöhren in Verbindung. Vielleicht haben sie diese Verbindungsachse einfach aufrecht erhalten, obwohl ihre Artgenossen ausgestorben sind. Auf jeden Fall nehmen sie in der Verbindungsphase eine schon fast unglaubliche symmetrische Ordnung ein, was ihnen den Anschein einer technischen Anlage verleiht. Diese Verbindung zur Erde wird nur unterbrochen, wenn sich der Jupiter zwischen die Erde und Europa schiebt. Nur dann stellt sich eine gewisse Unordnung im Röhrenwald ein. Eine Eigenschaft, der sie wohl ihr Dasein verdanken. Ansonsten wären sie höchstwahrscheinlich in einer Wasserstoffbombenexplosion vernichtet worden. Andererseits wäre auch vorstellbar, dass es sich bei dieser kompassartigen Ausrichtung um ein Signal für die Erdbewohner handelt. Warten wir weitere Untersuchungen zu diesen seltsamen Lebewesen ab. Momentan bewegen wir uns wissenschaftlich noch völlig im Dunkeln. Falls es nun keine weiteren Fragen oder Hinweise gibt, unternähme ich einen weiteren Versuch, die Sitzung zu schließen.

Dieses Mal war es Mai Ling, die ein Handzeichen gab: »Professor, Scott, erlauben Sie mir noch eine Anmerkung. Diese Pararöhren erinnern mich an etwas, das es zu einem späteren Zeitpunkt auf der Erde in den Anfängen des mehrzelligen Lebens ebenfalls gegeben hat. Es handelt sich um die sogenannte Ediacara-Fauna, deren Vertreter auch Vendobionten genannt werden.«

»Das sieht mir nach einer biologischen, vielleicht exobiologischen Fragestellung aus. Okay, Miss Ling, stellen Sie eine Arbeitsgruppe zusammen, die analysiert und erforscht, wie diese Funde gegebenenfalls in einen Zusammenhang mit der Entstehung des Lebens auf der Erde zu bringen sind. Zu gegebener Zeit werden wir uns mit Ihren Ergebnissen beschäftigen. Eduardo wird sich inzwischen mehr mit dem exobiologischen Tagesgeschäft befassen. Einstweilen sollten wir aber schon mal für die Pararöhren den Namen Paravendobionten einführen. Einverstanden?«

Alle in der Runde gaben ein positives Handzeichen.

Jupiter, Jupiter Icy Moons Orbiter (JIMO)
Donnerstag, 10. September 2020

»Unglaublich«, dachte Skeleby, »einfach unglaublich, diese The BIG M!«. Seine Auftraggeber hatten ihm ein Dossier zur Prüfung geschickt, welches er normalerweise sofort in den Rundordner gefeuert hätte. Landschaftpflege mit Mammuts lautete kurz zusammengefasst das Konzept von »The BIG M«. Mammut-Herden zur Beweidung von Tundraböden im Permafrost. Und er sollte eine Empfehlung für eine Zusammenarbeit mit dem Laden abgeben.

Fakt ist, dass der Permafrostboden weltweit in einem gigantischen Ausmaß schnee- und eisfrei wird und somit auftaut. Dieser bedeckt zurzeit noch circa 25 Prozent der Landfläche der Erde. 80 Prozent von Alaska, 60 Prozent von Kanada, riesige Flächen von Sibirien und natürlich die für ihn selbst relevanten Flächen Grönlands gehörten hierzu. Die Frostschicht kann wie im russischen

Jakutien bis zu 1.600 Meter in den Boden eindringen und auch unter Wasser, zum Beispiel unter der Beaufortsee vor den Küsten Kanadas gibt es bis zu 450 Meter mächtigen Permafrost. Zunächst blieb festzuhalten, dass Firmen wie seine Auftraggeber von dieser eiseliminierenden Klima-Entwicklung profitierten und deren Geschäftsmodell auf diesem Umstand fußten. Global gesehen, hatte man es dennoch durchaus mit einer größeren Handvoll an Problemen zu tun. Nicht nur, dass dadurch Klimagase freigesetzt wurden. In erster Linie natürlich Methan, welches 25-mal stärker klimaschädlich wirkte als Kohlendioxid. Auch Methanhydrate aus den Dauerfrostböden zerfielen zu Wasser und Methan mit ähnlichen Folgen für das global warming. Daraus resultierten auch immense wirtschaftliche Probleme. Für die mühsam aufgebaute Infrastruktur auf dem Permafrostboden taute sozusagen das Fundament weg. Produktionsanlagen und Pipelines versanken buchstäblich im Morast, Wohnhäuser der Minenarbeiter stürzten ein, Bahntrassen verbogen sich und sogar im Permafrost verankerte Tunnel drohten zu kollabieren. Es galt also nach Verfahren zu suchen, um dieses Chaos technisch zu beherrschen. Und in diesem Zusammenhang kam man dem Konzept von »The BIG M« schon etwas näher.

Denn diese großräumigen Tauvorgänge hatten natürlich auch eine biologische Komponente. Im Permafrostboden wimmelte es nur so von Kadavern von Mensch und Tier, die dort schockgefroren seit Jahrtausenden überdauerten und nun allmählich ebenfalls auftauten. Skeleby hatte schon jetzt damit zu tun, konnten doch waffentechnisch verwertbare Mikroben zum Vorschein kommen. So kannte er natürlich den Fall von Pithovirus sibiricus, den französische Wissenschaftler aus einem Eisbohrkern entnahmen. Dieses wieder zum Leben erweckte Megavirus aus der Steinzeit war sage und schreibe 40-mal größer als ein durchschnittlicher Virus der Neuzeit. Es befiel aber nur Amöben und ernährte sich von diesen und war somit für die biologische Waffentechnik uninteressant. Aber dieser Fall bestätigte seine seit Jahren geäußerte Warnung: Man musste die Mikroben aus diesen Eisgegenden genau im Auge behalten. Dass seine Äußerungen auch für die Megafauna galten, überraschte ihn nun selbst. Klar, seit Jahren gruben die Paläontologen immer wieder

Reste von in der letzten Eiszeit wahrscheinlich durch die Bejagung durch den Steinzeitmenschen ausgestorbenen Wollhaarmammuts aus. Oftmals tauchten sogar vollständig erhaltene Tiere mit Fell, Muskeln und sogar Blutresten aus dem Permafrost auf. »The BIG M« behauptete, sie hätten schon mittels Verpflanzung des Genmaterials in Elefanten eine kleine Herde junger Mammuts herangezüchtet. Eine Ansiedlung der Tiere in einem Pleistozän-Park in Sibirien sei geplant. Es ergäben sich allerdings auch andere ökonomisch relevante Anwendungen. Der Einsatz der Tiere in Prospektionsgebieten der Rohstoffindustrie sollte angeblich dazu führen, dass die normalerweise vorhandene, wärmeisolierende Schneedecke von den Tieren weggetrampelt würde und so der Frost ungehindert in den Boden eindringen konnte. Mammuts als Bewahrer des Permafrostbodens im Auftrag von Prospektionsunternehmen. Skeleby schüttelte nach wie vor den Kopf über diese Idee und entschloss sich, zunächst noch eine Nacht über die Anfrage zu schlafen.

Dann fiel ihm ein, dass noch ein zweites Angebot vorlag. Er öffnete das Dokument und überflog den Text. Eine Firma namens Sulfur Aid bot an, über arktischen Prospektionsgebieten Ballons mit giftigem Schwefeldioxid in der Stratosphäre zerplatzen zu lassen, um die durchschnittlichen Temperaturen zu senken – ebenfalls mit dem Ziel, den Permafrostboden langfristig zu erhalten.

Es gehörte schon ein immenses Maß an Optimismus dazu, sich mit solchen Hirngespinsten zu befassen. Aber man sollte nichts vernachlässigen im Hinblick auf den avisierten Einsatz in Grönland. Er ging einer goldenen Zukunft entgegen, mit oder ohne Mammuts beziehungsweise schwefelgefüllten Ballons. Morgen würde er seinen Auftraggebern eine Expertise zukommen lassen, die sich gewaschen hatte. Skeleby gähnte und schlüpfte ohne sich weitere Gedanken zu machen in seine Schlafkoje.

Mars Return Mission (Earth Return Vehicle)
Montag, 14. September 2020

Steven rief sich die Dateien aus dem Mars-Exolabor hoch. Wie jeden Tag beschäftigte er sich viele Stunden mit der Auswertung der

Marsdaten. Im Gegensatz zum Hinflug hatte er sich nicht in den Ruheschlaf versetzen lassen. Er wollte auf jeden Fall die Geschehnisse um die verschiedenen Missionen, insbesondere natürlich um die Solarfire-Mission mit verfolgen. Eine Überraschung wie nach dem Aufwachen beim Hinflug zum Mars wollte er nicht noch einmal erleben, als seine Partnerin, die er wohlbehütet auf der Erde wähnte, für einen Raumflug auf Gegenkurs in Richtung Sonne vorgesehen war.

Alles hatte gut begonnen. Die an der Gesamtmission beteiligten Raumfahrtbehörden hatten sich einen besonderen Trick einfallen lassen, um überhaupt zeitnah eine Rückkehr zur Erde zu ermöglichen. Die Mars-Return-Raumschiffe waren nach der Ankunft beim Mars in einen Orbit eingeschwenkt und umkreisten seither den Planeten mit relativ hoher Geschwindigkeit. Man nutzte diese Grundgeschwindigkeit, unterstützt durch die Zündung leistungsstarker Bordtriebwerke, um den Marsorbit zu verlassen und Kurs in Richtung Erde zu nehmen. Das erste sogenannte Earth Return Vehicle (ERV) stellte das Flaggschiff der gesamten Earth-Return-Flotte dar. Es bot Raum für zehn Besatzungsmitglieder und zeigte sich vergleichsweise geräumig ausgestattet. Man wollte mit der ersten Return-Mission möglichst kein Risiko eingehen und der Crew optimale Bedingungen bieten.

Mars, Outback
Mittwoch, 30. September 2020

Riesenstein fluchte wie ein Rohrspatz. »Verdammte Hacke noch mal. Was ist denn jetzt schon wieder los? Cyrill, hast du nicht aufgepasst?«

»Doch!«

»Sag nicht doch! Sonst würden wir ja nicht feststecken wie in einem verdammten Schraubstock.«

»Sorry.«

»Sorrytechnisch nicht zu überbieten, das kann ich dir sagen. Mal sehen, was du uns da eingebrockt hast.«

Er und Cyrill Thomson befanden sich auf einem Sondereinsatz für eine Außenstelle der Marskolonie. Seitdem Steven zum Rückflug auf die Erde aufgebrochen war, waren sie pausenlos als Materialtransporter im Einsatz. Die Formel-1-Idee musste zunächst einmal warten, denn Proviant, Wasser und Ausrüstung mussten zwischen den verschiedenen Marsstationen hin und her transportiert werden. Messgeräte mussten aufgestellt werden – manchmal sogar sehr weit von den Siedlungen entfernt, wie bei diesem Einsatz. Sie hatten noch nie so weit draußen operiert und Riesenstein war froh, dass sie ihr Arbeitsprogramm erledigt hatten. Blieb nur noch die Rückfahrt. Er hatte Thomson das Steuer überlassen, da die Strecke nach einer Analyse der Geländeverhältnisse nur einen durchschnittlichen Schwierigkeitsgrad aufwies. Jetzt fing er an, diese Entscheidung zu bereuen.

Riesenstein klappte die Glaskuppel zurück und sprang aus seinem Sitz in den weichen Marssand. Normalerweise kamen die Mars-Off-Roader mit fast allen Geländeverhältnissen bestens zurecht. Er bückte sich und untersuchte das feststeckende Heckteil des Roaders. Das Fahrzeug hatte auf einem schmalen Felsgrad aufgesetzt.

Riesenstein hieß Thomson auszusteigen und wuchtete einen riesigen Wagenheber aus dem Kofferraum. Dieses Gerät war extra für solche Notfälle konstruiert worden. Er setzte die Maschine an, bekam die Achse frei und die Räder erhielten leichten Geländekontakt. Riesenstein betrachtete das Ergebnis zufrieden und verkündete optimistisch: »Los, Cyrill, ich glaub' das war's schon. Gib mal langsam Gas und setz die Kiste wieder in Bewegung.«

Thomson stieg ein und ließ den Roader ein Stück nach vorne fahren. »Na also, ging doch pannenbehebungstechnisch wie geschmiert!«, murmelte Riesenstein zufrieden. Als er jedoch wieder einsteigen wollte, wurde er plötzlich stutzig. Irgendwie sah das Gelände hier merkwürdig aus. Der kleine Felsvorsprung setzte sich auf ungewöhnliche Weise seitlich fort.

Riesenstein gehörte nicht zum Wissenschaftsteam. Seine Aufgabe war es, genau wie die Thomsons, die Wissenschaftler technisch zu unterstützen und die Fahrzeugflotte der Mars-Station zu betreuen.

Seinem ersten Impuls folgend, begann er, den Standort mit dem MPS einzumessen. Auf dieser Basis konnte man später dann ein Wissenschaftlerteam hierher schicken, welches das Gelände genauer unter die Lupe nehmen würde. Aber hatte er verdammt noch eins schon genug Anhaltspunkte für einen solchen Einsatz? Die Leute hatten schließlich noch etwas anderes zu tun, als eine Beobachtung des Fahrertrupps nachzuverfolgen. Noch dazu so weit draußen, am Rande des Operationsgebietes. Ein Einsatz, der mit einer überlangen Tagesreise verbunden war. Darüber hinaus änderte sich diese dusselige Marsoberfläche auch noch ständig. In ein paar Tagen oder Wochen konnte das hier schon wieder ganz anders aussehen. Ein starker Marssandsturm und alles war verschüttet. Ganz abgesehen von monatelangen Stürmen, bei denen Außenexkursionen so weit draußen für eine beträchtliche Zeit ganz unterbunden sein würden. Er dachte an Steven. Was würde Steven in dieser Situation machen? Er würde der Sache auf den Grund gehen, und zwar richtig.

»So machen wir das jetzt auch!«, dachte Riesenstein kurz entschlossen. Er ging um die Stelle herum, an der der Roader festgesessen hatte, und betrachtete aufmerksam den Untergrund. Mit ein bisschen Fantasie bildete der vorstehende Fels etwas, was entfernt an einen Ring erinnerte.

»Hey, Cyrill, siehst du das auch, diese Felsränder bilden hier doch so 'ne Art Ring?«

»Nö«, erwiderte Thomson.

»Siehst du nicht, hä? Macht aber nix. Der Sache gehe ich auch ohne deine optisch-technische Wahrnehmung auf den Grund.«

Riesenstein zog kurz entschlossen seinen Spezial-Staubbläser aus dem Kofferraum. Dann begann er den Marsstaub wegzublasen. Keine zehn Minuten später hatte er eine Art Becken freigelegt.

»Siehst du jetzt, was ich meine.«

»In der Tat«, musste nun auch Thomson zugeben.

»Sieht aus wie'n Becken aus Stein. Irgendwie nich' so, als wär' das einfach so aus'm Fels entstanden. Da muss noch was anderes im Spiel sein, oder was meinst du?«

»Könnte sein.«

Riesenstein ging einige Meter weiter und versucht das Terrain zu überblicken.

»Wenn mich nicht alles täuscht, gibt's hier noch mehr von diesen Dingern.«

Er drückte Thomson ebenfalls einen Staubbläser in die Hand und zeigte auf die Sandfläche.

»Jeder pustet mal fleißig drauf los. Mal sehen, ob es hier noch mehr zu entdecken gibt.«

Die beiden Fahrer machten sich ans Werk. Sie feuerten sich gegenseitig an und arbeiteten wie die Besessenen, denn es lief ihnen die Zeit davon. Sie hätten sich eigentlich längst auf dem Rückweg befinden müssen. Aber daran dachte in diesem Moment keiner der beiden. Denn es gab tatsächlich etwas zu erkunden. Ein Steinbecken nach dem anderen schälte sich aus dem Marssand heraus, der zwar teilweise eine dicke Auflage bildete, aufgrund seiner Feinkörnigkeit jedoch leicht wegzublasen war. Nach einer Stunde hielten sie erschöpft inne. Vor ihnen lag eine Fläche von Tennisplatzgröße, auf der sich ein Steinbecken an das andere reihte.

»Mann, Cyrill, das erinnert mich an einen Minigolfplatz für Marsmenschen. Was zur Hölle kann das sein? Hast du deinen Fotoapparat dabei?«

»Jepp!«

»Dann halte mal unsere Ausgrabungsstätte für die Nachwelt fest. Ich glaube, ich kenne da jemand, der sich brennendtechnisch für unsere kleine Entdeckung hier interessieren wird.«

Thomson umkreiste das Areal und machte ein Foto nach dem anderen aus den unterschiedlichsten Blickwinkeln, bis Riesenstein schließlich das Shooting abbrach: »Okay, Cyrill, hoffe, du hast einen Film in der Kamera – kleiner Scherz am Rande. Auf jeden Fall ist jetzt erstmal Schluss. Wir packen zusammen und dann nichts wie weg hier. Möchte nicht in der Marsnacht noch im Outback herum geistern.«

»Wie du meinst.«

»Und noch eins: Du klemmst dich wieder auf den Beifahrersitz. Ab jetzt fahre ich!«

Riesenstein übernahm das Steuer und der Off-Roader setzte sich mit hoher Geschwindigkeit in Bewegung.

Earth Return Vehicle
Samstag, 3. Oktober 2020

Alarm. Rote Warnlampen und ein hässlicher, durchdringender Signalton. Steven löste die Sicherheitsgurte und schwebte aus seiner Schlafnische. Fast stieß er mit seinem Kojennachbarn, einem finnischen Exogeologen, zusammen. Er schaute in ein kreidebleiches Gesicht mit weit aufgerissenen Augen. Steven redete beruhigend auf den Finnen ein, obwohl ihm selbst auch mulmig zumute war. Die Mars-Return-Mission, kurz MRM befand sich bereits acht Wochen auf dem Rückflug zur Erde, aber nun gab es offensichtlich einen schwerwiegenden Zwischenfall.

Von der Kommandobrücke plärrte eine Durchsage mit der Anweisung, die Sauerstoffmasken anzulegen. Steven und der Finne legten die Masken an und begaben sich auf den Weg zum Kommandoraum. Li Chai Tang hatte das Kommando auf der MRM. Das Kommando von Mars City hatte sie abgegeben, da dieses turnusgemäß zwischen den Nationen wechselte. Sie übertraf den Finnen noch an Blässe, als sie mit bebender Stimme den Lagebericht vermittelte. Es stellte sich heraus, dass ein Mini-Asteroid einen der beiden großen Sauerstofftanks durchschlagen hatte und das wertvolle Gas in den Weltraum entwichen war. Die Außenhülle schien ebenfalls leicht beschädigt. Obwohl sofort Abdichtungsmaßnahmen eingeleitet worden waren, ging in Unmengen Sauerstoff verloren. Steven schüttelte den Kopf. Die Chancen für ein solches Ereignis standen eins zu Zig-Millionen und ausgerechnet das Earth-Return-Vehicle (ERV) musste es erwischen.

Es lagen noch fast drei Monate Flugzeit vor ihnen. Eine Umkehr zum Mars war vollkommen ausgeschlossen. Eine lebensbedrohliche Situation bahnte sich an. Die Crew versuchte die Lage in den Griff zu bekommen und schickte alle Passagiere, die nichts tun konnten wieder in ihre Kabinen zurück.

Steven wusste nicht, wie sich die Situation weiter entwickeln würde, checkte aber vorsorglich noch einmal seine Mails. Mit großem Erstaunen stellte er fest, dass eine Nachricht von Josh Riesenstein dabei war.

An: steven.winstone@mars.nasa.com, 2020-10-01

Hey du alter Earth-Returner,
wirf mal einen verschärften wissenschaftstechnischen Blick auf die Fotos im Anhang. War vor kurzem mit Cyrill im Outback unterwegs und dabei haben wir so was Seltsames entdeckt. Sieht aus wie 'ne Ansammlung von Felsbecken. Is'n Jammer, dass du nicht mehr hier bist. Aber du kannst uns bestimmt 'nen Tipp geben, was wir unternehmen können.

marsianische Grüße von
Josh

Steven wusste, dass er nicht viel Zeit hatte. Hektisch klickte er sich durch die Aufnahmen in Josh's Mail und fing gleichzeitig an, eine Antwort zu verfassen.

An: josh.riesenstein@mars.nasa.com, 2020-10-03

Hallo Josh,
fantastischer Fund. Gute Arbeit von euch. Die Fundstelle muss unbedingt genauer untersucht werden. Wende dich an Shaki Indrina, die neue Kommandantin von Mars City. Es muss ein Tiefenradar aufgestellt werden. Von den Steinbecken sind Proben zu entnehmen und mineralogisch sowie geochronologisch zu untersuchen. Vergesst nicht die Rasterelektronenmikroskopie der Oberflächen der Felsstrukturen. Muss jetzt Schluss machen. Wir haben eine Havarie an Bord.

Viele Grüße
Steven

Dann sandte er noch eine Nachricht an Brigitte.

Solarfire
Sonntag, 4. Oktober 2020

Brigitte machte es sich in ihrer Schlafkoje bequem und schaltete sich auf ihren E-Mailaccount. Die interplanetare Korrespondenz stellte eine der schönsten Abwechslungen im Bordalltag dar. Auch heute befand sich wieder eine Mail vom »Earth Return Vehicle« dabei. Brigitte freute sich riesig, dass wieder eine Nachricht von Steven angekommen war. Sie begann zu lesen:

```
An: b.langendorf@sf.roroscosmos.ru, 2020-10-04

Mein Liebling,
ich muss in den Kryoschlaf. Wir haben eine Hava-
rie an Bord, der Sauerstoff wird knapp, weshalb
nur zwei Astronauten als Notbesatzung wach blei-
ben können. Ich werde deine Mails vermissen, ich
werde dich vermissen! Aber so fern du jetzt auch
bist - ich denke immer an dich! Und ich glaube
fest daran, dass wir irgendwann wieder vereint
sein werden.

Alles Liebe
Steven
```

Brigitte las immer und immer wieder die wenigen Zeilen und fing an zu weinen. Schnell nahm sie ihre Schutzbrille ab und die Kabinenwände wurden in ein sanftes Licht getaucht. Wie kleine, helle Bernsteintropfen rannen die Tränen über ihre Wangen. Diese Weltraumflüge waren eben doch keine Spaziergänge. Einer plötzlichen Eingebung folgend, tat sie etwas, was sie lange nicht mehr getan hatte: Sie faltete die Hände und betete.

Jupiter, Jupiter Icy Moons Orbiter (JIMO)
Freitag, 9. Oktober 2020

Seit Monaten flog der JIMO nun wieder Richtung Erde. Bordroutine bestimmte das Geschehen. Montgommery achtete strengstens auf einen geregelten Tagesablauf. Obwohl kein Ziel im All mehr angeflogen werden konnte und nur noch der Rückflug abzuwickeln war, ließ er keinen Schlendrian aufkommen.

Das einzige wirklich aktive Besatzungsmitglied aber stellte Professor Bosenheim dar, der die Forschungsergebnisse der Europamission akribisch aufbereitete. Jeden Tag verbrachte er mindestens acht Stunden im Bordlabor. Harrington litt immer noch unter seinen schweren Verletzungen und konnte ihm somit nicht helfen. Alle anderen waren für diese Laborarbeiten ungeeignet.

Es war 8.00 Uhr Bordzeit. Bosenheim trat einmal mehr in sein Labor ein, das er gerne »sein Reich« zu nennen pflegte. Er schaltete das Licht an, fuhr die Rechner hoch und rief sich den Exobiologiebericht auf den Schirm.

Stolz rekapitulierte er seine bisherigen Forschungsergebnisse:

Er dachte zunächst an die Rotfärbung der Eisspalten auf Europa, welche er mit zahlreichen hochaufgelösten Aufnahmen aus dem Orbit dokumentiert hatte.

Versuche von indirekten Nachweisen extraterrestrischen Lebens anhand von ungewöhnlichen Rotfärbungen von Himmelskörpern gab es schon seit längerem. So stellten die beiden Astronomen Stephen Tegler und William J. Romanishin bereits 1998 fest, dass es im sonnenfernen Kuipergürtel zwei auffallend unterschiedlich gefärbte Zwergplaneten und Asteroiden gab. Forscher aus dem Umfeld von Fred Hoyle leiteten davon die These ab, es könnte sich um das Ergebnis biologischer Aktivität handeln. Legändär waren die später in 2015 im Rahmen der New-Horizons-Mission geschossenen Aufnahmen des rötlich erscheinenden Pluto.

Der amerikanische Astro-Geophysiker Bad Dalton verglich die Infrarotspektren von extremophilen irdischen Bakterien mit den Rotfärbungen der Europakruste. Anhand der verblüffenden Ähnlichkeiten beider IR-Spektren vermutete er gefrorene Bakterienkolonien auf Europa. Bosenheim konnte dies nunmehr in gewisser

Weise bestätigen. Tatsächlich handelte es sich bei den rötlichen Rissen in Europas Kruste um Ansammlung von Resten der Parablasen in Eisspalten. Man konnte also auf diese Weise auch aus größerer Entfernung einen fotooptischen Nachweis von außerirdischem Leben führen, welches aus dem Paralleluniversum stammte.

Wie im Rausch über dieses Ergebnis stürzte sich Bosenheim auf sein anderes geheimes Mitbringsel von Europa. In seinen Laborräumen schlummerten nämlich noch Teile der Paravendobionten, die an Harrington geklebt hatten.

Ihn interessierte brennend der Leuchtmechanismus dieser ungewöhnlichen Lebewesen. Deshalb hatte er die an Harrington anhaftenden Paravendobiontenteile nicht zerstört oder entsorgt, sondern in hermetisch abgeschlossenen Gloveboxen mit auf die Reise genommen. Montgommery hatte er vorsorglich nicht über diese Maßnahme informiert, denn er wusste, dass er mit diesem Ansinnen bei ihm nicht durchgekommen wäre. Er spekulierte darauf, aus den abgestorbenen Resten der einzelligen Lebensform neue Erkenntnisse zu gewinnen. Nach den zahlreichen Versuchen von Dr. Winstone auf dem Mars bestand keine Überlebenschance für die Parablasen bei der Passage des Abwehrschirmes. Dennoch war es höchstinteressant, mehr über die Stoffwechselprodukte der Parablasen herauszufinden, um das einfache Ökosystem im Europaozean, bestehend aus lediglich zwei verschiedenen Organismen wissenschaftlich zu ergründen und zu erklären. Und die Paravendobiontenreste waren sicherlich noch voll von diesen Stoffwechselresten.

Vielleicht lag in seinen Forschungen der Schlüssel für die Lösung der Energieprobleme der Erde. Ein bisschen eitel war er ja schon. Es reizte ihn, als Entdecker dieses Leucht-Mechanismus in die Annalen der Forschungsgeschichte einzugehen. Und wer weiß – vielleicht konnte er auf diese Weise sogar noch einen Nobelpreis ergattern? Nicht im Traum hatte er so etwas bisher in Erwägung gezogen, aber in dieser Sache steckte ein ungeahntes Potenzial. Bis das Raumschiff die Erde erreichte, würden noch Monate vergehen, die er zur Ausarbeitung seiner Thesen nutzen konnte.

Doch dazu waren noch diverse Versuche nötig. Nicht zuletzt deshalb hatte er sich beim Rückflug nicht in den Kryoschlaf versetzen lassen. Darüber hinaus musste er selbstverständlich die medizinische Versorgung Harringtons aufrecht erhalten.

Bosenheim betrachtete seine Probe etwas genauer. Er schaltete das Licht aus, aber es wurde nicht vollständig dunkel. Der Raum leuchtete in einem schwachen Licht. Im Innern des Vendobionten befand sich eine Flüssigkeit. Es konnte sich um Wasser aus dem Europaozean oder um eine Art Körperflüssigkeit handeln. Interessant waren vor allem die Zellinhaltsstoffe in diesem Wasser. Lag hierin der Schlüssel für die einmalige Leuchtkraft dieser Wesen? Gab es eine Wechselwirkung mit dem Deuteriumwasser? Offensichtlich funktionierte dieser Mechanismus auch ohne lebende Parablasen.

Er beschloss, eine Probe des Zellwassers in einem geschlossenen Versuchsraum näher zu untersuchen. Sorgfältig zog er sich Latexhandschuhe über und griff durch die Ärmel nach vorne bis in die Gummihandschuhe der Glovebox und brachte eine Spritze in Position. Mit einer überlangen Nadel durchstieß er die äußere Wand des Vendobiontenbruchstücks. Langsam saugte er die klare Flüssigkeit in die Spritze. Als er genug Probematerial aufgenommen hatte, versuchte er die Nadel zurückzuziehen, aber es ging nicht. Es war als hätte er in das harte Gummi eines Autoreifens gestochen. Er fasste die Spritze mit beiden Händen und zog mit aller Kraft.

Dann plötzlich gab die Nadel ruckartig nach, flutschte aus der Vendobiontenwand heraus und berührte mit der Spitze einen seiner Schutzhandschuhe. War das ein Nadeldurchstich durch beide Schutzhandschuhe? Er war sich nicht sicher, ob die Handschuhe wirklich durchstoßen worden war. Er zog die Arme aus der Apparatur und riss sich das dünne Latex panisch von der Hand, konnte jedoch keine Verletzung seiner Haut feststellen. War da ein winziger Hauch von Feuchtigkeit auf seinem Finger? Eilig wusch er die Hand mit Desinfektionsmittel ab. Dann atmete er tief durch.

Sollte er den Vorgang melden?

Er warf den beschädigten Handschuh in den Zersetzer und beobachtete, wie sich das Material auflöste. Die Restflüssigkeit landete in einem hermetisch abgeschlossenen Tank, von dem keine Gefahr ausgehen konnte.

Er beschloss, sich selbst genau zu beobachten. Es würde schon nichts passiert sein! So etwas würde ihn in seinem Forscherdrang doch nicht stoppen! Entschlossen zog er ein neues paar Latexhandschuhe an und griff wieder in die Schutzhandschuhe des Handschuhkastens. Er gab darin einen Tropfen aus der Spritze auf einen Objektträger und stellte sein Mikroskop scharf. In der Flüssigkeit befanden sich längliche, fast transparente Fäden, bedeutend größer als die schwarzen Fäden im Innern der Parablasen. Bei einem der Fäden entdeckte er so etwas wie einen winzigen Saugnapf, mit dem diese offensichtlich an der Zellwand anhafteten. Die Zellflüssigkeit der Paravendobionten enthielt demnach so etwas wie Zellorgane oder Zellorganellen.

Plötzlich bemerkte er eine Bewegung in seiner Probe. Ein winziger Schatten. Er verfolgte das kleine Etwas und versuchte, es in seinen Bildausschnitt zu bekommen. Als es ihm schließlich gelang, blieb ihm fast das Herz stehen. Er sah eine kleine Blase, die sich bewegte. Sich bewegte …? Das hieß, dass dieses Ding lebte! Schließlich konnte er ganz deutlich die beiden Halbschalen erkennen, die sich gegeneinander drehten und das Wesen nach dem Rückstoßprinzip antrieben. Das bedeutete … sie hatten lebende Parablasen an Bord. Diese Dinger waren dem Dekontaminationsmechanismus offenbar irgendwie entgangen.

Aber wie konnte das sein?

Bosenheims Hände fingen an zu zittern. Plötzlich schoss ihm die Erklärung durch den Kopf. Die Vendobionten! Das musste es sein! Die Blasen überlebten im Innern der Vendobionten. Anscheinend konnten sie auf diese Weise der biologischen Abschaltung entgehen. Hatten die Parawesen überhaupt mit einem solchen Fall gerechnet? Hatten sie eventuell die Vendobionten als stationäre Wesen betrachtet, die den Mond nie verlassen würden? Oder war die Mitführung von Parablasen innerhalb der Paravendobionten biologisch vorgesehen, falls diese jemals Europa verlassen sollten?

Bosenheim atmete einmal tief durch.

Das Vendobiontenbruchstück hatte sich die gesamte Zeit in einer hermetisch abgeschirmten Box befunden. Nach menschlichem Ermessen konnte nichts passiert sein. Aber was war mit der eben entnommenen Probe?

Bosenheim griff unter sein Mikroskop und warf den Objektträger mit dem Wassertropfen aus dem Vendobionten in den Zersetzer.

Die Spritze. Hatte sie ihn infiziert? Wenn ja, war er eine akute Gefahr für die Besatzung, für die Menschen, für alles Lebendige auf der Erde. Hatte – ausgerechnet er! – einen tödlichen Fehler begangen?

In Windeseile warf er seinen Laborkittel ab und streifte sich einen Ganzkörperschutzanzug über. Hastig riss er an dem Reißverschluss bis sein Körper vollständig eingehüllt war. Er warf einen letzten Blick in sein Labor, dann lugte er aus der Tür in den Verbindungsgang. Es schien niemand da zu sein. Er glitt auf den Gang hinaus.

Der JIMO flog dahin. Eine Enklave in der Weite des lebensfeindlichen Alls. Eine Luke in der Außenhaut öffnete sich. Langsam driftete eine leblose Gestalt vom Raumschiff weg. Sie war in Weiß gehüllt und trug keinen Raumanzug.

Solarfire
Donnerstag, 15. Oktober 2020

Während Lena in ihrer Koje lag und sich von der Nachtschicht ausruhte, arbeiteten Kaira und Brigitte konzentriert an der Auswertung der aktuellen Beobachtungsdaten. Kaira beugte den Kopf über einen kleinen Tablet-PC und erläuterte: »Wir empfangen jetzt Signale unserer Atmosphärensonde, die ich feierlich Ikarus getauft habe. Diese befindet sich mittlerweile in den oberen Luftschichten der Venus. Temperatur so um die 33 Grad und Sonne satt. Die Sonde verfügt über ein eigenes Antriebssystem mit Rotorblättern. Damit werden wir versuchen, möglichst lange in dieser Luftschicht zu bleiben, da diese bisher kaum untersucht wurde. Obwohl sowohl die USA als auch Russland schon diverse Sonden zur Venus gesendet hatten, ist von diesem wohl interessantesten Ort des Planeten wenig bekannt.«

»Wie kommt denn das? Soweit ich mich an meine Schulungen für diesen Einsatz erinnern kann, ist die Venus seit Jahrzehnten Gegenstand der Weltraumforschung.«

»In der Tat forscht die Raumfahrt hier seit über 50 Jahren mit Sonden. So kam es bisher zu insgesamt 19 erfolgreichen Missionen. Es war die Venus an der die US-amerikanische Sonde Mariner 2 als erste menschengemachte interplanetare Sonde überhaupt einen Vorbeiflug absolvierte. Danach konzentrierte sich das russische Weltraumprogramm auf diesen Planeten. Und da gibt es jede Menge Positives zu berichten.« Brigtte bemerkte, dass Kairas Augen während sie weiterredete einen gewissen stolzen Ausdruck annahmen. »So gilt die 1966 eingesetzte Landesonde der russische Venera-3-Mission als das erste technische Objekt, welches die Oberfläche eines fremden Planeten erreichte. Danach folgte eine ununterbrochene Serie gelungener russischer Flüge der Venera-Sonden, die mit Venera 16 bis zum Jahr 1983 reichte. Hierbei wurde diverse Male die Atmosphäre durchquert und es gelangen etliche Landungen auf der Venusoberfläche. Venera 7 war die erste Sonde der Menschheit, die nach gelungener Landung Daten von der Oberfläche eines Planeten sendete. Die ersten Schwarz-Weiß-Bilder von der Venusoberfläche lieferten Venera 9 und 10, die ersten Farbbilder von da unten Venera 13 und 14. Die erfolgreichen Landemissionen Vega 1 und 2 setzten bei ihrem Abstieg Ballons in der Venusatmosphäre aus, die mehr als zehntausend Kilometer durch die tieferen Schichten der Venuswolken drifteten.«

»Wirklich beeindruckend. Und was ist mit den anderen Raumfahrtnationen?«

»In den letzten 25 Jahren gab es nur noch zwei andere Missionen. Zwischen 1990 und 1992 vermaß die amerikanische Sonde Magellan mit einem speziellen SAR-Radar die Venusoberfläche. Als vorerst letzte Sonde beendete der europäische Venus Express im Jahr 2014 seinen Dienst. Zuvor hatte die Sonde zahlreiche Aufnahmen von der Venusoberfläche geliefert, wobei die Venusatmosphäre mit einer speziellen Infrarotkamera durchdrungen werden konnte.«

»Dann wird es ja höchste Zeit, dass sich mal wieder jemand von der Erde hier blicken lässt.«

»Das sehe ich auch so. Bisher läuft das wissenschaftliche Programm ja nur als Alibiveranstaltung, aber mit unserem Ikarus betreten wir tatsächlich wissenschaftliches Neuland.«

»Welche Messungen können wir denn damit noch vornehmen?«

»Diese kleine Multifunktions-Sonde ermöglicht die Erfassung umfangreicher meteorologischer Daten wie Temperatur, Luftdruck,

Luftfeuchte, Aerosolgehalt und so weiter. Wir haben aber auch eine Kamera an Bord für Aufnahmen im sichtbaren Spektralbereich.«

»Das ist ja interessant. Gibt es vielleicht schon Bilder?«

»Aber ja, seit etwa einer Stunde zeichne ich den Flug kontinuierlich auf.«

»Kannst du uns die mal auf den Schirm spielen?«

Kaira bediente ihr Touchpad und die Bilder des Fluges liefen über den Hauptbildschirm. Staunend beobachteten die beiden Frauen minutenlang den Flug über den Venuswolken. Plötzlich tauchte ein Lichtreflex in der Aufnahme auf und verschwand nach Sekundenbruchteilen wieder.

»Was war denn das?«, fragte Brigitte erstaunt, »Hast du das auch gesehen?«

»Ja, habe ich. Das schauen wir uns noch mal genauer an! Ich spiele die Aufzeichnung zurück.«

Der Film lief rückwärts bis zu der Lichterscheinung. Kaira spulte ein kleines Stück weiter und ließ die Szene in Normalgeschwindigkeit ablaufen. Die Lichtreflexion befand sich am äußersten Bildrand. Die Kamera erfasste den Bereich nur für den Bruchteil einer Sekunde. Dennoch sah man sehr verschwommen mehrere hochgewölbte Kugeln, die aus den Wolken herauszuragen schienen. In einem bestimmten Winkel fiel das Sonnenlicht auf die Aufwölbungen, wobei der Lichtflash aufblitze.

»Können das Strukturen in den oberen Wolkenschichten sein? So eine Art kugelartig geformte Wolken ... vielleicht ein bisher unbekanntes Wetterphänomen?«

»Ich hab so meine Zweifel, ob das wirklich etwas Natürliches war. Immerhin befinden wir uns mit der Sonde in der potenziell habitabilen Zone der Venusatmosphäre.«

»Habitabil heißt doch bewohnbar«, wunderte sich Brigitte, »damit meinst du doch bestimmt die Bakterien oder Einzeller, über die wir letztens gesprochen haben. Oder willst du mir erzählen, dass in dieser Giftsuppe Menschen leben können?«

»Da kann man lange drüber philosophieren. Ich will auch gar nicht verhehlen, dass das eines meiner Spezialthemen ist. Nicht zuletzt deswegen hab ich wahrscheinlich diesen Job bekommen.«

»Na dann mal los!«, ermunterte Brigitte.

»Nun ja, ich bin ja auch ein wenig skeptisch, aber unsere russische Raumfahrtbehörde hat sich auf die Fahne geschrieben, dieser Sache nachzugehen. Die Sowjetunion beziehungsweise Russland hatten ja, wie ich eben bereits erzählte, immer schon ein besonderes Auge auf die Venus und in diesem Zusammenhang die bekannten zahlreichen unbemannten Missionen gestartet. Daher haben wir auch diese abgefahrene Atmosphärensonde hier im Einsatz. Durch Visionen des NASA-Wissenschaftlers Geoffrey A. Landis vom NASA Glenn Research Center (GRC) ist man auf die Idee gekommen, eines Tages könnten Menschen auf der Venus siedeln.«

»Seit Monaten schon reden wir über die dramatischen Druck- und Temperaturverhältnisse auf der Venus, ganz zu schweigen von den ätzenden Gasen und dem Schwefelsäureregen in der Atmosphäre. Einen lebensfeindlicheren Ort kann man sich im Sonnensystem wohl kaum vorstellen. Und du willst mir etwas von habitabil für höhere Organismen oder gar Menschen erzählen?«

»Du wirst überrascht sein, aber die Voraussetzungen dafür sind wirklich gar nicht so schlecht. Allerdings darf man sich das nicht so vorstellen, dass wir auf der Venusoberfläche ein paar Eigenheime errichten. Es ist vielmehr die Rede von fliegenden Städten.«

»Fliegende Städte? Erzähl' mir mehr!«

»Irgendwo weiter draußen in der Venusatmosphäre gibt es einen Bereich, welcher Temperaturwerte im menschlichen Komfortbereich zwischen 0 und 50 Grad Celsius aufweist. Der Druck entspricht dort mit einem Bar ungefähr der irdischen Atmosphäre am Erdboden. Der Clou aber ist, dass sauerstoffgefüllte Wohnzellen und Ballons in der massereichen, dichten Kohlendioxidatmosphäre Auftrieb erfahren würden, wie beispielsweise Heliumballons in der Erdatmosphäre. Allein also aufgrund der in den fliegenden Behausungen vorhandenen Atemluft würden diese schon innerhalb der oberen Venuswolkenschichten schweben. Außerdem könnte man aus der Venusluft Wasserstoff oder Helium extrahieren, welche zusätzlich als Traggase einzusetzen wären.«

»Werden diese Ballons dann nicht ziellos umhergetrieben?«

»Diese Gefahr bestünde in der Tat. Es böte sich deshalb an, die schwebenden Städte am Venusboden zu befestigen. Falls man den Standort wechseln wollte, könnte man den Anker lösen, um sich zu einem anderen Ort in der Atmosphäre frei treiben zu lassen oder sich aktiv dort hinbewegen.«

»Welche Vorteile hätte das denn?«

»Standortwechsel könnten sinnvoll sein, um die Energieausbeute zu erhöhen.

Man könnte sich aber auch mit der Höhenströmung immer rund um den Planeten tragen lassen. Die Jetstreams der äußeren Wolkenschichten umrunden alle 4 Tage den gesamten Planeten. So hätte man jeweils Tag- und Nachtphasen von etwa 50 Stunden Dauer.

Apropos Energie. Die Venusatmosphäre hat derart hohe Reflexionswerte, dass Solarmodule in den fliegenden Städten eine doppelt so hohe Energieausbeute erzielen würden als solche Anlagen auf der Erdoberfläche. Folglich wäre auch in puncto Energieversorgung die fliegende Venusstadt eine gar nicht so schlechte Lösung.«

»Aber wenn man in der Wolkenstadt vor die Tür ginge, wäre es wohl doch ganz schön ungemütlich, nehme ich an.«

»Das ist in der Tat so. Vermutlich wären allein die 400 Kilometer pro Stunde Windgeschwindigkeit schon ein erhebliches Problem. Andererseits könnte man damit auch leistungsfähige Windkraftwerke betreiben. Auf jeden Fall könnte man die Station nur mit speziellen Haltevorrichtungen und in einem säurebeständigen Raumanzug verlassen. Ein Atemzug ohne Schutzvorrichtung würde einen Menschen glatt umbringen.

»Na, das sind ja schöne Aussichten. Ich hoffe, ihr habt nicht ein paar Ballons dabei, damit wir ein Vorauskommando bilden, um das Ganze einmal auszuprobieren.«

»Du hast Pioniergeist, wie ich sehe. Das werde ich gleich der Bodenstation melden«, feixte Kaira und lachte dabei laut.

»Wenn du von dort grünes Licht erhältst, können wir eine Dreier-WG in den Venuswolken eröffnen. Unsere Planer denken allerdings bestimmt in anderen Dimensionen.«

»Da hast du vollkommen recht. Die NASA-Vordenker stellen sich Riesenkolonien vom Ausmaß von Megastädten wie New York vor.«

»Ach du Schreck, wie soll denn das ganze Material hierher kommen. Die Venus liegt ja nicht eben gerade vor unserer Haustür.«

»Das Zauberwort lautet ›Aufblasbare Weltraumstationen‹. Biegelow Aerospace hat dazu bereits Prototypen entwickelt und schon im Jahr 2015 erfolgreich auf der ISS installiert.«

»Wie es scheint, handelt es sich tatsächlich nicht nur um ein Hirngespinst. Aber in der Aufnahme sehe ich trotzdem nur die Spitze von Wolken, die in eine weniger dichte Atmosphärenschicht hineinragen.«

»Wir lassen Lena auf jeden Fall auch mal drüber schauen, bevor wir den Vorfall an die Bodenstation melden.«

»Kommen wir mit der Sonde nochmals dorthin?«

»Keine Chance. Die Sonde hat nur kleine Steuerdüsen, die eine Modifikation des einmal eingeschlagenen Kurses ermöglichen. Ein Kurswechsel ist aber damit unmöglich.«

Jupiter, Jupiter Icy Moons Orbiter (JIMO)
Freitag, 30. Oktober 2020

»Was machen die Untersuchungen zum Tode Bosenheims?«, fragte Montgommery.

»Wir treten ein wenig auf der Stelle, Oberst«, antwortete Basket und kratzte sich nervös am Kinn. »Eine Fremdeinwirkung durch eine der an Bord befindlichen Personen kann man definitiv ausschließen. Keiner befand sich in der Nähe der betreffenden Schleuse.«

»Okay, Oberstleutnant. Wie sieht es aus mit einer Fehlsteuerung von der Kommandozentrale?«

»Auch das habe ich überprüft: Es gab keinen Steuerimpuls von der Brücke.«

»Wer war der Wachhabende zu diesem Zeitpunkt?«

»Es war King, Sir.«

»King allein?«

»Nein, er hatte Wachdienst zusammen mit Oberstleutnant Skeleby. Dieser hielt sich zum relevanten Zeitpunkt jedoch nicht auf der Brücke auf.«

»Der Typ schläft ja so gut wie nie. Geistert immer durchs Schiff wie so ein Klabautermann, wenn alle anderen sich in der Nachtruhe befinden.«

»Diese Person war mir immer schon unheimlich.«

»Jetzt übertreiben Sie mal nicht, Basket, Sie befinden sich hier in einem militärischen Einsatz und nicht auf Klassenfahrt. Also noch mal die Überlegung: Kann Skeleby in der Nähe der Schleuse gewesen sein?«

»Nein, er war im Schützenstand und hat dort nachweislich einen Rechner bedient.«

»Was hatte er denn dort während der Wache zu suchen? Aber Okay, lassen wir das erstmal«, Montgommery klickte sich auf dem Bordrechner durch die Personalakte Bosenheims, als könne er dort eine Erklärung für dessen Tod finden. Schließlich setzte er fort:»Bleibt die wahrscheinlichste Erklärung: Selbstmord. Aber warum? Bosenheim, ein renommierter Wissenschaftler. Die Ergebnisse der Europamission hätten ihm zu Weltruhm verholfen. Jetzt, wo das Projekt für die Öffentlichkeit freigegeben ist. Er war an einer ganz großen Sache dran. Ich sage nur: Lösung der Energieprobleme der Menschheit und so … «

»Wir haben das Labor bis auf den letzten Krümel untersucht und alle analogen und digitalen Aufzeichnungen des Professors gesichtet. Es finden sich zwar einige Mitbringsel aus dem Europaozean, aber nicht der geringste Hinweis auf eine Selbstmordabsicht.«

»Warten Sie mal Basket. Schauen Sie mir mal in die Augen.«

»Mit Verlaub, Herr Oberst, das erinnert mich ein bisschen an Humphrey Bogart.«

»Jetzt reden Sie kein Blech daher, Basket. Wenn mich nicht alles täuscht, sehe ich da ein schwaches Leuchten.«

Basket kam nahe an Montgommery heran und dieser observierte ihn von verschiedenen Seiten.

»Okay, wir wechseln mal in den Verbindungsgang und schalten das Licht aus.«

Die beiden Männer schwebten in den Korridor und verdunkelten den Raum. Sie mussten sich erst auf die Dunkelheit einstellen. So warteten sie über eine Minute in der sie angestrengt die Augen geöffnet hielten. Sosehr sie sich insgeheim ein anderes Ergebnis wünschten – es war nicht von der Hand zu weisen: Ein schwaches Leuchten erfüllte den Raum.

Montgommery fluchte: »Verdammt noch mal, Basket, Sie leuchten tatsächlich wieder.«

»Heißt das, wir sind wieder infiziert?«
»So ist es, Basket, so ist es.«

Pasadena, JPL
Mittwoch, 18. November 2020

Über dem Konferenztisch im Headquarter schwebte in leichter Drehung ein in bunten Farben pulsierender Röhrenwald.

»Was Sie hier sehen, ist eine Visualisierung einer Original-3-D-Aufnahme der Röhrenwälder auf Europa, die uns das Pentagon kürzlich erst zur Verfügung gestellt hat. Es handelt sich um das Produkt einer 3-D-Laserscanner-Technik. Diese Methode kennen wir zum Beispiel aus der Archäo-Seismologie. Professor Bosenheim hat hierzu einen extrem leistungsfähigen 3-D-Scanner mitten auf das subglaziale Plateau des Jupitereismondes stellen lassen und einen Scan des gesamten Waldes angefertigt.«

Scott schaute in die verzückten Augen der Sitzungsteilnehmer und ergänzte: »Seit einigen Monaten schon staunen wir über die fantastischen Bilder aus dem Europaozean. Bilder von berauschender Schönheit, welche jeden Betrachter in ihren Bann ziehen. Doch was verbirgt sich wissenschaftlich hinter dieser ungewöhnlichen Augenweide? Und wie stehen die noch lebenden und fossilen Gebilde der Parawelt in unserem Sonnensystem in Beziehung zum Leben auf der Erde? Hierzu übergebe ich das Wort an Mai Ling, die mit ihrer Unterarbeitsgruppe eine entsprechende Analyse vorgenommen hat.«

Mai Ling stand auf, schwang ihr fast hüftlanges, pechschwarzes Haar auf ihren Rücken und blendete einige Abbildungen von röhren- bzw. matrazenartigen Gebilden auf die Projektionsflächen. Sie strich sich nochmals eine ganz besonders widerspenstige ihrer Haarsträhnen aus dem Gesicht und begann mit fester Stimme ihren Vortrag: »Was Sie hier sehen, sind die ersten bis dato bekannten mehrzelligen Lebewesen auf der Erde. Es handelt sich um die sogenannte Ediacarinenfauna, welche in der Zeit von circa 570 bis 544 Millionen Jahre die Erde vor Beginn des Kambriums besiedelte. Sie wurden von ihrem Entdecker Reginald C. Sprigg 1946 nach ihrem ersten Fundort in den Ediacara Hills nördlich der Stadt Adelaide in Australien benannt. Mittlerweile sind über dreißig weitere Fundorte zum Beispiel in Namibia, Mexiko, England, Skandinavien, Kanada und Sibirien hinzugekommen. Lediglich in der Antarktis gibt es bisher keine Nachweise. Man kann also davon ausgehen, dass die Vendobionten, wie diese Lebewesen auch genannt werden, in ihrer Epoche die dominierende Lebensform auf der Erde waren und eine fast flächendeckende Verbreitung über den gesamten Globus erreichten.

»Einspruch, Euer Ehren«, meldete sich der aufspringende Professor Vössler, der schon während der letzten Sätze kaum auf seinem Sitz zu halten war. »Mittlerweile liegen Erkenntnisse vor, dass es bereits vor einer Milliarde Jahren erste Mehrzeller auf der Erde gab. Es handelt sich um Funde aus der Torridonian-Formation in Nordwestschottland. In Süßwasser, welches auch zeitweilig trocken fiel, haben Forscher des Boston College Belege für komplexe Eukaryonten, also Vielzeller mit echtem Zellkern, entdeckt. Und zwar in Form von Thalli, wie solche unstrukturierten Vegetationskörper genannt werden.

»Mag sein Ernst, dass du recht hast«, erwiderte Mai Ling, »aber für den hier relevanten Zusammenhang ist das erst einmal unerheblich.«

Vössler sank ein wenig schmollend auf seinem Platz zusammen.

»Also weiter im Text«, nahm Mai Ling den Faden wieder auf: »Wir halten fest, dass das Leben vor 3,4 Milliarden Jahren nachweislich mit den ersten Einzellern begann und erst in der letzten Phase des Präkambriums vor circa 600 Millionen Jahren erste komplexe Großorganismen, einschließlich der ersten vielzelligen Tiere entstanden. Die International Commission on Stratigraphy (ICS) hat erst um das Jahr 2000 nach achtjähriger Diskussion mit dem Ediacarium eine neue Epoche in der erdgeschichtlichen Zeitrechnung eingeführt. Es handelt sich um die Phase des Übergangs vom Präkambrium zum Kambrium kurz vor der sogenannten Kambrischen Revolution, in der das mehrzellige Leben auf der Erde förmlich explodierte. Im Kambrium entstanden dann die Vorfahren aller heutigen Tierstämme.«

Mai Ling ließ eines der matrazenartigen Wesen über dem Konferenztisch drehen.

»Die Ediacarinen waren aber schon vorher da. Wie stehen diese also in Verbindung mit dem heutigen Leben auf der Erde? Es wurden schon verschiedenste Vermutungen angestellt, welche Verwandtschaftsbeziehungen für die Ediacarinenlebewesen zutreffend sein könnten. Sie wurden zum Beispiel schon als Vorläufer von Spinnen, Würmern oder Rippenquallen angesehen.

Der Biologe Adolf Seilacher stellte die Theorie auf, es handele sich gar nicht um Tiere, sondern um völlig eigenständige Lebensformen. In seinen Publikationen spricht er von ihnen als ›gesteppte Luftmatratzen‹. Schaut man sich diese 3-D-Projektion an, ist der Vergleich durchaus zutreffend.«

Mai Ling blendete die Ediacarine weg und zeigte ein Bild der jungen Erde mit einer völlig anderen Verteilung der Wasser- und Landflächen.

»Nehmen wir also an, die Parawesen hätten, nachdem die ersten Ansiedlungsversuche von Wesen aus Paramaterie in der Frühphase des Sonnensystems gescheitert sind, nochmals versucht, vendobiontenartige Lebewesen auf der Erde anzusiedeln. Es scheint ihnen eine friedlebende Organisation des Lebens ohne Räuber und Fressfeinde vorgeschwebt zu haben, ganz so wie es auf Europa anscheinend über Jahrmilliarden funktionierte. Es ist jedenfalls bemerkenswert, dass alle fossilen Vendobionten zumeist vollkommen unversehrt sind, niemals jedenfalls so etwas wie Bissspuren aufweisen. Über einen sehr langen Zeitraum von fast hundert Millionen Jahren gab es anscheinend eine Epoche in der Erdgeschichte ohne jegliche räuberisch lebenden Tiere, ganz wie heute noch im Europaozean. Auf der Erde schlug dieses Experiment aber anscheinend fehl, beziehungsweise lief in eine andere Richtung. Mit dem Auftreten der wehrhaften und aggressiven kambrischen Fauna in der sogenannten Kambrischen Revolution wurden die Vendobionten offensichtlich ausgerottet.«

Die nächste Projektion zeigte eine Aufnahme in einem dunklen, fremdartigen Wasserkörper.

»So ungefähr könnte man sich einen Blick in die Tiefe des Urozeans vorstellen. Eine andere Theorie, aufgestellt von Professor Nägler und Dr. Wille von der Universität Bern, publiziert in »Nature«, besagt nämlich, dass die Vendobionten im Urozean vergiftet wurden. Die Forscher gehen dabei von einer Schichtung des Urmeeres mit einer lebensfreundlichen, sauerstoffhaltigen oberen Schicht und einer lebensfeindlichen, schwefelwasserstoffhaltigen Tiefenschicht aus. Durch irgendein geologisches Ereignis, wie zum Beispiel die Öffnung einer Meerespforte in Folge plattentektonischer Vorgänge oder großflächigen Veränderungen der Meeresströmungen kam es zur Vermischung der beiden Schichten und die Vendobionten starben im toxischen Schwefelwassermedium aus.«

Mai Ling beendete ihre Projektion und schloss ihr Impulsreferat mit den Worten: »Bleibt die spannende Frage, ob die Parawesen, die biologische Evolution der Erde wirklich initiiert oder maßgeblich gesteuert haben.

Während einige Forscher die Vendobionten als Vorläufer heutiger Tierstämme ansehen, wobei insbesondere die Rippenquallen hierfür in Frage kommen, sind andere wiederum der Meinung, es handele sich um eine völlig isolierte Sackgasse der Evolution. Insbesondere der eben bereits erwähnte Adolf Seilacher vertrat offensiv diese Theorie, wonach seine ›Luftmatrazen‹ mit nichts sonst auf der Erde in Beziehung stünden.«

Scott wandte ein: »Dagegen spricht meines Wissens, dass anscheinend einige Vendobionten auch in kambrischen Sedimenten entdeckt wurden. Eventuell fand somit doch eine Beeinflussung der Evolution auf der Erde statt. Eine weitere spannende Frage ist, ob die irdischen Vendobionten aus dem Ediacarium auch aus Paramaterie aufgebaut waren? Wenn ja müsste sich in den entsprechenden Überresten Paramaterie nachweisen lassen.«

Mai Ling nickte: »Diesen Fragen sind wir selbstverständlich schon nachgegangen. Zunächst haben wir uns die vendobiontischen Fossilien vorgenommen. Das Ginkgo-Prinzip mit den durchgehenden Riesenzellen konnten wir so nicht auffinden. Unsere Analysen ergaben einen Aufbau aus einer Vielzahl von Zellen.

Darüber hinaus haben wir kambrische Schwarzschiefer aus China und dem Oman, welche aus Faulschlamm entstanden und neben einem hohen Tonanteil viel Kohlenstoff aus abgestorbenem organischem Material enthalten, dahingehend untersucht. Diese

Schwarzschiefer enthalten mit Sicherheit hohe Anteile von Resten vendobiontischer Organismen. Aber auch hier sind alle Belege negativ. Wir haben kein einziges Atom Paramaterie in diesen Sedimenten nachweisen können.

Summa summarum ergibt sich daraus, dass es sich bei den Organismen des Ediacariums nicht um Paravendobionten handelte, die mit den Wesen auf Europa vergleichbar wären. Ob aber die Parawesen aus Materie unseres Universums praktisch einen etwas abgewandelten Nachbau der ursprünglichen Vendobionten vorgenommen haben und quasi ihr Experiment mit autochthoner organischer Materie fortgeführt haben, bleibt ungewiss. Es ist somit jedoch nicht ausgeschlossen, dass sie einen weiteren Ansiedlungsversuch von höherem Leben auf der Erde vorgenommen haben.«

Dyce warf ein: »Na bei allem, was die Paras hier so veranstalten, haben sie vielleicht selbst diesen Vergiftungsmechanismus ausgelöst, warum auch immer, nicht wahr, Miss Ling.«

»Vielleicht fehlte damals das geeignete planktische Leben, um die Urozeane zu reinigen. Ja, vielleicht lief der Versuch auf Europa so erfolgreich, weil man dort diese Archaeen eingesetzt hat. Im Baikalsee wird die Reinigungsleistung schließlich auch überwiegend von einem einzigen Lebewesen, dem Ruderfußkrebs Epischura baikalensis übernommen, der rund 90 Prozent des gesamten Zooplanktons des Baikals ausmacht. Im Europaozean wird diese ökologische Nische offensichtlich von diesen halbschaligen Einzellern mit Rückstoßprinzip ausgefüllt.«

Dyce schnaubte vernehmlich: »Jetzt kommen Sie mir nicht mit dieser Baikalgeschichte. Außerdem scheint das mit diesen Einzellern ja auch nicht für alle Lebenswelten das richtige Konzept zu sein, da sowohl auf Europa als auf dem Mars diese Schutzschirme installiert wurden.«

»Je länger Sie hier mitarbeiten, desto wissenschaftlicher werden Ihre Gedankengänge, Mister Dyce! Ich bin wirklich erstaunt«, wunderte sich Scott.

»Da ich allenthalben in Washington oder zunehmend auch in New York über Ihre hochtrabenden Sitzungen berichten muss, bin ich mittlerweile ganz gut im Stoff.«

»Okay, Mister Dyce«, reagierte Scott, »damit noch ein bisschen mehr Stoff hinzu kommt, fassen wir das Ganze mal zusammen:

Die Parawesen haben an mindestens drei Stellen im Sonnensystem Leben in Form dieser Pararöhren angesiedelt. Ob noch weitere Vorkommen existieren, ist derzeit nicht bekannt, aber natürlich nicht ausgeschlossen. Bei diesen drei bekannten Stellen handelt es sich um Standorte, die damals offensichtlich habitable Verhältnisse aufwiesen.

Das gilt insbesondere auch für den urzeitlichen Mars, der ja in den Anfängen des Sonnensystems relativ geeignete Lebensbedingungen aufwies, was sich jedoch im Laufe der Zeit dramatisch ändern sollte. Der Mars muss schon sehr früh einen Großteil seiner Atmosphäre verloren haben. Die bisherigen Forschungen deuten darauf hin, dass dies circa eine Milliarde Jahre nach seiner Entstehung passierte. In diesem Zuge verlor der Mars zunächst fast seinen gesamten Anteil am ursprünglich sehr reichlich vorhandenen Wasserstoff. Besonders problematisch für das frühe Marsleben war wohl die Tatsache, dass hierbei enorme Mengen der schweren Bestandteile der Mars-Luft ebenfalls ins All entwichen. Man nennt diesen Prozess hydrodynamic escape. Ausschlaggebend für diesen Atmosphärenschwund war wohl die junge Sonne, welche die Planeten mit riesigen Mengen ultravioletter Strahlung bombardierte. Auf der Erde wirkte sich dieser Prozess aufgrund der wesentlich größeren Schwerkraft viel geringer aus, weshalb die Erde ihre wesentlich dichtere Gashülle behielt.«

»Durchaus interessant, Ihre Ausführungen zu den Lebensbedingungen für die Pararöhren auf dem Mars«, lobte Ida Candell, »ich möchte jedoch einen anderen Aspekt beleuchten. Wir wissen, dass es auf dem Mars und dem Jupitermond Europa ein Filtersystem gibt, welches die dort vorhandenen Einzeller unschädlich macht und verhindert, dass diese in die Umgebung eindringen. Frage! Haben Sie bei Ihren Recherchen ein solches Abwehrsystem auch im Bereich des JC-Miller-Tepuis feststellen können?«

»Eine sehr gute Frage«, nickte Mai Ling anerkennend, »und in der Tat eine sehr naheliegende Vermutung. Wir haben den besagten Tepui und sein Umfeld absolut intensiv diesbezüglich untersucht und sind ganz sicher, dass eine solche Schutzsphäre oder -aura dort nicht existiert.«

Candell hakte nach. »Und was ist mit diesen Einzellern? Anscheinend leben diese ja in Symbiose mit den Röhren. Gibt es Hinweise darauf, dass diese einstmals auch die Erde bevölkerten, Miss Ling?«

»Zu dieser Frage haben wir eine Theorie entwickelt, die ich Ihnen nicht vorenthalten möchte. Diese geht allerdings etwas ins Spekulative, weil wir noch keine ausreichenden Hintergrundinformationen haben.«

»Dann schießen Sie mal los«, ermunterte Scott, »wir sind schon ganz gespannt.«

Mai Ling ließ die fossilen Röhren wieder in Form eines Schnittes durch eine der Versteinerungen über dem Konferenztisch erscheinen und erläuterte: »Diesen Schnitt, meine Damen und Herren, kennen Sie ja schon. Es handelt sich um eine Pararöhre des irdischen Röhrenwaldes. Wir greifen uns jetzt eine dieser Röhrenzellen heraus und vergrößern die versteinerte Zellwand in den Nanobereich.«

Zeitgleich erschien über dem Konferenztisch zunächst der Abschnitt einer einzelnen Röhrenzelle, in deren Außenwand die Kamera hinein zoomte. »Wie Sie beim genauen Hinsehen unschwer entdecken können, wirkt diese Zellwand siebartig und ist von winzigen Löchern durchsetzt. Es stellt sich natürlich zunächst die Frage, ob dies eine normale Zellwandstruktur der Pararöhren ist. Dazu haben wir ja glücklicherweise eine versteinerte und eine lebende Variante. Betrachten wir uns die extrem hochaufgelösten Scanner-Aufnahmen der lebenden Pararöhrenwände auf Europa, stellen wir fest, dass dort nicht die geringsten Anzeichen einer derartigen Durchlöcherung auftreten. Anders ist es bei den versteinerten Röhren auf dem Mars. Auch dort treten diese winzigen Löcher auf. Im Falle der von Mister Riesenstein während eines Außeneinsatzes außerhalb des Nhill-Kraters entdeckten versteinerten Röhren liegt ein ähnlich dichtes Muster wie auf der Erde vor. Bei den Röhren im Nhill-Krater finden wir diese Öffnungen auch, jedoch in verschwindend geringer Anzahl. Dies veranlasste uns, diese Löcher noch einmal genauer unter die Lupe beziehungsweise unter das Rasterelektronenmikroskop zu nehmen.«

Wieder erschien ein Ausschnitt einer Pararöhrenwand, in welchen die Kamera hinein zoomte und eine einzige der winzigen

Öffnungen erschien und wurde immer größer. Diese besaß einen ausgefransten Rand und eine kleine wallartige Verdickung an den Außenseiten.

»Diese Löcher sind also nicht nur einfache Öffnungen in der Zellwand, sondern besitzen ein charakteristisches Aussehen. Und nun zeige ich Ihnen etwas Erstaunliches.«

Ling projizierte eine weitere Großaufnahme einer dieser Öffnungen auf die Schirme neben die schon vorhandene Darstellung.

»Dies ist die Vergrößerung einer solchen Öffnung einer der Marsröhren. Wie Sie sehen, exakt die gleiche Mikrostruktur. Es handelt sich keineswegs um so etwas wie Spaltöffnungen, durch die irdische Pflanzen ihre Photosynthese abwickeln, sonst wären diese ja auch bei den Röhren auf Europa zu finden. Wir müssen vielmehr von einer zellwanddurchstoßenden Einwirkung ausgehen, wie sie ein Fressfeind oder Parasit hinterlässt. In den Zellwänden der aktuell noch lebenden Wesen finden sich definitiv keine Fraßlöcher. Nein, es muss sich um einen Schadorganismus handeln, der solche charakteristischen Löcher in die Außenwand der Röhren bohrte.«

Zabel stand auf und trat dicht an die Projektionsschirme heran um die Abbildungen aus nächster Nähre zu betrachten. Dann formulierte er bedächtig: »Aber, wenn das so, ist, heißt das ja, dass dieser Schadorganismus, oder was auch immer, auf der Erde und auf dem Mars gleichermaßen vorkam.«

»Genauso ist es! Und das führt uns zu dem bahnbrechenden Befund, dass es auf dem Mars und der Erde vor 3,5 Milliarden zumindest einen weiteren identischen Organismus gegeben haben muss, höchstwahrscheinlich auf der einzelligen Ebene.«

Zabel ergänzte: »Was wiederum Nährboden liefert für die Theorie, dass das irdische Leben doch vom Mars stammt. In den Fachkreisen und Astronomiefachzeitschriften kursiert daher schon seit Jahren die Frage: Sind wir alle Marsianer?«

»In der Tat gibt es eine Forschergilde, mit namhaften Vertretern wie Professor Steven Benner vom Westheimer Institute of Science and Technology in Gainesville, Florida, die schon seit Jahren behaupten, dass die Voraussetzungen für die Entstehung von Leben auf dem frühen Mars besser gewesen seien als auf der Erde. Es gab Wasser in großen Mengen, Vulkanismus und eine relativ dichte Atmosphäre. Insbesondere in den dort vermuteten Flachmeeren mit ihren Inseln und Wechselzonen zwischen Wasser und Land seien zahlreiche Mineralien vorhanden gewesen, an deren kristallinen Oberflächen sich einfache replizierende Systeme, insbesondere Ribonukleinsäuren hätten bilden können. Ebenso Polymerisationsreaktionen von einfachen Monomeren zu komplexen Proteinen und Nukleinsäuren. Dies übrigens angeblich im Gegensatz zu den relativ tiefen Meeren der Urerde. Dies haben wir in einer früheren Diskussion schon einmal ausführlich hergeleitet. So muss der irdische Wasserstand zur Zeiten der Urerde rund 800 Meter höher gelegen haben als heute. Somit wies die Erde tatsächlich schlechtere Bedingungen auf als der Urmars. Später wurden diese Bedingungen übrigens auf der Erde wieder stark verbessert durch den von Professor Vössler und Mister van de Sand vorgestellten mineralischen Para-Wasserschwamm im Erd-Inneren, der den irdischen Wasserspiegel absenkte, was auch hier zur Entstehung von Flachmeeren führte.

Die Theorie ging bisher davon aus, dass diese einfachen Lebensformen über Meteoriten die Erde erreichten, wie der an die vier Milliarden Jahre alte sogenannte Allan Hills Meteorit aus der Antarktis beweisen soll, der angeblich mikroskopische Fossilien von Marsbakterien, insbesondere einfache biologische Magnetite aufweist.«

»Die bisherigen Theorien gingen von einem Meteoritentransport durch das lebensfeindliche All aus, wogegen beachtliche Argumente sprechen, vor allem die intensive kosmische Strahlung, denen das transportierte Leben mehrere tausend oder sogar Millionen von Jahren ausgesetzt gewesen wäre. Selbst wenn man davon ausgeht, dass Meteorite Löcher und Spalten aufweisen sowie in ihrem Innern porös sind und somit Enklaven für Lebewesen aufweisen, erscheint es doch extrem unwahrscheinlich, dass irgendeine Lebensform so lange überdauert hätte.«

»Alles richtig, aber nun hätten wir einen anderen alternativen Transportmechanismus. Es scheint tatsächlich Leben auf dem Mars entstanden zu sein, welches dann zusammen mit den Pararöhren die Erde erreichte. Sozusagen eine erste Form von wahrscheinlich unbeabsichtigter Verschleppung von Lebewesen.«

»Wenn das alles so stimmt, wie Sie hier vermuten: Wieso soll der Prozess nicht umgekehrt gelaufen sein? Also, dass das einzellige Leben hier auf der Erde entstand und mit zum Mars verschleppt wurde?«

»Dafür gibt es eine relativ einfache Begründung: Die Pararöhrenfossilien auf dem Mars sind rund 100 Millionen Jahre älter als die auf der Erde. Dies spricht eindeutig für den Mars als Anzuchtplaneten für die Röhren und somit auch für die Herausbildung eines Parasiten auf dem Mars.«

Candell meldete sich mit dem Einwurf: »Aber warum nur Schutzschirme auf dem Mars und auf Europa? Warum nicht auf der Erde?

»Dafür kommen mehrere Antworten in Frage«, nahm Mai Ling den Faden wieder auf.

»Eventuell hat man auf das falsche Pferd gesetzt und dachte, dass die Entwicklung auf dem Mars langfristig stabiler verläuft. Oder man war auf der Erde einfach zu spät dran? Bei den Entwicklungszeiträumen im Parauniversum war man vielleicht überrascht von der Reaktionszeit in diesem Universum. Oder man wollte bewusst eine sich daraus ergebende Entwicklung in Kauf nehmen?

Auf jeden Fall scheint es so gewesen zu sein, dass auf dem Mars diese Epidemie gestoppt werden konnte, während der Befall auf der Erde immer weiter fort schritt und die Pararöhren zerstörte.«

»Sehr spekulativ das Ganze«, mischte sich Dyce wieder ein, »haben Sie noch so etwas wie belastbare Beweise?«

Mai Ling setzte nach: »Ein Indikator für diese These ist das auf der Erde deutlich geringere Wachstum der Röhren. Während diese auf der Erde nur maximal 20 Meter Höhe messen, erreichten sie auf dem Mars ein Längenwachstum von circa 40 Metern. Die völlig unbelastete Population auf Europa wird ja bekanntlich bis zu 100 Meter hoch. Wahrscheinlich deutet das im Vergleich zu den Röhren im Europaozean geringere Wachstum der Marsröhren auch auf die Krankheit hin, die hier jedoch noch rechtzeitig gestoppt werden konnte.«

»Immer noch nicht ganz überzeugend, Ihre Beweisführung«, meldete sich nochmals Jack Dyce, »Sie haben erste Indizien, aber noch keinen belastbaren wissenschaftlichen Nachweis.«

»Sie erstaunen uns heute immer mehr, Mister Dyce«, wunderte sich Scott, »aber Sie haben ja recht. Uns fehlt noch ein Puzzlestein für die Verifizierung dieser Theorie.«

»Vielleicht komplettieren wir das Puzzle mit neuen Beobachtungen vom Mars«, schaltete sich nun Conti in den Disput ein. »Steven hat, bevor er in den Kryoschlaf versetzt wurde, seinem Mitarbeiter Josh Riesenstein angewiesen, uns Ergebnisse einer interessanten Fundstelle auf dem Mars zukommen zu lassen. Die Daten sind gestern Abend gerade frisch eingetroffen. Ich habe sie bisher nur mal überflogen, aber ich denke, sie werden uns weiterhelfen.«

Conti zeigte ein Bild der Marsoberfläche mit einer seltsamen Oberflächenform.

»Diese Formen hier hat Mister Riesenstein bei einer Ausfahrt auf der Marsoberfläche entdeckt. Sieht aus wie eine Ansammlung von Wasserbecken, erinnert uns aber sofort an die Röhrenbecken, in denen sich Mister Miller in der Tepuihöhle über Wasser halten konnte. Der Bereich wurde dann von einem Wissenschaftsteam, welches die Marskommandantin Shaki Indrina persönlich leitete, mit einem Tiefenradar detailliert untersucht. Und schauen Sie sich an, was dort in der Tiefe zum Vorschein kam.«

Über dem Konferenztisch erschien wieder das schon vertraute Bild eines Röhrenwaldes, wobei einzelne Röhren am Boden lagen und weitere einfach abgeknickt erschienen.

»Wir sehen also, dass es auf dem Mars auch außerhalb des Deuteriumsees diese Röhren gibt. Dies deutet darauf hin, dass ehemals große Areale des Mars von den Röhren besiedelt worden sind. Bei dem hier entdeckten handelt es sich offensichtlich um ein relativ kleines Vorkommen. Von der Flächenausdehnung am ehesten vergleichbar mit dem in der Tepuihöhle auf der Erde.«

Conti blendete in die Projektion zusätzlich einen Maßstab ein.

»Wenn wir nun eine Längenmessung vornehmen, können wir feststellen, dass dieser Röhrenwald auch nur eine Länge von ungefähr 20 Meter einnimmt, was wiederum der Höhe in der Tepuihöhle entspricht. Genau wie dort existieren auch hier niederliegende und abgeknickte Röhren.«

»Was wollen Sie damit sagen, Doktor Conti?«, fragte Dyce.

»Noch sind mir Ihre Schlussfolgerungen nicht ganz klar, wobei man ja schon ahnt, auf was Ihre Ausführungen hinauslaufen sollen.«

»Ich möchte an dieser Stelle Ihre Diskussion beleben, meine Herren«, übernahm nun wieder Mai Ling die Initiative. »Ich habe mir inzwischen die REM-Aufnahmen der neu entdeckten Marsröhren angeschaut. Passen Sie auf, ich zeige Ihnen mal einen Ausschnitt.«

Über dem Tisch drehte sich unvermittelt ein Teilstück einer versteinerten Röhre.

»Wir sehen, dass die Außenwand der Röhre über und über mit diesen winzigen Löchern bedeckt ist. Diese weisen in der Detaildarstellung die schon bekannte charakteristische, wulstartige Form auf. Dies kann nur bedeuten, dass die Epidemie auch auf dem Mars wütete und dort die ungeschützten Röhrenwälder dahinraffte.«

»Sehr gut, die Analyse von Miss Ling und Dr. Conti«, resümierte Scott. »Die von Mister Riesenstein entdeckten Pararöhren außerhalb des Nhill-Kraters sind der Missing Link, der uns zur Untermauerung der Parasiten-Theorie noch fehlt. Zahlreiche Löcher, geringeres Längenwachstum, geringeres Alter, es passt alles zusammen. Die Pararöhren fielen auf dem Mars und auf der Erde einem Parasiten zum Opfer. Ein Überleben war zunächst nur in dem geschützten Bereich des Deuteriumsees möglich. Weitere Schutzräume auf dem Mars kennen wir noch nicht. Es ist jedoch nicht ausgeschlossen, dass es davon noch andere gibt.«

»Ich gebe mich geschlagen, es deutet alles darauf hin, dass Sie mit Ihrer Theorie recht haben«, musste Dyce beipflichten.

Alle hielten einen Moment inne und viele Blicke richteten sich anerkennend auf Mai Ling und Conti. Die Stille dauerte jedoch nur kurz, denn schon meldete sich Zabel mit einer weiteren Schlussfolgerung: »Dennoch kam es offensichtlich zum Kollaps der geschützten Marspopulation als die Biosphäre des Mars' zusammenbrach.«

»Das meinte ich eben, als ich erwähnte, dass man wohl mit einer längerfristigen Entwicklungsoption auf dem Mars gerechnet hatte«, pflichtete Mai Ling bei, »aber lassen Sie mich den Epidemie-Gedanken noch etwas weiter ausführen. Eventuell handelt es sich bei den Parablasen um ein ausgeklügeltes Abwehrsystem der Parawelt gegen einen gefährlichen Organismus aus unserem Universum und nicht um eine Angriffswaffe, wie man im Moment den Eindruck gewinnen könnte.«

Diese Vermutung rief nun wieder Dyce auf den Plan: »Schön, schön, was Sie mal wieder alles herleiten und interpretieren. An dieser Stelle sollte dann doch noch einmal festgehalten werden, dass diese netten Parablasen eine extreme Gefahr für dieses Universum darstellen – bisher ohne die geringste erkennbare Abwehrmöglichkeit für den Menschen. Und die Parawesen, die armen, müssen sich gegen das böse, unsrige Universum wehren. Wie romantisch ... Was sagen Sie denn zu den immer waghalsigeren Hypothesen ihrer Mitarbeiter, Professor Scott?«

»Chapeau! Ich finde, das Erklärungsmuster unserer Exobiologen ist plausibel, in höchstem Maße plausibel, Mister Dyce. Nach allem, was wir bisher von der Parawelt wissen, und das ist natürlich zugegebenermaßen herzlich wenig, haben wir es vom Grundsatz her nicht mit einer aggressiven Lebensform oder Zivilisation zu tun.«

»Okay Leute, ich hab ja in dieser Beziehung schon einiges in den letzten Jahren erlebt. Zudem muss ich zugeben, dass diese Paras einen hochwirksamen Schutzschirm installiert haben, der offensichtlich mehrere Jahrmilliarden funktionierte.«

»Also, Mister Dyce, nachdem wir das nun zumindest für eine der wahrscheinlicheren Erklärungen angenommen haben, sollten wir uns nochmals der Frage zuwenden, welche Bedeutung diese Funde für die irdische Evolution hatten.«

Mit diesen Worten blickte Scott in Richtung Zabel, der sich zunächst kurz umsah, etwas umständlich aufstand und dann verkündete: »Daran werde ich mich einmal versuchen. Beginnen wir mit folgender These: Sollte die ursprüngliche Absicht der Parawesen darin bestanden haben, unser Sonnensystem auf mehreren Himmelskörpern erfolgreich zu besiedeln, scheint dieser Versuch bis auf den Europaozean schief gegangen zu sein.

Irgendetwas aus diesem Universum hat das Leben aus dem Parauniversum selbst angegriffen, so dass dieses durch einen ausgeklügelten Mechanismus geschützt werden musste. Auf der Erde wurde diese Lebensform ausgerottet, obwohl geeignete Lebensbedingungen bestanden. Der Erreger oder Schadorganismus ist höchstwahrscheinlich mit ihr verschwunden.«

»Entschuldige, wenn ich dich hier unterbreche, Herr Ökologe«, unterbrach ihn Ida Candell mit einem zuckersüßen Lächeln. »Es ist noch nicht ausgemacht, ob diese Schadorganismen, wie sie hier so genannt werden, tatsächlich verschwunden sind. Eventuell bildeten diese einen wesentlichen Bestandteil der urzeitlichen Einzellerzönose der jungen Erde. Und wer weiß, vielleicht sind wir sogar letztlich daraus hervorgegangen. Möglicherweise sind wir die Nachkommen eines äußerst aggressiven, parasitären Einzellers.«

»Das klingt ja wenig schmeichelhaft für die Anfänge des irdischen Lebens, Frau Professor«, reagierte Zabel.

»Tja, man muss sich manchmal von allzu romantischen Gedanken verabschieden, mein lieber Ernst.«

»Erlauben Sie, erlaubst du, dass ich meinen eben begonnenen Gedankengang weiterführe? Wir halten also fest, dass die Pararöhren auf der Erde ausstarben. Auf dem Mars überdauerten sie lediglich zeitweise in einem geschützten Refugium, dem Nhill-Krater. Aber auch dort überlebten sie nicht, weil eine ökologische Katastrophe den gesamten Planeten erfasste. Und auf Europa finden sich in der Evolution feststeckende, lebende Fossilien, die von der Außenwelt über eine kilometerdicke Eisschicht abgeschottet sind.«

»Wollen Sie damit andeuten, dass die Parawesen im Hinblick auf die Bewahrung biologischen Lebens doch nicht so gut aufgestellt sind, wie es bisher den Anschein hat?«, unkte Dyce.

»Wir reden hier über die Bewahrung biologischen Lebens über geologische Zeiträume von mehreren hundert Millionen bis zu Milliarden von Jahren. Eine Spezies, die in gerade mal hundert erbärmlichen Jahren einen beträchtlichen Teil ihrer Mitwelt ausgerottet oder an den Rand des Aussterbens gebracht hat, sollte an dieser Stelle den erhobenen Zeigefinger schnellstens wegstecken. Aber entwickeln wir den Gedanken noch etwas weiter. Möglicherweise hat es dann auf der Erde einen weiteren Versuch mit den sogenannten Vendobionten gegeben, der mit Genmaterial unseres Universums stattfand. Es deutet einiges darauf hin, dass hier fast exakt der gleiche Bauplan verwendet wurde, wie bei den Pararöhren, allerdings ein paar Dimensionen kleiner. Viele Millionen Jahre gab es ein friedliches Paradies auf Erden, bis die aggressive Fauna der Erde zuschlug und auch diesen Versuch zunichte machte. Allerdings möglich, dass es sich trotzdem um den Ursprung allen mehrzelligen Lebens der Erde handelt.

Von da an ließ man der irdischen Evolution freien Lauf, bis etwas entstanden ist, das die Paras auf jeden Fall für so schutzwürdig hielten, dass sie mit dem Parazentaur einen kosmischen Schutzschirm installierten.« Zabel sah in Richtung Ida Candell, welche prompt ergänzte: »Womit bewiesen wäre, dass nicht nur die physikalische Umwelt, Stichwort Terraforming, sondern auch das Leben in unserem Sonnensystem von einer fremden Macht eines anderen Universums stark beeinflusst wurde.«

»Ein sehr schönes Schlusswort für unsere heutige Diskussion, wie ich finde«, resümierte Scott, »womit ich Sie heute feierlich in den wohlverdienten Feierabend entlasse.«

Jupiter, Jupiter Icy Moons Orbiter (JIMO)
Samstag, 28. November 2020

Skeleby zerriss wütend einen Prospekt der Grönland-Bahn in Nuuk in immer kleinere Stücke. Ein weiteres dieser hirnrissigen Konzepte, welches ihn nichts mehr anging. Er nahm sich ein Blatt nach dem anderen vor und hörte nicht auf, bis nur noch briefmarkengroße Schnipsel übrig waren. Schließlich bildete sich daraus ein ganzer Schwarm von Schnipseln, der träge in der Kabine schwebte.

Seine leuchtenden Augen starrten ihm aus dem Spiegel entgegen. In seinem ansonsten so faltenfreien und makellosen Gesicht brannten sie sich in sein Bild wie zwei Fremdkörper.

Es war ein Wahnsinn! Diese verdammten Idioten! Ein übereifriger Marine und ein durchgeknallter Wissenschaftler. Im Verbund schrecklicher als jede feindliche, bis zu den Zähnen bewaffnete Armee. Mit der wäre er wahrscheinlich fertig geworden. Aber die Feinde kamen bei diesem Einsatz nicht von außen.

Seine Augen beleuchteten die fliegenden Papierstückchen. Diese reflektierten nun in verschiedenen Farben. An sich ein schönes kleines Schauspiel, aber er wusste nur zu gut, was es zu bedeuten hatte.

Seine schönen Pläne, sein schönes Grönland! Alles wieder verloren. Es gab keine Hoffnung mehr. Da konnten die anderen noch so sehr auf Auswege spekulieren. Sie waren dem Tod geweiht. Da kannte er sich aus, als Todesengel sozusagen.

Eigentlich müsste man das ganze Schiff vernichten. In einer letzten, großen Explosion müsste man jedes Molekül dieser Erregerschleuder pulverisieren. Er könnte es tun. Ja, er hätte die Macht und die Möglichkeit dazu. Er hatte keine Frau und keine Kinder. Ihn würde so schnell niemand vermissen. Aber sein Tod als altruistischer Akt? Ein überzeugter Egozentriker, wie er. Nein, da mussten andere aktiv werden. Er würde abwarten.

Earth Return Vehicle
Freitag, 18. Dezember 2020

Li Chai Tang betrachtete das Meer. Vor der Glaskuppel der Kommandozentrale des ERV lag der pazifische Ozean in leichter Dünung bei herrlichem Sonnenschein. Das Wasser schwappte immer wieder über die Scheibe. Ab und zu tauchte diese unter die Wasseroberfläche und gab den Blick in das Tiefblau des Meeres frei. Sie pumpte ihre Lungen voll mit der herrlich frischen Seeluft. Sofort nach der Landung hatte sie eigenhändig die schwere Außenluke am Ende das Ausstiegsschachts aufgerissen, durch die jetzt ab und zu die Gischt des eiskalten Meerwassers hinein schwappte. Das mochte zwar gegen die Quarantänevorschriften sein, aber Li Chai Tang war das in diesem Moment egal.

Sie zitterte immer noch am ganzen Körper. Die Wasserung vor der kalifornischen Küste war geglückt. Der Aufprall der Landekapsel erfolgte mit einer Wucht, stärker als sie es sich je vorgestellt hatte. Aber sie waren angekommen. Wenn jetzt nichts mehr schiefging, hatten sie die längste Weltraumreise, die je eine bemannte Besatzung zurückgelegt hatte, erfolgreich absolviert. Ohne diesen Zwischenfall mit dem Miniasteroiden wäre es wahrscheinlich ein relativ entspannter Flug geworden. Aber so hatten sie kämpfen müssen. Sie hatte das

ERV auf höchste Reisegeschwindigkeit beschleunigt, um ein paar Tage Zeit herauszuholen, was sich im Nachhinein als richtige Strategie entpuppte. Der Sauerstoffvorrat ging in der Endphase des Fluges dramatisch zur Neige. Zum Schluss hatte sie zusammen mit ihrem Copiloten die letzten Sauerstoffflaschen der Raumanzüge genutzt. Die Mission war buchstäblich mit dem letzten Sauerstoffmolekül auf der Erde angekommen. Hätte der fast sechsmonatige Flug zwei Tage länger gedauert ... niemand hätte diese Reise überlebt.

Aber auch so war es nicht ohne Verluste von statten gegangen. Von den Kryoschläfern waren zwei gestorben. Darunter auch der Finne, der immer so ängstlich dreingeblickt hatte. Bei den übrigen Überlebenden würde sich zeigen, ob sich bleibende Schäden eingestellt hatten.

Li Chai Tang hörte einen Helikopter. Dies klang wie Musik in ihren Ohren. Man würde sie in Kürze bergen. Sie hatten es tatsächlich geschafft ...

Pasadena, JPL-Headquarter
Donnerstag, 24. Dezember 2020

Der Weihnachtsbaum schwebte im 3-D-Format über dem Konferenztisch. Bunte Kugeln und brennende Kerzen bildeten den Weihnachtsschmuck.

»Ich würde mehr weiße Kugeln dranhängen«, beschwerte sich Eduardo Conti.

»Und wie wär's noch mit mehr Lametta?«, ergänzte Mai Ling.

»Ja, ja, früher war mehr Lametta!«, lamentierte Vössler augenzwinkernd.

Das Hologramm wandelte sich und erhielt mehr weiße Kugeln und einen üppigeren Lametta-Behang.

»Na, die Damen und Herren, ist es Ihnen so recht?«, fragte Szusanne Stark scherzend.

»Na, sind nun alle ästhetischen Wünsche erfüllt?«, erkundigte sich Scott.

»Wir lassen uns hier nichts X-Beliebiges vorsetzen, müssen Sie wissen«, konterte Vössler.

Scott betrachtete die versammelte Runde. Es waren weiterhin fast alle aus dem Kernteam zugegen: Er sah da Luca, Castello, Miss Quamoora, Unaden, Ronald Shievers, Kati Perlande, Raphael van de Sand, Irena Seitzewa, Ernst Zabel, Ida Candell, Jeff Miller, genauer gesagt Jeff »Carl« Miller und erstmals seit vielen Monaten wieder Steven Winstone. Scott freute sich schon auf die nun folgenden Worte und sprach mit betont festlicher Stimme. »Nachdem wir nun abschließend unseren Weihnachtsbaum gestaltet haben, wünsche ich uns allen, trotz dieser unruhigen Zeiten, eine frohe und besinnliche Weihnacht. Ganz besonders freuen wir uns natürlich, dass Steven Winstone wieder auf der Erde und hier in unserer Mitte weilt. Wir hatten ja verabredet, dass wir uns gegenseitig nichts schenken. Bei Steven allerdings müssen wir heute eine Ausnahme machen.«

In diesem Moment kamen Dyce und Mayer herein, beide mit einem Überraschungsgesicht. Scott schien tatsächlich einigermaßen überrascht, als er sie begrüßte: »Dass unsere Führungsriege hier auftaucht, ist nicht das von mir angesprochene Geschenk, Steven, das müssen Sie mir glauben!«, scherzte Scott und zu den Neuankömmlingen gewandt: »Wie kommt es, dass Sie an unserer Weihnachtsfeier teilnehmen, die ja in diesem Jahr so kurz vor Heilig Abend liegt?«

»Ach wissen Sie«, antwortete Dyce, »wir kommen uns schon langsam wie Mitglieder der großen JPL-Familie vor. Und um ehrlich zu sein, wir haben unsere Termine extra so gelegt, um bei Ihnen ein wenig mitfeiern zu können. Bei Ihnen ist es gemütlicher als in den Runden der großen Politik. Wir haben allerdings keine Gedichte vorbereitet.«

»Jetzt sind wir aber schon ein wenig enttäuscht«, schmollte Scott gekünstelt um dann fortzufahren: »Nehmen Sie Platz in unserer kleinen Runde und feiern Sie mit uns. Und probieren Sie insbesondere von den ausgestochenen Plätzchen. Der Teig beruht auf einem Geheimrezept von Mai Ling, welches, soweit ich hörte, nur von Druidenmund zu Druidenohr weitergegeben wird.«

Während Mai Ling bis hinter die Ohren errötete, suchten sich die beiden zuletzt eingetroffenen Gäste einen Platz am Konferenztisch. Es begann ein munteres Gespräch, in dessen Verlauf Steven ein von Unaden konstruiertes Minimodell des ERV als Geschenk erhielt. Es herrschte eine entspannte Atmosphäre, bis da Luca schließlich bemerkte: »Wir reden in den letzten Monaten und Jahren unentwegt über Magnetfeldschwäche. Ich weiß nicht, ob das irgendetwas zu bedeuten hat, aber ich möchte Ihnen einen außergewöhnlichen Befund einer Magnetfeldstärke vorstellen. In einem unserer MRT wurde ein Ausschlag gemessen, der abstruse magnetische Kräfte dokumentiert.«

»Das ist nun wirklich kein weihnachtliches Thema, aber wir sind natürlich immer für Fachdiskussionen offen. Also Professor da Luca«, antwortete Scott, »wir bitten um eine genaue Beschreibung Ihres sogenannten Befundes. Da wir uns weltweit am untersten Level der magnetischen Kräfte bewegen, sind wir auf jeden Fall schon ganz gespannt.«

»MRT bedeutet, wie Sie sicher wissen, Magnetresonanztomographie, auch Kernspintomographie genannt. Wir betreiben zwei solche Geräte auf dem Gelände des JPL. Normale MRT-Geräte im medizinischen Einsatz bewegen sich in einem Bereich von einem bis drei Tesla. Forschungseinrichtungen wie das JPL verfügen über Geräte, die eine Leistung von über sieben Tesla bringen. Zum Vergleich: Das Magnetfeld der Erde besitzt eine Stärke von durchschnittlich etwa 50 Mikrotesla. Während einer Messung an einem der MRT muss ein Impuls stattgefunden haben, der weit über diese Stärke hinausging. Es war nur ein kurzer Impuls, der sich innerhalb einer einzigen Sekunde abgespielt hat. Ich gehe davon aus, dass sich die Quelle irgendwo im Raum Pasadena befand.«

»Wann war denn das?«, fragte Scott nach.

»Ich kann es Ihnen ganz genau sagen, denn ich habe es mir extra notiert.« Er zückte sein Smartphone und verkündete sofort das Ergebnis: »Es war erst kürzlich an einem Dienstag am 15. 12. 2020 um 2.27 Uhr nachts. Das Ereignis fand im Rahmen einer Materialprüfung statt, die meistens in den Nachtzeiten durchgeführt werden.«

»Nun, durchaus ungewöhnlich, aber es fällt mir schwer, mit dieser Information etwas anzufangen«, meinte Scott und richtete sich an die versammelte Runde im Headquarter: »Hat jemand von Ihnen eine Idee oder einen Hinweis?«

Zu aller Überraschung meldete sich Unaden wie aus der Pistole geschossen: »Esso my Birthday. Le fifteen Decembre c'est my anniversaire.«

«Okay, okay, Unaden, schön, dass wenigstens einer sofort etwas mit dem Datum anfangen kann. Aber gibt es irgendwelche wissenschaftliche Fakten, die mit dem Befund von Professor da Luca in Verbindung gebracht werden können?«

»Esso Science, Professeure, esso wirklich Science, it is Wissenschaft«, bekräftigte Unaden mit überzeugter Mine.

Scott schien jedoch wenig überzeugt, bat aber dann: »Bitte erläutere uns das Unaden.«

»Esso le Todestag de Brown King.«

»Aber er ist doch gar nicht wirklich tot, Unaden, das weißt du doch.«, hakte Miss Quamoora ein.

»Er meint, glaube ich zumindest, die Versetzung Dr. Will Johnsons in den todesähnlichen Komazustand«, präzisierte nun Eduardo Conti. »Offensichtlich fiel dieses Ereignis auf Unadens Geburtstag.«

»Eine zufällige Übereinstimmung von Daten, aber was will uns das sagen?«, fragte Scott erneut.

»Djalu opens il eyes, nur uno pico momento, i think uno minuto, he saw zu mir like at Brown King."

Jetzt kam Bewegung in die Gruppe. Gespannte Blicke richteten sich auf Scott und Unaden.

»Mein Gott, was sagst du da, Unaden. So etwas musst du uns doch gleich erzählen! Moment mal, darüber haben wir mit Sicherheit eine Aufzeichnung. Es geht um den 15. Dezember 2020 um 2.27, Miss Stark, suchen Sie bitte sofort die entsprechende Aufzeichnung aus dem Medicroom raus.«

Szusanne Stark brauchte einige Minuten, bis sie die richtige Aufzeichnung gefunden hatte und ließ diese als Hologramm-Darstellung über dem Konferenztisch erscheinen.

An der einen Seite des Tisches erschien das Bett Djalus, an der anderen Seite stand Unaden. Aus Djalus Augen schossen Lichtstrahlen und drangen in Unadens Augen ein. Die meisten der Anwesenden drehten sich weg oder schlossen die Augen. Doch Steven schaute tapfer in die gleißende Lichterscheinung. Er fühlte sich schlecht. Schon der erste Kryoschlaf auf dem Hinflug zum Mars hatte ihm zu schaffen gemacht. Der Rückflug wirkte sich noch erheblich stärker aus. Ihm war, als balancierte er einen Medizinball auf dem Kopf und trüge Bleiplatten an den Armen und Beinen. Dennoch wusste er, dass er sich jetzt zusammenreißen musste, um diesem Rätsel auf den Grund gehen zu können. Nachdem die Projektion durchgelaufen war, bat er: »Können Sie bitte alle mal ganz still sein. Ich glaube, ich höre da ein Geräusch bei dieser Projektion.«

»Wenn wir nicht wüssten, dass du damit tatsächlich schon bemerkenswerte Dinge herausgefunden hast, Steven, würde ich diese Aktion sofort abbrechen. Aber wir geben dir eine Chance.«

Wieder erschienen Djalu und Unaden im Hologramm.

»Jetzt« rief Steven, »genau für diese Sekunde brauche ich eine Slow Motion. Und zwar so langsam es irgendwie geht.«

»Wir haben hier die Möglichkeit einer Super Slow Motion, bei der wir diese Sekunde fast beliebig ausdehnen können«, erklärte Szusanne Stark in ruhigem Tonfall.

»Okay, wir machen das iterativ so weiter. Ich brauche diese Sekunde, ausgedehnt auf eine Minute.«

Es begann ein Geduldsspiel bei dem Steven einen immer kleineren Zeitausschnitt definierte. Nachdem die Prozedur fünfmal abgelaufen war, erfolgte wieder eine Einspielung des Lichtstrahls. Doch dieses Mal ging ein kleiner Aufschrei durch die Zuschauer. In dieser winzigen Zeitspanne lief eine kleine Kugel aus Licht von den Augen Djalus zu den Augen Unadens.

»Das ist es! Hier ist etwas passiert.«

»In der Tat Steven, du hattest wieder mal recht!«, wunderte sich Scott. »Es stellt sich die Frage, ob mit dem Lichtball Kräfte oder Fähigkeiten übertragen werden?«

»Und wenn ja, welche?«, ergänzte Miss Candall.

»Wie also könnten wir das herausfinden?«, hakte Scott nach.

»Es ist davon auszugehen, dass Einzeller übertragen wurden, welche diese Biolumineszenz verursachen«, mutmaßte Steven.

Ida Candell fragte: »Haben die noch irgendwelche anderen besonderen Eigenschaften?«

Steven antwortete darauf: »Naheliegend wäre ja, wenn es sich um magnetische Kräfte handeln würde.«

»Sie glauben also, dass von Djalu ausgehend, durch diese Lichtstrahlen magnetische Kräfte sowohl auf Dr. Johnson als auch Miss Langendorf übertragen wurden.«

»Na ja, Miss Candall, die Tierwelt ist voll von Beispielen magnetischer Sinne und Kräfte.«

»Wir sprechen hier von magnetischen Sensillen und winzigen Magnetiten in Millimetergröße«, fügte Zabel hinzu.

Scott strich sich fahrig über sein immer noch fülliges Haar: »Nun, es bleibt die Frage, wie wir das herausfinden wollen.«

Da Luca warf ein: »Sie werden es nicht glauben, aber ich hätte da eine Idee.«

»Na, da sind wir aber gespannt!«

»Im Jahr 2004, als das Ereignis mit Dr. Johnson passierte, war unser modernes MRT noch nicht im Einsatz. 2015 im Falle von Miss Langendorf könnten wir eventuell Glück haben. Ich könnte sofort die Protokolle dieses Tages auswerten lassen, sofern zu diesem Zeitpunkt Messungen durchgeführt wurden.«

»Das wäre ja ein außerordentlicher Zufall. Aber wir sollten nichts unversucht lassen. Bitte leiten Sie alles in die Wege!«

Da Luca aktivierte seine Datenbrille und verschwand bereits sprechend auf dem Rundgang.

»Für die Übrigen ergibt sich eine kleine Pause«, unterbrach Scott die Sitzung, »wir warten auf Professor da Lucas Rechercheergebnisse.«

Diese kamen schneller als erwartet. Keine 15 Minuten später saßen sie wieder zusammen, da Luca bereitete seine Einspielung über die Monitore vor und referierte dazu: »Glücklicherweise lief das MRT tatsächlich zum relevanten Zeitpunkt. Es war zwar Nacht, aber wir haben Probemessungen an Materialien durchgeführt. Und wie Sie hier sehen, ereignete sich genau in dem Zeitraum von Brigittes Erweckung und Traumreise ins Weltall ebenfalls ein solcher Ausschlag des Messinstrumentes.«

»Donnerwetter, Professor«, staunte Scott, »damit hätte ich nicht gerechnet. Können wir weitere Schlussfolgerungen aus Ihren Messungen ziehen?«

»In der Tat gibt es zwischen den beiden Befunden Unterschiede. Es sieht so aus, als hätten einmal eine positive und einmal eine negative magnetische Kraft gewirkt. Um es präzise zu sagen, bei Brigitte hat eine positive, bei Unaden eine negative magnetische Kraft gewirkt.«

»Das kann aber auch ein Zufall sein.«

»In der Tat. Aber es könnte auch eine wichtige Bedeutung haben«, mutmaßte da Luca.

»Vielleicht sage ich etwas Unbedachtes«, schaltete sich überraschend Miss Quamoora ein: »Vielleicht handelt es sich einfach um den Unterschied zwischen Mann und Frau?«

»Denkbar, aber nicht wahrscheinlich. Wer weiß, ob es in diesem Paralleluniversum überhaupt Geschlechter gibt! Oder es gibt eine Vielzahl davon. Darüber wissen wir gar nichts. Nach allem, was Djalu beziehungsweise die Parawesen mit Djalu als Medium veranlassen, sollten wir nicht von einem zufälligen Ereignis sprechen. Wir können vielmehr davon ausgehen, dass Djalu uns ein Zeichen geben wollte. Er kann momentan nicht sprechen, daher hat er diese Ausdrucksform gewählt. Hat hierzu noch jemand Interpretationsvorschläge?«

Da sich niemand meldete, ordnete Scott eine kurze Pause an. Die Gruppe begann mit intensiven Gesprächen, bis Scott wieder die Diskussionsführung übernahm: »Ich darf nun um Wortmeldungen bitten.«

Steven gab sofort ein Handzeichen und begann mit seiner Analyse: »Ohne Brigittes Aufzeichnung im Detail auszuwerten, können wir davon ausgehen, dass Djalu magnetische Kräfte sowohl auf Unaden als auch Brigitte übertragen hat. Es scheint sich darüber hinaus um Magnetstärken zu handeln, die alles übertreffen, was wir auf diesem Sektor kennen. Es ist stark anzunehmen, dass Djalu die Aktion mit Unaden lediglich durchgeführt hat, um uns darauf aufmerksam zu machen, dass auch Brigitte in diesem Zusammenhang solche Fähigkeiten erworben hat. Er kann sich ja ansonsten momentan nicht mitteilen. Vielleicht hat Djalu auch damals auf Will Johnson solche magnetischen Kräfte übertragen. Nehmen wir einfach an, dass Johnson in Parallelität zu Unaden eine negative Polung erhalten hat. Und diese Kraft befindet sich offensichtlich schon im Weltall auf unserem Asteroiden, um wahrscheinlich dort eine Funktion zu übernehmen. Nehmen wir also weiterhin an, Johnson bildete den Minuspol, fehlt uns nur noch der Pluspol. Und dafür gibt es eigentlich nur eine Erklärung. Das Puzzleteil, welches in diesem Spiel noch fehlt. Brigitte ist der Pluspol. Sie muss die

Verbindung herstellen. Das Ding da draußen ist ein gigantischer Magnet, der zurzeit noch deaktiviert ist. Brigitte muss meiner Ansicht nach ziemlich genau auf der Gegenseite des Landeplatzes der Ceres-Sonde auftreffen, um den Gegenpol zu bilden. Was dann passiert, weiß der Himmel.« Steven holte noch einmal tief Luft: » Dazu ist Brigitte an Bord der Solarfire in die Venusumlaufbahn geschickt worden. Das ist ihre Aufgabe.«

Scott schüttelte den Kopf: »Eine kühne Hypothese Steven, alles was recht ist.«

Steven entgegnete: »Haben Sie eine bessere, hat hier irgendjemand eine bessere Idee?«

Die Anwesenden schauten sich einander erwartungsvoll an, aber es meldete sich zunächst niemand mehr zu Wort, bis Conti ansetzte: »Ich… ich habe mitnichten eine bessere Idee, aber wenn das stimmt, was Steven hergeleitet hat, bedeutet das für Brigitte, dass sie einen Weltraumspaziergang zu diesem Asteroiden unternehmen muss!«

Scott übernahm diesen Gedankengang: »Und es ist gefährlich, da runter zu gehen. Brandgefährlich! Sie wissen, dass es so etwas in der Raumfahrtgeschichte noch nicht gegeben hat. Noch nie hat ein Mensch einen Asteroiden betreten. Normalerweise hätte die Menschheit erst in zehn Jahren Missionen dieser Art in Angriff genommen. Und wir haben es hier nicht mit einer ausgebildeten Astronautin zu tun.«

Da Luca gab zu bedenken: »Wenn während dieses Außeneinsatzes ein Sonnensturm einsetzt, wird sie auf ihrem HQ gegrillt wie ein Hühnchen.«

»Wenn sie es nicht macht, wird demnächst die gesamte Menschheit gegrillt wie eine Hühnerfarm am AKW bei einem nuklearen Supergau«, tönte Dyce schneidende Stimme.

Da Luca reagierte darauf: »Sie wissen nicht, ob das, was Dr. Winstone vermutet, richtig ist. Vielleicht riskiert sie ihr Leben und da draußen passiert gar nichts.«

Mayer mischte sich ein: »Aber wenn Sie recht haben und sie ist tatsächlich der fehlende Pol, was passiert, wenn diese, diese… Maschine aktiviert wird?«

»Ja, ist sie dann nicht dem Tod geweiht?«

»Genau Mei Ling«, stimmte Conti ein »und wer sagt uns, dass bei dieser Aktion etwas Gutes dabei herauskommt?«

Kurzfristig herrschte Stille, bis Vössler sprach: »Also für eine Spezies, der das Wasser bis Oberkante Unterlippe steht, riskieren Sie hier alle eine ziemlich große Lippe.«

»Ich weiß nicht, ob das unsere Lage nicht noch mehr verkompliziert«, warf Szusanne Stark nun ein, »aber die Solarfire ist maximal noch 48 Stunden in dieser Flugposition. Wenn noch irgendetwas wie ein Weltraumspaziergang zum HQ passieren soll, muss die Entscheidung jetzt fallen. Was sagen Sie, Professor Scott?«

»Nur noch 48 Stunden Zeit? Was heißt das für eine Rückkehroption? Gibt es die überhaupt, Miss Stark?«

»Es besteht eine Minimalchance, dass sie zum HQ kommt und wieder zurück. Aber mit jeder Minute, die wir hier palavern wird ihre Chance geringer. Ergo muss die Anweisung innerhalb der nächsten Stunden erfolgen.«

»Okay, Miss Stark«, ordnete Scott an, »wir übernehmen für dieses Manöver das Kommando über die Solarfire. Es herrscht Stufe rot. Bitte teilen Sie das Baikonur mit.«

Szusanne Stark leitete daraufhin unverzüglich eine Schaltung ein, woraufhin eine gut aussehende russische Baikonur-Mitarbeiterin auf den Bildschirmen erschien. Während alle Anwesenden dies wie selbstverständlich hinnahmen, schaute Steven erstaunt zu Scott, der eine kurze Erklärung abgab: »Steven, Sie kennen noch nicht alle Regelungen des Solarfire-Projekts. Die technische Leitung der Mission wird zumindest offiziell über den noch in staatlicher Hand verbliebenem Teil des Baikonur-Kosmodroms, des ältesten und immer noch größten Weltraumbahnhofs der Menschheit, von der russischen Raumfahrtagentur Roskosmos abgewickelt. Da Russland den wichtigsten Anteil des Weltraumfahrzeugs stellt, hat die russische Seite darauf bestanden, die Kommandozentrale dort anzusiedeln. Die wesentliche Steuerung der Solarfire-Mission erfolgt durch die russische Flugdirektorin mit dem schönen Namen Ewelina Stoblisokowa und ihr Team. Dennoch wird auch regelmäßig der Kontakt zum JPL-Headquarter hergestellt. Beide Teams arbeiten eng zusammen und stehen in regem Informationsaustausch. Szusanne Stark fungiert als stellvertretende Flugdirektorin, die im Ernstfall vom

JPL-Headquarter aus das Kommando über die Solarfire komplett übernehmen kann. Und genau dieser Fall tritt gerade ein.«

An dieser Stelle schaltete sich Ronald Shievers ein: »Ich bin ja nur der Roverfahrer, aber ich möchte zu bedenken geben, dass sich dieser HQ derzeit in einer enorm schnellen Drehbewegung befindet. Nach Lage der Dinge bin ich der Meinung, dass dort überhaupt kein Fahrzeug, nicht einmal ein Minirover, geschweige denn ein Mensch in einem Raumanzug landen kann.«

Ronald Shievers, der ansonsten so gut wie nie etwas in solchen Diskussionen sagte, hatte einen wunden Punkt getroffen. Betreten betrachteten einige ihre Laptop-Bildschirme, andere sahen auf die Projektionswände, die den rotierenden HQ zeigten.

»Okay, Ronald«, reagierte Szusanne Stark als erste, »ich glaube, dass dein Einwand berechtigt ist. Werfen wir einen Blick auf diese Drehungen.« Mit diesen Worten erschien über dem Konferenztisch der Himmelskörper 2018 HQ 12 mit seinen Rotationen in Echtzeit.

Shievers bekräftigte: »Schauen Sie sich diese Drehgeschwindigkeit an. Mir scheint, dass diese in den letzten Monaten noch zugenommen hat. Völlig unmöglich, dort zu landen.«

»Nun«, meinte Scott, »hat jemand Vorschläge?«

Frau Professor Candell meldete sich: »Wir müssen mit einer Kraft diesem Drehimpuls entgegenwirken. Wenn ich richtig informiert bin, befindet sich doch auf dem HQ eine Sonde der NASA. Wir könnten die Triebwerke dieser Johnson-Sonde aktivieren und mit einem Gegenschub auf den Asteroiden einwirken.«

»An und für sich eine gute Idee, Frau Professor«, reagierte Eduardo Conti in langsamen Tonfall, »ich gebe allerdings zu bedenken, dass ein Triebwerkstart der Ceres-Sonde auch dazu führen kann, dass sich die Sonde ins All verabschiedet. Wenn das also schief geht, verlieren wir unseren bereits installierten Minuspol auf dem Himmelskörper. Das hilft uns mit Sicherheit auch nicht weiter.«

»Ein berechtigter Einwand, Eduardo,« nickte Scott, »Dieses Risiko ist viel zu groß. War im Ansatz eine gute Idee, Miss Candell, die wir allerdings verwerfen müssen.«

Da Luca wendete ein: »Wir reden hier immer von Rückkehr, aber wenn Miss Langendorf dort den Gegenpol bilden soll, funktioniert das doch nur solange sie sich auch dort befindet. Was immer da draußen in Funktion gesetzt werden soll, kann doch nur, so lange in Gange bleiben, wie die Kraft auch tatsächlich da ist.«

»Auch wieder ein berechtigter Einwand. Hat dazu aus der Runde noch jemand eine Idee?«

»Nun, nehmen wir doch mal Dr. Johnson. Dieser befindet sich ja auch nicht in Persona auf dem HQ sondern dieser Pol wird offensichtlich von einem Stück Parastein repräsentiert.«

»Schön gesagt, Professor Vössler«, meinte Scott, »aber unser Pluspol besteht ganz offensichtlich aus Fleisch und Blut.

»Was soll denn das Ganze?«, brummte da Luca. »Selbst wenn sie es schafft, dort zu landen und meinetwegen auch eine Kraft freisetzt, wird das allenfalls ein paar wenige Stunden andauern. Dann ist ihr Sauerstoff aufgebraucht und sie ist tot. Das würde uns also lediglich für ein paar wenige Stunden retten. Also darauf können wir dann auch noch verzichten, oder nicht Mister Scott?«

Scott antwortete bedächtig: »Überlegen wir noch mal von vorne. Wir haben es offensichtlich mit einer Hilfsaktion der Parawelt zu tun. Diese Wesen bestehen höchstwahrscheinlich in unseren Augen aus unbelebter Materie, also aus Stein. Es ist höchst unwahrscheinlich, dass sie belebte Materie für eine solche Aufgabe einsetzen wollen. Irgendwo liegt ein Denkfehler vor.«

Dies rief den aufgeregten Dyce auf den Plan: »Denkfehler hin oder her. Uns bleibt nicht viel Zeit.«

Scott reagierte ruhig: »Wir stehen vor einem Berg von ungelösten Problemen und wissen nicht, was zu tun ist. Blinder Aktionismus bringt uns auch nicht weiter. Vielleicht sollten wir zehn Minuten Pause machen. Eventuell bringt uns das auf andere Gedanken.«

Die Gruppe schickte sich an, aufzustehen, als Irena Seitzewa sich gegen die Stirn schlug: »Die Kosmoprom-Sonde. Die Sonde befindet sich doch auch noch auf dem HQ.«

»Ja, in der Tat steht dieser abgeschaltete Schrotthaufen dort irgendwo herum. Was geht das uns an?«, fragte Dyce abschätzig.

Seitzewa schien ihn gar nicht zu beachten und fragte weiter: »Wie lange waren die Triebwerke im Einsatz?«

Darauf Dyce erneut verächtlich: »Eine sehr interessante Frage, die uns sicher weiter bringt.«

Scott griff ein und besänftigte: »Ich weiß zwar nicht, was das zu Sache tut, aber wir könnten das recherchieren, Miss Seitzewa.«

»Dann tun Sie es jetzt bitte sofort!«

»Miss Stark«, befahl Scott, »suchen Sie bitte die Aufzeichnung dieser Harakiri-Aktion im Bereich der Mondumlaufbahn heraus und lassen diese in Echtzeit ablaufen.«

Szusanne Starks Finger flogen über die Tastatur und Sekunden später erschien über dem Tisch der HQ im Anflug auf den Mond: Achtung, wir sind kurz vor der Zündung. Diese müsste gleich kommen. Achtung jetzt.«

Man sah den HQ, aus dem seitlich ein Strahl auszutreten schien. Man konnte beobachten, wie der HQ anfing zu rotieren und in immer stärkere Drehbewegungen versetzt wurde. Seitzewa blickte auf ihre Uhr und stoppte die Zeit mit.

»Ich habe etwa 48 Sekunden ermittelt.«

Dyce konnte sich nicht zurückhalten: »Ach ja, und was bringt uns das, Miss Seitzewa?«

»Ich bin sicher, dass die Sonde noch Treibstoffreserven hat.«

»Na großartig, da draußen steht ein Treibstofftank mit Kerosin. In China stehen auch diverse Säcke Reis und wenn von denen einer umfällt, juckt uns das auch nicht«, äzte Dyce weiter.

»Nein, hören Sie doch mal zu. Nach meinen Schätzungen müssten diese noch etwa für anderthalb Minuten Triebwerkbetrieb reichen. Wir könnten versuchen, die Sonde zu aktivieren.«

»Ähm, möchten Sie, dass wir Kosmoprom anrufen und die bitten, ihre Sonde wieder in Betrieb zu nehmen. Nachdem wir deren Plan vereitelt und einen wirtschaftlichen Verlust in Milliardenhöhe verursacht haben. Wollen Sie diesen Anruf übernehmen?«

»Das ist gar nicht nötig, Mister Dyce«, antwortete Seitzewa kühl, »die Sonde hat nämlich so etwas wie eine Handsteuerung.«

»Eine was?«

»Ich nenne das Handsteuerung. Wir könnten das Raumfahrzeug vor Ort auf dem HQ über ein Notaktivierungsprogramm wieder in Betrieb nehmen.«

»Ein verwegener Plan.«

»Ich habe alle technischen Details auf einem Stick bei mir. Es wäre kein Problem, die erforderlichen Arbeitsschritte dort abzurufen.«

»Und wer soll das vor Ort durchführen? Ich denke damit wäre Miss Langendorf endgültig hoffnungslos überfordert.«

»Nun wir haben zwei hervorragend ausgebildete Kosmonautinnen an Bord der Solarfire. Der Einsatz vor Ort würde dann in zwei getrennten Phasen ablaufen. Zunächst die Inbetriebnahme der Kosmoprom-Technik inklusive der Abstoppung der Drehbewegung des Asteroiden und dann die Landung von Miss Langendorf.«

Schließlich beendete Scott den verbalen Schlagabtausch mit den Worten: »Das Ganze wird ja immer abenteuerlicher. Wir müssen zunächst gründlich die technische und organisatorische Machbarkeit prüfen. Miss Stark, geben Sie das Szenario ins Rechenzentrum. Die Aufgabe ist zu ermitteln, wie die Kosmoprom-Sonde einzusetzen wäre, um die Rotation des HQ zu stoppen. Geben Sie den Kollegen die notwendige Rechenzeit.«

»Werde ich gleich in die Wege leiten, Professor Scott. Aber egal, was die Kollegen diesbezüglich ermitteln, werden wir unter den gegebenen Umständen unsere so schön geplanten Weltraumspaziergänge nicht mehr umsetzen können.«

»Warum?«, fragte Scott kurz.

»Weil wir mit unserem derzeitigen Tangentialkurs dann am HQ vorbeigeflogen sind.«

»Also sind alle unsere Überlegungen hinfällig?«, stöhnte Scott resigniert. Bei diesen Worten blickten alle betroffen auf ihren sonst so optimistischen wissenschaftlichen Leiter.

»Das wirft unsere ohnehin schon risikoreichen Pläne vollends über den Haufen!«, ergänzte Scott als er die Reaktion in der Runde bemerkte. »Oder hat noch jemand eine zündende Idee, wie wir aus diesem Dilemma heraus kommen?«

Alle blickten angestrengt in ihre Laptop-Bildschirme, als würde sich dort eine Lösung zeigen.

»Ich hätte diesbezüglich einen zugegeben wagemutigen Vorschlag«, meldete sich schließlich Szusanne Stark.

»An unserem aktuellen Plan herrscht momentan kein Mangel an Wagemut, von daher sind wir ganz Ohr.«

»Ich schlage vor, in einen Orbit um den HQ einzuschwenken.«

»Sie wollen dieses Ding umkreisen?«, gab sich Scott erstaunte: »Ein solches Manöver wurde schon von der ESA-Sonde Rosetta im

Jahr 2014 um den Kometen Tschurjumow-Gerasimenko geflogen. Anflugzeit um die zehn Jahre bis zum Rendezvous, wenn ich richtig erinnere. Und wir kriegen das in ein bis zwei Tagen hin?«

»Ich weiß auch nicht wie das kommt, aber nach meiner Einschätzung sind wir genau in der richtigen Position um einen solchen Kurs zu fliegen, was noch durch eine Überprüfung im Rechenzentrum verifiziert werden muss. Entweder es handelt sich um einen grandiosen Zufall oder wieder so eine Paraaktion.«

Nun schaltete sich Steven in die Diskussion ein: »Also gut: Was passiert, wenn wir uns darauf einlassen? Wir fliegen dann auf Gedeih und Verderb auf der Bahn des HQ. Sie wissen, dass wir dann nur noch begrenzt manövrierfähig sind?«

»In der Tat«, antwortete Szusanne Stark, »weiß ich nicht, ob wir von dort jemals wieder wegkommen?

Steven fragte nach: »Wie sieht es dann mit einer Rückkehroption für die Solarfire aus?«

»Eher schlecht würde ich sagen.«

»Und was passiert mit der Besatzung?«

Schnell schaltete sich Scott wieder in den Disput ein: »Ich weiß, dass es sich hier um ein heikles Thema handelt, vor allem natürlich für Steven, aber wir sollten ernsthaft über diese Option nachdenken. Darf ich um eine Meinungsäußerung per Handzeichen bitten.«

Fast alle Hände gingen hoch, außer die von Steven und Miss Quamoora.

»Ich stelle fest, dass Miss Starks Vorschlag angenommen wurde – inklusive der Zustimmung durch das Pentagon. Ich bitte Miss Stark, auch diesen Aspekt vom Rechenzentrum prüfen zu lassen. Bei einem positiven Ergebnis ist sofort der Orbitkurs einzuleiten.«

Alle digitalen Weihnachtsaccessoires verschwanden und Scott führte abschließend aus. »Ich erkläre hiermit die JPL-Weihnachtsfeier für beendet. Wir treffen uns morgen früh um 8:30 Uhr wieder hier im Headquarter. «

Während alle schon aufstanden, meldete sich Dyce noch einmal zu Wort: «Ich möchte nur ergänzen, dass Walter Mayer und ich unter diesen Umständen am JPL bleiben, um die Geschehnisse weiterverfolgen zu können.«

Scott schloss seinerseits mit den Worten: »Mister Mayer, Mister Dyce, Sie wissen, dass Sie bei uns immer willkommen sind.«

**Jupiter, Jupiter Icy Moons Orbiter (JIMO)
Donnerstag, 24. Dezember 2020**

King blickte fröhlich in die Runde und stellte das Weihnachtsmenü vor. Auf dem Magnettisch lagen verschiedene, grell gefärbte Tuben mit kleinen Symbolen darauf.

»In dieser Tube haben wir Lammbraten mit Lauch-Zucchini-Gemüse, hier gebratene Gans mit Klößen und zum Dritten eine mit Pflaumen gefüllte Ente und Satzkartoffel. Zum Dessert gibt es für jeden eine Tube Tiramisu. Sie sehen, für heute haben wir alles aufgefahren, was die Küche hergibt. Es ist ja schließlich das letzte Weihnachtsfest, das wir an Bord des JIMO verbringen werden.«

Skeleby murmelte so etwas wie: »Ihr Wort in Gottes Ohr.«

»Möchten Sie unser Weihnachtsmenü mit einem qualifizierten Redebeitrag ergänzen, Mister Skeleby?«, fragte Montgommery.

Die fünf Besatzungsmitglieder saßen im Halbdunkel auf der Brücke, wobei der Lichtschein ihrer Augen den weihnachtlich geschmückten Tisch beleuchtete.

Skeleby knackte zunächst wortlos eine Tube auf und kaute missmutig vor sich hin. Dann ließ er sich zu einer Äußerung herab: »Ich gebe ja zu, dass wir hier die ungewöhnlichste Weihnachtsbeleuchtung haben, die ich je gesehen habe. Festlicher geht es wohl kaum in einem Raumschiff der US Air Force. Aber das Essen? Tut mir leid, Mister King, aber dieser Tubeninhalt unterscheidet sich nur unwesentlich von unserem sonstigen Fraß.«

»Na jetzt übertreiben Sie aber, Skeleby. Ich schmecke zum Beispiel deutlich die Gans heraus«, verlautete der immer noch fröhliche King.

»Wenn Sie mich fragen, schmeckt das Ganze nach einem Haufen feuchter Sägespäne«, ätzte Skeleby.

Der erst seit wenigen Tagen wieder auf den Beinen befindliche Harrington widersprach: »Also mir schmeckt's. Und ich möchte für meinen Teil an dieser Stelle betonen, dass ich unser kleines intimes Weihnachtsmenü in vollen Zügen genieße. Ich hätte nicht gedacht, dass ich so etwas noch einmal erlebe.«

»Da nehmen Sie sich mal ein Beispiel an Dr. Harrington. Jetzt seien Sie mal ein wenig freundlicher zu unserem Küchenchef, Mister Skeleby«, knurrte Montgommery.

»Ich kann Ihnen gar nicht sagen, wie sehr mir dieser Tubenfraß tagaus tagein auf die Makrone geht. Das hat uns in den Vorbereitungscamps niemand gesagt.«

»Tja, zwischen Theorie und Praxis klafft eben manchmal ein gewisser Unterschied... Wie dem auch sei. Ich erwarte auch im letzten Teil unserer Reise ein hinreichendes Maß an Disziplin, Mister Skeleby. Wir haben die mit Abstand weiteste Weltraumreise hinter uns, die je Menschen absolvierten. Und wir bringen das gemeinsam geordnet zu Ende, haben Sie verstanden Skeleby?«

»Na, mit der Disziplin war es ja zwischenzeitlich nicht so weit her. Ich glaube, Sie hatten bisher keinen Grund, an meiner Loyalität zu zweifeln. Im Gegensatz zu manch anderen Verblichenen beziehungsweise Anwesenden«, dabei versuchte er vielsagend in Richtung King zu blicken.

»Ich habe bisher kein militärisches Fehlverhalten gemeldet und dabei wird es hoffentlich auch bleiben. Unfälle, höhere Gewalt und operatives Verhalten im Einsatz gehören jedenfalls nicht dazu.«

»Sie betrachten die Sache mit Bosenheim anscheinend als Unfall. Das sehe ich aber anders. Ich behaupte, der Herr Professor hat hier lebensgefährliche Versuche gemacht, die dann auch prompt missglückt sind. Nicht umsonst leuchten wir hier alle wieder wie ein Ansammlung von Christbaumschmuck. Und dieser Mensch hat danach nicht umsonst Selbstmord begangen.«

»Die Sache ist, wie Sie wissen, immer noch nicht ganz aufgeklärt. Solange wir nichts Gegenteiliges beweisen können, gilt die Unschuldsvermutung – das heißt, wir gehen von einem Versehen aus.«

»Diese Besatzung macht einen Fehler nach dem anderen und Sie verteidigen das alles auch noch. Ich hoffe, es kommt auf der Erde zu einer Anhörung, bei der tatsächlich mal die Fakten auf den Tisch kommen.«

»Ihre Anhörung werden Sie bekommen, Skeleby, nur keine Sorge. Es wäre trotzdem schön, wenn wir nun noch ein bisschen besinnliche Weihnachten feiern könnten!« Mit diesen Worten blendete Montgommery auf allen Bildschirmen einen geschmückten Weihnachtsbaum ein.

»Ich hätte da noch etwas Besonderes«, bemühte sich King, um die Stimmung zu heben: »Weihnachtsplätzchen aus der Tube.«

Montgommery verdrehte die Augen: »Jetzt übertreiben Sie aber, King!«

Solarfire
Freitag, 25. Dezember 2020

Vor der Abreise hatte Brigitte etliche Erfahrungsberichte der ISS-Astronautin Sandra Magnus gelesen, der es gelungen war, auf der internationalen Raumstation ISS viel gelobte italienische Abende zu veranstalten. Für heute stand Brigitte das Beispiel dieser Bordingenieurin vor Augen, welche sich von Oktober 2008 bis April 2009 auf der ISS befand und dort in der Schwerelosigkeit unter den begrenzten Möglichkeiten ein hervorragendes Weihnachtsmenü kreiert hatte.

Auch das heutige Weihnachtsessen auf der Solarfire würde eine wahre Festveranstaltung werden. Als Vorspeise gab es eine raffinierte Bananen-Krabben-Suppe. Hierzu verwendete sie gefrorene Bananenstücke und Krabben, welche mit einer Curry-Rahmmischung zubereitet und mit einem ordentlichen Schuss Cognac verfeinert wurden. Kohlensäurehaltige Alkoholika wie Bier und Sekt waren im All verpönt, da sich Flüssigkeit und Gas im Magen trennten und extrem unangenehmes Aufstoßen verursachten. Weinbrand konnte dagegen, rein physiologisch gesehen, bedenkenlos konsumiert werden. Brigitte hatte sich ausbedungen, ein Cordon bleu mit an Bord nehmen zu dürfen.

Die drei füllten ihre Becher am Auslassventil des Getränkespenders auf und führten so ihrem Getränkepulver Wasser hinzu. Es bildete sich ein entfernt an Fruchtsaft erinnerndes Getränk. Dann stießen sie mit ihren schnabeltassenähnlichen Plastikbechern auf das gelungene Weihnachtsessen an.

Zum Dessert hatte Brigitte die Tiefkühltruhe geplündert und für alle ein herrliches Vanilleeis mit Sahne und Eierlikör zubereitet. Dies rief bei ihr Erinnerungen an ihre Großmutter wach, bei der diese Köstlichkeit zum Repertoire der Festtage gehörte. Den Likör hatte sie zusammen mit dem Cognac aufgrund einer Sondererlaubnis an Bord genommen, mit der vorgeschobenen Begründung, die Wirkung von Alkoholika in der Schwerelosigkeit testen zu wollen..

Selbst wenn es sich nicht um ein typisches Weihnachtsmenü handelte, freuten sich alle schon auf ein schmackhaftes Weltraumessen. Kaira schien jedenfalls restlos begeistert: »Alle Achtung Brigitte, ich hätte nie gedacht, dass die Weltraumküche etwas derart Zauberhaftes hervorbringen könnte. Die russischen Missionen, an denen ich bisher teilnahm, ließen diesbezüglich sehr zu wünschen übrig.«

»Ihr fliegt diesen Schrotthaufen und ich sorge für die kulinarische Unterstützung«, lachte Brigitte, »bis auf Weiteres jedenfalls die einzig sinnvolle Arbeitsteilung. Wir wissen ja bisher immer noch nicht so genau, was wir hier draußen überhaupt tun sollen, außer den vagen Vermutungen und unausgegorenen Gedanken, die wir gestern vernehmen mussten.«

»Vielleicht wissen wir gleich mehr. Im JPL gibt es einen Alarm. Ich schalte uns live ins Headquarter.«

Pasadena, JPL, Headquarter
Freitag, 25. Dezember 2020, 4.20 Uhr Ortszeit

Ein auf- und abschwellender Signalton durchdrang die Seitenräume des Headquarters mit dem Schlaftrakt für die Mitarbeiter. Die meisten von ihnen, die sich nicht regelmäßig im Headquarter befanden, hatten dieses Geräusch noch nie gehört. Zweifelsohne eine Alarmmeldung, die ein sofortiges Handeln erforderte. Die Uhr zeigte 4.23. Alle stürzten aus ihren Betten und zogen sich in Windeseile an.

Nach und nach trafen die Mitarbeiter im Konferenzraum ein. Scott war einer der ersten, hatte bereits alle System hochgefahren und die Nachrichtenlage gecheckt. Walter Mayer war der letzte, der erst Minuten später in den Raum stürzte, sein Handy am Ohr verkündete er aufgeregt: »Ein Sonnensturm. Ein Sonnensturm ist ausgebrochen.«

»Ganz recht, Mister Mayer«, bestätigte Scott, »alle Sonnenbeobachtungsysteme zeigen dramatische Sonneneruptionen.«

Über dem Tisch erschien ein Ausschnitt der Sonne in einer 3D-Darstellung. Man sah riesige Plasmabögen, welche die Außenränder der Sonne überspannten. Scott ergänzte: »Der Ausbruch ist etwa anderthalb Stunden her. Unsere Weltraumwetterzentrale hat schon eine Vorhersage des Ereignisses herausgegeben. Wie die Messungen der drei Satelliten Soho 2 und Stereo C und D belegen, handelt es sich um einen sogenannten Supersturm, welcher in einer bestimmten, sehr seltenen Konstellation auftritt. Wir haben es mit zwei unmittelbar nacheinander sich ins All entladenden Plasmawellen zu tun.

Wir können in diesem Falle eine sehr genaue Prognose erstellen, da es sich praktisch um eine Kopie eines Ereignisses aus dem Juli des Jahres 2012 handelt. Damals hatte die Erde ein Riesenglück, dass der Sturm, etwa eine Woche bevor die Erde den Raumsektor auf ihrer Umlaufbahn passierte, auftrat. So unwahrscheinlich es klingt: Beinahe wäre 2012 doch die vielbelächelte Maya-Prophezeiung in Erfüllung gegangen. Damals hatten wir noch mal unglaubliches Glück gehabt. Bei jenem Ereignis wurde eine Sturmstärke gemessen, die das Carringtonereignis noch übertraf. Um genau zu sein -1.150 Nanotesla im Jahr 2012 im Vergleich zu -850 Nanotesla bei Carrington. Nach allem, was ich bisher gesehen habe und was von der Weltraumwetterzentrale berichtet wird, hatten wir es damals mit folgender Entwicklung zu tun. Zunächst trat eine ungewöhnlich starke Sonneneruption als gewaltiger X-Flare auf. Daraufhin folgte nur circa 15 Minuten danach ein zweiter in relativer Nähe auf der Sonnenoberfläche. Der erste pflügt nun durch das innere Sonnensystem und schaufelt praktisch den Weg frei. Der zweite rast mit noch größerer Zerstörungskraft hinterher. So war es 2012.

Wir können davon ausgehen, dass sich die beiden aktuell ausgelösten Stürme ungefähr auf der Höhe der Erdumlaufbahn zu einer einzigen Schockwelle vereinigen werden. Im Ergebnis sehen wir hier den gigantischsten magnetischen Sturm, der jemals in Strahlrichtung Erde unterwegs war. Dieser wird die ungeschützte Erde treffen und es kommt zu der seit langem befürchteten Katastrophe. Das, was sich hier abzeichnet, ist kein leises Sonnenlüftchen, sondern dieser Sturm wird die Ausmaße des Juni-Ereignisses dieses Jahres noch bei weitem übertreffen. Leider haben wir nicht das Glück eines nahezu ausbleibenden Sonnenmaximums wie 2013 / 2014. Der Unterschied ist, dass die Erde ohne Magnetschirm mittlerweile fast schutzlos ist. Vorsichtige Schätzungen des Heimatschutzministeriums gehen für diesen Fall allein in den USA von 3,5 Millionen Toten innerhalb von drei Tagen aus.«

»Eine durch und durch forensische Analyse, Professor Scott, alles was recht ist«, kommentierte Steven, »haben Sie auch daran gedacht, dass sich die Solarfire und ihre Besatzung ebenfalls genau in dieser Strahlrichtung befinden?«

»In der Tat, Steven, wird auch die Solarfire davon betroffen sein.«

Mayer fragte resigniert: »Und was bleibt jetzt zu tun?«

»Vielleicht sollten wir uns eine letzte Tasse Tee einschenken und uns unserem Schicksal ergeben.«

»Das ist aber ein bisschen einfallslos, Mister Conti«, schnaufte Dyce.

Der Angesprochene antwortete: »Meinen Sie, dass wir hier noch irgendetwas reißen können?«

»So ein Super-CME braucht, nach allem was ich bisher gehört habe, um die 24 Stunden bis er die Erde erreicht. Ich gehe davon aus, dass er in etwa 16 Stunden die Solarfire und den HQ passieren wird.«

Scott fragte nach: »Was wollen Sie damit andeuten, Mister Dyce?«

»Wir ziehen unsere Aktion durch, die wir gestern besprochen haben, Professor.«

»Ich kann mich gar nicht erinnern, dass wir schon Festlegungen getroffen hätten.«

»Dann werde ich Ihrem Gedächtnis mal auf die Sprünge helfen. Wir werden zuerst unsere Kosmonautin auf diesen HQ schicken, damit sie die Drehbewegung stabilisiert und anschließend wird

Miss Langendorf dort landen und diesen ominösen magnetischen Pol bilden.«

»Und was erhoffen Sie sich davon?«

»Um ehrlich zu sein – ich weiß nicht genau, was dann passiert, aber das ist der allerletzte Strohhalm, an den wir uns klammern können. Hören wir endlich auf, Zeit zu zerreden und handeln wir beherzt.«

»Okay, Mister Dyce«, resümierte Scott, »wir folgen Ihnen. Ich gehe davon aus, Miss Stark, dass die Solarfire online ist.«

Szusanne Stark nickte.

»An die Besatzung der Solarfire. Hier spricht Greg Scott. Sie kennen den Plan, der gestern diskutiert wurde und die heutige Debatte. Durch den herannahenden Sonnensturm bleibt uns nur, die Hände in den Schoß zu legen und abzuwarten oder diesen Plan sofort umzusetzen. Bitte teilen sie uns mit, ob sie der Aktion zustimmen. Falls diese Antwort positiv ausfällt, bitte ich alle erforderlichen Schritte vor Ort sofort einzuleiten.«

Im Headquarter begann banges Warten.

Zwischenzeitlich erschien Ewelina Stoblisokowa auf den Schirmen: »Baikonur an Pasadena. Wir haben registriert, dass die Solarfire eine alte Kosmoprom-Sonde wieder in Betrieb nehmen soll. Das klingt für uns, mit Verlaub, nicht sonderlich durchdacht. Seid ihr sicher, dass ihr auch den richtigen Plan habt?«

Scott sah schnell zu Szuanne Stark hinüber, die aus seinem Blick erkannte, dass sie die russische Kollegin irgendwie beruhigen musste. Mitten in den Disput zwischen den beiden Flugdirektorinnen kam die Antwort von Kaira Nawroth: »Mister Scott, wir haben alles verstanden und werden die Mission sofort starten.«

New York, UN-Zentrale
Freitag, 25. Dezember 2020, 5.30 Uhr Ortszeit

Der Weltsicherheitsrat war zusammengekommen. Nachdem kurz die Rechte, Pflichten und Zuständigkeiten geklärt worden waren, ergriff der amerikanische Präsident das Wort.

»Unsere Sonnenbeobachtungssatelliten melden eine starke Eruption der Sonne in Richtung Erde. Nach Meinung fast aller

Experten der schwerste Sonnensturm aller Zeiten, zumindest seit es wissenschaftliche Aufzeichnungen dazu gibt. Wie sind unsere Aussichten, Miss Xanderalex?« Die USA war im Sicherheitsrat durch die amtierende Heimatschutzministerin vertreten.

»Katastrophal, Herr Vorsitzender, katastrophal. Nach den neuesten Messungen der geostationären Swarm-Satelliten der ESA und den Analysen der NASA beziehungsweise des Jet Propulsion Laboratory ist das Erdmagnetfeld auf ein Minimum zurückgegangen. Wir hatten immer gehofft, dass uns ein derart gigantischer Sturm bei der momentan weltweit reduzierten Magnetfeldstärke erspart bleibt.«

»Werden Sie konkret, Miss Xanderalex.«

»Wir werden sämtliche erdgebundene Satelliten in einen Schlafzustand versetzen. Der Luftverkehr wird weltweit gestoppt. Alle Züge bleiben in den Depots. Der private und der gewerbliche Autoverkehr werden untersagt. Dennoch wird unsere Zivilisation, so wie wir sie heute kennen, zusammenbrechen und weltweit werden Zigmillionen Menschen ihr Leben lassen. Nach den Prognosen unserer Fachleute haben wir es mit einem Sonnensturm weit über der Stärke des Carrington-Ereignisses zu tun. Schätzungen gehen davon aus, dass wir allein bei der Satellitenflotte der USA Schäden in Höhe von mehreren hundert Milliarden Dollar zu erwarten haben. Das heißt, diese wird de facto nicht mehr existieren. Diese Aussage gilt natürlich auch für die Satelliten anderer Nationen. Es gibt zwar Gerüchte über eine extrem robuste Satellitengeneration privater Konsortien, aber wir sind nicht davon überzeugt, ob diese auch für die Allgemeinheit zur Verfügung stehen werden. Wir müssen uns also darauf einstellen, dass die Menschheit im Großen und Ganzen ihre Vorposten im All verlieren wird und fast sämtliche technische Segnungen der Menschheit am Erdboden auf unabsehbare Zeit nicht mehr zur Verfügung stehen werden. Die monetären Schäden werden weit über drei Billionen Dollar betragen.«

»Haben wir eine Chance, dem Ganzen zu entgehen?«, fragte der chinesische Vertreter.

Xanderalex setzte an: »Seit mehreren Jahren gibt es die internationale Zusammenarbeit zur Abwehr von Bedrohungen aus dem Weltraum.«

»Und was haben wir diesbezüglich vorzuweisen?«, unterbrach die Vertreterin der Europäischen Union, die erst vor kurzem in den Rat aufgenommen worden war.

Der Ratsvorsitzende übernahm die Antwort: »Ich nehme an, Sie kennen unsere internationalen Bemühungen, diesen Planeten vor Weltraumeinflüssen zu schützen. Diese bauen auf den bisherigen Programmen der Vereinten Nationen, wie das internationale Netzwerk IAWN (International Asteroid Warning Network) als Frühwarnsystem sowie das dauerhafte Gremium SMPAG (Space Mission Planning and Advisory Group) zur Planung internationaler Aktionen, wobei es in erster Linie um die Abwehr von Meteoriten auf Kollisionskurs mit der Erde geht. Gegen das, was uns nun treffen wird, gibt es jedoch keine Abwehrmöglichkeit.«

»Sie können mir nicht erzählen, dass Sie hierfür nicht die geringsten Vorkehrungen getroffen haben. Ein Großteil der Forschungsgelder aller Nationen geht mittlerweile in die Weltraumforschung. Ich frage Sie also noch mal: Was gedenken Sie zu tun?«

Der Vorsitzende machte eine unbestimmte Handbewegung: »So unwahrscheinlich es klingt, aber unser Team am Jet Propulsion Laboratory ist im Dauereinsatz und könnte eventuell noch eine Abwehrmöglichkeit finden. Denken Sie an 2016. Vielleicht wird die Parawelt doch noch ihre schützende Hand über die Erde halten.«

»Ich würde mal sagen, dass diese ominöse Parawelt damit nicht mehr allzu lange warten sollte«, bemerkte die Dame der EU sarkastisch.

»Gibt es denn dafür konkrete Hinweise oder Konzepte?«, fragte der Chinese nach.

»Nach den Angaben unserer Kontaktleute, Mister Dyce und Mister Mayer, arbeitet das JPL-Team an einer, ähm, sagen wir mal, bedeutenden Sache im Venussektor«, antwortete Miss Xanderalex.

»Aha, das ist ja immerhin etwas. Oder sagen wir mal: Besser als nichts!«, resümierte seufzend die EU-Vertreterin.

Solarfire
Freitag, 25. Dezember 2020, 8.10 Uhr Ortszeit

Lena Oljewitsch schwebte im Weltraum, unter ihr der rotierende Asteroid. Bis hierher war ihre Mission ohne Komplikationen verlaufen. Der schwierigste Teil stand ihr jedoch noch bevor. Sie versuchte in Anbetracht des wahnsinnigen Zeitdrucks, so gut es ging, die Lage zu sondieren. So glatt der kleine Himmelskörper aus der Entfernung auch aussah. Im Nahbereich zeigten sich doch kleine Bodenwellen und Unebenheiten. Die Oberfläche erschien aus der Nähe erstaunlich dunkel, fast wie mit einem Rußüberzug versehen. Nur an manchen Stellen schimmerte der Silberglanz des Platins aus dem Asteroidenkern hervor. Wieder raste der HQ unter ihr hinweg und die Kosmoprom-Sonde passierte ihren Standort. Es war die fünfte Umdrehung, die sie praktisch auf Tuchfühlung beobachten konnte. Da der HQ keine stabile Drehung absolvierte, sondern mehr oder weniger durch das All eierte, würde die Sonde beim nächsten Mal ihren Standort weiter entfernt passieren.

»Jetzt oder nie!«, dachte sie und setzte ihr kleines Raketentriebwerk in Betrieb. Unglaublich schnell näherte sich der Asteroidenboden. Auf einem Asteroiden dieser Größenordnung hatte ein Mensch nur noch einen winzigen Bruchteil seines Gewichts. Die Anziehungskraft ging gegen Null.

Schon nahte erneut der Sondenstandort. Sie schoss mit einer speziell für den Einsatz im All konstruierten Armbrust ein Fangseil aus. Dieses erfasste die Sonde und sie wurde mitgerissen. Sie griff nach den Aufbauten der Sonde, rutschte ab und drehte sich mehrmals um die eigene Achse. Sie ruderte mit den Armen und versuchte wieder von der Sonde wegzukommen, als sie einen dumpfen Schlag verspürte. Eine der Funkantennen dieses verflixten Kosmoprom-Schrotthaufens hatte sich in ihren Raumanzug gebohrt. »Jetzt ist es aus!«, dachte sie. Sie rechnete damit, dass jeden Moment die Eiseskälte des Alls sie erfassen würde. Doch sie überlebte die folgenden Sekunden. Mühsam drehte sie sich in dem schweren Skaphander. Die Antenne hatte zwar nicht die Außenhülle zerstört, jedoch ein Leck in den Sauerstofftank gerissen. Die Druckanzeige der Atemluft ging rapide zurück.

Sie schloss das Sicherheitsventil und die Verbindung zum Sauerstofftank wurde unterbrochen. Ihr blieben noch circa zwei bis drei Minuten. Zu wenig Zeit, um zurück zur Solarfire zu gelangen. Vielleicht noch genug Zeit für ein Gebet.

Während sie anfing zu beten, zündete sie noch einmal ihren Raketenantrieb. Langsam, Zentimeter um Zentimeter löste sie sich wieder von der Antenne. Wenn sie zu starken Schub gab, würde sie vom Asteroiden weggeschleudert werden und alles wäre umsonst gewesen. Schließlich kam sie frei und fasste nach dem Sonnensegel der Sonde. Langsam, fast in Zeitlupe zog sie sich nach unten und erreichte die Seitenwand der Sonde. Jetzt erst realisierte sie, dass schon die ganze Zeit aufgeregte Funksprüche von der Solarfire gesendet wurden. Ihre Kommandantin wiederholte ständig etwas wie: »Lena, was ist los bei dir, melde dich.« Jeder Atemzug zu wenig würde ihr Vorhaben zum Scheitern bringen. Sie schaltete kommentarlos den Funkverkehr ab und wandte sich ihrer Aufgabe zu. Sie hatte sich die Lageangaben von Seitzewa so eingeprägt, dass sie die folgenden Handgriffe wie im Schlaf beherrschte. In Sekundenschnelle baute sie die Sicherheitsklappe ab und legte die Konsole für die manuelle Bedienung der Sonde frei. Dann nahm sie einen USB-Stick, den sie vor Strahlung und Weltraumkälte geschützt, im Innern des Raumanzugs transportiert hatte, über eine neuerdings in allen Roskosmos Raumanzügen eingebaute Mini-Schleuse nach draußen. Sie steckte den USB-Stick ein und betätigte den Aktivierungsbutton für die Notstromversorgung. Zunächst passierte nichts. Ein Blick auf die Sauerstoff-Druckanzeige ihres Raumanzuges zeigte diese fast am Nullpunkt. Nochmals warf sie einen Blick Richtung Solarfire. Sie würde es auf gar keinen Fall in der verbleibenden Zeit schaffen, dorthin zurückzukehren. Aber auf dem Display der Sonde tat sich nichts. Dieses verdammte Gefährt schien nur noch Schrott zu sein. Oljewitsch wollte bereits die Augen schließen und loslassen, als dieses vermalledeite LED-Sonden-Display aufleuchtete. Sie nahm alle noch verbliebenen Kräfte zusammen. »Jetzt bloß keinen Fehler machen!«, schoss es ihr durch den Kopf. Sie fingerte ihren Eingabestift aus einer Seitentasche des Raumanzugs. Zunächst galt es, korrekt den Aktivierungscode einzugeben. Sie gab die aus zwölf Zahlen- und Buchstaben bestehende

Folge über den Touchpen ein. Das Startmenü verschwand und die Anzeige änderte sich. Der Touchscreen zeigte nun eine unübersichtliche Flut kyrillischer Zeichen. Ihr wurde schwarz vor Augen. »Nein, nicht so kurz vor dem Ziel!«, hämmerte es in ihrem Kopf. Sie mobilisierte ihre letzten Reserven. Nur schemenhaft nahm sie das schwach leuchtende Display wahr. Sie drückte in die linke untere Ecke, in der die Triebwerksteuerung der Sonde untergebracht war. Ein Menü öffnete sich. Ihr war bewusst, dass sie bei Plan A an dieser Stelle eine aufwändige Programmierung der Schubwinkel des Triebwerkes und die Laufzeit der Triebwerkszündung würde eingeben müssen. Normalerweise hätte sie dazu mehrere Minuten Zeit benötigt. Unter Umständen hätte sie bei einer Fehlfunktion nochmals operativ eingreifen können. Es wäre wahrscheinlich der sicherere Weg gewesen. Wieder wurde ihr schwarz vor Augen. Die manuelle Steuerung über das an der Sonde eingebaute Bedienfeld konnte sie knicken. Die letzte verbleibende Möglichkeit stellte Plan B dar. Sie musste das von Irena Seitzewa vorprogrammierte Steuermodul aktivieren, in der Hoffnung, dass Kaira Nawroth von der Solarfire aus übernehmen konnte und dies den Erfolg brachte. Das Aufleuchten des aktivierten USB-Spezial-Sticks war das Letzte, was sie auf dieser Welt wahrnahm. Sie schaffte die letzte Bestätigung mit der Returntaste. Dunkelheit umfing sie. Ihre Kräfte schwanden. Sie musste loslassen. Kurze Zeit später trieb ihr lebloser Körper mit weit abstehenden Armen durch das All.

Kasachstan, Weltraumbahnhof Baikonur
Freitag, 25. Dezember 2020, 18.30 Uhr Ortszeit

Im Innern des Kosmoprom-Tower war ein gigantischer Weihnachtsbaum aus Kristallglas für das orthodoxe russische Fest am 7. Januar aufgestellt worden. Er reichte von der Lobby bis in den zwanzigsten Stock. Um mit den Weihnachtsbäumen der westlichen Welt zu konkurrieren, hatte Kosmoprom diesen schon einige Tage früher in Szene gesetzt. Chorowaiklikow schaute durch den transparenten Fußboden auf das gigantische Glasgebilde, welches von Innen in verschiedenen Grün- und Blautönen zu pulsieren schien.

Wie er es so gerne tat, breitete er seine Arme aus und verkündete stolz: »Kosmoprom geht goldenen Zeiten entgegen. Dieses Schauspiel ist der beste Beweis dafür. Wir werden in das Guinness-Buch der Rekorde kommen; mit dem teuersten Weihnachtsbaum aller Zeiten. Wir haben weltweit soviel Risikokapital akquiriert, dass unsere Kriegskassen prall gefüllt sind. Prall gefüllt werden gleich auch unsere Mägen sein, wenn ich mir das heute angerichtete Büfett zum 20. Firmenjubiläum so betrachte. Ich erkläre hiermit das Büfett für eröffnet.«

Die Kosmoprom-Mitarbeiter strömten an die prunkvoll angerichteten Speisen und fanden sich danach an den Stehtischen zu Gruppen in lockerem Plausch zusammen. Chorowaiklikow betrachtete die etwas unübersichtliche Menge und flüsterte leise in sein Reversmikrofon: »Namen anzeigen, gesamter Mitarbeiterstab«.

Die entsprechende Funktion wurde in seinen Kontaktlinsen aktiviert. Sofort erschienen in seinem Sichtfeld über den Köpfen der Mitarbeiter bunte Namensschilder. Die Abteilungsleiter in rot, die Untergruppenleiter in gelb und das normale Fußvolk in grün.

Plötzlich schälten sich zwei violette Namensschilder aus der Menge heraus. Seine erste Führungsriege in persona von Olga Nemerenko und Boris Charkow näherten sich ihm. Für diese engsten seiner Mitarbeiter war die violette Farbe vorbehalten.

Kurze Zeit später waren sie herangekommen und hatten sich zu ihm an seinen Tisch gesellt. Nach einigen Minuten angeregten Smalltalk, bahnte sich plötzlich ein aufgeregt dreinblickender Mitarbeiter den Weg durch die Menge und steckte Charkow einen Handzettel zu.

»Das ist ja mal eine ganz moderne Art der Informationsübertragung«, witzelte Chorowaiklikow. Charkow las erstaunt den Zettel und raunte dann: »Die Message werden Sie gar nicht so witzig finden, Chef. Wir empfangen wieder Signale von unserer Sonde auf dem HQ, die sich zurzeit im Bereich der Venusumlaufbahn aufhält. Wenn nicht alles täuscht, wurde unser Equipment durch einen Aktivierungscode von Irena Seitzewa über die Handsteuerung in Betrieb genommen.«

»Was sagen Sie da? Handsteuerung unserer Sonde in der Venusumlaufbahn. Da sind ja ein paar ganz eifrige Raumfahrer am

Werke. Aber darum geht's hier nicht. Nicht genug, dass diese Frau uns um Milliarden von Rubel gebracht hat, missbraucht sie auch noch unsere Technik. Das werden wir zu verhindern wissen! Charkow, wir haben doch bestimmt Möglichkeiten, dies zu unterbinden.«

»Aber sicher, Herr Chorowaiklikow, wir können einen Sperrcode senden, der die Handsteuerung außer Betrieb setzt und die Sonde schlichtweg abschaltet. Dann ist sie von Unbefugten nicht mehr zu nutzen.«

»So etwas höre ich doch gerne, Charkow. Senden Sie auf der Stelle diesen Sperrcode raus. In circa fünf Minuten ist es aus mit der Fremdnutzung.«

»Entschuldigen Sie, wenn ich mich einmische«, meldete sich Olga Nemerenko zu Wort, »aber dient diese Mission der NASA im Venusbereich nicht zur Abwehr von Gefahren für die Menschheit? Zumindest wurde es in der Weltpresse so dargestellt. Wir wissen gar nicht so genau, was die dort draußen machen.«

»Das ist uns doch egal. Hier handelt es sich eindeutig um illegale Nutzung unseres Firmeneigentums. Wenn die die Welt retten wollen, dann bitte schön mit ihrem eigenen Equipment.«

»Sollten wir nicht wenigstens vorher Kontakt mit ihnen aufnehmen?« insistierte Nemerenko.

»Kontakt mit denen? Wir haben seit Monaten keinen Kontakt, da brauchen wir ihn jetzt auch nicht.«

»Aber würden wir nicht auch davon profitieren? Denken Sie an diesen seltsamen Paraplaneten, der seit 2016 unser Sonnensystem vor interstellarer Strahlung schützt.«

»Hier geht es nicht um harte interstellare Strahlung, sondern um den ganz banalen Sonnenwind. Unsere Sonden sind gegen Sonnenstrahlung weitestgehend geschützt. Überhaupt sind all unsere Systeme auf die maximal denkbare Strahlenbelastung unseres Muttergestirns ausgelegt. Das wird ein Härtetest, dem wir gelassen entgegensehen. Nicht wahr, mein bester Charkow?« Dabei versetzte er seinem Mitarbeiter einen leichten Klaps.

»Kann sein, dass es einen Moment ungemütlich wird. Aber nach dem Unglück sind wir vielleicht die einzigen, die im Weltraum noch handlungsfähig sind. Dann haben wir eine Monopolstellung. Wir werden die Welt, oder was davon noch übrig bleibt, wirtschaftlich dominieren. Wenn der Sonnensturm morgen über die Erde hinwegfegt, befinden wir uns in unserem sicheren Schutzbunker, oder was man so Schutzbunker nennt. Und wenn wir wieder rauskommen, werden wir sehen, wer hier als letztes lacht. Nein, nein, wir sind auf diesem Planeten noch am besten aufgestellt. Wir werden aus der Krise gestärkt hervorgehen. Denken Sie an meine Worte.« Chorowaiklikow schaute noch einmal in das zweifelnde Gesicht Nemerenkos und befahl dann in aller Seelenruhe: »Also Charkow, der Sperrcode geht raus und zwar auf der Stelle.« Charkow verließ die Runde und verschwand im Getümmel. Nemerenko zog es anscheinend vor, ebenfalls zu verschwinden und drehte sich auf dem Absatz um.

Mars, Mars City
Freitag, 25. Dezember 2020, 10.00 Uhr Ortszeit

Riesenstein schnitt fluchend mehrere große Mangoldblätter aus dem Gemüsebeet. Eigentlich mochte er keinen Mangold, aber aus irgendwelchen unerfindlichen Gründen wuchs dieser am besten auf dem Mars. Er bewegte sich vorsichtig, da man ihm eingeschärft hatte, bloß nicht den neugepflanzten Rapunzelsalat zu gefährden. Seit vielen Jahren arbeiteten die ISS-Wissenschaftler am Thema Pflanzenzucht im All. So hatten das amerikanische Space Dynamics Laboratory und das russische Institut für biomedizinische Fragen das kostengünstige Gewächshaus »Lada« entwickelt und damit auf der ISS erfolgreich Weizen, Erbsen und anderes Grünzeug in der Schwerelosigkeit angebaut. Diese Erfahrungen waren in das Space-Farming-Projekt der Marsmission eingeflossen. Insbesondere die Sauerstoffversorgung von Mars City wurde zu einem großen Teil über die Weltraumgärten abgesichert. Man verwendete in der sogenannten Mars Botanic Station zumeist kein festes Substrat, sondern Hydrokulturen. Der Einsatz von Marsböden zur Pflanzenzucht steckte noch im Versuchsstadium.

Generell hatte man bei extraterrestrischen Pflanzenzüchtungen festgestellt, dass Pflanzen auch unter diesen Bedingungen durchaus üppig wachsen konnten, teilweise sogar üppiger als auf der Erde. So gab es in Japan eingepflanzte Kirschbäume, die aus Kernen wuchsen, welche mehrere Monate auf der ISS mitgeflogen waren und schon fünf Jahre früher blühten als üblich. Für das Phänomen wurde die lange Exposition in der kosmischen Strahlung verantwortlich gemacht. Riesenstein blickte sich um. Er war kein Botaniker, aber nach seinem Eindruck übertrafen einige dieser Gemüsearten den Habitus ihrer irdischen Verwandten tatsächlich um ein Vielfaches. Und die neugepflanzte, üblicherweise ziemlich langsam wachsenden Eichen hatten auch schon verdächtig zugelegt. »Na ja«, dachte Riesenstein, »für das richtige Quantum kosmischer Strahlung war hier auf dem Mars schon gesorgt.«

Von außen betrachtet, erinnerte die Mars Botanic Station an die im Weltraum schwebenden Glaskuppeln aus dem Streifen »Lautlos im Weltall«. Irgendein Witzbold hatte sogar zwei der in diesem Kultfilm vorkommenden Roboter detailgetreu nachgebaut. Diese fuhren unentwegt in der Glaskuppel herum und gossen das Gemüse. Sie besaßen sogar ein Modul zum Kartenspielen. Es gab einige Leute in Mars City, die schon die ein oder andere Partie Poker gegen die beiden Roboter gespielt hatten. Man munkelte sogar, dass sich die Blechkisten mittlerweile ein erkleckliches Vermögen zusammen gespielt haben mussten.

Riesenstein wandte sich an den gerade in das Beet neben ihm tretenden Cyrill Thomson: »Willkommen in der Gesellschaft der Zurückgebliebenen. Winstone und noch'n paar Auserwählte, die haben es gut. Sind wieder in Richtung Erde abgedampft und, wie man hört, vor acht Tagen mehr oder weniger erfolgreich dort gelandet. Gab zwar ein paar Verluste wegen Sauerstoffknappheit und so, aber unser gutes altes Winstone-Marshaus erfreut sich bester Gesundheit, wie man hört. Bekommen auf Erden einen verdammt leckeren Weihnachtsbraten. Und wir hier sind weihnachtsbratentechnisch marsmäßig abgehängt.«

»Tja«, kommentierte Thomson.

»Der letzte ATV von der Erde hatte lediglich Dosen und Pulverkram geladen. Die könnten uns doch mal zur Abwechslung eine vielbeinige Hammelherde in so einer Glaskuppel rüberschicken.

Wär' zwar sauerstoff- und energiebilanztechnisch ein absolutes Fiasko, aber geschmackstechnisch der Hit.«

Thomson brummte: »Hmm«.

»Heiligabend war ja die Ödnis in dieser Ecke des Sonnensystems. Aber morgen, mein lieber Ronald, morgen geht hier in Mars City die ganz große Party ab. Die Chinesen haben's ja nich' so mit Weihnachten. Veranstalten morgen trotzdem ein Riesenfest. Die sollen vor kurzem so 'ne Ladung haluzinogener Pilze bekommen haben. Denen sagt man auch eine aphrodisierende Wirkung nach. Wer weiß, wie die Dinger hier auf dem Mars wirken.«

»So, so«, meinte Thomson.

»Ich weiß ja nicht, ob du schon mal mit den Chinesen gefeiert hast, aber so 'ne Sause mit den Schlitzaugen könnte echt ganz cool werden. Und wir überraschen unsere Chinaknaller mit unserem knackigen, selbstgezogenen Gemüse. Ich glaub' ich nehm' noch etwas von dem Rettich dahinten. Scharfe Sache oder nicht?«

Thomson antwortete mit einem lang gezogenen »Aha«, nahm den Gemüsekorb und folgte dem davon eilenden Riesenstein Richtung Ausgang.

Kasachstan, Weltraumbahnhof Baikonur
Freitag, 25. Dezember 2020, 19.40 Uhr Ortszeit

Nemerenko tigerte unruhig durch den Außengang des Kosmoprom-Towers. Ihre Gedanken wirbelten durcheinander. Was ging hier vor? Es musste sich um etwas unglaublich Bedeutendes handeln. Sie merkte, wie ihre Knie anfingen zu zittern. Eine globale Gefahr und Kosmoprom hing da irgendwie mit drin, spielte aber offensichtlich eine unrühmliche Rolle.

Musste sie die Loyalität zur ihrer über alles geliebten Firma aufgeben?

Sie blickte sich verstohlen um und zog ihr Smartphone heraus. Sie hatte auf die Schnelle nicht viele Möglichkeiten, das war ihr klar. Das einzige sinnvolle, was ihr einfiel, war eine Bekannte bei Roskosmos anzurufen. Es handelte sich um eine alte Studienbekanntschaft, mit der sie einen lockeren Kontakt pflegte. Ewelina

Stoblisokowa hatte ihr mal unter dem Siegel der Verschwiegenheit erzählt, dass sie in einem Projekt mitarbeitete, welches irgendwie mit der NASA verbunden war. Was sie jetzt vorhatte, war eher so etwas wie blinder Aktionismus. Das musste sie zugeben. »Aber alles besser, als gar nichts zu tun!«, dachte sie und fing an, Ewelinas Nummer im Adressbuch ihres Smartphones zu suchen.

Plötzlich stand Charkow vor ihr. Dieser merkte, wie sie zusammenzuckte.

»Na, na, Olga. Jetzt erschrecken Sie mal nicht so, ich bin's doch nur, Ihr erster Technikchef.«

Nemerenko fühlte sich ertappt und suchte nach einer möglichst unbefangenen Frage:

»Stimmt es tatsächlich, dass wir so gut auf diese unausweichliche Katastrophe vorbereitet sind?

»Ich wusste, dass Sie mich danach fragen würden. Eher früher als später.«

»Was Sie so alles wissen!«

»Der Chef hat mich beauftragt, Ihnen Underworld zu zeigen.«

»Welchen Chef meinen Sie denn?«

»Ich sag mal so: Die Order kommt von ganz oben.«

»Also gut, Underworld sagen Sie, davon hab ich hier noch nie im Leben gehört.«

»Dann kommen Sie mal mit. Eine speziell ausgewählte Gruppe von Mitarbeitern erhält zurzeit die relevanten Infos über Smartphone. Sie sind die erste der Neuauserwählten, die hier Zutritt erlangt.«

Charkow geleitete sie mit leichtem Druck in einen der nahegelegenen Aufzüge. Er strich mit seiner Uhr über die Außenwand aus Glas, woraufhin mehrere beleuchtete Symbole in der Fahrstuhlwand sichtbar wurden. Charkow berührte das unterste dieser Symbole, wobei sich der Fahrstuhl unmittelbar in Bewegung setzte. Die in den Fahrstühlen von Kosmoprom sogleich einsetzende, zwanghaft entspannt klingende Fahrstuhlmusik ging Nemerenko in dieser Situation gewaltig auf den Senkel. Der Fahrstuhl bewegte sich zunächst in einem dunklen Schacht abwärts bis er plötzlich in eine transparente Röhre überwechselte. Was Nemerenko nun sah, raubte ihr den Atem. Die Röhre bildete zusammen mit anderen Röhren ein ganzes Röhrenbündel, welches eine zentrale Achse in einen gigantischen unterirdischen Raum bildete. Während der Fahrstuhl weiter nach unten raste, versuchte Nemerenko das Szenario, welches sich ihr bot, zu erfassen. Über ihr war blauer Himmel, blauer Himmel über den zurzeit weiße Quellwolken hinweg zogen. Auf der Erdoberfläche hatte heute ein tristes Grau mit einem andauernden Landregen den Himmel beherrscht. Aber in der Unterwelt herrschte anscheinend eitel Sonnenschein.

Unter ihr erstreckten sich die Gebäude einer Stadt. Nemerenko drehte sich schnell einmal um die eigene Achse und erfasste, dass sie sich hier in einem kolossalen Dom befand, der eine riesige Fläche überspannte. Auffallend war die futuristisch anmutende Bausubstanz der Gebäude. Glas, Glas und noch mal Glas gepaart mit Stahlkonstruktionen dominierten das Bild. Eine kühle Architektur.

»Was mochte das alles gekostet haben?«, schoss es Nemerenko durch den Kopf.

Dann fiel ihr ein einzelner Turm auf, der alles anderes überragte und dessen Obergeschosse schwarze, undurchdringliche Fensterfronten aufwiesen. Nemerenko fühlte sich unwillkürlich an den Turm von Mordor erinnert. Von dort aus konnte man Underworld sicherlich bis in den letzten Winkel durchleuchten. Sie fing an, innerlich zu zittern. »Mein Gott«, dachte Sie, »die ganz dunkle Seite der Macht!«

»Na, was sagt unser Wirtschafts-Ass zu dieser Anlage?«, fragte Charkow.

»Ich, ich … ka… kann nicht glauben, was ich hier sehe«, stotterte Nemerenko.

»Ich habe Sie noch nie sprachlos gesehen, Olga. Auch eine interessante Erfahrung.«

»Wieso wurde das geheim gehalten? Das gehört zum Grandiosesten, was ich je gesehen habe.«

»Das denke ich auch immer, wenn ich hier runter komme. So etwas gibt es auf dem ganzen Globus nur ein einziges Mal. Wir können hier sogar die Tages- und Nachtzeiten künstlich generieren.«

»Damit hätten wir den Weltwunderwettbewerb locker gewonnen.«

»Hier geht es um mehr, als sich einen dämlichen Pokal ins Regal zu stellen.«

»Um was geht es hier dann eigentlich?«

»Sie führen es in ihren Vorträgen ständig im Munde. Es geht um die wirtschaftliche Vormacht auf diesem Planeten und im gesamten Sonnensystem.«

»Aber was nützt das ganze hier, wenn der Rest der Welt im Chaos versinkt?«

»Wir sind hier völlig autark. Die Energieversorgung wird über ein gigantisches Geothermiekraftwerk gewährleistet. Sehen Sie die Hubschrauberflotte da drüben. Alles elektrobetriebene Luftfahrzeuge, die durch eine bisher geheim gehaltene Öffnung von Underworld die Erdoberfläche erreichen und kontrollieren können.«

»Und was ist mit der Nahrung? Wie wollen Sie hunderte oder gar tausende von Menschen, die diese Stadt bevölkern, ernähren? Ich sehe keine Anbauflächen oder sonstige landwirtschaftliche Aktivitäten in Ihrer Underworld.«

»Bio-3D-Drucker, meine Liebe. Wir haben Verbindungsstränge zu Flüssen, Seen und der Atmosphäre. Daraus extrahieren wir Biomoleküle, die wir mit Hilfe der Drucker zu schmackhaften Gerichten verarbeiten. Hab selbst schon davon probiert. Schmeckt köstlich.«

»Scheint so, als hätten Sie oder wer auch immer an alles gedacht.«

Charkow nickte überdeutlich, drückte auf einen roten Knopf und der Fahrstuhl setzte sich pfeilschnell wieder nach oben in Bewegung.

»Ich denke, Sie haben genug gesehen. Genug, um zu wissen, dass Sie im eigentlichen Machtzentrum der Welt arbeiten. Und die Katastrophe spielt uns diese Welt in die Hände, früher als eigentlich vorgesehen.«

Nemerenko merkte, wie ihr Magen während der rasanten Fahrt in die Beine rutschte, würgte jedoch noch einen Satz heraus: »Um das Ganze hier muss sich doch auch jetzt schon jemand kümmern. Würde mich nicht wundern, wenn unser Mister X hier mit einer nicht unbeträchtlichen Anzahl Helfershelfern residieren würde.«

»Ich denke, Sie treffen mit dieser Vermutung ins Schwarze. Aber vielleicht gibt es in diesem Spiel auch noch die Herren Y und Z.«

San Francisco, International Airport
Freitag, 25. Dezember 2020, 13.00 Uhr Ortszeit

Die Kamera schwenkte über eine schier unübersehbare Menschenmenge. Alles, was Beine hatte, schien unterwegs zu sein. Ein bunter Reigen aus übergroßen Sonnenschirmen und -hüten, monströsen, grell bunten Sonnenbrillen sowie Fahnen in allen Formen und Farben wälzte sich durch die Straßen und Plätze. Unvermittelt zoomte die Kamera in Großeinstellung und fokussierte wild zwischen verschiedenen Maskengruppen hin und her.

Gerade zeigte sie eine Ansammlung von Menschen, deren Oberkörper und Köpfe in gewaltigen Maskeraden verschrumpelter Weltkugeln steckten. Diese wurden verfolgt von einer ganzen Armada aus Scream-Masken-Trägern. Dahinter schlurfte eine Reihe finsterer Gestalten, die sich mit einer Mischung aus Mönchskutten und einem Darth-Sitches-Outfit vermummt hatten. Anschließend wurde es wieder fröhlicher mit einer barbusigen Frauengruppe mit grünen Strumpfmasken à la Pussy Riot, aus denen insektenartige Tentakeln hervor wuchsen. Zwischen allen tobten nackte Männer mit auf- und abtanzendem Gemächt, einzig und allein bekleidet mit Masken des ägyptischen Sonnengottes Re. Die Menge stampfte, Sand spritze hoch und die Luft flimmerte vor Schweißschwaden. Dazu ein Mix aus Sambarhythmen, Rock- und Popmelodien, lautem Gegröle und spitzen Frauenschreien. Die allerletzte Party auf diesem Planeten sollte offensichtlich noch einmal so richtig in die Vollen gehen. »Na ja«, dachte Li Chai Tang, »jeder hat so seine Art, sich auf das nahende Ende vorzubereiten.«

Li Chai Tang schaute Fernsehen – was sollte sie in ihrer Lage auch anderes tun? In der Lounge waren mehrere Fernseher installiert, auf denen verschiedene Sender liefen. In scharfem Kontrast zu den sogenannten Weltuntergangs- und Endzeitpartys liefen dort sehr bedrückende Bilder über die Mattscheibe: Stillstehende Züge und Straßenbahnen, Flughäfen mit hunderten von parkenden Flugzeugen, leere Straßen und Plätze. Auf der Champs-Élysées verloren sich einige versprengte Touristen. Der Potsdamer Platz in Berlin zeigte sich fast menschenfrei. Am Times Square in New York flimmerten die Leuchtreklamen vor einer nahezu leeren Kulisse. Die ansonsten pulsierenden Metropolen der Welt waren wie ausgestorben. Die Aufforderungen, in den eigenen vier Wänden zu bleiben, trugen anscheinend Früchte. Weltweit waren Luftschutzbunker reaktiviert worden, in denen sich Schutzsuchende zusammendrängten. »Sagenhaft«, dachte Li Chai Tang, »dies war der ruhigste Tag auf Erden seit Beginn des Industriezeitalters!«

Das einzige Thema aller Kommentarsendungen stellte der herannahende Monster-Sonnensturm dar. Li Chai Tang befand sich in einer Art Wintergarten auf der Dachterrasse des internationalen Flughafens von San Francisco. Die Anzahl der Menschen auf dem Airport war überschaubar. Nur eine Notbesetzung des Personals hielt den Betrieb aufrecht. Li Chai Tang fluchte innerlich. Warum musste sie auch diesen ungünstigsten aller ungünstigen Zeitpunkte erwischen. Sie dachte daran, dass sie sechs Tage vorher erst aus der im Pazifik vor Kalifornien gewasserten Mars-Express-Kapsel entstiegen war. Sie dachte daran, dass sie die gefährlichste Reise überlebt hatte, die man sich nur vorstellen konnte. Als Kommandantin der Earth-Return-Mission hatte sie den Flug zu verantworten. Experten hatten in ersten Analysen bestätigt, dass sie trotz der Todesfälle alles richtig gemacht hatte. Trotzdem zeigte der Vorfall, dass Marsreisen beileibe keinen Spaziergang darstellten. Und heute hätte ihr Flug nach Peking abheben sollen. Hätte…

Nach dem ersten medizinischen Check in den NASA-Labors von Pasadena sollte sie sofort ihre Reise nach China antreten, um sich dort umfangreichen Gesundheitsuntersuchungen zu unterziehen und der dortigen Regionalregierung Bericht zu erstatten. Aber daraus wurde erst einmal nichts.

Auch sie war ein Opfer des aktuellen Sonnensturmes. Zusammen mit anderen Gestrandeten saß sie in den Warteräumen des Airports und bangte dem Ereignis entgegen, welches die Welt in ihren Grundfesten erschüttern würde. Danach schien sehr fraglich, ob sie überhaupt in absehbarer Zeit zurück nach Peking gelangen würde. Vielleicht mit einem Pferdefuhrwerk oder einem Trekkingbike?

Schenkte man den meisten der Kommentatoren Glauben, würde die gesamte entwickelte Zivilisation zusammenbrechen. Viele der Sprecher im TV bezeichneten die aktuellen Sendungen als die letzten, die für lange Zeit über den Äther gehen würden. Seit dem

Fast-Ausfall des irdischen Magnetfeldes und dem Sonnensturmereignis im Juni 2020 war vor diesem Tag gewarnt worden. Ein Planet hielt den Atem an.

Kasachstan, Weltraumbahnhof Baikonur
Freitag, 25. Dezember 2020, 21.15 Uhr Ortszeit

Chorowaiklikow stand bestens gelaunt an der Bar. Vor ihm stand ein perfekt zubereiteter Cocktail »Sex on the Beach«.
»Nicht alles, was von den Amis kommt, ist schlecht. Nehmen wir zum Beispiel ihre Cocktails; da sind sie führend zusammen mit ihrem ehemaligen Erzfeind Kuba. Na Charkow, wie wär's jetzt mit einem Caipirinha?«
»Hab mir schon ein anderes Ami-Machwerk organisiert. Ah, da kommt er ja schon.« Charkow nahm ein blutrotes Glas in Empfang: »Eine waschechte Bloody Mary.«
»Diese ist mitnichten amerikanisch, mein lieber Charkow. Die Bloody Mary wurde in den Zwanziger Jahren von Ferdinand Petiot in der legendären Pariser Bar ›Harry's New York Bar‹ erfunden und serviert. Im Original bestand sie aus gleichen Teilen Tomatensaft und Wodka, nicht so wie heute mit dieser Tomatensaftorgie. Das grenzt schon an ›Safer Sex on the Beach‹.« Chorowaiklikow brüllte vor Lachen, so dass Charkow nahe dran war, sich die Ohren zuzuhalten.

Als sich Chorowaiklikow wieder beruhigt hatte, versicherte er in freundschaftlichem Tonfall: »Am besten ist die Bloody Mary mit einem ordentlichen Spitzer Tabasco und – ich betone – und Worcestershiresauce. Die Selleriestaude in ihrem Glas ist übrigens nicht nur zum Umrühren, sondern dient auch als kleiner, scharfer Snack.«

»Was Sie so alles wissen, Chef«, wunderte sich Charkow.

»Ja, ja, Cocktails sind meine Leidenschaft«, gluckste dieser, »genau wie Frauen, schnelle Autos und Glücksspiel.«

Nachdem er sich wiederum ausgeschüttet hatte vor Lachen, nahm er einen kräftigen Schluck aus seinem Cocktailglas und ließ seinen Blick über die feiernde Gesellschaft schweifen. Es mochten ein paar hundert Auserwählte sein. Bei jedem der hier Anwesenden war ein weitreichendes Screening seiner Fähigkeiten, Charaktereigenschaften und Referenzen durchgeführt worden. Es handelte sich um die Elite der Mitarbeiter. Die meisten wussten mittlerweile, dass dies wahrscheinlich die letzte Party ihres Lebens auf der Erdoberfläche sein würde. Ansonsten hielten sich die Zukunftssorgen in Grenzen, denn man hatte ihnen auf ihren Smartphones mitgeteilt, dass der Kosmoprom-Tower in seinen Katakomben über eine perfekte Schutzanlage verfügte, die mit vielen Annehmlichkeiten ausgestattet war und durch ein eigenes unterirdisches Geothermie-Kraftwerk mit Energie versorgt wurde. Man hatte ihnen versichert, dass man dort viele Jahre, vielleicht den Rest des Lebens in Saus und Braus verbringen konnte. Und das war beileibe nicht untertrieben. Underworld stellte alles in den Schatten, was man sich vorstellen konnte. »Es ging doch nichts über eine gute interne Firmenpropaganda«, dachte Chorowaiklikow. Natürlich würde man die Leute unter anderem für Außeneinsätze benötigen, die nach der Katastrophe sicherlich kein Zuckerschlecken sein würden. Ganz zu schweigen von sozialen Konflikten in diesem Refugium… Sein Gedankengang wurde unterbrochen, denn im Getümmel näherte sich wieder der schon bekannte Mitarbeiter und brachte Charkow erneut einen Zettel. Charkow warf einen flüchtigen Blick darauf und wandte sich mit gedämpfter Stimme an Chorowaiklikow.

»Chef, ich kann Ihnen Vollzug melden. Unsere Sonde auf dem HQ ist abgeschaltet. Es ist ab jetzt völlig unmöglich, dass sie nochmals von Seitzewa aktiviert wird.«

»Sehr gut Charkow. Das gefällt mir. Das gefällt mir sogar außerordentlich. Und wissen Sie was? Ich weiß noch jemand, dem das außerordentlich gut gefallen wird.«

In diesem Moment näherte sich Nemerenko. Die beiden Männer schauten sich konspirativ an und wechselten schnell das Thema. Chorowaiklikow dröhnte gut gelaunt: »Na, Charkow, doch noch einen Caipi?«

Pasadena, JPL, Headquarter
Freitag, 25. Dezember 2020, 14.20 Uhr Ortszeit

Atemlos hatte man im Headquarter das Manöver von Oljewitsch verfolgt. Man war zum Zuschauen verdammt, während sich im All ein Drama abspielte. Über den Äther kamen unentwegt Funksprüche von Kaira Nawroth, die verzweifelt versuchte, ihre Kollegin zu erreichen, welche sich jedoch nicht meldete. Entsetzt verfolgte man, wie die Kosmonautin einige Minuten an der Sonde verharrte und schließlich weggetrieben wurde. Der HQ rotierte weiter mit hoher Geschwindigkeit.

Walter Mayer fragte besorgt: »Warum tut sich nichts?«

Conti erläuterte: »Für die Handsteuerung direkt an der Sonde auf dem Asteroiden war sie viel zu kurz vor Ort. Das konnte nicht klappen.«

»Kann denn noch etwas anderes klappen, Mister Conti?«, fragte Mayer ohne viel Hoffnung nach.

»In der Tat hätten wir theoretisch noch eine Alternative. Falls es Miss Oljewitsch gelungen ist einen Steuerungsstick zu aktivieren, kann Miss Nawroth von der Solarfire aus die Sonde übernehmen. Aber das müsste eigentlich schon längst passiert sein.«

Unruhiges Warten schloss sich an, bis schließlich Conti kommentierte: »So ein Mist, die Aktion hat anscheinend nicht geklappt.«

»Aus, es ist alles aus!« Scott schüttelte enttäuscht den Kopf: »Der Einsatz von Miss Oljewitsch ist offensichtlich gescheitert und ihr Tod war somit umsonst.«

»Haben wir einen Plan C?«, fragte Walter Mayer.

»Ich sehe keinen. Der Einsatz von Miss Langendorf ist obsolet, da dessen Vorbereitung fehlgeschlagen ist.«

»Moment mal, Professor Scott«, rief Szusanne Stark, »schauen Sie sich die aktuelle Übertragung von der Solarfire an.« Noch während sie dies sagte, konnte man am HQ einen Feuerschweif auf den Bildschirmen beobachten.

»Vielleicht ist Miss Oljewitsch doch nicht gescheitert. Unser Alternativplan läuft auf vollen Touren«, rief Scott begeistert aus.

Alle beobachteten gespannt das Manöver auf dem Asteroiden.

Je länger das Triebwerk der Kosmoprom-Sonde aktiv war, desto langsamer wurden die Drehbewegungen.

Szusanne Stark ließ zu den Übertragungen auf den Bildschirmen über dem Tisch zweimal den Asteroiden in der 3-D-Darstellung erscheinen und führte hierzu aus: »Rechts sehen Sie den HQ in der Übertragung aus dem All, links die von uns berechnete Simulation.«

Während anfangs beide Körper gleich schnell rotierten, wurde die Simulation mit der Zeit schneller im Gegensatz zur realen Situation. »Das Triebwerk bringt etwas mehr Leistung als berechnet. Es wird mit diesem Schub zu lange laufen. Der HQ wird dann in eine Gegenbewegung übergehen. Das heißt im Klartext, wir werden eine gegenläufige Drehbewegung erhalten. Und wenn wir Pech haben, wird diese genauso schnell oder sogar noch schneller als der aktuelle Drehimpuls.«

»Können wir noch etwas tun?«

»Zum Eingreifen ist es jetzt schon zu spät. Da draußen ist alles sowieso schon mindestens drei Minuten weiter. Aber Moment mal, was ist das? Das Triebwerk hat den Betrieb eingestellt. Nicht ganz der optimale Zeitpunkt, aber unter den gegebenen Umständen viel besser als die von uns voreingestellte Laufzeit.«

Als der Schweif schließlich verschwand, stoppte der Asteroid seine Bewegung und vollführte nur noch eine gemächliche, kaum merkliche Drehung.

Szusanne Stark stellte eine Anfrage an die Solarfire: »Hier Szusanne Stark. Habt ihr in die vorprogrammierte Triebwerklaufzeit eingegriffen?«

In diesem Moment kam von der Solarfire eine Meldung: »Die Sonde ist wieder tot, so als hätte sie jemand abgeschaltet. Wir konnten unser geplantes Programm nicht ganz durchziehen. Wart ihr das?

Ratlos sah sich die im Headquarter versammelte Mannschaft an. Scott kommentierte die Geschehnisse: »Das ist ja schier unglaublich. Die Ursache ist für uns nicht ersichtlich, aber das ist für den Moment auch egal, Hauptsache das Ergebnis stimmt einigermaßen. Wie auch immer dieses zustande kam, wir können Teil zwei unserer Mission einleiten.«

Plötzlich meldete sich zum Erstaunen Steven zu Wort: »Greg, gib noch nicht den Einsatzbefehl! Ich möchte dich kurz draußen sprechen.«

»Steven, du weißt, dass wir nicht viel Zeit zu verlieren haben.«

»Es muss aber sein, Greg.«

»Okay, kurze Pause.«

Die beiden Wissenschaftler traten aus dem Konferenzraum in den blauschimmernden Rundgang.

»Was hast du?«, fragte Scott schnell.

»Die Schockfront, Greg, sie ist stark, nicht wahr?«

»In der Tat, sie ist eine der stärksten, wenn nicht die stärkste seit Beginn der Weltraumwetteraufzeichnung.«

»Wie stark trifft sie die Solarfire?«

»Denk an deine Zeit als Astronaut, Steven, du kennst die Gefahren im All. Die Venus ist noch näher am Ausgangspunkt der Front dran.«

»In Mars City wäre selbst diese Sturmstärke keine lebensgefährliche Bedrohung gewesen.«

»Schon klar, Steven, nach außen ins Sonnensystem schwächt sich die Wirkung immer weiter ab.«

»An der Solarfire wird diese jedoch mit voller Wucht auftreffen. Greg, wie stark ist sie?«

»Ich weiß, worauf du hinaus willst, Steven. Wir hatten noch kein bemanntes Raumschiff im All, welches einer solchen Strahlenbelastung ausgesetzt war. Du warst selbst da draußen, du solltest es wissen.«

»Red' Klartext mit mir, Greg.«

»Okay. Steven, ich glaube die Überlebenschance der Solarfire-Besatzung liegt bei Null bis einem Prozent. Falls wirklich jemand überleben sollte, sind Spätfolgen vorprogrammiert.«

»Okay, Greg, das war eine ehrliche Antwort.«

»Komm, Steven, wir gehen wieder rein.«

Solarfire
Freitag, 25. Dezember 2020, 15.00 Uhr Ortszeit

Brigitte fröstelte. Sie stand in der Luftschleuse der Solarfire und versuchte in den unförmigen Raumanzug zu steigen. Sie schaute nach oben. Ihre wilde Mähne spiegelte sich im Goldüberzug des Raumhelmes, der über ihr auf einem Metallbügel hing. Paradox, dass es ausgerechnet Gold sein musste, welches seine Träger vor der harten kosmischen Strahlung schützte.

Paradox, paradox, paradox... ging es durch ihre Gedanken, alles war verdammt noch mal so paradox. Wäre ihr Leben normal verlaufen, säße sie jetzt an ihrem Schreibtisch in ihrem Arbeitszimmer in einem ehemaligen Rumspeicher im Hafenviertel von Flensburg und das einzige technische Equipment in ihrem Gebrauch wäre ein Tonbandgerät oder allenfalls ein MP3-Player. Vielleicht hätte sie in ihrem Leben noch zwei oder drei indigene Sprachen gerettet und ein paar Fachartikel in linguistischen Zeitschriften für eine Handvoll Sprachwissenschaftler veröffentlicht. Vielleicht wäre es ja noch etwas geworden mit einer Promotion in der Linguistik.

Sie hätte nie gedacht, dass ihre freiberufliche Karriere als Sprachwissenschaftlerin sie einmal als Vorposten der Menschheit ins All führen würde. Dass sie einmal in einem mit Hightech vollgepfropften Raumschiff im Rahmen einer Gemeinschaftsaktion von NASA, ESA und Roskosmos sein würde. Dass sie, deren Naturverbundenheit das große Credo ihres Lebens war, die Liebe ihres Lebens ausgerechnet an einer technophilen Einrichtung wie dem Jet Propulsion Laboratory kennenlernen würde. Dass sie nur eine kurze Zeitspanne mit dieser großen Liebe verbringen konnte und dass beide offenbar eine Reise bis ans Ende der Welt und darüber hinaus antreten mussten.

Irgendwie fühlte sie sich wie in einem Traum und wartete nur darauf, dass ihr Wecker in ihrer Flensburger Wohnung rappeln würde und sie zum nächsten Café schlendern konnte, um ihr Lieblingsfrühstück genießen zu können. Ein frisches Croissant mit einem Café au Lait. Überaus lecker... Apropos... eine Sache fehlte noch in ihrer Paradoxie-Zusammenstellung. Nämlich, dass sie, die ihr ganzes Erwachsenenleben immer frisch gemahlenen Kaffee aus ganzen, fair gehandelten Bohnen genossen hatte, nun seit ein paar

Monaten mit Wasser vermischtes Kaffeepulver trinken musste, welches man allenfalls als dunkle, bittere Brühe bezeichnen konnte.
Die raue Realität riss sie aus ihren Gedanken.
Sie dachte an ihren Crashkurs in Sachen Weltraumreise zurück. Man hatte damit gerechnet, dass auch sie einen Weltraumspaziergang würde durchführen müssen. Unter anderem hatte sie in einem Tauchbecken, einem sogenannten Hydrolab, in einem Raumanzug unter den Bedingungen der Schwerelosigkeit verschiedene Trainingseinheiten absolviert. Dieser Kurs mit Spacewalk-Simulation lag nun jedoch auch schon wieder etliche Monate zurück.
Kaira half ihr beim Anlegen des Raumanzugs. Sie hatte Tränen in den Augen. Brigitte streichelte ihr über den Kopf und flüsterte: »Das ist unser Schicksal, wir müssen diese Dinge akzeptieren wie sie sind. Vielleicht hat ihr Tod noch eine große Bedeutung. Wünsch mir Glück!«
»Ich wünsche dir mehr als Glück, denn du wirst mehr als Glück brauchen«, hauchte Kaira leise in ihr Ohr.
Brigitte löste sich von ihr und drückte entschlossen die Fassung des Helmes herunter. Sie winkte ihrer Kommandantin noch einmal kurz zu und verriegelte die Tür zur Luftschleuse. Sie wartete geduldig bis die Luft entwichen war. Kurze Zeit später befand sie sich bereits im All.

Kasachstan, Weltraumbahnhof Baikonur
Freitag, 25. Dezember 2020, 23.30 Uhr Ortszeit

Die Party ging ihrem Ende entgegen. Die Tische leerten sich zusehends. Immer mehr der Partygäste verschwanden in den Aufzügen, welche direkt in die Unterwelt führten. Chorowaiklikow und Charkow mussten sich mittlerweile fast an der Theke festhalten. Chorowaiklikow schwankte bedrohlich, als er genüsslich verkündete: »Na, Charkow, sollten wir ihm nicht mal so langsam Vollzug melden?«

Charkow antwortete in einem genauso genüsslichen Tonfall: »Aye, Sir, wie unsere amerikanischen Freunde sagen würden. Vollzug, den Sie persönlich angeordnet hatten.«

»Ja, ja, ja«, lallte Chorowiklikow, »Es wird Zeit, dass wir mal wieder ein paar Pluspunkte bei ihm einfahren. Vielleicht erübrigt sich ja dann auch die Maßnahme mit diesem ominösen Co-Geschäftsführer, der uns zur Seite gestellt werden soll. Also raus damit, versehen mit einem möglichst genauen Protokoll unserer tollen Intervention gegen die Seitzewa und die NASA. Wäre doch gelacht, wenn wir den da ganz oben nicht doch noch beeindrucken könnten.«

Pasadena, JPL, Headquarter
Freitag, 25. Dezember 2020, 16.33 Uhr Ortszeit

»Okay, sie hat es geschafft. Sie ist tatsächlich gelandet, was für Miss Langendorf wirklich eine bewundernswerte Leistung ist. Aber es passiert leider offensichtlich gar nichts. Kein Aufbläh-Effekt, keine Aura, nicht das geringste Anzeichen einer Reaktion.« Scott schaute hilflos auf die Bilder des unveränderten HQ auf den Projektionswänden.

Conti bemerkte enttäuscht: »Vielleicht haben wir nicht alles richtig gemacht? Befindet sich Brigitte überhaupt im Bereich des Gegenpols?«

Szusanne Stark bestätigte: »Der Landeort stimmt jedenfalls sehr genau mit unserer theoretischen Vorgabe überein. Die Abweichung beträgt gerade mal fünf Meter.«

»Das nenn' ich 'ne Punktlandung! Was sagen unsere Messinstrumente, Miss Stark?«

»Keine Veränderungen, Professor Scott.«

»Nun das war's denn, meine Damen und Herren. Wir haben all unsere Karten ausgespielt, aber leider war das Trumpfass nicht dabei. Wir können Frau Langendorf mitteilen, sie möge sich auf den Rückweg machen. Miss Stark, schalten Sie mir eine Verbindung direkt in den Raumanzug von Miss Langendorf.«

»Schaltung steht.«

»Scott an Langendorf, die Mission ist abzubrechen. Ich wiederhole, Miss Langendorf, bitte...«

In diesem Moment platzte Unaden in die Übertragung: »Professeur Scott, ecoutez!! Ne pas arreter, don't stop please! Io legte the Amulett de Brown King in the space craft. Dans la Geschenkbox.

Esso importante, tres important.«

»Was soll denn mit der Geschenkbox sein. Unaden, um Himmels Willen, stör' unser Manöver nicht! Da draußen geht es um Leben und Tod!«

»Si Professor, la vie et la morta.«

Scott entschloss sich offenbar, Unaden nicht weiter zu beachten und setzte an, seinen Befehl nochmals zu bekräftigen, als Steven dazwischen fuhr: »Halt, Stopp, bitte die Aktion noch nicht abbrechen. Entschuldige Greg, ich muss hier insistieren. In der Geschenkbox ist Wills Amulett enthalten und das hat offensichtlich eine enorme Bedeutung. Brigitte, hör' mir gut zu. Das Amulett, Brigitte, das Amulett ist die Lösung. Die Kraft ist sowohl auf den Amulettträger als auch auf das Amulett übergegangen. Du musst nur das Amulett dort lassen und dann nichts wie weg.«

Im Konferenzraum herrschte großes Erstaunen.

»Meine Güte, Steven, was machst du denn?«

»Eine plötzliche Eingebung, Greg. Du hast doch gehört, was uns Unaden gerade erzählt hat. Das erscheint mir als unsere letzte Chance. Sozusagen das allerletzte Ende des Strohhalms.«

Da Luca atmete tief durch: »Sie können einen aber auch erschrecken, Dr. Winstone. Sagen Sie, hat Frau Langendorf dieses Amulett, von dem Sie reden, überhaupt dabei? Bedenken Sie, dass Ihre Partnerin in einem Raumanzug steckt.«

Steven erwiderte mit möglichst viel Zuversicht in der Stimme: »Ich denke, sie wird meine Message gleich hören. In circa sechs Minuten wissen wir mehr.«

Mit diesen Worten blickte er in Richtung Scott, welcher mit einer gehörigen Mischung aus Skepsis und Galgenhumor hinzufügte: »Okay, Steven, man soll ja nichts unversucht lassen. Das wird man uns am Ende wirklich nicht vorwerfen können.«

Solarfire
Freitag, 25. Dezember 2020, 16.38 Uhr Ortszeit

Brigitte hörte die geliebte Stimme in ihrem Kopfhörer. Das Amulett – sie hatte es tatsächlich dabei. Seit Djalu es ihr Anfang der 1990er

Jahre bei ihrer Reise zur Durchführung von Sprachstudien beim Stamm der Noogayarrah vom Mt. Narryer in der Pilbara-Halbwüste Australiens geschenkt hatte, trug sie es eigentlich ununterbrochen. Ja damals hatte sie diese wunderbaren Menschen kennengelernt und trug ihr Andenken seither ununterbrochen auf der Haut. Und nun sollte sie sich davon trennen? Ihr wurde das Herz schwer. Ein Bild kam ihr in den Sinn. Die alte Rose Dawson im Film »Titanic«, die Le Coeur de la Mer, den Superdiamanten, in tiefer Nacht an der Stelle des Untergangs in die Fluten des Atlantiks wirft. Ein Erinnerungsstück, welches einen fast auf dem gesamten Lebensweg begleitet, abzugeben, ist schon verdammt schwer. Und was würde Djalu dazu sagen? Dann kam ihr ein weiterer Gedanke. Wenn sie sich dafür entschiede, wie sollte sie es überhaupt bewerkstelligen, das Amulett nach draußen ins Vakuum des Alls zu bringen? Sie schilderte Kaira über Funk ihr Problem und wurde daran erinnert, dass es in den russischen Raumanzügen der neuesten Bauart eine eingebaute Mini-Luftschleuse für solche Fälle gab. Sie fasste im Innern des Skaphanders nach dem Aborigine-Schmuck. »Mein Gott, Brigitte«, dachte sie, »sei nicht so sentimental! Wenn diese Aktion schiefgeht, ist sowieso alles aus. Nicht nur für dich, sondern für die gesamte menschliche Zivilisation der Erde!« Obwohl sie bisher nichts von dieser Mini-Luftschleuse gewusst hatte, gelang es ihr ohne Probleme das Amulett nach draußen zu befördern. Sanft legte sie das Amulett auf die Asteroidenoberfläche. Weich und federnd tanzte es über den Boden und blieb schließlich ruhig liegen. Brigitte schaute sich um. Augenscheinlich passierte zunächst gar nichts. Egal. Sie hatte jedenfalls ihre Aufgabe erfüllt, zündete ihr Raketentriebwerk, um wie vom JPL-Headquarter vorgegeben, sofort zur Solarfire zurückzukehren. Detaillierte Messungen und Analysen würden sicherlich von den Experten in der Solarfire und am JPL vorgenommen werden.

Pasadena, JPL-Headquarter
Freitag, 25. Dezember 2020, 17.23 Uhr Ortszeit

Scott kommentierte die Ereignisse der vergangenen Minuten: »Okay, wir haben eine schwache magnetische Kraft auf dem HQ erzeugt. Die Wirkung reicht ein paar hundert Meter weit. Ein unter normalen Umständen erstaunliches Ergebnis, wenn nicht sogar eine wissenschaftliche Sensation, aber das erhoffte Wunder ist ausgeblieben.«

»Nun, ich muss gestehen«, bemerkte Dyce trocken, »ich hatte mir mehr von dieser Aktion erhofft. Ist unser letzter Strohhalm endgültig abgeknickt?«

Unruhe breitete sich aus und ein lautes Stimmengewirr entstand. Manche schienen ihren Gedanken nachzuhängen oder vielleicht zu beten.

»Was ist das?«, fragte Mei Ling unvermittelt. »Hören Sie das? Hören Sie auch dieses dunkle Geräusch?«

Wo eben noch laute Hektik geherrscht hatte, trat plötzlich gespannte Stille ein. Ein tiefer an- und abschwellender Ton erfüllte immer stärker den Raum. Es klang fast wie ein tief gespieltes Didgeridoo. Mai Ling schaltete auf die Medicroom-Kamera und schrie auf: »Seht mal! Djalu, Djalu ist wieder aufgewacht. Er gibt diese Geräusche von sich. Wenn man genau hinhört, sind sogar Wörter der Aboriginesprache zu erkennen.«

»Unglaublich!«, entfuhr es Scott. »Anscheinend war tatsächlich die Drehung des HQ für seinen apathischen Zustand verantwortlich. Los, Unaden, lauf hinüber und versuche, ihn anzusprechen. Wir müssen wissen, was er uns zu sagen hat.«

Unaden machte sich auf den Weg und fing sofort an zu übersetzen, als er den Medicroom betreten hatte.

Il always sagt the same

Le Schmuckstein must berühren le petit planet

Nachdem Unaden den Satz mehrfach wiederholte, äußerte sich Dyce ungehalten: »Ja Unaden, wir haben es alle gehört. Kann jemand mit dieser kryptischen Message etwas anfangen?«

Scott blieb ruhig und analysierte: »Mit ›Le petit planet‹ meint er wohl den HQ. Und mit ›Le Schmuckstein‹ meint er wohl das Amulett von Doktor Johnson. Es kann nur darum gehen, da Brigittes Amulett ja schon Bodenhaftung hat. Weiß der Himmel wieso er weiß, dass sich das andere Amulett an Bord der Ceres-Sonde befindet. Das Johnson-Amulett soll also offensichtlich die Oberfläche des HQ berühren. Dieses befindet sich allerdings innerhalb einer Geschenkbox irgendwo in der Ceres-Sonde.«

Miss Quamoora ließ sich zu der Aussage hinreißen. »Das hat doch keinen Zweck mehr, unser Schicksal ist besiegelt. In wenigen Minuten ist es aus.«

»Nein, nein«, rief Dyce »Frau Langendorf, sie befindet sich noch auf dem Rückweg zur Solarfire. Sie könnte umkehren und die Ceres-Sonde noch erreichen.«

Conti stöhnte entnervt: »Nein, wir können Brigitte nicht schon wieder da hinunter schicken.«

Dyce erwiderte: »Können wir wohl, wenn das unsere letzte Chance ist. Also mein Befehl an die stellvertretende Flugdirektorin. Schalten Sie mir eine Verbindung zu Frau Langendorf.«

»Moment mal«, beruhigte die angesprochene Szusanne Stark, »das bekommen wir vielleicht auch anders hin. Unaden bitte zeig mir, wo und wie du das Amulett von Brown King in der Box verstaut hast.«

Unaden machte einen verschreckten Eindruck nach der aufflammenden Diskussion. Szuanne Stark stand unter Missachtung der ungehaltenen Blicke von Jack Dyce auf, legte sanft den Arm um ihn und sprach beruhigend auf ihn ein: »Komm Unaden, wir gehen dazu nach draußen auf den Gang, dort sind wir ungestört.«

Unaden folgte ihr offensichtlich erleichtert auf den Rundgang des Headquarters. Man sah wie sich beide konzentriert über einen Tablet-PC beugten und dabei palaverten und heftig gestikulierten. Schon nach wenigen Minuten nickte Szusanne Stark heftig mit dem Kopf und klemmte sich das Tablet unter den Arm. Schnellen Schrittes eilte sie zur Tür des Konferenzraumes und rief schon beim Eintreten aus: »Wir haben eine Lösung für unser Problem!« Und noch bevor jemand anderes etwas sagen konnte, sprudelte es aus ihr heraus: »Ich kann die Sonde mit ihren Hydraulikbeinen vorne anheben und gleichzeitig die Klappe der Kammer öffnen, in der sich die Box mit dem Amulett befindet.«

Conti gab die Zwischenmeldung: »Wir haben noch etwa eine Stunde, bis die Schockfront beim HQ eintrifft und noch circa fünf Stunden bis sie hier ist.«

»Dann starten Sie ihr Manöver, Miss Stark«, ordnete Scott an, wenn Djalu dies für erforderlich hält, sollten wir ihm folgen, oder Mister Dyce?«

»Ich bin einverstanden, vollkommen einverstanden.«

Solarfire
Freitag, 25. Dezember 2020, 18.11 Uhr Ortszeit

Brigitte schwebte auf die Solarfire zu. Noch circa 400 Meter waren zurückzulegen, dann würde sie die rettende Enklave in der eisigen Finsternis erreichen. Plötzlich fing ihr Triebwerk an zu stottern. Brigitte hörte aufgeregt auf das veränderte Geräusch. Ohne lange zu überlegen, fingerte sie an den Schubschaltern herum. Dabei betätigte sie die Schubumkehr. Sie merkte wie sie immer langsamer wurde. Gleichzeitig nahmen die Aussetzer des Triebwerkes weiter zu. Einige Meter trieb sie noch weiter, dann setzte der Antrieb vollständig aus und sie stand fast auf der Stelle. Ja, sie trieb sogar leicht vom Raumschiff weg. Man hatte ihr gesagt, dass ein solcher Raumanzug über zehn Millionen Dollar kostete. Und nun gab das Ding schon nach so einer lächerlich kurzen Einsatzzeit den Geist auf!

»Kaira, was ist hier los? Mein Antrieb versagt. Ihr hattet mir doch versichert, dass diese Strahltriebwerke eine Laufzeit von über zehn Stunden hätten.«

»Ich kann mir keinen Reim darauf machen. Versuche einen Neustart. Fahre das Antriebssystem herunter und wieder hoch.«

»Bitte noch mal ganz langsam!. Du weißt, dass du es hier mit einer Sprachwissenschaftlerin zu tun hast!«

»Also ich erkläre es dir genau. Hör gut zu.«

Die Kosmonautin erklärte und Brigitte befolgte alle Anweisungen – aber der Erfolg blieb aus.

»Die Schockfront wird uns in circa 50 Minuten erreichen. Spätestens dann musst du wieder im Raumschiff sein. Ich komm dich holen.«

»Nein, Kaira, das ist zu gefährlich, eine muss hier doch handlungsfähig bleiben.«

»Jetzt red' kein Blech, Brigitte. Ich bin gleich bei dir.«

Sekunden später hörte Brigitte den Funkspruch an die Erde: »Kaira Nawroth an Headquarter. Brigitte hat ein Problem. Ein Triebwerksschaden. Ich werde aussteigen, um sie reinzuholen. Ich schalte den Funkverkehr auf die Helmkommunikation«

Keine zehn Minuten später schwebte Kaira auf Brigitte zu. Brigitte fühlte Dankbarkeit, obwohl diese Rettungsaktion an blinden Aktionismus grenzte. Ihr fehlten die Fachkenntnisse, um die Lage wirklich beurteilen zu können, aber wahrscheinlich war es egal, ob man sich in einem Raumanzug oder an Bord der Solarfire befand, wenn die Schockfront über diesen Raumsektor hinwegfegte. Der winzige Schutzraum im Raumschiff war sicherlich in dieser Situation weitgehend wirkungslos.

Brigitte versuchte trotzdem ein Lächeln durch ihr Helmvisier, als Kaira bei ihr eintraf und bildete sich ein, auch bei Kaira Lachfalten entdeckt zu haben. Kaira griff beherzt zu und gab mit ihrem Raketenantrieb vollen Schub. In diesem Moment übertrugen die Außenmikrofone ein tiefes Brummen, ja es klang wie ein Brummkreisel. Beide Frauen blickten unwillkürlich in Richtung HQ, von dem die Geräusche anscheinend ausgingen. Beiden stockte der Atem, als sie sahen, was passierte. Der HQ verformte sich. Die Oberfläche schien sich zu verflüssigen. Nach kurzer Zeit ähnelte sie geschmolzenem Glas. Der unförmige Asteroid wandelte sich zusehends in eine Kugel. Gleichzeitig setzte sich das Raumschiff in Bewegung. Mit leichter Geschwindigkeit trieb es auf den HQ zu.

Brigitte schrie aus Leibeskräften. »Kaira, was machst du denn?«

»Ich mache gar nichts! Der verdammte Metallbrocken zieht die Solarfire an! Ich kann nichts dagegen tun!«

Entsetzt beobachteten die beiden Frauen, wie die Solarfire immer weiter auf den sich verformenden HQ zutrieb.

Mars, Mars City
Freitag, 25. Dezember 2020, 19.46 Uhr Ortszeit

Die Glaskuppel schimmerte tiefrot im Abendlicht. Dieses allabendliche intensive Rot ließ die Sonnenuntergänge auf der Erde blass erscheinen. Riesenstein und Thomson schlenderten über den Außengang des riesigen Botanik-Moduls. Der ansprechend gestaltete Fußweg konnte von den Mitarbeitern für Spaziergänge genutzt werden. Beide sahen recht mitgenommen aus und hatten offensichtlich Mühe, die Augen offen zu halten. Trotz des tiefroten Lichtes traten ihre dunklen Augenringe unverkennbar hervor. Nachdem sie eine Zeit lang schweigend ihre Runden gedreht hatten, brachte Riesenstein schließlich hervor: »Mann, war das 'ne Party. Das ging ja ganz schön in die Vollen. Alles was recht ist. Machen ansonsten immer so einen verklemmten Eindruck die Chinesen, aber hier auf dem Mars werden die zum Tier.«

»Teufel auch!«, meinte Thomson.

»Andere Baustelle: War letztens bei der Missionsleitung. Die ham mir eröffnet, dass wir wohl hierbleiben müssen. So für immer, verstehste? Die Erde wird wohl in ein paar Stunden den Bach runter gehen. Da bleibt kein Auge trocken, soweit ich das beurteilen kann. Hier auf'm Mars is alles auf den stärksten Strahlenschauer ausgelegt. Außerdem trifft uns der Sturm nur ziemlich marginal. Die Zivilisation findet danach auf'm roten Planeten statt, verstehste? Wer weiß, ob in ein paar Stunden auf der Erde auch nur noch ein dusseliges Funkgerät funktioniert. Dann ist nix mehr mit Youtube-Videos reinziehen.«

»Hm.«

»Jahrzehntelang Rapunzel ernten ist ja abwechlungstechnisch nicht gerade der Riesen-Brüller. Und der Mangold hängt mir schon jetzt zum Hals raus. Und bis wir terraformingmäßig diesen Staubbrocken in ein verdammtes Paradies verwandelt haben, dauert's, grob geschätzt, wohl noch so ein paar hundert Jahre.«

»Klar«, pflichtete Thomson bei.

»Vor kurzem sind ja noch'n paar Raumschiffe von der Erde eingetroffen. Vorwiegend von der Marke private Raum-Patrouille. Soviel ich gehört hab, ham die auch Eizellen vom Klonschaf Dolly dabei. Wenn's hier also grün wird, traben die ersten Schafherden über die Marswiesen. Das klingt doch schon richtig verlockend, oder?«.

»Hm, ja.«

»Und die Raumflotte könnte Star Wars entsprungen sein. Designtechnisch das Abgefahrenste was dieses Sonnensystem jemals durchquert hat.«

»Huiuiui.«

»Aber haste mal die Besatzung von Space Flight 3000 gesehen. Das ist als hätteste Claudia Schiffer, Kate Moss und Heidi Klum geklont und gleich mehrfach reproduziert.«

»Teufel, auch.«

»Da sind ja so'n paar abgefahrene Marsreiseanbieter in der Flotte. Die Reisenden haben sündhaft teure Tickets bezahlt. One-Way-Tickets wohlgemerkt. So'n Pech aber auch. Aber wer weiß, wer weiß, vielleicht liegen die ja mit'm Mars vollkommen korrekt goldrichtig. Jedenfalls haben die Marstouries ihr ganzes Hab und Gut verkauft, um hier die ersten Siedler zu sein. Die woll'n dieses Drecksloch tatsächlich dauerhaft besiedeln. Eins von den Raumschiffen heißt Mayflower 2. Symbolmäßigtechnisch nicht zu toppen, oder was meinst du?«

Thomson stimmte mit einem überzeugten »genau« zu.

»Also wenn wir mal so'n Date mit 'ner Space Flight-Mieze organisieren könnten und die dann anbeißt, könnte man sich das mit 'nem Daueraufenthalt hier doch noch überlegen. Die Auswahl ist ja hier männertechnisch gesehen nicht gerade riesig, wenn du verstehst, was ich meine. Und so ein Schäferstündchen bei Marsgravitation muss ja so das Abgefahrenste sein, was man sich so vorstellen kann. Oder?«

Thomson meinte: »Ähem.«

»Dann mal auf in den Schutzbunker, du wandelndes Wörterbuch. Müssen erst mal diesen beknackten Sonnensturm überstehen.«

»Meinetwegen«, willigte Thomson ein.

Pasadena, JPL-Headquarter
Freitag, 25. Dezember 2020, 20.02 Uhr Ortszeit

»Um Gottes Willen, schauen Sie sich an, was da passiert!«, schrie Conti.

Auf den Bildschirmen erschien der HQ, welcher sich in Form und Aussehen wandelte. Man konnte innerhalb weniger Minuten verfolgen, wie sich dessen unförmige Masse mehr und mehr in eine exakte Kugel verwandelte.

»Wie ist das möglich?«, fragte Miss Candell, »es handelt sich doch gar nicht um Paramaterie.«

»Offensichtlich reichen die hier freigesetzten Parakräfte aus, um normale Materie zu verformen«, antwortete Scott. »Was sagen unsere Messungen, Miss Stark?«

»Das werden Sie nicht glauben, aber dort draußen entsteht gerade ein Magnetfeld in einer Stärke, welche das irdische Magnetfeld bei Weitem übertrifft. Und es breitet sich aus!«

»Wohin breitet es sich aus?«, fragte Scott nach.

»Zum einen zur Sonne hin, wo es allerdings durch den starken Sonnenwind abgestoppt wird. Zum anderen in die Gegenrichtung. Es rast förmlich auf uns zu. Vom HQ ausgehend, bildet sich ein riesiger Trichter in Richtung äußeres Sonnensystem. Und anscheinend befindet sich die Position der Erde momentan genau in diesem Schweif des Asteroidenmagnetfeldes.«

Erstaunt, aber durchaus erwartungsvoll schauten alle auf die Bildschirme. Gebannt verfolgten Sie das Geschehen, bis sich Jack Dyce meldete: »Ich bin ja trotz ständiger Anwesenheit in ihren Kreisen immer noch Laie, was astronomische Sachverhalte angeht, aber kann es tatsächlich eine Art Verbindung zwischen der Venus und der Erde geben?«

Es war Conti, welcher die Antwort übernahm: »Diese Wechselwirkung zwischen dem inneren Sonnensystem und der Erde ist im Prinzip nichts Neues, sondern konnte vorher schon bei der Venus festgestellt werden. Schon der Forschergruppe um Markus Fränz vom Max-Planck-Institut für Sonnensystemforschung (MPS) gelang es im Jahr 2013 anhand der Beobachtungen der Sonde Venus Express nachzuweisen, dass von der Venus unter bestimmten Voraussetzungen Materie bis zur Erdumlaufbahn gelangen kann. Interessanterweise passiert dies, wenn der Sonnenwind ganz schwach wird, oder fast aussetzt. Unter dieses Bedingungen generiert die Venusatmosphäre, welche keinen Schutz durch ein eigenes Magnetfeld besitzt, auf der sonnenabgewandten Seite einen Plasmaschweif, der viele Tausend, unter Umständen auch Millionen Kilometer ins äußere Sonnensystem hinausreicht. So wurde von der SOHO-Sonde, welche im Gleichtakt mit der Erde um die Sonne kreist, tatsächlich schon im Jahr 1996 Venusplasma in Erdnähe nachgewiesen.

Damals fiel die wissenschaftliche Einordnung des Befundes noch schwer. Heute wissen wir, dass bereits in der Vergangenheit, wahrscheinlich schon seit vielen Millionen oder Milliarden Jahren im Sonnensystem Teilchen von den inneren zu den äußeren Planeten und speziell von der Venus zur Erde wandern konnten.«

»Danke für diese Erläuterungen, Eduardo«, nickte Scott anerkennend und wandte sich Szusanne Stark zu: »Können wir das Geschehen in einer Hologrammdarstellung verfolgen?«

Szusanne Stark ließ über dem Konferenztisch das innere Sonnensystem erscheinen, in dem sich ein Trichter von der Venusumlaufbahn in Richtung Erde ausbreitete.

»Der Magnetschweif ist schneller als der CME«, stellte Steven fest. »Nach Lage der Dinge erhält unser schöner Planet inklusive der irdischen Zivilisation zum zweiten Mal einen Schutzschirm des Parauniversums.«

»Über diese Brücke gehe ich noch nicht«, unkte Conti, »unter Umständen haben wir dann für ein paar Stunden magnetischen Schutz, bis wir aus diesem Schweif heraus gewandert sind.«

»Nein, nein, so ist das aber nicht,« beruhigte Szusanne Stark, »der Para-HQ, so nenn ich ihn jetzt mal, wandert nämlich auf einer erdgebundenen Bahn exakt mit unserem Planeten mit.«

»Sind Sie diesbezüglich ganz sicher, Miss Stark?«, fragte Scott nach.

»So sicher wie das Amen in der Kirche, Professor Scott.«

»Es bleibt also dabei! Wir erhalten wieder einen gigantischen Schutzschirm für unseren Planeten. Innerhalb von fünf Jahren hat die Parawelt ein komplettes Abwehrsystem installiert, welches uns umfassend vor der Strahlenbelastung aus dem All schützt.«

Verhaltener Jubel kam auf, bis Jack Dyce äußerte: »Man soll den Scheck nicht vor der Gutschrift loben. Warten wir zunächst einmal die kommenden Stunden ab, ob das System auch in der erhofften Weise wirksam wird. Schalten Sie bitte in den Situation Room des Weißen Hauses.«

»Bis dahin sollten wir uns noch einem anderen Problem widmen«, drängte sich Szusanne Stark dazwischen. »Miss Nawroth und Brigitte befinden sich immer noch auf ihrem Weltraumspaziergang und die Solarfire bewegt sich auf den Para-HQ zu.«

»Bringen Sie uns die Situation auf die Schirme«, reagierte Scott sofort und fügte hinzu: »Schalten Sie auf die Drohne mit der Kamera.«

Man sah die Solarfire auf den HQ zutreiben. Die beiden Frauen befanden sich mehrere hundert Meter vom Raumschiff entfernt.

Steven reagierte hektisch und schaltete auf den Fernfunk via Solarfire: »Brigitte, Miss Nawroth, die Schockfront erreicht euch in 15 Minuten. Versucht in dieser Zeit zum Schiff zu kommen!«

Szusanne Stark reagierte gelassen: »Die Schockfront wird nicht das Problem sein, Steven. Die beiden befinden sich längst im Einflussbereich des schützenden Magnetschirms. Aber es deutet sich ein anderes Problem an. Die Oberfläche des HQ ist verflüssigt und besteht mittlerweile aus einem butterweichen Metallbrei. Sowohl die russische Sonde als auch die Ceres-Sonde sind sang- und klanglos darin untergegangen.«

»Was willst du damit sagen, Szusanne?«, reagierte Steven ungehalten.

»Wenn sich das Geschehen so weiterentwickelt, wird die Solarfire in wenigen Minuten dort versinken.«

»Können wir nicht von hier aus noch etwas tun?«

»Wir könnten via Fernsteuerung die Triebwerke der Solarfire starten. Die Schockfront hat die Solarfire noch nicht erreicht, so dass eine Fernsteuerung noch aufgebaut werden kann. Wenn wir Glück haben und der Steuerimpuls noch rechtzeitig eintrifft, gewinnen wir damit unter Umständen einige Minuten bis Stunden.«

»Dann machen Sie das sofort!«, ordnete Scott an. »Aber passen Sie auf, dass sich die Solarfire nicht ins Weltall verabschiedet! Damit hätten wir auch nichts gewonnen.«

Solarfire
Freitag, 25. Dezember 2020, 20.26 Uhr Ortszeit

Brigitte und Kaira starrten entsetzt auf die Szenerie vor ihren Augen. Die Solarfire befand sich nur noch wenige Meter von dem flüssigen Metallsee des HQ entfernt. In den vergangenen Minuten hatten sie beobachten müssen, wie die beiden Sonden vollständig in dem flüssigen Metall untergegangen waren. Es konnte sich nur noch um Sekunden handeln, bis die Solarfire das gleiche Schicksal ereilte. Ohne das Raumschiff hätten sie nur noch wenige Stunden zu leben bis die Sauerstoffvorräte ihrer Skaphander aufgebraucht wären.

Aber was war das? Brigitte spürte Wassertropfen in ihrem Helm. Wo um Himmels Willen kam dieses Wasser her? Es rieselte stärker und stärker in ihren Helm hinein. Sie hatte mal in der Vorbereitungsphase einen Schnitt durch diese Hightech-Anzüge gesehen. Man hatte ihr versichert, dass sie sich zu hundert Prozent auf dieses Exoskelett verlassen konnte, als würde sie sich mit einem eigenen, kleinen Raumschiff durch's All bewegen. Sie hatte damals nur erkannt, dass diese sich aus mehreren Schichten aufbauten. Alles voller Sensoren, die normalerweise ständig die Körperfunktionen des Astronauten überwachten. Der Anzug musste seinen Träger vor direkter Sonnenstrahlung von mehr als hundert Grad schützen, im Schatten von Himmelskörpern Temperaturen von unter Minus hundert Grad verkraften und obendrein radioaktive Strahlung sowie winzige Geschosse aus Metall oder Gestein abwehren. Und irgendwo in diesem Technikgewirr zogen sich auch Wasserschläuche zum Schutz gegen die kosmische Strahlung und zur Vermeidung von Überhitzungen hindurch. Es schien ihr absolut rätselhaft, wieso es hier ein Leck geben konnte, aber sie hatte anscheinend einen undichten Raumanzug erwischt.

Brigitte fing an zu zittern. Bisher hatte sie ihren ersten Außeneinsatz im All tapfer verkraftet. Es war auch ganz offensichtlich, dass sie einen Mechanismus der Parawelt in Gang gesetzt hatten. Wenigstens hatten sie einen Effekt erzielt, wie auch immer dieser wirken würde. Sie hatten also ihr Möglichstes getan. Obwohl ihr Kontrollsystem anzeigte, dass die Temperatur im Raumanzug nicht abgenommen hatte, machte sich bei ihr zunehmend Schüttelfrost bemerkbar. Die zunehmende Feuchtigkeit im Helm machte sie schier wahnsinnig. Was zunächst nur verhalten begonnen hatte, verstärkte sich immer mehr bis schließlich ihr ganzer Körper davon erfasst wurde. Schließlich zitterten ihre Lippen so stark, dass sie kaum noch ein Wort hervorbrachte.

Dann passierten mehrere Dinge gleichzeitig. Zunächst hörten sie Stevens Stimme, der sie aufforderte möglichst schnell in das

Raumschiff zurückzukehren. Noch bevor sie antworten konnten, dass dies in wenigen Sekunden nicht mehr möglich sein würde, zündeten die Triebwerke der Solarfire. Zunächst schien die Anziehungskraft des veränderten HQ stärker, denn die Bewegung wurde nicht gestoppt. Schon schien der hintere Teil des Schiffes mit dem Flüssigmetall zu kollidieren und die Triebwerksgase gruben sich tief in die Metallmasse. Brigitte mochte nicht mehr hinsehen und wendete sich schon ab, als sie einen lauten Aufschrei von Kaira vernahm. Als sie wieder aufblickte, konnte sie beobachten, wie sich das Schiff Meter um Meter von dem Gefahrenherd wegbewegte. Sie hörte Kairas Stimme, die sich fast überschlug, als sie verzweifelt versuchte, für die Bodenstationen in Baikonur und im Headquarter die Lage vor Ort zu beschreiben. Dabei wechselte sie ständig zwischen Russisch und Englisch hin und her. Brigitte konnte den Ausführungen kaum noch folgen. Egal!

Für's Erste war das Raumschiff anscheinend gerettet. Eine letzte Brücke ins Ungewisse, gebaut vom Schicksal.

Jupiter, Jupiter Icy Moons Orbiter (JIMO)
Samstag, 26. Dezember 2020

King schaltete wie ein Besessener zwischen den Kanälen hin und her und schien sich gar nicht satt sehen zu können. Die Fernsehsender überschlugen sich mit Berichten aus aller Welt. Ausgelassene Menschenmengen feierten in den Straßen. Autokorsos füllten die Innenstädte der Metropolen der Welt. Wildfremde Menschen lagen sich in den Armen. Der Planet war der ganz großen Katastrophe entgangen. Immer wieder flimmerte die Simulation des magnetischen Schweifs, in dessen Schutz die Erde eingetaucht war, über die Mattscheibe. Und immer wieder wurden die Fotos von Kaira Nawroth, Lena Oljewitsch und Brigitte Langendorf eingeblendet. Die Nachrichten liefen wie ein Lauffeuer um den Globus.

»King, Sie regen mich auf«, schnauzte Skeleby.

»Was haben Sie denn, Skeleby? Gerade wurde die Welt gerettet und Sie machen ein Gesicht wie drei Tage Weltraumregenwetter.« King schüttete sich aus vor Lachen über sein Wortspiel.

»Mann, King, Sie sind echt ein großes Kind. Die Welt ist längst noch nicht aus dem Gröbsten raus, sage ich Ihnen. Aktuell naht nämlich die nächste globale Gefahr. Just in diesem Moment ist da ein Raumschiff unterwegs mit einer tödlichen Bedrohung an Bord für alles Leben auf diesem eben gerade geretteten Planeten.«

»Ach Skeleby, jetzt warten Sie erst mal ab. Vielleicht finden unsere Wissenschaftler ganz schnell ein Gegenmittel. Dann sind wir unsere Sorgen los und es ist wirklich alles in Butter.«

»So wie unser bester Professor Bosenheim, hä?«, höhnte Skeleby. »Haben Sie wirklich Vertrauen zu diesen Quacksalbern? Ihren Optimismus möchte ich haben. Reiner Zweckoptimismus, weil Sie letztlich für diese Misere verantwortlich sind. Glauben Sie wirklich, dass menschliches Wissen ausreicht, um einen Mechanismus zu bändigen, der seit über drei Milliarden Jahre schon funktioniert?«

»Sie können einen aber auch die beste Laune vermiesen! Ja, Sie sind die personifizierte Spaßbremse, so etwas wie der Miesepeter vom Dienst!«

Skeleby wandte sich wortlos ab und verließ mit finsterer Miene den Kommandoraum.

Pasadena, JPL-Headquarter
Samstag, 26. Dezember 2020, 00.14 Uhr

Steven stand in der Cafeteria im Außenbereich des Headquarters und gönnte sich fünf Minuten Pause mit einer Tasse dampfendem weißen Kakao. Er machte ein angespanntes Gesicht. Die ganze Welt konnte sich freuen, nur er und die JPL-Crew nicht. Er schaute in den Fernseher der Cafeteria. Auch er sah die Bilder der ausgelassen feiernden Menschen. Der Monster-Sonnensturm war über die Erde hinweg gegangen, ohne größere Schäden zu hinterlassen. Die Katastrophe war ausgeblieben. Sogar die Satellitenflotte befand sich in weitgehend intaktem Zustand. Gerade wurden wieder etliche Straßeninterviews mit feiernden Menschen übertragen. Es lief zurzeit die größte Party, die der Globus je erlebt hatte. Ja es schien, als sei der gesamte Globus gerade Fußballweltmeister geworden. Er hatte jedoch den Eindruck, dass die Solarfire-Mission das Endspiel in der Verlängerung noch verlieren würde.

Die Sorge um Brigitte lastete wie Blei auf seinen Schultern. Die Crew im Headquarter arbeitete verbissen weiter an der Rettung des Schiffes. Die Treibstoffvorräte des Raumschiffs gingen zu Neige. Wenn diese aufgebraucht waren, würde die Solarfire zerstört werden.

Hatten die beiden Frauen da draußen noch eine Chance? Nach menschlichem Ermessen waren beide verloren. Es konnte sich nur noch um wenige Stunden oder Minuten handeln, bis das Ende nahte. Mussten sie für ihren erfolgreichen Einsatz mit dem Leben bezahlen?

Nein, das durfte nicht sein!

Steven fühlte sich ohnmächtig, wie noch nie in seinem Leben.

Der Kontakt zur Solarfire und den beiden Frauen war nach wie vor abgerissen. Die nachgelagerten Störimpulse durch den CME wirkten offensichtlich so stark, dass die Funkverbindung ins innere Sonnensystem noch immer vollständig zusammengebrochen war. Verzweifelt versuchten sie seit Stunden von der Erde aus, Einfluss auf das Geschehen in der Venusumlaufbahn zu nehmen. Bisher vergeblich.

Steven trank den letzten Schluck Kakao und kehrte zurück in den Konferenzraum. Er warf erwartungsvolle Blicke in die Augen der Anwesenden und fragte: »Na, haben wir wieder Kontakt zur Solarfire?«

Er erntete nur verzweifelte Minen und ein kollektives Kopfschütteln.

Solarfire
Samstag, 26. Dezember 2020

Das Triebwerk der Solarfire fing an zu stottern. Der zuvor kontinuierlich austretende Feuerstrahl setzte in immer kleineren Abständen ruckartig aus. Die Solarfire hatte zuvor in den letzten zwei Stunden beständig mehr und mehr Abstand zum HQ gewonnen. Am Schluss waren es mehrere Kilometer gewesen. Kaira und Brigitte hatten in dieser Phase versucht, ihren Abstand zum HQ zu halten. Hierzu musste Kaira ihren Raketenantrieb mehrfach zünden und dabei Brigitte immer wieder mitziehen. Kaira versuchte dabei, so viel Treibstoff wie möglich zu sparen. Den Plan, mit dem Antriebssystem des einen Raumanzuges gemeinsam zur abdriftenden Solarfire zu gelangen, hatten sie verworfen. Sie empfingen seit einigen Stunden keine Signale mehr von der Erde. Auch die Kommunikation zwischen ihnen wurde immer stärker durch Störgeräusche beeinträchtigt. Ihre Funksprüche kamen nur noch zerhackt und bruchstückhaft an. Brigitte vermutete, dass dies auf die Nachwirkungen der gerade durchgerauschten Schockwellenfront des Sonnensturms zurückzuführen sei. Brigitte kämpfte bei alledem immer mehr mit dem Wasser in ihrem Helm. Wo kam das nur her? Sie hätte nie gedacht, dass dieses obskure Kühlsystem so viel Wasser enthielt. Davon hatte in den Trainingscamps niemand etwas gesagt. Solch eine Situation war auch nicht vorhersehbar gewesen. Es war ein Wunder, dass sie überhaupt noch lebte. Ihre Gedanken gingen zur Erde und ihrem Geliebten. Würde er je wieder in die Regenbogenschleier ihrer Augen blicken können? Würde sie jemals wieder in seinen schlanken und doch so starken Armen liegen? Steven musste Höllenqualen leiden. Würde sie aus diesem Leben scheiden, ohne ihm Lebewohl gesagt zu haben?

Mittlerweile lief ihr das Wasser immer öfter über Mund und Nase. Kaira hatte endlich Brigittes fatale Lage bemerkt. Brigitte konnte an Kairas entgeisterter Mine ablesen, dass auch ihrer Kommandantin diese Situation völlig unbekannt vorkam. Das einzige, was ihr schließlich einfiel, war damit zu beginnen, Brigitte um die eigene Achse zu drehen, so dass das Wasser im Helm in Bewegung gehalten wurde und Brigitte auf diese Weise immer wieder nach Luft schnappen konnte.

Nur undeutlich vernahm Brigitte noch einen Funkspruch von Kaira: »Wir ha… allmählich fast den gesa… Sauerstoffvorrat… serer Skaphander aufgebr… Wir kö… nicht mehr lange so wei… machen.«

Während sich das Wasser in Brigittes Helm immer weiter ausbreitete und sie schon hin und wieder Wasser schluckte anstatt zu atmen, wurde der Feuerschweif aus der Solarfire endgültig immer schwächer. Der letzte Strahl aus der Antriebsdüse der Solarfire war kaum abgeebbt, als das Raumschiff langsam wieder in Richtung HQ zu treiben begann. Offensichtlich waren die Treibstoffreserven vollständig aufgebraucht. Anscheinend herrschte eine enorme Anziehungskraft.

»Nun ist nichts mehr zu machen!«, schoss es Brigitte durch den Kopf. »Nun ist endgültig Schluss!«

Unerbittlich trieb die Solarfire auf die Silberkugel zu.

Silberkugel?

Brigitte versuchte genauer hinzusehen, soweit es der Wasserschleier um ihre Augen zuließ.

Der HQ hatte sich unmerklich gewandelt. Wo vorher eine bewegte flüssige Masse vorhanden gewesen war, schimmerte jetzt eine spiegelblanke Fläche. Nach der flüssigen Anfangsphase, schien der Asteroid auszuhärten. Es hatte sich mit der Zeit eine glatte, silbrig glänzende Oberfläche herausgebildet. Brigitte suchte nach einem Vergleich und erinnerte sich an die Freistunden in ihrer Schulzeit. Das Gebilde schwebte wie eine riesige Flipperkugel vor ihnen im Raum.

Dann hielt Brigitte unwillkürlich den Atem an. Wie an einer Schnur gezogen driftete die Solarfire auf die gigantische Silberkugel zu. Brigitte hatte den Eindruck, dass die Geschwindigkeit dabei beständig zunahm. Schließlich war es soweit. Das Raumfahrzeug schlug auf der Kugel auf – und versank nicht.

Leicht federte es einige Meter zurück und verharrte dann wie angeklebt an der Kugeloberfläche.

Was hatte das zu bedeuten? Gab es doch noch Rettung? Ihr Helm würde in wenigen Minuten vollständig mit Wasser gefüllt sein! Sie konzentrierte sich nur noch auf die wenigen Atemzüge, die ihr blieben und antwortete nicht mehr auf Kairas Handzeichen. Sie merkte noch schwach, wie sie von Kaira mitgezogen wurde. Die ständigen Drehbewegungen machten sie ganz schwindelig. Nur noch schemenhaft konnte sie ihre Umgebung wahrnehmen. Sie registrierte, dass sie sich der großen Silberkugel näherten. Das Raumschiff hing immer noch an der Kugeloberfläche.

Ihr wurde schwarz vor Augen. Sie konzentrierte sich nur noch darauf, im richtigen Moment zu atmen.

Plötzlich öffnete sie noch einmal die Augen für einen letzten Blick. Matt gewahrte sie, dass sie sich direkt an der Außenwand der Solarfire befanden. Kaira hantierte hektisch an der Außentür der Luftschleuse. Dann wurde es wieder schwarz.

Pasadena, JPL-Headquarter
Samstag, 26. Dezember 2020

Im Headquarter hielt man den Atem an. Die Funkwellenstörung ging zurück und gerade kam eine aktuelle Übertragung der Beobachtungsdrohnen aus dem Umfeld der Solarfire herein. Darauf zeigte sich ein zu einer massiven Silberkugel gewandelter HQ. Noch elektrisierender für die Beteiligten war die Tatsache, dass die Solarfire offensichtlich von dieser Kugel angezogen worden und nicht darin untergegangen war, sondern nun in geringem Abstand von deren Außenhülle entfernt schwebte.

»Schalt mal noch ein bisschen schärfer und geh mit dem Kamerazoom näher ran«, verlangte Conti und fügte nach kurzer Zeit hinzu: »Da sind zwei Raumanzüge, ich sehe sie jetzt ganz genau.«

»Mein Gott, das sind unsere beiden Astronautinnen«, stellte Szusanne Stark begeistert fest.

Stevens Herz hüpfte vor Freude. Noch war nicht alles aus. Vielleicht gab es doch noch eine Rettung.

Doch es dauerte. Anscheinend hatten die Astronautinnen Schwierigkeiten. Einer der Raumanzüge wurde von der anderen Astronautin in einer langsamen Drehbewegung gehalten. Es musste ein ungewöhnlicher Defekt vorliegen. Bange Sekunden vergingen, bis die Außenluke aufschwang und die beiden Frauen im rettenden Raumschiff verschwanden, wobei einer der Raumanzüge offensichtlich von dem anderen mitgezogen wurde.

Im Konferenzraum brach Jubel aus. Jetzt konnte auch die Crew im Headquarter endlich mitfeiern. Die Gefahr für die Erde war abgewendet und die Retterinnen im All waren selbst gerettet. Scott ergriff das Wort, als es wieder etwas ruhiger geworden war: »Ich danke Ihnen allen für Ihre Mitwirkung. Die Parawelt hat uns ein zweites Mal kurz vor dem Untergang eine Schippe Sand hingeworfen und wir sind darauf gesprungen. Dieses Mal war es allerdings mehr als knapp. Auf uns wartet die wissenschaftliche Analyse dieser wundersamen Vorgänge. Aber wir können festhalten, dass wir ein weiteres Mal einen gigantischen Schutzschirm für unseren Heimatplaneten erhalten haben.«

»Ich wiederhole mich nur ungern, aber man sollte diesen Scheck wirklich nicht vor der Gutschrift loben, Professor Scott«, warf Dyce breit lächelnd ein, um dann fortzufahren: »Warten wir die kommenden Tage und Wochen ab, ob der Schirm auch in der erhofften Weise wirksam wird und dauerhaft bestehen bleibt.«

»Sie haben natürlich recht, wie so oft, Mister Dyce«, pflichtete Scott ihm bei, »wir wurden zunächst lediglich vor diesem einen dramatischen Sturmereignis gerettet. Wie tragfähig dieses kosmische Gebilde ist, welches sich im inneren Sonnensystem aufgebaut hat, wird sich tatsächlich erst noch zeigen müssen. Dennoch haben wir uns alle fürs Erste ein paar Ruhetage verdient.«

Dyce klang feierlich: »Danke, Professor Scott, für Ihr kurzes Resümee. Ich habe dem nur wenig hinzuzufügen, außer dass Sie aller hier erneut eine ganz hervorragende Arbeit geleistet haben.«

Dann fuhr er weniger feierlich fort: »Für Sie, Professor, Mister Mayer und mich gilt allerdings die Ihrerseits verkündete Ruhetags-Regelung nicht. Wir werden noch zur Stunde nach New York aufbrechen müssen und dem Weltsicherheitsrat Bericht erstatten.«

»Nichts anderes habe ich erwartet, mein lieber Dyce«, antwortete Scott mit einem etwas gequälten Lächeln, »Ich nehme an, die Maschine zum Big Apple steht schon bereit.«

»Genau so ist es, lieber Professor.«

Mayer, Dyce und Scott standen auf und verließen den Raum. Im Hinausgehen drehte sich Scott noch einmal um und rief: »Feiern Sie noch schön. Bis die Tage.«

Solarfire
Sonntag, 27. Dezember 2020

Brigitte nahm einen kräftigen Schluck Kiba aus ihrer Trinktube. Seit ihrem dramatischen Einsatz im All hatte sie einen unbändigen Durst und ein gesteigertes Verlangen nach etwas Süßem. Kirsche und Banane angereichert mit einem ordentlichen Schuss Fruchtzucker kamen ihr da gerade recht. Eingehüllt in Spezial-Wärmedecken saß sie vor ihrem Laptop in der Kommandozentrale, während Kaira im hinteren Schiffsteil diverse Inspektionen und Wartungsarbeiten an den technischen Anlagen der stark gebeutelten Solarfire vornahm.

Obwohl sie noch immer total erschöpft war und ihre Hände stark zitterten, hatte sie einen kleinen Text für Steven geschrieben. Sie lud ihn in ihren Mailaccount, las ihn noch einmal durch und sendete ihn mit einer Kusshand Richtung Erde.

```
An: steven.winstone@jpl.nasa.com, 2020-12-27

Mein großer Schatz,
wir haben es überstanden! Wir waren erfolgreich,
sind glücklich und traurig zugleich. Denn wir
sind hier gefangen, gefangen auf einer Metall-
kugel, die die Erde schützt. Ein Vorposten der
Menschheit in der Nähe der Sonne. Ein Wunderwerk
der Parawelt: Einerseits die Rettung, anderer-
seits auch bedrohlich. Hol' mich hier raus, mein
Liebster, damit ich dich wieder in meine Arme
schließen kann!

Liebe und einsame Grüße aus dem All
Brigitte
```

Jupiter, Jupiter Icy Moons Orbiter (JIMO)
Sonntag, 3. Januar 2021

Montgommery saß in der Beobachtungskuppel des JIMO und starrte in die tiefe Finsternis. Die Sonne war nur ein gleißender kleiner Lichtpunkt. Irgendwo da draußen befand sich die Erde. Immer noch der einzige Ort im Sonnensystem, auf dem Menschen wirklich dauerhaft überleben konnten.

Das Pentagon war über ihr Problem informiert. Eine Quarantänestation befand sich im Aufbau. Er hatte die anderen noch nicht informiert. Ein hartes Los erwartete die Crew.

Die befürchtete Kontamination irdischer Organismen durch die JIMO-Besatzung würde nicht eintreten. Auf die Techniker des Pentagon war in solchen Dingen hundertprozentig Verlass. Falls die Mediziner eine Behandlungsmethode finden würden, konnten vielleicht auch noch er und seine Crew gerettet werden.

Theoretisch jedenfalls …

Montgommery schüttelte langsam den Kopf bei diesen Gedanken und blickte wieder in die unendliche Schwärze. – Wenn es gut lief, würden sie in vier Monaten die Erde erreichen.

Kasachstan, Weltraumbahnhof Baikonur, Underworld
Sonntag, 3. Januar 2021

Das künstliche Firmament simulierte einen Sonnenuntergang. Lange stand er an der riesigen Fensterfront des schwarzen Towers in Underworld. Ein Schuss zu viel Rot, fand er, ansonsten schon ganz überzeugend. Er würde den Outerworld-Designern morgen etwas weniger rot anordnen. Nicht nur das große Ganze, sondern auch winzige Details mussten stimmen.

Er hatte die zwischenzeitlich in Underworld versammelte Belegschaft wieder nach oben geschickt. Die ökonomische Weltherrschaft war ausgeblieben … vorerst. Der gesamte, verdammte Globus war gerettet worden. Und das unter Beteiligung von Kosmoprom-Technik. Dafür kannten jetzt hunderte von Leuten die Stadt in der Unterwelt. So hatte er sich die Umsetzung seines Plans nicht vorgestellt.

»Ist das Video fertig?«, fragte er in scharfem Tonfall.

»Ist fertig Chef, wie angeordnet«, antwortete eine Stimme aus dem Off.

»Einspielen!«

Die gesamte Fensterfront wandelte sich in eine überdimensionale Projektionsfläche. Im Panoramafenster auf der linken Seite lief der Film des sich drehenden Asteroiden in der Nähe der Venusumlaufbahn, kurz bevor dieser gigantische Magnetschutzschirm aktiviert worden war. Videos, die die Weltpresse fast täglich zeigte, woran sich die Menschheit anscheinend nicht satt sehen konnte.

»Zoomen! Na wird's bald!«

»Sofort, Chef.«

Die Kamera zeigte einen Ausschnitt des Asteroiden mit einer Sonde, deren Antriebsdüsen ansprangen. Nach wenigen Sekunden begann sich die Drehung des Asteroiden zu verlangsamen.

»Die Befehlsfolge von Kosmoprom nach rechts.«

»Bitte sehr.«

Es erschien ein Computerbildschirm aus der Kosmoprom-Zentrale mit einem Countdown. Die Bilder liefen synchronisiert unter Ausblendung des Zeitunterschiedes von circa drei Minuten. Als der Countdown ablief, stoppte auch der Antrieb der Sonde. Gleichzeitig kam der Drehimpuls des Asteroiden fast zum Erliegen.

»Nun den Auszug aus diesem Interview.«

Zu sehen war ein älterer Herr mit dunklem fülligem Haar. In der Fußzeile erschien »Prof. Dr. Scott, JPL«.

»… hatten keine Hoffnung mehr. Die von meinem Team ausgearbeitete Programmierung des Sondenantriebs hätte eine Gegendrehung ausgelöst, die wiederum unsere gesamte Rettungsaktion zum Scheitern gebracht hätte. Aber aus irgendwelchen uns unerfindlichen Gründen stoppte der Antrieb genau zur rechten Zeit. Eine wichtige Voraussetzung für den Erfolg der gesamten Mission. Wir sind zurzeit dabei, die …«

»Stopp, das reicht. Schluss mit der Präsentation.«

Die Panoramascheiben wurden wieder durchsichtig. Er bereute, dass er die Geschäftsführung so lange allein in Chorowaiklikows Hand gelassen hatte.

»Eine Schaltung zu Chorowaiklikow …, nein, das machen wir anders. Veranlassen Sie, dass dieser Versager persönlich hier erscheint.«

**Pasadena, JPL-Headquarter
Montag, 4. Januar 2021**

Conti legte das Konzeptalbum »Dreamtime Moons« von Nitebrain auf. Endlich mal wieder eine Band, die den Grundgedanken des

Prog-Rock der siebziger Jahre wiederaufleben ließ. Die Band hatte jahrelang an der Scheibe gearbeitet. Erzählt wurde ein Wissenschafts- und Weltraumepos. »Das ist gewiss nach dem Geschmack von Will«, dachte Conti.

Er wusste nicht, ob Will ihn noch hören konnte, ob er noch ein Tor zu diesem Universum hatte. Auch Unaden und sogar Djalu war es bisher nicht gelungen, wieder Gedanken von Will einzufangen, worüber insbesondere der kleine Aborigine sehr traurig war. Hatte Will endgültig den Tod gefunden, nachdem er seine für die Menschheit so wichtige Aufgabe erfüllt hatte?

Oder schwebte er bei vollem Bewusstsein auf dem HQ nahe der Venusumlaufbahn? Würden diese Gedanken verlöschen, oder existierten sie weiter bis in alle Ewigkeit? Wer konnte das schon wissen?

Conti drehte die Musik noch etwas lauter. Es war eine Party im JPL angesagt – Weltrettung und so etwas. Da musste, nein wollte er hin. Conti beschloss, daran zu glauben, dass es Will schon irgendwie gut gehen würde. Gerade lief der Nitebrain-Song »Teardrop of Time«. »Ja, im Gegensatz zu den Abläufen in dem immer stärker in die Geschicke der Menschheit eingreifenden Paralleluniversum sind wir alle nur ein winziger Tropfen aus Zeit«, dachte Conti. Aber sein Tropfen würde jetzt erst einmal gehörig mitfeiern und den ein oder anderen edlen Tropfen hinzufügen. Er schaute noch einmal auf den Stahlbehälter mit dem eingefrorenen Körper seines Freundes im Innern, dann schloss er die Tür zum Rocklabor.

Pasadena, JPL-Headquarter
Montag, 4. Januar 2021

```
An: contact@worldresearchcouncil.earth, 2021-01-04
```

```
Bericht an den Weltforschungsrat:
Der neue magnetische Abwehrschirm für die Er-
de - Entstehung, Bedeutung und Perspektiven

Im Jahr 2019 wurde der Einsatz einer von Roskosmos
und dem Jet Propulsion Laboratory koordinierten
```

bemannten Raummission ins innere Sonnensystem gestartet. Dieser mit dem Namen Solarfire bezeichneten Mission gelang es, einen magnetischen Schutzschirm zu aktivieren, welcher die Erde vor den Einflüssen von Sonnenstürmen schützt. Hierbei handelt es sich offenbar um ein Schutzsystem, welches vor Milliarden von Jahren von einer immer noch unbekannten Lebensform eines Paralleluniversums in unserem Sonnensystem installiert wurde.

Der Schutzschirm geht aus von einem kugelförmigen, metallglänzenden Himmelskörper mit der internationalen Bezeichnung 2018 HQ 12 aus, welcher komplett aus Materie des Parauniversums besteht. Diese mittlerweile im Fachjargon als Magnetfeldgenerator bezeichnete Kugel bewegt sich auf einer erdgebundenen Bahn im inneren Sonnensystem. Das heißt der schutzschildgebende Himmelskörper wandert in der Nähe der Venusumlaufbahn synchron mit der Erde mit und hält auf diese Weise den Magnetfeldschutz kontinuierlich aufrecht. Das Prinzip einer Verbindung zwischen Erde und der Venus wurde in früheren astrophysikalischen Untersuchungen schon festgestellt. Man hätte jedoch nie für möglich gehalten, dass es eine Kraft geben könnte, die diese Entfernung mit solcher Intensität überbrückt.

Die Solarfire befindet sich derzeit fest angedockt am Magnetfeldgenerator. Die Besatzung gelangte circa zehn Minuten bevor die Schockwellenfront des Sonnensturms vom 24./25. Dezember 2020 das Raumschiff erreichte in den Schutz des sich aufbauenden Magnetfeldes. Seither ist das Schiff manövrierunfähig. Obwohl die Magnetfeldstärke des HQ deutlich über der der irdischen Magnetosphäre liegt, können die Besatzungsmitglieder im Zentrum des kosmischen, vom Parauniversum geschaffenen Magnetfeldgenerator überleben. Alle Treibstoffreserven des Raumschiffs sind aufgebraucht. Daher hat die Besatzung keine Chance mehr, sich aus eigener Kraft aus der Einflusssphäre des HQ zu lösen, geschweige denn zur Erde zurückzukehren. Die Wasser- und Nahrungsvorräte der Solarfire reichen noch für etwa sechs bis acht Monate. Dem hohen Rat wird daher dringend empfohlen, eine Rettungsmission ins innere Sonnensystem zu starten, um die beiden Astronautinnen Kaira Nawroth und Brigitte Langendorf aus dieser Lage zu retten.

Gestatten Sie mir zum Abschluss eine persönliche Bemerkung: In nur fünf Jahren hat die sogenannte Parawelt, eine geheimnisvolle Macht eines Paralleluniversums, innerhalb unseres heimischen Sonnensystems ein komplettes Schutzsystem installiert, welches uns nach außen vor der kosmischen Strahlenbelastung und nach innen vor Sonnenstürmen schützt. Wie bereits bei der Weltrettungsaktion im Jahr 2016 spielte bei der aktuellen Magnetschirminstallation das Wissen und die Fähigkeiten des indigenen Volkes der Aboriginal People eine entscheidende Rolle. Darüber hinaus hat sich die interdisziplinäre und supranationale Zusammenarbeit der Weltgemeinschaft in hervorragender Weise bewährt. Was wir erleben durften, ist so etwas wie ein Geschenk des Himmels. Warum eine derart mächtige Lebensform in unser Dasein eingreift, ist bisher noch völlig unklar. Erweisen wir uns trotzdem dieser himmlischen Gabe würdig und gehen den schon eingeschlagenen Weg der Völkerverständigung weiter.

Berichterstatter: Prof. Dr. Dr. hc mult. Greg Scott (Pasadena, 2020-12-29)

Scott las sich seine Mail noch einmal durch und versendete diese mit hoher Priorität. »So viel zum offiziellen Teil der Berichterstattung«, dachte Scott. Darüber hinaus aber blieben noch etliche Fragen offen.

Scott betrachtete zunächst die Aufzeichnung der Solarfire. Auch in Super-Slow-Motion konnte man die Strukturen in den Venuswolken nur erahnen. Vielleicht handelte es sich doch um natürliche Wetterphänomene. Diese Atmosphärenschicht der Venus war immer noch wenig erforscht. Die Solarfire-Sonden gaben zum ersten Mal einen wirklich tiefen Einblick in diesen Bereich. Diverse Mitarbeiter des JPL-Headquarter-Teams hatten sich mittlerweile die Bilder angesehen. Die meisten tendierten dazu, dass es sich um die oberen Sektoren von Tornados in der Venusatmosphäre und demnach um natürliche Wettererscheinungen handeln könnte. Scott selbst glaubte nicht daran. Er sah darin Außenhäute von Ballons. Und das deutete auf eine technische Anlage hin. Scott vermutete eine fliegende Stadt, eine fliegende Station oder eine Stadt über den Venuswolken. Aber wer hatte sie gebaut? Es handelte sich definitiv nicht um ein NASA-Projekt. Und auch die übrigen raumfahrenden Nationen hatten nichts Derartiges publiziert. Oder hatte auch in diesem Fall die Parawelt etwas damit zu tun?

Scott schaute nachdenklich zu den von Unaden konstruierten Modellen diverser Raumfahrzeuge, die zunehmend Platz in seinem Büro beanspruchten, als könne er dort eine Antwort auf das Venusphänomen entdecken. Dabei drehte er den Steinring in der Hand. Er betrachtete das Aborigine-Schmuckstück genauer. Ein grob bearbeiteter Stein mit diversen kleinen Riefen. Er kannte sich nicht aus mit so etwas, aber es konnte sich durchaus um eine steinzeitliche Bearbeitungsform handeln. Demnach wäre dieses Objekt schon vor etlichen Zehntausend Jahren von Menschen hergestellt worden. Man musste das bei den weiteren Forschungen einmal genauer unter die Lupe nehmen, im wahrsten Sinne des Wortes.

Diese Amulette! Wieso waren sie nicht schon eher darauf gekommen? Sein Exemplar stammte aus dem Nachlass von Aden. Djalu hatte mehrere davon verschenkt. Nachweislich an Brigitte und Will Johnson. Beide Stücke waren nun offenbar im flüssigen Metallsee des HQ versunken. Die letzten Menschen auf Erden, von denen bekannt war, dass sie ein solches Amulett tragen, waren Djalu und Unaden. Scott strich nochmals behutsam über den Steinring. Möglicherweise hielt er das drittletzte Exemplar, welches es auf dem gesamten Globus gab, in seinen Händen. Aber eventuell gab es ja noch mehr davon. Es stellte sich die Frage: Wer trug noch so ein Schmuckstück oder wer hatte jemals eines davon getragen? Kam diesen Dingen noch eine weitere Bedeutung zu?

Und dann war da noch die weiter zunehmende Strahlung im interstellaren Raum. Letztlich eine der Hauptgründe für die Raummissionen und Forschungen im Sonnensystem, mit dem Ziel, den verborgenen Paraphänomenen nachzuspüren…

Seine Gedankengänge wurden unterbrochen, denn auf dem Bildschirm erschien ein großes Erinnerungsfenster. Die große JPL-Weltrettungsparty begann in fünf Minuten. Da mussten solche Recherchen warten. Scott warf das Amulett in eine seiner Schreibtischschubladen und schloss diese ab. Er ging zum Schrank, nahm ein besonders prächtiges Halstuch hervor und schlug es gekonnt um seinen Hals. Schwungvoll öffnete er die Tür und machte sich leichten Schrittes auf den Weg.

Danksagung

Das Traumzeit-Buchprojekt geht in die nächste Phase. Mit »Traumzeitspuren« liegt nun der zweite Band der geplanten Romantrilogie vor. Und ohne zuviel verraten zu wollen: Es wird im Sonnensystem in absehbarer Zeit zu einer Traumzeitwende kommen …

Im Zusammenhang mit den Romanen, die aus der Storyline eines geplanten Konzeptalbums der Band Nitebrain hervorgingen, wurde inzwischen auch das musikalische Werk vervollständigt. So sind fast alle Songs für die Doppel-CD komponiert und die Band träumt weiterhin von der Produktion der progressiven »Dreamtimemoons«.

Ich danke allen, die die Traumzeitspuren in der Entstehungsphase mit wichtigen Anregungen und Hinweisen begleitet haben, insbesondere meinem Bandkollegen Kay Wegner für die Überprüfung der englischen Begriffe und meinem Freund Ralf Neuß für den fundierten Logik-Check.

Wie auch schon bei der Veröffentlichung von »Traumzeitmonde« übernahm mein Verleger, Stephan Bliemel vom ADEBOR VERLAG in gewohnter professioneller Weise das Lektorat und zeigte hierbei ein ausgeprägtes Faible für Lyrik und eine gewisse Antipathie gegen zu ausschweifende Prog-Rock-Abhandlungen.

Ich danke posthum meinem im Januar 2015 verstorbenen Vater Manfred Reiter, meiner Mutter Doris, meiner Schwester Nadja sowie Brigitte und Gerd Rink für ihre Unterstützung in allen Lebenslagen.

Das Buch widme ich meinen Söhnen Daniel, Frederic und Etienne und ganz besonders meiner lieben Frau Bärbel.

Dr. Sven Edmund Reiter
Güstrow, im Dezember 2015

Verzeichnis der Hauptpersonen der Traumzeit-Trilogie

Forscherteam am Jet Propulsion Laboratory (JPL)

Prof. Dr. Dr. Dr. h.c. mult. Greg Scott (59): Hochdekorierter, international anerkannter Astrophysiker. Wissenschaftlicher Direktor am Jet Propulsion Laboratory (JPL). Souveräner Leiter und Koordinator der bedeutendsten Raumfahrtprojekte der Menschheit. Chef der Arbeitsgruppe im unterirdischen Headquarter. Besitzt trotz fortwährendem Dauerstress kein einziges graues Haar.

M. A. Brigitte Langendorf (53): Naturverbundene Sprachwissenschaftlerin mit wallend-dunkelblondem Haar und attraktiver, androgyner Figur. Findet nach Patchwork-Lebenslauf mit Steven ihr persönliches Glück und ihre Berufung ans JPL. Spielt als Übersetzerin von Djalu Djungary im Rahmen der Moon-Journey-Mission eine zentrale Rolle. Ihre leuchtenden Augen zeugen davon, dass Sie dem Einfluss der Parawelt unterliegt.

Dr. Steven Winstone (40): Schlacksiger, schwarzhaariger Ein-Meter-Neunzig-Mann mit melancholischem Blick und der Fähigkeit des Bewegungshörens. Harvardabsolvent und Vollblutwissenschaftler, promovierte über Exobiologie der Monde des Sonnensystems. Löst mit seinem analytischen Verstand auch die schwierigsten kosmischen Rätsel. Partner von Brigitte.

Dr. Will Johnson (+): Exobiologe von Weltrang. Der Robert-Redford-Typ im obligatorischen Fliegerhemd entdeckt bei einer Rovertestfahrt in der australischen Pilbarahalbwüste zufällig den Stamm der Noogoyarrah und die paranormalen Fähigkeiten Djalu Djungarys. Konzipiert maßgeblich die Moon-Journey-Mission am JPL.

Prof. Dr. Peter Vössler (79): In Fachdiskussionen gefürchteter emeritierter Professor der physischen Geographie der Universität Münster. Der kleingewachsene Mann mit einer von Locken umgebener Halbglatze wird aufgrund spezieller Kenntnisse der australischen Pilbarahalbwüste per Zufall zum freien Mitarbeiter am JPL. Dort mittlerweile Spezialist für alle geophysikalischen und geologischen Fragestellungen.

Dipl.-Mineraloge Raphael van de Sand (40): Selbständiger Gesteinsforscher mit einem Labor im Hafenviertel von San Francisco. Wird zunächst von Steven, später regelmäßig am JPL für alle mineralogischen Aufgabenstellungen der Raummissionen und der irdischen Exkursionen eingesetzt. Bildet zusammen mit Prof. Vössler ein kongeniales Forscherduo.

M. Sci. Szusanne Stark (41): Rothaarige, kleingewachsene Frau mit vorgewölbter Stirn. Erfahrene Pilotin von unbemannten Sonden der Tiefraummissionen des JPL. Auch zuständig für Kursberechnungen und die Kontakte zwischen Headquarter und Rechenzentrum.

Dr. Eduardo Conti (44): Scheuer, unscheinbarer Mensch mit Halbglatze, Markenzeichen Holzfällerhemd. Nach dem Ableben von Dr. Johnson, leitender Exobiologe am JPL für die Moon-Journey-Mission.

M. Sci. Mai Ling (42): Asiatische Exobiologin am JPL mit langer, tiefschwarzer Haarmähne. Mitarbeiterin in der Arbeitsgruppe von Dr. Johnson und Dr. Conti.

Dr. Ronald Shievers: Spezialist für Steuerung unbemannter Rover im Einsatz bei Tiefraummissionen. Ständiges Mitglied der JPL-Arbeitsgruppe im Headquarter.

Prof. Dr. Pablo da Luca (50): Der aus Kuba stammende Mediziner mit dem obligatorischen weißen Arztkittel, brauner Hautfarbe, schwarzem Kurzhaar und Nickelbrille ist im JPL-Team in erster Linie zuständig für die medizinische Betreuung von Djalu Djungary. Ihm werden darüber hinaus alle gesundheitlichen Probleme der JPL-Arbeitsgruppe und der externen Missionen anvertraut.

Dr. Jordano Castello (40): Kubanischer Mediziner. Physiognomisch ein jüngeres Abbild da Lucas. Mitarbeiter in der JPL-Arbeitsgruppe.

Dipl.-Biologin Kati Perlande (29): Wissenschaftliche Mitarbeiterin von Prof. Zabel an der Universität Basel und der University of California mit elfengleicher Erscheinung, die von ihrem Chef vorwiegend per SMS als Mädchen für Alles eingesetzt wird.

Aborigines

Djalu Djungary: Stammesältester des indigenen Aborigine-Stammes der Noogoyarrah aus der Mt.-Narryer-Region der australischen Pilbarahalbwüste. Verliert seinen Stamm durch eine Grippe-Epidemie. Wird von Dr. Will Johnson mit nach Pasadena genommen, nachdem eine NASA-Exkursion zufällig in Kontakt mit dem Stamm der Noogoyarrah kommt. Seit einem Schlaganfall ans Bett im Medicroom des JPL-Headquaters gefesselt. Auf geheimnisvolle Weise gedanklich mit der Paramaterie aus einem Paralleluniversum verbunden. Besitzt paranormale Fähigkeiten.

Aden Djungary (+): Hochintelligenter Sohn von Djalu Djungary und Zwillingsbruder von Unaden mit extravaganten, leuchtend blond gefärbten Haaren. Seine Ausbildung und sein Werdegang wurden von Dr. Will Johnson gefördert. Zeitweilig war er als Übersetzer Djalus Tor zur Außenwelt.

Unaden Djungary (29): Autistischer Sohn von Djalu Djungary und Zwillingsbruder von Aden. Der immer folkloristisch gekleidete, kleingewachsene Aborigine mit dem schwarzen Lockenkopf besitzt eine Inselbegabung, indem er beim Sprechen zahlreiche Sprachen miteinander vermischt.

Jagunda Quamoora: Füllige, immer in bunte farbenfrohe Tücher gehüllte Aboriginefrau. Leiterin eines Heims für Menschen mit Behinderung in Darwin. Langjährige Betreuerin von Unaden Djungary.

Regierungsvertreter

Jack Dyce (59): Immer schwarz gekleideter Sicherheitsberater des US-Präsidenten mit kantigem Gesicht und Vollglatze. Bindeglied zwischen den JPL-Wissenschaftlern und den Sicherheitsgremien. Berüchtigt für sein resolutes Auftreten und sein ausgeprägtes Misstrauen.

Walter Mayer (67): Immer weiß gekleideter, leitender Mitarbeiter des Pentagon mit schlohweißen Haaren. Begleitet jahrelang zusammen mit Jack Dyce die JPL-Crew, um die militärischen und sicherheitsrelevanten Aspekte zu vertreten. Tendenziell mit den wissenschaftlichen Details der JPL-Forschungen überfordert und mittlerweile im wohlverdienten Ruhestand.

Gryneth Xanderalex (48): Heimatschutzministerin der USA mit Rubensfigur.

Tepui-Exkursion nach Südamerika

Prof. Dr. Ernst Zabel (54): Der immer lässig gekleidete, attraktive Professor der Zoologie und Biogeographie an der Universität Basel erforscht merkwürdiges Tierverhalten. Stößt auf Vermittlung von Prof. Vössler relativ spät zur JPL-Arbeitsgruppe. Seither wichtiger Impulsgeber für die Interpretation von Fauna- und Naturschutzthemen. Übernimmt eine Gastprofessur an der University of California.

Prof. Dr. Ida Candell (45): Leitet den Lehrstuhl für theoretische Physik an der Harvard-University. Ihr Spezialgebiet ist die Quantenphysik. Mit ihrer Hilfe werden wichtige quantenmechanische Zusammenhänge aufgedeckt. Die grazile Person mit dem blonden Pagenschnitt überrascht aufgrund ihres Zweitstudiums in Freilandökologie ihre Mitstreiter.

Dipl.-Physiker Jeff Miller (40): Wichtigster Mitarbeiter von Ida Candall. Leitet vorwiegend Experimente an den Teilchenbeschleunigern in aller Welt. Der eingefleischte, leptosomische Labor-Nerd erlebt mit seiner Chefin ein Abenteuer in der freien Natur.

Atai-Atai: Stammesmitglied des Volkes der Yanomami aus dem Amazonasgebiet im Dreiländereck von Venezuela, Guyana und Brasilien.

Sigur Erikson (50): Helikopterpilot und erfahrener Exkursionsleiter für Reisen in den südamerikanischen Dschungel. Kennt den Amazonas wie kaum ein anderer.

Kosmoprom

Anatolie Chorowaiklikow (57): Schwergewichtiger Geschäftsführer von Kosmoprom mit legendären Koteletten im Elvis-Look. Wird in wichtigen Entscheidungen von Mister X instruiert.

Dipl.-Ing. Boris Charkow (44): Technischer Direktor bei Kosmoprom. Zuständig für die Asteroidenbergbauflotte der Firma. Der Mann mit der schwarzen, langen Apachenfrisur und dem stechenden Blick ist Mitglied im inneren Führungszirkel von Kosmoprom.

Dipl.-Ökonomin Olga Nemerenko (43): Leiterin der Wirtschaftsabteilung bei Kosmoprom. Herbe Schönheit mit langen, blonden Haaren. Wichtig für die strategische Öffentlichkeitsarbeit des Konzerns. Gehört zum inneren Führungszirkel des Konzerns.

Juri Aitmaturow (64): Kleingewachsener Mann mit Kugelbauch und semmelblondem Kurzhaarschnitt. Ehemals Physiker an der Cosmic Station der Universität Eriwan auf dem Berg Aragats in Armenien. Neuer Mitarbeiter bei Kosmoprom mit Kenntnissen russischer Programmiersprachen.

Dr. Irena Seitzewa (25): Frisch promovierte Cloudcomputingspezialistin. Die zierliche Schwarzhaarige mit mongolischem Einschlag ist Neueinsteigerin bei Kosmoprom.

Marsmissionen

Josh Riesenstein (35): Großgewachsener, heavymetalliebender Fahrer bemannter Marsrover. Der dunkelhaarige Mann mit dem spitzen Gesicht wird zu Stevens ständigem Begleiter auf dem Mars.

Cyrill Thomson (35): Der wortkarge Experte für bemannte und unbemannte Roversteuerungen wird im Rahmen von Marsmissionen eingesetzt.

Solarfire-Mission zur Venus

Kaira Nawroth (33): Russische Kosmonautin mit extrem langen, weißblonden, zu Dreadlocks zusammengedrehten Haaren. Kommandantin der Solarfire.

Lena Oljewitsch (32): Russische Kosmonautin mit schwarzem Igelschnitt. Besatzungsmitglied der Solarfire.

Ewelina Stoblisokowa (37): Telegene Flight Direktorin von Roskosmos. Leitet die Solarfire vom Weltraumbahnhof Baikonur aus.

Jupiter Icy Moons Orbiter (JIMO)-Mission

Tim Montgommery (45): Seit Jahren im Kollegenkreis unbeliebter Sondensteuerer der JPL-Arbeitsgruppe. Der schneidige, afroamerikanische Oberst mit Bodybuilderfigur und Stoppelhaaren führt die Mission der US Air Force zum Jupiter.

Prof. Dr. Ben Bosenheim (62): Major und gleichzeitig Meeresbiologe in Diensten des US-Militärs. Nach wissenschaftlicher Reputation strebender, ehrgeiziger Laborleiter der Jupitermission. Kauziger, immer mit Laborkittel gekleideter Wissenschaftler mit silberner Nickelbrille sowie Halbglatze und silberglänzendem Haarkranz.

Eddi King (35): Muskelbepackter, stiernackiger Kampfschwimmer aus einer Eliteeinheit der Marines im Einsatz bei der US-Mission ins Jupitersystem.

Nick Skeleby (50): Waffen- und Sprengstoffspezialist im Rang eines Oberstleutnants der U.S. Army für die Tiefraummission zum Jupiter. Der wachsbleiche, faltenlose, hagere Hüne mit den schulterlangen blonden Haaren trägt den Spitznamen »Todesengel«.

Dr. Sammy Harrington (38): Hauptmann der U.S. Navy mit Biologiestudium. Assistent von Prof. Bosenheim auf der Reise zum Jupiter.

Glen Masters (38): Amerikanischer Astronaut. Besatzungsmitglied der Jupitermission. Leidet an Tinnitus.

Roger Basket (39): Amerikanischer Astronaut. Besatzungsmitglied und U-Boot-Kommandant der Jupitermission.

Das Alter der Personen bezieht sich auf den Anfang der Handlung von »Traumzeitspuren«.

Quellenverzeichnis

Astronomie

AFP (2011): Besuch aus dem All. Asteroid rast an Erde vorbei. Frankfurter Rundschau, Wissen. http://www.fr-online.de/wissenschaft/besuch-aus-dem-all-asteroid-rast-an-der-erde-vorbei,1472788,11121824.html
ANONYMUS (2014): Astronomie: Ein Ozean im Innern des Saturnmondes Enceladus. Spektrum der Wissenschaft 06/2014: 10.
ANONYMUS (2014): Astronomie: Schlupfloch durch die Raumzeit. P.M. Magazin. 08/2014: 9.
ANONYMUS (2014): Plasma schirmt die Erde ab. Wunderwelt Wissen 07/2014: 63.
ASTRONEWS-Redaktion (2013): Venus Express. Der lange Plasmaschweif der Venus. Astronews.com. http://www.astronews.com/news/artikel/2013/01/1301-037.shtml
ASTROPYHSIKAL JOURNAL LETTERS (2012): Nahe Supererde ist ein Diamantplanet. www.scinexx, Das Wissensmagazin. http://www.scinexx.de/wissen-aktuell-15218-2012-10-12.html
BERG, T., OTT, U. & PALME, H. (2010): Die älteste Materie des Sonnensystems. Sterne und Weltraum-Dossier 2/2010 »Astronomie am Limit«: 25-33.

BOJANOWSKI, A. (2014): Neue Satellitendaten: Extremer Sonnensturm verfehlte die Erde. Spiegel-Online vom 24.07.2014. http://www.spiegel.de/wissenschaft/weltall/sonnensturm-2012-fast-katastrophe-auf-erde-plasma-verfehlt-planet-a-982652.html

CLAVIN, W. (2014): Ganymede May Harbor ›Club Sandwich‹ of Oceans and Ice. http://www.jpl.nasa.gov/news/news.php?release=2014-138

DAMBECK, H. (2012): Bergbau auf Asteroiden. US-Firma verspricht Goldrausch im Weltall. Spiegel Online. http://www.spiegel.de/wissenschaft/weltall/bergbau-auf-asteroiden-us-firma-verspricht-goldrausch-im-weltall-a-829563.html

DAMBECK, Th. (2014): Fontänen, Eis und Chaos. Bild der Wissenschaft. 10/2014: 50-53.

DAMBECK, Th. (2014): Landung auf dem Doppelkometen. Bild der Wissenschaft 10/2014: 42-49.

DAMBECK, Th. (2014): Und nun zum Marswetter… Bild der Wissenschaft 7/2014: 44-50.

DEITERS, S. (2008): Wohin verschwand das Wasser der Venus? Astronews.com. http://www.astronews.com/news/artikel/2008/12/0812-026.shtml

DWORSCHAK, M. (2014): Neue Heimat auf dem Mars. Wie realistisch ist es, den Wüstenplaneten Mars zu besiedeln? DER SPIEGEL 34/2014: 102-106.

FISCHER, D. (2014): Mars-Mobile. Die Rover auf dem roten Planeten. Interstellarium Nr. 95, 8/9/2014: 12-17

FOIS, M. (2014): Was wartet unterm Eis auf uns? P.M. Fragen & Antworten 8/2014: 28-32.

FU Berlin, DLR (2013): Der Wind als Landschaftsformer auf dem Mars. Raumfahrer.net. http://www.raumfahrer.net/news/astronomie/07032013191945.shtml

FU Berlin, DLR, ESA (2013): Explosive Zwillingskrater auf dem Mars. Raumfahrer.net. http://www.raumfahrer.net/news/astronomie/11042013200825.shtml

FUCHS, M. (2013): Die gefährlichsten Orte im Sonnensystem. Hörzu Wissen #: 84-90.

FUCHS, M. (2014): Die unglaublichsten Weltraumpläne. Hörzu Wissen 2-3/2014: 40-47.

GOTTWALD, M. (2014): Reisen zu den Planeten, Teil 2 – Die Nachbarn der Erde. In: Sterne und Weltraum Dossier 1 / 2014: Unser Planetensystem – Raumsonden erforschen die Nachbarn der Erde: 75-84.

GRENZWISSENSCHAFT AKTUELL (2014): Doch Leben auf Ganymed? Neues Modell vermutet gleich mehrere Ozeane auf Jupitermond. http://grenzwissenschaft-aktuell.blogspot.de/2014/05/doch-leben-auf-ganymed-neues-modell.html

GROTELÜSCHEN, F. (2008): Verschollen im Weltall. Der Tagesspiegel, Wissen. http://www.tagesspiegel.de/wissen/marssonde-verschollen-im-weltall/1273692.html

HAHN, H.-M. (2013): Jede Menge Eis auf dem Merkur. F.A.Z. Wissen. http://www.faz.net/aktuell/wissen/planetenforschung-jede-menge-eis-auf-dem-merkur-12017615.html

HARRIS, A. (2014): Metallische Asteroiden sind kälter. Sterne und Weltraum 7 / 2014: 22-24.

Harvard-Smithsonian Center for Astrophysics (2013): Gold entstand durch Kollision sterbender Sterne. www.scinexx.de, Das Wissensmagazin. http://www.scinexx.de/wissen-aktuell-16420-2013-07-19.html

HAUBER, E. & PLATZ, T. (2014): Mars im Porträt – Ein Jahrzehnt Marsforschung mit dem HRSC. Sterne und Weltraum 12 / 2014: 36-45.

HORNEK, G. (2010): Leben auf dem Mars? Sterne und Weltraum, Dossier 2 / 2010 »Astronomie am Limit«: 34-42.

JET PROPULSION LABORATORY / NPO / NASA (2010): Europa. Doch chemische Reaktionen in der Eiskruste. www.scienexx.de Das Wissensmagazin.

KESSLER, A. (2010): Wer hat unsere Sonne entzündet? Welt der Wunder 10 / 2010: 16-23.

KOSER, W. et al. (2014): 10 Wunder auf dem Mars. Space – Das Weltraummagazin, 3 / 2014: 42-53.

KOSER, W. et al. (2014): 20 unglaubliche Space-Missionen – Die aufregendsten, gefährlichsten und ambitioniertesten Missionen im All. Space – Das Weltraummagazin, 2 / 2014: 32-41.

KOSER, W. et al. (2014): 25 Weltraum-Innovationen. Space – Das Weltraum-Magazin, 3 / 2014: 30-41.

KOSER, W. et al. (2014): Asteroid Mining – Wertvolle Asteroiden. Space – Das Weltraummagazin, 3 / 2014: 56-64.
KOSER, W. et al. (2014): Die russische Weltraumagentur. Space – Das Weltraummagazin, 4 / 2014: 38-44.
KOSER, W. et al. (2014): Mission zum Jupiter. Space – Das Weltraummagazin, 3 / 2014: 84-93.
KOSER, W. et al. (2014): Sind wir alle Marsianer? Space – Das Weltraummagazin, 4 / 2014: 74-80.
KOSER, W. et al. (2014): So landen wir auf Mars & Co. Space – Das Weltraummagazin, 5 / 2014: 36-43.
KOSER, W. et al. (2014): Sonnenmaximum. Sonnenflecken und Eruptionen beeinflussen das Leben auf unserer Erde. Space – Das Weltraummagazin, 2 / 2014: 16-25.
KOSER, W. et al. (2014): SpaceTech: Nautilus X. Space – Das Weltraummagazin, 4 / 2014: 92-93.
KOSER, W. et al. (2014): SpaceTech: Venus-Kolonien. Space – Das Weltraummagazin, 3 / 2014: 28-29.
KOSER, W. et al. (2014): Tiefraum-Gateway. Space – Das Weltraummagazin, 4 / 2014: 94-101.
KOSER, W. et al. (2014): Tödliche Strahlung – Sonnenwinde und kosmische Strahlen: eine ernste Gefahr für die Raumfahrt. Space – Das Weltraummagazin, 2 / 2014: 84-88.
KOSER, W. et al. (2014): Überleben im Weltall. Space – Das Weltraummagazin, 4 / 2014: 16-25.
KOSER, W. et al. (2014): Van Alen Probes – Die Erde im Sturm. Space – Das Weltraummagazin, 2 / 2014: 82-83.
KOSER, W. et al. (2014): Weltraumgärten – Grünes im All. Space – Das Weltraummagazin, 3 / 2014: 82.
KOSER, W. et al. (2014): Mission Ganymed. Russland plant eine unbemannte Landung auf dem Jupitermond. Space – Das Weltraummagazin, 1 / 2014: 58-61.
KOSER, W. et al. (2014): Restaurant »ISS« – Warum Astronauten gerne scharf essen und wieso es auf der ISS kein Bier gibt. Space – Das Weltraummagazin, 1 / 2014: 104-105.
KOSER, W. et al. (2014): Weltraumfabriken. ESA und NASA erproben neuartige Herstellungsverfahren im All. Space – Das Weltraummagazin, 1 / 2014: 40-41.

KOSER, W. et al. (2015): Vulkane im All. Space – Das Weltraummagazin 6 / 2015: 22-29.
KOSNITZER, F. (2012): Neue Marsmission für die NASA. Sterne und Weltraum – Spektrum der Wissenschaft, 10 / 2012: 17.
KRÜGER, H. (2014): Vorstoß ins Sonnensystem, Teil 1 – Die erdähnlichen Planeten. In: Sterne und Weltraum Dossier 1 / 2014: Unser Planetensystem – Raumsonden erforschen die Nachbarn der Erde: 6-15.
KURLEMANN, R. (2014): Wann beginnt der Goldrausch im All? Wunderwelt Wissen 6 / 2014: 32-37.
LESCH, H. (2013): Die Macht des Mondes. Hörzu Wissen: 15.
LIEFKE, C. et al. (2011): Entferntester Quasar entdeckt. http://www.eso.org/public/germany/news/eso1122/
LORENZEN, D. (2013): Der höchste Berg des Sonnensystems. Deutschlandfunk, Sternzeit. http://www.deutschlandfunk.de/der-hoechste-berg-im-sonnensystem.732.de.html?dram:article_id=247782
LUDWIG, A. (2012): Gefahr aus dem All. Frankfurter Rundschau, Wissen. http://www.fr-online.de/wissenschaft/asteroiden-meteoriten-nasa-esa-gefahr-aus-dem-all,1472788,20848848.html
MAX-PLANCK-INSTITUT FÜR SONNENSYSTEMFORSCHUNG (2013): Europa: Meeresströmungen unter dem Eis entdeckt. www.scinexx.de, Das Wissensmagazin. http://www.scinexx.de/wissen-aktuell-16967-2013-12-05.html
MAX-PLANCK-INSTITUT FÜR SONNENSYSTEMFORSCHUNG (2013): Venus Express – Der lange Plasmaschweif der Venus. astronews.com / Stefan Deiters. http://www.astronews.com/news/artikel/2013/01/1301-037.shtml
MEYER, J. (2011): Der längste Bremsweg im Universum. Welt der Wunder 5 / 2011: 28-31.
MOLKER, F. (2014): NEOS im Visier der Vereinten Nationen. Sterne und Weltraum 7 / 2014: 44-47.
NASA (2013): So könnte eine Mission zu einem Asteroiden aussehen. www.scinexx.de Das Wissensmagazin. http://www.scinexx.de/wissen-aktuell-16575-2013-08-23.html
NASA (2013): Wasserdampf-Fontänen auf dem Jupitermond Europa. www.scinexx.de Das Wissensmagazin. http://www.scinexx.

de/wissen-aktuell-16997-2013-12-13.html
NASA (2014): Jupitermond Europa hat eine aktive Plattentektonik – Entdeckung klärt Rätsel der unerklärlich jungen Eiskruste. www.scinexx.de Das Wissensmagazin.
NATURE COMMUNICATIONS (2014): Rezept für einen Super-Sonnensturm. Doppelte Sonneneruption schaukelte sich zum extremsten Sonnensturm des Weltraumzeitalters hoch. www.scienexx.de Das Wissensmagazin. http://www.scinexx.de/wissen-aktuell-17344-2014-03-19.html
ORZECHOWSKI, P. (2009): In den Weiten des Weltalls tickt eine Zeitbombe. Gefahr aus dem All. Raum & Zeit extra 1 / 2009. 42-47.
PODBREGAR, N. (2013): Ein Raumtransporter für alle Fälle. Das europäische ATV, die Raumstation und der Weg zum Mond. www.scienexx.de Das Wissensmagazin. http://www.scinexx.de/dossier-640-1.html
PODBREGAR, N. (2013): Warten auf das solare Maximum. Die Aktivität unserer Sonne und ihre Kapriolen. www.scinexx.de Das Wissensmagazin. http://www.scinexx.de/dossier-630-1.html
PODBREGAR, N. (2014): Jupitermond Europa – Hort des Lebens? Spurensuche unter der Kruste des Eismonds. www.scienexx.de Das Wissensmagazin. http://www.scinexx.de/dossier-665-1.html
RICKMERS, P. (2013): Mit dem Käfer in den Weltraum. Matrix, Quantessenz, Band 74, 03 / 04 2013: 29.
RIDINGS, H. (2014): Holly Ridings, Flight Director bei der NASA spricht über ihre Aufgaben. In: KOSER, W. et al. (2014): Space – Das Weltraummagazin, 1 / 2014: 106-109.
ROYAL ASTRONOMIE SOCIETY (2013): Hinter dem Mars beginnt der Kometen-Friedhof. www.scienexx.de Das Wissensmagazin. http://www.scinexx.de/wissen-aktuell-16496-2013-08-06.html
RUPRECHTS-KARLS-UNIVERSITÄT HEIDELBERG (2012): Silber und Gold entstanden in verschiedenen Sternen. Scinexx Das Wissensmagazin. http://www.scinexx.de/wissen-aktuell-15113-2012-09-07.html
SCHÄFER, B. M. (2014): War das junge Universum bewohnbar? Sterne und Weltraum 7 / 2014: 20-21.
SCIENCE (2012): Asteroid VESTA besaß einst ein starkes Magnetfeld. www.scienexx.de Das Wissensmagazin. http://www.

scinexx.de/wissen-aktuell-bild-15217-2012-10-12-20543.html
STIRN, A (2014): Wie jagt man einen Kometen? Wunderwelt Wissen 05/2014: 46-53.
von RétyL, A. (2002): Marsinvasion. Die Suche nach Mikroben im Sonnensystem. www.scinexx.de Das Wissensmagazin, Dossier. http://www.scinexx.de/dossier-264-1.html

Biologie / Ökologie

ANONYMUS (2011): Gingen Ur-Vielzeller früher als gedacht an Land? Spektrum der Wissenschaft 06/2011: 8.
ANONYMUS (2013): Welche ist die älteste Tierart? Welt der Wunder 11/2010: 12.
ANONYMUS (2014): Biologie: 1500 Jahre altes Moos zu neuem Leben erweckt. Spektrum der Wissenschaft 05/2014 (aus: Current Biology 24: 222-223, 2014): 11.
ANONYMUS (2014): Erstaunlich: Kernige Sache. Bild der Wissenschaft 07/2014: 32.
BOWLING GREEN STATE UNIVERSITY (2013): Wimmelndes Leben im antarktischen Lake Vostock. Scinexx Das Wissensmagazin. http://www.scinexx.de/wissen-aktuell-16375-2013-07-09.html
BROEG, H. (2014): Die Champions im Regenwald. Wunderwelt Wissen 7/2014: 36-43.
EBERHARD-METZGER, C. (2011): Der Schaltplan der Verführung. Im Fliegenhirn aufgespürt: die genetischen Wurzeln der Balz. Bild der Wissenschaft 12/2011: 16-21.
FOX, D. (2014): Polarforschung – Die geheimen Gärten der Antarktis. Spektrum.de. http://www.spektrum.de/news/die-geheimen-gaerten-der-antarktis/1317684?_ga=1.105269387.900675655.1425506170
GESSLER, W. (2011): Der Schatz im Wostok-See. P.M. Magazin 04/2011: 94-101.
HARF, R. (2010). Als die Materie lebendig wurde. GEO kompakt »Evolution« 23: 34-35.
HARRLFINGER, J. (2013): Galerie: Biolumineszenz. Viele Tiere und Pflanzen können ihr eigenes Licht erzeugen. Die Zeit Wissen 4/2013: 76-82.

HELMHOLTZ-ZENTRUM FÜR INFEKTIONSFORSCHUNG (2008): Pupurroter Extremist liebt es unwirtlich. www.scinexx. de Das Wissensmagazin. http://www.scinexx.de/wissen-aktuell-8424-2008-06-26.html

HOFFMANN, S. (2013): Überlebenskünstler im Tierreich. Wunderwelt Wissen. 06 / 2013: 72-78.

JÄGGI, W. (2013): Das Geheimnis der Monarchfalter. Tierwelt 15 / 2013. http://www.tierwelt.ch/?rub=4495&id=35268

KOPP-ONLINE-REDAKTION (2013): Geheimnisse im Wostoksee: Biologen entdecken mehr als 3500 Spuren von Lebensformen in einem vom Eis bedeckten antarktischen See. http://info.kopp-verlag.de/neue-weltbilder/neue-wissenschaften/redaktion/geheimnisse-im-wostoksee-biologen-entdecken-mehr-als-35-spuren-von-lebensformen-in-einem-vom-eis-.html

LABONTÉ, V. (2013): Es war einmal... eine Fliege namens Drosophila. Laborjournal – online. http://www.laborjournal.de/editorials/437.lasso

LIECKFELD, C.-P. (2008): Der gefahrvolle Trek der Monarchfalter. Geo-Magazin 03 / 08. http://www.geo.de/GEO/natur/tierwelt/der-gefahrvolle-trek-der-monarchfalter-56382.html

MATTER, N. (2008): Massenaussterben vor 540 Millionen Jahren: Der Tod kam aus der Tiefe. Informationsdienst Wissenschaft – Pressemitteilung. http://idw-online.de/pages/de/news?print=1&id=262258

MEHRKE, G. (o. J.). Archaeen. http://www.uni-ulm.de/IT/Scripte/Prokaryoten_archaeen.pdf.

NIACA-LOEBELL, A. (2006): Urzeitige Überlebende. Die seltsamen Urtiere aus dem Ediacarium hatten wohl doch Nachkommen. @heise online. http://www.heise.de/tp/r4/artikel/22/22616/1.html.

NPG (2005): Mikrobe liebt es tödlich. www.scinexx.de Das Wissensmagazin. http://www.scinexx.de/wissen-aktuell-3662-2005-10-13.html

ÖLLER, R. (2004): Ediacara-Fauna. http://www.scientific.at/2004/roe_0424.htm

PODBREGAR, N. (2001): Extremophile. Grenzgänger im Reich der Kleinsten. www.scinexx.de Das Wissensmagazin. http://www.scinexx.de/dossier-82-1.html

SFORMO, T., WALTERS, K., JEANNET, K., WOWK, B., FAHY, GM, BARNES, BM & DUMAN, JG. (2010): Deep supercooling, vitrification and limited survival to -100°C in the Alaskan beetle Cucujus clavipes puniceus (Coleoptera: Cucujidae) larvae. Journal of Experimental Biology. 213: 502-509.
VIEWEG, M. (2011): Eine kleine Fliege bringt Biologie und Medizin voran. Bild der Wissenschaft. http://www.wissenschaft.de/home/-/journal_content/56/12054/54430/
von RétyL, A. (2013): Wostok-See angebohrt: Büchse der Pandora geöffnet? http://info.kopp-verlag.de/neue-weltbilder/neue-wissenschaften/andreas-von-r-tyi/wostok-see-angebohrt-buechse-der-pandora-geoeffnet-.html
ZAUN, H. (2014): Wenn Bakterien in antarktischer Tiefe Steine verschlingen. Telepolis. http://www.heise.de/tp/artikel/42/42574/1.html

Geographie / Geologie / Mineralogie

ALTHAUS, T. (2014): Erde: Ein Ozean im Verborgenen. Sterne und Weltraum 7 / 2014: 28-33.
ANONYMUS (2010): Unterwegs ins Innere der Erde. Wunderwelt Wissen 6, 7 / 2010: 90-91.
ANONYMUS (2013): Unter Grönlands Eis versteckt sich eine Riesencanyon. Zeit-Online Umwelt. http://www.zeit.de/wissen/2013-08/groenland-canyon-packeis
ANONYMUS (2014): Geowissenschaft. Erdmagnetfeld wird nicht überall schwächer. Spektrum der Wissenschaft 08 / 2014 (Pressemitteilung der ESA vom 19.06.2014): 11
ANONYMUS (2014): Können Wolken Wasserfälle erschaffen? Welt der Wunder 2 / 2014: 39.
Boyadjian, R. (2012): Die Erde hat einen ganzen Atlantik verloren. Tagesanzeiger, Wissen. http://www.tagesanzeiger.ch/wissen/natur/Die-Erde-hat-einen-ganzen-Atlantik-verloren/story/27608498
BUTSCHER, R. (2013): Die neuen Weltentdecker. Wie Forscher irdischem auf den Grund gehen. Bild der Wissenschaft 10 / 2013: 34-37.
CLAUS, W., FRANZKE, L. & KNOCH, U. (2010: Der Roraima-Tepui in Venezuela.»Die Vergessene Welt«: CFK-Fossilien Co-

burg. http://www.cfk-fossilien.de/roraima.html

DEUTSCHE WIRTSCHAFTS NACHRICHTEN (2014): Gigantische Mengen Wasser im Erd-Inneren gefunden. http://deutsche-wirtschafts-nachrichten.de/2014/06/24/gigantische-mengen-wasser-im-erd-inneren-gefunden/

FEY, M., WIEGAND, J. & KARMANN, I. (2000): Sandstein- und Quarzitkarst in Brasilien.- 17. Geowissenschaftliches Lateinamerika-Kolloquium, 11-13 Oktober 2000, Stuttgart, Germany; Profil, Bd. 18 (Abstract). http://www-user.uni-bremen.de/~fey/Fey%20et%20al.%202000.html

FOSAR, G. & BLUDORF, F. (2009): Rätsel um den Polwechsel. Das Erdmagnetfeld wird immer schwächer. Raum&Zeit extra 2012, 1 / 2009: 48-52.

FREISTETTER, F. (2011): Die Welt unter unseren Füßen. Scienceblogs.de. http://scienceblogs.de/astrodicticum-simplex/2011/08/26/die-welt-unter-unseren-fussen/

GESSLER, W. (2014): Geologie: Geisterberge unterm Eis. P.M. Magazin 08 / 2014: 62-67.

GLASMACHERS, N. (2014): Grönland: Ein Eldorado unter Eis. www.miningscout.de http://www.miningscout.de/blog/2014/03/10/groenland-ein-eldorado-unter-eis/

GOEDE, W. C. & RÖCKE. T. (2011): Wenn die Erde kopfsteht. P.M. Welt des Wissens. 2 / 2011: 48-53.

HERR, M. (2009): Wie viel Energie steckt im Herzen der Erde? Welt der Wunder 02 / 2009: 46-50.

JOWNOWITSCH, R. (2000): Yellowstone – Brodelnde Gefahr unter dem Park. www.scienexx.de Das Wissensmagazin, Dossier. http://www.scinexx.de/dossier-28-1.html

KEHSE, U. (2013): Berge in der Unterwelt – Am Grund des Erdmantels gibt es Gebirge und Inseln. Bild der Wissenschaft 10 / 2013: 38-39.

KEHSE, U. (2014): Riesenrätsel im Untergrund. Verbirgt sich in Grönland der größte Meteoritenkrater der Welt. Bild der Wissenschaft 5 / 2014: 42-43.

KNAUPE, J. (2013): Das dunkle Herz der Erde. Welt der Wunder 5 / 2013: 40-42.

LOHMANN, D. (2003): Diamanten – Hochkarätiges aus dem

Bauch der Erde. www.scinexx.de, Das Wissensmagazin. http://www.scinexx.de/dossier-3-1.html
MEYER, J. (2011): The missing Hotspot – Wann explodiert Los Angeles. Welt der Wunder 5 / 2011: 66-73
NATIONAL SCIENCE FOUNDAION (2005): »Seismischer Müll« gibt Einblick ins Erdinnere. Seismologen nutzen »Hintergrundrauschen« für Tomografie der Erde. www.scinexx.de Das Wissensmagazin. http://www.scinexx.de/wissen-aktuell-2516-2005-03-11.html
RADEMACHER, H. (2014): Der Ozean unter uns. FAZ Wissen. http://www.faz.net/aktuell/wissen/erde/geologie-der-ozean-unter-uns-12994364.html
RIA NOVOSTI (2012): Krater-Vorkommen: Auf Diamantenjagd in Sibirien. http://de.ria.ru/science/20120918/264453234.html
RÖHRLICH, D. (2009): Hallo, Erde. US-amerikanisches Seismometer-Netzwerk horcht ins Erdinnere. dradio.de, Forschung aktuell. http://www.dradio.de/dlf/sendungen/forschak/949807/
SCHLAGER, E. (2009): Klima, Krise, Tauchrekorde. Der Baikalsee – Ein Update. Scienexx, das Wissensmagazin. http://www.scinexx.de/dossier-454-1.html
UNIVERSITÄT BAYREUTH (2007): Innerer Erdkern mit spezieller Kristallstruktur. www.scienexx.de Das Wissensmagazin. http://www.scinexx.de/wissen-aktuell-6739-2007-07-02.html
UNIVERSITY OF CAMBRIDGE (2011): Innerer Erdkern rotiert langsamer als gedacht. www.scienexx.de Das Wissensmagazin. http://www.scinexx.de/wissen-aktuell-13041-2011-02-24.html
UNIVERSITY OF CAMBRIDGE (2013): Erste Seen unter Grönlandeis entdeckt. www.scienexx.de Das Wissensmagazin. http://www.scinexx.de/wissen-aktuell-16950-2013-12-02.html
UNIVERSITY OF UTAH (2011): Yellowstone: Plume größer als gedacht. www.scienexx.de Das Wissensmagazin. http://www.scinexx.de/wissen-aktuell-13268-2011-04-12.html
University of utah (2013): Auslöser für zukünftige Supereruption entdeckt. www.scienexx.de Das Wissensmagazin. http://www.scinexx.de/wissen-aktuell-15559-2013-02-08.html
VASS, R. (2012): Die Erde schlägt zurück. Bild der Wissenschaft 2 / 2012: 44-51.

ZIELKE, J. (2013): Erdwärme. Planet Wissen. http://www.planet-wissen.de/natur_technik/energie/erdwaerme/

Lifestile/Musik

ANONYMUS (2014): Essen & Trinken: Wie mixt man eine »Bloody Mary« richtig? P.M. Fragen & Antworten 08/2014: 15.
ANONYMUS (2014): Per Castingshow zum roten Planeten. Wunderwelt Wissen 05/2014: 55.
FOIS, M. (2014): Wohin zieht es die besten Caver der Welt? P.M. Fragen & Antworten 8/2014: 71.
HOFFMANN, S. (2014): Kosmischer Chic für jedermann. P.M. Magazin 07/2014: 12-19.
RHIEMEIER, J. (2013): Was ist Progressive Rock? Jörg Rhiemeiers Musikseiten. http://www.joerg-rhiemeier.de/Musik/prog.html
ROXIKON (2013): Progressive Rock. Das Lexikon zur Rock- und Popmusik. http://www.roxikon.de/begriffe/progressive-rock/
SEILER, S. (2015): TOP 150-Konzeptalben – Das große Ranking. Eclipsed 04/2015: 32-47.

Medizin

ANONYMUS (2013): Warum halten Menschen keinen Winterschlaf? Welt der Wunder 11/2010: 10.
ANONYMUS (2014): Wie tief können wir tauchen? Wunderwelt Wissen 06/2014: 14.
LÜDEKE, U. (2012): Kälte lässt uns völlig kalt. P.M. Magazin 02/2012: 94-99.
MERKLE, R. (2013): Wieviel Schlaf brauchen wir? http://www.palverlag.de/schlaf-fragen-antworten.html

Physik / Chemie / Informatik / Technik

CHEMIE.DE (2014): Deuterium. http://www.chemie.de/lexikon/Deuterium.html
HERR, M. (2011): Das geheimnisvolle Leben der Elemente. Welt der Wunder, Dossier Natur 1/2011: 44-48.

HILTY, L. (2013): Cloud Computing. Grüne Wolken am IT-Himmel. Spektrum der Wissenschaft, Spezial Physik, Mathematik, Technik 3 / 2013: 69-71.
LACKERBAUER, I. (2013): Die Mondbasis aus dem 3-D-Drucker. Wunderwelt Wissen 06 / 2013: 86-91.
MOLTENBREY, M. (2014): Riesenaugen – Die Großsternwarten der neuen Generation. Interstellarum 97 (12 / 2014, 01 / 2015): 14-19.
PHYSICAL REVIEW LETTERS (2011): Unbekannte Metallform im Erdinnern identifiziert. www.scienexx.de Das Wissensmagazin. http://www.scinexx.de/wissen-aktuell-14244-2011-12-21.html
TECHNIKLEXIKON.NET (2014): Deuterium. http://www.techniklexikon.net/d/deuterium/deuterium.htm
TRADIUM (2014): Seltene Erden – Das Öl der Zukunft. http://www.tradium.com/produkte/seltene-erden/

Ökonomie / Wirtschaft

ANONYMUS (2014): Ökonomie: Kommt der große Kollaps? P.M. Magazin. 08 / 2014: 9.
ARREDY, J. T. (2013): Schatzsuche in Grönland. The Wall Street Journal – Deutschland. http://www.wsj.de/article/SB10001424127887323906804579034672490711490.html#articleTabs%3Darticle
DUKE UNIVERSITY (2011): Goldrausch fördert Amazonas Entwaldung. Scinexx.de Das Wissensmagazin. http://www.scinexx.de/wissen-aktuell-13316-2011-04-21.html
EICHENGREEN, B. (2000): Vom Goldstandard zum EURO. Die Geschichte des internationalen Währungssystems. Berlin.
HANS; J. (2012): Milliardenschatz löst Diamantenfieber aus. Süddeutsche.de, Wirtschaft. http://www.sueddeutsche.de/wirtschaft/mineralienvorkommen-in-sibirien-milliardenschatz-loest-diamantenfieber-aus-1.1471702
HERR, M. (2010): Wie ein Strommast Amerika ruiniert. Welt der Wunder 08 / 2010: 98-101.

Religion / Geschichte

ANONYMUS (2014): Die Bibel hat abgeschrieben. Wunderwelt Wissen 05 / 2014: 55.
BOYTCHEV, H. (2014): Geheimpläne – Können sie die Welt retten? Wunderwelt Wissen 10 / 2014: 20-31.
DILLOO, R. (2011): Die geheimnisvolle Chemie der Wiedergeburt. Wunderwelt Wissen 7 / 2011: 14-22.
HESS, S. (2009): CSI: Amazonas. Welt der Wunder 06 / 2009: 72-79.
HESS, W. (1998) Götter auf dem Schleudersitz. Bild der Wissenschaft online, 7 / 1998: 16.
ROTH, R. (2014): Vergessenes Land – Phantastische Orte. Auf der Jagd nach Eldorado, verlorenen Kontinenten und unentdeckten Regionen. Matrix (84) 11 / 2014: 48-51.
ZIMMERMANN, M. & THADEUZ, F. (2013): Nero war eine Künstlerseele. Der Spiegel, SpiegelGespräch 46 / 2013: 144-146.

Sprachwissenschaften / Ethnologie / Anthropologie

ANONYMUS (2008): Blick in die Steinzeit. Welt der Wunder 9 / 2008: 8-9.
DAS GUPTA, O. (2012): Goldrausch am Amazonas. Opfer der Krise: das Yanomami-Volk. Interview mit Davi Kopenawa: Süddeutsche.de, Politik. http://www.sueddeutsche.de/politik/gefaehrlicher-goldrausch-am-amazonas-opfer-der-krise-das-yanomami-volk-1.981868
GNAUK, A. (2001): Bedrohte Völker. Überleben zwischen zwei Welten. www.scienexx.de Das Wissensmagazin. http://www.scinexx.de/dossier-132-1.html
HENZE, G. (2011): Paradies Panguana. Julliane Dillers Forschungsstation im Urwald von Peru. Bild der Wissenschaft 08/2011: 36-41.